शिखरों के संघर्ष

शिखरों के संघर्ष

रमेश पोखरियाल 'निशंक'

वाणी प्रकाशन

वाणी प्रकाशन

4695, 21-ए, दरियागंज, नयी दिल्ली 110 002

शाखा

अशोक राजपथ, पटना 800 004

फ़ोन: +91 11 23273167 फ़ैक्स: +91 11 23275710

www.vaniprakashan.in
vaniprakashan@gmail.com
sales@vaniprakashan.com

SHIKHARON KE SANGHARSH
by Ramesh Pokhariyal 'Nishank'

ISBN : 978-93-5229-461-9
Novel

प्रथम संस्करण

मूल्य : ₹ 695

यश प्रिंटोग्राफिक्स, नोएडा-201 301 (उ.प्र.) में मुद्रित

वाणी प्रकाशन का लोगो मक़बूल फ़िदा हुसेन की कूची से

अनुक्रम

छूट गया पड़ाव

एक

बाँज-बुरांश के घने दिलकश जंगलों के बीच बसा बड़ा ही मनोरम गाँव है, बिनगढ़। करीब सौ परिवारों वाला सम्पन्न और धन-धान्य से परिपूर्ण। पहाड़ का शायद ऐसा पहला गाँव, जो पूरी तरह आत्मनिर्भर है। देवभूमि में साधनारत साधकों सा दुरूह जीवन जी रहे गाँवों में अपवाद।

न यहाँ खाने-पीने की चिन्ता, न लकड़ी-चारे की। खेती-बाड़ी ही इतनी कि नौकरी-चाकरी की जरूरत ही नहीं। जमीन जैसे सोना उगलती हो। पथरीले पहाड़ में भी ऐसी उर्वर भूमि, यकीन ही नहीं होता।

पूरे साल हरियाली। पैदावार इतनी कि लोग खा-पीकर अपनी अन्य जरूरतें अनाज बेचकर ही पूरी कर लेते। बाकी आने-जाने वालों में जो बँटते रहता सो अलग। गेहूँ, चावल, दाल से हमेशा भण्डार भरे रहते। जैसा अनाज, वैसी ही फल-सब्जी। असूज-कार्तिक में तो कद्‌दू, ककड़ी, लौकी, तोरई, बैंगन व अन्य साग-भाजियों की भरमार। भुट्‌टे अलग। बच्चे तो खा-खाकर अघा जाते।

यही हाल फल-फूलों का। मालटा, संतरे, अखरोट, दाड़िम, अनार से पेड़ ऐसे लकदक कि बटोरना भी मुश्किल। सीजन में काफल, हिंसर, किनगोड़े और न जाने क्या-क्या...। लगता जैसे कुदरत ने मेहरबान होकर बाकी सारे गाँवों की कसर यहीं पूरी कर दी हो।

चारों ओर हरा-भरा जंगल, इसलिए लकड़ी-चारे की कोई कमी नहीं। हर घर में दो-चार भैंसें। एक दूध देना बन्द कर दे, दूसरी खूँटे पर लाने में देर नहीं। ऊपर से गाय, बैल बकरियाँ अलग। दूध, घी, छांछ इतना कि घर आये मेहमान भी तर हो जाते। इलाके भर में एक कहावत ही हो गयी कि दूध दही, घी से तो बिनगढ़ वाले बिल्कुल नहला देते हैं।

ऐसा अद्‌भुत है बिनगढ़। आँखों देखे बगैर तो किसी को यकीन ही न हो। इसलिए जो भी सुनता उसे यह मनगढ़ंत लगता। किसी कवि, लेखक की कपोल कल्पना सा। उन्हें समझाना पड़ता, यह कोई मन का गढ़ा-वढ़ा नहीं, बिल्कुल सच है। बिन गढ़ा। शायद इसी बिन गढ़े से ही इसका नाम पड़ गया हो बिनगढ़।

पर इस सारी सम्पन्नता के बावजूद एक गहरा नैराश्य भाव उन्हें अन्दर से कचोटता रहता। राख तले अंगारों की तरह उनके भीतर दबी बेचैनी की आग उन्हें झुलसाती रहती। आज क्या नहीं है उनके पास। खेत-खलिहान हैं। मवेशी-मकान से लेकर धन-धान्य सभी तो है। ऊपर वाले की कृपा से इलाके भर में नाम है, शोहरत है, दबदबा है। पर अशिक्षा का स्मरण होते ही अगले पल उनका सारा गुमान बिला जाता। लगता है शिक्षित नहीं हैं, तो यह सब मिट्टी है।

पढ़े-लिखे होंगे, तो अच्छे-भले लोगों के बीच उठेंगे-बैठेंगे। रिश्ते-नाते बनेंगे। दुनिया को जानेंगे-समझेंगे। वरना यूँ ही कुएँ के मेढक बने रहेंगे। आज अफसर-बाबू भी हमें इसीलिए चकरघिन्नी बनाए रहते हैं कि हम पढ़े लिखे नहीं हैं। फिर उठना-बैठना, शिष्टाचार भी तो शिक्षा से ही आते हैं। इसलिए हम नहीं, तो कम से कम बच्चों की जिन्दगी तो सँवरे। उनकी अब दिन-रात एक ही रट थी, स्कूल खोलना।

स्कूल तो था ही गाँव में। पर उसका होना न होना बराबर। इधर कई महीनों से तो बिल्कुल बन्द ही पड़ा था। यदा-कदा खुलता भी तो शिक्षक आते बाद में भागने की फिक्र पहले रहती। पर इतना जरूर था कि कम से कम स्कूल के किवाड़ खुल रहे थे। पर इस बार हद ही हो गयी। जो एक-दो शिक्षक थे, उन्होंने तबादला करवा दिया। नया कोई आने को राजी ही नहीं। कुछ दिन बच्चों ने ही स्कूल खोला। फिर धीरे-धीरे उनका भी आना बन्द हो गया।

इस स्थिति के लिए जितने शिक्षक दोषी थे, उतने ही गाँव वाले भी। समय रहते पहल हो जाती, तो शायद यह नौबत न आती।

लेकिन अब गाँव वाले हकीकत समझने लगे थे। जिस शिद्दत से अब तक वे खेती-बाड़ी में जुटे रहते, उसी शिद्दत से उन्होंने अब बच्चों की पढ़ाई-लिखाई के लिए सोचना भी शुरू कर दिया। उनकी बिल्कुल सोच ही बदल गयी। पहले उन्हें लगता कि कम से कम स्कूल खुला रहेगा, तो बच्चे कुछ न कुछ सीखेंगे ही। पर अब उन्हें एक समर्पित शिक्षक की जरूरत थी। एक ऐसा गुरु जो कुम्हार की तरह बच्चों को गढ़े। उन्हें शिक्षित करने के साथ-साथ संस्कारित भी करे।

इसलिए आपसी मन्त्रणा कर गाँव वालों ने इस पुनीत कार्य का जिम्मा गाँव के ही एक बुजुर्ग आनन्द सिंह के जिम्मे सौंप दिया। गाँव ही नहीं इलाके भर में धमक रखने वाले बड़े ही शिष्ट, व्यवहार कुशल व दुनियादारी को बखूबी निभाने वाले आनन्द सिंह के पुरखे कभी यहाँ सीमान्त गाँव भटियाणा से आकर बसे थे।

वह परिवार के ही नहीं, पूरे गाँव के सर्वमान्य मुखिया थे। गाँव में कहीं कुछ हो, उनकी मर्जी बगैर पत्ता तक नहीं हिलता था। थे भी वे वाकई मुखिया ही। कहीं कोई सुख-दुःख हो, किसी का कोई काम-काज हो, सलाह-मशविरा हो या कोई मामला

निपटाना हो, आनन्द सिंह सबसे आगे खड़े रहते। लोग उनकी निश्च्छल-निष्पक्ष छवि के कायल थे। उनकी कर्मठता, कुछ न कुछ करते-करवाते रहने की आदत ने उन्हें बड़ा अनुभवी और जानकार बना दिया था। फिर धुन के भी वह पक्के थे। हर नयी पहल उन्हीं की देन थी। सरकारी कामकाज कैसे कराये जाते हैं, इस फन में वे माहिर थे। गाँव का यह प्राइमरी स्कूल भी उन्हीं की दौड़-भाग का नतीजा था।

पर इसे गाँव का दुर्भाग्य कहें या बच्चों का, गुरुजन यहाँ टिकते ही नहीं थे। आते बाद में जाने का जुगाड़ पहले शुरू हो जाता।

यह सिलसिला पिछले कई सालों से चला आ रहा था। क्या करें, खुद आनन्द सिंह बड़े परेशान थे। कोई टोकता, तो उनका गुस्सा फूट पड़ता–

''क्या कमी है यहाँ पर? खाने-पीने से लेकर रहने तक का आराम। एक अतिथि सा आतिथ्य-सत्कार। बिल्कुल अपने घर सा माहौल। क्या नहीं है यहाँ उनके लिए। फिर गुरु तो भगवान से भी बड़ा होता है। वही ज्ञान देता है, आँखें खोलता है, अनगढ़ को गढ़ता है। उसका आदर सत्कार हमारा परम धर्म है।''

पर अगले ही पल वे निराशा से भर उठते। मन की टीस जुबां पर उतर आती। वे कहते–

''लेकिन अब कहाँ रहे वो गुरु! अपना धर्म भूल गये हैं। अपने दायित्व तज दिये हैं। त्याग समर्पण तो दूर नौकरी की जिम्मेदारी भी नहीं निभा रहे हैं। बच्चों की कोई चिन्ता ही नहीं रही। शिक्षा, शिक्षा नहीं व्यापार हो गया है। सब शहर की ओर भागे जा रहे हैं। गाँवों की ओर तो कोई झाँकना तक पसन्द नहीं करता। जबकि ज्यादा जरूरत यहीं है उनकी। ऐसे कैसे चलेगा? हमें ही आगे आना होगा। नियति मानकर चुप बैठ जाने से कुछ होने वाला नहीं। कभी आवाज उठाते, तो आज यह नौबत न आती। हम सब भी कसूरवार हैं इसके'' उन्होंने इस हालत की जिम्मेदारी का ठीकरा गाँव वालों के सिर भी फोड़ दिया।

बिनगढ़ ही नहीं आज पूरे पहाड़ की यही नियति है। दुरूह इलाकों में कहीं सड़क नहीं तो कहीं वाहन व्यवस्था नहीं। यह गाँव भी सड़क से करीब साढ़े पाँच मील दूर है। वह भी खड़ी चढ़ाई।

आनन्द सिंह बताते–''सड़क के लिए गाँव वाले जुटे पड़े हैं। प्रधानमन्त्री ग्राम सड़क योजना से गाँव को जोड़ने की कवायद चल रही है। पर सरकारी काम है। कोई सुनने वाला नहीं, न कोई धमकाने वाला। नेताओं का भी बस चुनाव होने तक का नाता रहता है। कोई सुध ले तो काम हो भी। सालों से लटकी पड़ी है सड़क।''

अब तो आस-पड़ोस के गाँव वाले भी ताने मारने लगे हैं–

''एक टीचर तो ला नहीं पा रहे, चले हैं सड़क बनाने। इन मालदारों का ही कोई पुछव्वा नहीं तो हम जैसों को कौन पूछे।''

शान्त मिजाज के आनन्द सिंह बस मुस्करा भर देते। लेकिन इस बार उन्होंने ठान लिया। गाँव की पंचायत में उन्होंने ऐलान किया–

"बस अब कुछ भी हो, स्कूल का निजाम तो बिठाकर ही रहेंगे।"

जुनूनी आनन्द सिंह हाथ में थामे लाठी जमीन पर टेकते हुए तनकर खड़े हो गये। कुछ दिन पहले ही शिक्षा विभाग में खूब नोंक-झोंक भी कर आये थे वह। बड़ी मुश्किल से एक अध्यापिका की व्यवस्था हो पायी, पर आयेगी कब, भगवान जाने....।

दो

अपनी धुन के धुनी आनन्द सिंह लग गये हाथ-पाँव मारने में। गाँव वाले भी अब अक्ल और उम्र का रोना छोड़ उनका हाथ बँटाने में लग गये।

"चलो देर आये, दुरुस्त आये। आज अपनी उमर निकल गयी तो क्या, कम से कम बच्चों के लिए तो अक्ल आयी।"

आनन्द सिंह मन ही मन मुस्काराए। माँ-बाप को भी अब बच्चों के भविष्य की चिन्ता कचोटने लगी थी। उन्हें लगने लगा, पेट तो जानवर भी भर लेता है। जिन्हें जना है, उनके लिए घोंसला व दाना-पानी का जुगाड़ तो आजाद पंछी भी कर लेते हैं। फिर हम तो इन्सान हैं। इस धरा-धाम पर विचरने वाले सारे प्राणियों में श्रेष्ठ। वह भी इसलिए कि हम समझदार हैं, विवेकी हैं, शिक्षित हैं। पर अशिक्षित रहेंगे, नासमझ रहेंगे तो क्या फर्क है फिर इस

योनि व पशु योनि में। सब जुट गये मिशन में।

बच्चे बेचारे खुश थे। चलो छुट्टी मिली पढ़ाई से। उन्हें खूब खेलने-कूदने को मिलता। घर में डाँट-डपट होती, काम करना पड़ता तो स्कूल के बहाने यहाँ चले आते। दिनभर जमघट रहता, और शाम को सब अपने-अपने घर। स्कूल के नाम पर बस यही हो रहा था।

"ऐसे काम नहीं चलेगा। बच्चे तो बर्बाद हुए जा रहे हैं। कल क्या करेंगे। फिर ये खेती-बाड़ी भी कब तक साथ देगी। ये भी नहीं रही, तो क्या गत होगी।"

यह सब समझाते हुए आनन्द सिंह बोले—"अबकी बार तो काम कराकर ही लौटना है।" अगले ही दिन उन्होंने हुकम सिंह प्रधान व दो अन्य गाँव वालों को साथ लिया और ब्लॉक मुख्यालय आ डटे।

आनन्द सिंह का जीवन तो जैसे गाँव वालों के लिए ही समर्पित था। सामाजिक सरोकार उन्हें विरासत में मिले थे। वह हमेशा गाँव की बेहतरी के ही सपने बुना करते। थे तो वह एक सामान्य से ग्रामीण पर जन समस्याओं और उनके निस्तारण की उन्हें गहरी समझ थी। यही नहीं शासन-प्रशासन में कहाँ उन्हें मिलना है, कैसे काम कराना है इस पर भी उनकी गहरी पकड़ थी। आये दिन वह उनके नुमाइंदों से मिलकर कुछ न कुछ काम कराते ही रहते।

सारे कागज पत्री वह साथ लाये थे। साथ ही एक-एक चीज का बारीकी से अध्ययन कर उन्होंने दो टूक बातचीत की सारी तैयारी कर रखी थी। उनकी इस आदत से महकमे का हर अधिकारी वाकिफ था। इसलिए ब्लॉक ऑफिस पहुँचते ही प्रमुख जी की उन पर नजर पड़ी, तो उन्होंने सवाल-जवाब की कोई नौबत ही नहीं आने दी। देखते ही वे उनके पास आ गये और कन्धे पर हाथ रखते हुए बोले–

''नमस्कार ठाकुर साहब। पता था आप मुझे ढूँढ़ते यहीं आ धमकेंगे। इसलिए आपके स्कूल के लिए मैंने सीधे शिक्षा अधिकारी के स्तर से ही आर्डर करवा दिया है। बस ये समझो, हफ्ते भर में ही आपके बिनगढ़ गाँव में मास्टरनी जी पहुँच जायेंगी।''

इतना सुनते ही आनन्द सिंह का पारा गरम हो गया। वह तल्ख स्वर में बोले–

''प्रमुख जी, व्यवस्था भी करवाई तो मास्टरनी की। इससे अच्छा ना ही करवाते। बेचारी पहले तो वहाँ टिकेगी ही नहीं। फिर कुछ दिन निकाल भी लिए, तो स्वेटर ही बुना करेगी। दो बहिन जी तीन साल पहले भी तो आयी थी। उनका ट्रांसफर इसीलिए हमें मजबूर होकर करवाना पड़ा था।''

''लेकिन अब यह नौबत नहीं आयेगी।''–शिक्षा विभाग में कार्यरत एक सज्जन जो प्रमुख जी के साथ ही थे, उन्हें शान्त करते हुए बोले। फिर बात आगे बढ़ाई–

''अब तो बाकायदा छाँटकर इन बहन जी का ट्रांसफर आपके बिनगढ़ के लिए करवाया है। वो ऐसी किसी शिकायत का मौका ही नहीं देंगी। उनका तो रिकार्ड है जिस भी स्कूल में उनकी नियुक्ति हुई, तीन साल से पहले वहाँ से हिली नहीं। बल्कि गाँव वाले तो ट्रांसफर होने के बाद भी उन्हें छोड़ने को तैयार नहीं होते।''

बात चल ही रही थी कि प्रमुख जी बोले–''मेरे होते अब वैसे भी बिनगढ़ में मास्टरों की कमी नहीं होगी। चलो मिलाओ हाथ। खुशी-खुशी लौटो और मास्टरनी जी की आवभगत की तैयारी करो।''

फिर उन्होंने आनन्द सिंह के साथ-साथ प्रधान हुकम सिंह का हाथ कसकर पकड़ा और मजाकिया लहजे में बोले–

''अब चाय तो पिला दो भई। बाकी दावत-पानी तो जब भी करो।''

आधा घंटा यही हँसी-मजाक चलता रहा। निपटकर आनन्द सिंह मय प्रधान व दो अन्य साथियों के वापस लौट आये।

''चलो मास्टरनी भी आ जाये तो कोई हर्ज नहीं। कुछ तो पढ़ायेगी ही। वरना बच्चों का भविष्य तो चौपट ही है।'' रास्ते भर भी यही चर्चा रही।

''प्रमुख जी ने कहीं लच्छेदार बातों में टरका तो नहीं दिया!'' मन में रह-रहकर यह भी खदबदाहट उपज रही थी। लेकिन जिस हँसी-मजाक के माहौल में बात चली थी, वह सच निकली।

हफ्ते भर बाद ही नयी मास्टरनी जी बिनगढ़ पहुँच गयी। नाम था 'सरोज'। गाँव वालों की खुशी का ठिकाना न रहा। सब अपनी-अपनी ओर से आतिथ्य-सत्कार

में जुट गये। स्वागत की तैयारियाँ होने लगी। ढोल-दमाऊँ पहुँच गये। देर रात तक 'पौंणा-नृत्य' चलता रहा।

''ऐसा स्नेह, इतना अपनापन और ऐसा आदर सत्कार तो पन्द्रह साल की नौकरी में कहीं देखने को भी नहीं मिला।''—हैरान थी सरोज।

''जीवन बर्बाद हो रहा है इन मासूम बच्चों का। अब आप ही रोशनी देकर इन्हें रास्ता दिखाएँ। इनका भविष्य बना दें। सारा गाँव आजन्म आपकाऋणी रहेगा।'' भरे गले से हाथ जोड़ते हुए आनन्द सिंह बोले।

सब ने एक स्वर में उनकी हाँ में हाँ मिलाई। गाँववालों का अपनत्वपन देखकर सरोज भी भावुक हो उठी। बोली—

''एहसान कैसा! ये तो फर्ज है मेरा। यही नौकरी भी है और एक गुरु का गुरुत्तर दायित्व भी। बाकी मैं वायदा करती हूँ कि स्कूल इतवार व अन्य जरूरी छुट्टियों को छोड़कर कभी भी बन्द नहीं दिखेगा। बस माफी माँगकर इतनी विनती जरूर करूँगी कि बच्चों को साफ-सुथरे कपड़े पहनाकर समय से रोजाना स्कूल जरूर भेजें।''

माफी, शायद इस वजह से कि सरोज स्वयं भी गाँव की रहने वाली ही थी। इन महिलाओं की मजबूरी वह बखूबी समझती थी। सुबह से देर रात तक काम ही काम। अब अपने ही हाथ-मुँह धोने की फुर्सत नहीं तो बच्चों को कैसे देखें! आदमी हैं तो बस अपने ही कामों में व्यस्त।

इसी बीच प्रधान जी ने भी विनम्र निवेदन किया—

''स्कूल टाइम पर गाँव का कोई भी आदमी बहन जी से मिलने, बतियाने न जाये। ताकि पढ़ाई-लिखाई में कोई व्यवधान न पड़े।''

उनकी बात पूरी भी नहीं हुई थी कि सकुचाते हुए सरोज बीच में ही बोल पड़ी—

''नहीं ऐसा नहीं है। आप जब चाहें आ सकते हैं। मिल-बैठकर और रास्ते निकलेंगे। बच्चे कैसा कर रहे हैं, मुझे उनके घर की और आप लोगों को इनके स्कूल की खबर भी मिलती रहा करेगी। और मैं भी उनके बारे में आप लोगों को आगाह करती रहूँगी।''

स्कूल गाँव के समीप ही खेतों के बीच था। आनन्द सिंह ने बच्चों व अपने घरवालों की मदद से खूब लिपाई-पुताई करवा रखी थी। मास्टरनी जी के रहने की व्यवस्था भी यहीं स्कूल के कमरे में कर दी गयी थी। आगे भी उन्हें कोई दिक्कत न हो, उनका यहाँ हर सम्भव ख्याल रखा जाता। रात के वक्त तीन-चार लड़कियाँ बारी-बारी से बहन जी के साथ रहने आती। सरोज बेफिक्र हो गयी। घर परिवार से भी वह बेफिक्र ही थी। एक बेटा, एक बेटी थे। पर वह पति व सास के पास ही पढ़ रहे थे। बाकी हफ्ता दस दिन में बच्चों से मिलने-जुलने का सिलसिला वर्षों से चला आ रहा था।

इधर पूरा घर-परिवार सा माहौल था। न सामान लाने की झंझट, न बर्तन कपड़े धोने की। खाना भी गाँव की बच्चियाँ ही बना दिया करती थी। गाँव वाले दूध, घी, सब्जी तो दूर गेहूँ, चावल धनिया, लहसुन, हल्दी, मिर्चा तक भी दुकान से नहीं खरीदने देते। घी की माणी व चावल, प्याज के कट्टे तो वह अपने घर भी ले जाती। कई बार तो सरोज मना कर देती, पर गाँव वाले उसकी ना नुकुर सुनने को राजी ही नहीं होते। वह कहती रह जाती–

"तनख्वाह मिलती है मुझे। अपनी इस कमाई पर आराम से गुजारा हो जाता है मेरा।"

पर सुनता कौन! सबका यही जुमला होता–

"अरे मास्टरनी जी आप तो ऐसा कहती हैं जैसे तुम्हें हम कोई राजपाठ थमा दे रहे हों। हमारा देने का फर्ज है और आपका लेने का। इसे आप बोझ नहीं, गुरुदक्षिणा मानिए।"

आनन्द सिंह तो कभी कभार बड़े भावुक हो जाते। वह कहते–

"भुली, ये भी तुम्हारा मायका ही है। कोई हिचक-झिझक मत किया करो। जब पैदा हो रहा है तभी तो दे रहे हैं। न होता तो वही राशन की दुकान का सड़ा घुन खाया गेहूँ और कीड़े पड़े चावल ही खाते।"

फिर तनिक गम्भीर होकर कहते–"तुम्हारे आ जाने से रोज स्कूल की घंटी का बजना मन खुश कर देता है। पर डर भी सताता है, कहीं तुम्हारा ट्रांसफर न हो जाय! यहाँ से तो कब टीचर चले जाय, भरोसा ही नहीं रहता।"

सरोज खिलखिलाती–"दिल छोटा मत करो। वैसे नौकरी की बात है पता नहीं कब क्या आदेश आ जाये। फिर भी दो-तीन साल तक तो मैं आप लोगों को छोड़ूँगी नहीं।"

बड़ा लगाव हो गया था उसे गाँव वालों की आत्मीयता से। और फिर यहाँ आकर वह हकीकत जान भी चुकी थी।

"लोग भी क्या-क्या उड़ा देते हैं। इतने भले लोगों को जंगली, असभ्य और न जाने क्या-क्या कह देते। क्या-क्या तोहमतें मढ़ देते, अपने छोटे-छोटे स्वार्थों के लिए। उनकी घटिया फिकरेबाजी की फितरतों से कितना अनर्थ हो सकता है, यह भी नहीं सोचते।" वह सोच में पड़ गयी।

बिनगढ़ का सड़क से दूर होना और वह भी जंगल के बीच। ऊपर से खड़ी चढ़ाई और जंगली जानवरों का डर अलग। यह तमाम बहाने थे जिनकी आड़ में अध्यापक यहाँ से कन्नी काटने के रास्ते तलाशा करते। फिर एकाध अध्यापकों की करतूतों का खमियाजा अच्छे-भले गुरुजनों को भी भुगतना पड़ता। अपनी करतूतें छिपाने को उन्होंने इधर-उधर प्रचारित कर दिया कि वहाँ तो अनपढ़ गँवार रहते हैं। बात-बात पर मारपीट करते हैं। पढ़ने-लिखने से उन्हें कोई सरोकार ही नहीं।

तीन

ये तो दुनिया है। यहाँ लोगों को बिना आग के भी धुआँ दिखने लगता है। दो बातें उड़ी नहीं कि पीछे चार और चस्पां कर दीं। बिनगढ़ को लेकर भी यही हाल था। आने से पहले यहाँ के चर्चे बहुत कुछ सरोज भी सुन चुकी थी। पति का भी मास्टरों के बीच उठना-बैठना था, तो ये चर्चाएँ उनसे भी छुपी नहीं रही। इसलिए जब बिनगढ़ जाने की बात आयी, तो उन्होंने भी खूब सोच-समझ लेने की हिदायत दे डाली।

सास को तो जैसे काटो तो खून ही नहीं। वह तो पहले ही नौकरी के हक में नहीं थी। फिर यह दूर का गाँव वह भी जंगल के बीच । हरदम बाघ-भालू का भय। वह बड़बड़ाती—''कहीं कुछ ऊँच—नीच हो गयी, तो किसे मुँह दिखाएँगे। अरे मेरी छोड़, इन बच्चों की तो सोच। कौन देखेगा इन्हें।''

पति भी जिद पर अड़ गये। बोले—''जिस गाँव के लिए कोई मास्टर तैयार नहीं हैं वहाँ जाओगी तुम! जितना जानवरों का डर उतना ही जाहिल ग्रामीणों का भी। जरा किसी बच्चे को डाँटोगी, तो बाप-रिश्तेदार डंडा लेकर दौड़ा देंगे। मैंने तो सुना है जंगल के बीच रहते-रहते वहाँ के लोग भी जंगली हो गये हैं।''

पति व सास से इस तरह की बातें सुन सरोज हँसने लगती। वह कहती—

''पढ़े-लिखे होकर ऐसी बातें करते हो। फिर सुनी-सुनाई बातों पर यकीन करना ठीक नहीं।''

सास को और चिढ़ाते हुए वह बोलती—''सासू जी, तब तो मैं एक बार बिनगढ़ जरूर जाऊँगी। मैंने अब तक जंगली लोग नहीं देखे। फिर यह भी पता चल जायेगा कि खराबी उन्हीं लोगों में हैं या हम मास्टरों में। रही बात बाघ-भालू के डर की, तो यह गढ़वाल में कहाँ नहीं है। सभी ऐसे भय खाने लगे, तो गाँवों में मनखी नाम की चीज ढूँढ़े नहीं मिलेगी और फिर मेरी तो इतने सालों की नौकरी का अनुभव यही है कि गाँव के लोग चाहे कुछ भी कह दो, पर होते बड़े सरल और भोले हैं। जहाँ तक मास्टरों की बात है, उनके तो कहने ही क्या। प्रवचन खूब, पर काम सारे उलटे। आधी से अधिक इनकी जमात और समाज के हमारे हल्के-फुल्के लोगों में कोई फर्क ही नहीं रहा। ये पढ़ाएँगे—सच बोलो, बोलेंगे झूठ पर झूठ। कहेंगे—जीवों पर दया करो, खायेंगे मीट-मुर्गे।

गाँव-बाहर तो छोड़ो, अपने ही सहयोगी अध्यापिकाओं के लिए क्या-क्या नहीं बकते। बच्चों को समय की पाबन्दी की नसीहत देंगे, और अपना अता पता नहीं। गाँव में तो ऐसे भी लोग हैं, जो सही को सही और गलत को गलत कहने में अपने आदमी, औरत तक का लिहाज नहीं करते। बहुत कम हैं ऐसे जो नौनिहालों के लिए अपना सबकुछ झोंके पड़े हैं। उनके लिए कोई अपना-पराया नहीं, बल्कि जो बच्चा जितना काबिल, वह अपने खून से भी प्यारा। बाकी तो समय काटने में लगे हैं।

बच्चों और उनके भविष्य से कोई लेना-देना ही नहीं। बस इसी जुगाड़ में रहते हैं कि घर बैठे तनख्वाह मिल जाये, तभी तो दर्जा पाँच के बच्चों को आज पहाड़े तक याद नहीं। अंग्रेजी और कम्प्यूटर के जमाने में वह अपना नाम तक सही न लिख पायें, तो लानत है ऐसी पढ़ाई पर। पर लोग हैं कि उनके लिए नजरें बिछाये रखते हैं। उनके पाँव घर में पड़ जायें तो अपने को धन्य समझने लगते हैं। उनके लिए कुछ भी कर गुजरने को तैयार। पर लालच सिर्फ इतना कि बस वह अपना हाथ धर दें बच्चों के सिर पर।'' एक ही साँस में सरोज अपनी सारी खुमारी उतार गयी।

''ये तो बोलना शुरू करती है तो लगता है टेप-रिकार्डर चालू हो गया। अरे अब बस भी करो।''—उसे हमेशा ही चुप करवाने का जिम्मा निभाते आयी सास हाथ जोड़ते हुए आगे बोली—''तू जीती मैं हारी, मेरी माँ। तू जैसा ठीक समझ वैसा कर। पर ध्यान रखना, जनानी जात है जरूरत से ज्यादा जिद्द ठीक नहीं होती। फूँक-फूँक कर कदम रखना। बाकी तू जाने तेरा पति जाने।''

पति पास ही गुमसुम बैठा रहा। वह जानता था सरोज काफी समझदार है। पढ़ी-लिखी है और उससे कहीं ज्यादा परिपक्व भी। एक बार वह गच्चा खा सकता है, पर वह नहीं। पर पत्नी है। घर से दूर अकेली जान। वह भी देहात में जंगल के बीच। बाहर वह भले जाहिर न करे, लेकिन अंदर की घबराहट उसकी शारीरिक भाषा से साफ झलक रही थी। इसलिए सीधे हामी भर देने की वह हिम्मत नहीं जुटा पा रहा था। वरना पहले तो वह कभी झिड़क भी देता।

''आखिर हो तो औरत ही, कोई मर्द जात तो नहीं।''

लेकिन आज एक मर्द, और ऊपर से पति का वह दर्प, पत्नी की सोच, सद्इच्छा और संकल्प के आगे बिला कर रह गया। आखिरकार सरोज को बिनगढ़ जाने की इजाजत मिल गयी।

चार

सरोज के सपने को जैसे पंख लग गये। उसकी मुँह माँगी मुराद पूरी हो गयी। सालों से उसकी तमन्ना थी, वह गाँव वालों के लिए कुछ करे। इसके लिए एक शिक्षक के पेशे से बेहतर और क्या हो सकता था। उसकी बी.टी.सी. ट्रेनिंग का मकसद भी यही था, ताकि गाँव वालों को जागरूक कर सके। वहाँ फैले अँधियारे को मिटाकर उजाला कर सके। आज वह दिन आ गया। आखिर गाँवों का कटु यथार्थ उसने स्वयं भी भोगा था। उस उम्र में जब उसकी संगी सहेलियाँ खेलने-कूदने में मस्त रहती, वह ग्रामीण जीवन के बहुरने का सपना बुना करती।

आज जब वह बिनगढ़ पहुँची तो घर-बार भी भूल गयी। दो हफ्ते कैसे गुजर गये पता भी न लगा। सबसे घुल-मिल गयी वह। बच्चों की तो वह चहेती ही बन गयी। शाम को जब-तक गाँव का एक चक्कर न लगा लेती, उसे चैन नहीं आता। इसी बहाने लोगों से मिलना-जुलना हो जाता और बच्चों की वह टोह भी ले लिया करती। उसे देखते ही धमा-चौकड़ी मचाते बच्चे घरों में घुस किताबें लेकर छज्जे-चबूतरों पर बैठ जाते। जोर-जोर से गिनती, पहाड़े, कविताएँ रटने लगते। यह नजारा देख सरोज के साथ औरों के भी ठहाके गूँज उठते।

गद्‌गद आनन्द सिंह तो छूटते ही कहते—''अरे भुली तुझे देखकर तो इनके हाथों में किताब-कापी आ जाती है। हम माथा फोड़ लेते थे, पर मजाल है ये टस से मस हो जायें। सही कहते थे हमारे बुजुर्गवार, 'बिन गुरु ज्ञान नहीं, बिन धुनी ध्यान नहीं' इसीलिए तो सरकार भी इतना पैसा बहा रही है। वह कोई बेवकूफ थोड़े है जो इतना तामझाम किए है।''

प्रधान जी के साथ ही गाँव वाले समवेत स्वर में उनकी बात जायज ठहराते हुए बोल उठते—

''बिल्कुल ठीक कहा आपने।''

गद्‌गद सरोज यह सब सुनकर मुस्करा भर देती।

वह अब गाँव में बच्चों के साथ-साथ उनके माँ-बाप को भी पढ़ने-लिखने के लिए प्रेरित करती। उनकी झेंप मिटाते हुए कहती—

''पढ़ने-लिखने की कोई उम्र नहीं होती। जीवन भर आदमी सीखता रहता है।

फिर पढ़ लिखकर हम जानने-समझने लगते हैं कि दुनिया में कहाँ क्या हो रहा है। पढ़ाई तो फिर हमारे काम ही आयेगी। शिक्षा आदमी को संस्कारवान बनाती है। और फिर हमारी देखा देखी बच्चे भी सीख लेंगे।''

धीरे-धीरे सरोज ने शाम को थोड़ा वक्त निकालकर गाँव की महिलाओं व पुरुषों को स्कूल के आँगन में ही पढ़ाना-लिखाना शुरू कर दिया। इससे जहाँ उनकी पढ़ाई-लिखाई होती, वहीं मेल-मिलाप के साथ गाँव के अन्य मसलों पर स्वस्थ बातचीत भी हो जाया करती।

कुछ ही दिनों में गाँव का पूरा माहौल ही बदल गया। उन्हें बचत की आदत डालने, मिलजुल कर एक दूसरे की मदद करने समेत गाँव के विकास की योजनाओं में भाग लेने और सहकारिता जैसी चीजों के लिए भी उसने उनमें ललक पैदा कर दी। अपने गाँव में ही नहीं आसपास के इलाकों में भी लोगों की दुःख तकलीफ में हाथ बँटाने को गाँव में एक आकस्मिक राहत कोष भी स्थापित कर दिया गया। सरोज शिक्षा के साथ-साथ गाँव को जागरूक करने में भी जुट गयी।

इस बार कुछ ज्यादा ही समय बीत गया, तो पति और सास को सरोज की चिन्ता होने लगी। पता नहीं क्यों नहीं आयी? कैसी होगी? कहीं तबियत तो खराब नहीं? फिर गाँव का इलाका भी ठीक नहीं। किसी तरह फोन से सम्पर्क साधा, तो राहत मिली। सरोज ने बताया, चिन्ता न करें। दीवाली की छुट्टी पड़ रही है तो जल्दी ही घर आ जाऊँगी।

दरअसल उनकी चिन्ता इसलिए भी बढ़ गयी कि सरोज दशहरे की छुट्टियों में भी घर नहीं आ पायी थी। सोचा क्यों न इन छुट्टियों का सदुपयोग कर लिया जाये। सरोज के लिए दशहरे में यहाँ आयोजित रामलीला, गाँव व आसपास के लोगों से मिलने और विचार बाँटने का बेहतरीन मंच था। उसने इसका भरपूर उपयोग किया।

रामलीला मंचन के बीच-बीच में स्वांग व छोटे-छोटे नाटक आदि कार्यक्रम गाँव के बच्चों को लेकर ही तैयार किए गये थे। इनके जरिए गाँववालों को पोलियो टीके, जच्चा-बच्चा को सन्तुलित आहार, कुटीर उद्योग, अल्पबचत, सहकारिता व चकबन्दी की जहाँ महत्ता समझायी गयी, वहीं माता-पिता व वृद्धजनों की सेवा, जरूरतमंदों की मदद व स्वास्थ्य सम्बन्धी बुनियादी मुद्दों के प्रति उन्हें जागरूक भी किया गया। बीच-बीच में सरोज भी गाँव व आस-पास के उदाहरण देकर समझाती भी रहती। वह कहती अगर हेमू के माता-पिता ने बचपन में ही उसे पोलियो का टीका लगवा दिया होता, तो उसका पाँव आज बेकार नहीं होता। यही उलाहना उसने सुधा के सास-ससुर को भी दी। बोली—'जच्चे-बच्चे की खुराक का ध्यान रखा होता, तो वह बेचारी आज क्षय रोग (टी.बी.) का शिकार न होती। इनके बहाने वह भविष्य के लिए औरों को भी आगाह करती रहती।

यही नहीं, गाँव वालों को रामलीला का महत्व भी समझाया गया। पहली बार

लोग जान पाये कि हम दशहरा क्यों मनाते हैं।

फिर दशहरे के ठीक बीस दिन बाद होने जा रही दीपावली, गौ-धन पूजन की जानकारी भी दी गयी। बताया गया कि दीपावली में हम बेतरतीब पटाखे आदि फोड़कर जहाँ फिजूलखर्ची करते हैं, वहीं अपने वायुमण्डल को बुरी तरह प्रदूषित भी करते हैं। साथ ही बम-पटाखों से दुर्घटनाओं को न्यौता देते, सो अलग। रामलीला के दौरान इस तरह का यह पहला आयोजन था।

सारी बातें गाँव वालों के दिमाग में बैठ गयी। कई दिनों तक लोगों के बीच इन कार्यक्रमों की ही चर्चा रही। लोग मास्टरनी जी को दुआएँ देते नहीं अघा रहे थे।

अब दीपावली भी आ गयी, तो गाँव वालों की इच्छा हुई कि सरोज इस मौके पर भी यहीं गाँव में उनके साथ दीपावली मनाए। लेकिन घर-गृहस्थी भी तो थी उसकी। छोटे-छोटे बच्चे घर में इन्तजार कर रहे होंगे। मन मारकर उसे जाने की अनुमति मिल गयी। सरोज इस बार कुछ ज्यादा ही खुश और हृष्ट-पुष्ट लग रही थी। घर पहुँची तो उसे देखते ही सास ने ताना मारा—"न आशल न कुशल। तू तो अब घर-बार भी भूल गयी है।" फिर उसने चुटकी ली—"अरे बहू, तेरे चेहरे पर तो खूब रौनक आ गयी है। ऐसा क्या खिला-पिला रहे हैं तुझे तेरे बिनगढ़ वाले।"

इतने में पीठ पर दो तीन कट्टे लादे मेट भी आ गया। सरोज उसी अंदाज में हँसते हुए पति की तरफ देख सास से बोली—"जी अभी पता चल जायेगा। जरा यह कट्टे तो खोलो।"

बच्चे ज्यादा ही उत्सुक थे, मम्मी क्या ले आयी। सास की भी बेचैनी बढ़ी। जब तक सरोज पानी पीकर किचन से लौटी, इधर कट्टे खुल गये। बच्चे घी का डिब्बा, शहद की शीशी, अखरोट आदि ले भागे। कट्टों में चावल, गहथ, भट्ट, मिर्च, भांग, साग-सब्जी व तमाम और चीजें देख पति व सास की आँखें जैसे फटी रह गयी। पर सास यहाँ भी ताने मारने से नहीं चूकी। बोली—"बहू, इतना घी, शहद और माल-पानी तो तू कभी अपने मायके से भी नहीं लाई।"

सरोज तपाक से बोली—"अब लाया करूँगी न। बिनगढ़ तो मुझे अपना मायका ही लगने लगा है। वहाँ सारे बड़े-बुजुर्ग मुझे अपनी बेटी ही मानते हैं और जितने छोटे उनकी मैं दीदी, और बुआ। खाना तक बनाने नहीं देते। आने लगी तो पीछे यह भी लदवा दिया। लाख ना-ना करती रही, लेकिन सामान गाड़ी की छत में रखवाकर ही माने। साफ कह देते हैं तेरी कुछ नहीं सुननी।"

सरोज की बातें सुनकर सास भी अब बिनगढ़ जाने के लिए मचलने लगी। छुट्टी पूरी कर लौटने का समय आया, तो सास भी तैयार हो गयी। पहुँच गये बिनगढ़। ऐसी खातिरदारी और ऐसा अपनापन, देखकर सास की आँखें भर आयीं। इतनी उमर गुजर गयी, कभी ऐसे लोग नहीं देखे। गाँव तो अपना भी था। पर वह शहर के पास होने से खुद भी शहरी रंग में रंग गया। किसी को किसी से कोई

मतलब नहीं। सब अपने में मस्त। इंसानियत तो बहुत दूर की बात है। वह मन ही मन खो सी जाती। वापस लौटी, तो आँसू थमने का नाम ही नहीं ले रहे थे। बहुत मना किया, तो भी साथ में कट्टे लदवा दिये। प्रधान जी ने तो पिठाई भी की। टीका-पानी के बाद ही हुई विदाई। रास्ते भर सास बिनगढ़ की ही बातें करती रही। घर पहुँचे तो देख-सुनकर पति भी गद्‌गद।

सरोज से मजाकिया लहजे में बोला—''बहू आयी तो उसे कट्टे भर कर और सास को सीधे एक बोरी। मैं जाऊँगा तो पता नहीं क्या-क्या लाद देंगे।'' फिर माँ से बोला—''अब तेरी बहू चाहे जितने दिन बाद बिनगढ़ से लौटे, बिल्कुल चिन्ता मत करना। जितनी देर से आयेगी, उतना फायदा। माल-पानी ज्यादा मिलेगा। अब तो बिनगढ़ के घी बिना खाना भी गले से नहीं उतरता।''

बच्चे भी हाँ में हाँ मिलाते। कहते—''हाँ मम्मी घी तो बहुत ही टेस्टी है। कभी ऐसा खाया ही नहीं। स्कूल में भी टिफिन खोलते हैं, तो खुशबू भाँपकर साथ के बच्चे पूछते हैं, रोटी में क्या लगाकर लाये हो। मम्मी, मंडुवे की रोटी के साथ घी लगा हो, तो खाने का मजा ही आ जाता है। आप बाजार से लेकर आती थी, तो उसे देखकर ही घिन आती थी।''

सरोज मुस्करा भर देती और फिर अपने कामकाज में जुट जाती। खाली बैठना तो उसने सीखा ही नहीं था। वह कुछ न कुछ करती ही रहती और आस-पड़ोस की औरतों को भी खाली समय के सदुपयोग के लिए प्रेरित करती रहती। यह उसी के प्रयास का प्रतिफल था कि आज यहाँ उनका एक स्वयंसेवी महिला संगठन न सिर्फ खड़ा था, बल्कि शिद्‌दत से वह लोक सेवा में जुटा भी रहता। इसके अलावा खाली वक्त घर में महिलाएँ बुनाई से लेकर छोटा-मोटा कुटीर उद्योग भी चलाती। अब तो उसने बिनगढ़ व आसपास से फल सब्जी व अन्य उत्पादों के लिए शहर में विक्रय केन्द्र भी खुलवा दिये थे। यहाँ महिलाएँ जूस, अचार, पापड़ से लेकर तमाम और व्यंजन भी बनाकर लातीं।

आज उसके आने की भनक मिलते ही घर में महिलाओं का जमावड़ा लग गया। ये महिलाएँ जब भी सरोज हफ्ते दो हफ्ते में घर आती, अपने इस बीच का ब्यौरा उसे सौंपने आ धमकती। साथ ही आगे की रणनीति व कार्यक्रम तय होते।

बच्चे, पता नहीं इस बार क्या-क्या लेकर आती हैं, इसी उत्सुकता में उसके आने की बेसब्री से प्रतीक्षा किया करते। उनके साथी बच्चों को भी सरोज के आने का बड़ा इन्तजार रहता। क्योंकि उनके लिए भी वह कुछ न कुछ जरूर लाती।

एक बार तो उसे खाली हाथ घर आया देख सबके दिल ही टूट गये। खुद पति पूछ बैठा—''क्या बात है आज कुछ नहीं लाई।'' यही सवाल सास और बच्चों ने भी बारी-बारी से दागा। सरोज जोर से हँस दी। बोली—''बिनगढ़ वालों ने तुम्हारी आदत खराब कर डाली है। लाती कहाँ से, उन्हें बताए बगैर ब्लॉक मुख्यालय से ही

आ रही हूँ सीधे।" बड़े बेटे ने बीच में ही टोका—"अरे मम्मी! वापस लौटकर आ जाती, तो क्या बिगड़ जाता! तुमने तो आज मूड ही खराब कर दिया।"

उस वक्त तो सरोज उस मासूम का मन रखने को हँस दी थी, लेकिन बाद में चाय पीते-पीते वह विचारों की अतल गहराइयों में खो गयी। कैसे बताए कि—बेटा, आज वह खुद ही इतनी बोझिल थी कि उससे और कोई बोझ उठाया ही नहीं गया।

पाँच

वह क्या बताती कि जिन्दगी सिर्फ खुशियों का खजाना भर नहीं है। यहाँ सुख है, तो दुःख भी है। कहीं कुलांचे भरती ख्वाहिशों की खुशनसीबी है, तो कहीं ख्वाहिशों को लकवा मार गयी बदनसीबी भी। रानी, जिन्दगी की ऐसी ही एक कड़वी हकीकत थी। जब से देखा है, तब से अन्तर्मन में उथल-पुथल ही मचाये है वह सरोज के।

आनन्द सिंह की इकलौती बेटी रानी घी लेकर आयी थी स्कूल में उसके लिए ।

''पापा ने भेजा है आपके लिए।'' उसके परिचय देते ही सरोज ने झट पूछा—
''अरे बिटिया, दो दिन आ गयी मैं तुम्हारे घर, पर तू दिखी ही नहीं। कहाँ थी!''

रानी चुप रही। सिर नीचा किए हुए उसे मौन देख साथ के बच्चे बोल उठे—

''ये तो बोलती ही नहीं बहिन जी। बस ऐसे ही चुप रहती है। छोटी थी तो खेलने आ भी जाती थी, पर अब तो अन्दर ही रहती है पूरे दिन।''

बच्चे आगे कुछ कहते, करंट सा दौड़ गया उसके भीतर। उसका अक्स रह-रहकर आँखों के सामने उतराने लगा। ध्यान बँटाने के लिए बच्चों को पढ़ाने लग गयी, लेकिन मन जहाज के पंछी की तरह फिर-फिर उड़कर वहीं आ बैठता।

आज स्कूल का समय भी कटे नहीं कट रहा था। छुट्टी होते ही शाम सरोज उसके घर चली गयी।

''क्या बात आज कुछ बुझी-बुझी सी लग रही है भुली! बच्चे परेशान कर देते होंगे। यह तू ही है जो फिर भी संभाल ले रही है हमारे तो ये वश के ही नहीं रहे।''

—आनन्द सिंह बोले जा रहे थे, पर सरोज को जैसे कुछ सुनाई ही नहीं दे रहा था। कोई जवाब दिये वगैर वह बोली—

''रानी दिख नहीं रही, क्या कर रही है?''

वह कुछ और बोलती आनन्द सिंह की आवाज एकदम हल्की पड़ गयी। सारी गर्मजोशी अचानक ठंडा सी गयी। बोले—

''भुली, भगवान ने एक लड़की दी वह भी ऐसी...। घर के भीतर ही दुबकी रहती है। घर में कोई आये उसकी बला से। जब तक होश नहीं था खूब चहकती थी बच्चों के साथ। जैसे-जैसे बड़ी होने लगी, घर के भीतर ही सिमटने लगी। लाख समझा दिया मानती ही नहीं। क्या-क्या जुगत कर दी। पर सब बेकार। कहीं इसकी नजर न पड़े,

घरवाली और मैं तो शीशा भी छुपाकर रख देते थे। न मालूम कैसे वह एक दिन इसके हाथ पड़ गया। घर सिर पर उठा लिया। शीशा पटककर चूर-चूर कर दिया।''

यह कहते-कहते उनका गला भर आया। फिर डबडबाई आँखें पोंछते हुए बोले—''मैंने झट उसे गोद में उठा लिया। फिर जोर से हँसने का नाटक करते हुए। ठीक किया बेटा, तूने इसे तोड़ डाला। मैं तो कब से इस फिराक में था। कमबख्त इसमें अपनी सूरत भी डरावनी लगती है।''

''हाँ पापा, मैं भी डर गयी थी अपनी शक्ल देखकर।'' उसे थोड़ा ढाढस बँधा और बोली—''अब जब भी लाओगे तो अच्छा शीशा लाना।''

''ना-ना मेरा बेटा तू फिक्र मत कर। अब मैं शीशा लाऊँगा ही नहीं। क्या जरूरत है? माँ तो तेरे बाल बना ही देती है और फिर कभी-कभी मैं भी बना दिया करूँगा।''

सच में तब से घर में शीशा आया ही नहीं। पर ज्यूँ-ज्यूँ रानी बड़ी होती गयी, खुद से उसकी नफरत भी बढ़ती गयी। धीरे-धीरे तो वह शक्की भी होने लगी। कोई किसी और बात पर भी हँसता तो उसे लगता, वह उसी पर हँस रहा है।

घरवाले तो यह समझते ही, पर अब सरोज भी यह बखूबी समझने लगी। यही नहीं रानी के लिए उसके दिल में खासी हमदर्दी भी हो गयी। इसके लिए वह क्लास में बच्चों को फटकारने तक से गुरेज नहीं करती। एक दिन तो कक्षा में 'लाठी लेकर भालू आया,' पाठ पढ़ाते वक्त बच्चे रानी की ओर इशारा कर हँसने लगे, तो उसने बच्चों को ऐसी डाँट लगाई कि फिर किसी बच्चे ने कभी उसका मजाक उड़ाने की हिमाकत नहीं की।

रानी का मन पढ़ने में खूब लगता था। घर के लिए जो भी काम दिया जाता, वह पूरा करके लाती। खेलकूद में भी वह हमेशा आगे रहती। घर के कामकाज में माँ का खूब हाथ भी बँटाती। सरोज के हिसाब से वैसे रानी पाँचवीं की छात्रा होनी चाहिए थी, पर पढ़ रही थी तीसरी में। यह दोष उसका नहीं, माँ-बाप का था। कहीं बच्चे उसका मजाक न उड़ाएँ, इस डर से उन्होंने उसे स्कूल ही नहीं भेजा। यह बात वह खुद ही कबूलते हैं। कहते हैं पैदा होते वक्त उसे देखकर तो माँ की ममता भी जवाब दे गयी। लोग भी कहने लगे ऐसी बच्ची को पालकर क्या करोगे!

आनन्द सिंह जिद्द न करते तो शायद आज वह जिन्दा भी नहीं होती। दाई व अन्य औरतों पर वह बिफर पड़े थे—

''लड़की तो लक्ष्मी होती है। खुश होने के बजाय तुम लोग मातम मना रहे हो? अरे, औरत होते हुए भी अपनी ही जात से ऐसी नफरत! जैसी भी भगवान ने दे रखी है, है तो औलाद ही। मैं पाल लूँगा।''

पर उनकी घरवाली का तो दिल ही टूट गया। तीन घंटे तक तो उसे अपनी छाती से ही नहीं लगाया। खूब रोई। देवी-देवताओं से लेकर अपने गाँव के इष्टदेव तक को भी खूब उलाहना दी—

"शादी के सालों बाद एक लड़की दी वह भी ऐसी। लड़का होता तो भी जी लेता। यह जिएगी कैसे! कौन इसे ब्याह कर ले जायेगा!"

"आज अब इसकी हालत हमसे देखी नहीं जाती।" भावुक हो उठे आनन्द सिंह ये बोलते हुए फफक पड़े।

सरोज उन्हें समझाने लगी—"दिल छोटा करने से काम नहीं चलता। मानव जीवन तो मिला ही संघर्ष से है। भगवान ने तो हमें वानर बनाकर भेज दिया, यह सोचकर अगर आदमी रोता रहता, हाथ पर हाथ धरे बैठा रहता तो आज वह यहाँ पहुँच पाता! वहीं जंगलों में पड़ा रहता। वैसे ही वानर रूप में। ऊपर वाले ने नैन-नक्श में जरा कसर छोड़ दी, तो क्या हुआ, दिमाग तो उसे अव्वल दिया है। उसके यहाँ अँधेर नहीं है। हो सकता है इसमें भी हमारी कोई भलाई ही हो। फिर असली सुन्दरता तो मन की होती है, गुणों की होती है। जब रानी किसी बड़े मुकाम पर पहुँच जायेगी, तो कौन पूछ रहा है इस थोपड़े को? और समय के साथ तो यह सुन्दरता भी ढल जाती है। बस गुण रह जाते हैं। फिर आज तो विज्ञान के चमत्कार का युग है। उम्र-दराज जवां हो रहे हैं। मुर्दों में जान फूँकी जा रही है। तो रानी सुन्दर क्यों नहीं हो सकती! यह रूप गढ़ना तो आज के चिकित्सा विज्ञान के बायें हाथ का खेल है। हम रानी को भी 'रूप की रानी' बना सकते हैं।

आखिर अन्धे को क्या चाहिए, बस दो आँखें। बातें सुनने में तो बहुत अच्छी लग रही थी आनन्द सिंह और उनकी पत्नी को। बेटी है कैसे ही ठीक हो जाये, तो जिन्दगी सुधर जाये उसकी, साथ में माँ-बाप की भी। पर क्या यह सब इतना आसान है! सरोज चली गयी तो देर रात तक वह दोनों मियाँ-बीवी रानी से अलग चुपचाप बाहर यही बतियाते रहे। घरवाली बोली—

यह कोई बुखार, पेट दर्द या और अलामात थोड़े हैं, जो इलाज से ठीक हो जायेगा। अरे, जहाँ भगवान का वश नहीं चला, वहाँ इस अदने इन्सान की क्या बिसात! भगवान की मार पर कभी इन्सान का वश चला है भला! फिर नसीब में जो है, वो तो भोगना ही पड़ेगा। भगवान की ही नजरें टेढ़ी हो गयीं, तो कौन क्या कर सकता है? वह कभी किस्मत तो कभी भगवान को ही कोसते रहते।

छह

पता नहीं किस जनम की सजा दे दी ऊपर वाले ने भी। कभी किसी का ऐसा कोई बुरा भी नहीं किया। फिर ऐसा क्यों? पति-पत्नी दोनों अक्सर एक-दूसरे से यही सवाल करते रहते। दोनों के नाक-नक्श ठीक ही थे। खान-दान में और कोई ऐसा बदशक्ल भी नहीं था। फिर रानी ऐसी कुरूप कैसे! कहीं किसी देवी-देवता का प्रकोप तो नहीं। पंडित-मौलवियों से लेकर पता नहीं कहाँ-कहाँ गणत-पूछ करवा डाली। आये दिन घर में पूजा-पाठ रहती। कहीं कोई घात, जैकार तो नहीं, इस आशंका में देवता भी नचा लिए, पर कोई फर्क नहीं पड़ा।

बेटी की हालत उनके लिए दिन पर दिन असह्य होती जा रही थी। एक तो औलाद का दर्द ऊपर से लोगों के ताने। खासकर औरतों ने तो जीना और दुश्वार कर दिया था। शादी-ब्याह हो या और कोई सामाजिक आयोजन, वे अक्सर टोक दिया करते।

''रानी की मम्मी, तेरी रानी नहीं दिख रही। अरे उसे भी साथ लाया कर। बेचारी का दिल लगा रहेगा। घुट-घुटकर मर जायेगी घर के अन्दर ही अन्दर वह।''

आये दिन यही बातें सुन उसने भी इधर-उधर जाना कम कर दिया। पर कब तक। अब तो वह उन्हें टका सा जवाब दे देती है–

''उसे कौन सा यहाँ लोगों से मिलना है और कौन सा उसे कोई देखने आ रहा है। जब उसे घर में ही अच्छा लगता है, तो ठीक है तुम्हारा मिलने का मन हो तो वहीं मिल आया करो।'' मन मजबूत करने की कोशिश करती वह, पर घर आकर फिर वहीं सिर पीटना ।

रानी की दादी 'भगुली देवी' थी तो पुराने जमाने के खयालों की, पर थी बड़ी जिज्ञासु प्रवृति की। नया सुनने-जानने की उसमें बड़ी ललक थी । सरोज की बातें भी वह भागवत व सत्यनारायण की कथा की तरह ही बड़े ध्यान से सुनती और फिर पूछा करती–

''मास्टरनी बिटिया, ये सबकुछ जो तू बोल रही थी, सच है क्या? क्या हमारी रानी ठीक हो जायेगी? बेटी इसका बाप तो बहुत ही सीधा-सादा है। दुनियादारी की उसे कोई समझ ही नहीं है। हमेशा दुनिया के लिए ही मरे-खपे रहता है। तू तो

देश-परदेश घूमी है। बहुत कुछ जानती है। बेटा मेरी नातिन को ठीक करवा दे। हमारे पास देने को तो क्या है, पर मेरी उम्र लग जाय तुझे! भगवान तेरा भला करे!''

वह इसी तरह देवी-देवताओं के आगे भी झोली फैलाये बड़बड़ाया करती।

माँ के इस पागलपन पर आनन्द सिंह कभी-कभार उसे टोक भी दिया करते—''माँ इनके आगे गिड़गिड़ाने से कुछ भी नहीं होने वाला। हाँ, तू पागल जरूर हो जायेगी। क्यों यह रही-सही जान भी सुखा रही है। बहू तो पहले ही तेरी सूखकर काँटा हो गयी है।''

पर वह उल्टा डपट देती—''पागल तो तू हुआ जा रहा है। जब देखो तब माथा पकड़े रहता है। अरे, देवी-देवता ही बिगड़े काम बनाते हैं। मुझे तो लगता है यह मास्टरनी भी भगवान ने ही भेजी है। कितना ध्यान रखती है वह रानी का। जब देखो तब उसी की फिकर। देखना एक दिन वह ठीक करके ही रहेगी रानी को।''

रानी की माँ कुछ नहीं बोलती। बस जो था उसके दिल में ही था। पर उसका चेहरा और बात-बात पर डबडबा आती आँखें उसकी भारी व्यथा की गाहे-बगाहे चुगली करती रहती। और कोई औलाद भी नहीं थी, जहाँ वह अपना मन बहला-समझा लेती। दुबारा गोद न भर पाने का दुःख अलग सालते रहता। लोग भी खुसर-फुसर कर सारा दोष उस मासूम पर मढ़ देते—

''अरे, यह मनहूस जन्मी भी तो माँ की कोख सूनी कर।''

एक दिन माँ के मुँह से ही यह जहर-बुझे शब्द आनन्द सिंह ने सुन लिए तो वह तिलमिला उठे। बस किसी तरह पत्नी ने बात पलटकर शान्त किया। पर औरों का क्या करें! किस-किस का मुँह नोचे!

आनन्द सिंह घर में सबको समझाते रहते—''जैसी भी है हमारी बेटी है, हमारा खून है। वह खुद दुखी है। कम से कम हमारी बातों और व्यवहार से तो उसे ठेस न पहुँचे!'' गाँव के बुजुर्गवार आनन्द की इसी बात के कायल थे। वे उन्हें हौसला देते और बेटी के इस रूप में भी ईश्वर का अक्श तलाशते।

न मालूम भगवान किस रूप में परीक्षा ले रहा है, पता नहीं इसमें भी घर-गाँव का ही कोई रहस्य छुपा हो। उसकी मंशा को कौन जान सकता है। इसलिए कोशिश यही हो, कि उसके दिल को कोई ठेस न लगे। यह घरवाले ही नहीं पूरे गाँव वालों का फर्ज है। आखिर, बेटी किसी एक घर की नहीं वह तो पूरे गाँव की होती है। उसका अपमान पूरे गाँव का अपमान है। और खामियों की खिल्ली तो महापाप। ऐसा कर उससे भी बड़ा नरक भोगेंगे हम। इसलिए जितनी सेवा कर पायें वह कम है। बड़ी-बूढ़ी औरतें तो प्यार पुचकार कर रानी की हिम्मत भी जगाती। वे जानती थी कि एक औरत होना कितना चुनौतीपूर्ण है। और उस पर अगर ऊपर वाले की नजरें टेढ़ी हो जायें, तो फिर जीवन ही नरक है। रानी के इसी दुरूह जीवन को देख वह सिहर उठती और हमेशा उसके लिए दुआएँ माँगती रहती।

सात

संगत और जगह का भी बड़ा असर होता है। बिनगढ़ आकर सरोज की सास का तो कायाकल्प ही हो गया।

कैसी खूसट थी वह। बात-बात पर ताने और गुस्सा तो जैसे नाक पर धरा रहता। जली-कटी ऐसी सुनाती कि मुर्दा भी भन्नाकर खड़ा हो जाता। बस घर-परिवार ही उसका संसार था। बाकी दुनिया मरे-खफे उसे कोई लेना-देना नहीं। क्यों किसी के पचड़े में पड़ो। अपना देखो, घर बच्चे देखो। यह उसका आदर्श वाक्य था। पर यहाँ बिनगढ़ क्या आयी वह बिल्कुल ही बदल गयी।

''कहाँ ले आयी बहू तू! क्या बुढ़ापे में अब यही देखना बाकी था। मेरा तो मन ही उचाट हो गया है। जब से इस अभागिन रानी को देखा है, न रात की नींद है, न दिन का चैन। यह ऊपर वाला भी कितना अन्यायी है। किसी को छप्पर फाड़कर देता है, तो किसी को जीते जी मार देता है। क्या वह जरा भी नहीं पसीजा होगा कि यह अबला जिएगी कैसे! अच्छा होता इस तरह दुनिया में भेजने के बजाय कोख में ही मार देता। उसे देखकर मुझ पर ऐसी बीत रही है, तो उस पर और उसके माँ-बाप पर क्या बीत रही होगी। कैसे काटेगी जिन्दगी? कौन ले जायेगा उसे? लोग तो अच्छी-भली लड़कियों में नुक्श निकाल देते हैं, पर वह तो मनखी जैसी भी नहीं लगती। बदशक्ल ही होती, पर चेहरे पर बाल तो नहीं होते। उसकी तो तकदीर ही फूट गयी है।'' सास को बीच में ही टोकते हुए सरोज बोली—

''छोड़ो भी माँ जी, तुम भी बेकार मन खराब करती हो। अरे आज नहीं तो कल ठीक हो जायेगी। क्या मुश्किल है इस दुनिया में! दिल, गुर्दे, फेफड़े सब बदल जा रहे हैं, उसका थोपड़ा भी बदल जायेगा।''

सरोज का रूखा रवैया देखकर वह और भड़क उठी—

''कैसी निर्मोही है तू, अरे इस बदनसीब पर तुझे जरा भी तरस नहीं आता! मेरी तो आँखों में घूमी रहती है वह हर वक्त। हर पल उसी का ख्याल आता है।''

सरोज ने सास की तरफ पीठ कर करवट बदली, और बोली—

''तुम भी रात में क्या सिर दर्द लेकर बैठ गयी सास जी। चलो सो जाओ। बहुत देर हो गयी है। सुबह स्कूल भी जाना है।''

नींद तो उसे भी कहाँ आ रही थी। यह तो सिर्फ बहाना था। सास सोए, तो उसे एकान्त में कुछ सोचने-विचारने का मौका मिले। वह रात-रात भर यही सोचा करती कि रानी की तकदीर कैसे बदलेगी? उसे रानी के पढ़ लिखकर कामयाब होने का तो पक्का यकीन था, लेकिन इस कड़वी सच्चाई को वह कैसे नकार देती कि जिन्दगी सिर्फ अपने दो पैरों पर खड़े होने के सहारे ही नहीं कटती और सहारों की भी जरूरत पड़ती है। खासकर लड़की की तो हरगिज नहीं। वह भी गाँव की लड़की। घरवालों को समझा भी लें, लेकिन समाज है कि जीने नहीं देता।

शरीर और कद-काठी से तो अच्छी-भली थी वह। लेकिन इस शक्ल का क्या करें। रानी खुद भी अक्सर अपने माता-पिता से सवाल किया करती–

वह रुकमा जैसी सुन्दर क्यों नहीं है। क्या भगवान उससे नाराज है।

उसका यह सवाल सुनते ही माँ-बाप को जैसे साँप सूँघ जाता। दोनों चोट खाए पंछी की तरह फड़फड़ा उठते। पीछा छुड़ाने को तमाम दिलासाएँ देते, लेकिन बेटी को तसल्ली कहाँ!

वह बार-बार यही रट लगाये रहती । खींझकर एक दिन तो आनन्द सिंह अपना आपा ही खो बैठे। अपने कलेजे के टुकड़े पर उन्होंने जिन्दगी में पहली बार हाथ छोड़ दिया। फिर तो रानी को कौन सँभाले। उसने अपने बाल नोच डाले। जमीन में सिर पटकते बोली–''पापा अब तो आपको भी मैं अच्छी नहीं लगती। मुझे मार डालो। अब नहीं जीना मुझे।''

आनन्द सिंह के तो जैसे फोड़े में किसी ने नश्तर चुभो दिया हो। वह छटपटा उठे। रानी को कसकर बाँहों में समेट लिया और बच्चे की तरह फूटफूटकर रोने लगे। बेटी को खूब सहलाया, पुचकारा और बोले–''अपनी बिटिया रानी को मैं देखना एक दिन 'रूप की रानी' बनवा दूँगा। गुड़िया सी लगेगी मेरी बेटी। दुनिया में सबसे सुन्दर ।

पापा की बात सुन रानी रोना छोड़ मचलने लगी। तब तो सब मुझे प्यार करेंगे न पापा? मेरे साथ खेलेंगे-कूदेंगे। स्कूल ले चलेंगे। मैं फिर सब जगह जाया करूँगी। शादी में, मेले में। अच्छे-अच्छे कपड़े पहनूँगी। अपने लिए चूड़ी-बिन्दी क्रीम पाउडर लाऊँगी। पर मुझे रूकमा जैसी ही सुन्दर बनाना पापा।''

कुछ देर के लिए जैसे उसकी दुनिया ही बदल गयी। सालों बाद पहली बार बेटी को इस तरह चहकते देखा उन्होंने। बरसों बाद बेटी के चेहरे पर मुस्कान देख माँ-बाप दोनों ख्वाबों में खो गये।

काश! उनकी बेटी को हकीकत में यह खुशी मिल जाती, तो इस धरा धाम में न सही उस परम धाम में तो उनकी इस अतृप्त आत्मा को तृप्ति मिल जाती।

आठ

सरोज में अब उन दोनों को अपने 'इष्ट' का रूप दिखने लगा। सब कुछ नियति और पूर्व जन्म के कर्मों पर छोड़ चुके आनन्द सिंह और उनकी पत्नी में पहली बार आगे की करनी पर भी भरोसा जगने लगा। अब तक वह हाथ पर हाथ धरे बैठे थे। नियति के आगे घोर विवश व लाचार। समझ ही इतनी थी कि ऊपर वाले ने जो बिगाड़ दिया, उसे सुधारने की इस अदने आदमी की क्या औकात! लेकिन अब उत्सुकता, उत्कंठा उनमें जोर मारने लगी। सरोज से उनका एक ही सवाल रहता—

"भुली, उनकी रानी ठीक हो जायेगी न?" इलाके भर में उनकी रानी की काबिलियत का डंका बजवा चुकी सरोज पर अब उनका भरोसा बढ़ने लगा था।

रानी पाँचवीं की बोर्ड परीक्षा में पूरे इलाके भर में फर्स्ट आयी थी। सबके मुँह खुले के खुले रह गये थे। वह रानी जो कभी घर से बाहर नहीं निकलती थी। दूर गाँव कैसे जायेगी? वह भी परीक्षा देने। माँ-बाप के लिए स्वयं यह एक यक्ष प्रश्न था। पर सरोज ने उस असम्भव को भी सम्भव बना दिया था। रानी को उसने न सिर्फ जाने को मनवा लिया, बल्कि बोर्ड परीक्षा में वह पूरा इलाका ही टॉप कर गयी। परीक्षाओं के दौरान वह सरोज के साथ ही रही। इसलिए आनन्द सिंह इसका सारा श्रेय सरोज को ही देते। बोले—

"भुली, ये सब तेरे ही प्रताप का प्रतिफल है। मैं अभागा तो इसे छह बरस की होने तक स्कूल का मुँह भी नहीं दिखा सका था। अब यह तेरे ही हवाले है। तू ही इसका उद्धार कर । भगवान ने शायद भेजा भी इसीलिए है तुझे। उसके यहाँ देर है, अँधेर नहीं।"

खुश तो सरोज भी कम नहीं थी। पर यह तो पहला ही पड़ाव था। उसे अभी आगे काफी लंबी यात्रा करनी थी। यही सोचते हुए उसने गहरी साँस ली और बोली—"आप क्यों चिन्ता करते हो? सब ठीक हो जायेगा। भगवान ने दुःख दिया है, तो वही इसका निस्तारण भी करेगा। रानी सचमुच रानी बन जायेगी।"

लेकिन इसके लिए सबकुछ तो सरोज को ही करना था। कहीं गिड़गिड़ाने का फायदा भी नहीं। खुद पति से उसे टका सा जवाब मिल गया था—

"उस लड़की का भला हो जाये, यह तो मैं भी चाहता हूँ। पर यह न मेरे वश

में है न तुम्हारे। कोरी हमदर्दी बेकार है। हम कोशिश करेंगे भी तो कितनी! फिर अँधेरे में हाथ-पाँव मारने से कुछ मिलना-मिलाना है नहीं। मन लगाकर नौकरी करो। उसकी पीड़ा देखी नहीं जाती, तो बिनगढ़ से कहीं और ट्रांसफर करवा लो।''

मुश्किल से ही कभी आपा खोने वाली सरोज यह सुन अपना आपा खो बैठी—

''कोई बात नहीं। आप नहीं कर सकते तो कोई हाथ नहीं जोड़ रहा। पर प्लीज अपना सुझाव अपने पास रखो। मैं उस बच्ची और उस परिवार को दिलाये भरोसे का खून नहीं कर सकती। यह दर्द हर कोई नहीं समझ सकता। उन लोगों का मुझ पर भगवान से भी ज्यादा भरोसा हो चुका है। फिर वह लड़का होता तो खप जाता। चाहे गधा ही होता। तुम्हारी तरह। वह लड़की है इसका दर्द वह उसकी माँ और एक औरत ही समझ सकती है।''

सरोज का पति तो आज जैसे लड़ने के लिए ही बैठा था। अपनी खीझ उतारते हुए वह बोला—

''मैं मानता हूँ आजकल सब कुछ सम्भव है। सुन्दर बनना भी असम्भव नहीं। पर मास्टरनी जी, यह मुफ्त में नहीं होता। लाखों रुपये चाहिए। वह हम जैसे नौकरी-पेशा लोगों के ही वश का नहीं, तो वह गाँव के आदमी क्या डाका डाल के लायेंगे!''

सरोज इस हकीकत से भलीभाँति वाकिफ थी। पर इरादे नेक हों और कर गुजरने की चाहत हो तो राह निकल ही आती है। लड़ने-झगड़ने से कोई रास्ता निकलने वाला नहीं। इससे झंझट ही बढ़ेगी। उल्टा काम प्रभावित होगा। इसलिए उसने ज्यादा उलझना मुनासिब नहीं समझा। फिर अगले दिन बिनगढ़ जाना ही था तो क्यों मन खराब करे। पर उसका मिशन जारी रहा। जिला अस्पताल में चर्म रोग विशेषज्ञ से उसने इस बावत विस्तार से चर्चा की। खर्चे पानी का भी लगभग मोटा-मोटा आकलन हो गया। पता चला कि चंडीगढ़ के सीएमसी हॉस्पिटल में प्लास्टिक सर्जरी की बेहतरीन सुविधाएँ उपलब्ध हैं। इलाज में दिन भी ज्यादा नहीं लगते। खर्चा भी वाजिब ही।

सरोज को लगा जैसे पहला पड़ाव पार कर लिया। जिद्दी तो वह शुरू से रही। साथ में काम की धुनी। फिर यहाँ तो रानी और उसके माँ-बाप का विश्वास भी दाँव पर लगा था। वह कोई कोर-कसर बाकी छोड़ना नहीं चाहती थी। मन भी मान गया कि इसमें ज्यादा जोखिम भी नहीं। वह सुनती रहती थी, ग्लैमर से जुड़े लड़के-लड़कियाँ तो आये दिन प्लास्टिक सर्जरी करवाते रहते हैं। कई फिल्मी नायक-नायिकाओं की खबरें वह स्वयं भी पढ़ती रहती। इसलिए मन आश्वस्त हो गया कि यह कोई टेढ़ी खीर नहीं। फिर वह तो इस सिद्धान्त की प्रबल पक्षधर थी कि जो जूझते हैं, उनकी तकदीर ही नहीं भगवान भी मदद करता है।

नौ

अब तो सरोज का एक ही सपना था। बस किसी तरह रानी और उसके माँ-बाप की खुशियाँ लौट आयें। इसके लिए चाहे उसे कुछ भी करना पड़े। वह जानती थी कि अब तक की उम्र रानी ने घर के कोनों में दुबक कर, सिसक कर, झेंपकर, लोगों की उपेक्षा का दंश झेल कर और ताने सुनकर किसी तरह काट ली है पर अब आगे नामुमकिन है।

वह ज्यूँ-ज्यूँ बड़ी हो रही थी, अन्दर की टीस भी बढ़ने लगी थी। उन्मुक्त आकाश में उड़ने वाला पंछी जैसे पंख विहीन हो जाता है, वैसी ही छटपटाहट रानी में भी साफ झलक रही थी। बेनूर, बेरौनक जिन्दगी, उम्र के उत्साह पर भारी पड़ने लगी। यह बदतर बोझिल जिन्दगी अब वह आगे ढ़ोना ही नहीं चाहती थी। पता नहीं कब क्या कर बैठे! कई बार तो वह गुस्से में पापा को जान देने की धमकी दे चुकी है।

आखिर, कब तक उसे तसल्ली के भरोसे जिलाये रखेंगे। अब वह उम्र की उस दहलीज पर कदम रख रही थी, जहाँ तन, मन के अधीन हो जाता है। मन हारने लगा था, तो तन की क्या बिसात! वह कभी भी जवाब दे सकता था। रोग कम पर वहम ज्यादा मार जाता है आदमी को। रानी को भी यही वहम मारने लगा था। मम्मी-पापा के प्यार पर भी उसे अब सन्देह होने लगा था।

"तुम तो मेरा दिल रखने के लिए मुझसे प्यार का नाटक करते हो।"

गुस्से में वह यह सब जाहिर भी कर देती। कहती—"पापा, तुमको भी मैं अच्छी नहीं लगती। तुम बस तसल्ली दिलाने भर को मुझे गोद में उठा लेते हो। रुकमा के पापा कैसे उसे सीने से लगाकर प्यार करते हैं, पर मुझे कभी किसी ने ऐसे प्यार नहीं किया।"

अपनी झेंप मिटाते हुए आनन्द सिंह भले उसको लाख सफाई देते लेकिन उनके हाव-भाव और बहुत कोशिशों के बावजूद भी होठों पर हँसी न ला पाने की लाचारी सब कुछ बयां कर जाती।

सरोज भारी उलझन में थी। एक-एक दिन भारी पड़ रहा है। एक तरफ रानी की जिम्मेदारी तो दूसरी तरफ घर की किच-किच।

अब तो जब भी छुट्‌टी पर घर जाना होता, तो फिर वही महाभारत। सास कुछ बोल लेती, तो वह फिर भी मन समझा लेती। लेकिन अब तो अपना पति ही हाथ धोकर पीछे पड़ गया। बात-बात पर ताने और जली-कटी बातें।

रानी के प्रति सरोज की हमदर्दी की तो शुरू-शुरू में उसने कोई परवाह नहीं की, लेकिन धीरे-धीरे उसकी रानी के लिए बढ़ती बेचैनी उसे बुरी तरह अखरने लगी। कुछ भी हो जाय, सम्मान की मर्यादा हमेशा बनाये रखने वाला पति अब अपमानित करने पर उतर आया।

"आखिर उसके लिए इतना प्यार क्यों! क्या लगती है वह तुम्हारी, जो दिन-रात उसी की चिन्ता में दुबलाई जा रही हो? कभी अपने बच्चों के लिए नहीं तड़पी तुम ऐसे? तुमसे दूर वह कैसे जी रहे हैं, खा-पी रहे हैं कि नहीं। कभी कुछ ऊँच-नीच हो जाये तो कौन देखेगा उन्हें? तुम तो मुँह उठाकर चल देती हो। मैं कैसे उनको सँभालता हूँ, सोचा है कभी! जिसकी बेटी है वह तो घोड़े बेचकर सोए हैं और तुम हो कि हाय तौबा मचाए बैठी हो। अब तो घर बार से भी तुम्हें कोई लेना-देना नहीं रहा। बस उसी की सेवा का भूत सर चढ़कर बोल रहा है। इस चक्कर में किसी दिन उधर में नौकरी और इधर घरवालों से हाथ धो बैठोगी, तो आ जायेगी अक्ल ठिकाने।"

वह रुकने का नाम ही नहीं लेता। सरोज कब आये और कब मैं अपनी सारी भड़ास उतारूँ, इसके लिए वह जैसे पहले से ही तैयार बैठा रहता। और हफ्ते दस दिन से अन्दर दबा पड़ा लावा उसके आते ही फूट पड़ता। वह जब तक चली नहीं जाती। रह-रहकर तब तक धधकता और उफनता रहता। बस हर पल उसकी यही रट रहती-

"उस परायी लड़की की खातिर तुमने अपना घरबार उजाड़ दिया है। हफ्ता दस दिन में बिनगढ़ से आती हो पर आसल-कुशल गयी भाड़ में, बस उस चंडाल का ही नाम जपती रहती हो।

अरे जनसेवा का इतना ही शौक है तो छोड़ो नौकरी। कूद जाओ राजनीति में। फिर देखना जिनके लिए ऐसे मर रही हो, वो एक वोट भी देते हैं कि नहीं। पता लग जायेगा कितने पानी में हो।"

सरोज एक कान से सुनती, दूसरे से निकाल देती। कभी-कभी तो जैसे उसे सुनाई भी नहीं देता, कि कौन क्या बड़बड़ा रहा है। यही सुनती रहेगी तो और काम क्या खाक करेगी! यह वह खुद भी बोलती रहती है, और कभी अपनी गहरी पीड़ा जुबां पर ले आती।

"अरे कोई मदद न करे, अड़ंगा भी तो न लगाये। फिर मैंने क्या कसर छोड़ रखी है? घर में नहीं तो घर के खर्चे पानी में तो हाथ बँटाती हूँ। कितनी महँगाई है। बच्चों के लिए अच्छा स्कूल भी चाहिए। एक आदमी की तनख्वाह से घर चलता

है कहीं! फिर टीचर हूँ। गुरु का धर्म सिर्फ शिक्षा ही नहीं, संस्कार और समाज को सम्बल देना भी तो है। गुरु सामाजिक ही नहीं है, तो हुआ करे विद्वान। उसकी विद्वत्ता किस काम आयेगी पर कोई समझे तभी न।''

अति होने पर अब तो वह पति को दो टूक सुना भी देती-

''इन्सान हो तो इन्सानी सोच भी रखो । कुछ इंसानियत का काम भी कर दो। अपना और अपने परिवार का पेट तो जानवर भी भरता है। इससे ऊपर उठकर सेवा-भाव ही इंसानियत है। मैं इंसानियत का यही धर्म निभा रही हूँ, और निभाती रहूँगी।''

सरोज की यही हाजिर जवाबी और गूढ़-दर्शन का पति भी कायल था, और वह यह जानता भी था कि सरोज गलत नहीं है। पर वह इन्सान है भगवान तो नहीं। अपनी अपेक्षाओं, अपनी उम्मीदों और अपनी हिस्सेदारी पर वह दूसरों का दखल कैसे बर्दाश्त करे! यह वह हल्के मूड में कभी-कभी स्वयं भी प्रकट कर देता।

मानव के इस मनोविज्ञान से सरोज भी वाकिफ थी। वह कहती भी–''सभी दुनिया में परोपकारी हो जायें, तो फिर दुःखों के पहाड़ तले कोई अकेले छटपटाने को लाचार ही क्यों हो! पर उसकी यह जिद भी थी कि समाज के ठेकेदार बने लोग और शिक्षित-संस्कारी होने का दम्भ भरने वाले लोगों को तो यह दम-खम भी रखना ही चाहिए। वरना उतार फेंके ये लबादा और छोड़ दें दिखावे का नाटक। पर कोई आगे आये या न आये मैं तो पीछे नहीं हटूँगी।'' उसने जैसे संकल्प ही ले लिया था।

दस

जुनूनी तो सरोज शुरू से ही थी। फिर लोगों की पीड़ा का जुनून उसके सिर चढ़कर बोलने लगता। रानी का मामला तो जैसे उसके जीवन का एक मिशन ही बन गया था। उसके लिए जीवन-मरण का सवाल। कभी-कभी तो वह खाना-पीना भी भूल जाती। उसे लगने लगा कि लोगों के आगे गिड़गिड़ाने या फिर खाली सोचते रहने से कुछ नहीं होगा। इसके लिए तो जुटना पड़ेगा। हाथ-पाँव मारने पड़ेंगे। घर-बाहर का विरोध भी झेलना पड़ेगा। लोग हतोत्साहित भी करेंगे, पर करें। दुनिया में आखिर भले लोग भी हैं, जिनसे यह कायनात चल रही है।

उसकी यही सकारात्मक सोच उसके लिए टॉनिक का काम करती। वह इधर-उधर भागने के अलावा जानकारियाँ भी तलाशती रहती। एक दिन उसे पता चला कि मुख्यमन्त्री के विवेकाधीन कोष से बीमारियों के इलाज हेतु आर्थिक मदद मिलती है। उसकी तो बाँछें खिल गयीं। रास्ता खुलता नजर आने लगा। बगैर समय गँवाए उसने कार्रवाई शुरू कर दी। आनन्द सिंह की ओर से एक के बाद एक कई आवेदन भिजवा दिये। साथ में सिफारिशी चिट्ठियाँ भी। कई दिन तक यही उपक्रम चलता रहा। पर कहीं से कोई सकारात्मक उत्तर नहीं मिला, तो सरोज एक दिन स्वयं ही मुख्यमन्त्री कार्यालय जा पहुँची। पर वहाँ भी उनकी अति व्यस्तता का हवाला देते हुए टरका दिया गया।

सरोज को गहरा धक्का लगा। दो-तीन महीने इसी कवायद में निकल गये। पर हाथ कुछ नहीं। रानी के पिता ने तो बिल्कुल हाथ-पाँव ही छोड़ दिये। बड़े नैराश्य भाव से वह बोले—

"भुली, रहने दो। कहाँ अपनी जान खफा रही है तू। नसीब में ही नहीं है, तो लाख सर फोड़ ले, कुछ नहीं मिलता। रानी की तो किस्मत ही खराब है। किस्मत अच्छी ही होती, तो यह दिन थोड़े ही देखने पड़ते। औरों की भी तो औलादें हैं, कौन ऐसे घुट-घुटकर मर रहा है?

आनन्द सिंह की बात सुनकर सरोज तमतमा उठी। बोली—"मर्द होकर भी इतनी जल्दी टूट गये। अरे कैसे बाप हो? बेटी के लिए जान भी चली जाती तो उफ् नहीं करते, लेकिन दो-चार दिन में ही आपके तो हाथ-पाँव ही फूल गये हैं।

नाउम्मीदी से कुछ हासिल नहीं होता। रात के बाद ही तो सुबह आती है। दिल छोटा मत करो। हमारा काम जरूर होगा। हो सकता है, जो आवेदन हमने भेजे, वे मुख्यमन्त्री तक पहुँचे ही न हों। रही बात मुख्यमन्त्री के न मिल पाने की, तो उसका भी जुगाड़ देखते हैं। कोई न कोई रास्ता जरूर निकलेगा। किसी के माध्यम से ही सही। जाने से पहले मिलने का समय तय कर लेंगे। अगली छुट्टी में मैंने देहरादून जाना ही है। वहाँ सारी बात कर लूँगी। तुम्हीं इस तरह से हार-मान हो जाओगे, तो उस बिटिया रानी को ताकत कौन देगा? उसे तो हमने और मजबूत बनाना है। ताकि नादान बच्ची आपा न खोए और सनक में कहीं कुछ ऊँच-नीच न कर बैठे।''

उधर वह रानी के साथ भी खूब हँसी-मजाक में लगी रहती। उसका दिल मजबूत करने की जुगत भिड़ाती रहती। उसे प्यार से समझाती—''देखो बेटा कभी गुस्सा मत करना, और किसी बात से चिढ़ना नहीं, वरना लोग और चिढ़ाएँगे। जो बात भली न लगे, उस पर कान ही मत धरना। जो भी बातें हों उन्हें हँसी में उड़ा देना। बाकी मैं हूँ न। जल्द ही सब ठीक हो जायेगा।''

रानी हाँ मैं सिर हिलाती, तो कई बार मासूमियत से पूछ भी बैठती—''मैं ठीक हो जाऊँगी न बहन जी! रुकमा की तरह ही सुन्दर?''

रानी की यह दर्द भरी प्यारी गुहार सरोज का जैसे कलेजा चीर जाती। वह साहस बटोरती, मुस्कुराती और कहती—हाँ बेटा तू रूकमा से भी सुन्दर हो जायेगी। बिल्कुल परी जैसी। पर जो मैंने कहा वही करना।''

चेहरे पर दृढ़ भाव लाते हुए रानी झट हाँ में सिर हिला देती।

दूसरी ओर सरोज आनन्द सिंह और उनकी पत्नी को बेटी के इलाज के लिए तैयार रहने की हिदायत देती रहती और समय-समय पर उनका धैर्य बनाए रखने हेतु प्रोत्साहित भी करती रहती।

ग्यारह

नसीब का खेल भी बड़ा निराला है। जो इसका दामन थामे रहता है, उसे तो यह खूब नचाता है और जो इससे दो-दो हाथ पर आमादा है, उसे निहाल कर देता है।

सरोज घंटों कभी यही सोचती रह जाती। रूकमा के बाप को ही देख लो। दिन-रात कैसी तिकड़में भिड़ाते रहता है। उसके लिए न भाग्य न भगवान। कहते हैं एक बार किसी ज्योतिषी ने कह दिया, भगवन्, तुम्हारे हाथ में भाग्य रेखा है ही नहीं तो चाकू से चीर कर खुद भाग्य रेखा बना डाली उसने। आज देखो कहाँ से कहाँ पहुँच गया। बिटिया भी कितनी सुन्दर! दूसरी ओर ये आनन्द सिंह है घोर भाग्यवादी। जो भाग से मिल गया उसी में खुश है। कोई तीन तिकड़म नहीं, पर क्या हाल हैं बेचारे के, एक औलाद वह भी ऐसी!

वह बौखला उठती–"अरे भाग्य के भरोसे ही पड़े रहोगे, तो मर जाओगे। तुमने तो जिन्दगी काट ली है, पर यह मासूम क्या करेगी? कम से कम उसका तो खयाल करो। हाथ-पाँव ही नहीं हिलाओगे, तो किस्मत क्या खुद निवाला मुँह में ठूँस जायेगी। ठीक है, पूजा-पाठ, देवी-देवताओं का स्मरण और पूर्व जन्म के कर्म आदि भी हमारे जीवन का हिस्सा हैं, लेकिन इन्हीं के भरोसे सब कुछ छोड़ देना महा बेवकूफी है। भई करनी तो हमें ही करनी पड़ेगी। ये क्यों नहीं सोचते कि ऊपर वाले ने तो इतना दे दिया, चलो कुछ इजाफा हम भी कर लें। बैठे-बैठे कोई चमत्कार नहीं हो जायेगा। रानी के लिए जो भी है हमें ही करना होगा।"

"कुछ नहीं होगा करने से।" बिल्कुल टूट चुकी रानी की माँ की पीड़ा पके फोड़े सी रिस आयी। "मैंने क्या-क्या नहीं कर लिया। पूजा-पाठ से व्रत संकल्प सब कुछ। एक मंदिर नहीं छोड़ा। सारे तीर्थ कर डाले। पर ढाक के वही तीन पात। जो नसीब में है वह भोगना ही पड़ेगा। पूर्व जनम के कर्मों का प्रायश्चित्त करना ही होगा। जैसी करनी वैसी भरनी। जो किया है वही भोग रहे हैं। अरे करने से ही भाग जग जाते, तो कौन सिरफिरा है जो नहीं करता। सब अपना भाग जगा लेते हैं। कौन माँ-बाप नहीं चाहते अपनी औलाद खुश हो। पर जैसा भगवान ने गढ़ दिया, गढ़ दिया। अपना-अपना भाग्य है। उस पर किसी का जोर नहीं। अब तो यह भी डर लगने लगा है कि भगवान ने जो दिया है, उसमें हमने कुछ छेड़छाड़ की, तो कहीं कुछ और

अनर्थ न हो जाये। इसलिए जो उसकी मर्जी है, उसे चलने दें। जब तक जिन्दा हैं, अपनी औलाद को पाल तो सकते ही हैं। जब दिन पूरे हो जायेंगे, तो साथ ही चिता लगवा लेंगे। मुझे अब कुछ नहीं करना। अपनी बेटी की इसी सूरत से दिल बहला लूँगी।'' वहीं बैठी-बैठी दीवार पर सिर टिकाकर निढ़ाल सी फूट-फूटकर रो पड़ी।

सन्न रह गयी सरोज। नजरें जैसे रानी की माँ पर ही अटकी रह गयी। साँस ऊपर की ऊपर और नीचे की नीचे। कोई और होता तो झल्ला उठता–

''जाओ जहन्नुम में। कौन-सा अपनी बेटी के लिए भीख माँग रहा हूँ। तुम्हारी बेटी, तुम्हीं सम्हालो।''

पर सब्र और समझ ही तो उसकी पूँजी थी। लोग उसे नहीं उसके इसी जज्बे, जुनून और इंसानियत को सलाम करते। वह समझ गयी यह किसी औरत की भड़ास नहीं एक लाचार बेबस माँ की दबी पड़ी पीड़ा का फट पड़ा सैलाब था। ऐसी माँ जो इकलौती बेटी के पहाड़ जैसे दुःख के बोझ तले पिछले चौदह-पन्द्रह सालों से छटपटा रही थी। सरोज ने उसे अपनी बाँहों में समेट कर सीने से लगा लिया और लग गयी उसे जीवन के यथार्थों से भरी गीता का सार समझाने।

बारह

ऊपर वाला अगर खामियाँ देता है, तो संग में खूबियाँ भी जरूर देता है। मानव इतिहास के तमाम पड़ाव इसके गवाह हैं। ऋषि, चिन्तक, दार्शनिक, वैज्ञानिक, साहित्यकार और न जाने क्या-क्या। अतीत से आज तक न सिर्फ हमारे प्रेरणा स्रोत रहे हैं, बल्कि हमें सम्बल भी देते रहे हैं। इस काया और माया के भ्रम से ऊपर उठकर जीवन का मर्म समझाते रहे हैं। मरघट बनकर हममें वैराग्य जगाते रहे हैं। समाज से भगाने वाला वैराग्य नहीं, बल्कि सीमित, संकुचित स्वार्थों से निकाल भगाने वाला वैराग्य। ताकि यह जीवन स्वः से हटकर समाज के लिए समर्पित हो सके। सरोज कभी-कभी बिल्कुल ही दार्शनिक हो जाती। कहती–

रानी भी जरूर हमें झकझोरने आयी है हमें रोशनी दिखाने के लिए। तभी तो दिये की बाती की तरह जल रही है, ताकि यह अंधकार औरों का जीवन दूभर न कर दे। कभी-कभी रानी सरोज से कहती भी–

''मास्टरनी जी मेरा जैसा जीवन और किसी लड़की को नसीब न हो। कुछ ऐसी जुगत करना कि फिर आगे कोई ऐसे न रोए।''

भावुक सरोज उसे सीने से लगा लेती, और बोलती–''नहीं रानी तूने सबके लिए द्वार खोल दिये हैं। मेरी बिटिया भी अब नहीं रोएगी और न आगे कोई ऐसे उम्र भर रोने को लाचार होगा।''

बस यह काम हो जाये। आगे फिर राह आसान। लोग जानने समझने ही लगेंगे कि जिसे हम नियति मानकर आज आजन्म भोगने को लाचार हैं, वह दरअसल हमारी भूल है। हम इससे उबर सकते हैं। देखो मम्मी-पापा ही कितने बदल गये। पहले उन बेचारों को दीन-दुनिया की कुछ खबर ही नहीं थी। और आज रानी के साथ खड़े हैं। उसकी कायाकल्प के लिए।

सरोज उसे ढाँढस भी बँधाती–''मैं तो तुम्हें ठीक करके ही रहूँगी। फिर भगवान ने तो मुझे गुरु के साथ-साथ माँ भी बनाकर भेजा है। ये दोनों धर्म निभाना मेरा दायित्व है।''

बात सही थी। वह शिक्षित कर बच्चों का न सिर्फ अज्ञानता का अंधकार मिटा रही थी, बल्कि उन्हें जीवन जीना भी सिखा रही थी। भले-बुरे का एहसास करवा रही थी।

बच्चे तो बच्चे गाँव के बड़े बुजुर्ग, जवान ब्याहिताएँ सभी की वह मास्टरनी जी थी और जहाँ जैसी जरूरत, वहाँ वह वैसी पेश आती। उन्हें समझाती बुझाती और शिक्षा दीक्षा भी देती। कहती—"जितना पढ़ना-लिखना जरूरी है, उतना ही उसे गुनना भी। जितनी ऊपर वाले से हमारी अपेक्षाएँ रहती हैं, उतनी ही हमें अपने से भी रखनी चाहिए। आखिर करना-धरना तो सब अपने ही हाथ में है। भगवान ने बहुत बड़ी ताकत दे रखी है आदमी को। इतनी कि उसकी तरफ से जो खामियाँ रह जायें, वह इन्सान दूर कर सकता है। इसीलिए तो गाहे-बगाहे वह इम्तहान भी लेता है। आजमाता है अपनी संतान को। देखो मैंने तो इतना दिया है अब वह कितना इसमें सुधार कर पाता है। जो जितना सुधार कर ले, वह उसे उतना ही बड़ा ईनाम देता है।

तेरह

शिक्षा संस्कारों का पावन संगम थी सरोज। जितनी प्रबुद्ध उतनी ही विनीत। प्रखर भी और परिपक्व भी। एक सच्ची गुरु। सन्त कबीर के बिल्कुल कुम्हार सी। जो घड़ा गढ़ने को अन्दर तो हाथ का सहारा दे, और बाहर से चोट मारे। सुन्दर घड़े को आकार देने की जुगलबन्दी बच्चों तक ही नहीं उनके माँ-बाप पर भी वह लागू करती।

यह जानते हुए भी कि भलाई में, भलाई कम बुराई ही ज्यादा मिलती है, वह अपने काम में लगी रहती। जो करना है, सो करना है। मीन-मेख निकालना तो इन्सानी फितरत है। करने दो उन्हें तुम्हें आगे बढ़ना है तो डरो नहीं। जो डर गया सो मर गया। वह औरों को भी हिम्मत बँधाती।

पर थी तो इन्सान ही। लोगों के फिकरे और ताने ही होते, तो सहन भी कर जाती। पर कुछ सिरफिरों ने उसके मर्म पर ही चोट कर डाली। उसकी इंसानियत, ईमानदारी और ईमान को ही चौराहे पर घसीट लाये।

अरे यह मास्टरनी तो बड़ी चालाक निकली। आनन्द सिंह के परिवार को तो उसने अपने मुट्ठी में ही कर लिया है। रानी के ईलाज के नाम पर खूब पैसा बटोरने में लगी है, इधर-उधर से खूब पैसा इकट्ठा कर लिया है। बस एक दिन समेटकर रफू चक्कर। कब ट्रांसफर हुआ, पता ही नहीं चलेगा। ऐसे ही लगी है वह उनके पीछे! कौन मरता है आज इस तरह किसी के लिए। ऐसे ही पड़ी है यहाँ इतनी दूर। कोई मर्द तक तो यहाँ आने को राजी नहीं और फिर यह औरत जात। वह भी ऐसे मन लगाकर पढ़ाए। अरे सब ढोंग है ये। एक दिन देखना फूट जायेगा सारा भांडा।

सरोज ने सुना, तो सर पकड़ कर बैठ गयी। अपना माथा फोड़ ले या उनका। कुछ देर कुर्सी पर ही निढाल पड़ी रही। गाँव की ही एक औरत दबे पाँव आकर बता गयी थी। "देखो मास्टरनी जी, आप बच्चे, घरबार सब कुछ छोड़कर यहाँ पड़ी हो। इतनी मेहनत से बच्चों को पढ़ाने में लगी हो। और वह आनन्द सिंह की बेटी रानी, क्या लगती है आपकी? पर उसके लिए अपना खाना-पीना छोड़कर जुटी पड़ी हो। ऐसा तो अपना कोई सगा भी नहीं करता। अरे इतना ही दर्द है रानी के लिए, तो खुद ही कुछ क्यों नहीं कर देते! आप कर रही हैं तो उनके कलेजे पर साँप लोट

रहे हैं। अरे कीड़े पड़े इनके मुँह में, जो उल्टी सीधी बातें कर रहे हैं। भले खानदान के होते, तो शुक्रिया अदा करते ऊपर वाले का कि इतनी अच्छी मास्टरनी मिली है। बच्चों का जीवन सुधर रहा है। पर चिन्ता मत करो। हम लोग हैं न आपके साथ। चलिए आराम कीजिए। आज आपकी तबियत भी कुछ ठीक नहीं लग रही, मैं चलती हूँ। गाय-भैंसों के लिए घास-चारा लेने निकली थी। सोचा तुमसे मिलती चलूँ।''

वह चली गयी, लेकिन सरोज बिल्कुल वैसी ही बुत बनी दूर खेतों के बीच ओझल होने तक उसे एकटक देखती रही। इतने करने-धरने का यह इनाम। अरे न करते तारीफ, कम से कम ऐसी ओछी बातें तो न करते। उसका सर चकराने लगा। दोनों हाथ गाल पर धरे वह दरवाजे के एक पट पर टेक लगाकर दूर आकाश को निहारने लगी। और दिन पति, सास आदि उससे जिरह करते थे, आज वह खुद अपने से जिरह करने लगी–

''क्या जरूरत थी यहाँ कूदने की। टीचर थी तो टीचरी ही करती। कमाती-खाती मस्त रहती। घरवालों के ताने भी नहीं सुनने पड़ते। और न गाँव वालों के ये फिकरे। अब भोगो।'' अपने आप को दुत्कारते वह अन्दर चली आयी, और चारपाई पर लेट गयी।

आज पानी भी नहीं भरा। न धूप-बत्ती की। और दिन गाँव जाने से पहले वह पानी भर जाती और फिर लौटते ही नहा-धोकर धूप-बत्ती करती। फिर बच्चियाँ आ जाती रहने। वे खाना बनाती और वह पास ही कुर्सी में बैठी उनसे बतियाती रहती। पर आज तो कमरे में भी अँधेरा पसरा पड़ा था। रात आठ बजने को आये तो चिन्तित आनन्द सिंह पता करने यहीं आ धमके। पर कमरे में कोई रौशनी न देख वे घबराहट में सीधे अन्दर ही घुस आये।

''क्या बात भुली तबियत ठीक नहीं है क्या? बच्चों से कहलवा देती तो मैं रानी की माँ को भेज देता।''

''नहीं-नहीं ठीक है। थोड़ा सिर दुःख रहा था इसलिए लेट गयी।'' यह कहते हुए सरोज उठ बैठी। और कमरे की बत्ती जलाते हुए उसने आनन्द सिंह की ओर कुर्सी सरकाई। बोली–

''बैठिए भाई साहब, आपको भी मैंने यहाँ तक दौड़ा दिया।''

अरे नहीं, यह तो हमारा फर्ज है। तू रोज शाम आ जाया करती थी न घर। हमें आदत सी पड़ गयी। आज नहीं आयी, तो रानी की माँ बोली–देखकर आओ, क्या बात है मास्टरनी जी क्यों नहीं आयी आज! क्या कोई दिक्कत है। हमेशा लोगों को दिलासा देने वाली सरोज का आज मन उदास देखकर आनन्द सिंह अधीर हो उठे। सरोज टालने की कोशिश करने लगी–पर आनन्द सिंह की जिद पर उसने सारा किस्सा बयाँ कर दिया–

''हे भगवान! इतनी सी बात । मैं तो डर गया था। पता नहीं क्या बात हो गयी है।'' चौंकने के बजाय आनन्द सिंह ने जोर का ठहाका लगाया। सरोज हैरानी

से उनका चेहरा देखते रह गयी। वह बोले–

"ये तो भुली, कीड़े हैं गन्दी नाली के। कुलबुलाते रहना उनकी फितरत है। जब तक अपनी कुंठा नहीं निकाल देते, उन्हें खाना ही नहीं पचता। उनकी दुनिया ही यही है। तभी तो तरक्की नहीं कर पा रहे हैं। मर जायेंगे ऐसे ही सड़ के और सड़ाँध फैलाके। तू कैसी पढ़ी-लिखी है। कैसी दुनिया घूमी है। अरे कुत्तों का तो काम ही है भौंकना। चल घर चल वहीं करेंगे बात। खाना खाकर छुड़वा दूँगा। जो बच्चियाँ आज रात आनी हैं उन्हें वही बुलवा लेंगे। उन्हीं के साथ चली आना।"

बहुत बड़ा बोझ जैसे उतर गया सर से । सरोज ने कमरा बन्द किया और चल दी साथ में। घर पहुँचते ही सारी कहानी बयां कर दी, रानी की माँ के सामने आनन्द सिंह ने। उसके तो जैसे तन बदन में आग लग गयी-

"नाश हो इन लोगों का। अब कोई और नहीं मिला, तो इनके पीछे पड़ गये। तुम फिक्र मत करो मास्टरनी जी। ये लोग तो काम बिगाड़ना चाहते हैं। वह नहीं चाहते कोई खुशी से रहे। वे तो दुःखी ही इसीलिए रहते हैं कि कोई पड़ोसी सुखी क्यों है!"

सरोज की जैसे सारी हरारत दूर हो गयी। आज एक मास्टरनी बच्चों की तरह सिर झुकाए खड़ी थी। और जिन्हें वह शिक्षा का पाठ पढ़ाती, वह आज उसके मास्टर बने उसे सीख दे रहे थे। और वह विनीत भाव से उसे सहेजे जा रही थी।

चौदह

गजब है यह दुनिया भी। यहाँ आदमी चाहे जितनी मास्टरी कर ले, पर रहता है हमेशा शिष्य ही। जिन्दगी भर सीखते ही रहता है। अज्ञानी ज्ञानी से ही नहीं, बड़े छोटों से भी। शिक्षक बच्चों से भी और पढ़ा-लिखा निपट अनपढ़ गँवारों से भी। कुछ भी तुच्छ नहीं है यहाँ। बस सीखने वाला होना चाहिए। गद्‌गद थी सरोज। उसने एक और पाठ आज सीखा। दुनियादारी का। हारमान हालातों में भी हिम्मत न हारने का। वह हरएक से हमेशा कुछ न कुछ सीखने की हर पल कोशिश में रहती। यही उसका बड़प्पन था। मास्टरनी होते हुए भी वह बच्चों से भी कुछ न कुछ सीखने की चेष्टा करती। इसीलिए आज वह इस मुकाम पर है।

वह कमरे में लौट तो आयी पर अभी भी कान में उसके आनन्द सिंह और उनकी घरवाली के ही स्वर गूँज रहे थे। साथ आयी बच्चियों से उसने थके होने का बहाना बनाकर आज जल्दी सो जाने की मनुहार की। बोली–

''कल होगी गपशप। आज सो जाते हैं।'' यह कहकर उसने करवट ली और लौट आयी फिर अपनी दुनिया में।

कितना बड़ा अनर्थ कर दिया था मैंने । ये लोग न सम्हालते तो मैं राह ही भटक गयी थी। मेरे तो कदम ही डगमगा गये थे। कितनी कमजोर हूँ मैं! ऐसे लड़ाई लड़ी जाती है भला! बयाना ले लो और मुकर जाओ। ये भी कोई इंसानियत है। उस बेचारी रानी और उसके माँ-बाप को क्या मुँह दिखाती। घर में क्या कहती। ये जो लांछन लगा रहे हैं उन्हें क्या जवाब देती। क्या उन्हें छूट दे देती कि वह जो हरकतें करते आ रहे हैं, करते रहें ताकि गाँव वालों का काम करने वालों पर से भरोसा ही उठ जाये। कितने महान हैं रानी के माँ-बाप, जिन्होंने इतनी प्रतिकूल परिस्थितियों में भी अपना विवेक नहीं खोया। और एक मैं हूँ वगैर किसी आफत के ही अपना धीरज नहीं बनाए रख सकी।

सरोज ने उसी वक्त प्रण किया कि अब चाहे धरती उलट-पुलट हो जाये, वह टस से मस नहीं होगी। और जुट गयी अपने मिशन में फिर नये जोश से। लगा मुख्यमन्त्री कोष से कुछ होना-हवाना है नहीं, तो सोचा क्यों वक्त जाया करूँ! वह स्वयंसेवी संस्थाओं से सम्पर्क साधने में जुट गयी। स्वयं दौड़-भाग करती, उनसे

मिलती। इस बार न सही, चलो अगली बार हो जायेगा। वह प्रयास जारी रखती। कुछ जगह तो बस आश्वासन ही मिलते। और कुछ ऐसे भी थे जो करते तो कुछ नहीं और उल्टी सलाह दे डालते, लेकिन वह टूटी नहीं। धीरे-धीरे ऐसे भी लोग सम्पर्क में आने लगे, जो मददगार थे। उसकी बातों में रुचि लेते और रानी के लिए सहानुभूति रखते।

इसी बहाने सरोज को दुनियादारी की हकीकत भी पता लग गयी। वह समझने लगी। हाथी के दाँत दिखाने के और खाने के और होते हैं। सरकार से लेकर ये तमाम विभाग बस दिखावे भर के हैं। प्रचारित कुछ करते हैं और असलियत कुछ और होती है। चक्कर काटते-काटते थक चुकी सरोज की खीझ कभी-कभी विभागीय लोगों पर भी उतर जाती–

''आप लोग तो आदमी को नहीं पैसे को और पहुँच को पहचानते हो। नेता अफसरों और रसूखदारों के आगे तो दुम हिलाते फिरते हो और जरूरतमंदों को दुत्कार देते हो। अरे तुम्हें तो रखा ही आम आदमी की सेवा के लिए है। तुम सेवक हो, पर भगवान बने बैठे हो। अरे इनका नहीं तो अपने बाल-बच्चों का ख्याल करो। गरीब की हाय लगेगी तुम लोगों को।''

पर कुछ भले लोग भी हैं। जिनकी बदौलत यह व्यवस्था चल रही है। यह दुनिया चल रही है। यह बात वह जानती थी इसीलिए वह लगी भी रहती। जगह-जगह टरकाए जाने, चक्कर लगाने से वह मन छोटा नहीं करती। उसने तय कर लिया, वह अब सिर्फ उन लोगों से ही सम्पर्क साधेगी, जो काम करेंगे और उसके प्रति सहानुभूति रखेगी। संयोगवश इसी कवायद में उसकी मुलाकात 'नवजीवन' नाम की एक स्वयंसेवी संस्था के संचालक राम प्रकाश जी से हो गयी। उसने सारी व्यथा-कथा उन्हें सुना डाली। वह पहले आदमी थे जिन्होंने उसे इतनी गम्भीरता से सुना। बात पूरी होने पर वह बड़ी शालीनता से बोले–''मैं देखता हूँ इस बारे में क्या किया जा सकता है। कल कार्यालय में आकर मिल लो।''

अगले दिन वह नियत समय पर राम प्रकाश जी से मिलने संस्था के कार्यालय पहुँच गयी। उसे देखते ही रामप्रकाश जी ने गर्मजोशी से अभिवादन किया–

''आओ बहनजी, आओ।'' उसे आराम से बिठाते हुए वह बोले–''हम उस बच्ची का सारा खर्च उठाने को तैयार हैं। पर एक शर्त है हमारी। वह आपको पूरी करनी होगी।''

इतना सुनते ही सरोज चौंक गयी। ''शर्त कैसी!'' उसे लगा कुछ लेन-देन की बात तो नहीं कर रहे हैं।

सरोज को चिन्तातुर देख रामप्रकाश जी बोले–''घबराइये नहीं। जिस बच्ची की सर्जरी करवानी है, उससे हमारा बोर्ड पहले मिलना चाहेगा। तय करेगा कि वाकई वह इलाज की हकदार है कि नहीं। हमारी संस्था उन्हीं बच्चों का जीवन संवारने

के लिए समर्पित है, जो तकदीर के मारे हैं। लोग यहाँ शौक के लिए भी चले आते हैं और फिर झगड़ने लगते हैं। पर आप आयी हो, तो हमें पूरा भरोसा है, लेकिन संस्था के नियम से हम बँधे हैं। इलाज से पहले यह शर्त तो पूरी करनी ही होगी। बुरा मत मानियेगा।

सरोज ने सहर्ष यह शर्त स्वीकार ली। अगले हफ्ते इसी दिन का समय तय हो गया। सरोज बिनगढ़ लौट आयी।

पन्द्रह

उजाले का बीज भोर के पहले घनघोर अँधेरे के बीच ही कहीं छिपा होता है। कुदरत के इस यथार्थ को सरोज आज खुद में साक्षात् घटित होते देख रही थी। क्या-क्या नहीं सुना, क्या नहीं सहा। कभी-कभी तो आँखों के आगे घुप्प अँधेरा सा छा जाता। सहारे के बजाय लोग सबक बन जाते हैं। जो साथी थे, उनके भी सुर-साज बदल गये। सराहना छोड़ वे सलाह पर उतर आये। किन्तु अब उजाले की उम्मीद जगी है।

सालों बाद आज इतनी तरोताजा लग रही थी सरोज। खुशी से पागल। पहाड़ का यह दुरूह सफर कब कट गया, पता ही नहीं लगा। गाड़ी से उतरते ही वह सीधे रानी के घर चल दी। खुशी की यह खबर देने को वह बेताब थी।

वह कुछ बोलती, इससे पहले ही जैसे आनन्द सिंह ने उसके चेहरे की खुशी पढ़ ली। जंग जीत कर लौटी वीरांगना सा उसका खैर मकदम करते हुए वह बोले–

''बधाई-बधाई आज तो भुली का चेहरा बड़ा दमक रहा है। लग रहा है सारे किले फतह कर आयी। अरे आखिर भगवान भी बिल्कुल ही आँखें बन्द किए थोड़ी बैठा है। देर-सवेर तो वह भी पसीजेगा ही।''

''जी हाँ, काम अब हो ही गया समझो।'' खनकती आवाज में सरोज बोली–

''अरे होगा कैसे नहीं। जो तू चाहे वह न हो, यह सम्भव है! अरे तेरी जिद पर तो यमराज भी हारमान हो जाय। आदमी की क्या बिसात! दादी कहा करती थी, जीत-हार तो मन से होती है। जिसने मन ही बना लिया, जीतने का तो उसे भगवान भी नहीं रोक सकता। तुझे तो मैं जानती हूँ। तू औरत नहीं तू तो साक्षात देवी है।'' कहते हुए अचानक भावुक हो उठी रानी की माँ। फिर अपने मनोभावों को संयत कर आगे बोली–

''मुझे तो यही लगता है, तभी ऊपर वाले ने अपनी चूक की भरपाई के लिए भेजा है तुझे यहाँ। भगवान तुझे लम्बी उम्र दे। लोग इसी जन्म में नहीं जन्म-जन्मान्तर तक याद करते रहें तुझे!''

''मेरा नहीं ऊपर वाले का शुक्रिया अदा करो दीदी, ऊपर वाले का। उसकी मर्जी बगैर पत्ता भी नहीं हिलता। मैं तो बस एक जरियाभर हूँ। मैं न होती, तो कोई और होता। कुदरत का काम रुकता थोड़े ही है। खैर छोड़ो। रानी को ईलाज हेतु

भेजने की तैयारी करो। उसे देहरादून ले जाना है। जिस संस्था से बात हुई है वह बच्ची को देखकर मन ठोक लेना चाहती है। ताकि संस्था का पैसा जरूरतमन्दों को मिले और उस पर अँगुली भी न उठे।" सरोज बोली।

"बिल्कुल सही"। सहमति में सिर हिलाते हुए आनन्द सिंह बोले—"कोई दो पैसे की मदद नहीं करता आजकल। जो आड़े वक्त काम आ जाये, समझो भगवान है। भुली, कौन हैं ये देव तुल्य, जो हमारी बेटी की मदद को आगे आ रहे हैं?" उन्होंने सवाल किया।

जवाब जैसी जुबान पर ही धरा था। सरोज बोली—

"कोई रामप्रकाश जी हैं। बहुत बुजुर्ग, वही यह संस्था चलाते हैं। बहुत विनीत और बड़े धार्मिक। मुझे तो लगा जैसे मैं साक्षात अपने दादाजी, नानाजी से बात कर रही हूँ। ठीक कहते हैं बुजुर्गवार, भले लोग आज भी मौजूद हैं इस दुनिया में।"

"अरे जिसे जाना है, उससे तो पूछा ही नहीं।" रानी की तरफ मुखातिब होते हुए सरोज प्यार से बोली। उसके गाल पर हल्की सी थपकी देते हुए बोली—"बेटा तैयारी कर लो अच्छी तरह। बाहर जाना है दो-तीन दिन लग सकते हैं वहाँ। लत्ते-कपड़े सब रख लेना।" और फिर देने लगी नसीहत। देखो—"मैंने जो-जो समझाया है, उस पर अमल करो। कोई कुछ भी कहे कहने दो। आपा बिल्कुल मत खोओ। बस भगवान की कृपा से हमें मदद करने वाले भी मिल जायेंगे। अब सब ठीक हो जायेगा। लेकिन तुम्हें ठीक रहना है बस।"

सब लोग उत्साहित थे। खुश थे पर अन्दर से एक अजीब सी बेचैनी भी। अरे कहीं एक फोड़ा भी शरीर में हो जाये, तो उस पर चीरा लगाने तक के लिए मन ठोंकना पड़ता है। फिर यहाँ तो दाँत, जबड़े से लेकर चमड़ी तक का सवाल है। वे अपने इष्टदेव से दुआ माँग रहे थे। तूने इतना कर दिया, तो बस यह भी निपटा दे। पर है तो कमबख्त मन ही। कितनी ही जुगत कर लो मानता ही नहीं।

भगवान को याद करते-करते वह घड़ी भी आ गयी। सरोज ने छुट्टी ली, और रानी को लेकर देहरादून चल दी। रास्तेभर भी वही नसीहतों का पाठ। सफर भर में लोगों के लिए रानी कौतूहल बनी रही। कोई सरोज से सवाल करता तो कोई आपस में ही खुसर-पुसर करते। सरोज की बातें याद कर रानी मन मजबूत कर लेती। पर लोगों की कोई न कोई हरकत उसे अवसादग्रस्त कर देती। सरोज उसे फिर आँखें दिखाती तो वह सहमकर सामान्य होने की कोशिश करती। पर अन्दर की पीड़ा साफ चेहरे पर झलकने लगती। उसे देखकर सरोज भी पिघल जाती और उसे सीने से लगाकर पुचकारने लगती।

देहरादून पहुँचते ही सरोज रानी को लेकर सीधे संस्था कार्यालय जा पहुँची। आगन्तुकों के लिए यहाँ ठहरने, नहाने, धोने आदि की सारी व्यवस्था थी। यहाँ

तक कि नाश्ते व खाने-पीने तक की। जब तक रामप्रकाश जी दफ्तर पहुँचे, सरोज और रानी सारे नित्य कर्मों से निपटकर तैयार बैठे थे। आते ही चिर-परिचित मुस्कान के साथ राम प्रकाश जी ने सरोज और रानी का अभिवादन किया और फिर अचानक ही वह गम्भीर हो गये। उनकी नजरें रानी पर ठिठक कर रह गयी। कुछ देर ऐसे संज्ञा शून्य से कि वह उन्हें बैठने को कहना भी भूल गये। फिर अचानक अपने को सँभालते हुए कहीं खोए से सरोज से बोले—"बैठो-बैठो। यह कौन है रानी!"

सरोज ने सिर हिलाते हुए कहा—"जी।" पर वह अन्दर से कुछ संशयग्रस्त सी लगी। उसे लगा जैसे राम प्रकाश जी उन्हें तवज्जो नहीं दे रहे हैं। उन्होंने तो और कुछ पूछा ही नहीं। खुद ही तो जोर देकर बुलवाया था। और अब अनमनेपन से बस नाम भर पूछा।

पर रामप्रकाश जी रानी को देखते ही अन्दर से छटपटा उठे थे। उनकी आँखें डबडबा आयीं। पर जाहिर न हो, इसलिए उन्होंने झट दराज से एक फाइल निकाली और उसके पन्ने पलटने लगे।

सरोज को सदमा सा लगा। इतनी दूर से बुलवा लिया, लेकिन अब नजरें भी चुरा रहे हैं। कैसे आदमी हैं! वह उनके बारे में कुछ और अनर्गल सोचती, अचानक रामप्रकाश जी ने भरी आँखों से सरोज की ओर देखा और रुंधे गले से बोले—

"मेरी भी एक ऐसी ही बेटी थी। पर हफ्ते भर भी नहीं रुकी। हमें छोड़कर चली गयी। उसी की याद में मैंने यह संस्था शुरू की है। उस बेटी की तो मैं सेवा नहीं कर पाया, अब आगे और बेटियों की सेवा तो कर सकूँगा।"

सरोज आत्मग्लानि से भर गयी। इस महामानव के लिए मैं क्या सोचने लगी थी। क्या हो गया मेरी सोच को। घर में पति से लेकर बाहर लोगों को तो मैं खूब उलाहना देती फिरती हूँ। पर यहाँ तो मैं आज उनसे भी कहीं नीचे उतर आयी। कैसी पढ़ी-लिखी हूँ मैं, कैसी शिक्षक! रामप्रकाश जी के लिए उसका दिल और भी आदर से भर गया। उन्हें कुछ जताए बिना सरोज बोल पड़ी—

"रानी के इलाज की व्यवस्था हो जायेगी न?" वह कुछ और बोलती रामप्रकाश जी ने सारी शंका दूर कर दी।

"बिल्कुल हो जायेगा। रानी बिटिया के इलाज पर जो भी खर्चा आयेगा, उसे हमारी संस्था वहन करेगी। यह अब आपकी परेशानी का विषय नहीं हमारा टेंशन है। रानी बेटी अब हमारे जिम्मे। पर एक शर्त आपको और पूरी करनी होगी।" वह मुस्कुराते हुए बोले।

सकपकाई सरोज बोली—"शर्त!"

राम प्रकाश जी थोड़ी देर मौन साधे रहे। एक फाइल के पन्ने पर अपनी नजरें गड़ाए हुए। फिर प्यार से बोले—"अपना मानो तो मामूली सी है शर्त, नहीं तो

मुश्किल। बेटा, रानी बिटिया सचमुच रानी बन जाये, तो हम संस्था के लोगों को मिलना मत भूलना। लोग तो काम निकलते ही भूल जाते हैं। यहीं कई लोग आते हैं, पर कुछ ही हैं जो लौटकर आये और सालों बाद भी रिश्ता बनाए हुए हैं। बाकी तो सुध भी नहीं लेते हैं। पर अब तो इन्सान और पेशेवर हो गया है। बस काम तक ही मतलब। संवेदनाएँ खत्म हो गयी हैं। इसलिए सहकार और सरोकार भी खत्म हो रहे हैं। दुनिया बस घर तक और अपने बच्चों तक सिमट कर रह गयी है।

सोलह

रिश्ते खून के ही नहीं भावनाओं के भी होते हैं, और इन रिश्तों की तासीर तो खूनी रिश्तों से भी बड़ी होती है। आज यही रिश्ता काम आया। कई जिन्दगियों की डोर बँधी है इस रिश्ते से। यह रिश्ता न हो, तो कैसे चले दुनिया। कायनात की यह काया भी तो इसी रिश्ते पर टिकी है। सूरज का आकाश से, आकाश का धरती और धरती का पानी, हवा से और इनका वनों से और जीव-जन्तुओं से यही तो रिश्ता है। लेकिन इनमें सबसे ऊपर मानव जाति ही आज इस रिश्ते से कटती जा रही है। सरोज विचारों की इन्हीं अतल गहराइयों में गोते लगा रही थी कि अचानक कमरे की घंटी बजी। वह हड़बड़ाकर उठी। दरवाजा खोला तो देखा—चपरासी खड़ा था। वह बोला—

''साहब ने बुलाया है। दस-पन्द्रह मिनट में ऑफिस पहुँच जाइयेगा।''

सरोज ने घड़ी देखी शाम के चार बज गये थे। रामप्रकाश जी से दिन में मुलाकात के बाद सायं साढ़े चार बजे फिर मिलना तय हुआ था। दोपहर खाना खाने के बाद वह यहीं कमरे में आराम करने लगे। रानी की तो आँख लग गयी, लेकिन सरोज बस विचारों में मग्न थी। हाथ-मुँह धोया और फिर रानी को लेकर वह रामप्रकाश जी के पास चली आयी।

''ये लीजिए आपकी अमानत।'' रामप्रकाश जी ने डेढ़ लाख का चैक थमाते हुए कहा। फिर बोले—''और जरूरत पड़ी, तो वह भी संस्था दे देगी। बस अब चंडीगढ़ की तैयारी कीजिए। वहाँ बातचीत हो चुकी है। दस दिन का समय दिया गया है। ठीक दूसरे शुक्रवार को ऑपरेशन की तिथि तय की गयी है। हमारी ओर से हार्दिक शुभकामनाएँ। बाकी हम आपसे सम्पर्क बनाए रखेंगे।'' सरोज हैरान थी। हाथों हाथ काम हो गया। साथ ही बाकी सारी औपचारिकताएँ भी। यहाँ तो एक दिन भी नहीं रुकना पड़ा। उसने रामप्रकाश जी का दिली आभार जताते हुए ज्यों ही विदा लेने की इजाजत माँगनी चाही वह खुद ही बोल पड़े—

''आज रात आप लोगों का खाना हमारे घर। रात को ड्राइवर यहीं छोड़ देगा। सुबह आराम से निकल जाइयेगा। यह अनुरोध नहीं बेटियों के लिए एक बाप का आदेश है।'' वह इनकार नहीं कर सकी। रात के थके तो थे ही, सोचा आज आराम कर सुबह निकल जायेंगे। यह ठीक रहेगा।

अगले दिन सरोज रानी को लेकर बिनगढ़ रवाना हो गयी। गाँव पहुँचते ही आनन्द सिंह की घर आयी महिलाओं ने पूरे इलाके में खबर कर दी–

मास्टरनी जी रानी के ईलाज का बन्दोबस्त कर आयी है। साथ ही पैसे का भी। बीस-तीस हजार भी नहीं पूरे डेढ़ लाख। चारों तरफ मास्टरनी जी की जयकार होने लगी। जो लोग कल तक उसकी काट करते नहीं अघाते थे, वह भी आज उसके प्रशंसक थे। रातोंरात उसके सारे ऐब खूबियों में बदल गये। गाँव-इलाके भर में उसी की चर्चा थी। मास्टरनी जी देवी हैं। सबकी जुबान पर यही लफ्ज थे। रानी बेटी बाहर जा रही थी इलाज के लिए। इसलिए बारी-बारी उसे आशीर्वाद देने वालों का तांता लग गया। वे रानी के लिए दुआएँ दे जाते और मास्टरनी जी को ढेर सारा साधुवाद।

सत्रह

अजब है ये साँसारिक रंगमंच भी। कभी कोई अर्श में तो कभी फर्श में। यहाँ सलामी सिर्फ चढ़ते सूरज को ही मिलती है। यहाँ जो जीता, वही सिकन्दर। उसका तो फिर हर ऐब भी हुनर लगने लगता है और जो रह गया उसकी तो खूबियाँ भी खलने लगती हैं। सरोज हैरान थी। अजब हैं ये लोग भी। कल तक वह उन्हें फूटी आँख नहीं सुहा रही थी और आज वह उन्हें साक्षात देवी नजर आ रही है। विनीत भाव से ऐसे झुके जा रहे हैं, मानो अपने महा-अपराध का प्रायश्चित्त करने आये हों। ये तो बड़े भले लोग लगते हैं। न मालूम क्यों कभी बहकी बातें करने लगते हैं। ऊल-जलूल बकने लगते हैं! बड़ी हैरानी से सरोज बोली।

पर आनन्द सिंह के लिए तो यह सब सामान्य सी बात थी। रोजमर्रा की। उनकी तो उम्र गुजर गयी यही देखते-देखते। इसीलिए

होठों पर हल्की मुस्कान तैर आयी और धीरे से बोली–

''ऊल-जलूल ये नासमझ लोग नहीं बकते भुली। वह तो कम्बख्त बोतल बकने लगती है। आदमी तो कोई बुरा नहीं है। पर क्या करें शराब पीकर बिल्कुल ही राक्षस हो जाते हैं। कुछ नहीं दिखता फिर भला-बुरा इन्हें। खूब गाली-गलौज कर लेंगे। लड़-झगड़ लेंगे, पर सुबह उठते ही पैर पकड़कर माफी भी माँग जायेंगे। बस फिर मन में कुछ नहीं। सारे गिले-शिकवे दूर।'' यह बात सुन सरोज भी हँसने लगी।

रानी के चंडीगढ़ जाने में अभी चार दिन बाकी थे, तो सरोज ने सोचा दो दिन घर हो आती हूँ। वहाँ बच्चों से मिलना भी हो जायेगा और पति व सास को बता भी दूँगी कि रानी के ईलाज के लिए पैसों का बन्दोबस्त हो गया है।

उधर कुछ लोगों ने सलाह दी कि बिटिया इलाज के लिए जा रही है, तो थोड़ी-बहुत पूजा-पाठ शुभ शगुन होना जरूरी है।

बात तो सही है और लोगों ने कहा। पर अन्ततः यह तय हुआ कि अभी तो दस्तूरभर निभा लिया जाये। फिर जब रानी बिटिया राजी-खुशी आ जायेगी, तो गाँव इलाके की सामूहिक पूजा करा लें। देवी-देवता और अपने इष्ट की पुजाई हो जायेगी और एक सामूहिक भोज भी।

रानी की माँ के लिए तो असली इष्ट यह मास्टरनी जी ही थी। बोली—"बिल्कुल ठीक है पर मैं पहले आरती इसी की उतारूँगी और जीवनभर उतारती ही रहूँगी।"

"अब बस भी करो दीदी। सब ऊपर वाले की कृपा है। उसका शुक्रिया अदा करो।" सरोज बोली। फिर बड़े विनीत भाव से अपने घर हो आने की अनुमति ली। अगले दिन सुबह ही की गाड़ी से वह घर रवाना हो गयी।

"मिल गयी फुर्सत!" पति ने पहुँचते ही ताना मारा।

पर सरोज का मन तो आज प्रफुल्लित था। उस पर इस ताने का जैसे कुछ असर ही नहीं हुआ। वह प्यार से बोली—

"कभी तो ठीक से बोल लिया करो प्लीज! हमेशा पिए जैसे ही रहते हो। तुमसे तो वो गाँव के पियक्कड़ भले हैं। दो-चार घंटा शाम को भले बवाल काट लें, पर अगले दिन पश्चात्ताप के बोझ से उनकी गर्दन नहीं उठती । खैर छोड़ो, गुस्सा थूको। रानी के ईलाज के लिए पैसे की व्यवस्था हो गयी। बस अब अगले हफ्ते चंडीगढ़ में उसका ऑपरेशन होना है।"

यह सुनते ही सास बोली—"चलो उस अभागिन के अब भाग तो खुल जायेंगे। मैंने तो जब से उसे देखा, मेरा तो मन ही उचाट हो गया। भगवान कभी दुश्मन के साथ भी ऐसा न करे।"

सरोज के पति पैसे की व्यवस्था हो जाने से बड़े हैरान थे, लेकिन कैसे बन्दोबस्त हुआ, यह पूछने के बजाय वह बोले—"तुम तो ऐसे खुश हो रही हो, जैसे पैसे तुम्हें अपने लिए मिल गये।"

सरोज आज उलझने के कतई मूड में नहीं थी। उसने सुनी की अनसुनी कर दी। फिर बच्चों से बतियाने लगी। दो दिन बाद ही चली आयी वापस बिनगढ़। गाँव में अजीब सी बेचैनी भरी खामोशी पसरी पड़ी थी। कभी ऐसे गाँव से बाहर जाना ही नहीं हुआ। लड़के तक, कभी पढ़ाई, नौकरी को बाहर नहीं गये। कोई रोजगार में बाहर था नहीं। फिर लड़की जात, उनकी तो बस डोलियाँ ही सजकर निकलती थी। उसमें भी दो-तीन दिन तक गाँव-घर में रोना-धोना ही मचा रहता।

आज भी वही माहौल था। चलने की तैयारी हुई, तो रानी की माँ फूट-फूटकर क्या रोई कि उसे सँभालना तो दूर बाकी औरतें भी रोने-धोने लगी। कोई रानी के सिर में हाथ फेरता, तो कोई उसे गले लगाता। रानी खुद भी भावुक हो गयी। इससे पहले उसने कभी ऐसा देखा ही नहीं। उसे छूना तो दूर, लोग उसकी छाया तक से परहेज करते। छोटे बच्चे कहीं डर न जायें, लोग उससे उनकी नजरें बचाकर ले जाते, तो बहू-बेटियों को भय सताता फिरता कि कहीं पेट में पल रही जान पर उसका साया न पड़ जाये।

दुश्मन को भी न मिले ऐसी काया! माँ-बाप अलग रोया करते। रानी इस मूढ़

दुनिया के ये गूढ़ भाव तो नहीं पढ़ पाती थी, लेकिन वह यह समझने लगी थी कि लोग उससे ऐसे बचते हैं मानो उसे कोई कोढ़ हो गया हो। आज सब हैं कि उससे लिपटे जा रहे थे। वह फिर छटपटा उठी लेकिन अपने को फिर उसने संभाल लिया। सरोज ने उसे काफी मजबूत बना दिया था। बड़ी मुश्किल से विदाई हुई और तमाम औरतें, बच्चे, आदमी जब तक गाड़ी चल न दी, उसे घेरे खड़े रहे। देखते ही देखते सरोज, आनन्द सिंह और रानी गाड़ी में बैठकर आँखों से ओझल हो गये।

अट्ठारह

कमाल है इस धराधाम का मायावी खेल भी। देह और नेह जब तक हैं, तो उनकी परवाह ही नहीं। और जब ये छूटते हैं तो फिर छटपटा उठता है आदमी। आज रानी भी छूट गयी थी!, तो छूटने की यह कसक सबको साल रही थी। उन्हें भी, जो उसे देख मुँह बिचकाया करते थे, छटपटाहट रंग-रूप नहीं देखती। यह काया-माया भी नहीं जानती। यह अंदर से उभरती है और बह चलती है। पावन गंगा की तरह। काश! हमेशा बनी रहती यह छटपटाहट। सरोज विचारों में खो गयी। पहलू में बैठी रानी बड़े कौतूहल से बाहर का नजारा देखने में व्यस्त थी। पीछे आनन्द सिंह अपने किसी सहयात्री के साथ बातों में मग्न थे।

जोर के झटके के साथ गाड़ी रुकी तो लगा, कोई पड़ाव आ गया। क्लीनर सीट से उठकर बोला—

"चलो जिसे जो खाना हो, खा लो। फिर आगे गाड़ी नहीं रुकेगी।"

सरोज, आनन्द सिंह व रानी भी बाहर उतर गये। भूख थी नहीं । घर से रानी की माँ ने जबरन ठूँसकर खिला दिया था। बोली थी—"पेट में कुछ रहेगा, तो उल्टी नहीं होगी।" साथ में रास्ते के लिए भी बँधवा दिया।

"चलो चाय, नाश्ता कर लेते हैं।" आनन्द सिंह बोले।

सरोज ने आलू-रायते की पेशकश की, तो रानी झट से बोल उठी—"हाँ मैं भी आलू, रायता ही खाऊँगी।"

लम्बे थकाऊ रास्ते और गाड़ी के हिचकोलों से सिर भी घूमने लगा था। आनन्द सिंह बोले—"मेरा भी चटपटा ही खाने को मन कर रहा है।" वहीं बैठे-बैठे वह बातों में मशगूल हो गये।

गाड़ी स्टार्ट कर थोड़ी देर बाद ड्राइवर हार्न बजाने लगा। क्लीनर ने आगाह करना शुरू किया—"चलो भई चलो, जल्दी करो देर हो रही है।" फिर उसने एक-एक सीट की जानकारी ली और लम्बी सीटी के साथ गाड़ी आगे चल दी।

चंडीगढ़ पहुँचते ही सरोज ने सबसे पहले बिनगढ़ फोन मिलाया। रानी की माँ से बात करने को कि वे सकुशल वहाँ पहुँच गये हैं। आनन्द सिंह की भी बात हुई—"कोई चिन्ता फिक्र की बात नहीं। मास्टरनी भुली साथ में हैं ही, बाकी फोन करते रहेंगे। रानी भी ठीक है, लो बात कर लो।"

रानी ने भी माँ से बात की। पहला मौका था माँ से दूर और घर से बाहर होने का। उसकी आँखें डबडबा आयीं। बस हाँ-हूँ में ही उसने बात पूरी कर दी। बस अड्डे से सीधे वह तीनों सीएमसी हॉस्पिटल चल दिये। अस्पताल परिसर में पहुँचे, तो लोगों से पूछकर प्लास्टिक सर्जरी विभाग तक जा पहुँचे।

सरोज ने धीरे से दरवाजा खोला और अंदर आने की इजाजत ली।

''आइए-आइए,'' प्लास्टिक सर्जन डॉ. सुरेश दुग्गल ने उनका गर्मजोशी से अभिवादन किया।

सरोज ने परिचय दिया–''देहरादून से रामप्रकाश जी ने भेजा है।'' वो आगे कुछ बताती, डॉ. दुग्गल बीच में ही बोल पड़े–''ओके. ओके. मैं समझ गया। अभी आधा घंटा पहले ही उनका फिर फोन आया था। पूछ रहे थे पहुँचे कि नहीं? खैर कहाँ है बेटी!'' उन्होंने सवाल किया ।

डॉ. साहब को नमस्कार करते हुए आनन्द सिंह ने अपने पीछे दुबकी खड़ी रानी को आगे कर दिया।

''ओह माई गॉड!''

कहकर डॉक्टर दुग्गल कुछ देर तक रानी को देखते रह गये। फिर कुर्सी से उठे और रानी की पीठ पर हाथ रख उन्होंने कुर्सी सरकाते हुए उसे बैठने को कहा। फिर ठोढ़ी से लेकर आँख, नाक, दाँत का गौर से जायजा लिया। करीब पन्द्रह मिनट वह बारीकी से जाँच में लगे रहे। डॉक्टर साहब बीच-बीच में धीरे-धीरे अपना सिर हिलाते जाते। लगता जैसे एक-एक चीज पढ़ने के साथ वह समझते भी जा रहे थे।

सरोज की नजर डॉक्टर के हाव-भाव और उनके चेहरे की गम्भीर मुद्रा पर ही अटकी थी। कहीं मना न कर दें डॉक्टर साहब। यह शंका भी बेचैनी बढ़ाने लगी थी। कुछ देर बाद डॉक्टर दुग्गल ने गहरी साँस ली, और बोले–

''चलो करते हैं कोशिश। ईश्वर कृपा से सब ठीक हो जायेगा। अस्पताल में ही सारी सुविधाएँ हैं, विशेषज्ञ हैं । हम कोई कसर नहीं छोड़ेंगे। बाकी ऊपर वाले की मर्जी।'' उन्होंने इलाज में खर्च का मोटा-मोटा हिसाब भी बता दिया। पैसा अपनी व्यवस्था के भीतर ही था। फिर संस्था ने जरूरत पर और मदद का भरोसा भी दिया था।

''ठीक है डॉक्टर साहब! आपका बहुत-बहुत शुक्रिया, पैसे की कोई बात नहीं। हमने व्यवस्था कर रखी है। बस हमारी रानी बिटिया ठीक हो जाये। यह अब आपके ही भरोसे है। हमारे तो आप ही भगवान हैं। आप लोगों की कृपा से इस बेचारी को नयी जिन्दगी मिल जायेगी।''

हाथ जोड़ते हुए आनन्द सिंह भी बोल पड़े–''बस बिटिया ठीक हो जाये डॉक्टर साहब! हमें और कुछ नहीं चाहिए। जिन्दगी भर हम आपके ऋणी रहेंगे।''

उन्नीस

इस धराधाम में डॉक्टर ही असली भगवान हैं। उनमें जीवन बचा लेने से लेकर मौत के मुँह से खींच लाने तक की कूवत है। वही दुःख दर्द-पीड़ा हरने वाले मरीज की आस उन्हीं पर टिकी रहती है। वही नया जीवन देते हैं। इसी आस में सरोज और आनन्द सिंह ने रानी को उनके हाथों में सौंप दिया।

आज ऑपरेशन है रानी का। सरोज और आनन्द सिंह ऊपर वाले से दुआ माँग रहे थे। भगवान ठीक कर देना अपनी रानी को। नहला-धुलाकर रानी के कपड़े बदलवाए गये। उसे पहनने को अस्पताल से ही हरे रंग की पोशाक दी गयी। सुबह साढ़े नौ बजे ऑपरेशन थिएटर में ले जाने से पहले सरोज और आनन्द सिंह से उसे मिलवाया गया। डॉ. दुग्गल ने ढाढस बँधाया—"सब कुछ ठीक हो जायेगा। अब आप लोग जाओ, शाम तीन-चार बजे तक आराम करो। हम तुम्हें इत्तला कर देंगे।"

दिनभर ऑपरेशन चलता रहा। शाम चार बजे डॉक्टर बाहर निकले।

"ऊपर वाले का शुक्रिया। रानी बिटिया का ऑपरेशन सफल रहा।" डॉक्टर दुग्गल बोले। "लेकिन अभी आप उनसे नहीं मिल सकते। छह सात बजे मैं बताऊँगा, तभी मुलाकात हो पायेगी। वह भी बाहर शीशे से ही आप लोग उसे देख सकेंगे। अभी कुछ दिन मिलना-जुलना नहीं हो पायेगा। इन्फेक्शन का डर रहता है। नयी स्किन है। शरीर के साथ एडजस्ट होने में समय लगता है। अभी तो वह कुछ दिन हमारी सघन निगरानी में ही रहेगी। हालाँकि हमने कोई कोर कसर नहीं छोड़ी है, लेकिन फिर भी देखना पड़ता है कि शरीर उसे स्वीकार कर रहा है या नहीं। यह शरीर का बेहद संवेदनशील मामला है। बस यह ठीक हो गया तो सब कुछ ठीक।"

"बहुत-बहुत मेहरबानी डॉक्टर साहब। आपका लाख-लाख शुक्रिया और ऊपर वाले का भी। चलो, हमारी बिटिया तो ठीक हो जायेगी। इतने साल से सब्र किए आ रहे हैं, अब दो-तीन दिन और क्यों नहीं करेंगे।" आनन्द सिंह भरे गले से बोले।

डॉक्टर साहब आनन्द सिंह के कन्धे पर हाथ रखकर बोले—"सब ठीक हो जायेगा। बस धैर्य रखो।"

खुशी-खुशी सरोज और आनन्द सिंह वार्ड से बाहर निकल आये और ऑपरेशन हो जाने की सूचना उन्होंने तत्काल फोन पर बिनगढ़ में रानी की माँ को दी। वहीं

पास ही कैंटीन में बैठकर उन्होंने चाय पी और बतियाते रहे। शाम सात बजे के करीब सरोज डॉक्टर साहब के पास पहुँची, तो डॉक्टर दुग्गल ने उन्हें वहाँ इत्मीनान से बैठने को कहा। फिर उन्हें सघन चिकित्सा कक्ष के उस विशेष वार्ड में ले गये, जहाँ रानी को ऑपरेशन के बाद रखा गया। बाहर शीशे से ही उन्हें देखने की इजाजत मिली। दस-पंद्रह मिनट बाद वे लोग बाहर चले आये।

''भुली, रानी के खाने का क्या होगा? सुबह से पानी तक नहीं पिया है उसने। मुँह तो बँधा पड़ा है उसका, कैसे खाना खाएगी?'' बेटी के लिए पिता की पीड़ा बाहर निकल आयी।

सरोज ने समझाया—''डॉक्टर साहब व्यवस्था करेंगे।कुछ तो देंगे ही। आओ चलो मालूम कर आते हैं।'' दोनों, डॉक्टर दुग्गल के पास चले आये।

''नहीं अभी ऐसा कुछ नहीं देना, जिससे मुँह पर जोर पड़े। सब लिक्विड फार्म में । कब कैसे देना है वह हम देखेंगे। आप बिल्कुल चिन्ता न करें।''

''ठीक है डॉक्टर साहब, अब कोई झक-झक नहीं। आनन्द सिंह का जैसे बहुत बड़ा बोझ मन से उतर गया। आश्वस्त होकर दोनों अस्पताल परिसर से बाहर निकल आये और फिर पहली बार इतने शान्त मन से शाम को इधर-उधर घूमे। रानी की माँ को फोन किया। लगे हाथ सरोज ने अपने घर भी बात की। फिर खाना खाया और सरोज वहीं अस्पताल परिसर में वार्ड के बाहर ही बेंच पर लेट गयी। मन तो आनन्द सिंह का हो रहा था वहाँ बेंच पर लेटने का, ताकि रात में उठ-उठकर वह रानी को देखते भी रहेंगे। मन को सुकून रहेगा कि बेटी पास ही है। फिर मास्टरनी जी बेचारी तो इतनी भागदौड़ करती रही कि अच्छा भला आदमी भी पस्त हो जाये। बेचारी ने इतना बड़ा काम करवा दिया। कम से कम अब तो आराम से उसे सोने को मिले।

उन्होंने सरोज से कमरे में चले जाने का आग्रह भी किया। पर वह कहाँ मानने वाली थी। फिर पास ही बेंच में एक और महिला का साथ मिल गया। उसकी छोटी बहन वहीं भर्ती थी।

सास से किसी बात पर तुनक कर इस पगली ने मिट्टी तेल डालकर आग लगा ली। गनीमत रही कि घरवालों ने बचा लिया। फिर भी तीस परसेंट जल गयी। डॉक्टर कहते हैं बच जायेगी। चेहरा ज्यादा झुलस गया। उसी के इलाज के लिए यहाँ लाये हैं। महिला ने सरोज को अपनी पीड़ा बताई और सरोज ने अपनी व्यथा-कथा।

''चलो साथ हो गया। अच्छा है समय कट जायेगा दोनों का। मैं चलता हूँ। कोई बात होगी, तो बुलवा लेना।''

यह कहकर आनन्द सिंह कमरे में चले गये। जब तक वह वहाँ रहे, यही सिलसिला चलता रहा। एक-दूसरे से बतियाते रात आराम से कट जाती। दुःख और बेसब्री की घड़ी में यही सबसे बड़ा सम्बल होता है।

बीस

कहते हैं जो घटनाएँ हमें उद्वेलित करती हैं। अन्दर छटपटाहट पैदा करती हैं, वही व्यवस्थित-अव्यवस्थित रूप में गाहे-बगाहे सपनों में उतरती रहती हैं। स्वप्निल दुनिया के इस रहस्य को विज्ञान अचेतन मन द्वारा चेतन मन के बोझ को हल्का करने की जुगत बताता है, तो पराविज्ञान इसे आगे घटित होने वाली घटनाओं की आहट से जोड़ता है। सरोज को भी यह सपने भविष्य की आहट दे रहे थे। वह जिन झंझावातों से जूझ रही थी, वही उसके सपनों का ताना-बाना बुन रहे थे। उसकी जब भी आँख लगती, रानी सपनों में चली आती। सुन्दर खिले फूल सी। और फिर खुशहाल भविष्य का पूरा खाका खिंच आता। बिल्कुल जीवंत। मानो सब कुछ हकीकत में घट रहा हो। ईलाज से लेकर आगे भविष्य का क्रमवार ब्यौरा नजरों के सामने फिल्म सा उतर आता। वह देखने लगती–

डॉक्टर धीरे-धीरे बहुत ही सँभल कर रानी के चेहरे की पट्टी उतार हैं। पट्टी उतरते ही वह खुशी से उछल पड़ती है। सफल रहा ऑपरेशन। रानी जी बधाई। ऊपर वाले की कृपा रही हम सब पर। फिर सरोज और आनन्द सिंह जी को बधाई दी गयी।

''हाय! कितनी सुन्दर हो गयी मेरी बेटी,'' सरोज बोली।

जवाब में रानी ने शुक्रिया जताते हुए प्यार भरी मुस्कान बिखेरी। और ज्यों ही उठकर उसने सरोज को गले लगाने की कोशिश की, उसकी नींद खुल गयी। बड़ा सुखद सपना था।

भगवान मेरी लाज रख देना। सरोज ने मन ही मन ईश्वर को याद किया। अब तो उसकी नींद ही उड़ गयी। थोड़ी देर वह वहीं बरामदे में टहली, फिर नित्य कर्मों से निवृत्त होने के साथ ही उसने नहा-धो भी लिया। तब तक उजाला हो आया। उसने अपने इस सपने के बावत आनन्द सिंह को भी बताया।

वह बोले–''भुली, शुभ शगुन मिलने लगे हैं। भगवान तुम्हारा भला करे। सब कुछ ठीक ही होगा।''

अगली रात को फिर वही सपना।

सरोज आईना लेकर पहुँची थी रानी के पास और जीवन का सबसे बड़ा तोहफा

देते हुए प्रफुल्लित होकर बोली–"लो देख जरा अपनी सूरत, कितनी प्यारी लग रही है मेरी बेटी।"

रानी को जैसे यकीन ही नहीं हो रहा था। "ये मैं ही हूँ क्या, मास्टरनी जी! तब तो मैं सचमुच सुन्दर हो गयी हूँ रुकमा जैसी ही।"

"उससे भी सुन्दर पगली।" सरोज के दिल की खुशी जुबान पर उतर आयी। "अब तो वाकई रानी लग रही है मेरी बिटिया। सुन्दर रानी बिल्कुल परियों जैसी।"

"तब तो अब सब मुझसे प्यार करेंगे न! मम्मी-पापा कितने खुश होंगे! अब मैं उन्हें कभी नहीं रुलाऊँगी। सब जगह जाऊँगी। उनकी हर बात मानूँगी। बात-बात पर गुस्सा नहीं करूँगी। खूब पढ़ूँगी-लिखूँगी और फिर आप ही की तरह लोगों की सेवा करूँगी।"

भावनाओं का ज्वार रुकने का नाम ही नहीं ले रहा था। बाँध टूटते ही पथराई नदी जैसे उफन पड़ी हो। पानी की लहरें जैसे तटबन्ध तोड़ने पर आमादा हों। पिंजड़े से छूटे पंछी की तरह आज वह खुले आकाश में उन्मुक्त उड़ान भरने को आतुर थी।

इक्कीस

काया की माया भी अजब है। कल तक जो बच्ची सहमी-सिमटी सी थी। आज कैसी चहचहा रही है। ख्वाहिशें कैसे कुलांचे भरने लगी हैं। ठगी सी सरोज एकटक रानी को देखती रही। उसकी चुहलबाजियों पर मुग्ध, उसकी उमंग से दंग। कितना गहरा रिश्ता है तन का मन से। वह इसे अपनी आँखों के आगे प्रत्यक्ष देख रही थी। शायद तन-मन की इसी जुगलबन्दी का नाम जिन्दगी है। फूल सुंदर ही नहीं होंगे, तो मनोहारी कैसे लगेंगे! कैसे उनका वंशक्रम आगे चलेगा? कुदरत का यह जीवनचक्र भी तो इसी कायिक सुन्दरता की ही देन है। इसी सुन्दरता से आकर्षित होकर कीट, पतंगें, पक्षी आदि सभी फूलों में परागण करते हैं। मोर की थिरकन भी इसी कायिक सुन्दरता का प्रदर्शन ही तो है। मनुष्य के तो जीवनरंग का यह आधार ही है।

कुदरत के इस खेल से अभिभूत सरोज कभी रानी के रूप की सराहना करती, तो कभी उससे चुहलबाजियों में लग जाती। उसके सुन्दर भविष्य, शादी, भावी पति और बच्चे, न जाने क्या-क्या ख्वाब उसको लेकर बुनती। कभी-कभी सपने में देखती रानी कैसे यूनिवर्सिटी में सबकी दुलारी हो गयी है। चारों ओर उसी की सुन्दरता के चर्चे हैं। साथ में सरोज की भी तारीफों के पुल। कभी वह सपने में उसकी पढ़ाई के हुनर देखती। कभी ग्रेजुएशन, पोस्ट ग्रेजुएशन में वह यूनिवर्सिटी टॉप करते दिखती, तो कभी पहले ही प्रयास में सिविल सर्विसेज क्वालिफाई करती।

कल तक घर के भीतर ही दुबकी रहने वाली रानी आज गाड़ियों में फर्राटें भर रही थी। लोग कहते, यह तो साक्षात देवी का अवतार है। देखो पहले उसका वह रूप था और आज ये रूप! गाँव वाले उसकी प्रशंसा करते न अघाते थे।

बाईस

अजीबोगरीब हैं ये सपने भी। कभी गुदगुदाते हैं, हौसला देते हैं। आगे बढ़ने का जुनून जगाते हैं, तो कभी रूप बदलकर आसन्न अनिष्ट की आशंका भी चुपके सरका जाते हैं। दिखते बड़े रंगीन हैं, पर होते उतने ही संगीन हैं। सरोज बेचारी को क्या मालूम, कि जो सपने उसे दो-तीन दिन से सब हरा ही हरा दिखा रहे थे, वह अपने पीछे भयानक पतझड़ की त्रासदी लेकर आ रहे हैं।

''सॉरी मैडम, बड़ा अनर्थ हो गया। तमाम प्रयत्नों के बाद भी हम आपकी रानी को नहीं बचा पाये।''

आईसीयू के बाहर बेंच पर भारी उधेड़बुन में बैठी सरोज के कानों में ज्यों ही डॉ. दुग्गल के शब्द पड़े, वह जोर की चीख के साथ वहीं बेंच पर लुढ़क पड़ी। लगा जैसे किसी ने पूरी ताकत से सिर पर हथौड़ा दे मारा हो। आज शाम से ही उसका मन खिन्न सा था। आनन्द सिंह जी के काफी जोर करने के बावजूद वह शाम को बाहर टहलने भी नहीं गयी।

''थोड़ी कमर सीधी हो जायेगी। अस्पताल में तो अच्छा-भला आदमी भी बीमार हो जाता है। यूँ ही बैठी रहोगी तो तबियत बिगड़ जायेगी। और ऐसे हो भी क्या जायेगा? बुखार है तो दवा पानी से ही उतरेगा। और फिर डॉक्टर लोग तो हैं ही देखने के लिए। चल मन भी हल्का हो जायेगा।'' बड़ा आग्रह किया आनन्द सिंह ने।

पर नहीं मानी सरोज। आज तो उसने खाना भी नहीं खाया। पास वाले बेंच पर लेटी महिला से और दिन बतियाती रहती थी, पर आज उससे बात करने का कतई मन भी नहीं हुआ। उसे गुम-सुम देख एकाध-बार उस महिला ने टोका भी–

''क्या आज तबियत ठीक नहीं है, कुछ बोल नहीं रही हो?''

''नहीं ठीक है।'' बस इतना कह वह फिर चुप्पी साध लेती।

बीच-बीच में आनन्द सिंह उसको ढाढस बँधाते, पर आज उनमें भी वो हँसी-ठिठोली, वो ठसका नदारद था। आँखों से नींद भी गायब। आज वह भी सरोज के पास ही बैठे रहे। बीच-बीच में हल्की-फुल्की बात भी होती और फिर सन्नाटा पसर जाता।

डॉक्टर भी शाम से ही आज कुछ ज्यादा भागदौड़ में थे। एकबार एक नर्स

बता गयी, रानी' को थोड़ा साँस लेने में तकलीफ हो रही है। बुखार भी कुछ ज्यादा है। इसलिए डॉ. दुग्गल अपने सहयोगियों के साथ खुद नजर रखे हुए हैं। बीच में एक बार वह भी बाहर आये पर उड़ते-उड़ते से। कह गये चिन्ता मत कीजिए। थोड़ा बुखार बढ़ा है। साँस की भी तकलीफ है। हमलोग देख रहे हैं।

पर अब अचानक यह क्या हो गया! आनन्द सिंह भी कुछ पल के लिए जड़ से हो गये। हालातों ने हालाँकि उन्हें काफी मजबूत बना दिया था लेकिन थे तो वह भी बाप ही। बेटी की असमय विदाई कैसे बर्दाश्त कर लेते? जैसी भी थी, थी तो अपना खून ही। वह इतने साल भी जी पाई तो सिर्फ आनन्द सिंह की ही वजह से। खुद घर परिवार के लोग ही कहते-क्या करेंगे इसे पालकर? अपना तो नरक भोगेगी ही, माँ-बाप को भी जीते जी नरक दिखा जायेगी। लगती ही नहीं कहीं से मनखी की औलाद। ऐसी कुरूप, वह भी लड़की जात। पर भड़क गये थे आनन्द सिंह। क्या अपने हाथों बेटी का गला घोंट दूँ! अरे हत्यारा नहीं बाप हूँ बाप। जैसी भी है मैं पाल लूंगा। लेकिन नियति ने उसे खुद ही आज बाप से जुदा कर दिया।

"बेटा, क्या पापा पर इतना बोझ बन गयी थी तू, जो छोड़कर चल दी। ये भी नहीं सोचा, मुझ पर क्या गुजरेगी? तेरी माँ को क्या जवाब दूँगी? कह भी रही थी, कहाँ ले जा रहे हो मेरी बेटी को? अरे मास्टरनी जी का ही लिहाज कर लेती! क्या रिश्ता था उसका तुझसे! पर माँ-बाप से ज्यादा पीड़ा थी तेरी उसको? यही ख्याल कर लिया होता।" बस इतना बुदबुदाए आनन्द सिंह और फिर ऊपर अस्पताल की छत में कहीं उनकी नजरें खो गयी।

सरोज बिल्कुल ही निढाल सी पड़ गयी। समीप बैठी महिला ने उसे झकझोरते हुए कहा, "अरे भाई जी इसे क्या हो गया है देखो!" देखते ही देखते वहाँ मजमा लग गया। आनन्द सिंह घबरा गये। ये क्या हो गया! उधर बेटी चल दी और इधर मास्टरनी जी का यह हाल। कुछ लोगों ने चेहरे पर पानी के छींटे मारे। नर्सें भागी-भागी आयी। अंदर बेड में उसे लिटाया गया। फटाफट ग्लूकोज चढ़ा और ऑक्सीजन मास्क भी लगा दिया गया। काफी प्रयत्नों के बाद सरोज ने आँखें खोलीं। पर कोई हलचल नहीं। लगा जैसे आँखें पलक झपकना भूल गयी। एकटक कमरे की छत पर टिकी भावहीन, संज्ञाशून्य। फिर पागलों की तरह बड़बड़ाने लगी–

"नहीं डॉक्टर साहब नहीं, ऐसा अनर्थ नहीं हो सकता। दुनिया का भगवान से भरोसा उठ जायेगा। दीन-ईमान, धरम-करम सब धरे रह जायेंगे। कह दो यह सब झूठ है। रानी को कुछ नहीं हुआ।" यह कहते-कहते उसने फिर आँखें मूँद लीं। सुबह हो गयी। वह वैसी ही निढाल पड़ी रही।

आनन्द सिंह को कुछ नहीं सूझ रहा था। बेटी खो दी। ऊपर से अब सरोज का यह हाल। कैसे करूँ घर फोन? क्या कहूँगा रानी की माँ से? यही कि गँवा दी तेरी बेटी! वह तो झट पूछती है, "कैसी है रानी? क्या कर रही है? मन लग रहा

है कि नहीं, वह तो कभी बाहर रही भी नहीं? घर में ही नहीं निकलती थी, तो वहाँ कैसे जी रही होगी? रानी से मेरी बात करा दो।''

यह सुनकर तो वह मर ही जायेगी। वैसे ही शरीर में कुछ नहीं है इतना बड़ा सदमा कैसे झेलेगी?

और क्या बताऊँगा सरोज के घरवालों को? एक तो उनके घर में कलह करवा दी और ऊपर से आज ऐसा हो गया। दुर्भाग्यवश कहीं ऊँच-नीच हो गयी तो? पति उसका पहले ही भड़के रहता था। पास ही स्टूल में बैठे आनन्द सिंह इसी उधेड़बुन में गहरी सोच में पड़ गये।

हारे जुआरी से भी बदतर हालत हो गयी थी उनकी। यह भी तो जुआ ही था। बड़ा जुआ। दाँव खेला था उन्होंने कि शायद बेटी की जिन्दगी बदल जाये। पर उसकी तो जिन्दगी ही चली गयी।

तेईस

असीम दुःख और अनिर्णय की स्थिति में हमारा अध्यात्म बड़ा सम्बल देता है। धरम धीर-धैर्य देता है। नियति, नसीव नैराश्य से उबारते हैं। जीवन का यही दर्शन आज आनन्द सिंह को भी उठ खड़े होने की ताकत दे रहा था। बोले—

"भाग्य में यही लिखा था उस अभागिन के। हमने तो अपना धर्म पूरा निभाया। वही नहीं निभा पाई तो और किसी का क्या कसूर। नसीब में यही लिखा होगा उसके। इतनी ही उम्र दी होगी ऊपर वाले ने। इलाज तो एक बहाना था।" वह उठे और रानी की माँ को फोन पर यह दुःखद समाचार देने चल दिये। रास्ते भर अन्तर्द्वन्द्व चलता रहा—

जाने वाला तो चला गया। अब कहीं उसकी माँ भी सदमे में न चल दे। इसलिए एकदम नहीं बताऊँगा कि तेरी रानी नहीं रही। कह दूँगा तबियत खराब है डॉक्टरों ने कोई बड़ा नुस्ख अन्दर निकाला है। कहते हैं कभी भी कोई अनहोनी हो सकती है। तो इलाज से क्या फायदा। इससे तो ऊपर वाला उसे उठा ले। यही सब सोचते हुए दिल मजबूत कर आनन्द सिंह ने बिनगढ़ फोन मिलाया।

कहते हैं अजीज रिश्तों को किसी अनहोनी का खटका पहले ही हो जाता है। रानी की माँ को भी यह एहसास हो गया। इधर रानी ने दम तोड़ा और उधर वह नींद से छटपटाकर उठ बैठी। फिर सुबह तक नींद ही नहीं आयी। यह क्या देखा मैंने!

रानी साक्षात सपने में आयी थी। बोली—मम्मी मैं भगवान के पास जा रही हूँ। ठीक होकर दुबारा आऊँगी तुम्हारी बेटी बनकर। तुम बिल्कुल मत रोना। बस पापा का ख्याल रखना।

रानी की माँ को अब रानी के पिता की चिन्ता ज्यादा सताने लगी।

जब तक फोन नहीं आ गया, वह इसी घबराहट में घुलती रही। उसका मन बैठ सा गया, और किसी अनजानी आशंका से बुरी तरह भयभीत। जरूर कोई बुरी खबर होगी। वह फोन के इन्तजार में बैठ गयी। सुबह से ही उसने आज चाय भी नहीं पी। फोन की घंटी बजते ही उसने फोन उठा लिया। घबराहट में वह अभिवादन करना भी भूल गयी।

"हाँ मैं बोल रहा हूँ, रानी का पापा।"

यह सुनकर उसने बड़ी राहत की साँस ली। अब कि रानी की तबियत पूछने के बजाय उसने झट कहा–"अपना ख्याल रखना, और बिल्कुल परेशान मत होना, जो होनी है, उसे कौन टाल सकता है?"

रानी की माँ की यह बात सुनकर आनन्द सिंह का बहुत बड़ा बोझ दिल से उतर गया। वह बोले–"तुम तो ठीक हो न! अपना खयाल रखना।"

"हाँ मैं ठीक हूँ। लेकिन तुम अपना ध्यान जरूर रखना।" रानी की माँ ने अपनी आशंका तो जाहिर कर दी, लेकिन उस भयावह सपने का जिक्र नहीं किया। कहीं वह भड़क न जाये, रानी के बारे में तो वह कुछ भी नहीं सुन सकते। इस डर से वह इस आशंका को दबा गयी, लेकिन वह इतना जरूर समझ गयी कि आज नहीं तो कल यह होना ही है। सुबह का देखा सपना कभी झूठा नहीं होता।

इधर मन मजबूत कर आनन्द सिंह ने अगले दिन हकीकत बयां कर दी। उन्होंने बताया दिया–"रानी की माँ, हमारी रानी नहीं रही।" सुनते ही माँ का मन यह जानते हुए भी कि यह सब होना ही था, बुरी तरह छटपटा उठा। कुछ देर तक दोनों ओर से बिल्कुल खामोशी छाई रही। रानी की माँ ने किसी तरह अपने को संभालते हुए आनन्द सिंह से अपना खयाल रखने को कहा। सूक्ष्म बातचीत के बाद फोन बन्दकर आनन्द सिंह वापस सरोज के कमरे में आ गये। फिर अस्पताल की नर्स के माध्यम से सरोज के घर फोन करवा दिया, कि उसकी तबियत बहुत खराब है। सरोज के पति ने फोन उठाया और अस्पताल का नाम पता नोट कर लिया।

चौबीस

इन्सान भी बड़ा अवसरवादी जीव है। जब मानव जीवन चाहिए होता है, तो परमार्थ का जाप कर प्रभु को रिझा लेता है और यह मिलते ही फिर परमार्थ छोड़िए, प्रभु को भी भूल जाता है। महास्वार्थी हो जाता है। बस अपने में ही मस्त। दुनियादारी से कोई मतलब नहीं। बस अपना काम बनता, भाड़ में जाये जनता। सरोज के पति का भी यही हाल था। उसने तो वह ठूँठ शहरी जीवन देखा था, जहाँ बगैर मतलब किसी को किसी से कोई लेना-देना ही नहीं होता। कोई संवेदना नहीं।

इसलिए पर पीड़ा, परसेवा बिल्कुल ही बेवकूफी लगती थी उसे। वह कहता भी, बकवास है ये सब। अपना घर तो देखा नहीं जाता, बाहर वालों का बयाना लिए फिरो। रानी का तो वह नाम सुनते ही भड़क उठता। उसे लगता सरोज ने बिला-वजह ही अपने लिए परेशानी मोल ले ली है। इसलिए चंडीगढ़ से फोन आते ही वह फिर भिनभिनाने लगा।

माँ ने समझाया–''बेटा, देख के आ क्या बात है? लोग क्या कहेंगे? घर के खर्चे के लिए माँ-बेटे ने बहू को परदेश दौड़ा रखा है और आज तबियत खराब हो गयी, तो पूछ भी नहीं रहे हैं। फिर वहाँ वह क्या घूमने गयी है? अरे कभी दीन-दुःखियों की सेवा भी कर देनी चाहिए। दुआ मिलती है और फिर न मालूम किस रूप में कहाँ भगवान मिल जायें!

वैसे भी इनसान को अपना फर्ज जरूर निभाना चाहिए। ऊपर वाला सुखी जीवन, स्वास्थ्य और सम्पन्नता देता ही इसीलिए है कि यह औरों के भी काम आये। ये कर्ज है बेटा, जो फर्ज से ही निपटता है। मुझे भी पहले लगता था सरोज कहाँ बेकार के पचड़े में पड़ गयी है। पर जिस दिन उस छोकरी रानी की शक्ल देखी, मुझे तो यकीन ही नहीं हुआ कि भगवान भी ऐसा अनर्थ कर सकता है।

बेटा ऐसों की सेवा नाथ सेवा से कम नहीं है। हमारी बहू गाँव-इलाके की और बहू-बेटियों जैसी थोड़ी है। वह पढ़ी-लिखी है। यह सब जानती समझती है। कोई पागल कुत्ते ने नहीं काट रखा उसे। घर-बार से वह इसलिए बेफिक्र है कि मैं हूँ यहाँ बच्चे देखने को, और तू है। फिर कौन सा वहाँ जीवन बिताना है उसे। अरे हमारे थोड़े-बहुत प्रयास से किसी की जिन्दगी बन जाती है तो क्या बुरा है?

वह भी तो बेचारे कितनी जान छिड़कते हैं। न रहने की दिक्कत, न खाने-पीने न पकाने की। न कपड़े धोने पड़ते न बर्तन। झाड़-पोंछा भी गाँव वाले ही कर जाते हैं। मायके वालों की तरह ख्याल रखते हैं उसका। मैं गयी थी तो टीका-पिठ्या किए बगैर आने ही नहीं दिया। अरे हमारा भी तो कुछ फर्ज बनता है।''

सारा पारा उतार दिया उसने अपने बेटे का। झेंप मिटाते हुए बोला—''यह तो ठीक है पर अपना भी तो देखना चाहिए। अब देखो तबियत खराब हो गयी। स्कूल का भी नागा ऊपर से । पढ़ाएगी ही नहीं तो कौन देगा वेतन! किसी ने कुछ शिकायत कर दी, तो फिर क्या होगा?''

''बेटा, पहाड़ में तो बगैर पढ़ाए, बगैर स्कूल जाये ही वेतन ले रहे हैं लोग। फिर वह तो मानव सेवा कर रही है। घर से दूर उन्हीं के बीच पड़ी है। तू नहीं समझेगा बेटा ये दर्द। क्यों कि तूने कभी यह देखा ही नहीं। सरोज ने यह देखा है। उसकी माँ एक बार घास-लकड़ी लाते पहाड़ से गिर गयी, तो गाँव वालों ने ही बचाया उसे। पीठ में, कन्धे पर, ढोकर ले गये उसे इलाज के लिए मीलों दूर शहर तक। तब तो गाड़ियाँ भी नहीं थी, बाप बाहर नौकरी में था। गाँव वालों ने ही सब कुछ देखा। वही बच्चों को खाना भी खिलाते। खुद मैंने बचपन में देखा है ये सब। तूने तो गाँव कभी देखा ही नहीं। चल मैं भी चलती हूँ तेरे साथ।'' वह बोली।

''नहीं माँ, मैं होकर आता हूँ। बच्चे भी तो हैं। इन्हें कौन देखेगा?''

सुबह तड़के ही वह चल दिया चंड़ीगढ़ के लिए। अगले दिन दोपहर तक गाड़ी में ही कट गया। स्टेशन पर उतरते ही उसने रिक्शा किया और सीधे उसी हॉस्पिटल पहुँचा, जो बताया गया था फोन पर। बाहर रिसेप्शन से पता लग गया। कमरा नं. 220। दरवाजा हल्का खुला था। उसने धीरे से खटखटाया और फिर अंदर हो लिया।

एक नर्स सरोज को अंदर ड्रिप चढ़ा रही थी। आनन्द सिंह पास में ही स्टूल पर बैठे थे। सरोज के पति को देखते ही वह खड़े हो गये। हाथ जोड़कर बोले—''जवांई जी, आपको भी परेशान कर दिया। इसने तो कुछ खाया ही नहीं तीन-चार रोज से। पता नहीं अचानक क्या हो गया? अभी डॉक्टर बेहोशी का इंजेक्शन लगा गये हैं। नहीं तो बड़बड़ाने लगती है। पता नहीं ऊपर वाला भी कौन सा इम्तहान ले रहा है।'' कहते-कहते उनकी आँखें भर आयी। ''हे भगवान, अब और परीक्षा मत ले। कितनी सजा देगा और इस पापी को। मुझे मार ही क्यों नहीं देता। तू मुझे उठा ले, पर इस बेचारी को ठीक कर दे।''

''क्यों ऐसी बात करते हो, भाई साहब। सरोज ठीक हो जायेगी।'' पहली बार सरोज का पति इतना भावुक था। उसने कभी इतने सीधे सरल लोग देखे ही नहीं। गैर औरत के लिए भी एक बाप जैसी पीड़ा। वह कुछ देर उनको मुग्ध होकर निहारता रहा, फिर धीरे से बोला—''रानी बिटिया कैसी है!''

आनन्द सिंह के जैसे रिसते फोड़े पर हाथ पड़ गया हो। आँखों से अश्रुधार

फूट पड़े। किसी तरह ताकत बटोरकर वह धीरे से फुसफुसाए—"बेटा वह नहीं रही। तभी तो इसके ये हाल हो गये हैं। उसका तो रहना भी न रहने जैसा ही था। एक ही बार आँसू बहा लेंगे। जिन्दगी भर अब रोना तो नहीं पड़ेगा। मन समझा लेंगे। लेकिन इसे कुछ हो गया तो कहाँ मुँह दिखाऊँगा! भगवान बस अब इसे ठीक कर दे। छोटे बच्चे हैं उन्हें कौन देखेगा? हमारी तो उम्र कट गयी है और फिर कोई है भी नहीं जो पीछे रोए।"

आत्मग्लानि से जैसे जमीन में गढ़ गया सरोज का पति। खुद को धिक्कारने लगा—"अरे कभी मिलने नहीं आया, कभी हालचाल नहीं पूछा। तो कम से कम रानी बेटी की मौत पर तो आ जाता। पर मुझे तो ये भी नहीं मालूम कि वह तो रही ही नहीं। क्या सोच रहे होंगे ये? फिर झेंप मिटाते हुए बोला—"बीच में इधर-उधर दौड़भाग रही। घर से सम्पर्क भी नहीं रहा। वरना यह तो पता ही लग जाता कि ऐसी अनहोनी हो गयी।"

वह आगे कुछ बोलता, आनन्द सिंह उसके मन की पीड़ा भाँप गये। बोले—"सरोज तो थी ही यहाँ तुम्हारी जगह, जवांई जी। जैसे मैं था अपनी रानी की माँ की जगह। आखिर घर भी तो देखना है। सब यहीं रह जाते, तो वहाँ घरबार कौन देखता। फिर बच्चे भी तो हैं घर में।"

पच्चीस

पढ़े-लिखे और शहरी बाबू होने का सारा गुमान बिला गया सरोज के पति का। उसे लगा कितना बौना है वह उनके आगे। कितना निरीह। जिन्हें वह गँवार और निहायत हल्के मनखी समझता था। सरोज को न जाने क्या-क्या उलाहना देता था, वे आज कितने भारी भरकम लग रहे थे। कितने संस्कारित, स्नेहिल और साँसारिक। एक वह था, बस अपने घर परिवार में ही सिमटा। किसी के लिए कुछ करना तो दूर, अच्छी सोच तक नहीं पैदा कर पाया। उसे पहली बार लगा, आदमी का घर-परिवार से ऊपर समाज के लिए भी कुछ फर्ज होता है और इसका कर्ज, फर्ज निर्वहन पर ही उतरता है।

पूरे चार दिन हो गये थे सरोज को हॉस्पिटल में। अब थोड़ा उसकी हालत में सुधार था। उसने आँखें खोली तो उसके पति ने प्यार भरी मुस्कान बिखेरते हुए पूछा-

"कैसी हा?" सरोज ने बस आँखें झपकाते हुए मूक जवाब दिया–"ठीक हूँ।"

आनन्द सिंह ने उसके सिर पर हाथ फेरा और बोले–"भुली, भगवान तुझे जल्दी ठीक कर दे।" आज उसने थोड़ा जूस भी पिया। शाम को दाल के साथ दो फुल्के भी खाए ।

चण्डीगढ़ के इस भ्रमण और आनन्द सिंह के सानिध्य ने बिल्कुल ही बदल दिया था सरोज के पति को। ठीक वैसे ही जैसे उसकी माँ को बिनगढ़ प्रवास ने। उसे लगा, कितनी महान है सरोज और कितना खुशनसीब है वह जिसे ऐसी जीवन संगिनी मिली। उसका तो जैसे हृदय परिवर्तन ही हो गया। खूब सेवा में लगा रहता वह उसकी।

काफी बेहतर थी अब सरोज। लिहाजा डॉक्टरों ने उसे डिस्चार्ज करने का मन बना लिया। लेकिन उसके पति को सख्त हिदायत दी गयी–"इन्हें कोई भावनात्मक ठेस न पहुँचे। सदमे से उबरने में अभी दो एक महीने का समय लग सकता है। जरा भी लापरवाही हुई तो वह भी विक्षिप्त हो सकती है।" जाते-जाते डॉ. दुग्गल ने सरोज को शुभकामना दी।

अस्पताल से डिस्चार्ज होकर घर पहुँच गयी सरोज। आनन्द सिंह भी साथ ही आये । हालांकि सरोज के पति ने उन्हें मना भी किया और घर जाकर पत्नी की

सुध लेने को कहा। पर वह नहीं माने। बोले–''सरोज बिटिया को घर छोड़कर चला जाऊँगा। घर-गाँव में हैं देखने-समझाने वाले। औरतें तो सब घर में ही पड़ी होंगी।'' सच पूछो तो रानी के बिना आनन्द सिंह की घर जाने की हिम्मत ही नहीं हो रही थी।

इधर रानी की माँ गम्भीर चिन्ता में थी, दो दिन से फोन भी नहीं किया था आनन्द सिंह ने पत्नी को। पता नहीं किस हालत में होंगे? मैं तो फिर भी जी लूँगी, वह तो रानी के बिना एक पल भी नहीं जी सकती। जरा रानी को लेकर कोई कुछ कह देता, तो वह भड़क उठते। कभी तो गुस्से में खाना भी नहीं खाते। एक बार रानी की माँ ने भी कह दिया, ऐसी बच्ची से तो न होती तो ठीक था। मर भी नहीं गयी। तो वह दो दिन तक उससे बोले तक नहीं। अब क्या कर रहे होंगे? उनके लिए तो रानी जैसे प्राण ही थी उनकी।

दिनभर आँखें दूर पगडंडी पर टिकी रहती। बीच-बीच में भर आती आँखों को वह अपने आँचल के कोने से पोंछती जाती। यहाँ तो इतने लोग हैं साथ में, पर उन्हें तो वहाँ कोई पानी पूछने वाला भी नहीं। सरोज सँभालती तो वह बेचारी खुद अस्पताल में पड़ी है। पता नहीं उसके भी क्या हाल हैं?

इधर मातम पसरा पड़ा था बिनगढ़ में। आनन्द सिंह को लगा जैसे लोग तो दूर आज फूल, पत्ते, पेड़-पक्षी भी पथराए से हैं। किसी ने खबर की आ गये रानी के पापा। रास्ते में जो भी उन्हें देखता रो पड़ता। रानी की माँ तो देखते ही दहाड़ मारकर रो पड़ी। ''कहाँ छोड़ आये मेरी रानी को, रानी के पापा! तुम कह रहे थे उसको सुन्दर बनाकर लाऊँगा। पर उसे वहीं छोड़ आये।

पूरे गाँव में बहुत देर तक कोहराम मचा रहा। आनन्द सिंह किसी तरह पत्नी को दिलासा देते हुए शान्त करवा पाये।

छब्बीस

हीरे की कीमत जौहरी ही जानता है। रामप्रकाश जी की पारखी नजरों ने सरोज के भीतर के मानव सेवी मन को उसी दिन पढ़ लिया, जब वह रानी के लिए मदद माँगने आयी थी। एक माँ को ही अपनी औलाद के लिए हो सकती है ऐसी तड़प। वह उसके जज्बे के मुरीद हो गये थे। ऐसा जुनून तो खुद उसमें नहीं है, जिसने तमाम तमगे जीत रखे हैं, और जो अपना सारा जीवन ही लोगों के लिए समर्पित कर देने का श्रेय लिए फिर रहे हैं। वह खुद से बोले फिर एक पल के लिए उन्होंने अपनी आँखें मूँद लीं। जैसे भगवान का शुक्रिया अदा कर रहे हों।

अजब है तेरी माया। जब देता है, तो बैठे बिठाए दे जाता है। कहाँ-कहाँ नहीं भटका मैं। पर तू नहीं पसीजा और आज घर पर ही ले आया। उन्हें ऐसे ही उत्तराधिकारी की जरूरत थी। शरीर जितना बूढ़ा हो रहा था, लोगों की सेवा का जज्बा उतना ही जवान। कैसे संस्था चलेगी, कौन चलायेगा इसे मेरे बाद? इसी त्याग तपस्या और समर्पण से चलायेगा भी कि नहीं। उन्हें ये चिन्ता खाए जा रही थी।

पर उस दिन तो उन्होंने सरोज को कुछ नहीं बताया लेकिन उसी खुशी में उन्होंने रानी के इलाज के लिए तुरंत ही पैसा दिलवा दिया था। आज वह यही बताने आये थे। अपनी जिम्मेदारी और फर्ज का कर्ज सरोज को सौंपने कि तू उतारना अब इसे आगे।

वह तीन-चार लोगों के साथ आनन्द सिंह के घर आ पहुँचे।

"आनन्द सिंह जी का घर यही है क्या?" उनमें से एक ने पूछा।

"हाँ यही है।" बाहर आँगन में ही खड़ी आनन्द सिंह की पत्नी ने सकुचाते हुए जवाब दिया। दुख की मारी वह थी ही पर अब न जाने क्या आफत आ गयी। उसका दिल धक-धक करने लगा। "बुलाती हूँ," कहकर वह अंदर चली गयी।

घर में अचानक चार लोगों के आ धमकने से आनन्द सिंह भी सकपका गये। खैर नमस्ते करते ही एक बुजुर्ग बोले—"आनन्द सिंह जी आप ही हैं!" एक बुजुर्ग ने पूछा।

"हाँ जी मैं ही हूँ।" आनन्द सिंह ने झिझकते हुए जवाब दिया।

"देखिए हम लोग नवजीवन संस्था से आये हैं। आप हैं रामप्रकाश जी, हमारे

अध्यक्ष।'' साथ आये व्यक्ति ने उनका परिचय दिया।

''आइए बैठिए'' कहकर आनन्द सिंह ने दरी बिछाई। लेकिन मन ही मन वह बड़े घबराए से थे। समझ गये कि ये उसी संस्था के लोग हैं जिन्होंने रानी के इलाज के लिए पैसा दिया था। अब जरूर अपना पैसा माँगने आये होंगे। पसीने की बूँदें उभर आयी उनके माथे पर।

''देखिए हम लोग आपसे एक विनती करने आये हैं।'' रामप्रकाश जी ने बात आगे बढ़ाई ही थी, कि आनन्द सिंह बीच में ही बोल पड़े–

''हाँ जी मुझे मालूम है। आपने रानी के इलाज के लिए पैसा...'' वह बात पूरी भी नहीं कर पाये थे कि रामप्रकाश जी ने तुरंत ही बात काटी–''हमें भारी अफसोस है कि हम बिटिया के काम नहीं आ पाये। शायद ऊपर वाले को यही मंजूर होगा। हम आप क्या कर सकते हैं? फिर आपकी तो औलाद ही थी। इससे बड़ा दुःख और क्या हो सकता है! पर धीरज धरो। जो उसके लिए नहीं कर पाये, औरों के लिए करेंगे। उसकी मृत आत्मा को भी शान्ति मिलेगी। हम आपसे पैसे माँगने नहीं आये हैं बल्कि आपकी मदद लेने आये हैं।''

''मदद ! मुझसे!'' सकपकाए आनन्द सिंह ने हैरानी में सवाल किया।

''जी आपसे। आप जानते ही हैं हमारी संस्था गरीब निराश्रितों की सेवा करती है। रानी बिटिया की ही तरह और तमाम बच्चों की जिन्दगी सँवारने की सतत साधना में लगी है। हम चाहते हैं ये काम और अच्छा हो इसके लिए सरोज बहन को इससे जोड़ना चाहते हैं। उनसे बेहतर काम करने वाला कौन हो सकता है? फिर वह आपकी बात नहीं टालेंगी। आप प्लीज यह काम करवा दीजिए। यह हमारा सबका काम है। हम उनसे बहुत विनती कर चुके हैं, पर वह टस से मस नहीं हुई। वह रानी की मौत से भारी सदमे में है। आप और आपकी श्रीमती जी उनसे कहेंगी, तो शायद मान जाये।''

बात आनन्द सिंह की समझ में आ गयी। वह रानी की माँ से बात करने को जैसे ही मुड़े, वह थाली में चाय के गिलास लिए पीछे खड़ी थी। चाय उन्हें थमाकर वह पत्नी के साथ अन्दर चले गये और सारी बात उन्होंने उसे समझाई। वह तुरंत सहमत हो गयी। बोली–''मैं मनाऊँगी उसे। इसी बहाने सरोज का मन भी लगा रहेगा।'' कुछ ही देर में वह पति के साथ सरोज के घर चली आयी।

सरोज का पति बाहर आँगन में कुर्सी डाले बैठा था, जबकि पास ही बच्चे उछल-कूद में मस्त थे। दूर से कुछ लोगों को घर की ओर आते देख वह घबरा गया। साथ में आनन्द सिंह और राम प्रकाश जी को देखकर उसे लगा कि रानी की मौत को लेकर वह कहीं कुछ बवाल करने तो नहीं आ रहे हैं! वह मन ही मन बुदबुदाने लगा–''मैं पहले ही कहता था, अरे किसी के पचड़े में मत पड़ो। कभी ऐसा फंसोगी कि दिन में ही तारे नजर आने लगेंगे। साथ ही घरवालों के लिए भी मुश्किल खड़ी कर दोगी।

अब देख लिया न! पता नहीं अब और क्या होने वाला है?'' वह इसी उधेड़बुन में था कि इतनी देर में वे लोग पास आ पहुँचे।

आनन्द सिंह ने दूर से ही अभिवादन करते हुए पूछा—

''जवांई जी, कैसी है भुली की तबियत अब?'' आनन्द सिंह के अपनत्व भरे कुशलक्षेम से थोड़ी राहत ली, सरोज के पति ने।

''जी वैसी ही है, कोई खास फर्क नहीं। आइए अंदर आइए।''

यह कहकर वह उन्हें अंदर ले गया।

आनन्द सिंह और उनकी पत्नी को सामने देख सरोज फूट-फूटकर रो पड़ी। आनन्द सिंह की पत्नी ने दुलारते हुए उसे बाँहों में भर लिया। कुछ देर तक दोनों रोते ही रहे। फिर सिसकते हुए सरोज बोली—''मैं मुँह दिखाने लायक ही नहीं हूँ भाभी जी। मैंने तुम्हारी रानी छीन ली। तुम्हें बेऔलाद कर दिया। हत्यारिन हूँ मैं हत्यारिन। मुझे मौत भी नहीं आती। मेरे लिए आज भगवान भी मर गया।'' वह फिर जोर से रोने लगी।

''तू औरत रूप में देवी है बहना देवी। तू तो उसे नया जीवन देने में लगी थी, उसकी किस्मत में ही नहीं था तो हम क्या करें। अब आगे देख आगे।''

बच्चे हैं उनको देख, स्कूल के बच्चों को देख। तू तो भाग्यवान है। इतने बच्चे हैं तेरे। इस अभागिन की तो एक ही औलाद थी और वह भी छीन ली ईश्वर ने। मैं फिर भी खड़ी हूँ।''

आनन्द सिंह ने भी ढाढस बँधाया—''भुली ठीक ही तो कह रही है रानी की माँ। तू तो पढ़ी-लिखी है, मास्टरनी है। रानी नहीं रही तो क्या और बच्चे नहीं हैं! उनकी भी तो जिम्मेदारी तेरी ही है। उसे कौन पूरी करेगा? तू ही हिम्मत हार देगी, तो हम गंवार अनपढ़ों का क्या होगा।

तुझ पर तो दुनिया की आस टिकी है। रामप्रकाश जी आये हैं। इनकी मदद भी तुझे ही करनी है। संस्था के सहारे हम रानी जैसे ही तमाम और बच्चों की सेवा कर सकते हैं। उनका जीवन सुधार सकते हैं। और इससे रानी की अतृप्त आत्मा को भी तृप्ति मिलेगी। यही इन्सान का धर्म है। उसका फर्ज है।

किसी दीन दुखियारे को, किसी गरीब जरूरत मंद को मदद कर हम अहसान नहीं करते, अपना फर्ज अदा करते हैं। और इस फर्ज का कर्ज सबको अदा करना होता है। यही मानव योनि का मूल मन्त्र है और यही उसे सारे प्राणी जगत में सबसे ऊँचे पद पर आसीन करता है।''

आनन्द सिंह समझाये जा रहे थे कि अचानक फोन की घण्टी बजी और भागकर सरोज के पति ने रिसीवर उठाया, उधर से आवाज आयी—''मैं चंडीगढ़ से डॉक्टर दुग्गल बोल रहा हूँ, क्या सरोज जी से बात हो सकती है!''

''हाँ-हाँ क्यूँ नहीं,'' सरोज के पति ने फोन हाथ में उठाया और लिपटा तार

सीधा कर रिसीवर सरोज के हाथों में थमाते हुए बोला–"डॉ. दुग्गल का फोन है चंडीगढ़ से।"

पूरे कमरे में सन्नाटा छा गया। डॉक्टर दुग्गल ने कुशलक्षेम पूछी और जल्दी ही सदमे से उभर कर काम में जुटने की दुआ की। उसे हिम्मत बँधाई और कहा–"आगे बढ़ो, दुनिया में और भी बच्चे हैं जिन्हें तुम्हारे स्नेह, तुम्हारी सेवा की आवश्यकता है।"

फिर उन्होंने रानी से सम्बन्धित एक जरूरी टेप का हवाला देते हुए उसे ध्यान से सुनने का आग्रह किया।

यह रानी की आवाज थी। बुखार में बड़बड़ाती वह डॉक्टर दुग्गल से अनुरोध कर रही थी–

"डॉक्टर साहब, मेरे पापा-मम्मी और मास्टरनी जी से कहना मुझे माफ कर दें। मैं उन्हें छोड़कर जा रही हूँ। लेकिन जल्द ही लौटूँगी खूब सुन्दर बनकर। फिर कभी नहीं रोयेंगे वह। उनके दुःखों का पहाड़ पाटकर खुशियों का समन्दर लौटा लाऊँगी। उनके फर्ज का कर्ज है मुझ पर। पर यह रास्ता उन्हें ही खोलना है। मुझ जैसे अभागों का भाग्य खोलकर। उनके जीवन की बगिया महकाकर। ताकि कुलांचे भरने की उम्र में उनके अरमानों को लकवा न मार जाये। उनका यह फर्ज दुखियारों की दुआ बनकर जल्द ही मुझे लौटा लायेगा।"

जिसे सुनकर सरोज की डबडबाई निस्तेज आँखों में चमक लौट आयी। उसने गहरी साँस भरते हुए कहाँ–"हाँ रानी बिटिया, मैं लाऊँगी तुझे जल्द ही लौटाकर।"

उसी पल बिस्तर छोड़कर उठ खड़ी हुई सरोज। पड़ाव छोड़कर मंजिल की ओर, अपने अधूरे मिशन को पूर्ण करने के लिए...।

बीरा

एक

सूरज लगभग अपना सफ़र तय कर चुका था। ऊँचे-ऊँचे पेड़ों पर डूबते सूरज की स्वर्णिम आभा झिलमिला रही थी। पशु-पक्षी अपनी दिनचर्या समाप्त कर अपने-अपने रैन बसेरों की ओर लौटने लगे थे। सन्ध्या का आभास होते ही ग्वाले अपने-अपने पशुओं को विभिन्न सम्बोधनों से पुकारते घर चलने को कह रहे थे। दूर रक्तिम आभामय आकाश में इक्का दुक्का गौरैया का जोड़ा आपस में छेड़खानी कर लेता था, मानो अपनी दिनभर की कमाई को घोसलों तक ले जाने हेतु परस्पर तकरार कर रहे हों।

अपने एक कमरे के घर में अकेली बैठी बीरा इस सारे दृश्य को चुपचाप निहार रही थी। कुछ ही देर में सूर्य पूरी तरह अस्त हो जायेगा और फिर धीरे-धीरे चारों ओर अंधकार फैल जायेगा। इस पहाड़ी गाँव में भी चारों ओर नीरवता और निस्तब्धता छा जायेगी। इस गाँव के अधिकांश पुरुष रोजी-रोटी की तलाश में गाँव से दूर शहरों में पलायन कर चुके हैं। घर में जो भी खेती योग्य भूमि है, वह घर की महिलाओं के हवाले है।

प्रातः होते ही यहाँ महिलाओं की दिनचर्या जो शुरू होती है, वह रात तक रुकने का नाम नहीं लेती। सुबह उठते ही गाय-भैंसों को घास देने से लेकर गौशालाओं की सफाई करना, दूर बांज के पेड़ों की जड़ों से निकलकर आते धारे से पानी लाना, घास लकड़ी के लिए जंगल जाना, सुबह के नाश्ते से लेकर दिन का खाना बनाना और बाकी बचे समय में खेतों का काम करना। फिर जानवरों के काम से लेकर रात का खाना बनाना और बच्चों को खाना खिलाने तक पूरा दिन और आधी रात बस यूँ ही बीत जाती है।

गाँव के ठीक सामने वाली पहाड़ी की तलहटी में बहती काली गंगा की आवाज अब अधिक सुनाई देने लगी थी। पेड़-पौधे जैसे किसी गहन चिन्तन में खो गये हों, बाँयीं ओर की पहाड़ी पर बसा कुणेथ गाँव अब पूरी तरह रात की चादर ओढ़ने लगा था।

महिलाएँ घास-लकड़ी बटोरकर कोई पन्देरे की ओर जा रही थीं, तो कुछ गाय-भैंसो को दुहती नजर आ रही थीं। कुछ एक डिंडालों और तिबारियों में हुक्के

की गुड़गुड़ाहट भी सुनाई दे रही थी। कुछ ही देर में महिलाएँ चूल्हा फूँककर उसमें चाय की केतली रखकर सब्जी काटने और कुछ आटा गूँथने की तैयारी करने लगीं। कुछ घरों में चिमनी के सामने और कहीं चूल्हे की रोशनी में बच्चे अपनी किताब को टटोलते नजर आ रहे थे। बिजली के खम्भे तो खड़े हैं गाँव में, लेकिन धुप धुप टिमटिमाते बल्बों को दिया दिखाना पड़ता था।

आज बीरा जैसे किसी गहरी सोच में डूबी थी। पास के छोटे से स्वास्थ्य केन्द्र में नर्स की नौकरी पाने के लिए उसे क्या-क्या नहीं करना पड़ा था। उसे अपना गाँव, चाचा-चाची का व्यवहार, और मामा-मामी का प्यार चाहे-अनचाहे याद आ जाता था। वह अपने बचपन में खो गयी थी। गाँव में सभी प्रकार के लोग थे, किन्तु अधिकांश उसके हँसमुख स्वभाव और लगन को देखकर उसे प्यार करते थे।

पाँच वर्ष की उम्र में ही माता-पिता उसे तथा उसके एक वर्ष के अबोध भाई को बिलखता छोड़कर दुनियाँ से चल बसे थे। गाँव में आयी महामारी में यों तो अनेक लोगों की जानें गयी थी, लेकिन माँ-बाप दोनों एक साथ चले गये हों, यह दुर्भाग्य उसी के परिवार के लिए आया था। उसी दिन से मानों बीरा के दुर्दिन शुरू हो गये थे।

संयुक्त परिवारों की प्रथा अब पहाड़ में भी धीरे-धीरे खत्म होती जा रही है। एक-दूसरे को सहने की क्षमता कम होती जा रही है। अ"म् बढ़ रहे हैं। तभी तो अभी कुछ साल पहले चाचा-चाची झगड़ा करके अलग रहने लगे थे। दोनों भाइयों में बातचीत तक नहीं होती थी, फिर भी गाँव वालों की लोक लाज के डर से वे इन अभागे दोनों भाई-बहिन को अपने साथ ले आये थे।

यों ही समाप्त हो पाँच साल की बीरा को क्या पता था कि इस अवस्था में ही उसे भाग्य की विडम्बना को इस सीमा तक झेलना पड़ेगा कि रात खुलने से लेकर रात पड़ने तक उसे प्यार और दुलार की जगह फटकार और प्रताड़ना का ही सामना करना पड़ेगा।

चाची अपने छोट-मोटे काम डाँट-डपट कर बीरा से कराने लगी। बीरा तो चाची के काम में मददगार साबित होने लगी, किन्तु नन्हा 'हरि' तो उनका काम ही बढ़ा देता था। निरंतर लापरवाही और उपेक्षा के चलते वह कुपोषण का शिकार हो गया। बीरा की स्थिति यह थी कि वह रोते बिलबिलाते 'हरि' को प्यार से पकड़ भी नहीं सकती थी। पकड़ने को होती कि चाची की फटकार मिल जाती 'क्या हो रहा है उसे! पहले अपना काम तो कर...' और अबोध बीरा केवल दूर से उसे निहारने के सिवाय कुछ भी नहीं कर पाती थी और एक दिन कुपोषण का शिकार हरि काल के गाल में समा गया, बीरा को बिल्कुल अकेला छोड़कर।

नन्हे 'हरि' के दुनियाँ से चले जाने के बाद तो बीरा बुरी तरह मुरझा गयी थी। वह गुमसुम सी रहने लगी थी। जब-तब माता-पिता और भाई को याद कर कमरे के किसी अंधेरे कोने में रोने के सिवाय उसके पास बचा भी क्या था?

लोग कहते, 'क्या हो गया इस नन्हीं सी बच्ची को, किसी से भी बोलना-चालना बन्द। यदि कोई सामने आ भी गया तो मुँह उठाकर नहीं तक देखती बीरा।' मास्टर चाचा को लोग कहते 'मास्टर जी, इस बच्ची को कहीं दिखाओ, माँ-बाप के चले जाने के बाद छोटे भाई के मरने के सदमे से नहीं उबर पायी है यह बच्ची। कुछ तो करो...'

चाचा परेशान हो गये थे। वे बीरा को प्यार तो करते थे, लेकिन पत्नी के डर से कुछ कह नहीं पाते थे। शुरू में उन्होंने कहा भी कि बीरा की अब स्कूल जाने की उम्र हो गयी, क्यों न उसे प्राइमरी पाठशाला में दाखिला दिलवा दिया जाये! लेकिन चाची ने इस बात को सिरे से नकार दिया था। 'क्या करेगी स्कूल पढ़कर, कौन सा नौकरी करनी है इसे। घर पर रहेगी तो थोड़ा बहुत हाथ बँटा देगी, बाकी काम भी क्या कर सकती है ये...' चाची की कर्कशवाणी और तर्कों के आगे चाचा मन मसोस कर रह गये थे।

चाचा पास के ही गाँव में एक प्राथमिक पाठशाला में अध्यापक थे। सुबह घर से निकलकर देर शाम को ही घर वापिस पहुँचते थे। बीरा के साथ होती ज्यादतियों का कई बार तो उन्हें पता ही नहीं लग पाता था। एकाध बार चाची की अनुपस्थिति में चाचा ने पुचकार कर पूछा, तो बीरा की आँखों से जैसे आँसुओं की बरसात निकल आयी थी। वे समझ गये थे कि इस घर में इस बच्ची को गहरा दुख है, परन्तु कुछ कहने पर घर की कलह से बचने का प्रयास करने में बेचारी बीरा ही बलि का बकरा बनती। इसीलिए चाचा ने 'जैसा चल रहा है, चलने दो' वाला सिद्धान्त अपनाया हुआ था।

उधर बीरा अपने साथ के बच्चों को बस्ता लेकर स्कूल जाते देखती, तो उसका मन भी होता था स्कूल जाने का और पढ़ने का,परन्तु बोले भी तो किसे और कैसे? चाची से तो वैसे ही डरती थी। चाचा से बोले तो पता नहीं चाची क्या-क्या नहीं बोल बैठेगी उसे। अतः अपनी पीड़ा को मन में दबाये रखने के सिवाय उसके पास कोई चारा भी तो नहीं था।

जिन्दगी यूँ ही चल रही थी। ऐसे में उसके लिए देवदूत बनकर उसके मामा उससे मिलने पहुँच गये। 'बीरा' नाम लेते ही जैसे उन्होंने आवाज दी, चाची तुरंत छज्जे पर आ गयी। चौंककर बोली 'अरे, भाई साहब आप! आने की खबर तो की होती।'

चौक में आकर चाची ने सेवा लगाकर मामा को तिबार में बिठा दिया।

'मैं चाय बना कर लाती हूँ, थके होंगे' कहकर वह अंदर चूल्हें में आग जलाने लगी।

चाची के छोटे-छोटे बच्चों के साथ बीरा को न देखकर मामा बोले 'बीरा नहीं दिखाई दे रही है?'

'गयी होगी पड़ोसियों के घर, शायद खेल रही होगी बच्चों के साथ'

'लेकिन रात पड़ गयी, बच्ची का घर से बाहर रहना...' अभी मामा बात पूरी भी

नहीं कर पाये थे कि बीरा घास की छोटी सी गठरी सिर पर लिए चौक में पहुँच गयी।

घास को नीचे उतारते ही जैसे उसकी नजर मामा पर पड़ी, बस क्या था जैसे उसमें बिजली का करंट दौड़ आया हो। मामा कुछ कहते और उठकर उसकी ओर लपकते कि उसने छलांग लगाते हुए मामा को जोर से पकड़ लिया और बहुत देर तक छोड़ा ही नहीं। सिसकियाँ लेती चली जा रही थी। उसे लगा जैसे सदियों से जिसकी उसे प्रतीक्षा थी, वह देवता उसे मिल गया और अब वह किसी भी कीमत पर देवस्वरुप मामा का हाथ नहीं छोड़ना चाहती थी।

लकड़ी की तरह सूख चुकी बीरा का पीला पड़ा चेहरा देखकर तो मामा का भी दिल पसीज गया और उनकी आँखों में भी आँसू छलक आये। बीरा के आँसू तो रुकने का नाम नहीं लेते थे, मानो इतने दिन की पीड़ा अश्रु बनकर उसकी आँखों से फूट पड़ी हो।

मैले-कुचले कपड़े, फटे हुए नंगे पैर और उलझे हुए मैले बालों को देखकर सहजता से अनुमान लगाया जा सकता था कि बीरा कैसे अपने दिन गुजार रही होगी। मामा का मन बहुत खराब हो गया था, निःसन्तान मामा के लिए अपने आँगन को बच्चे की खुशियों से भरने का यह ऐसा मौका मिल गया था, जिसे अब वे हाथ से नहीं जाने देना चाहते थे। उन्होंने बीरा के आँसू पोंछते हुए कहा 'धैर्य रखो बेटी! सब ठीक हो जायेगा, दिल छोटा नहीं करते...'

और फिर चालाकी से चाची की ओर इशारा करते हुए बोले-

'तुम्हारी चाची इतनी अच्छी हैं कि कुछ दिन के लिए तो तुम्हें मेरे साथ मामी को मिलने के लिए भेज ही देंगी, फिर मैं तुम्हें यहाँ छोड़ दूँगा, क्यों बहिन जी? ठीक है ना!'

'ये क्या बोल रहे हैं भाई साहब आप! हम बीरा के बिना कैसे रहेंगे यहाँ पर?...' चाची चिन्ता में पड़ गयी। 'देखिये न घर का इतना कामकाज रहता है, बीरा का कम सहारा नहीं मुझे, इन बच्चों को पूरा सम्भाल लेती है। घर इसी पर छोड़कर जाती हूँ मैं। चाहे लकड़ी के लिए जंगल जाना हो या खेतों में घास अथवा निराई-गुड़ाई के लिए, इसके रहते एकदम निश्‍चिन्त होकर जाती हूँ।' धारे से पानी तो यह स्वयं ही ले आती है।

मामा समझ गये थे कि चाची को चिन्ता बीरा की नहीं, बल्कि चिन्ता अपने बच्चों और अपने कामकाज की है। चाची का उत्तर सुनकर वे सोच में डूब गये कि बीरा को ले जायें तो ले जायें कैसे? इसलिए वे चाची को मनाने में जुट गये। 'आप चिन्ता न करें, बस इसकी मामी की इतनी जिद है कि मैं परेशान हो गया हूँ।

एक बार तो सोचा कि उसे ही यहाँ ले आऊँ, पर फिर विचार किया कि बीरा छोटी बच्ची है, कुछ दिन के लिए मामी के पास आ जायेगी, तो उसका मन भी ठीक हो जायेगा। इतने बरसों से तो हमने कहा नहीं, बस कुछ दिन की ही तो बात है...।'

मामा अभी चाची से बात कर ही रहे थे कि चाचा भी आ पहुँचे। उन्होंने बात सुनी तो अन्दर ही अन्दर तो वे अति प्रसन्न हुए और सोचने लगे कि अच्छा ही है इस नरक से तो बीरा को कुछ दिन के लिए मुक्ति मिलेगी। लेकिन पत्नी का भय उन्हें मन की बात बाहर व्यक्त करने का साहस नहीं दिला पाया। बोले -

'जैसे भी इसकी चाची कहेगी। वैसे तो दो-चार दिन की बात है, कोई बड़ी बात नहीं। फिर भी बीरा और उसकी चाची जाने!'

मामा चाचा के इशारों को समझ चुके थे और उन्होंने पूरी तरह ठान लिया था कि वह बीरा को किसी भी हाल में यहाँ नहीं छोड़ेगें। बातों के धनी मामा ने किसी तरह बीरा को कुछ दिन के लिए ले जाने की सहमति ले ली, जिस पर चाची बड़बड़ाने लगी 'लोग क्या कहेंगे कि एक बेटी को भी नहीं पाल सके।'

अन्ततोगत्वा चाची, चाचा और मामा में फैसला हो ही गया कि एक महीने के लिए बीरा मामी के पास चली जायेगी। बीरा को उस रात खुशी से नींद नहीं आयी, किन्तु एक महीने की बात यद्यपि उसके उत्साह पर पानी फेर रही थी, फिर भी उसे लगा कि एक बार निकल तो जाऊँ इस नरक से बाहर, एक महीने में ही वह मामा और मामी को वहीं रहने हेतु किसी तरह मनवा लेगी। उसने रात को ही निश्चय कर लिया था कि वहाँ पहुँचने के बाद वह किसी भी कीमत पर यहाँ नहीं लौटेगी।

ऊँची नीची पहाड़ियों से घिरा गाँव अब रात की चादर ओढ़ चुका था। बीरा ने इसी बीच बत्ती जलाकर वातावरण में व्याप्त अन्धकार को दूर करने का प्रयास किया, तो एक धीमी सी पीली लौ के साथ बल्ब जल उठा। पहाड़ के कुछ गाँवों में बिजली पहुँच तो गयी है, लेकिन सौ वाट का बल्ब भी ऐसा जलता है मानों लालटेन की रोशनी हो।

बीरा की अन्धकार भरी जिन्दगी में उसके मामा रोशनी और उम्मीद की किरण बनकर आये थे। एक-एक पल वह रात खुलने की प्रतीक्षा करने लगी। उसका मन कई बार शंकाओं से घिर जाता कि सुबह उठकर कहीं चाची अपनी बात से मुकर न जाये।

दो

अभी रात पूरी तरह खुली भी नहीं थी कि बीरा ने जल्दी जल्दी तैयार होकर चुपके से मामा को जगाया और रात खुलने से पहले वे गाँव से चल दिये।

पहाड़ी टेढे मेढे मार्ग, घनघोर जंगल, कई बार खड़ी चढ़ाई और फिर ठेठ उतराई पर उतराई। कई मील पैदल चलकर भी बीरा को कोई थकान महसूस नहीं हो रही थी।

यूं तो वह पहले से ही कर्मठ है, लेकिन आज तो मारे खुशी के उसके पाँव जमीन पर नहीं पड़ रहे हैं। इतने पहाड़ों और नदी-नालों को पार कर वह कब बूंगीधार पहुँच मामी से लिपट गयी, उसे पता ही न चला।

बीरा को पाकर मामा-मामी की जिन्दगी में जैसे बहार आ गयी थी। गाँव में थोड़ी सी जमीन थी, इसी पर गुजारे लायक अनाज पैदा हो जाता है। मामा-मामी हैं तो अकेले, पर घर में गाय, भैंस और बकरियाँ भी पाली हुई हैं। गाँव की तलहटी में बहती हुई पहाड़ी नदी के किनारे मामा के सोना उगलने वाले कई सिंचित खेत हैं और इसी नदी पर आटा पीसने हेतु पानी की शक्ति से चलने वाले कई घराट इस गाँव की विशेषता बयाँ करते हैं।

अब गाँव के पास वाले स्कूल में मामा ने बीरा का दाखिला करा दिया था। मामी ने भी अपने हृदय में वर्षों से पल रहे ममत्व एवं प्यार को उस पर पूर्णतया न्यौछावर कर दिया था।

साफ सुथरे कपड़ों और तेल लगे बालों में दो चोटी बनाकर, रंग-बिरंगे रिबन लगाये बीरा जब भी स्कूल के लिए निकलती, सबका मन मोह लेती। तीव्र बुद्धि बीरा को जो भी कक्षा में पढ़ाया जाता, वह उसे झट से ग्रहण कर लेती। कुछ ही दिनों में बीरा गाँव में सबकी लाड़ली बेटी बन गयी।

समय यूँ ही पंख लगाकर उड़ता रहा। चाचा-चाची द्वारा दो एक बार रैबार भेजने पर जब मामा ने बीरा को उनके पास गाँव भेजने से पूरी तरह इन्कार कर दिया, तो वे समझ गये कि अब बीरा उनके पास लौटने वाली नहीं है।

साल बीतते गये। बीरा पढ़ाई के साथ-साथ घर के काम-काज में भी मामा-मामी के हाथ बँटाती। हाईस्कूल के बाद इण्टर कालेज पास न होने के कारण बीरा को मामा आगे पढ़ाएँ भी तो कैसे? पर मामी थी कि रट लगाये जा रही थी, 'कुछ भी

करो बीरा के मामा, हमारी बीरा पढ़ने में बहुत होशियार है उसे आगे पढ़ाना ही है, चाहे दो खेत बेचो पर इसे पढ़ाई के लिए भेजो।'

परन्तु घर से बाहर दूर शहर में अकेले पढ़ने के लिए बीरा को भेजने का साहस मामा नहीं जुटा पाये। बीरा भी मामा की मजबूरियों को समझती थी, इस लिए आगे पढ़ने की इच्छा के बाबजूद भी, वह मन मसोसकर रह गयी।

मामा बार-बार मामी को यही तो समझाते थे, 'तुम नहीं समझती दुनियाँ कितनी खराब हो गयी। जवान लड़की है, भगवान न करे कहीं कोई ऊँच-नीच हो गयी तो कहीं के नहीं रहेंगे हम' और इस पर तो मामी भी हूँ पर हूँ करके अपनी सहमति दे देती थी।

मामी एक दिन पड़ोस में बैठी श्यामा दीदी के साथ अपनी बीरा के बारे में चर्चा कर रही थी कि उनकी बातों को सुनकर दीपक दूर से ही बोल पड़ा।

'ताई, यदि इतना ही पढ़ने का मन है उसका और उसे रेगुलर नहीं पढ़ा सकते हैं तो क्या हुआ? प्राइवेट फार्म भर कर भी आगे पढ़ाई कर सकती है। मैं अपनी किताबें उसे दे दूँगा, और भी कोई मदद होगी तो मैं कर दूँगा।'

दीपक अपनी माँ का इकलौता बेटा है। पिता कई बरस पहिले किसी कार्य से शहर गये, तो वापस ही नहीं लौटे थे। यात्रा मार्ग पर एक जीप दुर्घटना में उनकी मृत्यु हो गयी थी। कितना बड़ा हादसा हुआ था। पूरी की पूरी जीप चट्टान से नीचे गहरी खाई में गिर गयी थी। बताते हैं कि उस जीप में सवार एक भी आदमी बच नहीं पाया था।

दीपू इस समय मुश्किल से रहा होगा चार-पाँच बरस का, श्यामा भी तबसे लेकर आज तक अपनी पहाड़ सी जिन्दगी का एक एक पल अपने दीपू के लिए ही खपा रही है। पूरी खेती-पाती के साथ-साथ गाँव-गली के सभी नाते-रिश्तों को भी सम्भाला था उसने। दीपक ही तो उसके जीने का बहाना था अन्यथा उसकी इस जिन्दगी में रह ही क्या गया था?

श्यामा की परिस्थितियों को महसूस करते हुए बीरा के मामा-मामी अक्सर उसके सभी कार्यों में मदद के लिए आगे दिखाई देते थे। बीरा का भी दीपक के घर काफी आना जाना था। एकदम अपने परिवार जैसा माहौल बन गया था। बीरा तो जैसे श्यामा की लाड़ली बेटी ही बन गयी थी। जब भी उसे समय मिलता, पहाड़ी हिरनी सी उछालें मारती वह काकी के पास पहुँच जाती थी।

'काकी आज खाने में क्या बनाया है? काकी तुम तो बहुत ही अच्छा खाना बनाती हो, तुम्हारे बनाये खाने में तो स्वाद ही कुछ और होता है'

दीपक मजाक करते हुए बोला था,

'भुक्कड़! ये बोल न कि मुझे भूख लगी है...इतनी लम्बी चौड़ी बात करने की क्या जरूरत है? अरे माँ तुम नहीं जानती इसे! ये तुम्हारी तारीफों के पुल बाँध-बाँधकर तुमको भी बिगाड़ देगी...।'

श्यामा धीरे से मुस्कराते हुए बोली—'दीपक, तू उसे परेशान न किया कर, इतनी प्यारी बच्ची है, मैं तो कहती हूँ कि बेटी हो तो बस ऐसी...।'

बीरा भी कोई कम नहीं थी। काकी के बोल सुनकर दीपक की ओर लम्बी जीभ निकालकर उसे चिढ़ाने लगी। 'अरे काकी! आज का जमाना खराब है न, दूसरे की प्रशंसा किसी के गले नहीं उतरती'।

और फिर आपस में काफी देर तक श्यामा उन दोनों की नोक-झोंक का मजा लेती। ऐसी नोक-झोंक उनमें अक्सर होती ही रहती थी। एक दूसरे के साथ शरारतें करते पंख लगाकर कब दोनों यौवन की दहलीज पर पहुँच गये, पता ही न लगा। बचपन में तो दीपक बात-बात में बीरा की चोटी खींचकर उसे परेशान किया करता था, पर अब दूर से ही बात कर उसकी मजाक उड़ाया करता है।

गाँव की पगडंडियों में खेलते हुए वे बड़े हुए थे, साथ-साथ खेत-खलिहान का काम करते-करते उनका आपसी लगाव बिल्कुल एक परिवार की तरह हो गया था।

ईश्वर ने बीरा से बचपन में ही माता-पिता का प्यार तो छीन लिया था, पर मानो जमाने भर की सारी सुन्दरता उसकी झोली में डाल दी थी। ऊपर से पहाड़ी झरने सी उसकी मीठी हँसी तो उसकी सुन्दरता में चार-चाँद लगा देती थी।

दीपक समय-समय पर उससे पढ़ाई करने को तो कहता ही रहता था, साथ में सारी किताबें ला-लाकर उसने बीरा को उपलब्ध भी करा दी थी। उसे छेड़ते हुए बोलता 'कभी अपनी बुद्धि इन किताबों पर भी लगा लिया करो। वैसे तो मुझे पता है कि जैसी मोटी तू है, वैसी ही मोटी है तेरी अक्ल। पढ़ती रहेगी, तो समझ में धीरे-धीरे आता रहेगा, बेवकूफ।'

पहले की बात रहती तो बीरा भी तपाक से उठती और उसे मारने दौड़ पड़ती, लेकिन अब भुनभुनाकर चुप्पी साधना ही उसने उचित समझा था।

समय बीतता गया और दीपक की मदद से बीरा अपनी प्राइवेट परीक्षाओं में भी अव्वल नम्बरों से पास होती चली गयी।

उधर दीपक को इण्टर परीक्षा में अच्छे अंक मिलने पर सभी को खुशी हुई थी और माँ तो इस बात से बेहद खुश थी कि आगे की पढ़ाई के लिए सरकार दीपक को छात्रवृत्ति देगी। यदि ऐसा नहीं होता, तो वह आगे पढ़ा भी कैसे पाती दीपक को? भगवान को लाख-लाख धन्यवाद देती नहीं थकती है श्यामा काकी।

दीपक के सामने आगे की पढ़ाई का यक्ष प्रश्न खड़ा था। लाचार माँ तमाम अभावों में दीपक को इतना भी पढ़ा पायी थी, क्या यही कम था? आगे की पढ़ाई के लिए तो उसे और भी दूर शहर जाना पड़ेगा। अभी तक तो गाँव से 50 मील दूर पर ही कई गाँवों के बीच उस इण्टर कालेज में दूर की एक मौसी के पास रहकर पढ़ रहा था। वहाँ से रविवार को तो वह माँ के पास आ ही जाता था, किन्तु अब तो दूर शहर में जाकर माँ के कामों में हाथ तक नहीं बँटा पायेगा।

एक तो खर्चे की परेशानी और फिर इससे भी बड़ी समस्या कि माँ को अकेला कैसे छोड़े? कौन रहेगा उसके पास? रोज ही तो कहती है 'बस मैं तो दीपू को देख-देखकर ही जीती हूँ', फिर वह कैसे रह सकती है मेरे बिना?

इसी चिन्ता में एक शाम वह घूमता हुआ पन्देरे के आगे पीपल के पेड़ के नीचे बनी मुण्डेर पर बैठा गहरी सोच में न जाने कहाँ खोया था। तभी अचानक पीछे से एक कंकड़ उसके सामने आगकर गिरा। उसने सिर उठाकर इधर-उधर देखा, लेकिन कोई नजर नहीं आया। उसने सोचा कि पेड़ से कोई सूखी टहनी का टुकड़ा आकर गिरा होगा।

थोड़ी देर बाद ही एक और कंकड़ आकर उसकी गोदी में आ गिरा, तो दीपक समझ गया कि किसी की शरारत है। उसने खड़े होकर नजर दौड़ायी तो देखा कि पास की झाड़ियों में कुछ सरसराहट हो रही है। आगे बढ़कर उसने देखा कि झाड़ियों में छिपी बीरा तीस कंकड़ फेंकने की तैयारी में जुटी उसकी ओर शरारतपूर्ण दृष्टि से देख रही है।

'किस सोच में डूबा है दीपू? ज्यादा पढ़-लिखकर दिमाग ज्यादा चलने लगा है क्या? अब तो बात करना भी जैसे अहसान होने लगा है' कहती हुई बीरा झाड़ियों से निकलकर उसके पास पहुँच गयी।

'नहीं बीरा, ऐसी बात नहीं है।'

'तो फिर कैसी बात है?'

'बस सोच नहीं पा रहा हूँ कि क्या करूँ?'

'इसमें सोचने की क्या बात है?'

'सोचने की बात यह है कि आगे पढ़ाई कैसे करूँ?'

'जैसे आज तक की है?'

'आज तक तो माँ के पास था। घर के, गाँव के, नाते-रिश्तेदारों के और खेत खलिहान के कामों में मँ को परेशानी नहीं आने देता था। अब गाँव छोड़कर शहर जाऊँगा तो ये सब...।'

'ये सब भी हो तो जायेगा।'

'लेकिन कैसे? और फिर माँ के अकेले रहने के अलावा खर्चा भी तो कहाँ से आयेगा शहर का? सरकार फीस ही तो देगी? गाँव आना-जाना, शहर में कमरा लेकर रहना और खाने-पीने से लेकर तमाम खर्चे हैं...मुझे तो लगता नहीं कि इन परिस्थितियों में आगे पढ़ पाऊँगा, तू बता क्या सोचती है?'

शहर जाने की बात सुनकर तो बीरा का कलेजा जैसे मुँह को ही आ गया था। क्या सचमुच दीपक पढ़ाई के लिए गाँव छोड़ शहर चला जायेगा? यदि पढ़ने के लिए भी नहीं जा पाया, फिर भी नौकरी के लिए तो उसे गाँव छोड़ना ही पड़ेगा, इससे अच्छा तो वह और लिख-पढ़ जाता तो बड़ी नौकरी पा सकता था।

सोचकर बीरा तपाक से बोली—'देख, तू काकी की चिन्ता तो कर मत, मैं तो हूँ न उनके साथ! मैं उनकी पूरी देखभाल कर लूँगी। तेरे से तो ज्यादा ही ध्यान रखूँगी काकी का, मुझे कौन सी पढ़ाई करने कहीं जाना है? तू पढ़कर आयेगा तो हम सबको अच्छा लगेगा, पर तब तो तू शहरी हो जायेगा न। कहाँ याद रहेंगे हम लोग। अभी तो काकी की इतनी चिन्ता हो रही है, पर क्या पता तब क्या होता है?'

'क्या तू ये कहना चाहती है कि मैं शहर जाकर बदल जाऊँगा? अरे लौटूँगा तो गाँव ही, और फिर तुझ जैसी बन्दरिया को तो भुला भी कैसे पाऊँगा, जिसने हमेशा मेरी नाक में दम किया है...।'

और एक बार फिर बोझिल वातावरण हँसी-मजाक में बदल गया था। दोनों बात ही कर रहे थे कि बीरा अचानक गम्भीर हो गयी और उसकी आँखों में यकायक आँसू डबडबाने लगे। उसे लगा जैसे शहर इस गाँव के दीपू को उनसे छीन लेगा। शहर में जाने के बाद तो लोग यूँ ही बदलकर परदेशी हो जाते हैं।

बीरा को दुःखी देख दीपक ने उसका हाथ पकड़ा और उसके आँसू पोंछने की कोशिश की, किन्तु बीरा ने मुँह मोड़कर उसे घर चलने के लिए कहा। बीरा का मुँह बुरांस के फूल की तरह लाल हो गया था। तभी सामने से कुछ आहट हुई, तो दोनों चुपचाप घर की ओर चल दिये।

तीन

बीरा अपनी गागर को धारे में छोड़कर गयी थी। लौटकर आयी तो देखा, वहाँ पर विमला बैठी है। हमेशा प्रसन्न रहने वाली बीरा की चुप्पी देखकर विमला समझ गयी थी कि कोई बात तो जरूर है। उसने बीरा से जानने की कोशिश भी की, किन्तु बीरा बात को टाल गयी। विमला ने दीपक और बीरा को साथ-साथ मुँह लटकाये आते देख लिया था।

'बीरा! बता न क्या बात हुई, दीपक से कोई झगड़ा हुआ क्या?'

'नहीं तो'

'कुछ बात तो हुई है जो इतनी गुमसुम दिखाई दे रही हो?'

'बात तो कुछ भी नहीं, और है भी' कहकर एक बार फिर उसने विमला को टालने की कोशिश की।

विमला बीरा से मुखातिब होकर बोली-

'मेरी सलाह मानना, ऐसी कोई गलती मत कर बैठना, जिससे जीवन भर पछताना पड़े।'

बीरा की समझ में नहीं आया कि आखिर विमला उससे कहना क्या चाहती है। 'क्या कह रही हो भाभी! बताओ तो सही...।'

'देख बीरा! औरत की जिन्दगी में दुःख कब और कहाँ से चला आता है, कुछ पता नहीं चल पाता। किसी पर भी आज के दिन विश्वास करने का जमाना नहीं रह गया है...' और कहते-कहते विमला ने बहुत दिनों बाद आज अपना दिल खोलकर बीरा के सामने रख दिया था।

विमला की बातों को सुनकर बीरा तो हतप्रभ सी रह गयी।

विमला गंगापार दोगी भरदार गाँव की रहने वाली थी। पिता जगत सिंह गाँव के प्रधान थे। विमला दो भाई और दो बहिनों में सबसे छोटी थी। छोटी होने के कारण माता-पिता, भाई-बहिन का उसे खूब प्यार मिला। पिता के प्रधान होने के कारण सरकारी विभागों के कर्मचारियों और अधिकारियों का उनके यहाँ अक्सर आना लगा रहता था। घर में सबसे छोटी होने के कारण विमला ही उनकी इज्जत खातिर किया करती थी।

गाँव में एक छोटा सा स्वास्थ्य केन्द्र था, जिसमें डॉक्टर तो कभी उपस्थित रहता नहीं था, हाँ कभी-कभार कम्पाउण्डर जरूर दिखाई दे जाता था। गाँव के लोग उसे ही डॉक्टर समझ कर अपनी छोटी-मोटी बीमारियों का इलाज करवा लिया करते थे। कई वर्ष हो गये थे उसे गाँव में, अतः लगभग सभी से बहुत घुल-मिल चुका था।

जगत सिंह का मकान काफी बड़ा था, इसलिए कम्पाउण्डर राकेश उसी के घर में किराये पर रहने लगा था। अकेला लड़का है, यह सोचकर माँ विमला के हाथ उसके लिए हर रोज सुबह शाम चाय और कभी-कभी खाना तक भिजवा दिया करती थी। अपनी परम्परा के अनुसार मेहमानों का पूर्ण सम्मान करना और दूर दराज से आये लोगों की यथासम्भव मदद करने के स्वभाव ने राकेश को जैसे उनके परिवार का एक अंग ही बना दिया था।

इसी सबके बीच विमला की राकेश से निकटता बढ़ती चली गयी और एक दिन पूरे गाँव और क्षेत्र में यह अफवाह आग की तरह फैल गयी कि प्रधान जी की बेटी का कम्पाउण्डर से रिश्ता तय हो गया है। विमला तो खुश थी, किन्तु राकेश अपनी सीमाओं को तोड़ता जा रहा था।

प्रधान जी को लगा कि गाँव में बहुत बदनामी हो रही है, इसलिए अब इनके सम्बन्ध को रिश्ते में बदल देना ही ठीक रहेगा। यही सोचकर उन्होंने राकेश के सामने विमला से विवाह करने का प्रस्ताव रखा, तो राकेश ने दो-टूक जबाब दे दिया। जगत सिंह तो उसके हाव-भाव को देखते ही रह गये! वर्षों से घर में परिवार का अंग रहने वाला राकेश आज एकदम अनजान सा बन गया था।

जगत सिंह गुस्से में आ गये। मौके की नजाकत को देख राकेश उल्टे जगत सिंह के खिलाफ धमकी देने की रिपोर्ट दर्ज करवाने पर उतारु हो गया। होते करते एक दिन राकेश ने चुपचाप जिले से बाहर अपना स्थानांतरण करवा लिया। जहाँ भी पिता जगत सिंह विमला के रिश्ते की बात करते, वहीं कम्पाउण्डर राकेश का प्रकरण सामने आ जाता। पूरे भरदार इलाके में ही नहीं, गंगा पार सलाण तक में विमला और राकेश के सम्बन्धों की खबर फैल गयी थी।

पूरे इलाके में हुई बदनामी से परेशान जगत सिंह ने अपनी इज्जत बचाने के लिए मजबूर होकर ऐसी जगह विमला के रिश्ते की हामी भर दी, जहाँ विमला अपनी बराबर की लड़कियों की माँ बनकर ससुराल चली आयी। बालमन की थोड़ी की चंचलता ने आज उसकी जिन्दगी को चौराहे पर लाकर खड़ा कर दिया था।

इसलिए लम्बी साँस लेकर विमला ने बीरा को समझाया था 'कभी कोई ऐसा कदम न उठाना कि मेरी तरह जिन्दगीभर पश्चाताप करना पड़े। ये दुनियाँ विचित्र है। यहाँ किस पर भरोसा किया जाये और किस पर नहीं, कुछ कहा नहीं जा सकता। हर इन्सान अपने चेहरे पर मुखौटा लगाये हुए है, पता नहीं कब मुखौटा उतरे और इन्सान की हैवानियत सामने आ जाये?'

विमला की बातों को सुनकर बीरा मन ही मन गाँठ बाँध रही थी।

'राकेश तब से कभी मिला?'

'नहीं! और मैं उसकी सूरत भी नहीं देखना चाहती, अब मिलकर करूँगी भी क्या? मेरी जिन्दगी तो उसने नरक में डाल ही दी...अब तो यही मेरी दुनियाँ है, इसी में मुझे जीना-मरना है।'

चार

खिन्न मन लिए बीरा घर लौटी, तो काफी देर हो गयी थी। मामी गुस्से में बोली। 'कहाँ थी तू इतनी देर से? कितना अँधेरा हो गया।'

'मामी विमला भाभी के साथ बतिया रही थी, बेचारी कैसे दिन गुजारेगी...।'

'अब तू जवान हो गयी है, पहले अपना तो ख्याल रख।'

'मामी, मैं ठीक तो हूँ?''

'अरे, तुझे कुछ मालूम भी है कि विमला के ये हाल क्यों हुए? क्यों आज भी लोग ताने मारने से बाज नहीं आते?'

'लेकिन मामी उसके साथ बहुत अन्याय हुआ!'

'बीरा! जो भी हुआ उसकी जिन्दगी तो बेकार हो गयी न! तभी तो कहती हूँ दुनिया देख...।'

रात में मामा जब घर पहुँचे तो चिंतित होकर मामी बोली -

'देख रहे हो, अपनी बीरा सयानी हो गयी है, कहीं तो इसकी शादी की बात करनी होगी'

'तू पागल हो गयी? अभी हमारी बीरा की उमर ही क्या हुई, अटठारह साल की भी तो पूरी नहीं हुई''

'बीरा के मामा! मैं कहती हूँ जमाना बहुत खराब है और फिर लड़का ढूढ़ने में भी तो समय लगेगा। लड़का कौन सा बगल में कहीं रक्खा है? एक डेढ साल तो घर-बार देखने में और रिश्ता पक्का करने में लग ही जायेगें। कुलदेवी ने चाहा तो तब तक बीरा इण्टर भी पढ़ लेगी'

इन सब बातों से बेखबर बीरा अगले दिन श्यामा काकी के पास पहुँची, तो दीपक अटैची तैयार कर कपड़े रख रहा था और पास खड़ी श्यामा काकी सिसकियाँ लेते आँसू बहाये जा रही थी।

'बेटा! हमारी गरीबी की लाज रखना। खूब मन लगाकर पढ़ना और अपने पिता का नाम रौशन करना। आज तक तूने पूरे इलाके में हमारी नाक ऊँची रखी है, अब शहर जाकर अपने दिनों को भूल मत जाना...।'

'माँ तू क्यों ऐसी आशंका भरी बातें करती है? पढ़ने शहर ही तो जा रहा हूँ,

कोई विलायत तो जा नहीं रहा हूँ, फिर तू इतनी चिन्ता क्यों कर रही है?'

'चिन्ता मैं नहीं करूँगी तो कौन करेगा, कौन है तेरा यहाँ?'

श्यामा काकी अभी अपनी बात पूरी भी नहीं कर पायी थी कि बहुत देर से दरवाजे के पीछे खड़े होकर माँ बेटे की बातें सुन रही बीरा भागते हुए काकी के पास आयी और आते ही काकी के गले में हाथ डालते हुए बोली-

'काकी! एक मैं भी तो हूँ!'

'हाँ बीरा! तू तो है ही।'

दीपक ने माँ को बीच में टोका-

'माँ, ये नकचढ़ी कहाँ से बीच में टपक आती है, कमाल की है तुम्हारे हाथ बँटाने की जगह तुम्हारे काम जरूर बढ़ाया करेगी...।'

'नहीं बेटा! इसने हमेशा मदद की है मेरी, जबसे मिली है लगता है बेटी की कमी को पूरा कर दिया इसने...।'

बीरा हल्की सी मुस्करायी और दीपक को चिढ़ाते हुए बोली-

'जलने वाले जलते रहें।' काकी बोल उठी-

'जलें इसके दुश्मन! पर तुम दोनों लड़ा मत करो, जब देखो, लड़ते रहते हो।'

'अरे माँ अब तो इसे खुश होना चाहिए, मैं शहर जो जा रहा हूँ पढ़ने के लिए। आज से झगड़ने वाला ही नहीं रहेगा, तो फिर झगड़ा कहाँ से...।'

बीरा को लगा जैसे उसके दुखते घाव पर किसी ने नमक छिड़क दिया हो।

'एक तो दीपक हमें छोड़ शहर जा रहा है, उस पर यह कहना कि उसके जाने पर वह खुश होगी, जान बूझकर उसकी भावनाओं को ठेस पहुँचाना नहीं तो और क्या है?' वह अपने मन में छिपे दुख को रोक न सकी और उसकी आँखों से अश्रुधार बह निकली। उसने काकी की पीठ पर अपना सिर टिका दिया और सिसकियाँ लेती चली गयी।

'बीरा इसका कहा बुरा न माना कर। तुम्हें चिढ़ाने के लिए पता नहीं क्या-क्या कह देता है...।'

बीरा कुछ नहीं बोली थी। दीपक भी तो अन्दर ऊहापोह की स्थिति से गुजर रहा था, बोला-

'बुरी लग गयी तुझे मेरी बात, तो बाबा मैं वापस लेता हूँ अपनी बात को, पर तू माँ का ध्यान जरूर रखना।'

उसकी आवाज भर्रा गयी थी। जल्दी-जल्दी में अपनी पुरानी किताबों को निकालकर उसने बीरा के हाथों में थमा दिया।

'पढ़ने के लिए दे रहा हूँ, दिवाली की छुट्टियों में पूछूँगा जरूर' यह कहते हुए अपनी माँ के चरण छू दीपक घर से निकल पड़ा। आज से श्यामा की जिन्दगी के सूनेपन को भरने के लिए बीरा के सिवा अन्य कोई नहीं रह गया था।

पाँच

कुछ दिनों की मायूसी के बाद जिन्दगी धीरे-धीरे फिर से अपने ढर्रे पर चलने लगी। बीरा प्रतिदिन काकी के पास जाती और काकी की खैर खबर पूछने के साथ ही दीपक की बातें करती। कभी-कभी तो घण्टों तक बस पुरानी बातों को याद कर करके दोनों अपना दिल बहलाती रहती।

बहुत दिन बीत जाने के बाद भी शहर से दीपक की कोई खोज खबर न आने पर श्यामा को उसकी चिन्ता सताने लगी, तरह तरह की आशंकाओं से मन बेचैन होने लगा... 'क्या हो सकता है ऐसा कि उसे दो शब्द लिखने की भी फुर्सत नहीं मिल पायी? चौंरीखाल से डाकिया ससुर जी भी तो नहीं दिखाई दिये पिछले एक महीने से गाँव में...'

इसी उधेड़-बुन में दूसरी सुबह श्यामा स्वयं ही चौंरीखाल पोस्ट ऑफिस पहुँच गयी। डाकिया ससुर जी ने जब बताया कि अभी तक तो कोई चिट्ठी नहीं आयी और अगर आयी होती, तो वे जरुर स्वयं गाँव आकर दे जाते, तो श्यामा और भी अधिक चिन्तित हो गयी थी।

इसी चिन्ता में वह उदास मन लिए अपने घर लौट आयी। दो एक दिन बाद ही जब डाकिया ससुर जी ने घास लेकर लौट रही श्यामा को आवाज दी, तो काकी की खुशी का ठिकाना न रहा। घास का गठरी जल्दी जल्दी में वहीं फेंक चिट्ठी ली और बीरा से एक ही झटके में चिट्ठी पढ़ा डाली।

चिट्ठी पढ़ते हुए बीरा को लगता, मानो दीपक सामने खड़ा होकर अपनी सारी कहानी बयाँ कर रहा हो! किस तरह से वह गाँव से शहर पहुँचा, पहली बार बस से यात्रा करते हुए उसे कितनी उल्टियाँ हुईं और कितनी कठनाइयों के बाद उसे एक छोटा सा कमरा मिला, जिसमें भी कोई विशेष सुविधाएँ नहीं हैं। कमरा भी केवल छः माह के लिए ही मिला है क्योंकि फिर तो मकान मालिक का बेटा आ जायेगा। हर वाक्य की समाप्ति के बाद वह जरूर लिखता कि 'माँ चिन्ता न करो सब ठीक होगा' किन्तु बीरा के बारे में पूरी चिट्ठी में कहीं भी एक शब्द दीपक ने नहीं लिखा था।

यही सब ढूँढ़ने के लिए तो बीरा ने उलट-पुलट कर चिट्ठी कई बार पढ ली थी। बार बार चिट्ठी पढ़कर भी उसे सन्तुष्टि ही नहीं हो पा रही थी। जहाँ उसे

दीपक की चिट्ठी आने की बेहद प्रसन्नता थी, वहीं दीपक का उसके बारे में कुछ भी जिक्र न करने का उसे मलाल भी था।

'क्या है बीरा! कितनी बार पढ़ ली तूने चिट्ठी? तू उदास क्यों हो गयी, क्या बात है बेटी? कहीं मुझसे कुछ छिपा तो नहीं रही है?'

'नहीं काकी बस यों ही...' वह अपनी पीड़ा दबाते हुए बोली।

'तो फिर चिट्ठी भी तो लिखनी है दीपू को, नहीं तो बेचारा परेशान हो जायेगा। चिट्ठी का ही तो सहारा है उसे परदेश में।'

आज कई दिनों बाद श्यामा के चेहरे पर प्रसन्नता के भाव साफ झलक रहे थे।

छह

गाँव से पहली बार बाहर निकला दीपक शहर की चकाचौंध देखकर खो सा गया था। कॉलेज में उसे मुश्किल से प्रवेश तो मिल गया, लेकिन इस अनजान शहर में कापी-किताबों सहित अन्य व्यवस्थाओं को जुटाने में उसका पसीना निकल आया।

अगले दिन जब वह कालेज गया, तो रैगिंग के नाम पर पुराने छात्रों ने जो असभ्य व्यवहार करना शुरू किया तो एक पल के लिए दीपक का मन सब कुछ छोड़कर गाँव जाने को हो रहा था।

'अरे देखो! लगता है अजायबघर से जैसे सीधे कॉलेज चला आया है...ओए इधर आ! देखता नहीं इधर तेरे सीनियर खड़े हैं?'

हीरोनुमा उन सीनियर छात्रों की बात पर वह जैसे ही उनके पास पहुँचा तो सामने खड़ी एक छात्रा की ओर इशारा करते वे हुए बोले-

'जा! तेरी बड़ी बहिन खड़ी है, जाकर उसके पैर छू ले... ।'

दीपक सहम गया था, टकटकी निगाह से वह इन छात्रों को देखने लगा, तो उग्र होकर उनमें से एक सीनियर गुस्से में बोला,,

'देख क्या रहा है? सुना है न, हमने क्या कहा?

दीपक को लगा कि पैर छूने की तो कोई बात नहीं, लेकिन यदि उस लड़की ने उसे अन्यथा लिया तो उधर भी लेनी की देनी पड़ेगी। परन्तु सीनियर छात्रों का रुख देखकर वह डरते-डरते उस लड़की के पास पहुँचा और उसके पाँव छूने को जैसे ही झुका, तो लड़की ने उसके हाथ पकड़ लिए और बोल पड़ी-

'चिन्ता न करो, मैं समझ रही हूँ तुम नये हो, और ये लड़के किसी नये लड़के की मदद करने की बजाय उसे और हतोत्साहित करते हैं। पर तुम परेशान न होना, एक आध दिन की ही तो बात है... ।'

लड़की ने तो जैसे उसके टूटते मनोबल को बचा ही लिया था। यहाँ से किसी तरह जान बचाकर आगे निकला ही था कि-

'अरे लड़के! नये आये हो?'

'जी'

'किस जंगल से आये हो जो कपड़े पहनने भी नहीं आते?'

दीपक अपने कपड़ों की ओर देखने लगा तो वे छात्र ठहाका मारकर उपहास करने लगे।

'सब कुछ सिखा देंगे। चिन्ता न करो, नये-नये रंगरूट हो...।'

दिनभर की नोक-झोंक और परेशानियों के बाद वह शाम को कमरे में पहुँचा, तो सोच ही नहीं पा रहा था कि क्या करे। इसके साथ कमरे में रहने वाला आशीष तो बुरी तरह घबरा गया था। आधी रात तक दोनों दिनभर के घटनाक्रम पर चर्चा करते रहे। कल का दिन कॉलेज में कैसे कटेगा, यही सोच-सोचकर उनकी हालत खराब हो रही थी और इसी चिन्ता में दोनों उस रात ठीक से सो भी नहीं पाये थे।

परन्तु हर दिन घटते इस तरह के घटनाक्रमों ने उनको और मजबूत बना दिया था। गाँव से आया दीपक भले ही पढ़ने में बहुत होशियार था किन्तु शहर की चपलता से वह अब भी कोसों दूर ही था।

दूसरी ओर गाँव में बीरा उदास रहने लगी। कई लोगों ने टोका भी था उसे कि अचानक उसे क्या हो गया। हँसती खेलती बिल्कुल गुमसुम सी हो गयी थी वह। कई बार उसका मन होता था कि वह दीपक को चिट्ठी लिखकर अपने दिल में छिपे भावों को प्रकट कर दे, किन्तु फिर यह सोचकर कि दीपक बेवजह अनजान शहर में और परेशान हो जायेगा, वह अपने आप को सम्भाल लेती थी।

जब श्यामा चिट्ठी लिखाने बीरा के पास आयी, तो बीरा ने पूरी चिट्ठी तो लिख दी, लेकिन उसमें अपनी ओर से एक शब्द भी नहीं लिखा।

पत्र पाते ही दीपक खुश हो गया था। बाहर लिखे पते में बीरा का हस्तलेख देखकर तो वह फूला नहीं समाया। वह तरह-तरह की कल्पनाओं में डूब गया। बीरा ने क्या-क्या लिखा होगा? कितनी याद आती होगी उसे मेरी? जरूर उसने सब कुछ लिखा होगा। इतने वर्षो बाद पहली बार बीरा ने पत्र लिखा, यह सोचकर दीपक ने जल्दी से पत्र पढ़ना प्रारम्भ कर दिया। एक एक शब्द पढ़ते हुए उसकी उत्सुकता बढ़ती जा रही थी।

कक्षा में सबके सामने वह पत्र ठीक से पढ़ नहीं पाया था। कक्षा खत्म हुई तो वह जल्दी से जल्दी कमरे में पहुँचने का प्रयास करने लगा। रास्ते में पत्र पढ़कर वह पत्र का मजा किरकिरा करना नहीं चाहता था। यही सोचकर आशीष को कॉलेज में ही छोड़कर वह चंद मिनटों में ही कमरे पर पहुँच गया। कमरे का ताला खोलते ही वह चारपाई पर बैठ पत्र पढ़ने लगा।

पत्र पढ़कर माँ की राजी खुशी का समाचार तो मिल गया, लेकिन जो वह सोच रहा था, उस पर तो पानी फिर गया। पूरे पत्र को वह कई-कई बार पढ़ गया और इधर से उधर टटोलता चला गया, किन्तु कहीं भी बीरा की ओर से उसके लिए लिखा एक शब्द भी नहीं मिला, तो वह परेशान हो गया। ये कैसे सम्भव हो सकता है कि बीरा पत्र लिखे और दीपक के बारे में कुछ न लिखे। इसी उधेड़बुन में वह इधर से उधर यूँ ही चक्कर लगाने लगा।

आशीष कमरे पर पहुँच कर दीपक से गुस्से में कुछ कहता, उससे पहिले ही उसे लगा कि दीपक आज कुछ ज्यादा ही परेशान नजर आ रहा है। अपना गुस्सा थूकते हुए उसने पूछ डाला...

'क्या हो गया?'

'यार कुछ भी नहीं'

'अरे कोई तो बात है?'

'घर से पत्र आया है'

'तो क्या कोई..., माँ ठीक तो है न!'

'नहीं....नहीं, माँ बिल्कुल ठीक है'

'तो फिर क्या बात है'

'आशीष भाई, बता दूँगा बाद में, चलो अभी तो सामान लेकर आते हैं बाजार से...'

कालेज से घर आते ही तुरन्त पढ़ाई में जुट जाने वाला दीपक आज उदास सा बाजार घूमने की बात करने लगा, तो आशीष को आश्चर्य होना ही था।

रात को दीपक पत्र लिखने बैठा। कई बार उसने पत्र लिखा और फिर फाड़कर कूड़े की टोकरी में डाल दिया।

'यदि बीरा मेरे लिए दो शब्द भी चिट्ठी में नहीं लिख सकती तो मैं ही फिर क्यों उसे पत्र लिखूँ?'

आशीष ने पूछा—''क्या हो रहा है दीपक...।'

'यार कुछ नहीं, बस माँ को चिट्ठी लिखना चाहता हूँ, लेकिन समझ में ही नहीं आ रहा है कि क्या लिखूँ।'

'अरे इसमें समझ आने की क्या बात है। माँ को चिट्ठी लिख रहा है तो अपनी राजी खुशी ही तो लिखेगा या फिर यहाँ की कहानी लिखेगा? वैसे भी अगले हफ्ते तो तीन दिन की छुट्टियाँ हैं। जब तक तुम्हारी चिट्ठी पहुँचेगी, उससे पहले ही तो तू माँ के पास पहुँच जायेगा।'

'हाँ आशीष! ये तो तूने ठीक कहा। जब चिट्ठी से पहिले ही मैं माँ के पास पहुँच जाऊँगा, तो बिना बात चिट्ठी लिखने पर समय और पैसा क्यों खर्च किया जाये...।'

दीपक और आशीष इसी तरह बातें करते-करते सो गये। दीपक रातभर ठीक से सो नहीं सका था। जहाँ माँ की कुशलक्षेम पाकर उसे खुशी हुई थी, वहीं इस बात की चुभन भी हुई थी कि जो बीरा बात-बात में कहती न थकती थी कि मेरे परदेश चले आने पर माँ और उसका तो जीना ही दूभर हो जायेगा, वह मेरे शहर आते ही इतनी जल्दी बदल गयी? इसकी तो कल्पना तक नहीं की थी उसने।

यही चुभन उसे बेचैन किये जा रही थी और इस घुटन के बीच अब तो कहीं भी उसका मन नहीं लग रहा था। छुट्टियों की इन्तजार का एक-एक दिन तो क्या, एक-एक पल उसे भारी लग रहा था।

सात

साँझ धीरे-धीरे ढल रही थी, दूर आसमान में लालिमा लिए सूर्य की मद्धिम किरणें साँझ ढलने की प्रतीक्षा में मन्द मन्द गति से विदा लेने को उत्सुक थीं। अंधकार गहराता जा रहा था और उसी के साथ गहराता जा रहा था दीपक और आशीष के मन का खौफ। न जाने कब 'सीनियर' आ धमकें और फिर शुरू हो जाये उन के उल्टे सीधे सवालों का सिलसिला?

सच पूछो तो तंग आ गया था दीपक इतने दिनों से इस रैगिंग के चक्कर से। मन करता था कि सब छोड़छाड़ कर गाँव लौट जाये। इसी उलझन में खोया दीपक उत्साहित नहीं दिखता था दमकते दीपक की तरह।

दोनों किताबें लिए बैठे थे, किन्तु मन कतई पढ़ाई में नहीं था। कमरे में पसरे सन्नाटे को तोड़ते हुए आशीष बोला—'दीपक! क्या सोच रहा है यार?'

'कुछ नहीं, बस यूँ ही घर गाँव की याद आ गयी थी।'—दीपक बोला।

'घर की याद आ गयी या किसी और की?' आशीष ने उसकी दुःखती रग पर मानो अँगुली रख दी हो। 'मैं देख रहा हूँ कि जब से तेरे घर से चिट्ठी आयी है, तू कुछ ज्यादा ही बेचैन हो रहा है?'

'नहीं यार ये बात नहीं।' जानबूझ कर टालना चाहा दीपक ने।

'दोस्त! कुछ न कुछ बात तो जरूर है। मुझे लगता है तू मुझसे कुछ छुपाना तो चाहता है, किन्तु छुपा नहीं पा रहा है।' आशीष ने फिर कुरेदा।

'आशीष, तू मेरा दोस्त है, तुझसे क्या छिपाना।' दीपक ने अपने अन्दर की उदासी को दबाते हुए सफेद झूठ बोला—'बस यार! चिट्ठी मिलने के बाद से ही माँ की याद आ रही है।'

'दीपक! तू तो बहुत खुशनशीब है, जो तुझे माँ का प्यार मिल रहा है। अपना तो बस इस दुनियाँ में...' उदास स्वर में आशीष आगे कुछ बोल नहीं पाया।

'क्या मतलब?' चौंक कर दीपक ने पूछा—'तो क्या तेरे माँ पिताजी...'

'माँ तो मुझे तब छोड़ कर चली गयी थी, जब मैं चार साल का था। पिताजी हैं तो, लेकिन उनका होना न होना मेरे लिए कोई मायने नहीं रखता।' आशीष ने गमगीन स्वर में कहा।

एक महीने से अधिक हो गया था दोनों को एक ही कमरे में एक साथ रहते हुए, किन्तु एक दूसरे के परिवार के बारे में बहुत ज्यादा जानने की कोशिश अभी तक नहीं कर पाये थे वे।

'तो आशीष की माँ नहीं है। आज ही पता चल पाया था दीपक को। हालांकि उसे इतना तो पहले ही महसूस होने लगा था कि आशीष किसी बड़े घर से है। उसके कीमती कपड़े और खर्च करने का तरीका देखकर उसे यह अंदाजा हो गया था।

चार पाँच सौ रुपया उसके पर्स में हर समय यूँ ही पड़ा रहता था। हाँ, एक बार आशीष ने मजाकिया लहजे में उससे कह भी दिया था कि वह तो यहाँ पर केवल समय व्यतीत करने आया है, यहाँ रहकर उसे कौन सी पढाई करनी है? सुनकर दिल बैठ गया था दीपक का।

उसके मुँह से पिता के प्रति नकारात्मक विचार सुनकर दीपक ने उसे टोकते हुए कहा,

'यार, ऐसा नहीं कहते, पिता तो आखिर पिता ही होते हैं। मुझे देख मेरे पिता नही हैं और मुझे कदम कदम पर उनकी कमी महसूस होती है। काश! आज वे होते तो हमारे घर के हालात भी बेहतर होते।'

'दीपक, तुझे कम से कम माँ का प्यार तो मिल रहा है यार। हालात अच्छे होने या न होने से कुछ नहीं होता।' आशीष ने तर्क दिया।

'इन्सान को प्यार चाहिए, संवेदनायें चाहिए और रुपया पैसा इसकी कभी पूर्ति नहीं कर सकता।'

सुनकर झटका सा लगा दीपक को। 'कहता तो आशीष ठीक ही है, तो इसे पिता का प्यार क्यों नही मिला, आखिर क्या कारण है?' अपनों के प्यार एवं सहानुभूति से वंचित आशीष के स्वभाव में कभी उग्रता और कभी उदासी के जो भाव उसने विगत एक महीने में महसूस किये थे, उसी का प्रतिफल था कि आशीष के अन्दर कुछ कर गुजरने की ललक नहीं दीखती थी, मात्र समय व्यतीत करना ही उसका लक्ष्य हो जैसे। तो आज मालूम पड़ा कि वह इतना लापरवाह क्यों है कॉलेज में।

दीपक के पास खर्चे के लिए पैसे सीमित थे, दूसरी ओर आशीष के पास पैसों की कोई कमी नहीं थी। कॉलेज की कैंटीन में भी घण्टों बैठकर वह खाने पीने में साथियों पर खूब पैसा उड़ाया करता था।

जब दोनों बाजार से अपने लिए किताब खरीदने गये, तो दीपक ने उससे कहा था—'यार ऐसा करते हैं किताबों का एक ही सेट खरीदते हैं। आधा-आधा पैसा मिलाकर दे देगें और मिल जुलकर काम चला लेगें।'

सुनकर खूब हँसा था आशीष। तब उसकी हँसी को अपना उपहास समझा था दीपक ने। आशीष ने दीपक की भावनाओं को समझते हुए तुरन्त बात पलटते हुए कहा, 'एक नहीं, दो सेट ही लेगें हम। और दोनों का पैसा मैं ही दूँगा। क्यों

चिन्ता कर रहा है तू?'

आशीष ने किताबों के दो अलग अलग बण्डल पैक करवा दिये और उनका मूल्य भी स्वयं ही चुका दिया। कमरे में आते ही जब दीपक ने अपने हिस्से की किताबों का पैसा उसे लौटाना चाहा, तो अपनी दोस्ती का हवाला देकर दीपक पर नाराज पर होते हुए उसने पैसे लेने से एकदम इन्कार कर दिया।

'आशीष! क्या हो गया था तुम्हारी माँ को?' दीपक ने प्रश्न किया।

'मेरी माँ ने आत्महत्या की है?' सपाट स्वर में कहा आशीष ने।

'क्यों?'

'बस क्या बताऊँ यार। मुझे तो सिर्फ इतना याद है कि पिताजी का रोज माँ से झगड़ा होता था और एक दिन माँ ने इस अध्याय का सदा के लिए अन्त कर दिया।'

'तो फिर पिता के प्रति तुम्हारा ये रवैया...?' वाक्य आधा छोड़ दिया था दीपक ने।

'सच कहूँ तो मैं माँ की मौत के लिए पिताजी को ही पूरी तरह जिम्मेदार मानता हूँ। तभी से मुझे उनके प्रति नफरत सी हो गयी है।' आशीष के स्वर में पीड़ा साफ झलक रही थी।

'लेकिन यार ऐसा क्यों मानता है तू? आखिर तू उनका बेटा है और उनका भी तुझसे कुछ न कुछ लगाव तो होगा ही?' पूछा दीपक ने।

'नहीं यार। माँ की मौत के बाद मुझे बहुत कडुवे अनुभवों से गुजरना पड़ा। उसी ने मेरे जीवन की विचारधारा बदल दी। जीवन में कोई चाह, कोई रुचि नहीं रही तब से।' आशीष बोलता चला गया।

'ऐसा क्या हो गया था?' दीपक ने उसकी बातों में रुचि लेते हुए पूछा।

'लम्बी कहानी है यार। माँ के मरने से लेकर अब तक का जीवन पूरा एक उपन्यास है। सुनकर तू भी बोर हो जायेगा', आशीष ने टालने की कोशिश की, किन्तु दीपक तो जैसे आशीष से सब कुछ जान लेना चाहता था आज।

'तू बता तो सही। अपना दुःख-दर्द हमेशा बाँट लेना चाहिए। इससे मन हल्का हो जाता है। फिर मैं तो तेरा दोस्त हूँ। अगर तेरे किसी भी काम आ पाया, तो यह मेरी खुशनसीबी होगी। 'दीपक ने उसके घावों पर मरहम लगाने का प्रयास किया।

दीपक की बात सुनकर भावुक हो गया था आशीष। इतने बरसों से आज तक उसके मन की पीड़ा किसी ने पढने की कभी कोशिश नहीं की थी। दोस्त तो कई मिले थे, किन्तु सब चापलूसी करते थे उसकी। उसके रुपये-पैसों से मौज उड़ाकर उसे खुश करने के नये-नये तरीके आजमाते रहते थे। किसी ने भी उसके मन के अन्दर झाँककर देखने की कोशिश नहीं की थी आजतक।

पहली बार आशीष को दीपक के रूप में एक ऐसा दोस्त मिला, जो उसके रुपये पैसे के रौब में नहीं आया, बल्कि स्वाभिमानपूर्वक पिछले एक महीने से साथ साथ रह भी रहा है और उसके दुःख दर्द को समझ कर उस पर मरहम लगाने की

कोशिश जिसने की है, वह सिर्फ दीपक ही तो है।

सुना तो आशीष ने भी था कि अपना दुःख दर्द दूसरे को सुनाकर मन हल्का हो जाता है, लेकिन किसे सुनाता? सुनने के लिए कोई मिलता तब ही तो सुनाता? आज दीपक ने उसके जख्मों पर कुछ मरहम लगाया तो सचमुच मन भर आया उसका और अपनी अब तक के उतार चढावों भरी जिन्दगी की सारी कहानी वह दीपक से कहता चला गया।

आठ

शम्भू प्रसाद नाम था उसके पिता का। छः फीट लम्बा तगड़ा शरीर। फौज से हवलदार रिटायर आये थे वह।

पिता जी नये-नये रिटायर आये थे, अतः रोज घर में मिलने जुलने वालों का ताँता लगा रहता था। सिर्फ गाँव के ही नहीं, इलाके भर से लोग आते थे।

गाँव में सबसे ऊपर का घर था उनका। अकेला मकान और मकान के इर्द गिर्द लगभग 60 नाली पुस्तैनी कृषि योग्य भूमि और कई एकड़ में फैला हुआ घास लकड़ी का जंगल। आसपास के करीब चार पाँच गाँवों का रास्ता गुजरता था उनके घर के बगल से। लिहाजा आने-जाने वाले लोग एक बार जरूर उनके चौक की मुण्डेर में अमरूद के पेड़ की छाँव में कुछ देर ठहर जाते थे।

उसकी माँ उर्मिला देवी धार्मिक महिला थी। हर आने जाने वाले को पहले पानी और फिर चाय जरूर पिलाती थी और साथ ही खाने के बारे में जरूर पूछती थी।

खाने का समय हो, तो बिना पूछे थाली परोस देती थी। सारे इलाके में चर्चा थी उसकी माँ की। दादी थी जो आँखों से लाचार हो चुकी थी। इतने बड़े एकान्तवास वाले घर में अकेली रह रही माँ की हिम्मत देख लोग तारीफ करते नहीं थकते थे। इतने बड़े इलाके में फैली खेती अकेले अपने बलबूते पर थाम रखी थी उसने।

दो भाई बहिन थे वे। दीदी ऊषा सातवीं में और स्वयं आशीष चौथी कक्षा में पढ़ रहा था तब।

शम्भू प्रसाद के सेवानिवृत हो जाने के बाद घर में आवत-जावत बढ़ गयी थी। माँ का अधिकांश समय अब लोगों की आतिर-खातिर में ही व्यतीत होने लगा था।

उफषा और आशीष भी अब ज्यादा खुश थे। घर में भीड़-भाड़ लगी रहना उन्हें अच्छा लगता। यूँ तो पिता जब तक फौज में थे, तब भी लोगों का आना जाना तो था, किन्तु अब तो जैसे मेला ही लगा रहता था हर वक्त उनके घर में। आशीष और ऊषा फुदक-फुदक कर आने जाने वालों को कभी पानी के गिलास, तो कभी चाय की प्यालियाँ देने जाते, तो लोग उनकी तारीफ कर आशीर्वाद दिया करते थे। तारीफ सुनकर दोनो भाई बहिन फूले नहीं समाते थे।

इसी बीच आशीष के पिताजी को किसी ने आने वाले पंचायत चुनाव में प्रमुख

का चुनाव लड़ने की सलाह दे डाली और पिताजी ने छः माह बाद होने वाले चुनावों के लिए अभी से तैयारी करनी शुरू कर दी।

जैसे जैसे चुनाव का समय नजदीक आता गया, चाय पानी की यह महफिल अब धीरे-धीरे बदलने लगी। शाम को कभी-कभार पिताजी शराब की बोतल भी खोल देते और देर रात तक गप्प शप्प और बातें चलती रहतीं। अब माँ पर कई-कई लोगों के लिए खाना बनाने का बोझ भी बढ़ता गया था।

धीरे-धीरे यह बातें रोजमर्रा का हिस्सा ही बनती गयी। अब आये दिन घर में शराब के दौर चलने लगे। पिताजी के इर्द गिर्द अब आस पास के गाँवों के कुछ खास लोगों का जमावड़ा लगा रहने लगा।

रात तो रात, अब तो कई-कई बार दिन में भी गिलास खनकने लगते। इससे माँ और पिताजी के बीच अक्सर तनाव रहने लगा। माँ देर रात तक बर्तन पोंछा करके निपटती थी, तो पिताजी झूमते हुए सोने के कमरे में प्रवेश करते।

आये दिन शोर शराबे के कारण हमारा दिल भी पढाई में नहीं लगता था। पढ़ने से ज्यादा हम दोनो भाई बहिन पिताजी और उनके साथियों की बातों में रुचि लेते और यह देख माँ को और दुःख होता और हर रात यही बात झगड़े का कारण बनती थी।

पिताजी तो जैसे हमको प्यार करना ही भूल गये थे। प्यार करना तो दूर, अब वे हम से बात भी कम ही करते थे। यह देख माँ और अधिक तनाव में रहने लगी।

दादी एक कोने में बैठी जब तब पूछती रहती—'ए उफषा! ए आशीष तेरे पिता कहाँ है?'

कभी-कभी हम दादी को भी बता देते कि पिताजी अपने कमरे में हैं।

'क्या कर रहा है?' पूछती दादी।

'शराब पी रहे हैं।'

'क्या हो गया इस शम्भू को, सारे परिवार को बर्बाद कर देगा।' दादी स्वभाव के अनुसार बड़बड़ाती।

माँ का अधिकांश समय खाना बनाने, चाय नाश्ता बनाने और बर्तन धोने में ही गुजर जाता। ऊपर से घास, लकड़ी, पानी लाना, गाय भैंसों की देखभाल करना उसकी रोजमर्रा की जिन्दगी का हिस्सा होता। दादी को यद्यपि हम ठीक समय पर हम खाना दे देते थे, फिर भी दादी का बड़बड़ाना जारी रहता।

'ऐ ब्वारी! शम्भू ने खा लिया?'

'ऐ आशीष! तेरे पिता क्या कर रहे हैं?'

'ऐ उफषा! तूने पिता को खाना लगा दिया?'

हर घड़ी कुछ न कुछ पूछने और बड़बड़ाते रहने की दादी की इस आदत से हमने अब उसकी बातों पर ज्यादा ध्यान देना ही छोड़ दियाथा।

माँ तो कभी कभी उनके सवालों पर झल्ला उठती थी—'इस बुढ़िया ने भी नाक में दम कर रखा है। बैठे बैठे शोर मचाती रहती है। इसे तो मौत भी नहीं आती।'

एक दिन जब मैं खाने की थाली लेकर दादी के पास गया, तो वह अपने कमरे में दिखाई नहीं दी। सोचा दादी आज जल्दी सो गयी है। आवाज देने पर भी वह उठी नहीं। जब मैंने दादी को झिंझोड़ा तो उसकी गर्दन एक ओर लुढक गयी। सचमुच! पिताजी की चिन्ता करते-करते दादी चल बसी थी।

पहाड़ के अधिकांश गाँवों में अन्तिम संस्कार अभी तक भी नदियों अथवा गाड गदेरों के किनारे किये जाते हैं। हमारे गाँव का मुर्दाघाट भी खांकरा के नजदीक अलकनन्दा नदी के किनारे है। गाँव से लोग अर्थी उठाकर पगडंडी से पैदल चलते हुए खांकरा पहुचते हैं, यही कोई दो मील के लगभग पैदल होगा।

पिताजी ने दादी के अन्तिम संस्कार के लिए एक नयी प्रथा शुरु कर दी। शवयात्रा के लिए उन्होंने बड़ी बस बुक करवाई थी, जिसमें बैठकर 25 मील का सफर तय करके शव यात्रा खांकरा पहुँची।

शाम को जब शवयात्री अपने-अपने घर में पहुँचे तो अधिकांश शराब के नशे में धुत थे। यह देखकर माँ आग बबूला हो गयी। घर में यूँ तो मुर्दा मरा था और मुर्दाफरोश नशे में धुत थे।

रात को माँ ने पिताजी को डाँटते हुए कहा था—'शर्म नहीं आती तुम्हें? घर में माँ की मौत हुई है और तुम लोगों को शराब पिला रहे हो, जैसे कोई खुशी का माहौल हो।'

मुझे याद है, उस दिन पिताजी का रौद्र रूप मैंने पहली बार देखा था।

'चुप साली!' पिताजी खूब जोर से चिल्लाये। 'मुझे सिखाती है?'

और फिर एक जोर का थप्पड़ पड़ा था माँ के गाल पर—'तड़ाक'

माँ सिसकियाँ लेती हुई चुपचाप लेट गयी और रात भर सुबकती रही। हम भाई बहिन अपाहिज से सब कुछ देखते रहे।

यूँ भी घर में उस दिन खाना तो बनना नहीं था, इसलिए हम भी भूखे ही लेट गये, जबकि पिताजी अपनी मण्डली के साथ देर रात तक शराब पीते रहे। एक तरफ माँ की सिसकियाँ और दूसरी ओर शराबियों के हुड़दंग के बीच हमें कब नींद आ गयी, पता ही नहीं चला।

सुबह जब आँख खुली तो मेरी चीख निकल गयी। माँ का शरीर रस्सी के सहारे छत से लटका हुआ था और उनकी जीभ बाहर निकली हुई थी। मेरी चीख सुनकर दीदी भी जाग गयी और सामने का दृश्य देखकर वह तो जोर-जोर से रोने लगी।

रोना चिल्लाना! सुनकर पिताजी भी उस कमरे में आ गये और माँ को छत से लटका हुआ देखकर पल भर के लिए हतप्रभ रह गये, किन्तु दूसरे ही क्षण सामान्य होते हुए उन्होंने रस्सी खोल कर माँ का शरीर चारपाई पर लिटा दिया और रात के

नशे से अभी तक मदहोश लाल लाल आँखे दिखाते हुए कहा था, 'खबरदार, जो किसी से कुछ कहा तो!

कोई पूछे तो कहना कि रात को माँ के पेट में बहुत तेज दर्द हुआ था।'

उस दिन मुझे पहली बार अहसास हुआ कि कितने धूर्त आदमी हैं मेरे पिता? मेरी माँ के हत्यारे पिता के बारे में उस दिन से मेरी सारी अवधारणायें बदल गईं। सच पूछो तो उसी दिन से मेरे मन में पिता शब्द के प्रति ही नफरत पैदा हो गयी।

नौ

दहकते अँगारों की तरह हो गयी थी आँखे उसकी। लाल सुर्ख और साथ में भीग गयी थी पलकें। आशीष की आँखों में एक ओर पिता के प्रति आक्रोश था तो दूसरी ओर माँ की मृत्यु का दुःख भी साफ झलक रहा था।

सिर्फ आशीष की ही नहीं, दीपक की भी आँखे छलछला आयीं थीं उसकी करुण व्यथा सुनकर। माँ की मृत्यु के बाद निःसन्देह बच्चों का मनोबल टूट जाता है। साथ ही उनके बचपन का भी माँ के साथ ही अंत हो जाता है। यही हुआ आशीष और उसकी बहिन उफषा के साथ।

किन्तु एक जिज्ञासा फिर भी दीपक के दिल में बार बार उठ रही थी। आशीष की माँ की मृत्यु के बाद क्या आशीष के पिता ने बच्चों के प्रति अपना व्यवहार नहीं बदला? आशीष अब तक पिताजी से इतना विमुख क्यों है? न जाने कितने सवाल खड़े थे दीपक के सामने।

यूँ तो हर व्यक्ति का अपनी निजी जीवन होता है, जिसे वह हर किसी के सामने सार्वजनिक नहीं करना चाहता। सवाल यह उठता है कि क्या हमें किसी की निजी जिन्दगी के हर पहलू को जानने का अधिकार है? निश्चित रूप से नहीं। दीपक भी नहीं चाहता था आशीष को और अधिक कुरेदना, किन्तु वह उसका रूम पार्टनर था और उसका स्वभाव, उसकी आदतें देखकर उसे हर बार लगता था कि आशीष के साथ कुछ न कुछ असामान्य है जरूर!

आज जब आशीष ने खुद ही उसे अपने बारे में बताना शुरू कर दिया, तो आधी अधूरी कहानी सुनकर कई और प्रश्न खड़े हो गये दीपक के सामने, जिनका उत्तर जानने के लिए वह और व्यग्र हो उठा था।

इसी उधेड़बुन में न चाहते हुए भी दीपक ने आशीष से सवाल कर ही लिया—'तुम्हारी माँ की मृत्यु के बाद क्या तुम्हारे पिताजी के स्वभाव में कुछ फर्क पड़ा?'

'नहीं! उसके बाद तो उन्होंने और भी ज्यादा शराब पीनी शुरू कर दी। उनकी मित्र मण्डली की महफिल में अब और ज्यादा देर तक शराब का दौर चलने लगा था' आशीष ने बताना शुरू किया। 'अब रसोई सहित सारे घर का काम दीदी के कन्धों पर आ गया। छोटी सी जान और ढेर सारा काम। परिणामस्वरुप दीदी अपनी पढ़ाई

लिखाई में पिछड़ती चली गयी और सातवीं कक्षा में फेल हो गयी। तब से दीदी ने स्कूल जाना छोड़ दिया और पूरी तरह घर गृहस्थी में ही रम गयी।

इसी दौरान पंचायत चुनावों की घोषणा हो गयी। पिताजी अब अपने दल बल के साथ अन्य गाँवों में भी प्रचार के लिए जाने लगे। कई कई बार तो वे दो तीन दिन के बाद घर लौटते थे। उन्हें हमारी कोई चिन्ता ही नहीं रह गयी थी।

दीदी सूख कर कांटा हो गयी थी। घास, लकड़ी, चूल्हा, चौका आदि सब करते करके वह जवानी की दहलीज पर भी पहुँच चुकी थी। पिताजी की शह पर घर में आने वाले लोग वक्त बेवक्त खुद ही रसोई में घुस जाते और चाय नाश्ता सहित जो उनकी मर्जी होती, बनाते और खाते। एकदम धर्मशाला जैसा हो गया था हमारे घर का माहौल।

इसी दौरान पिताजी प्रमुख का चुनाव जीत गये। अब तो घर में बधाई देने वालों का हर वक्त ताँता लगा रहता। पिताजी का रुतबा अब कई गुना बढ़ गया था, किन्तु इसी दौरान एक ऐसी घटना हो गयी, जिससे पिताजी के कान खड़े हो गये।

एक दिन मेरे स्कूल के प्रधानाध्यापक घर आये, तो पिताजी ने उन्हें आदर के साथ बिठाया। चाय पानी के बीच ही उन्होंने पिताजी को प्रमुख बनने की बधाई दी।

पिताजी ने औपचारिकतावश उनसे पूछा—'और बताइये रावत जी! कैसे चल रहा है आपका विद्यालय?'

'विद्यालय तो आपकी कृपा से ठीक ठाक ही चल रहा है, किन्तु...।' प्रधानाध्यापक जी ने बात अधूरी छोड़ दी।

'किन्तु क्या?' कोई परेशानी है तो बताइये?' पिताजी ने पूछा

'नहीं परेशानी तो कुछ नहीं।' प्रधानाध्यापक झिझकते हुए बोले—'बस जरा आशीष के बारे में बात करनी थी।'

'आशीष के बारे में?' चौंके पिताजी—'क्या बात करनी है उसके बारे में?'

'जी वो क्या है कि वह पढ़ाई में बहुत पिछड़ गया है। इस वार्षिक परीक्षा में छः में से चार विषय में बुरी तरह फेल है। आपकी प्रतिष्ठा को ध्यान में रखते हुए मैंने उसे किसी तरह से पास कर दिया है कक्षा पाँच में, किन्तु अब बड़े स्कूल में जायेगा तो...।' प्रधानाध्यापक जी ने पूरी बात बताई।

सुनकर पिताजी के पैरों तले जमीन खिसक गयी। शायद पहली बार उन्होंने मेरी पढ़ाई के बारे में सोचा होगा। 'तो क्या यह स्कूल में पढ़ता नहीं है?' उन्होंने प्रधानाध्यापक जी से पूछा।

'स्कूल में तो पढ़ता है, हम भी जितना हो सकता है उससे मेहनत करवाते हैं, किन्तु स्कूल के अतिरिक्त घर पर भी तो बच्चे को मेहनत करनी पड़ती है जिसमें माता पिता को अपना कुछ समय देना पड़ता है।' प्रधानाध्यापक जी ने समझाया।

कोई उत्तर देते नहीं बना था पिताजी से। उन्हें शायद पहली बार अहसास

हुआ था कि बच्चों को माता-पिता का समय और निर्देशन भी अवश्य चाहिए। काफी देर खामोशी छाई रही। आशीष दरवाजे की ओट से सब कुछ सुन रहा था। पिताजी के चेहरे पर गुस्से के भाव उसने साफ पढ़ लिए थे और उसे लगा था कि प्रधानाध्यापक के जाने के बाद आज पिताजी का डंडा उस पर बरसकर ही रहेगा। सोचकर ही उसकी रूह काँप उठी।

'तो क्या करना है?' कुछ देर की खामोशी के बाद असहाय होकर पूछा था पिताजी ने।

'देखिये प्रमुख जी! भगवान की कृपा से आपके पास मान-सम्मान और धन दौलत की कोई कमी नहीं है। एक ही बेटा है आपका। मैं तो सिर्फ यही चाहता हूँ कि उसकी ओर थोड़ा सा भी ध्यान देगें, तो पढ लिख कर वह आपकी इज्जत ही बढ़ायेगा।' प्रधानाध्यापक जी ने सपाट शब्दों में बोल दिया था।

पिताजी फिर मौन हो गये। इसी बीच प्रधानाध्यापक जी ने जाने की इजाजत ली, तो पिताजी कुछ दूर तक उन्हें छोड़ने भी गये।

पिताजी के डर से आशीष गौशाला में छुप गया। एक कोने में गाय के कीले के पीछे वह चुपचाप बैठा रहा। रात भर गाँव के लोग उसे जंगल में तलाशते रहे। दिन भर से भूखा प्यासा होने के कारण न जाने उसे कब नींद आ गयी। सुबह देखा तो गाय उसका चेहरा चाट रही थी। शायद स्नेह करने का उसका अपना तरीका था यह।

पहली बार उसे लगा कि मनुष्यों से ज्यादा संवेदनशील तो जानवर होते हैं। 'पिताजी ने इतने बरसों में कभी भूल से भी मेरे सिर पर प्यार का हाथ नहीं फेरा और एक यह गाय है जो मेरी भावनायें समझते हुए मुझे दुलार रही है।' आशीष यह सोच ही रहा था कि दीदी 'अड़्या' खोलने पहुँच गयी। उसने आशीष को वहाँ दुबके देखा, तो उसे सीने से लगा लिया और गोद में उठाकर उसे घर ले गयी।

उसे देखकर पिताजी आग बबूला हो गये—'कहाँ था यह हरामजादा रात भर?'

वे आशीष की ओर लपके किन्तु दीदी उसकी ढाल बन गयी—'पिताजी, मारना मत इसे वरना...'

दीदी की बात सुन कर तो पिताजी और उत्तेजित हो गये—'वरना? वरना तू क्या करेगी?' 'जान खो दूँगी अपनी।' दीदी ने भी उसी उग्रता से पलटकर जबाब देते हुए कहा।

पहली बार अपनी दीदी को इतना उग्र देखा था आशीष ने। सदा सौम्य सुशील और चुपचाप अपना काम करने वाली दीदी का यह रूप देखकर उसे कुछ हिम्मत बँधी। दीदी का जबाव सुनकर पिताजी की भावमुद्रा एका एक बदल गयी। ऐसा लगा मानो दूध में आया उबाल एकाएक समाप्त हो गया हो। वे बिना कुछ बोले अपने कमरे में चले गये।

अगले दिन सुबह ही पिताजी ने एक बक्से में आशीष के सारे कपड़े बन्द किये

और दीदी से उसे तैयार करने को कहा। उसे कुछ पता नहीं था कि क्या होने जा रहा है? या पिताजी उसे लेकर कहाँ जा रहे हैं? दीदी ने उसका हाथ मुँह धोकर कपड़े पहनाये और चुपचाप चौक के कोने में खड़ी हो गयी। पिताजी आशीष का हाथ पकड़कर आगे आगे चलते गये और पीछे से वृद्ध चाचा बक्सा लेकर चलने लगा।

उसने पलटकर दीदी की ओर देखा, दीदी की आँखों से आँसुओं की धार बह निकली थी। डर के मारे वह चुपचाप पिताजी के साथ चलता गया। खांकरा से बस पकड़कर उसी दिन वे लैन्सडौन पहुँच गये।

जब आशीष दसवीं में था, तभी पिताजी ने दीदी की शादी तय कर दी। अच्छा घर मिला था दीदी को। जीजा जी खिर्सू के पास ही हाईस्कूल में मास्टर थे। दीदी उन्हीं के साथ रहने लगी। दीदी की शादी के बाद जब आशीष घर जाता, तो दीदी के बिना घर में पसरे सन्नाटे को भाँपते ही बेचैन हो जाता। माँ के असामयिक निधन के बाद दीदी ने ही तो उसके सुख दुख का खयाल रखते हुए कभी माँ की कमी महसूस नहीं होने दी थी अन्यथा पिताजी से तो इसकी सिर्फ मतलब की ही बात होती थी।

कुछ समय बाद ही पता चला कि पिताजी ने दूसरी शादी कर ली है। कोई विधवा औरत थी वह। बहुत दूर इलाके से लेकर आये थे वे उसे। तब से एक बरस से अधिक हो गया, लेकिन आशीष गाँव नहीं गया।

इण्टर करने के बाद उसने यहाँ बी.एस.सी. में दाखिला ले लिया है। पिताजी हर महीने खर्चा भेजते जाते हैं और वह उसे खर्च किये जाता है, बस यही रिश्ता शेष रह गया है अब, पिता और पुत्र के दोनों के बीच।

दस

आशीष ने अपनी कहानी खत्म की, तो दीपक की आँखे सजल हो गयीं। सचमुच कितनी दर्द भरी कहानी है बेचारे की! माँ का प्यार नहीं मिला अलग बात है, लेकिन खेलने कूदने की उम्र में भी उसे घर से बाहर रहना पड़ा।

दीपक सोचने लगा, आशीष को माँ का प्यार नहीं मिला और दीपक को पिता का प्यार नहीं मिला, लेकिन दोनों की परिस्थितियों में बहुत अन्तर है। दीपक के पिता भले ही न रहे हों, लेकिन माँ ने उसे पिता का भी पूरा प्यार दिया है। कभी कुछ कमी नहीं होने दी है उसे। यह अलग बात है कि पैसे की कमी जरूर उसके हमेशा आड़े आती रही, लेकिन तब भी माँ ने कुछ न कुछ व्यवस्था करके उसे इस कमी का कभी भी अहसास नहीं होने दिया।

दूसरी ओर आशीष को बचपन से ही पैसे की तो कोई कमी नहीं रही, किन्तु उसे जिस चीज की आवश्यकता थी, वह कभी नसीब नहीं हो पाई। दीपक को पहली बार लगा कि व्यक्ति के जीवन में माँ का स्थान कितना महत्त्वपूर्ण होता है और माँ के प्यार की कीमत कभी रुपये पैसे से नहीं आँकी जा सकती है।

इस एक महीने में उसने आशीष को बहुत नजदीक से देखा, परखा और उसके स्वभाव की असामान्यताओं का विश्लेषण करने की भी कोशिश की थी, लेकिन कुछ समझ नहीं पाया था वह।

आज उसकी समझ में सब कुछ आ गया पूरी तरह। शुरू शुरू के दिनों में तो उसे लगा था कि उसको गलत रूम-पार्टनर मिल गया। आशीष को पढ़ाई में खास रुचि नहीं थी। वक्त काटना ही सिर्फ उसका उद्देश्य लगता था। किन्तु दीपक...। दीपक तो यहाँ पढ़ने आया था। उसे अपनी माँ के अरमान पूरे करने थे। माँ के सपनों के साथ ही उसे पूरा करना था दबे, कुचले और अशिक्षित समाज को जागृत करने का अपना प्रण।

किन्तु यदि आशीष जैसे बड़े बाप के उद्दण्ड, खर्चीले और अकड़ैल बेटे के साथ वह इस कमरे में रहा, तो उसकी पढ़ाई भी चौपट हो जायेगी। बर्बाद हो जायेगा वह तो। कई बार तो उसने निश्चय भी किया कि वह हॉस्टल वार्डन से कहकर अपना कमरा बदलवा ले किन्तु फिर आशीष के बारे में सोचता कि आखिर वह इतना बुरा

भी तो नहीं है! आर्थिक रूप से उसने कई बार दीपक की मदद भी की है, यहाँ तक कि उसकी कापी किताबों के पैसे भी उसने जबरन खुद ही अदा कर दिये।

उसने निश्चय किया कि दो एक महीने आशीष के साथ रहकर देखा जाये कि कैसे चलता है? यदि इस बीच कोई समस्या हुई, तो फिर वह कमरा बदलने के विषय में सोच लेगा।

परन्तु आज उसने अपना निर्णय बदल दिया। उसने सोच लिया कि वह आशीष का साथ कभी नहीं छोड़ेगा, बल्कि प्रयत्न करके उसे किसी भी तरह रास्ते पर लायेगा और जीवन के प्रति उसमें उमंग पैदा करेगा।

उसे आज आशीष से बहुत हमदर्दी हो गयी थी। सच पूछो तो आज उस पर दीपक को बहुत प्यार भी हो आया था। सचमुच! दया और हमदर्दी का पात्र तो था ही आशीष।

चलो, अपना अपना नसीब होता है। हर एक इन्सान को कुछ न कुछ दुख दर्द तो होता है ही। ऐसा कोई व्यक्ति नहीं है इस संसार में, जो पूर्णरूपेण सुखी हो। इसी दुख सुख के बीच हर आदमी तब भी जी रहा है, संघर्ष कर रहा है। सभी को मन के भावों को अन्दर छिपाए, मुखौटा लगा कर समाज में स्वयं को प्रस्तुत करना होता है।

आशीष की कहानी समाप्त होने के बाद सन्नाटा पसर गया था कमरे में। सन्नाटा ऐसा कि एक सुई भी फर्श पर गिरे तो उसकी आवाज भी साफ सुनाई दे। दीपक न जाने विचारों में कहाँ से कहाँ भटक गया था। पलकें भीगी हुई थीं उसकी, आँखें शून्य में स्थिर।

झकझोरा उसे आशीष ने तो चौंक उठा दीपक। और फिर गालों पर लुढ़क आयी आँसुओं की बूँदों को हथेली से पोंछकर कुछ सामान्य होने की असफल कोशिश की उसने। 'कहाँ खो गया मेरे यार दीपक?' टोकते हुए पूछा आशीष ने। 'तेरी सूरत देखकर तो ऐसा लगता है जैसे मुझ पर नहीं, बल्कि तुझ पर ही गुजरा हो यह सब।'

'सचमुच यार, बहुत दर्द पाये हैं तूने इस छोटी सी उम्र में।' भावुक होकर दीपक बोला।

'पर यार, तू क्यों टेंशन पाल रहा है?, अपना तो ऐसा ही है। कुछ कट गयी है, बाकी भी कट जायेगी' बनावटी लापरवाही दिखाते हुए आशीष बोला।

किन्तु भाँप गया था दीपक उसके बनावटीपन को। उसके अन्दर छुपे दुख दर्द तक पहुँच गया था वह। 'नहीं आशीष! ऐसा नहीं है मेरे दोस्त' दीपक ने उसे हौसला दिया—'सब ठीक हो जायेगा। तुझे पढ़ना है, कुछ करना है। अपने लिए और अपने परिवार की प्रतिष्ठा के लिए।'

'किस परिवार की प्रतिष्ठा के लिए?' उदास स्वर में बोला आशीष—'बेरुख पिता और सौतेली माँ के लिए?'

'अपने पूर्वजों की प्रतिष्ठा के लिए, समाज के लिए और गाँव के लिए। अपने

लिए न सही, अपने जैसे बच्चों के लिए तुझे कुछ करना होगा। ऐसा कुछ ताकि किसी और आशीष का जीवन भविष्य में खराब न हो', दीपक ने उसके जख्मों पर भावों का मरहम लगाने की कोशिश करते हुए कहा।

यह सब सुनकर गम्भीर हो गया आशीष। अपनी बात का असर आशीष पर होता देख दीपक ने उसे और प्रेरित किया - 'आशीष! क्या तू चाहता है कि समाज में तेरे जैसे बच्चों को भी बचपन में ही दुख दर्द का सामना करना पड़े? उन्हें भी कम उम्र में वह सब झेलना पड़े, जिसे तू झेल चुका है? नहीं न! तो फिर निश्चय कर मेरे दोस्त! कि तू पढ़ेगा और कुछ करेगा। अपना लक्ष्य तय करना होगा तुम्हें, आज ही।'

दीपक की बातों ने बिजली के करेंट जैसा प्रभाव डाला आशीष के दिलो-दिमाग पर। आशीष की आँखों में एक चमक उभर आयी थी। एक ऐसी चमक जिसमें कुछ जिज्ञासा थी, प्रबल जिजीविषा थी और था एक दृढ़ निश्चय।

ग्यारह

बीरा के मन मस्तिष्क में अनेक आशंकायें तैर रहीं थीं। आज ठीक दो महीने हो गये हैं दीपक को श्रीनगर गये हुए, तब से उसकी एक ही चिट्ठी आयी, जिसका तुरन्त जवाब लिखवा दिया था श्यामा काकी ने। जवाब दिये हुए भी बीस पच्चीस दिन से अधिक हो गये, परन्तु दूसरी चिट्ठी अब तक नहीं आयी थी।

चिट्ठी में उसने बीरा के लिए कुछ नहीं लिखा था। कुछ लिखना तो दूर रहा, उसका नाम तक किसी कोने में नजर नहीं आया था उसे दीपक की चिट्ठी में। कई बार उलट पलट कर पत्र पढ़ दिया था उसने इसी उधेड़बुन में।

जब श्यामा काकी ने उससे दीपक के लिए चिट्ठी लिखवाई थी, तो उसने भी गुस्से में अपनी तरफ से दीपक को कुछ नहीं लिखा था। मन के किसी कोने में बहुत नाराजगी थी दीपक के इस उदासीन व्यवहार के प्रति। आखिर वह चिट्ठी के एक कोने में सिर्फ यही लिख देता कि बीरा को याद करना तो उसका क्या बिगड़ जाता?

लेकिन आज वह दीपक के पत्र की प्रतीक्षा क्यों कर रही है? उसे खुद समझ में नहीं आ रहा था। विचारों का झंझावात उसके दिलो-दिमाग में चल रहा है। कहीं ऐसा तो नहीं कि दीपक उसे भूल गया हो। शहरी चमक दमक और वहाँ भौंरों की तरह मंडराती लड़कियों के आकर्षण ने बीरा को उसके मस्तिष्क के किसी अन्धेरे कोने में डाल दिया हो।

मन को तसल्ली देती हुई फिर वह सोचती, 'नहीं-नहीं, ऐसा नहीं हो सकता। उसकी कुछ लाचारी रही होगी। लाचारी कैसी? चिट्ठी में बीरा के लिए कुछ लिखने में कैसी लाचारी? वह भी तब, जब उसे मालूम है कि माँ को चिट्ठी पढ़कर बीरा ही सुनायेगी और चिट्ठी का जबाब भी बीरा ही लिखेगी।

चलो कोई बात नहीं, वह भी तब तक अपनी तरफ से दीपक को कुछ नहीं लिखेगी, जब तक वह उसके लिए कुछ नहीं लिखेगा।'

विचारों की तन्द्रा में डूबी बीरा न जाने कब गौशाला में पहुँच गयी। सिर पर रखे भारी भरकम घास के गट्ठर के बोझ का उसे कुछ अहसास ही नहीं हुआ। घास का गट्ठर जमीन पर पटक कर उसने एक गहरी साँस ली और चेहरे पर आयी पसीने की बूँदों को चुन्नी के पल्लू से साफ किया।

साँझ ढल आयी थी। आकाश में डूबते सूर्य की लालिमाँ अपने चरम पर थी। यह वही समय है जब पहाड़ी गाँवों में सबसे अधिक सक्रियता, उत्साह और कोलाहल रहता है। यह समय पहाड़वासियों की सारी थकान को दूर कर देता है। उगते और डूबते सूर्य की लालिमा प्रत्येक व्यक्ति में नयी स्पूफर्ति का संचार कर देती है।

स्पूफर्ति से भरी बीरा भी घर पहुँची। अभी उसे धारे से एक गागर पानी भी लाना है। गाय दुहनी है और गौशाला बन्द करके ही घर पहुँचना है।

चौक में पहुँचते ही उसकी नजर 'तिबार' में बैठे कुछ लोगों पर पड़ी। मामा के अतिरिक्त दो मेहमान बैठे थे वहाँ। इससे पहले कि वह उनके बारे में मामी से कुछ पूछती, मामी खुद ही उसके पास आकर बोली–'बीरा जल्दी से कपड़े बदल, कुछ मेहमान आये हैं।

अचकचा गयी बीरा, आश्चर्य से मामी से पूछा–'मामी जी! मेहमानों को मेरे कपड़ों से क्या मतलब?'

'अरे पगली, इतनी बड़ी हो गयी परन्तु अभी तक अक्ल नहीं आयी तुझे।' मामी ने जैसे पहेली बूझी।

'क्या मतलब?' अभी भी नहीं समझी थी बीरा।

मामी ने हल्की सी चपत उसके गालों पर मारते हुए कहा–'बेटी! तेरे लिए ही तो आये हैं।'

और सुनकर कुछ देर के लिए जैसे सुन्न हो गयी बीरा। उसे अपने कानों पर विश्वास ही नहीं हो रहा था कि मामी सच कह रही है। लेकिन दो मेहमान मामा जी के साथ ऊपर बैठे हुए थे, यह उसने अपनी आँखों से देख लिया था।

मामी रसोई में चली गयी और बीरा मामी की बात सुन यंत्रवत खड़ी सी रह गयी। फिर उसने ऊपर बैठे लोगों की बातों पर ध्यान देना शुरू किया।

'जन्मपत्री ठीक मिल गयी है। अब आप दोनों जजमान लोग आपस में बात कर लो तो ठीक रहेगा', उनमें से एक आदमी का स्वर सुनाई दिया। बोलने वाला शायद पण्डित होगा, बातें सुनकर अनुमान लगाया उसने।

'बारहवीं पास है हमारा राजू, दिल्ली में नौकरी कर रहा है। इकलौता बेटा है और घर में भी कोई कमी नहीं है। हमारी तरफ से हाँ है, तो क्या हम आपकी तरफ से भी हाँ समझें?' दूसरा स्वर शायद लड़के के पिता का था।

'ठाकुर साहब! मेरी तरफ से तो हाँ है, फिर भी एक बार मैं बीरा और उसकी मामी से भी पूछ लेता हूँ', अबकी बार मामा जी बोले थे 'जमाना बदल गया है, जिन्हें साथ-साथ जिन्दगी गुजारनी है उन्हें पूछना भी जरूरी है।'

'जैसा आप ठीक समझें। संस्कारी बच्चे हैं माँ बाप का कहना टालेंगे नहीं' लड़के के पिता बोलते गये। 'आप लड़के के बारे में बतायेगें तो वे लोग भी मना नहीं करेगें। बारहवीं पास है राजू। प्राइवेट कम्पनी में नौकरी है। घर में भी अच्छी

जमीन जायजाद और अपना बड़ा मकान है। राज करेगी आपकी बेटी वहाँ पर।'

'हमारी बीरा भी लाखों में एक है, दसवीं पास कर चुकी है और इण्टर के लिए प्राईवेट फॉर्म भर दिया है। घर-बाहर के सारे कामों में अपनी मामी का हाथ बँटाती है। इतनी बड़ी खेती है, उसी के दम पर सम्भाल रखी है हमने' मामा जी बोले।

इससे पहले बीरा कुछ और बातचीत सुन पाती, मामी हुक्का भरकर बीरा को देखकर बोली, 'अरी, तुझे क्या हुआ?, क्या सुन रही है खड़ी-खड़ी? जल्दी जाकर पहले कपड़े तो बदल ले, फिर चाहे तो ससुर के सामने ही बैठ जाना' इतना कह मामी मुस्करा कर हुक्का लिए ऊपर तिबार में चली गयी।

मामी की बात रखते हुए मन मसोसकर बीरा अन्दर गयी और जल्दी से कपड़े बदल लिए। तभी ऊपर से मामा जी की आवाज सुनाई दी—'बीरा! बेटी खाना लगाओ।'

वह रसोई में आयी। खाना मामी बना चुकी थी। किसी अनजानी आशंका से बीरा का दिल धड़क रहा था। उसे लगा मानो कोई उसके शरीर से जान निकाल रहा हो। चेहरा पीला पड़ गया उसका। चुपचाप खड़ी होकर खाने के बर्तनों को निहार रही थी वह।

मामी रसोई में आयी और उसकी हालत समझ कर प्यार से बोली—'अरे तू घबरा क्यों रही है? हमारी चाँद सी बेटी को कोई मना कर सकता है क्या?' जा तू पानी रख कर आ, खाना मैं लेकर आऊँगी।

मामी के स्नेह से उसकी आँखें भर आयीं। मामी को क्या मालूम कि उसके दिल में क्या चल रहा है।

सिर को चुनरी से ढककर वह ऊपर पानी रख आयी। परम्परानुसार दोनों अतिथियों के पैर छूकर वह सीढ़ियाँ उतरने लगी।

'क्यों ठाकुर साहब, बेटी पंसद आयी हमारी?' मामा जी पूछ रहे थे।

'अजी साहब! हमारी तरफ से तो एकदम हाँ है, बस एक बार जरा राजू को भी पूछ लें, वैसे हमारे सामने उसकी हिम्मत नहीं है कुछ कहने की। कान पकड़कर लाऊँगा यहाँ, आपकी बेटी को देखकर ना नहीं कर पायेगा।'

फिर तीनों जोरदार ठहाका लगाते हुए हुक्का गुड़गुड़ाने लगे।

बारह

श्रीनगर आने के बाद दो माह में पहली बार घर जा रहा था दीपक। सिर्फ तीन दिन की छुट्टी थी कॉलेज की। उसे माँ की बहुत याद आ रही थी। सिर्फ माँ की ही नहीं, बीरा की भी उसे बहुत याद आ रही थी। जब से माँ की चिट्ठी मिली, उसमें बीरा की तरफ से अपने लिए कुछ न लिखा देखकर वह व्यग्र हो उठा था। तुरन्त समझ नहीं पाया कि बीरा क्यों नाराज है। फिर उसे अपनी गलती का अहसास हो आया कि उसने भी तो चिट्ठी में बीरा के लिए कुछ नहीं लिखा था। शायद इसीलिए बीरा नाराज हो गयी होगी।

'चलो कोई बात नहीं, आज रात की ही तो बात है। कल शाम तक तक वह गाँव पहुँच ही जायेगा और मना लेगा बीरा को। वैसे भी उसका दिल बहुत कोमल है, मन में कोई भी बात नहीं रख पाती'।

दीपक ने कुछ किताबें और दो जोड़ी कपड़े बैग में रख दिये। घर जाने की तैयारी करते हुए आशीष उसे चुपचाप देखता रहा। घर जाने के लिए उसके उत्साह को देखकर आशीष सोच रहा था कितना खुशनसीब है दीपक! अपने घर के प्रति कितना लगाव है उसे। दूसरी तरफ वह है, जिसे आज तक अपने घर के प्रति कभी लगाव का आभास ही नहीं हुआ। होता भी कैसे? घर जैसा माहौल तो उसमें कभी रहा ही नहीं। फिर भी यदा कदा वह अपने घर जाता ही रहा है। वहाँ तो वह दीदी के पास ही जाता रहा है। फिर भी दीदी के कहने पर जब-जब भी वह घर गया, दो तीन दिन से ज्यादा कभी रुक नहीं पाया।

दीदी के रहने तक भी बात कुछ और थी। अब तो घर में सौतेली माँ भी आ गयी है। सोचकर नफरत से मन कड़वा हो गया उसका। सुना है सौतेली माँ बहुत खराब होती हैं। सुना ही नहीं किस्से कहानियों में उसने पढ़ा भी है कि सौतेली माँ ने अक्सर अपने सौतेले बच्चों को जहर देकर मार दिया।

उसे नफरत सी हो गयी अपनी सौतेली माँ से। अब तक वह उसे देख भी नहीं पाया था, किन्तु उसके मन में सौतेली माँ की जो प्रतिमूर्ति बनी थी, वह बड़ी भयानक थी। काश! उसकी भी अपनी माँ जिन्दा होती, तो दीपक की तरह कितना उत्साह होता उसे अपने घर जाने के लिए।

आशीष को खोया हुआ देखकर दीपक बोला, 'क्या सोच रहे हो दोस्त?'

'सोच रहा हूँ कि मेरी भी माँ होती तो मैं भी कितना खुश होता घर जाने के लिए।' आशीष ने आहत स्वर में कहा,

'चल यार, तू भी मेरे साथ चल हमारे गाँव, वहाँ तुझे बहुत अच्छा लगेगा। मेरी माँ बहुत अच्छी है, तुझे बहुत प्यार करेगी', दीपक ने उसे दुःखी देखकर कहा।

'नहीं दीपक, इस बार नहीं।' बोला आशीष। 'जब लम्बी छुट्टी होगी, तब जरूर चलूँगा। अगर दो चार दिन तुम्हारे इलाके में नहीं घूमूँ, तो फिर फायदा ही क्या?' आशीष ने कहा।

'हाँ! कहता तो तू ठीक ही है। चल ऐसा करेगें,दशहरे की छुट्टियों का कार्यक्रम रखते हैं।' दीपक बोला। 'ठीक है, डन, हो गया। आज से एक महीने बाद ही तो दशहरा आने वाला है'। आशीष उत्साहित होकर बोला 'ठीक है, पूरी छुट्टियाँ गाँव में ही कटेंगी।' दीपक ने भी खुश होकर कहा, 'पर यार तू यहाँ करेगा क्या अकेला तीन दिन तक?'

'अकेला कहाँ हूँ? सारे लड़के तो हैं यहाँ पर'। आशीष ने कहा, 'फिर भी तू जरूर आ जाना रविवार तक। ऐसा न हो कि वहीं मस्त हो जाये।'

'अरे नहीं यार! मैं जरूर आ जाउफँगा। फिर मुझे पढ़ाई की चिन्ता भी तो है और पढाई से ज्यादा चिन्ता मुझे तेरी है'। दीपक ने अन्तिम वाक्य कुछ इस अन्दाज में कहा कि दोनों खिलखिलाकर हँस पड़े।

फिर दोनों रजाई के अंदर घुस गये। आशीष ने लाइट बन्द कर दी और कुछ देर बाद ही वह खर्राटें लेकर सोने लगा।

दीपक की आँखों से नींद कोसों मील दूर थी। बीरा से मिलने की कल्पना मात्र से ही उसका रोम-रोम पुलकित हो रहा था। एक माह के बाद मिलेगा बीरा से वह। न जाने कैसी हो गयी होगी बीरा इस एक महीने में?

जब से वह श्रीनगर आया, तब से एक भी दिन वह बीरा को भुला नहीं पाया। हर रोज उसे बीरा की याद जरूर आयी। यहाँ आकर ही उसे महसूस हुआ कि वह बीरा को कितना चाहता है।

लेकिन यह कैसी चाहत है? कुछ समझ नहीं पा रहा था दीपक। आज तक तो उसे इस प्रकार का अहसास कभी हुआ नहीं था।

बचपन से आज तक वह बीरा के साथ खेला कूदा, हँसी मजाक करता रहा। कभी कभार दोनों में झगड़ा भी हो जाता था। एक सामान्य दोस्त की तरह उसने बीरा को देखा था हमेशा। अब न जाने क्यों वह बीरा के बारे में इतना सोचने लगा?

बीरा की बातें और उसका चेहरा मोहरा बार-बार क्यों उसकी आँखों में नाचने लगा है? आज तक उसने कभी भी गम्भीरता से बीरा के बारे में नहीं सोचा था, लेकिन अब...।

अब बीरा के प्रति उसकी सोच का दृष्टिकोण भी बदल सा गया है। ऐसा क्यों हो रहा है, उसकी समझ में कुछ नहीं आ रहा था।

क्या उसे बीरा से प्यार हो गया है? प्यार? हाँ-हाँ शायद ऐसा ही होता होगा प्यार। कितनी अजीब अनुभूति है, कितनी कसक है। तो मतलब यह है कि वह बीरा से प्यार करने लगा है, किन्तु बीरा?'

क्या बीरा भी उसके बारे में ऐसा ही सोचती होगी? क्या उसको भी मेरी याद आती होगी? जरूर आती होगी। या नहीं भी आती होगी। यह तो वही जाने, परन्तु क्या बीरा भी उससे प्यार करती होगी? क्या मालूम उसके दिल में क्या है?

आज तक तो ऐसा कभी महसूस नहीं किया था उसने। अब इस छोटी सी अवधि के दौरान ही वह बीरा के बारे में ज्यादा संजीदा होने लगा है। शायद लोग ठीक ही कहते हैं कि बिछुड़ने के बाद प्यार और प्यार का अहसास ज्यादा ही बढ़ता है।

यदि यही हालत बीरा की भी हुई होती, तो उसने चिठ्ठी में लिखा क्यों नहीं। नहीं-नहीं चिट्ठी में क्यों लिखती वह! कौन सा मैंने उसे कुछ लिखा था। फिर वह तो लड़की है, कैसे लिख देगी यह सब?

लेकिन यह तो सच है कि उसे बीरा से प्यार हो गया है। कल वह घर जाकर सबसे पहले बीरा को ही मिलेगा। उसे अपने दिल की हालत बतायेगा और फिर इजहार कर देगा अपने प्यार का।

इजहार करना क्या ठीक रहेगा? 'और यदि बीरा उससे प्यार न करती हो तो. ..। तो उसको बहुत बुरा महसूस होगा। हाँ पहले उसके दिल की बात जान लेना जरूरी है। कहीं मेरा प्यार इकतरफा तो नहीं है?'

फिर भी वह इजहार करेगा और जरूर करेगा। इससे पता चल जायेगा कि बीरा उसके बारे में क्या सोचती है। वह कल ही उससे कहेगा–'बीरा! मैं तुमसे प्यार करता हूँ...बहुत प्यार।'

तेरह

'बीरा की मामी! बहुत अच्छा रिश्ता मिला है अपनी बीरा के लिए। अच्छे खानदानी लोग हैं। लड़का दिल्ली में नौकरी पर है, साथ ही पढ़ा लिखा भी है। तुम एक बार बीरा से पूछ लो। तुम्हीं तो उसकी माँ हो। उससे पूछे बिना हम हाँ नहीं करेंगे। उसके सिवा हमारा है भी कौन?' मामा जी मामी से फुसफुसा कर बात कर रहे थे और उनके चेहरे पर प्रसन्नता साफ झलक रही थी।

मामी भी ठीक उसी तरह फुसफुसा कर बोली—'वैसे तो बीरा हमारे खिलाफ नहीं जायेगी, वह समझदार हो गयी है और यह भी जानती है कि हम उसका बुरा नहीं करेंगे, फिर भी तुम कहते हो तो पूछ लेती हूँ उससे।'

मेहमानों के सोने की व्यवस्था करके मामा अपने कमरे में आकर मामी से विचार विमर्श कर रहे थे। उन्हें संतोष था कि बीरा के लिए पहली बार में ही बहुत अच्छा रिश्ता मिल गया था।

मामी कमरे से निकल कर बीरा के दरवाजे पर पहुँची। दरवाजा भिड़ा हुआ तो था, किन्तु कुंडी नहीं लगी थी। मामी ने सोचा शायद बीरा पढ़ रही होगी। वैसे भी रात को खाना खाने के बाद दो घण्टे रोज पढ़ना उसकी आदत में शामिल था।

मामी धीरे से दरवाजा खोलकर बीरा के पास पहुँच गयी। किन्तु यह क्या? बीरा चारपाई पर किताब खोलकर बैठी हुई तो थी, किन्तु उसकी नजरें किताब पर न होकर सामने की दीवार पर स्थिर थीं।

मामी कमरे में कब आयी, उसे अब तक पता ही न चला था। वह दीवार को एकटक ऐसे निहार रही थी, मानो पलकें झपकाना भी भूल गयी हो।

'बीरा! बेटी कहाँ खो गयी है तू?' मामी ने उसे झकझोरा तो चौंक गयी बीरा। सावधान होकर ऐसे बैठ गयी, मानो उसकी चोरी पकड़ी गयी हो। 'क्या सोच रही थी बेटी?' मामी ने दुलार से उसके सिर पर हाथ पेफरा तो आँखें भर आयीं बीरा की।

'मामी जी! क्या मैं आप पर बोझ बन गयी हूँ जो मुझे घर से निकालने की सोच रहे हो? अभी तो मुझे अपने पैरों पर खड़ा होना है।'

'बीरा! मेरी बच्ची। लड़कियाँ कहाँ हमेशा अपने घर पर रहती हैं। हम भी तो कन्या दान करके अपनी जिम्मेदारी से मुक्त होना चाहते हैं। फिर अच्छा घर-बार है। लड़का अच्छा है। ऐसे रिश्ते बार-बार थोड़े ही आते हैं।' मामी ने उसे समझाया।

'मामी जी, मैं आपको छोड़कर कहीं नहीं जाना चाहती, मुझे नहीं करनी शादी-वादी' आँसुओं से भरे चेहरे को उठाकर बोली बीरा।

मामी ने उसके मुँह पर हाथ रख दिया।

'नहीं मेरी बेटी! ऐसी अपशगुन भरी बातें नहीं करते। बेटी तो पराया धन होती है, उसे एक न एक दिन तो घर छोड़कर जाना ही पड़ता है। मामी ने उसके गालों पर गिरते आँसुओं की बूँदों को अपनी धोती के पल्लू से पोंछते हुए कहा।

मामी की स्नेह भरी बातें सुनकर पिघल गयी बीरा। परन्तु वह समझ नहीं पा रही थी कि क्या करें। कैसे मामी से अपने दिल की बात कहे? मामी उसकी मनोदशा भाँपने का प्रयास कर रही थी, उसको फिर उकसा कर बोली 'बेटी, तू ही तो हम दोनों की आँखों की रोशनी है, तेरे अलावा हमारा कोई नहीं है। यदि तू खुश नहीं रह पायेगी, तो हमारी खुशी के कुछ मायने ही नहीं हैं।

बीरा की कुछ हिम्मत बँध गयी।

'मामी जी, क्या मैं इसी गाँव में नहीं रह सकती हमेशा के लिए? अपने दिल की बात को वह होंठों पर ले आयी।

'तेरा मतलब है हम घर जवाँई रख लें?' मामी उसकी बात का अर्थ निकालकर बोली—'नहीं बेटी, घर जँवाई की कोई इज्जत नहीं होती। ऐसे में तू भी हमेशा दुखी रहेगी।'

'नहीं मामी जी, मेरा मतलब यह नहीं था' बीरा ने और स्पष्ट किया 'मेरा मतलब यह है कि मैं इस गाँव में तो रह सकती हूँ न?'

चौंक गयी मामी। मतलब यह कि बीरा किसी और को चाहती है? लेकिन बाल सफेद हो गये हैं मामी के। आज तक वह इस बात को क्यों नहीं भाँप पाई?

'अरे हमारी बीरा के लायक इस गाँव में कौन सा लड़का है, जरा हमें भी तो बता?' मामी ने आश्चर्य से पूछा।

'मामी जी। संकुचाते हुए बीरा बोली—'श्यामा काकी का बेटा दीपक।'

'दीपक?' चौंक कर पूछा मामी ने, 'लेकिन बेटी, वह तो अभी पढ़ रहा है, यह कैसे सम्भव है?'

'मामी जी हम अभी रुक जायेंगे। इतनी जल्दी क्या है? मैं भी तब तक बारहवीं पास कर लूँगी और वह भी कॉलेज की पढ़ाई पूरी करके कहीं न कहीं नौकरी पर लग जायेगा।' सपाट स्वर में बोल गयी बीरा।

'लेकिन बेटी हम ठहरे ठाकुर लोग और वे हैं ब्राह्मण। पहले तो दीपक की माँ ही इस रिश्ते को स्वीकार नहीं करेगी। वह तो तेरे हाथ का बना भात तक नहीं खायेगी। माना कि वह तैयार हो भी जाये, तो भी समाज कहाँ इस रिश्ते को स्वीकार कर पायेगा? तेरे मामाजी भी तो समाज से बाहर कभी नहीं जायेंगे।' मामी ने बीरा को समझाया।

बीरा की आँखों से आँसू झरने लगे। मायूस स्वर में बाली—'मामी जी, मुझे बचा लो। मैं दीपक के बिना नहीं रह सकती। आप मामाजी से बात करो।'

हतप्रभ सी रह गयी मामी। आज तक बीरा के दिल में पनपते प्यार को कतई महसूस नहीं कर पाई थी मामी। बीरा और दीपक का मिलना जुलना तो उसको अच्छी तरह मालूम था। दीपक की मदद से ही बीरा ने हाईस्कूल पास किया था। किन्तु उन्हें नहीं मालूम था कि बीरा के दिल में दीपक के लिए प्यार का अंकुर पूफट चुका है। आज जब मालूम पड़ा, तो चिन्तित हो गयी मामी। कहीं कोई ऊँच नीच तो नहीं कर बैठी बीरा?

झिझकते हुए उसने बीरा से पूछ ही लिया—'बीरा, तुझसे कहीं कोई भूल तो नहीं हो गयी बेटी? दीपक और तेरा रिश्ता...।'

बीच में ही टोक दिया बीरा ने—'नहीं मामी जी! तुम्हारी बेटी कभी कुछ गलत नहीं कर सकती और न ही दीपक ऐसा है। मैं तो उसे मन से चाहती हूँ बस।

मामी ने चैन की साँस ली। 'ठीक है बेटी! मैं तेरे मामा जी से बात करके देखती हूँ।'

मामी चली गयी, तो बीरा और अधिक बेचैन हो उठी। 'क्या कहेगें मामाजी, हाँ या ना? क्या बीरा के लिए वे समाज से टक्कर ले पायेंगे?'

कुछ सूझ नहीं रहा था बीरा को। सवाल एक दिन का नहीं, जिन्दगी भर का था। आखिर उसने दीपक को प्यार किया है, वह कैसे उसके बिना रह पायेगी? किन्तु दीपक ने तो आज तक उससे यह बात कभी कही ही नहीं। क्या दीपक भी उससे प्यार करता है? जरूर करता होगा। यदि नहीं करता, तो क्यों बार-बार उसको मिलकर कदम कदम पर उसकी हिम्मत बढ़ाता रहता। जिस दिन वह पहली बार श्रीनगर आगे की पढ़ाई के लिए जा रहा था, सचमुच कितना दुखी था उस दिन।

वह भी जरूर उससे प्यार करता होगा। यह बात अलग है कि वह अपने प्यार का इजहार नहीं कर पाया है आज तक।

सोचते सोचते रात काफी गहरा गयी। नींद उसकी आँखों से कोसों दूर जा चुकी थी। करवटें बदलते हुए उसने सोने की नाकाम कोशिश की, किन्तु न चाहते हुए भी दीपक का चेहरा बार-बार उसकी आँखों के सामने आ जाता था।

चौदह

'तुमने बीरा से पूछ लिया?' मेहमानों को विदा करने के पश्चात मामा ने मामी से पूछा।

मामी ने कुछ संकुचाते हुए कहा—'बीरा अभी शादी नहीं करना चाहती, बल्कि आगे पढ़ना चाहती है।'

'अरे कितना और पढ़ेगी अब?' मामा बोले—'दसवीं पास तो कर लिया, फिर ज्यादा पढ़ेगी तो लड़का मिलना मुश्किल हो जायेगा। अच्छा खानदानी घर-वर मिल रहा है तो क्या मुश्किल है?'

मामी चुप रही। मामाजी ने पत्नी के चेहरे को पढ़ते हुए कहा—'तुम शायद मुझसे कुछ छिपा रही हो।'

'नहीं तो, ऐसी कोई बात नहीं है। वो तो बस बीरा...' मामी ऐसे नजरें चुराकर बोली मानों कोई चोरी पकड़ी गयी हो।

'हाँ...हाँ...बोलो!' मामा ने प्रोत्साहन देते हुए कहा।

'बीरा के मामा, हमारी बेटी खुश नहीं है इस रिश्ते से। वह वहाँ शादी नहीं करना चाहती' मामी ने कहा।

'वहाँ शादी नहीं करना चाहती का मतलब!' मामा ने कुछ कुछ बात समझते हुए पूछा—'तो फिर कहाँ करना चाहती है? उसे कोई लड़का पसन्द है क्या?'

'हाँ बस ऐसा ही समझ लीजिये' मामी ने थूक गटकते हुए कहा।

'कौन है वह?'

'दीपक'

'दीपक! श्यामा का बेटा?'

'हाँ!' बड़ी मुश्किल से कह पाई थी मामी।

'क्या कह रही हो तुम? यह कैसे सम्भव हो सकता है, तुम्हें उसके पिता का चरित्र मालूम नहीं है क्या?'

मामाजी मानो आगबबूला हो उठे थे।

'लेकिन दीपक अच्छा लड़का है।' मामी शान्त स्वर में बोली।

'अच्छा लड़का है नहीं, अच्छा लड़का लगता है। है तो उसी बाप का बेटा।

पिता के संस्कार कभी जाते नहीं हैं। कभी न कभी सिर उठा ही देते हैं।' मामाजी धारा प्रवाह बोलते चले गये—'उसका पिता कच्ची शराब बना बनाकर पूरे इलाके में सप्लाई करवाता था। कई घर परिवार इसी के कारण बर्बाद हो गये थे और उसकी इस शराब के कारण। किन्तु मरते दम तक उसने लोगों को शराब बनाकर परोसना बन्द नहीं किया।

अपने जवान भाई की मौत मैं कैसे भूल सकता हूँ? मेरा भाई उसकी बनाई जहरीली शराब पीकर तड़फते हुए मर गया था। माना कि उसके पिता अब नहीं हैं और मैं पिछली बातें भूलकर इस रिश्ते के लिए हामी भर भी दूँ, तब भी दूसरी जाति में विवाह भला कैसे हो सकता है? हमको इसी गाँव में और इसी समाज में रहना है, जो इस प्रकार के रिश्तों की कदापि इजाजत नहीं देगा।'

'देखिये, बीरा हमारी इकलौती बेटी है। गाँव समाज में कुछ दिन जरूर खुसर फुसर होगी, किन्तु धीरे धीरे सब ठीक हो जायेगा। हमें कौन से आगे कोई रिश्तेदारी करनी है। दीपक की माँ से बात करके देखते हैं। बच्चे खुश रह सकें, इसी में हमारी खुशी है।' मामी ने अपनी बात तर्कपूर्ण ढ़ंग से रखी।

'नहीं...नहीं। ये रिश्ता नहीं जुड़ सकता। बीरा को समझाओ कि शादी सिर्फ दो लोगों के बीच ही नहीं होती, बल्कि दो परिवारों के बीच भी होती है तथा मुझे राजू और राजू का परिवार बेहद पसन्द है, बस।' मामा जी अपना अन्तिम पैफसला सुनाकर एक झटके में कमरे से बाहर चले गये।

बीरा दरवाजे की ओट से सब कुछ सुन रही थी। मामाजी के जाने के बाद मामी सामान्य बनने की कोशिश करती हुई अन्य कामों में जुट गयी। बीरा भी अनजान बनकर ऐसा अभिनय कर रही थी, मानो उसे कुछ भी मालूम ही नहीं।

मामी आखिर मामाजी के फैसले को कब तक बीरा से छिपाती। बात तो बीरा से करनी ही पड़ेगी। दोपहर का खाना खाने के बाद चौका बरतन आदि निपटा कर बीरा अपने कमरे में आराम करने चली आयी। कुछ देर बाद मामी भी बीरा के कमरे में आ गयी।

'बीरा बेटी! मैंने तेरे मामाजी से बात की थी।' मामी ने भूमिका बनाते हुए कहा—'वे तेरे और दीपक के रिश्ते के लिए तैयार नहीं हैं।'

बीरा चुप रही। उसे तो पहले से ही मालूम था कि मामी क्या कहेंगी। मामी ने आगे कहा—'देख बेटी! यदि दोनों परिवारों की नाराजगी मोल लेते हुए तुम लोग शादी कर भी लोगे, तो भी क्या खुश रह पाओगे? फिर सोच, तेरे मामा जी के दिल पर क्या गुजरेगी? क्या उनका मान सम्मान और प्रतिष्ठा तुम्हारे लिए कुछ नहीं है? एक बार ठंडे दिमाग से सोच बेटी। मैं तुझसे शाम को बात करूँगी।'

मामी अपनी बात पूरी करके घास लेने जंगल चली गयी। बीरा को लगा जैसे किसी ने उसकी साँसे छीन ली हों। संयत स्वर में वह बोली—'ठीक है मामी जी।'

बीरा सोच रही थी 'कितनी अभागन है वह। बचपन में माँ-बाप का साया सिर से उठ गया। चाचा-चाची ने कितने कष्ट दिये। बड़ी मुश्किल से मामा-मामी ने उसे नरक से निकालकर नयी जिन्दगी दी। इतना प्यार करते हैं मामाजी उससे, तो फिर उन्होंने मेरी यह छोटी सी खुशी क्यों नहीं देखी? क्यों एक झटके में मेरे सारे अरमानों पर पानी पेफर दिया?'

किन्तु दूसरे ही पल वह फिर सोचने लगी, 'नहीं-नहीं, मामा जी की जरूर कोई बहुत बड़ी मजबूरी होगी, जो उन्होंने इस रिश्ते के लिए मना कर दिया। वरना आज तक हर खुशी तो दी है उन्होनें मुझे। मामा जी नहीं होते तो आज भी मैं चाची के साथ उसी नरक में पड़ी होती। सचमुच माँ-बाप से भी बढ़कर प्यार दिया है मामा मामी ने उसे।

बीरा ने मन में सोचा—'फिर आज वह इतनी स्वार्थी क्यों हो गयी? उसे भी तो उनकी इच्छा का सम्मान करना चाहिए।' विचारों का तूफान चल रहा था उसके मन और मस्तिष्क में और अपने आप से सवाल जवाब किये जा रही थी बीरा।

'ठीक है मामाजी की भावनाओं की खातिर वह उस अनजान रिश्ते के लिए आज ही हामी भर देगी।'

'लेकिन दीपक!' उसके अर्न्तमन से आवाज आयी। उसने कितना विश्वास किया है तुझ पर। हमेशा सम्बल बनकर आगे बढ़ने की प्रेरणा दी है उसने तुझे। भूल सकेगी क्या तू उसे?'

'हाँ, उसे भूल जाना ही हितकर होगा। यदि मामा-मामी ने सहारा न दिया होता, तो दीपक भी कहाँ से उसकी मदद कर पाता? जिन लोगों ने उसे अपने बच्चे से अधिक प्यार और ममत्व दिया है, आज उनकी भावनाओं की अनदेखी कर, उनके अरमानों को कैसे ठोकर मार सकती है वह?

'और दीपक को ठोकर मार देगी?' बीरा का अन्तर्मन चीख पड़ा—'सोच! तू कितना प्यार करती है दीपक को। दिल टूट जायेगा उसका, जब उसे पता चलेगा कि तेरी मँगनी कहीं और हो चुकी है।'

'लेकिन एक दीपक का दिल टूटने से बचाने के लिए मैं मामा-मामी का दिल नहीं तोड़ सकती। इतनी भी स्वार्थी नहीं हूँ मैं कि मात्र अपनी खुशी के लिए मामा-मामी की भावनाओं की कद्र न कर सकूँ।'

इन्हीं शंकाओं और समाधानों के बीच भटकता बीरा का अन्तर्मन चीत्कार करता रहा और अंत में मस्तिष्क के आगे लाचार हो गया। बीरा निश्चय कर चुकी थी कि उसे अब क्या करना है।

मन में दृढ संकल्प लेकर और इच्छा शक्ति को प्रबल बनाते हुए वह नीचे उतरी। लाल सुर्ख हो आयी आँखों पर उसने पानी के छींटे मारे और पानी की गागर उठा कर धारे की ओर चल दी। मामी उसे यह सब करते हुए चुपचाप देख रही थी।

उसके अन्दर उठते तूफान को भाँपकर मामी का दिल भी चीत्कार कर उठा। 'क्या कर सकती है वह अपनी बीरा के लिए? नाते, रिश्तेदारी, समाज और उसकी मान्यताओं के साथ साथ मामा के निर्णय के आगे तो वह भी मजबूर थी।'

राजू के पिता और पंडित जी से मामा ने कुछ दिन बाद निर्णय से अवगत करवाने की बात कहकर उन्हें पहले ही विदा कर दिया था। अब तो बस उन्हें स्वयं बीरा के मुँह से इस रिश्ते के लिए हामी भरने की प्रतीक्षा मात्र थी।

पन्द्रह

'अरे बीरा! इधर तो आ, कहाँ थी तू दो दिन से?' गागर लेकर पानी के धारे की ओर जाती बीरा पर नजर पड़ते ही श्यामा काकी जोर से चिल्लाई, तो बीरा मुस्कराते हुए उनके चौक में पहुँच गयीं

'प्रणाम चाची' बीरा बोली।

'सदा खुश रहो बेटी। तू कहाँ थी दो दिन से? सुना है तेरा रिश्ता लेकर दूर के गाँव से मेहमान आये थे? क्या हुआ वहाँ? ढेर सारे प्रश्न एक साथ किये काकी ने।

'अरे काकी! तुम तो साँस भी नहीं लेने दोगी। इतने सारे सवाल एक साथ पूछोगी तो जबाब कैसे दूँगी?'—बीरा ने आराम से मुंडेर पर बैठते हुए कहा—'दो तीन दिन से मैं घर पर ही हूँ। बीच में आपके घर भी आयी थी, किन्तु आप घर पर नहीं थी।'

'अच्छा, चल बता तेरे रिश्ते का क्या हुआ? पसन्द आ गयी तू उन लोगों को? काकी ने सवाल किया और साथ ही अपने सवाल का उत्तर भी दे दिया—'कौन मूर्ख होगा जो तुझे पंसद नहीं करेगा?'

बीरा हँस दी। चाची ने फिर कुरेदा 'बागदान कब है?'

'मालूम नहीं।' लजाकर बोली बीरा।

श्यामा काकी ने इस बारे में अधिक कुछ नहीं पूछा और विषय बदलते हुऐ बोली—'सुन बहुत दिन हो गये, दीपक की कोई खबर नहीं आयी। तू शाम को आकर एक चिट्ठी लिख देगी उसे?'

'जरूर लिख दूँगी काकी, लेकिन कल, क्योंकि आज देर हो चुकी है और मुझे अभी ढ़ेर सारे काम करने हैं।'

बीरा अपनी गागर उठाकर धारे की ओर जाते हुए बोली।

'ठीक है बेटी! कल सुबह मैं तेरा इन्तजार करूँगी' श्यामा काकी बोली।

पानी के धारे पर बीरा को विमला चाची मिल गयी। छूटते ही विमला बोली—'कैसी है बीरा तू? जो खबर मैंने सुनी है, क्या सच है वो?'

'कौन सी खबर?' बीरा ने अनजान बनते हुए पूछा।

'यही कि तेरा रिश्ता पक्का हो गया है?'

'हाँ खबर तो ठीक सुनी आपने' बीरा बात को टालने का प्रयास करते हुए बोली।

'तू खुश तो है न बीरा?' विमला ने सवाल किया।

'हाँ! मामा-मामी खुश हैं, तो मैं भी खुश हूँ।' बीरा सपाट स्वर में बोली।

'मैं तो तेरी खुशी की बात रही रही हूँ पगली।' विमला ने उसे और कुरेदते हुए कहा, 'क्या मैं जानती नहीं तेरे मन में क्या है?'

'चाची' इतना कहते ही बीरा की आँखों में आँसू छलक पड़े। मामी के बाद पहली बार किसी ने उसका दुख दर्द समझने की कोशिश की थी। 'क्या करूँ विमला चाची! अपना प्यार पाने के लिए मामा मामी के स्नेह और प्यार का गला कैसे घोंट दूँ? जो मुझे चाची के चंगुल से छुड़ाकर इस वात्सल्यमय संसार में लाये, उनके सम्मान को ठेस पहुँचाने का साहस नहीं है मुझमें। मैंने बहुत सोचा चाची! और तब मैंने निश्चय किया है कि मुझे मामा-मामी की भावनाओं, उनकी इच्छाओं का सम्मान करते हुए इस रिश्ते के लिए हामी भर देनी चाहिए। अब आप ही बताइये चाची कि क्या मेरा निर्णय गलत है?' बीरा ने अपने दिल का दर्द बयां करते हुए कहा।

'नहीं बीरा! तूने ठीक ही किया। यदि तू इस समय जिद करके दीपक को पा भी लेती, तब भी जीवन भर तुझे यह दुःख सालता रहता कि तूने गाँव, समाज, मामा-मामी सभी का दिल तोड़ा है। मैं समझ सकती हूँ कि प्यार की टीस कितनी दर्दनाक हो सकती है। किन्तु याद रखना, समय बहुत शक्तिशाली होता है, सारे घावों को भर देता है।' विमला ने उसके दुःख में भागीदार बनते हुए उसकी बात का समर्थन किया।

'हाँ चाची! वैसे भी मामा-मामी मेरा बुरा तो चाहेंगे नहीं। आगे मेरी किस्मत में जो लिखा होगा उसे स्वीकार करना ही पड़ेगा।' बीरा गहरी साँस लेते हुए बोली।

'भगवान तुझे सदा सुखी रखे बेटी।' विमला ने बात समाप्त करते हुए कहा, 'चल अब बहुत देर हो गयी, घरवाले राह तेरी देख रहे होंगे।'

दोनों ने भरी गागर सिर पर उठाई और धारे से चल दी। घर पहुँचते ही जब बीरा अन्य दिनों की तरह घर का काम काज सामान्य होकर करने लगी, तो मामी संतोष हुआ। आखिर चाहती तो वह भी थी कि बिन माँ-बाप की इस बच्ची को जमाने भर की खुशियाँ मिल जायें, किन्तु समय और परिस्थितियों के आगे वह भी तो लाचार थी।

'बीरा! क्या सोचा तूने?' मामी ने थोड़ी देर बाद धीरे से पूछा।

'मामी जी! इसमें सोचना क्या है? आप लोग मुझे माँ-बाप से भी बढ़कर प्यार करते हैं, मेरे लिए बुरा थोड़ा ही सोचेंगे। आप और मामाजी जो भी फैसला करेंगे, मुझे मंजूर है।' बीरा ने अपने भावों पर नियन्त्रण पाते हुए कहा। उसकी बातों में दृढ़ता भाँप कर मामी सोचने लगी, 'क्या यह वही बीरा है, जो कल तक इस रिश्ते से ना-नुकुर करते हुए रो-रोकर बेहाल हो रही थी।'

बीरा ने भी यह सोचकर परिस्थितियों से समझौता करना ही बेहतर समझा

कि जिस समस्या का हल निकलने की सम्भावना न हो, उसके बारे में व्यर्थ ही सोच-सोचकर क्यों मन को और पीड़ा पहुँचायी जाये। अब बीरा ने अपने आप को घर और खेती के काम में पूरी तरह जुटा दिया ताकि उसे सोचने का कम से कम मौका मिले। किन्तु रात को जैसे ही वह किताब निकाल कर बैठती, तो उसकी आँखों के आगे अनायास ही दीपक का चेहरा आ जाता और वह फिर अतीत की यादों में गुम हो जाती। आखिर दीपक की प्रेरणा से ही तो वह आगे पढ़ाई करने के बारे में सोच पाई थी, वरना अपनी सहेलियों की तरह पाँचवी पास करने के बाद वह भी मामी के साथ घर के काम काज में ही हाथ बँटा रही होती।

बीरा ने एक दीर्घ निःश्वास छोड़ी, और उसके होंठ स्वतः ही बुदबुदा उठे—'हे कुलदेवी! मुझे शक्ति दो।'

सोलह

'अरे आइये आइये गुमान सिंह जी! अचानक कैसे आना हुआ?' चौक में अचानक राजू के पिता को पहुँचा देखकर बीरा के मामा बोले।

'जै राम जी की कृपाल सिंह जी!' गुमान सिंह ने हाथ जोड़ते हुए कहा—'बीस पच्चीस दिन गुजर चुके हैं और आप लोगों की तरफ से जब कोई रैबार नहीं आया, तो फिर मैं खुद ही चला आया।'

'जै राम जी की! आइये बैठिये।' कृपाल सिंह ने मुण्डेरी पर दरी बिछाते हुए कहा।

गुमान सिंह बैठ गये। मामा ने आवाज दी—'अरे बीरा की मामी! जरा पानी तो पिलाओ! देखो मेहमान आये हैं।'

मामी धोती का पल्लू सिर पर ओढ़कर पानी का लोटा और दो गिलास ले आयी। गुमान सिंह और कृपाल सिंह आपस में राजी खुशी पूछते रहे। इतने में मामी हुक्का भर कर ले आयी।

बीरा जब गौशाला से लौट कर आयी, तो घर की मुण्डेर पर मेहमान को बैठा देख कर उसका दिल धड़क उठा। चौक में पहुँच कर उसने नजरें झुका गुमान सिंह को सेवा लगाकर प्रणाम किया और सीधे अन्दर चली गयी। तभी बाहर से उसे मामा जी की आवाज सुनाई दी—'बेटी बीरा! जरा चाय तो बना दो, मेहमान थककर आये हैं।'

बीरा ने चाय की केतली चूल्हे पर रखी और दरवाजे की ओट में खड़ी होकर उनकी बातें सुनने का प्रयास करने लगी।

'हाँ, तो कृपाल सिंह जी! क्या सोचा आपने? भई हमने तो लड़के को बिना पूछे ही हाँ कर दी। संस्कारों वाला लड़का है, मना कैसे करेगा?' गुमान सिंह ने शुरूआत की—'आपने अपनी बेटी से तो बात कर ही ली होगी?'

'अरे गुमान सिंह जी! हमारी बेटी तो लाखों में एक है। वह कैसे अपने मामा से बाहर जा सकती थी।' मामा ने हेकड़ी जताते हुए कहा 'उसे क्या अपने कुल की मान मर्यादा और प्रतिष्ठा की चिन्ता नहीं होगी?'

'तो फिर देर किस बात की है! बागदान की तैयारी शुरू कर दो।' गुमान सिंह ने प्रसन्नतापूर्वक कहा।

'हाँ..हाँ! शुभ काम में देर किस बात की? पर इतना समय तो दीजिये कि मैं

कुछ व्यवस्था कर सकूँ।' मामाजी बोले।

बीरा कान लगाये उनकी बातें सुन रही थीं। उसे लगा मानों किसी ने उसके शरीर से सारा लहू निचोड़ दिया हो। किन्तु दूसरे ही क्षण वह अपने मन को समझाने लगी–'बीरा धैर्य से काम ले। अपना मन दृढ़ कर।' चूहे पर रखी चाय उबल कर गिरने लगी, तो बीरा की विचार तन्द्रा टूटी।

'व्यवस्था के लिए हम जरूर समय देगें आपको, वैसे भी हमारा परिवार काफी बड़ा है। फिर परिवार में पहली शादी है, इसलिए सबको उम्मीदें हैं इस शादी से। इतने लोगों के लिए कपड़े-लत्ते लेने में तो समय लगेगा ही आपको,' गुमान सिंह ने पहला पाँसा पेफकते हुए कहा।

चौंक गये कृपाल सिंह। तो बागदान में ही इतना खर्चा? फिर शादी में क्या होगा? लेकिन प्रत्यक्षतः बोले–'सो तो ठीक है। आप समय रहते बता दीजिये कि आपके निकटस्थ सगे सम्बन्धी कितने हैं?'

तब तक बीरा चाय ले आयी थी। चाय लेकर आते हुए लेन देन की भनक उसके कानों में भी पड़ गयी थी। सुनकर बहुत बुरा लग रहा था उसे। पहली ही नजर में उसे लग गया कि ये लोग बहुत लालची हैं, फिर भी लाजवश वह कुछ बोली नहीं।

शाम को गुमान सिंह चले गये। बागदान की तारीख पक्की हो गयी। ठीक एक महीने बाद यानी पहली नवरात्रि को।

मामी ने अकेले में मामाजी से पूछा–'क्या कह रहे थे गुमान सिंह जी?'

'कहना क्या था? बागदान की तारीख पक्की कर गये हैं, पहले नवरात्र को।' मामा के चेहरे पर तनाव की रेखायें साफ दिखाई दे रही थीं।

'देन लेन के बारे में कुछ कहा?' मामी ने अगला सवाल किया।

'पहली शादी है उनके भरे पूरे परिवार में, इसलिए उन्हें कुछ ज्यादा ही आशायें हैं।' थके स्वर में बोले कृपाल सिंह।

'देखो जी! मैं कहती हूँ पहले ही बता देना ठीक होता है।' मामी ने समझाते हुए कहा–'कह दो कि हम गरीब लोग हैं गौ-कन्या, पीढा-पंलग और घर गृहस्थी के बर्तन आदि ही दे पायेंगे, गाँव की तुलना शहरों से तो करें न। बस हम बारातियों का आदर सत्कार धूम धाम से कर देंगे।'

'हाँ...हाँ, बागदान से पहले बता दूँगा सब कुछ।' कृपाल सिंह झुँझलाकर बोले।

झुँझलाहट भी स्वाभाविक ही थी कृपाल सिंह जी की। पर्वतीय अंचल में विवाह समारोह चलता तो तीन चार दिन तक है, किन्तु बहुत दिखावा कहीं नहीं होता है। दान दहेज के रूप में वर वधू के कपड़े, पारम्परिक गहने और कुछ बर्तन भाण्डे दिये जाते हैं। अगर बहू के घर से शादी में बड़े बर्तन जैसे देग, चाशनी, परात आदि मिलें, जो कि घर गाँवों में शुभ समारोहों में काम आ सकें, तो यह बहुत बड़ी बात समझी जाती है।

किन्तु अब धीरे-धीरे शहरी परिवेश की छाया पहाड़ी गाँवों के विवाह समारोह पर भी पड़ने लगी है। पीढा पंलग की जगह अब डबल बैड, सोफा, स्टील आलमारी, टेलीविजन और टेपरिकार्डर दुल्हन को मिलने वाले दहेज की सूची में अपनी जगह बना चुके हैं। हालांकि गाँव के पारम्परिक मकानों के छोटे दरवाजों के अन्दर कभी-कभी यह सामान खिसकाना बड़ा ही मुश्किल कार्य हो जाता है। बड़े-बड़े पारम्परिक बर्तनों की जगह भी अब डिनर सैट ने ले ली है। किन्तु फिर भी दहेज के रूप में किसी ने इन वस्तुओं की माँग की हो, ऐसी घटनायें ना के बराबर ही हैं।

बीरा को गुमसुम देख मामी ने उसे छेड़ा—'अरे बीरा! तेरा ससुर आया था आज, उनको सेवा लगा दी थी?'

'क्या मामीजी आप भी! बागदान तो अभी हुआ नहीं और पहले ही ससुर हो गया वह मेरा।'—बीरा ने मुस्कराने की कोशिश करते हुए कहा।

'अरे, दिन बता कर चला गया है। तू भी तैयारी कर ले अपनी।' मामी ने कहा।

बीरा कुछ नहीं बोली और बात टालने के लिए गौशाला की तरफ चली गयी। उसे अभी तक तो यह आस थी कि शायद लड़के वालों की तरफ से ही ना हो जाये। किन्तु वह आस भी अब जाती रही। दीपक भी आजकल में छुट्टी आने वाला होगा। कैसे सामना करेगी वह उसका? किन शब्दों में बतायेगी उसे कि वह हमेशा के लिए गाँव छोड़ कर जा रही है? उसे याद आया बचपन में खेल खेलते हुए वे दोनों अपने गुड्डे गुड़िया की शादी रचा रहे थे, तो दीपक ने अपनी माँ से कहा था—'माँ मैं तो बीरा के साथ शादी करूंगा।'

'चुप रह बन्दर।' बीरा ने उसे टोक कर श्यामा काकी से कहा था 'काकी, मैं इसके साथ शादी नहीं करूँगी। मेरा दुल्हा तो गुड्डे की तरह सुन्दर होगा।'

उस वक्त काकी हँस दी थी, किन्तु दीपक को गुस्सा आ गया था और उसने गुस्से में बीरा की गुड़िया जमीन पर पटक दी थी। चूर-चूर हो गयी थी मिट्टी की गुड़िया।

आज सचमुच ही बीरा के सपने भी चूर-चूर हो गये। लेकिन बीरा फिर अधीर क्यों हो रही है? जब उसने मन पक्का कर लिया है, तो फिर दीपक की याद क्यों बार-बार आ रही हैं? गर्दन झटक कर उसने अपने आप से कहा—'अब दीपक की बात मन में लाना भी तेरे लिए पाप है बीरा। अब तो तुझे मामा-मामी की इज्जत का ध्यान रखना है बस।'

सत्रह

बस का चार घण्टे का सफर चार दिन के बराबर प्रतीत हुआ दीपक को। एक-एक पल भारी पड़ता जा रहा था उस पर। छुट्टियाँ सिर्फ तीन दिन की थीं। उसे बस आज और कल ही तो घर पर रहना था। परसों उसे किसी भी हाल में कॉलेज पहुँचना था। एक दिन अगर क्लास छूट भी जाय, तो कोई बात नहीं, लेकिन वह आशीष से हर कीमत पर परसों वापिस आने का वायदा करके आया था।

आशीष अब उसका अभिन्न मित्र बन गया था। वह महसूस कर सकता था कि आशीष को उसके बिना कितना बुरा लगेगा। किन्तु घर आना भी तो उसकी मजबूरी थी। एक तो माँ की चिन्ता हो रही थी और दूसरी तरफ बीरा की भी उसे बहुत याद आ रही थी। 'बहुत बेवकूफ लड़की है। दो चिट्ठियाँ भेजी है उसने माँ की तरफ से, किन्तु एक शब्द भी अपनी तरफ से नहीं लिखा उसने।'

'दीपक! तूने स्वयं भी तो अपनी चिट्ठी में बीरा के लिए कुछ नहीं लिखा था। तब वह नये माहौल में एडजस्ट नहीं कर पाया था, साथ ही रैगिंग का भूत भी उन दिनों कुछ ज्यादा परेशान कर रहा था। लेकिन इसका मतलब यह तो नहीं कि बीरा इतना बुरा मान जाये।' दीपक सोच रहा था।

कोई बात नहीं घर जाकर सबसे पहले वह बीरा को ही मिलेगा। उसकी चुटिया खींचकर कहेगा—'बन्दरी बता तूने चिट्ठी में अपनी राजी खुशी क्यों नहीं लिखी?' फिर वह स्वयं भी अपनी गलती के लिए माफी माँग लेगा।

बस स्टाप पर उतर कर उसने ताजी हवा में साँस ली और लम्बे लम्बे डग भरता हुआ गाँव की पगडंडी पर बढ़ता चला गया। आधा घण्टे के लगभग का पैदल रास्ता है। यहीं से गाँव का जंगल शुरू हो जाता है। कई कई बार गाँव की घसेरियाँ जंगलों में घास काटते हुए नजर आ जाती हैं। क्या पता आज बीरा भी उसे यहीं दिख जाये। उसने घड़ी पर नजर डाली। दोपहर के बारह बज चुके थे। नहीं-नहीं, समय काफी हो गया है। अब घसेरियाँ घर चली गयी होंगी। कोई बात नहीं, वह बीरा के घर ही चला जायेगा। बीरा के लिए वह शहर से एक मोतियों की माला ले कर आया था।

वह बीरा से आँखें बन्द करने को कहेगा और फिर अपने हाथों से माला उसके गले में पहना देगा। भावनाओं के सागर में डूबता उतराता दीपक आधे घण्टे की

खड़ी चढ़ाई नापकर कब घर पहुँच गया, उसे पता ही न चला।

माँ के पैर छूकर उसने आशीर्वाद लिया। माँ ने तीन बार उसकी ठुड्डी को छूकर अपने हाथों को चूमा। पर्वतीय क्षेत्र में प्यार जताने या चुम्बन लेने का यही तरीका है।

हाथ-मुँह धोकर दीपक ने कपड़े बदले। इतने में माँ ने कढ़ी और झंगोरा परोस दिया। यह उसका सबसे पसन्दीदा भोजन था। खाना खाकर दीपक ने बीरा के घर जाने से पहले मोतियों की माला चुपचाप अपनी जेब में रख ली और भूमिका बाँधते हुए माँ से कहा—'माँ! गाँव में सब ठीक-ठाक तो हैं न?'

'हाँ, बेटा सब ठीक-ठाक है। तू बता, तू ठीक-ठाक रहा वहाँ पर? कमजोर कितना हो गया है। पढ़ाई कैसे चल रही है तेरी?'

भाड़ में गयी पढ़ाई। दीपक तो माँ के मुँह से बीरा के बारे में कुछ सुनना चाहता था, ताकि फिर बीरा के घर जाने की बात कह सके। फिर भी घुमा फिरा कर दीपक बात को वहीं ले गया।

'पढ़ाई ठीक चल रही है माँ। कृपाल चाचा और चाची कैसे हैं?

'ठीक हैं वे भी।' माँ ने उत्तर दिया।

'और बीरा?'

'बीरा भी ठीक है। शादी तय हो गयी है उसकी।' माँ ने बताया।

'क्या?' एकाएक उछल पड़ा दीपक। उसे अपने कानों पर मानो विश्वास ही नहीं हुआ हो।

'बीरा की शादी तय हो गयी?' उसने फिर पूछा।

'हाँ! पहले नवरात्र को आयेंगे बागदान के लिए।'—माँ ने बताया।

दीपक को लगा मानो उसका दिल ही उछल कर बाहर आ जायेगा। बरबस उसका हाथ जेब में चला गया। जेब में पड़ी मोतियों की माला उसने अपनी मुट्ठी में कसकर भींच ली।

ऐसा कैसे हो सकता है? तो क्या इसीलिए बीरा ने चिट्ठी में कुछ नहीं लिखा था। क्या बीरा उसे प्यार नहीं करती? शायद यही सच है। वह आज तक भ्रम में ही जीता रहा है। बीरा के प्रति उसका प्यार एक तरफा ही रहा है। यदि बीरा भी उसे चाहती, तो शादी तय होने से पहले एक बार चिट्ठी तो भेजती। कुछ भी होता, वह घर आकर माँ को मना लेता और बीरा के मामा मामी के भी पैरों में गिर पड़ता लेकिन...।

लेकिन उसकी सोच सिर्फ उसी तक सीमित है। ऐसी स्थिति तो आयी ही नहीं। इसका सीधा सा मतलब तो यही है कि बीरा अपने और मेरे सम्बन्धों को सामान्य रूप से लेती रही।

गलती मेरी ही है, जो मैंने समय रहते बीरा को अपने दिल की भावनायें नहीं बताई। बता देता तो कम से कम उसकी हाँ या ना तो पता चल जाती। गलतफहमी

में तो नहीं रहता मैं। इस तरह दिल तो नहीं टूटता मेरा।

सोचते सोचते दीपक को लगा मानो अब एक पल भी धरती पर खड़ा नहीं रह पायेगा वह। अगर थोड़ी सी देर भी और खड़ा रहा, तो चक्कर खा कर गिर पड़ेगा।

उसकी अजीबो गरीब स्थिति देखकर माँ शंकित हो गयी। उसको झिंझोड़ कर पूछा—'दीपक! क्या हो गया तुझे?'

माँ को लगा इस भरी दोपहरी में जंगल के रास्ते आया है। भूत पिशाच या आंछरी न लग गयी हों इसे। तुरन्त अन्दर गयी और मुट्ठी में उड़द की दाल और चावल मिला कर ले आयी। यही रिवाज है गाँव में बुरी नजर और बुरी आत्माओं से रक्षा करने का। दाल-चावल व्यक्ति के ऊपर घुमाकर चारों दिशाओं में फेंक दिया जाता है। दाल चावल तो माँ दीपक के ऊपर तब घुमाती, जब वह वहाँ होता। वह तो कब का जा चुका था। माँ आश्चर्यचकित हो उसके मनोभावों को कुछ-कुछ समझने की कोशिश कर रही थी।

अट्ठारह

'चाची प्रणाम! कैसे हैं आप लोग?' दीपक बीरा के चौक में पहुँच कर बोला।

'अरे दीपक, चिरंजीव! कब आये बेटा?' चाची ने पूछा।

'बस चाची आज ही पहुँचा हूँ।'

'ठीक-ठाक चल रही है तेरी पढ़ाई?' पूछा चाची ने।

'हाँ चाची! सब ठीक चल रहा है।' दीपक ने जबाव तो दिया किन्तु मन से नहीं। मन तो उसका दूसरी ही जगह था। उसकी नजरें बीरा को तलाश रही थी।

दूसरी ओर मामी का मन अज्ञात आंशका से काँप उठा। कहीं बीरा के मन में दीपक को देखकर भावनाओं का ज्वार न उमड़े।

'कितनी छुट्टी है बेटा?' पूछा चाची ने।

'बस केवल कल तक। परसों जाना है। सोचा आप लोगों से मिल लूँ। दीपक के मुँह पर मतलब की बात आ ही गयी—'बीरा नहीं दिख रही है, कहाँ है वह?'

चाची को लगा कि अब तो सचमुच गड़बड़ हो ही जायेगी। फिर भी उसने बीरा को आवाज लगाई—'बीरा कहाँ है तू? देख तो कौन आया है?'

'हाँ मामी जी! आती हूँ। कौन आया है?' कहते-कहते बीरा ऊपर के कमरे से बाहर निकल आयी। दीपक को देख कर दरवाजे पर ही ठिठक गयी वह।

'बीरा, कैसी है तू?' दीपक ने उसे गौर से देख कर पूछा।

'मैं ठीक हूँ। तू कैसा है? कब आया?'

'आज ही! माँ कह रही थी कि बीरा दो तीन दिन से नहीं आयी।' दीपक बोला।

'हाँ, समय ही नहीं मिला। आज ही आने वाली थी मैं काकी के पास।' बीरा ने जबाव दिया और फिर मामी से कहा—'मामी, आप दीपक को चाय पिलाओ, मैं गाय भैंस को घास डाल आती हूँ।'

बीरा गौशाला की ओर चल दी, तो दीपक ठगा सा रह गया। मामी ने राहत की साँस ली। बीरा सचमुच सामान्य थी या फिर सामान्य दिखने का प्रयास कर रही थी, यह मामी की समझ में नहीं आया। दीपक भी इस पहेली को नहीं बूझ पाया। वह तो बीरा से ढेर सारी बातें करने आया था, किन्तु बीरा ने तो समय ही नहीं दिया।

और बीरा...। उसकी मनस्थिति समझने वाला तो कोई नहीं था। अब वहाँ पर

बैठे रहना दीपक के लिए मुश्किल हो गया था। चलने का उपक्रम करते हुए दीपक बोला–'अच्छा चाची चलता हूँ।'

'अरे बेटा, चाय पीकर तो जाओ।' चाची ने आग्रह किया।

'नहीं चाची, अभी-अभी खाना खाया है।' और दीपक वहाँ से निकल गया। वह बीरा से बात करना चाहता था, किन्तु बीरा का व्यवहार उसे नागवार गुजरा था।

गौशाला से लौटती बीरा उसे रास्ते में ही मिल गयी।

'बीरा!' दीपक बोला। 'मुझसे इस तरह दूर क्यों जा रही हो? सुना है तेरा रिश्ता पक्का हो गया?

'हाँ दीपक! मामा-मामी की ऐसा ही इच्छा थी।' बीरा ने संक्षिप्त सा जबाब दिया।

'और तेरी इच्छा क्या थी? क्या तू इस रिश्ते के तिए तैयार है?' दीपक ने प्रश्न किया।

'हाँ दीपक! मेरी हामी के बाद ही मामा-मामी ने यह रिश्ता पक्का किया। वे मुझे इतना प्यार करते हैं, फिर मेरी मर्जी के बिना ऐसा कैसे कर सकते थे?'

'लेकिन तेरे सपनों का क्या हुआ? तू तो अपने पैरों पर खड़ा होना चाहती थी?' दीपक ने प्रश्न किया।

अपने स्वर को यथासम्भव संयत बनाते हुए बीरा बोली–

'दीपक! यदि ससुराल में तुम जैसे अच्छे लोग हुए, तो आगे भी पढ़ लूँगी वरना यूँ ही जिन्दगी कट जायेगी। ऐसा कहीं होता है कि इन्सान को सब कुछ मिल जाये? माँ-बाप को खोने के बाद मैं प्यार के दो बोल सुनने के लिए भी तरस गयी थी। मामा-मामी ही तो हैं वे, जिनके प्यार और स्नेह की बदौलत आज ये दिन देखने नसीब हुए हैं।'

दीपक की समझ में कुछ-कुछ आने लगा था। इसका मतलब मामा-मामी की इच्छाओं की खातिर बीरा ने शादी के लिए हामी भरी है दीपक बीरा के चेहरे को पढ़ने की कोशिश कर रहा था।

बीरा ने टोका–'ऐसे क्या देख रहा है? चल मुझे देर हो रही है मामीजी मेरी बाट जोह रही होंगी।'

और बीरा रास्ता बनाते हुए निकल गयी। दीपक का मन तड़प उठा। वह क्या करे, कुछ भी समझ में नहीं आ रहा था। जाती हुई बीरा को उसने फिर आवाज दी 'बीरा, सुन तो।'

बीरा रुक गयी। वह नजदीक पहुँच गया।

'बीरा कल शहर जा रहा हूँ, कुछ लाना है तेरे लिए?' उसने पूछा।

'नहीं दीपक, सब कुछ है मेरे पास। बस तू बागदान में जरूर आना। उस समय तेरी दशहरे की छुट्टियाँ भी पड़ जायेंगी। यहाँ पर मामा-मामी अकेले हैं। तू रहेगा तो उन्हें सहारा मिल जायेगा।'

बीरा के स्वर में कंपन साफ महसूस किया दीपक ने और अन्दर तक हिल गया वह। इससे पहले कि दीपक कुछ और बोल पाता, बीरा मुँह पेफरकर चली गयी।

'जरूर आऊँगा।' घर लौटती हुयी बीरा से कहा दीपक ने।

दूर तक बीरा को एकटक देखता रहा वह, जो मुट्‌ठी में भरी रेत की तरह धीरे-धीरे उसकी जिन्दगी से फिसलती जा रही थी।

उन्नीस

दो दिन गाँव में बिताने के बाद तीसरे दिन सुबह सुबह ही दीपक श्रीनगर लौट आया। कमरे में पहुँचते ही पता चला कि आशीष बाजार गया है। गया होगा घूमने, कौन सी उसे पढ़ाई में रुचि है। बस समय काटना ही तो उद्देश्य है उसका।

आशीष कुछ देर में ही धमक गया, आते ही खुश होकर बोला - 'अरे पार्टनर, आ गया तू?' गाँव की ताजी हवा से आ रहा है, फिर भी चेहरे पर यह मुर्दानगी क्यों है?'

'पूरे दो घण्टे हो गये हैं मुझे गाँव से आये हुए, इतनी देर में ही शहर की हवा ने अपना असर दिखा दिया।'

'तो फिर बता कैसी कटी तेरी दो दिन की छुट्टी?' पूछा आशीष ने।

'बस यार मत पूछ। माँ को देख आया, यही काफी है।' दीपक के स्वर में उदासी थी।

'नहीं यार, तेरा चेहरा बता रहा है कि कुछ गड़बड़ जरूर है।' आशीष बोला—'देख इतना थका हुआ और इतना बोझिल तो मैंने तुझे आज तक नहीं देखा।'

'कुछ नहीं यार! बस सफर की थकान है।'

दीपक ने छुपाना चाहा।

'नहीं यार! छुपा मत मुझसे।' फिर प्रश्न किया आशीष ने—'तू मुझे अपना दोस्त कहता है न?

'हाँ।'

'तो फिर बता मुझे क्या बात है?' आशीष ने कुरेदा।

उसकी बातों से टूट गया दीपक और फिर पूरा घटनाक्रम उसने आशीष को सुना दिया। पूरी कहानी सुनने के बाद आशीष बोला 'तो इतना छुपा रुस्तम है मेरा यार! आज तक कोई खबर ही नहीं लगने दी मुझे।'

'आज तक ऐसा कुछ नहीं था यार! फिर क्या बताता?' दीपक ने सफाई दी।

'ठीक है। चल मै तेरे गाँव चलता हूँ। बीरा के मामा-मामी और तेरी माँ से मैं बात करके देखता हूँ। 'आशीष ने उत्तेजित होकर कहा।

'नहीं यार, कोई फायदा नहीं। बीरा बहुत समझदार लड़की है। अब यदि हमने ऐसा-वैसा कुछ किया, तो उसके दिल को ठेस लगेगी।' दीपक ने कहा।

'अरे यार ऐसा सोचता रहेगा, तो फिर कुँवारा रह जायेगा जिन्दगी भर।' आशीष बोला, 'रहने दे यार कुँवारा ही रह लूँगा।' दीपक ने गहरा निःश्वास छोड़कर कहा।

आशीष ने अब तक दुःख के अलावा कुछ नहीं देखा था। ठोकरें खाते-खाते वह इतना कठोर हो गया था कि सुख अथवा दुःख के उसके जीवन में अब कोई मायने ही नहीं रह गये थे।

किन्तु आज दीपक का दुःख देखकर वह भी दुःखी हो उठा। बरसों बाद आज उसे अहसास हुआ कि उसके अंदर अभी भी मानवीय संवेदनायें शेष हैं।

दूसरी ओर दीपक महसूस कर रहा था कि आशीष को कितना दुःख हुआ उसकी परिस्थिति जानकर। बेचारा खुद तो हमेशा दुःख उठाता ही रहा, अब उसके दुःख से भी दुःखी हो उठा।

'काश! उसके वश में कुछ होता, तो वह भी आशीष के लिए अवश्य ही कुछ करता। हाँ वह कुछ जरूर करेगा, समय आने पर जरूर आशीष की मदद करेगा।'

'दीपक?' आशीष ने पूछा 'दशहरे की छुट्टी में तेरा क्या कार्यक्रम है?'

'घर जाना है यार!' दीपक ने कहा।

'नहीं यार, अबकी बार तू मेरे घर चल! एक बार तनिक मेरा दुःखड़ा भी तो देख ले।' आशीष ने आग्रह किया।

'नहीं यार, मैंने बीरा से वायदा किया है कि उसके बागदान में जरूर जाउफँगा। पहले नवरात्र को सगाई है उसकी और उस वक्त गाँव में मेरा उपस्थित रहना जरूरी है।' दीपक ने कहा।

आशीष ने हैरानी से उसकी तरफ देखा—'कमाल है यार, कैसा प्यार है तेरा? व्यक्त भी नहीं करना चाहता है और छोड़ना भी नहीं चाहता?'

'यही तो सच्चे प्यार की परिभाषा है दोस्त' दीपक आहत स्वर में बोला। आशीष की समझ में कुछ नहीं आया, सिर झटक कर बोला—'मुझे नहीं मालूम ये प्यार-व्यार का चक्कर।'

बीस

बीरा के मामाजी कुछ दिन बाद गुमान सिंह को मिलने उनके गाँव पहुँचे। सोचा चलो इस बहाने बीरा की होने वाली ससुराल भी देख आऊँगा।

गुमान सिंह उन्हें देखकर बहुत प्रसन्न हुए। 'धन्य भाग हमारे, आ.प आये तो सही हमसे मिलने। और कैसे हैं सब लोग गाँव में?'

'सब ठीक हैं, मैंने सोचा बागदान से पहले एक बार आपसे मिल लूँ। तैयारियाँ भी तो करनी है।'

'हाँ सो तो ठीक कहा आपने। पहले हाथ मुँह धोकर कुछ देर सुस्ता लीजिये, फिर विस्तार से बात कर लेंगे।' फिर आवाज देते हुए बोले, 'राजू की माँ, देखो तो कौन आया है? झट से चाय नाश्ते का प्रबन्ध करो।'

कुछ ही देर में उनकी पत्नी चाय-नाश्ता लेकर चली आयी। ये हैं राजू की माँ और राजू की माँ ये हैं बीरा के मामा, जिन्होंने अपनी अनाथ भान्जी को अपने बच्चों से अधिक प्यार दुलार देते हुए पाला है। ईश्वर ऐसे मामा सब को दें।' राजू के पिता परिचय कराते हुए बोले।

'मैंने क्या खास किया? उस छोटी सी बच्ची ने हमारे सूने घर आँगन में खुशियाँ बिखेर दी हैं। सचमुच बहुत भली लड़की है बीरा। आप सबको भी बहुत खुश रखेगी वह।' बीरा के मामा भावुक होते हुए बोले।

'भाई साहब, आप चिन्ता न करें, जैसे आपकी बेटी है, वैसे ही हमारी। हम भी दो-दो बेटियों का विवाह कर चुके हैं। हमें पता है बेटी को विदा करने का दर्द क्या होता है? और फिर हमारा राजू भी कुछ कम नहीं। शहर में नौकरी कर रहा है, पर अभिमान तो उसे छू तक नहीं पाया है।' इस बार राजू की माँ बोली।

'भाई साहब खाना खाकर ही जाइयेगा। मैं खाने की तैयारी करती हूँ, तब तक आप लोग बात कीजिए।' राजू की माँ उठते हुए बोली।

'हाँ तो कृपाल सिंह जी, कैसी चल रही है बागदान की तैयारी?' राजू के पिता बोले।

'इसीलिए तो आपसे मिलने आया हूँ, जो कुछ भी व्यवस्था करनी हो, आप मुझे बता दीजिए ताकि कोई कमी न रह जाये' बीच में मामा बोले।

'वैसे तो हम साधारण लोग हैं, लेकिन राजू हमारा इकलौता बेटा है, इसलिए सभी उसके बागदान से उम्मीद लगाये बैठे हैं। हम लोग चार भाई हैं, तो उनकी पत्नियों के लिए और मेरी दोनों विवाहित बेटियों के लिए कपड़े लत्ते तो देने ही होंगे। बाकी राजू के लिए जो आप करेंगे, वह आपकी श्रद्धा है। हाँ मेरी माँ और ताई के लिए भी धोतियाँ दे दीजिएगा। क्या करें साहब! वृद्ध महिलाएँ हैं। उन्हीं का आशीर्वाद है, उन्हें प्रसन्न रखना भी आवश्यक है। आखिर उन्हें भी तो लगना चाहिए कि उनके इकलौते नाती का बागदान हुआ है।'

बीरा के मामा मन ही मन हिसाब लगाने लगे। छः साड़ियाँ, कम से कम छः सात जोड़ी पैंट शर्ट, राजू के लिए सूट और कपड़े और शगुन के तौर पर एक अंगूठी भी तो बनानी होगी। फिर पान पिठाई, दान दक्षिणा में भी तो काफी खर्चा हो जायेगा। कहाँ से करूँगा इतना?

'कहाँ खो गये समधी जी! हम भी कुछ कमी नहीं करेंगे बीरा के लिए। आपके सम्मान पर आँच न आने देंगे। आज ही राजू को पत्र लिख देता हूँ, कपड़े-लत्ते वहीं से खरीद लेगा।' राजू के पिता शेखी बघारते हुए बोले।

'और बागदान में कितने लोगों के आने की सम्भावना है? ये भी बता दीजिए ताकि स्वागत सत्कार में कोई कमी न रह जाये।' बीरा के मामा ने झिझकते हुए पूछ ही लिया।

'उसकी आप चिन्ता न करें। सभी अपने ही परिवार के लोग होंगे हम चारों भाई, उनके बच्चे, हमारे दामाद। कुल मिलाकर यही कोई पच्चीस तीस लोग हो जायेंगे। अष्टमी की शाम को पहुँच जायेंगे। नवमीं को बागदान की रस्म पूरी कर के लौट आयेंगे।' राजू के पिता ने यूँ कहा मानो इस सब की व्यवस्था करना कोई बड़ी बात न हो।

भोजन करने के पश्चात राजू के माता पिता से विदा लेकर रास्ते भर खर्चे का हिसाब लगाते बीरा के मामा घर पहुँचे। उनके चेहरे पर तनाव की स्पष्ट रेखायें देखकर बीरा की मामी समझ गयी कि कहीं कुछ गड़बड़ जरूर है, लेकिन क्या है? वह समझ न पाई।

रात्रि को सब काम निपटाने के पश्चात पूछ बैठी—'क्या बात है आप जब से आये हैं, परेशान से लग रहे हैं?'

'नहीं, ऐसी तो कोई बात नहीं। बागदान की तैयारी करनी है। समय भी कम रह गया है, इसलिए थोड़ा सा तनाव है।' बीरा के मामा वास्तविकता छिपाते हुए बोले।

'क्या ज्यादा कुछ करना पड़ेगा? क्या-क्या कहा उन्होंने?' बीरा की मामी ने आतुरता से पूछा।

'नहीं-नहीं ज्यादा कुछ नहीं। परन्तु उनका तो परिवार ही इतना बड़ा है कि उनके कपड़े लत्ते खरीदने में ही काफी खर्च हो जायेगा। फिर लड़के के लिए कम से कम एक अंगूठी तो बनानी ही होगी। कुल मिलाकर पच्चीस तीस मेहमान तो

आयेंगे ही, तो उनकी दो वक्त की पान पिठाई (टीका) के लिए भी व्यवस्था करनी होगी।' चिन्तित स्वर में कहा बीरा के मामा ने।

'सुनो! क्या लगा आपको? कहीं वे ज्यादा लालची लोग तो नहीं हैं? एक ही बेटा है, तो सोच रहे होंगे कि सब कुछ मिल जाये इसी रिश्ते से। यदि ऐसा है, तो मैं कहती हूँ कि अभी भी समय है, साफ-साफ बात कर लो, बाद में कहीं कुछ और माँग रख दी तो हमारे लिए परेशानी हो जायेगी और अगर माँग पूरी न कर पाये तो पूरे इलाके में बदनामी अलग से हो जायेगी।' बीरा की मामी की आशंका बढ़ती जा रही थी।

'बात-व्यवहार से लालची लगते तो नहीं। अब उनका स्वयं का परिवार ही इतना बड़ा है, तो वे क्या कर सकते हैं? किसी चीज की माँग तो उन्होंने की नहीं, परम्परा के अनुसार ही ये सब व्यवस्थाएँ करने का इशारा भर ही तो किया है।' बीरा के मामा उसकी मामी को सांत्वना देते हुए समझा रहे थे।

'अरे ये तो पूछना ही भूल गयी कि बीरा की होने वाली सास कैसी है? कैसा घर है, हमारी बीरा खुश तो रह पायेगी न वहाँ?' मामी ने आतुरता से पूछा।

'अच्छी महिला लगी मुझे तो। घर भी हम लोगों से काफी बड़ा है अच्छे खाते-पीते लोग लगे। बाकी बीरा की किस्मत।'

'काफी रात हो गयी है, अब सो जाओ, ईश्वर सब ठीक करेगा।' और मामी बीरा को यह सब बताने के लिए उसके कमरे की ओर चल दी।

बीरा बिस्तर पर औंधी लेटी दीपक द्वारा दी गयी कोई किताब पढ़ने में मग्न थी। उसे मामी के आने का पता ही नहीं चला।

मामी ने पुकारा तो चौंक गयी! 'क्या मामीजी! डरा ही दिया आपने तो।' 'अरे मेरी बेटी! इतनी ध्यानमग्न मत हुआ कर किताबों में। अच्छा सुन, तेरे मामाजी तेरी ससुराल देख आये हैं। अच्छा बड़ा घर है, लोग भी खानदानी हैं, राज करेगी हमारी बेटी वहाँ।' बीरा की मामी खुशी-खुशी बीरा को उसके भावी ससुराल के बारे में बता रही थी।

'अच्छा।' बीरा ने इतने निर्लिप्त स्वर में कहा कि मामी का सारा उत्साह ही ठण्डा हो गया। बीरा की आँखों में झाँकती हुई बोली 'बीरा तू अब भी खुश नहीं है क्या?'

'नहीं मामीजी, ऐसी बात नहीं है, मैं बहुत खुश हूँ।' मामी को दुःखी नहीं करना चाहती थी बीरा। मामी सब कुछ जानती है फिर क्यों बार-बार पूछकर मेरे घावों को हरा कर रही है? क्या उन्हें नहीं पता मेरे मन-प्राण कहाँ बसते हैं? बीरा सोच रही थी।

'अच्छा चल सो जा अब। इतनी देर रात तक क्या पढ़ती रहती है तू।' कहकर मामी अपने कमरे की ओर चल दी।

कैसे बताऊँ मामी तुम्हें कि क्या पढ़ती हूँ मैं इन किताबों में? इन्हें पढ़ने से मुझे दीपक के अपने समीप होने का एहसास होता है। ये सुख तो मुझसे कोई कभी नहीं छीन सकता। बीरा ने ठण्डी साँस ली।

इक्कीस

गुमान सिंह ने उसी दिन राजू को पत्र लिख दिया था। 'बेटा नवमी के शुभ दिन तुम्हारा बागदान है। लड़की का जेवर कपड़ा ये सब तू दिल्ली से ही ले आना। यदि मुझे वहाँ आने की आवश्यकता हो, तो फौरन सूचित कर देना, मैं आ जाऊँगा। वैसे तू खुद ही समझदार है।'

पत्र मिलने के एक सप्ताह के अन्दर ही राजू गाँव चला आया। पिता जी मेरा रिश्ता किस जगह पक्का किया आपने? मैं शहर में रहता हूँ और मुझे तो पढ़ी लिखी लड़की चाहिए। मुझसे कम से कम एक बार पूछा तो होता आपने?' राजू अपनी धुन में बोले चला जा रहा था और गुमान सिंह जी हतप्रभ खड़े चुपचाप सुने जा रहे थे।

यह वही राजू है, जिस पर उन्हें इतना गुमान था। कुछ देर तक तो वे उसकी बात सुनते रहे, फिर उच्च स्वर में बोले-

'चुप हो जाओ! क्या इसी के लिए शहर गये थे? वहाँ जाकर माँ-बाप की ये इज्जत करनी सीखी है तुमने? पहले लड़की के बारे में सुन तो लो, फिर अपनी राय प्रकट करना। लड़की सुन्दर, सुशील है, गुणी है, दसवीं तक पढ़ी है और तेरी इच्छा होगी तो आगे भी पढ़ लेगी। इससे ज्यादा क्या चाहिए तुझे।' राजू के पिता समझाने वाले स्वर में बात कर रहे थे।

पति का उच्च स्वर सुन कर राजू की माँ भी कमरे में आ गयी थी। 'हे भगवान! क्या हो गया। वैसे तो इन्हें गुस्सा आता नहीं और जब आता है तो जमीन आसमान एक कर डालते हैं।'

'चल बेटा मुँह हाथ धोकर चाय नाश्ता कर ले, फिर बात करना।

'हाँ तुमने ही तो बिगाड़ा है इसे लाड़ प्यार में। जरा सुनो अपने सपूत की बातें कि इसे तो शहर की लड़की से विवाह करना है।' राजू के पिता गुस्से में बोले।

माहौल में गर्मी देख राजू कमरे से बाहर निकल गया।

'सुनो! अभी तो आया ही है। बच्चा है, उल्टा सीधा डाँट देते हो। प्यार से समझायेंगे तो समझ जायेगा। इतनी जल्दबाजी मत करो।' पति को समझाते हुए बोली राजू की माँ।

रात का खाना खाने के बाद पिता ने राजू को बुलाकर कहा, 'राजू! अब बता, क्या कह रहा था तू?'

'पिताजी मैं शहर में रहा रहा हूँ। मुझे ऐसी लड़की चाहिए जो वहाँ के माहौल में भी ढल सके। दिल्ली में ही यहाँ के बहुत सारे परिवार रहते हैं, जो अपनी लड़कियों की शादी वहीं काम कर रहे लड़कों से करना चाहते हैं, तो फिर आप इस गाँव के चक्कर में क्यों पड़ रहे हैं?' राजू उन्हें जैसे समझा रहा था।

गुमान सिंह को गुस्सा तो बहुत आया, पर अपने स्वर को संयत बनाने का प्रयत्न करते हुए बोले। 'बेटा! तुम हमारे अकेले बेटे हो। हमारी भी कुछ उम्मीदें हैं नयी बहू से, दिल्ली की लड़की क्या कुछ दिन भी हमारे साथ गाँव में रह पायेगी? हम तो गाँव के सीधे-सादे लोग हैं, शहर की लड़कियों के नखरे कौन सहन करेगा? अपनी माँ को देख क्या सारी जिन्दगी चूल्हा चौका ही करती रहेगी वह?'

'मैं तो पहले से ही कह रहा हूँ कि आप लोग भी दिल्ली चलो मेरे साथ। गाँव की इस थोड़ी सी खेती में क्या रखा है? सब साथ-साथ रहेंगे।' राजू आवेश में आकर बोला।

'वाह बेटा!' गुमान सिंह व्यथित स्वर में बोले। 'यहाँ की ताजा हवा पानी और इतना बड़ा मकान छोड़कर तेरे एक कमरे के घर में जाकर रहें और शहर का धूल-धुँआ फाँकते रहें? यह नहीं कर सकते हैं हम' फिर एक ठण्डी साँस लेकर बोले। 'ठीक है, इसी दिन के लिए पाल पोसकर बड़ा किया था कि बुढ़ापे में तू इसी तरह नाक कटवायेगा पूरे परिवार की। मैं तो सीना ठोककर बोल आया था कि मेरा बेटा इतना आज्ञाकारी है कि हमारे फैसले से बाहर जाने की दूर दूर तक सोच भी नहीं पायेगा, लेकिन अब अच्छी तरह महसूस कर रहा हूँ कि जब अपना सिक्का ही खोटा हो, तो किसी और को क्या दोष देना?'

पिता का व्यथित स्वर सुनकर राजू थोड़ी देर तो चुप रहा, फिर धीरे से बोला—'पिताजी शहरों में शादी कितनी धूमधाम से होती है, आप भी देखेंगे तो चकित रह जायेंगे! दान-दहेज भी यहाँ से कई गुना ज्यादा और अच्छा उपयोगी सामान मिलता है। यहाँ तो क्या है, पीढा-पलंग, एक दो बक्शे और कुछ बर्तन, जो कभी कभार ही काम आते हैं।'

तो ये बात है, राजू का मन शहर की चकाचौंध में इसलिए भटकता जा रहा है। गुमान सिंह ने सोचा और फिर बोले—'बेटा! बीरा कृपाल सिंह की अकेली बेटी है। उनका जो कुछ भी है, वह सब उसी का है। वे उसके लिए किसी भी तरह से कोई कमी नहीं करेंगे और यदि तू नहीं चाहता कि वे यहाँ का पारम्परिक सामान दहेज में दें, तो उसके बदले में जो तू चाहता है, वही बात उनसे कर लेंगे।'

'यह सब तो ठीक है पिताजी! लेकिन क्या गाँव में पली बढ़ी बीरा दिल्ली जैसे इतने बड़े शहर में व्यवस्थित हो पायेगी? 'राजू ने फिर शंका जाहिर की।

'तू तो ऐसे कह रहा है जैसे तू शहर में ही जन्मा हो। इतने लोग जो शहरों में रह रहे हैं, क्या वे सभी हमेशा से वहीं रहे हैं? बीरा समझदार लड़की है, वह तो

शहर और गाँव में भली प्रकार सामंजस्य बिठा पायेगी।' गुमान सिंह ने समझाया।

'तो ठीक है पिताजी! जैसा आप ठीक समझें।' राजू ने हथियार डालते हुए कहा। 'आप भी मेरे साथ दिल्ली चलिए और बागदान के लिए जो कपड़े जेवर लेने हैं, आप साथ आकर लिवा दीजिए, इसी बहाने आप दिल्ली आकर मेरा घर भी देख पायेंगे वरना माँ और आपको इस घर गाँव से फुर्सत ही कहाँ है?'

'ठीक है बेटा! बहुत दिल्ली की बातें करता है तू, इस बहाने शहर भी देख लूँगा। बेटा मेरे सिर से बहुत बड़ा बोझ उतार दिया तूने, वरना मैं तो पूरे परिवार और कृपाल सिंह जी को मुँह दिखाने लायक नहीं रह जाता। बेटी का रिश्ता इस तरह टूटने का गम वे सीधे सच्चे लोग भी सहन नहीं कर पाते।' राजू के पिता ने खुशी प्रकट करते हुए कहा।

बाईस

कृपाल सिंह यमकेश्वर ब्लाक मुख्यालय स्थित एक मात्र ग्रामीण बैंक की शाखा में अपनी जमा पूंजी का हिसाब जानने गये, जिसमें उन्होंने वक्त वेवक्त अपनी छोटी-छोटी बचत की राशि जमा की थी। उन्हें ये भी तो हिसाब लगाना था कि बागदान में कितना पैसा खर्च करना है, ताकि शादी के लिए भी कुछ बचा रहे।

खाते में कुछ ज्यादा रकम अपने बैंक नहीं थी। थोड़ा बहुत हिसाब लगाकर बीरा के मामा ने कुछ रकम खाते से निकाल ली। सोचा कुछ दिन बाद कोटद्वार जाकर खरीददारी कर लूँगा। जो काम जितनी जल्दी निपटे, उतना ही अच्छा।

दिन यूँ ही बीतते जा रहे थे। बीरा के मामा कोटद्वार से बागदान के लिए अधिकांश खरीददारी कर आये थे। इस काम में मदद के लिए उन्होनें श्रीनगर से दीपक को भी कोटद्वार बुलवा लिया था।

'दीपक बेटा! सगाई में दो-तीन दिन पहले घर आ जाना। गाँव के सारे बच्चे किसी न किसी बहाने गाँव से बाहर शहरों में चले गये हैं। शादी ब्याह जैसा कोई बड़ा कार्य हो, तो मदद करने वाला भी कोई नहीं होता' कृपाल सिंह बोले।

'चाचा जी, मैं जरूर आ जाऊँगा। इस बीच भी यदि मेरी मदद की आवश्यकता महसूस हो तो रैबार दे दीजिएगा। मैं यहाँ के सारे काम निपटा लूँगा। आप कहाँ बार-बार यहाँ के चक्कर लगाकर सामान खरीदते रहेंगे।' दीपक ने अपनेपन से कहा।

बीरा के बागदान का सामान खरीदवाते हुए दीपक का मन पता नहीं क्यों बेचैन हो रहा था 'तो क्या अब बीरा पराई हो जायेगी? लेकिन क्या बीरा कभी उसकी थी? ऐसा कब कहा था बीरा ने अपने मुँह से? लेकिन कहने से ही तो सब कुछ नहीं होता। क्या उसकी आँखों ने कभी उससे से नहीं कहा कि वह उससे प्यार करती है? परन्तु अब यह सब सोचकर क्या फायदा? पहले बीरा के बागदान और फिर शादी में जितनी मदद कर सकूँ, वही मेरे लिए बीरा के प्यार का प्रतिदान होगा।

बीरा के मामा को गाँव की बस में बिठाकर दीपक वापिस श्रीनगर चला आया और अपनी पढ़ाई में तल्लीन हो गया।

तेईस

शाम ढले जब बस दिल्ली पहुँची, तो चारों तरफ ऊँची ऊँची इमारतें रोशनी से जगमगाती हुई सड़कें, सड़कों पर वाहनों की रफ्तार तथा लम्बी लम्बी कतारें देखकर गुमान सिंह ने दाँतों तले अँगुली दबा ली। ये इतनी भीड़, इतने वाहन, इतने बड़े-बड़े मकान? बहुत अमीर लोग ही रह पाते होंगे यहाँ। बस से उतरते ही उन्हें यह सब देखकर यकायक राजू पर गर्व हो आया। उनका राजू भी तो इसी भव्य शहर में रह रहा है, सोचकर उनका सीना गर्व से चौड़ा हो गया।

अन्तर्राज्यीय बस टर्मिनल अर्थात आई.एस.बी.टी. पहुँचते ही यह सोचकर कि उसके पिता सिटी बस की धक्का मुक्की सहन नहीं कर पायेंगे, राजू ने ऑटो रिक्शा कर लिया। शहर की भीड़ भरी चिकनी सड़कों से निकलकर जब ऑटों अंधेरी सड़ी गली गलियों में घुसा, तो गुमान सिंह का माथा ठनका। तो ये भी दिल्ली है?

'पिताजी उतरिये! यहाँ से पैदल चलना होगा। आगे ऑटो नहीं जा सकता।' राजू की आवाज पर गुमान सिंह की तन्द्रा टूटी। पाँच-सात मिनट पैदल चलकर राजू एक तीन मंजिले मकान के सामने रुका। मकान क्या, यों लगता था जूते के डिब्बे को सीधा खड़ा कर दिया हो। दो मंजिल चढ़कर ऊपर पहुँचने पर राजू ने कमरा खोलकर बत्ती जला दी।

अन्दर पहुँचते ही गुमान सिंह को अजब सी घुटन महसूस हुई—'राजू खिड़की नहीं है तेरे घर में? जल्दी से खिड़की तो खोल, दम घुँट रहा है मेरा तो यहाँ।'

'अरे पिताजी! यहाँ इतनी छोटी सी जमीन के टुकड़े पर ही इतने बड़े मकान बन जाते हैं। आस पास के सभी घरों की दीवारें एक दूसरे से जुड़ी हुई हैं तो कहाँ से खिड़की निकलेगी?' राजू ने समझाया।

सुबह होने पर पिता ने ढंग से राजू का घर देखा। एक कमरा, उसके अन्दर ही कोने में छोटा सा किचन और दूसरे किरायेदारों के साथ बाँटा जाने वाला सम्मिलित शौचालय। तो ये है राजू का घर, जिसमें वह हम सबके एक साथ रहने की बात करता है?

बाहर छत पर निकल कर चारों तरफ देखा। छोटी-छोटी तंग गलियाँ, खुली नालियाँ और जगह-जगह गंदगी का ढेर। ये दिल्ली कल रात देखी गयी दिल्ली से

कितनी अलग थी। उन्हें अनायास ही गाँव के बुजुर्गों की कही बातें याद आ गयीं, 'दिल्ली में क्या मक्खियाँ नहीं रहती?'

दिन में राजू के साथ बाजार जाते हुए इसी दिल्ली को और नजदीक से देखने का मौका मिल गया था उन्हें। भव्य अट्टालिकाओं के दूसरी ओर झुग्गी बस्तियाँ, गन्दगी के ढेर से उठती सड़ांध। मक्खियाँ ही तो हैं, जो गन्दगी के ढेरों पर बैठी हैं।

बाजार पहुँचे तो बड़ी बड़ी दुकाने देखकर वे तो दंग रह गये। बीरा के लिऐ दो-तीन अच्छी साड़ियाँ छाँटते हुए धीरे से राजू से बोले-

'एक गुलुबन्द भी बनावाना था, बेटा। यहाँ तो मिलेगा नहीं। चलो गाँव के सुनार से ही बनवा लूँगा।'

'अरे पिताजी! यहाँ सब मिलता है। पहाड़ से आये हुए लोगों ने भी यहाँ पर अब अपना व्यवसाय जमा लिया है। उनके यहाँ पहाड़ का सब कुछ मिलता है।' राजू ने बताया।

'तो ठीक है, गुलुबन्द भी यहीं से खरीद लेते है।' राजू के पिता निश्चिन्त होकर बोले।

दो दिन किसी तरह दिल्ली में रुककर गुमान सिंह वापिस लौट आये। गाँव की धरती पर पहुँचकर उन्होंनें सुकून भरी लम्बी सी साँस ली। लग रहा था मानो कितने दिनों से खुलकर साँस ही नहीं ले पाये हैं वे।

चौबीस

दशहरे की छुट्टियाँ पड़ गयी थीं। दीपक गाँव चला आया और आशीष भी अपनी बहिन के पास चला गया। आते ही दीपक ने स्वयं को बीरा के बागदान की तैयारियों में व्यस्त कर लिया था। पच्चीस तीस लोगों के बैठने-रहने की व्यवस्था, उनके खाने-पीने की व्यवस्था तो अब गाँव में ही करनी थी। ये शहर तो था नहीं कि सब चीजें किराये पर मिल जायें। इधर-उधर के घरों और गाँवों से बिस्तरे, कुर्सियाँ व बर्तन मँगाये गये। मेहमानों के स्वागत में कोई कमी न रह जाये, इस बात का विशेष ध्यान रखना चाह रहे थे बीरा के मामा।

शाम ढलते ही बीरा के घर आँगन में गाँव की लड़कियों व महिलाओं का जमावड़ा लग जाता। पहाड़ी लोकगीतों की मिठास लिए मांगलिक बोलों से गाँव ही नहीं वरन पूरा इलाका गुंजायमान हो उठता। बीरा भी उनका साथ देने के लिए सबके बीच में बैठ जाती। मामी की तो खुशी का ठिकाना ही नहीं था।

बागदान से एक दिन पहले बीरा घर में अकेली बैठी थी, और मामा-मामी खेत में गये थे, तभी अचानक विमला बीरा से मिलने आ गयी।

'और बीरा! कैसी है तू?' विमला ने अपनत्वपन से बीरा के सिर पर हाथ फेरते हुए पूछा।

विमला का प्यार भरा स्पर्श पाकर बीरा पिघलने लगी। बहुत दिनों से उसके अन्दर का लावा मानो पूफटकर बाहर आ जाना चाहता था। उसकी आँखों से आँसू बह निकले। जोर जोर से दहाड़ें मारकर रोने का जी कर रहा था उसका, विमला की गोद में सिर रखकर।

'बीरा! मेरी बच्ची, संभाल अपने आप को। जब तूने मामा-मामी के लिए इतनी दृढ़ता दिखा दी है, तो अब ये कमजोरी क्यों?' विमला ने समझाते हुए कहा। 'तू तो भाग्यशाली है कि तुझे दीपक जैसे संस्कारी लड़के का स्नेह मिला है। वरना आजकल के लड़के तो प्यार की आड़ में लड़की की जिन्दगी बर्बाद करने से नहीं चूकते।' विमला के घाव हरे हो गये।

'नहीं विमला चाची! मैं बिल्कुल ठीक हूँ।' बीरा आँसू पोंछते हुए बोली। 'कुछ समय बाद मुझ जैसी अभागन को इतना स्नेह देने वाले मामा-मामी और आप जैसी

ममत्व लिए हुए माँ की साक्षात प्रतिमूर्ति धारण किये चाचियों से अलग होना पड़ेगा, यही सोचकर मन उदास हो रहा था।' कुछ समय तक बीरा से बतियाने के बाद विमला वापस लौट गयी।

शाम होते ही बीरा के घर में गहमागहमी शुरू हो गयी थी। कहीं बड़े-बड़े भगोनों व कड़ाहों में खाना बन रहा था, कहीं मेहमानों के आने की तैयारियाँ हो रही थी।

मामाजी तो मानो हर काम के लिए दीपक पर ही पूरी तरह से निर्भर थे। वही तो एक जिम्मेदार लड़का था और दीपक भी तो कभी खाना बनाने वालों को सामान दे रहा था। तो कभी मामाजी की पुकार पर उनके पास जा पहुँचता था।

'दीपू बेटा! सब काम ठीक से हो रहा है न?'

'चाचा जी! आप कतई कोई चिन्ता न करें। कोई कमी नहीं रखेंगे हम लोग।' दीपक ने विश्वास दिलाते हुए कहा।

थोड़ी देर बाद ही बीरा की ससुराल से मेहमान पहुँच चुके थे। बीरा के मामा ने आगे बढ़कर मेहमानों का स्वागत किया। बच्चे बूढ़े सब मिलाकर लगभग अट्ठाईस तीस लोग रहे होंगे। पहाड़ की प्रथा के अनुसार लड़का स्वयं अपने बागदान में नहीं जाता, अतः परम्परा का निर्वाह करते हुए राजू भी नहीं आया था। वैसे राजू आना तो चाहता था, लेकिन पिता और बड़े-बूढ़ों की ना-नुकुर के डर से घर पर ही रुक गया था।

'और समधी जी, कैसा है हमारा जंवाई? घर तो आया हुआ होगा?' बीरा के मामाजी ने भूमिका बनाते हुए पूछा।

'हाँ..हाँ..एक सप्ताह की छुट्टी आया है। बागदान सम्पन्न हो जाये, तो फिर इसी बीच एक दिन आपसे मिलवा देंगे उसे।'—राजू के पिता ने उत्सुकता से कहा।

अगले दिन सुबह ही बागदान की रस्म होनी थी। अतः मेहमानों को पिठाई लगाकर शीघ्र ही भोजन करवाकर सोने के स्थान पर भेज दिया गया।

अगले दिन मुँह अंधेरे से ही चहल पहल आरम्भ हो गयी थी। कुछ महिलायें दिन में बनने वाले भोजन के लिए सब्जियाँ काट रही थी तो कुछ लोग सुबह के नाश्ते की तैयारियाँ करने में व्यस्त थे।

बीरा को सुबह ही स्नान आदि निपटा कर तैयार होने का निर्देश देकर मामी अन्य कार्यों का निरीक्षण करने चल दी।

लगभग दो घण्टे चली पूजा की समाप्ति के पश्चात बीरा की ससुराल से आये हुए उपहारों को देखकर गाँव वाले चकित रहे गये। सुन्दर-सुन्दर साड़ियाँ, अच्छी बनावट का गुलुबन्द, टोकरियों में भरा फल-प्रफूट और तरह-तरह की मिठाइयों के डिब्बे सभी कुछ तो बहुत अच्छा था।

'बीरा, तेरा ससुर तो बहुत पैसे वाला लगता है!' एक सहेली ने छेड़ा तो बीरा का मुँह लाल हो आया।'

दोपहर का भोजन करने के बाद मेहमान विदा हुए। मेहमानों जाने के बाद फिर सामान को समेटना शुरू हुआ। जो चीज जहाँ से लाई गयी थी, उसे सही सलामत वापिस पहुँचाना। यही सब कुछ व्यवस्थित करते करते शाम ढल आयी थी।

दीपक थक कर इतना चूर हो चुका था कि उसकी आँखे जल रही थी और पैर तो मानों शरीर का साथ ही नहीं दे पा रहे थे। सब काम निपटाकर दीपक ऐसे सोया कि खाना खाने भी नहीं उठ पाया। श्यामा उठाती ही रह गयी—'बेटा खाना तो खा ले।' पर दीपक! उसकी तो भूख ही मर चुकी थी।

उधर दूसरी तरफ बीरा! उसकी आँखों से तो नींद मानो गायब हो चुकी थी। कैसा होगा उसका होने वाला पति? क्या उसकी इच्छाओं और भावनाओं की कद्र करेगा वो? यही सोचती रह गयी सारी रात बीरा।

मामा-मामी निश्‍चिंत थे कि चलो बागदान तो निर्विघ्न सम्पन्न हो गया। अब शादी के लिए समधी जी से कुछ समय माँग लेंगे, ताकि तब तक पैसे का भी कुछ प्रबन्ध हो सके और शादी की तैयारी भी व्यवस्थित ढंग से हो जाये।

पच्चीस

उधर बीरा की ससुराल में भी खुशी और उल्लास का माहौल था। सभी लोग बीरा के मामा की भल मनसाहत तथा भावपूर्ण स्वागत सत्कार की तारीफ कर रहे थे।

'देख राजू! मैं कहता न था कि बीरा के सिवा उनका कोई नहीं है।' कोई कमी नहीं रखेंगे वे। सभी कुछ हमारी प्रतिष्ठा के अनुरूप किया है उन्होंने। तू तो बेकार में डर रहा था।'—गुमान सिंह जी संतुष्ट दिखाई दे रहे थे।

राजू कुछ नहीं बोला। ध्यान से अपनी अंगूठी और कपड़ों को देख रहा था।

'क्या देख रहा है ऐसे! जा गाँव में शगुन के लड्डू तो बाँट आ। देख! समधी जी ने कितनी मिठाई भेजी है?' इस बार राजू की माँ बोली।

'हाँ! और सुन, तेरे ससुर तुझसे मिलना चाहते हैं। कल परसों में मौका निकालकर तू भी मिल आ उनसे। मैं भी तेरे साथ चला चलूँगा। विवाह सम्बन्धी दूसरी बातें भी हो जायेंगी और तू अपनी ससुराल और होने वाली बहू को भी देख लेना।' राजू के पिता बोले।

'ठीक है पिताजी! फिर परसों ही चलते हैं फिर मेरी छुट्टियाँ भी समाप्त होने वाली हैं। वापस भी जाना है।' राजू ने बाहर निकलते हुए कहा।

अगले दिन राजू के पिता ने रैबार के रूप में सन्देशा भिजवा दिया कि राजू और वे कल बीरा के मामा से मिलने उनके गाँव आ रहे हैं।

दूसरे दिन शाम को दीपक बीरा के मामा-मामी से मिलने गया, तो बीरा घर में अकेली थी।

'बीरा! कल जा रहा हूँ मैं। चाचा-चाची कहाँ है? उनसे मिलने आया था।' दीपक ने पूछा।

'क्यों? क्या मुझसे नहीं मिल सकते अब? कल एक दिन और रुक जाओ। जब बागदान करवा ही गये हो, तो मेरे होने वाले पति से भी मिलते जाओ। कल ही आ रहे हैं वे यहाँ।' बीरा ने निवेदन के स्वर में कहा।

'बीरा! मैं जरूर रुक जाता पर कल ही कॉलेज की छुट्टियाँ समाप्त हो रही हैं और फिर पढ़ाई भी तो करनी है। दीपक जानता था कि एक दिन कॉलेज नहीं पहुँचेगा तो कोई नुकसान नहीं होगा, किन्तु अब उसका मन कतई गाँव में रुकने का नहीं हो रहा था।

'हाँ! अब मेरा इतना हक भी कहाँ रह गया है तुम पर कि मैं तुम्हें एक दिन भी और रुकने को कह सकूं। मुझे तो पराया बना दिया है सबने। कम से कम तुम तो ऐसा मत करो।' बीरा की आँखें छलछला आयी।

दीपक उस चेहरे का अधिक देर तक सामना नहीं कर पाया और वापिस घर चला आया। हाँ, इतना उसने जरूर किया कि बीरा के कहने पर अगले दिन श्रीनगर जाने का कार्यक्रम स्थगित कर दिया। यह सोचकर कि शायद बीरा की उदासी इससे कुछ कम हो पाये।

'बेटी बीरा! आज तू घर पर ही रहना। घास-लकड़ी किसी और से मँगवा लेंगे। आज तो तेरे ससुर और पति आ रहे हैं। उनको अपने हाथ से खाना बनाकर खिलायेगी या नहीं?' बीरा को दरांती कमर में खोसते देखकर बीरा की मामी बोल पड़ी।

'ठीक है मामीजी!' कहकर बीरा रसोई में चली गयी।

छब्बीस

दोपहर में राजू अपने पिता के साथ अपनी होने वाली ससुराल पहुँच गया। राजू देखने में मध्यम कद काठी का साधारण सा लड़का था। उसके पहनावे और बात करने के सलीके से साफ झलक रहा था कि शहर की आबोहवा उस पर अपना असर दिखा चुकी है।

भोजन के वक्त बीरा की मामी जिद करके बीरा को भी भोजन परोसने हेतु ले गयी। बीरा ने कमरे में पहुँच कर अपने ससुर को सेवा लगाकर प्रणाम किया और निगाहें नीची किये भोजन परोसने लगी। राजू तो एकटक बीरा की सुन्दरता को निहारता ही रह गया। लम्बा पतला शरीर, गेहुँआ रंग, लम्बी नाक, गहरी नीली आँखें, चेहरे पर यौवन की चमक बिखेरे तो सचमुच परी जैसी लग रही थी बीरा। पिता से नजरें मिली तो राजू ने झेंपते हुए एकाएक बीरा की तरफ से नजरें फेर ली। पिता की अनुभवी आँखे समझ चुकी थी कि राजू को बीरा पहली नजर में ही भा गयी है।

खाना परोसकर बीरा भोजन कक्ष से बाहर चली गयी।

थोड़ी देर बाद दीपक किसी काम के बहाने चला आया। वह तो बीरा के होने वाले पति से मिलना चाहता था और देखना चाहता था कि बीरा जैसी गुणी लड़की जिसको मिली, वह भाग्यशाली कौन है?'

'आओ बेटा दीपक, आओ। देखो तो बीरा के पति और ससुरजी आये हैं।' बीरा के मामाजी उसे देखकर बोले, 'बड़ा होनहार लड़का है साहब! शहर में रहकर कॉलेज की पढ़ाई कर रहा है। लेकिन शहर में रहकर भी गाँव को भूला नहीं है, बीरा के बागदान में तो सारी भागदौड़ इसी ने की है', बीरा के मामा दीपक की तारीफ करते हुए बोले।

'हाँ! ये तो हम भी देख रहे थे। काफी भाग-दौड़ कर रहा था ये लड़का उस दिन। यदि गाँव में दीपक जैसे कुछ लड़के रह जायें, तो किस्मत सुधर जाये इन सूनापन लिए गाँवों की।' गहरी साँस लेते हुए राजू के पिता बोले।

'गुमान सिंह को सेवा लगाकर प्रणाम कर के और राजू से हाथ मिलाते हुए दीपक बैठ गया।

'जा बेटा! राजू को अपना गाँव तो दिखा ला।' बीरा के मामा दीपक की ओर मुखातिब होते हुए बोले।

'हाँ-हाँ क्यों नहीं? चलिए आपको अपना गाँव दिखा लाता हूँ।' दीपक ने राजू से कहा।

राजू उठ खड़ा हुआ। मानो उसकी मन की मुराद पूरी हो गयी हो वरना उकता गया था वह यहाँ अपने पिताजी और मामाजी के बीच बैठे-बैठे।

'और दीपक! क्या करने का इरादा है तुम्हारा पढ़ाई के बाद? गाँव में तो कुछ करने को है नहीं। वैसे कौन से विषय हैं तुम्हारे कॉलेज में।' राजू ने पूछा।

'बी.एस.सी. कर रहा हूँ। मेरी वनस्पति विज्ञान में रुचि है। शहर में रहना नहीं चाहता, मन करता है पढ़ लिखकर गाँव के लिए कुछ कर पाउफँ, तो जीवन सफल हो जाये,' दीपक ने दार्शनिक अंदाज में कहा।

'कहाँ गाँव के चक्कर में पड़े हो यार! ये भी कोई जिन्दगी है? शहरों की जिन्दगी की तो बात ही कुछ और है। फिर वहाँ तुम्हें तो आसानी से नौकरी मिल भी जायेगी।' राजू बोला।

'चलो मेरी तो देखी जायेगी, क्या करता हूँ? फिलहाल तो पढ़ाई पूरी करना ही लक्ष्य है।' दीपक राजू की बात टालते हुए बोला। राजू का शहर के प्रति इतना लगाव और शेखी झाड़ना उसे कतई अच्छा नहीं लग रहा था।

जो आदमी दो तीन वर्ष के शहरी जीवन में ही इतना बदल जाये कि जिस मिट्‌टी में उसने जन्म लिया, जहाँ की गलियों में खेल कूदकर कर वह बड़ा हुआ, वही जिन्दगी इतनी जल्दी उसे बुरी लगने लगे तो ऐसे इन्सान का भरोसा ही क्या? क्या बीरा खुश रह पायेगी इसके साथ? कहाँ वह विशुद्ध ग्रामीण परिवेश में पली-बढ़ी लड़की और कहाँ शहरों की आबोहवा में पूरी तरह रंगा हुआ राजू? कैसे सामंजस्य बिठा पायेगी बेचारी बीरा?

'कहाँ खो गये यार? लगता है इतनी सी देर में ही शहर के सपने देखने लगे हो।' राजू के मुँह से यह सुनकर दीपक चौंक गया।

'भाई! मेरे पिताजी तो चाहते हैं कि घर की खेती सँभालू, साथ में छोटी सी दुकान भी करवाना चाहते थे वे, जिसमें घर गाँव की हर जरूरत का सामान मिल जाये। लेकिन ये भी कोई जिन्दगी है, यार? मैंने तो साफ-साफ कह दिया कि नौकरी तो शहर में ही करूँगा, आखिर असली जिन्दगी तो वहीं है,' राजू अपनी लय में बोलता चला जा रहा था।

'यही तो है पहाड़ का दुर्भाग्य है कि छोटी सी नौकरी करने के लिए यहाँ का नवयुवक शहर तो जा सकता है, वहाँ घुटन भरी जिन्दगी जी सकता है लेकिन यहाँ रहकर स्वयं का कोई काम करने में उसे शर्म महसूस होती है। लेकिन दीपक ऐसा नहीं करेगा, वह पढ़ाई पूरी करने के बाद अवश्य गाँव लौटेगा। अपने गाँव, जहाँ की माटी ने पाल पोस कर उसे बड़ा किया, उस मिट्‌टी के बहुत से ऐहसान हैं उस पर।' दीपक सोचता जा रहा था और दूसरी तरफ राजू शहर पुराण सुनाने में मस्त था।

सत्ताईस

'क्यों बेटी! कैसा लगा राजू? राजू तो लग रहा था, मानो तेरी सुन्दरता में खो गया है।' मामी ने पिता और पुत्र के विदा होने के बाद बीरा को छेड़ते हुए कहा।

'मामीजी! आप भी कैसी बातें करती हो? मैंने तो उसे देखा तक नहीं और वैसे भी शक्ल-सूरत में रक्खा ही क्या है? इन्सान के स्वभाव का पता तो उसके साथ कुछ दिन गुजारने के बाद ही लगता है।' बीरा मुस्कराते हुए बोली।

'हाँ बेटी! आदमी का स्वभाव और गुण मुख्य होते हैं, हमसे तो उसने ज्यादा बात नहीं की, हाँ दीपक के साथ काफी देर तक रहा था। उसे उसके स्वभाव के बारे में अवश्य पता चल गया होगा। जाकर उसी से राजू के बारे में पूछती हूँ।' मामी ने उत्सुकता दिखाते हुए कहा।

'रहने दो न मामीजी! जैसा भी हो?' कुछ समय बाद तो पता लग ही जायेगा।

बीरा नहीं चाहती थी कि मामी दीपक से इस बारे में बात करे। वैसे ही वह क्या कम दुःखी होगा, जो राजू के बारे में पूछकर उसे और दुःखी किया जाये और चाहे अनचाहे उसके घावों को हरा किया जाये।

अगले दिन श्रीनगर जाने से पूर्व दीपक स्वयं ही बीरा से मिलने चला आया। बीरा उस समय घर पर अकेली थी।

'बीरा! आज तो जाना ही होगा। तेरे दूल्हे को देखना था सो देख लिया। राजू अच्छा लड़का है, थोड़ा सा शहर का रंग है उस पर। तेरे साथ रहकर सब ठीक हो जायेगा। तू तो है ही इतनी सुन्दर कि जिसका सानिध्य पाकर पत्थर भी सोना हो जाये।' दीपक बीरा को देखते हुए बोला।

'दीपक! इतना उफँचा मत उठाओ मुझे। मैं तो बस मामा-मामी की इच्छाओं का सम्मान करते हुए उनके सपनों को पूरा करने का प्रयास मात्र कर रही हूँ। मुझ अभागन को इतना प्यार और सम्मान देकर जो अहसान किया है उन्होंने मुझ पर, उसे ही तो उतारने की कोशिश कर रही हूँ मैं।, बस और कुछ नहीं,' बीरा निर्लिप्त स्वर में बोली।

'बीरा, उनका सपना अब तेरा भी सपना है। तू खुश रहे सब यही चाहते हैं, पर देख इस खुशी में मुझे भूल मत जाना। बचपन का दोस्त तो मैं ही हूँ न तेरा?' बोलते बोलते दीपक का स्वर भीग गया था।

'कैसे भूल सकती हूँ दीपक! तूने ही तो राह दिखाई है मुझे। इतनी दृढ़ता भर दी है मुझमें कि सब कुछ सहन कर सकती हूँ, यहाँ तक कि सदा के लिए अपनों का बिछोह भी।' अन्तिम वाक्य कहते-कहते बीरा की आँखें भी भर आयी।

दीपक का मन अत्यधिक उदास हो गया था। आखिर बीरा ने अपने मामा-मामी के प्यार, प्रतिष्ठा और अरमानों पर अपने प्यार को कुर्बान कर दिया था। अब तक दृढ़ता से परिस्थितियों का सामना करती आ रही थी, किन्तु थी तो आखिर इन्सान ही। दीपक को अपने दिल से भुलाना सम्भव नहीं हो पा रहा था उसके लिए।

दीपक की स्थिति भी ऐसी ही थी, वह बीरा के सम्मुख नहीं आना चाहता था, परन्तु जब तक एक गाँव में हैं, तो आमना-सामना टालना चाहकर भी सम्भव नहीं हो पा रहा था।

'दीपक! क्या सोच रहा है तू? बहुत परेशान करती हूँ न तुझे? तू भी सोच रहा होगा कि जल्दी से बला टले तो ठीक रहेगा।' बीरा ने मौन तोड़ने का प्रयत्न करते हुए परिहास के स्वर में कहा।

'नहीं बीरा। ऐसी बात नहीं है', फिर गम्भीर स्वर में बोला—'अगर मैं चाहूँ, तो क्या तू सारी जिन्दगी रूक पायेगी यहीं हमारे पास, इसी गाँव में?'

दीपक के स्वर की गहराई को भाँप कर बीरा ने चौंक कर उसकी तरफ देखा। दीपक अजीब सी नजरों से एकटक बीरा को देख रहा था। क्या था उन नजरों में? प्यार, बिछुड़ने का दर्द या कुछ और...बीरा ने निगाहें पेफर ली।

'बता बीरा! अब चुप क्यों है?' दीपक ने फिर पूछा।

'दीपक! ये कैसे सवाल कर रहे हो? सब कुछ जानते हुए भी,' बीरा ने उसे झिंझोड़ते हुए कहा।

दीपक मानो स्वप्न से जागा 'माफ कर दे बीरा! पता नहीं क्या हो गया था मुझे? तू सदा खुश रहे, बस यही चाहता हूँ।' उसका स्वर भर्रा गया था।

दोनों की निगाहें पल भर के लिए मिलीं और फिर झुक गयी।

'मैं चलता हूँ बीरा! वरना बस नहीं मिलेगी।' दीपक चलने के लिए उठ खड़ा हुआ।

बीरा का मन तो हो रहा था कि उससे कहे कि थोड़ी देर और रुक जाये, किन्तु किस अधिकार से कहती? वह तो दीपक को पहले ही खो चुकी थी। दीपक चला गया और उसके जाने के साथ ही बीरा का एक सुन्दर सपना भी जैसे टूट सा गया।

बीरा ने घर का सारा काम, मवेशियों के लिए घास लाना, चूल्हे के लिए लकड़ी लाना, खेत खलिहानों की देखभाल, सबकुछ अपने जिम्मे कर लिया था। मामी कहती थक जाती थी, लेकिन बीरा ने अपने को काम में डुबो दिया था ताकि कुछ और याद ही न रहे। रात को उसे थकान से इतनी गहरी नींद आ जाती कि कुछ सोचने का समय ही नहीं मिल पाता। आखिर वह चाहती भी तो यही थी।

'मामीजी, कुछ दिन तो आराम कर लो, फिर तो आपने मुझे पराये घर भेज

ही देना है। जितने दिन इस घर में हूँ, आप दोनों की सेवा कर सकूं तो बहुत सौभाग्यशाली समझूँगी अपने आप को।' बीरा की ये बातें सुन मामी की आँखों में पानी भर आता।

सगी बेटी होती तो भी इससे ज्यादा प्यार और सम्मान दे पाती क्या? जितना बीरा ने दिया है। मामा-मामी बीरा की प्रशंसा करते न थकते थे।

अट्ठाईस

दीपक श्रीनगर वापिस पहुँचा, तो आशीष कमरे में ही था। पता चला कि वह न तो छुट्टियों में घर गया और न ही बहिन के पास।

'तू छुट्टी में घर नहीं गया था क्या?'

'क्या करना था घर जाकर? कौन सी माँ प्रतीक्षा कर रही है घर पर? मैं तेरी तरह खुशकिस्मत नहीं।' दीपक की बात का जवाब दिया आशीष ने और पूछा—'और तू बता! तेरी छुट्टियाँ कैसी रही?'

'ठीक रहीं। बीरा का बागदान था, उसी में व्यस्त रहा। बस सारी छुट्टियाँ उसी में कट गयी।' दीपक उदास स्वर में बोला।

'क्या तूने अपनी सारी छुट्टियाँ बीरा के बागदान की तैयारियों में ही बिता दी?' आशीष ने आश्चर्य से पूछा और फिर शरारतपूर्ण स्वर में बोला—'यार तेरा चेहरा तो कुछ और ही बता रहा है। कोई खास थी क्या?'

'नहीं यार, कोई खास नहीं बस।' दीपक उदास स्वर में बोला। दीपक को उदास हुआ देख आशीष ने बात यहीं खत्म कर दी।

दीपक मन में सोचने लगा कि क्या वह दुःखी है? क्या उसके चेहरे पर उसका दर्द झलक रहा है? लेकिन क्यों दुःखी है वह? बीरा का विवाह तो एक न एक दिन होना ही था। जब बीरा स्वयं इस विवाह से प्रसन्न है, तो फिर वही दुःखी क्यों है? इतना स्वार्थी तो नहीं होना चाहिए उसे। लेकिन अगले ही पल फिर से सोचने लगा कि क्या बीरा ने उसे धोखा नहीं दिया? उसको एक बार तो बता देती कि उसका रिश्ता पक्का हो रहा है।

दूसरे ही पल उसने महसूस किया कि वह फिर गलत सोचने लगा है। क्या कर लेता वह, अगर बीरा उसे बता भी देती तो? बीरा ने जो कुछ किया, ठीक ही तो किया। धोखा तो तब होता, जब उसने कभी बीरा से कहा होता कि वह उससे विवाह करेगा।

आखिर कब तक प्रतीक्षा करती बीरा उसकी? उसने वही तो किया जो उसे अपने सुरक्षित भविष्य के लिए करना चाहिए था। दीपक! तुम्हारा तो अभी स्वयं का ही कोई भविष्य नहीं है, फिर तुम किसी और का क्या भविष्य बना पाओगे? अपने

मन के साँप को फन उठाने से पहले ही कुचल दिया दीपक ने।

पढ़-लिखकर गाँव के लिए कुछ कर पाना अब उसकी दिली तमन्ना और प्राथमिकता थी और अपनी इस मंजिल को पाने के लिए उसने अपने आपको तन मन से पढ़ाई में जुटा लिया था।

उन्नतीस

बागदान के बाद राजू भी नौकरी पर दिल्ली वापिस लौट गया था और उसके पिता शादी का दिन निकलवाने पंडित को कह आये थे। वे तो चाहते थे कि राजू का विवाह शीघ्र हो जाये, लेकिन वीरा के मामा की परिस्थितियों को ध्यान में रखते हुए उन्होंने पंडित से लगभग छः माह के बाद ही इस शुभ दिन के लिए आग्रह किया। पंचाग देखने के पश्चात् पंडित ने एक वर्ष बाद का ही समय बताया। इससे पूर्व राजू और बीरा की कुण्डिलयों के हिसाब से कोई और दिन विवाह के लिए शुभ नहीं बैठ रहा था।

यही सूचना राजू के पिता ने बीरा के मामा को भी भिजवा दी थी। बागदान और विवाह के बीच इतना लम्बा समय वीरा के मामा को अच्छा तो नहीं लगा था, लेकिन क्या करते? विवाह तो शुभ दिन पर ही करना था।

शादी के लम्बे समय तक टलने से सबसे अधिक प्रसन्न थी तो बीरा। 'भगवान जो कुछ करता है भले के लिए ही करता है। वह बारहवीं की परीक्षा पूरी तरह निश्चिन्त होकर दे पायेगी अब।' बीरा मन ही मन प्रसन्न हो रही थी।

बीरा ने धूल खा रही किताबों को अच्छी तरह झाड़ा-पोंछा और फिर से पढ़ाई के लिए समय निकालने लगी।इस बार दीपक घर आयेगा, तो उससे कहेगी कि उसका बारहवीं का फार्म भी भरवा दे। जब तक समय साथ दे रहा है, तब तक तो अपने मन की साध पूरी कर ही ले। उसके बाद किस्मत जहाँ ले जायेगी, वैसा ही कर लेगी।

दो दिन आशीष के गाँव में बिताने के बाद दीपक अपने गाँव पहुँच चुका था। पहुँचते ही उसे पता चला कि बीरा के विवाह में अभी काफी समय शेष है। दीपक ने राहत की साँस ली। विवाह में देरी की बात सुनकर लगा कि चलो इसी बहाने बीरा कुछ दिन और इसी गाँव में रह पायेगी।

अगले ही पल दीपक बीरा से मिलने उसके घर जा पहुँचा।

'आओ दीपक! मैं तो तुम्हारे पास ही आने वाली थी, काकी ने सुबह ही धारे पर बता दिया था कि तुम घर आ चुके हो।' बीरा ने प्रसन्नता से कहा।

उसकी प्रसन्नता देख कर दीपक को अच्छा लगा—'क्यों प्रतीक्षा कर रही थी? फिर कोई खुराफात सूझ रही थी क्या तुझे? अब तो सुधर जा, शादी होने वाली है

तेरी।' बीरा को प्रसन्न देख दीपक भी मजाक की तरंग में आ गया था।

'अरे नहीं दीपक। समय ने एक मौका दिया है। शादी में देरी है तो इस समय का सदुपयोग भला क्यों न कर लिया जाये। सोच रही हूँ कि बारहवीं का फार्म ही भर दूँ। तो ये तेरी जिम्मेदारी है कि मेरा फार्म भरवा देगा और किताबें भी दिलवा देना कहीं से। तेरी किताबें तो साइंस साइड की हैं। केवल हिन्दी और अंग्रेजी की ही किताबें मेरे काम में आ पायेंगी।' बीरा आत्मविश्वास से बोली।

'ठीक है बीरा! यदि तू आगे पढ़ने के लिए इतनी उत्साहित है, तो मैं कल ही अपने किसी दोस्त से तेरी बाकी पुस्तकों की व्यवस्था करता हूँ। तेरा फार्म भरवाने की जिम्मेदारी भी मेरी।' दीपक बीरा के किसी काम आ जाये, ये उसके लिए बहुत बड़ी संतुष्टि थी।

शहर वापिस जाने से पहले दीपक बीरा के लिए सारी किताबों की व्यवस्था कर गया था। इस बार दीपक को लगा था, मानो उसके पुराने दिन लौट आये हों। इसी धुन में तो मानो वह भूल ही गया था कि बीरा अब पराई हो चुकी है और कुछ ही समय बाद ही उसका विवाह होने वाला है।

समय यूँ ही बीतता जा रहा था। बीरा अपनी बारहवीं की परीक्षायें दे चुकी थी, जबकि दीपक की बी.एस.सी. द्वितीय वर्ष की वार्षिक परीक्षायें चल रही थीं। समय मानों पंख लगाकर उड़ता हुआ बीरा की शादी की बाट जोह रहा था।

तीस

कालेज में शीतकालीन अवकाश पड़ गया था। कल से स्कूल बन्द हो रहे थे। दीपक भी घर जाने के लिए बेचैन था। किन्तु आशीष ने उसे वायदा याद दिलाया। 'दीपक! यार अब की बार तू मेरे गाँव चल। अपना वायदा याद है न तुझे?'

'हाँ याद तो है, लेकिन क्या अगली बार नहीं चल सकते?'

'नहीं यार! यह तो वादाखिलाफी है। इस बार तो तुझे चलना ही होगा।'—आशीष ने जिद की।

आखिर आशीष की जिद के आगे झुकना ही पड़ा दीपक को, और दोनों पहुँच गये आशीष के गाँव।

गाँव से एकदम अलग मकान था आशीष का। मकान नहीं, पूरा का पूरा बंगला था।

आशीष की सौतेली माँ घर में ही थी। आशीष ने भी सौतेली माँ को पहली ही बार देखा था। दूर से ही लापरवाही से उसने प्रणाम किया।

माँ नजदीक पहुँची और आशीष के सिर पर हाथ फेरकर बोली—'तू ही आशीष है न? मैं तुझसे मिलने के लिए न जाने कब से व्याकुल थी बेटा। कितनी बार तेरे पिता से कहा कि चिटठी लिखकर तुझे घर बुलायें, लेकिन उन्हें फुरसत हो तब न?'

आशीष चुप रहा। दीपक को अहसास हुआ कि वास्तव में वह जरूर आशीष से मिलना चाहती रही होंगी, तभी तो उसने आशीष को एक ही नजर में तुरन्त पहचान लिया।

शाम को पिताजी भी घर पहुँच चुके थे। दीपक ने आशीष के पिता के पाँव छुये किन्तु आशीष ने दूर से ही दोनों हाथ जोड़ दिये थे।

माँ ने दोनों की खूब आवभगत की। रात्रि को एक साथ सबके लिए खाना परोसा गया, तो आशीष ने कह दिया कि वह बाद में खा लेगा।

दीपक की जिद के चलते उसे मजबूरन पिता के साथ ही खाने पर बैठना पड़ा। करीब पन्द्रह वर्ष बाद उसने पिता के साथ बैठकर खाना खाया होगा।

उसे उन दिनों की यादें ताजा हो आयी, जब माँ चूल्हे के समीप बैठकर सबको एक साथ खाना खिलाती थी। आज भी चूल्हे पर माँ बैठी थी, किन्तु यह तो सौतेली

माँ थी। बहुत फर्क होता है अपनी माँ और सौतेली माँ में। नम हो आयी आशीष की आँखें।

अनुभवी पिता ने शायद आशीष का दर्द भांप लिया। संयत स्वर में बोले–'आशीष बेटा! मैंने तुझे बहुत दुःख दर्द दिये हैं। अनाथों जैसा जीवन व्यतीत करने पर मजबूर किया मैंने तुझे, मैं तेरा गुनाहगार हूँ।'

आशीष चुप रहा। 'अब पछताये होत क्या, जब चिड़िया चुग गयी खेत', किन्तु दीपक को आशीष के पिता का इस तरह खुलकर पश्चाताप करना अच्छा लगा।

खाना खाकर दोनों अपने कमरे में सोने चले गये। कुछ ही देर बाद माँ दूध के दो गिलास लेकर आयी और सामने रखकर आशीष से बोली।

'कितनी छुट्टियाँ हैं तेरी?'

'बस पन्द्रह दिन।' नजरें फेरकर कहा आशीष ने।

'तो तू इन छुट्टियों में कहीं नहीं जायेगा। अपनी माँ के पास ही रहेगा।' माँ स्नेह से बोली और फिर दीपक की ओर देखकर कहा–'क्यों दीपक?'

दीपक ने हाँ में हाँ मिलाई–'माँ ठीक कहती हैं।'

चुप रहा आशीष। माँ चली गयी। उसके जाने के बाद आशीष ने दूध के गिलास को घूरा। दीपक ने दूध पीने की चेष्टा करते हुए जैसे ही गिलास मुँह से लगाना चाहा, तो आशीष ने उसका हाथ बीच में ही रोक दिया–'मत पी इसे! कुछ भी हो सकता है।'

दीपक समझ गया। आशीष के मन की आशंका स्वाभाविक थी। सौतेली माँ ने जो दिया था। फिर सौतेली माँ के बारे में किताबों में लिखी गयी उफल-जलूल बातों का असर जो था उसके मन पर।

'अरे कुछ नहीं होता यार! क्यों घबराता है?' दीपक ने कहा।

'अरे यार! मैंने कहानियों और फिल्मों में देखा है, सौतेली माँ दूध में जहर मिला देती है।' आशीष ने आंशका व्यक्त की।

दीपक ने गिलास नीचे रखा और एक झटके में आशीष के सामने वाला दूध का गिलास उठा कर गटक लिया–'ले! जो होगा मुझे होगा।'

आशीष हतप्रभ रह गया। तभी द्वार पर हल्की सी दस्तक हुई और आशीष के पिता अन्दर आ गये।

'आशीष बेटा! अपने पिता को माफ नहीं करेगा क्या?' उन्होंने भावुक होकर कहा। आशीष चुप रहा, तो दीपक ने उसे कोहनी मारी–'पिताजी कुछ कह रहे हैं तुझसे।'

इतने वर्षो बाद पिता के मुँह से प्रेम भरे शब्द सुनकर आशीष पिघल गया। पिता के सीने से लिपट कर पूफट-पूफटकर रोने लगा। पिता भी बहुत देर तक उसके सिर पर प्यार से हाथ फेरते हुए उस पर बरसों का प्यार और स्नेह लुटाते रहे। पिता पुत्र का मिलन देखकर दीपक की आँखें भी भर आयीं। आशीष के साथ उसके गाँव आना सचमुच ही सुफल हो गया था।

इकतीस

सुबह आशीष की नींद खुली, तो उसने महसूस किया कि उसके सिर पर कोई हाथ पेफर रहा है। हड़बड़ाहट में वह उठा तो देखा कि माँ दो गिलास चाय ट्रे में लिए खड़ी थी।

'बेटा! चाय पी लो।'—माँ चाय रखकर चली गयी।

'दीपक! ओ दीपक! उठ जल्दी!' आशीष ने दीपक को झकझोरा-देख तेरी माँ चाय लेकर आ गयी।'

'हाँ! माँ तो माँ होती है, चाहे वह मेरी हो या किसी और की।' उसके व्यंग्य का जवाब दिया दीपक ने। चाय पीकर दोनों तौलिया-साबुन उठाकर बाहर जंगल चले गये।

जब तक वे लौटे तो माँ ने नाश्ता तैयार कर लिया था। पिता ब्लाक प्रमुख थे इसलिए किसी काम से सुबह जल्दी ही घर से निकल गये।

नाश्ता परोसते हुए माँ ने धीरे से कहा—'आशीष बेटा! तेरे साथ जो हुआ उसे भूल जा। देख मैं तेरी दुश्मन तो नहीं हूँ। मैं तुझसे वायदा करती हूँ कि तेरे खोये हुए दिन मैं फिर लौटा दूँगी।'

मौन ही रहना ठीक समझा आशीष ने। किन्तु दीपक ने ही बोलना शुरू किया—'मांजी! यह तो अब पत्थर की तरह हो गया एकदम बेरुखा।'

'मैं इसे प्यार दूंगी। माँ का प्यार। सौतेली हूँ तो क्या हुआ?' माँ बोली—'लेकिन दुनियाँ को दिखलाऊँगी कि सौतेली माँ भी अपनी माँ से बढ़कर हो सकती है।'

बहुत देर से बात अपनी जुबान पर दबा रखी थी दीपक ने। अब उचित मौका देखकर बाहर निकालते हुए कहा—'माँजी! आप अब तक कहाँ थी? थोड़ा पहले आशीष को मिल जाती तो... ।'

'बेटा! मैं भी किस्मत की मारी हूँ। मुझे इस घर में सहारा मिल गया, वरना मैं भी दर-दर की ठोकरें खाती रहती।' माँ ने बोलना शुरू किया।

'मेरी शादी पन्द्रह वर्ष की उम्र में कठूड़ गाँव में कर दी गयी थी। मेरे पति फौज में थे। शादी के दस वर्ष तक मेरी जब कोई सन्तान पैदा नहीं हुई तो मेरे सास-ससुर और जेठ ने मुझे बाँझ कहकर ताने मारने शुरू कर दिये।

किसी तरह से मैं अपने दिन काटे जा रही थी, लेकिन इसी दौरान मुझ पर

विपदाओं का एक पहाड़ टूट पड़ा गया। पति की सेना में सेवा के दौरान ही अकस्मात मुत्यु हो गयी।

मेरे परिवार वालों ने कुछ दिन तक तो मुझसे बहुत प्यार-प्रेम जताया किन्तु ज्यों ही मेरे पति का सारा जमा पंफड आदि मिल गया, तो उन्होंने मुझसे सब कुछ हड़प कर मुझे मार पीटकर घर से बेघर कर दिया।

मैं बेबस अपने मायके चली आयी। लेकिन मायके में भी भाई भाभियों ने मुझे विधवा और गरीब समझ कर डाँट डपट ही की और दर दर की ठोकरें खाने को विवश कर दिया।

दुनियाभर की सतायी इस अभागन को इस घर में सहारा मिला और मुझे बेटा भी मिल गया। आशीष के पिता ने भी अब शराब पीनी बन्द कर दी है और सीधे रास्ते पर चलने कसमें खाई हैं।'

माँ ने जब अपनी कहानी सुनाई तो उसकी आँखों से आँसुओं के रूप में सारा दर्द छलक आया। पहली बार आशीष को लगा कि वह माँ को अब तक बहुत गलत समझ रहा था।

भर्राये हुए स्वर में उसने पहली बार माँ को सम्बोधित किया—'माँ, मुझे माफ कर दो, मैं तुम्हें गलत समझता रहा।' माँ ने बड़े ही प्यार से उसे सीने से लगा लिया।

'कोई बात नहीं मेरे बच्चे। अभी वक्त है। देर आये दुरस्त आये।'

सचमुच आशीष को ममता भरे इसी स्नेह की आवश्यकता थी, जो आज उसे माँ के रुप मे मिल गया था। दीपक को इस बात का संतोष था कि अब अवश्य ही आशीष की जीवनधारा और जीने का उददेश्य बदल जायेगा।

रात को खाना खाने के बाद सोते समय दीपक ने आशीष से कहा—'आशीष, मुझे कल जाना है यार! अपने गाँव। चल दो एक दिन के लिए तू भी चल मेरे साथ।'

'नहीं यार।' आशीष बोला—'मुझे पूरी छुट्टी यहीं काटनी हैं अपनी माँ के पास।'

दीपक ने आशीष के चेहरे पर लौट आयी रौनक को पहली बार देखा और महसूस किया था। आशीष के गाँव आकर सचमुच सुकून का अहसास हो रहा था दीपक को।

बत्तीस

बागदान के बाद राजू भी नौकरी पर दिल्ली वापिस लौट गया था और उसके पिता शादी का दिन निकलवाने पंडित को कह आये थे। वे तो चाहते थे कि राजू का विवाह शीघ्र हो जाये, लेकिन वीरा के मामा की परिस्थितियों को ध्यान में रखते हुए उन्होंने पंडित से लगभग छः माह के बाद ही इस शुभ दिन के लिए आग्रह किया। पंचाग देखने के पश्चात् पंडित ने एक वर्ष बाद का ही समय बताया। इससे पूर्व राजू और बीरा की कुण्डिलयों के हिसाब से कोई और दिन विवाह के लिए शुभ नहीं बैठ रहा था।

यही सूचना राजू के पिता ने बीरा के मामा को भी भिजवा दी थी। बागदान और विवाह के बीच इतना लम्बा समय वीरा के मामा को अच्छा तो नहीं लगा था, लेकिन क्या करते? विवाह तो शुभ दिन पर ही करना था।

शादी के लम्बे समय तक टलने से सबसे अधिक प्रसन्न थी तो बीरा। 'भगवान जो कुछ करता है भले के लिए ही करता है। वह बारहवीं की परीक्षा पूरी तरह निश्चिन्त होकर दे पायेगी अब।' बीरा मन ही मन प्रसन्न हो रही थी।

बीरा ने धूल खा रही किताबों को अच्छी तरह झाड़ा-पोंछा और फिर से पढ़ाई के लिए समय निकालने लगी।इस बार दीपक घर आयेगा, तो उससे कहेगी कि उसका बारहवीं का फार्म भी भरवा दे। जब तक समय साथ दे रहा है, तब तक तो अपने मन की साध पूरी कर ही ले। उसके बाद किस्मत जहाँ ले जायेगी, वैसा ही कर लेगी।

दो दिन आशीष के गाँव में बिताने के बाद दीपक अपने गाँव पहुँच चुका था। पहुँचते ही उसे पता चला कि बीरा के विवाह में अभी काफी समय शेष है। दीपक ने राहत की साँस ली। विवाह में देरी की बात सुनकर लगा कि चलो इसी बहाने बीरा कुछ दिन और इसी गाँव में रह पायेगी।

अगले ही पल दीपक बीरा से मिलने उसके घर जा पहुँचा।

'आओ दीपक! मैं तो तुम्हारे पास ही आने वाली थी, काकी ने सुबह ही धारे पर बता दिया था कि तुम घर आ चुके हो।' बीरा ने प्रसन्नता से कहा।

उसकी प्रसन्नता देख कर दीपक को अच्छा लगा—'क्यों प्रतीक्षा कर रही थी? फिर कोई खुराफात सूझ रही थी क्या तुझे? अब तो सुधर जा, शादी होने वाली है

तेरी।' बीरा को प्रसन्न देख दीपक भी मजाक की तरंग में आ गया था।

'अरे नहीं दीपक। समय ने एक मौका दिया है। शादी में देरी है तो इस समय का सदुपयोग भला क्यों न कर लिया जाये। सोच रही हूँ कि बारहवीं का फार्म ही भर दूँ। तो ये तेरी जिम्मेदारी है कि मेरा फार्म भरवा देगा और किताबें भी दिलवा देना कहीं से। तेरी किताबें तो साइंस साइड की हैं। केवल हिन्दी और अंग्रेजी की ही किताबें मेरे काम में आ पायेंगी।' बीरा आत्मविश्वास से बोली।

'ठीक है बीरा! यदि तू आगे पढ़ने के लिए इतनी उत्साहित है, तो मैं कल ही अपने किसी दोस्त से तेरी बाकी पुस्तकों की व्यवस्था करता हूँ। तेरा फार्म भरवाने की जिम्मेदारी भी मेरी।' दीपक बीरा के किसी काम आ जाये, ये उसके लिए बहुत बड़ी संतुष्टि थी।

शहर वापिस जाने से पहले दीपक बीरा के लिए सारी किताबों की व्यवस्था कर गया था। इस बार दीपक को लगा था, मानो उसके पुराने दिन लौट आये हों। इसी धुन में तो मानो वह भूल ही गया था कि बीरा अब पराई हो चुकी है और कुछ ही समय बाद ही उसका विवाह होने वाला है।

समय यूँ ही बीतता जा रहा था। बीरा अपनी बारहवीं की परीक्षायें दे चुकी थी, जबकि दीपक की बी.एस.सी. द्वितीय वर्ष की वार्षिक परीक्षायें चल रही थीं। समय मानों पंख लगाकर उड़ता हुआ बीरा की शादी की बाट जोह रहा था।

तैंतीस

राजू छुट्टी लेकर गाँव आया हुआ था। एक शाम पिता ने विवाह सम्बन्धी तैयारी की चर्चा के लिए उसे अपने पास बिठा लिया।

बेटा राजू, शादी में अब छः माह का समय रह गया है। अब जो भी तैयारी करनी है, वह आरम्भ कर देनी चाहिए। बहू और बाकी लोगों के लिए जो कपड़े लेने हैं, उसके लिए मैं और तेरी माँ दोनों ही दिल्ली आ जायेंगे। बाकी छोटा-मोटा सामान आसपास के शहर से ही खरीद लेंगे। तू बता तेरा क्या कार्यक्रम है?' पिता ने राजू से पूछा।

'पिताजी, ये सब तो ठीक है। आप एक बार लड़की वालों से भी तो बात कर लीजिए। मुझे बेकार की चीजें दहेज में नहीं चाहिए। मुझे बीरा को अपने साथ लेकर जाना है, तो सामान भी तो वहाँ के हिसाब से ही देना चाहिए उन्हें।' राजू ने अपनी मंशा प्रकट की।

'बेटा! यहाँ अभी ऐसा रिवाज नहीं है कि लड़की वालों से दहेज माँगा जाये। ऐसे लोगों को यहाँ नीच प्रवृत्ति का समझा जाता है। हमारे पास किस चीज की कमी है? ईश्वर की दया से धन, दौलत, पद, प्रतिष्ठा, मान-सम्मान और भरा पूरा सम्पन्न परिवार सभी कुछ तो है अपने पास। फिर वे लोग खुशी-खुशी जो देंगे, हमें उसे ही स्वीकार करना चाहिए।' राजू के पिता समझाते हुए बोले।

'पिताजी, आप समझते क्यों नहीं, हम दहेज तो नहीं माँग रहे हैं। बजाय इसके कि वे बेकार का सामान दें, हम उनसे अपनी आवश्यकता का सामान देने को कह देते हैं। खर्चे में भी कोई खास अन्तर नहीं पड़ेगा।' राजू पलटकर अपने पिता को समझाने लगा।

'लेकिन बेटा...' पिता झिझकते हुए बोले।

'लेकिन...लेकिन कुछ नहीं पिताजी।' राजू ने बीच में ही टोक दिया—'पहले तो आपने बड़े सब्जबाग दिखाये थे कि बीरा उनकी इकलौती बेटी है, दिल खोलकर खर्च करेंगे। अब आप ही उनसे बात करने से मुकर रहे हैं। आपके कहने से मैंने यह रिश्ता मंजूर किया वरना मुझे दिल्ली में लड़कियों की कोई कमी थी क्या?' राजू नाराज होने लगा था अब।

'क्या चाहता है तू। कुछ बता, तो मैं बात करूँ।' राजू को ताव में आता देख पिता ने हथियार डाल दिये थे।

'पिताजी गाँव के लिए बड़े-बड़े बर्तन देने के बदले वे हमें एक रंगीन टेलीविजन दे दें। दिल्ली में गर्मी भी बहुत है। गर्मियों में ठण्डा पानी पीना हो, तो पड़ोसियों से माँगना पड़ता है। बहुत शर्म आती है, कई बार। फ्रिज भी होना जरूरी है। उन्हीं की बेटी को आराम होगा। मेरा क्या? मैं तो दिन भर ऑफिस में रहता हूँ।' राजू ने अपना मन्तव्य स्पष्ट किया।

'रंगीन टी. वी., फ्रिज...? ये क्या बात कर रहा है तू? गाँव में तो लोग जानते भी नहीं कि ये क्या होता है। दहेज में देने की बात तो दूर। क्यों शर्मिन्दा करवा रहा है तू मुझे सब लोगों के सामने?' पिता की स्थिति दयनीय हो चली थी।

'तो ठीक है पिताजी, आप ये बात नहीं कर सकते तो उन्हें इस शादी के लिए मना कर दीजिए। ये तो कर सकते हैं न आप? पता नहीं क्यों दिमाग फिर गया था उस समय मेरा, जो मैं आपकी मीठी बातों में आ गया।' राजू बिफरते हुए बोला।

'पागल हो गया है तू! किया कराया रिश्ता तोड़ दूँ? मेरी इज्जत की कुछ परवाह है तुझे, या नहीं? और उस लड़की का क्या होगा, ये भी सोचा है तूने कभी?' पिता आवेश में आकर बोले।

'तो ठीक है! आप अपनी और लड़की वालों की इज्जत संभालिए, मैं तो चला।' और राजू गुस्से में अपना सामान बाँधने लगा।

पिता विवश हो गये। अब इधर कुँआ और उधर खाई। दहेज की माँग करते हैं तो भी जग हँसाई होती है और नहीं करते हैं, तो राजू रिश्ता तोड़ देगा। यह और भी बड़ी समस्या थी। अजीब धर्मसंकट में उलझकर रह गये थे वे।

'रुक जा राजू! मैं उन लोगों से कल ही जाकर बात कर लूँगा।' पिता के स्वर में विवशता साफ झलकती थी।

'ठीक है पिताजी!' राजू सामान बाँधना छोड़ बाहर निकल गया।

गुमान सिंह सोचने लगे 'क्या हो गया है इस लड़के को? क्या शहर की हवा इतनी खराब है कि लोग चंद सपनों के लिए परिवार की मान मर्यादा और प्रतिष्ठा सब दाँव पर रख देते हैं?

इस बुढ़ापे में मुझे ये दिन भी देखना पड़ेगा कि लड़की वालों से दहेज की माँग करनी पड़ेगी। क्या सोंचेगे बीरा के मामा-मामी और क्या धारणा बनायेगी हमारे परिवार के प्रति स्वयं हमारी होने वाली बहू बीरा?, लेकिन अपनी स्वयं की, अपने परिवार की पद प्रतिष्ठा, मान सम्मान को दाँव पर लगाते हुए विवश होकर जाना तो पड़ेगा ही, अन्यथा कहीं राजू ने विवाह से ही इनकार कर दिया तो...?

•

चौंतीस

गुमान सिंह जी को अचानक ही घर में आया देखकर कृपाल सिंह चौंक उठे।

'सब ठीक तो न है समधी जी, आपने तो आने की खबर ही नहीं दी।'

'हाँ..हाँ, समधी जी सब ठीक है। पास के गाँव में कुछ काम से आया था, सोचा इसी बहाने आप से भी मिलता चलूँ। विवाह निकट है कुछ विचार विमर्श भी हो जायेगा।' सफाई देते हुए बोले राजू के पिता।

'बिल्कुल ठीक सोचा आपने। मैं भी सोच रहा था कि अब बीरा की शादी की तैयारियाँ आरम्भ कर देनी चाहिए। खरीददारी में कुछ तो समय लगता ही है।' मामा की आँखों में भी उत्साह था।

'कृपाल सिंह जी अधिक क्या खरीददारी करनी है? बड़े बरतन तो आप लीजिएगा मत। कितना काम आते हैं ये। फिर बच्चों को तो शहर में ही रहना है। ज्यादा अच्छा होगा यदि उन्हें उनके काम में आने वाले उपहार ही दिये जायें।' राजू के पिता मतलब की बात पर आते हुए बोले।

'कैसी बात कर रहे हैं आप?' बीरा के मामा आश्चर्य से बोले—'बीरा हमारी इकलौती बेटी है। हम भी अपनी प्रतिष्ठा नीची नहीं होने देंगे। ये सब तो मैं अपनी खुशी से दूँगा।'

'ये बात नहीं है समधी जी।' गुमान सिंह संकुचाते हुए बोले—'जी! आजकल के लड़कों का क्या कहना? शहर में रहने लगे हैं, तो सोचते हैं कि उनका विवाह भी वहीं के तौर तरीकों से हो। राजू घर आया हुआ है आजकल। उसका सुझाव है कि इन सब चीजों की जगह अगर और कुछ...।' बात अधूरी छोड़ दी उन्होंने।

बीरा के मामा का माथा ठनका, हे ईश्वर कहीं कोई ऐसी-वैसी माँग रख दी राजू ने, जो वे पूरी न कर सके तो क्या होगा? बोले—'आप बताइये राजू की आवश्यकता क्या है? मैं उसकी इच्छापूर्ति का हर सम्भव प्रयास करूँगा।'

'दरअसल बात ये है कि राजू चाहता है कि उसे रंगीन टेलीविजन और फ्रिज दिया जाये। दिल्ली में गर्मी बहुत है न, ये सब आपकी बेटी के भी काम आयेगा।' गुमान सिंह राजू की बात दोहरा रहे थे।

'रंगीन टी वी और फ्रिज! गुमान सिंह जी इन सब चीजों का तो हमने सिर्फ नाम ही सुना है। आज तक देखा कभी नहीं है। फिर ये तो बहुत मंहगी होती होगीं।

कहाँ से करूँगा मैं ये सब?' उनके माथे पर चिन्ता की लकीरें उभर आईं।

'क्या करें कृपाल सिंह जी, देखी तो हमने भी नहीं है। पर बच्चों की जिद है, उनके आगे किसका वश चला है। फिर आपको बर्तन इत्यादि देने की आवश्यकता नहीं है, ये भी तो सोचिए आप।' बीरा के मामा को समझा रहे थे राजू के पिता।

'किन्तु समधी जी! बरतनों की और टी वी, फ्रिज की कीमत में तो बहुत अन्तर होता होगा? आपने पहले तो कभी इस सम्बन्ध में बात नहीं की?' कृपाल सिंह को अब क्रोध आने लगा था।

'मैंने कहाँ पहले इस बारे में सोचा था? वह तो राजू शहर में ये सब देख आया है। कहता है शादी में ये सब तो मिलना ही चाहिए, वरना शादी नहीं करेगा,' गुमान सिंह ने तरकश से आखिरी तीर छोड़ा।

'क्या कह रहे हैं समधी जी आप? विवाह नहीं करेगा, तो क्या सगाई तोड़ देगा? ऐसा कभी हुआ है हमारे इस समाज में और इस इलाके में कि दहेज के लिए रिश्ता तोड़ दिया जाये? हमारी तो इज्जत खाक में मिल जायेगी। कौन करेगा हमारी बीरा से विवाह? हमारी इज्जत तो अब आपके ही हाथ में है, समधी जी।' बीरा के मामा गिड़गिड़ाने लगे थे।

'क्या करूँ समधी जी! मैं तो लाचार हूँ। राजू बार-बार धमकी भरे अन्दाज में कहता है कि उसे तो दिल्ली में रहने वाले ही किसी परिवार ने अपनी बेटी के लिए पसन्द कर कर लिया था, किन्तु तब तक मैंने उसका रिश्ता आपके यहाँ तय कर दिया था, इसलिए वह समय रहते मुझसे उस बारे में बात नहीं कर पाया। वे लोग तो शहर के अनुसार सभी कुछ देने को तैयार थे।' राजू के पिता ने अब दबाव की रणनीति बना ली थी।

'ये क्या हो गया। सब कुछ ठीक ठाक चल रहा था। अब अचानक इतनी सारी और बेतुकी माँग? अगर पूरी नहीं करते, तो इनका तो कुछ बिगड़ेगा नहीं। तुरन्त अपने बेटे की कहीं और शादी कर देंगे, लेकिन हम क्या कहेंगे लोगों से? कौन यकीन करेगा हमारी बात पर? सोचेंगे लड़की में ही कोई खोट होगा और ये बहाना बना रहे हैं। बीरा बिटिया की जिन्दगी तो हमेशा के लिए बरबाद हो जायेगी। उसका घर बस जाये यही तो सपना था निःसंतान मामा-मामी का। यह सपना पूरा होने में इतनी अड़चने क्यों आ रही हैं।' बीरा के मामा गहरी उलझन में उलझ गये थे।

'कहाँ खो गये समधी जी।' राजू के पिता ने टोका, तो चौंके बीरा के मामा।

'आपने बताया नहीं?'

'सोचना क्या समधी जी। बीरा के सिवाय हमारा है ही कौन? जो उसकी खुशी होगी, हम जरूर करेंगे।' बीरा के मामा ने हथियार डालते हुए कहा। आखिर बीरा का रिश्ता टूटने का दर्द वे कदापि सहन नहीं कर सकते थे। अब तो जो होगा, देखा जायेगा।

खुशी खुशी वापिस लौट गये राजू के पिता और तनाव दे गये बीरा के मामा-मामी को।

पैंतीस

'मैंने कहा था न कि बीरा के सिवाय उनका कोई नहीं, उसकी खुशी के लिए वे सब कुछ करेंगे, मान ली उन्होंने तेरी माँग।'

घर में कदम रखते ही विजयी मुद्रा में गुमान सिंह ने अपने बेटे को खुशखबरी सुनाई।

'आप तो जाने को तैयार ही नहीं थे, मैं जिद न करता, तो मिलते वही बरतन-भाँडे,' राजू खुश होता हुआ बोला।

एक-दो दिन बाद ही राजू वापिस शहर लौट गया।

इधर बीरा की मामी ने उसके मामा को पूछा, 'क्यों आये थे समधी जी? कोई खास काम था क्या? आपका चेहरा उतरा हुआ क्यों लग रहा है? कुछ ऐसी-वैसी बात है क्या? मेरा तो दिल बैठा जा रहा है।'

'ओफ्फोह! इतने सवाल एक साथ? समधी जी शादी की तैयारियों के विषय में बात करने आये थे। राजू भी घर आया हुआ है आजकल।' बीरा के मामा ने झल्लाते हुए कहा।

मामाजी के बात करने के लहजे से मामी समझ गयी कि कहीं न कहीं कुछ तो गड़बड़ है, वरना इतना चिड़चिड़ाने की क्या जरूरत है? लगता है कोई बड़ी माँग रख गया है बीरा का ससुर। थोड़ी देर में गुस्सा शान्त होगा, तो अपने आप ही बतायेंगे। इस समय चुप रहने में ही भलाई है।

रात को भोजन करते वक्त वे धीरे से मामी से बोले। 'इनका तो मुँह खुलता ही जा रहा है। लगता है इस बात का फायदा उठा रहे हैं कि बीरा के सिवाय हमारा कोई नहीं।'

'क्यों, क्या कोई माँग लेकर आये थे वे?' मामी ने पूछा।

'हाँ! लड़का विवाह में रंगीन टेलीविजन और फ्रिज की माँग कर रहा है। कहता है दिल्ली का कोई परिवार तो उसे ये सब देने को राजी था, यहाँ तो उसने पिता के दबाव में ही रिश्ते के लिए हाँ की।' एक ठण्डी साँस लेते हुए बोले बीरा के मामा।

'तो क्या करोगे तुम अब? कहाँ से लाओगे इतना रुपया?' मामी ने पूछा।

'कुछ भी करूँगा। अपने खेत बेचूँगा और है क्या मेरे पास बेचने के लिए? ये

सब बागदान से पहले पता चल जाता। तो कुछ कर सकता था। अब तो हम अपनी इज्जत और बीरा के भविष्य से बँध चुके हैं।' बीरा के मामा मायूस स्वर में बोले।

'बीरा के मामा! अगर खेत बेचे दोगे, तो हम खायेंगे क्या? हम नौकरी वाले तो हैं नहीं कि खेत नहीं होंगे, तो भी गुजारा चल जायेगा?' मामी मायूस होकर बोली।

'तो फिर मैं क्या करूँ?' गुस्से में खाने की थाली एक तरफ पटकते हुए झल्लाकर बोले बीरा के मामा, 'तो क्या टूट जाने दूँ बीरा का यह रिश्ता?, मिल जाने दूँ अपनी इज्जत धूल में?' फिर समझाते हुए बोले 'ये तो आखिरी विकल्प है। मैं देखता हूँ और क्या हो सकता है? कहीं से उधार वगैरह मिल जाये, तो धीरे-धीरे चुका देंगे।'

अगली सुबह मामी के माथे पर चिन्ता की रेखायें देखकर बीरा ने पूछा' क्यों मामी! सुबह-सुबह चेहरा ऐसा क्यों बनाया हुआ है? मामाजी से झगड़ा हुआ है क्या?'

'नहीं..नहीं, ऐसी कोई बात नहीं है। ठीक तो हूँ मैं। रात को ढंग से नींद नहीं आयी शायद, इसलिए तुझे ऐसा लग रहा होगा।' बात टालते हुए कहा मामी ने।

बीरा को याद आया कि काकी बता तो रही थी कि कल थोड़ी देर के लिए राजू के पिता भी तेरे मामा से मिलने आये थे। कहीं उन्होंने तो कुछ ऐसी वैसी बात नहीं कह दी। लेकिन क्या कह सकते हैं वे। पूछ भी तो नहीं सकती किसी से।

उधर कृपाल सिंह सोच में डूबे हुए थे। उनके पास तो इतने ही रुपये बचे हैं अब, जिनसे खींच तानकर पहाड़ की एक सामान्य शादी का खर्च ही पूरा हो पायेगा। अब इस नयी माँग के लिए पैसों की व्यवस्था कैसे करें? इसी उधेड़बुन में दिन निकल गया। कोई राह नहीं सूझ रही थी। गाँव में कोई ऐसा व्यक्ति नहीं था, जिससे पैसा उधार मिलने की आस की जा सके। क्या बैंक से कोई मदद मिल जायेगी? उनके मन में आशा की किरण जाग उठी। किसी और के आगे हाथ पसारने से अच्छा है बैंक से कर्जा ले लें। उम्मीद की इसी किरण के सहारे वे रात भर बिस्तर पर करवटें बदलते रहे और सुबह होते ही यमकेश्वर स्थित ग्रामीण बैंक की शाखा के लिए प्रस्थान कर गये।

छत्तीस

'हम आपको खेती के लिए ऋण दे सकते हैं। कल आप अपने भूमि सम्बन्धी कागजात ले आइयेगा। उससे ही पता लगेगा कि आपको कितना ऋण दिया जा सकता है?' बैंक अधिकारी के ये शब्द सुनते ही राहत की साँस ली बीरा के मामा ने।

बैंक से निकलकर थोड़ा सुकून महसूस करते हुए वे बैंक से सीधे पटवारी के पास जा पहुँचे और उससे उनकी भूमि सम्बन्धी खसरा-खतौनी निकालने को कहा। ये सब करते-करते शाम हो चली थी। अंधेरा होने से पहले ही वे घर पहुँचना चाहते थे। रास्ते में बियाबान जंगल पड़ने के कारण जंगली जानवरों का भय हर समय बना रहता था। दो दिन पहले ही तो राम सिंह के बच्चे को उठा ले गया था आदमखोर बाघ!

उधर घर पर पत्नी परेशान थी। सुबह से गये हैं और अब तक नहीं लौटे। पता नहीं सुबह से कुछ खाया पिया भी है या नहीं। बीरा की समझ में नहीं आ रहा था कि ये क्या हो रहा है? मामी सुबह से परेशान है, जबकि मामाजी सुबह के गये अब तक वापिस नहीं लौटे हैं। क्या कारण हो सकता है? कोई मुझे कुछ बताता भी तो नहीं। आशंकित हो गयी थी बीरा।

ज्यों ज्यों अंधेरा घिरता जा रहा था, बीरा की मामी के माथे पर चिन्ता की लकीरें बढ़ती जा रही थीं। देवदार के ऊँचे-ऊँचे पेड़ साँय-साँय करते हुए भयानक लग रहे थे। अनमने भाव से उन्होंने रात्रि के भोजन की तैयारी शुरू की, तो इतने में बाहर आहट सुनाई दी। देखा बीरा के मामाजी लौट आये हैं।

'इतनी देर कहाँ कर दी आपने? मुझे तो चिन्ता होने लगी थी।' बीरा की मामी रुँआसी होते हुए बोली।

'तुम्हें चिन्ता करने के सिवाय कुछ और भी आता है क्या? अरे काम से गया था देर तो होनी ही थी।' थकी सी आवाज में बोले कृपाल सिंह।

'चलो मुँह हाथ धो लो। फिर मैं खाना परोस देती हूँ। बाकी बात बाद में करेंगे।' मामी ने चूल्हें में लकड़ी डालते हुए कहा।

बीरा सामने ही बैठी थी, इसीलिए मामी स्पष्ट कोई बात नहीं कर पाई। सोचा यदि बीरा को पता लगेगा कि ये सब उसके विवाह के कारण हो रहा है, तो उसे

बुरा लगेगा, इसलिए इस समय मामी ने चुप रहना ही बेहतर समझा।

उधर बीरा सोच रही थी कि ऐसा कौन सा काम था मामाजी को, जो सुबह के गये, अब वापस लौटे हैं? और मामी जिनको तुरन्त सब कुछ पूछना होता था, वे भी आज काम के बारे में कोई बात नहीं कर रही हैं।

भोजन कर चौका-बरतन से निवृत्त हो मामी ने पति के पास जाकर धीरे से पूछा—'क्यों जी क्या हुआ? पैसे का कुछ इन्तजाम हुआ कि नहीं?'

'हाँ, हो तो गया है। जमीन के कागजों के आधार पर बैंक से ऋण मिल जायेगा। पटवारी के पास कागज निकलवाने गया था। अब कितना पैसा मिल पायेगा, ये तो कल जमीन के कागज देखकर ही बतायेंगे बैंक वाले। किसी और के आगे हाथ फैलाने से तो अच्छा यही है कि हम बैंक से लोन लेकर किश्तों में चुका दें।'

पति का निश्चिन्त स्वर सुनकर बीरा की मामी की जान में जान आयी। कुलदेवी का स्मरण कर वह सोचने लगी कि किसी तरह से बीरा का विवाह सम्पन्न हो जाये, फिर हम दो प्राणी तो किसी भी तरह गुजारा कर ही लेंगे।

सैंतीस

'आपको हम पन्द्रह हजार रुपये तक का ऋण दे सकते हैं।' कृपाल सिंह के भूमि सम्बन्धी कागजात देखते हुए बैंक मैनेजर ने कहा।

'ठीक है साहब! आपकी बड़ी कृपा होगी। अब मुझे बाकी की औपचारिकतायें भी बता दीजिए, ताकि मैं जल्दी से जल्दी ऋण ले सकूँ।'

सारी औपचारिकतायें बताने के उपरान्त मैनेजर बोला—'ये सब कागज लेकर आ जाना, आपको हम पैसा दे देंगे।' बोला, 'एक बात और कृपाल सिंह जी! समय पर किश्त चुकाते रहिएगा, वरना वसूली अमीन आकर आपकी जमीन की कुड़की कर जायेगा।'

'नहीं साहब! मैं ऐसी नौबत नहीं आने दूँगा। बेटी का विवाह नहीं होता, तो मुझे ऋण लेने की आवश्यकता ही नहीं पड़ती। आप लोगों ने विपत्ति के समय मेरी मदद की है, मैं इस अहसान को कैसे भूल सकता हूँ?' कृतज्ञ स्वर में कहा कृपाल सिंह ने।

'अरे नहीं कृपाल जी, अहसान कैसा? ये तो हम बैंक वालों का काम है। अब आप निश्चिन्त रहिए। जब चाहेंगे, आकर हमसे पैसा ले लीजिएगा।' यह कहते हुए मैनेजर दूसरे ग्राहक के साथ व्यस्त हो गया।

शाम को बीरा के मामा पत्नी से बात कर रहे थे, तभी बाहर बैठी बीरा के कानों में पन्द्रह हजार कर्जा जैसे कुछ शब्द पड़े। ये क्या बात हो रही है कर्जे की? ध्यान से सुना तो बीरा ने...मामी धीरे से बीरा के मामा से पूछ रही थी—'सुनो! इन पन्द्रह हजार रुपयों में क्या टेलीविजन और फ्रिज आ जायेगा?'

'कोटद्वार जाकर पूछना पड़ेगा। नहीं आयेगा तो कुछ पैसे तो हमारे पास भी जमा हैं ही, बीरा की मामी! जब भगवान ने ये रास्ता दिखाया है, तो आगे भी काम बन ही जायेगा।' कृपाल सिंह आश्वस्त स्वर में बोले। बाहर आते ही मामी ने बीरा को चौक में देखा, तो उनके चेहरे का रंग बदल गया। कहीं इस लड़की ने कुछ सुन तो नहीं लिया?

'मामी! मामाजी कर्जा क्यों ले रहे हैं?' बिना किसी भूमिका के बीरा ने सवाल दाग दिया।

'कौन सा कर्जा, कैसी बात कर रही है तू?' हे भगवान वही हुआ जिसका डर था, मामी सोचने लगी।

'छुपाओ मत मामी! मुझसे ये सब कुछ मत छुपाओ! ये टेलीविजन, फ्रिज की क्या बात चल रही थी?' बीरा ने मामी की आँखों में आँखे डालकर पूछा।

'अब कुछ भी छुपाने को नहीं रहा। बीरा को सब कुछ बताना ही पड़ेगा', सोचते हुए बोली मामी, 'बेटी! दरअसल तेरी ससुराल वाले चाहते थे कि राजू शहर में रह रहा है, तो शादी में दान-दहेज भी उसी हिसाब से दिया जाये। तो बस यही बात हो रही थी' मामी सफाई देते हुए बोली।

'तो मामीजी! क्या शहर के दहेज के लिए मामा को कर्जा लेने की जरूरत पड़ रही है? मुझ अभागन के लिए किसी के आगे हाथ फैलाना पड़ा है उन्हें? चाची ठीक ही तो कहती थी कि मैं तो हूँ ही जन्मजात अपशकुनी। जहाँ भी जाऊँगी, बुरा ही करूँगी।' बीरा की आँखों में अनायास ही मोती झिलमिलाने लगे।

'नहीं बेटी! ऐसा मत कह। तेरे मामाजी ने किसी के आगे हाथ नहीं पैफलाया, अपितु उन्होंने बैंक से कर्जा लिया है, जिसे हम समय रहते किश्तों में चुका देंगे। बस इतनी सी बात है और तू व्यर्थ में परेशान हो रही है। तेरे सिवाय हमारा है ही कौन? ये सब कुछ तेरा ही तो है।' मामी ने प्यार से बीरा के सिर पर हाथ फेरा।

'लेकिन मामी! पता नहीं क्यों, मुझे तो वे लोग बड़े लालची लगते हैं। हमारे गाँव समाज में दहेज माँगने की कुप्रथा नहीं है, फिर भी उन्होंने खुद अपने मुँह से माँगा ये सब कुछ! ऐसे लोग हमारे पहाड़ और हमारे समाज के लिए तो कलंक हैं।' उत्तेजित होते हुए अपने मनोभावों को चाची के समक्ष प्रकट कर गयी थी बीरा। यद्यपि वह भली प्रकार जानती थी कि अपने विवाह और ससुराल पक्ष के विषय में ऐसी बातें करना गाँव में निर्लज्जता मानी जाती है, किन्तु अपने आप को रोक नहीं पाई वह।

'नहीं बीरा! ऐसा नहीं है। ठीक ही तो सोचा उन्होंने। गाँव के रीति रिवाज के अनुसार दिया गया दहेज राजू के किस काम आयेगा? और मेरी बच्ची, तू इतना मत सोच। जा गाय-भैंसों को घास डालकर आ, न जाने कब से तेरी प्रतीक्षा कर रहे होगें वे भी।' मामी ने बात यहीं समाप्त कर दी थी।

बीरा बुझे मन से चुपचाप गौशाला की ओर चल दी, किन्तु आज उसे कुछ भी अच्छा नहीं लग रहा था। इस रिश्ते के प्रति सारा उत्साह एकपल में ठण्डा पड़ गया था उसका। आखिर ससुराल पक्ष का असली चेहरा उसके सामने जो आ गया था आज...।

अड़तीस

दीपक की परीक्षायें समाप्त हो चुकी थीं और कॉलेज बन्द हो चुके थे। वह गाँव वापिस लौट आया था।

'और चाचा जी! हो गयी बीरा के विवाह की तैयारियाँ?' अगले दिन दीपक ने बीरा के मामाजी से पूछा।

'अरे बेटा! आ बैठ तुझसे कुछ पूछना है। यह देख, बैंक ने मुझे ये कागज तैयार करने को कहा है कर्ज लेने के लिए। तू देख तो जरा, ठीक हैं ये?' मामा ने दीपक को कागज दिखाते हुए कहा।

उन सभी कागजों को ध्यान से देखने के बाद दीपक बोला - 'हाँ चाचा जी! हैं तो सब ठीक। मैं आपके ये कागज तैयार करवा दूँगा। किन्तु आपको कर्ज लेने की क्या आवश्यकता पड़ी?'

'अरे बेटा! विवाह में खर्चा तो होता ही है। फिर राजू शहर में रहने वाला लड़का है, तो शादी भी उसके अनुसार ही करनी होगी। अच्छा टी.वी. और फ्रिज कितने में आता होगा, तुझे पता है क्या?' मामा जी ने सोचा कि दीपक शहर में रहता है। उसे शायद इन चीजों के मूल्य के बारे में जरूर पता होगा।

तो ये बात है। राजू पहली मुलाकात में ही उसे बहुत अच्छा नहीं लगा था। ओछापन था उसकी प्रवृत्ति में। तो टी.वी., फ्रिज की माँग की है उसने। बीरा के ससुराल वालों की इन बेतुकी माँगों के कारण ही चाचा को बैंक से कर्ज लेने के लिए विवश होना पड़ा है।

'नहीं चाचा जी! मुझे तो नहीं मालूम कि ये कितने में आते हैं। मैं शहर जाते ही पता कर के आपको सूचित कर दूँगा।'

दीपक बाहर निकला, तो चौक में बीरा धान कूट रही थी। शर्म से उसका चेहरा सुर्ख हो आया था और बालों की लटें रह-रह उसके माथे और गालों को चूम रही थीं। कुछ पल दीपक एकटक बीरा को निहारता ही रहा गया। बीरा की नजर दीपक पर पड़ी, तो सकपकाकर नजरें झुका लीं उसने।

'अरे दीपक! कब आया तू? तेरी परीक्षायें तो ठीक हो गयी होगी? कितने दिन तक रहेगा?' बीरा ने एक साथ कई प्रश्न पूछ डाले।

'मैं ठीक हूँ बीरा और तेरी परीक्षायें कैसी हुईं? अब तो तेरी शादी की तैयारियाँ भी जोरों पर होंगी?' दीपक बोला।

माथे पर आ पहुँची पसीने की बूँदों को पोंछते हुए बीरा बोली—'अरे मेरा क्या? पास हो गयी तो ठीक। नहीं भी हुई तो किसी को क्या फर्क पड़ता है? तुझे तो पढ़-लिख कर बड़ा आदमी बनना है न?' बड़े आदमी की जैसी भंगिमा बीरा ने बनाई, उसे देखकर दीपक की हँसी फूट पड़ी।

'नहीं बीरा! मैं छोटा ही ठीक हूँ, पढ़ लिख कर कुछ बन जाउफँ तो अपने इस समाज के लिए कुछ करना चाहता हूँ। पहाड़ के इन गाँवों से अज्ञानता, अशिक्षा, कुरीतियों, कुप्रथाओं को मिटाना चाहता हूँ। यहाँ के युवा वर्ग को बताना चाहता हूँ कि जिन्दगी सिर्फ शहरों में नहीं है, गाँव में रहकर भी जिन्दगी को और अधिक सुगमता से जिया जा सकता है।' बीरा को ध्यान से अपनी तरफ टकटकी लगाये देख दीपक संकुचा गया। सोचा शायद कुछ ज्यादा ही बोल गया वह।

उधर बीरा तो कहीं दूसरी दुनिया में पहुँच गयी थी। एक तरफ राजू है, ज्यादा पढ़ा लिखा भी नहीं, फिर भी शहर की आबोहवा ने उसे इतना बदल दिया है कि वह अपने संस्कार, रीति-रिवाज, मान-मर्यादा सब भूल चुका है और दूसरी तरफ दीपक! कितना अन्तर है दोनों में। दीपक के चुप होते ही बीरा चौंकी। फिर चुहल करते हुए बोली। 'अरे तू तो शहर जाकर एकदम नेता हो गया है, बड़े जोशीले भाषण देने लगा है।'

झेंपता हुआ सा दीपक वहाँ से चल दिया और बीरा फिर से धान कूटने में व्यस्त हो गयी।

उन्तालीस

गुमान सिंह के घर पर राजू का पत्र आया था, जिसमें प्रयुक्त भाषा ने उन्हें परेशान कर दिया था। लिखा था, 'पिताजी मेरे घर से कम्पनी का दफ्तर काफी दूरी पर है। सिटी बसों में रोज धक्के खाते-खाते परेशान हो जाता हूँ। सुबह जल्दी निकलना पड़ता है और देर रात घर पहुँचता हूँ। अगर एक स्कूटर या मोटरसाइकिल मेरे पास होती, तो बहुत आराम रहता।

अपनी सवारी में वक्त भी कम लगता है और परेशानी भी नहीं होती। पहले तक तो अकेला था कोई बात नहीं, लेकिन अब घर गृहस्थी वाला हो रहा हूँ, तो घर के लिए भी समय देना होगा। आप बीरा के मामा से बात कर यहाँ के लिए टी.वी. और फ्रिज के साथ एक स्कूटर का प्रबन्ध करने के लिए भी जरूर कह दें। मेरे ख्याल से इसमें उन्हें कोई परेशानी नहीं होनी चाहिए।'

पत्र मिलते ही गुमान सिंह ने दिल्ली जाने की तैयारी कर ली। 'पागल हो गया है ये लड़का! विवाह में मात्र चार महीने शेष हैं और अब ये स्कूटर या मोटर साइकिल की नयी बात। हमारी इज्जत का भी कुछ ख्याल है उसे या नहीं? बार-बार क्या समधी के सामने हाथ फैलाऊँगा मैं?' बड़बड़ाये गुमान सिंह।

ऑफिस से लौटने के बाद पिता को कमरे के बाहर खड़ा देख राजू आश्चर्यचकित रह गया।

'पिताजी! आपने खबर तो भेज दी होती। मैं लेने आ जाता।'

'खबर भेजने को क्या बाकी रहा अब? तू तो मेरी रही-सही इज्जत भी धूल में मिलाने पर तुला हुआ है। किस मुँह से जाऊँ मैं अब कृपाल सिंह जी के पास कि मेरा बेटा दिल्ली की हवा पानी से अपाहिज हो गया है, इसलिए उसको दिल्ली की सड़कों पर मैराथन दौड़ के लिए अब स्कूटर या मोटर साइकिल भी चाहिए।' उत्तेजना में सिर हिलाते हुए बोले गुमान सिंह।

'पिताजी! आप तो ये सोच रहे हैं जैसे स्कूटर मिलने से मुझे ही फायदा होगा। अरे लोग भी तो कहेंगे कि देखो गुमान सिंह जी का बेटा कितना बड़ा आदमी है, सभी कुछ है उसके पास। तब आपका सीना गर्व से नहीं पूफलेगा?' राजू उन्हें सब्जबाग दिखाते हुए बोला।

'बेटा, हमारे समाज में दहेज माँगने वालों का सीना कभी गर्व से नहीं फूलता, भिखमंगा कहता है समाज उन्हें। अगर तुझे बड़ा आदमी बनने की इतनी ही चाह है, तो बीरा के गरीब मामा द्वारा कर्ज के पैसों से जुटाये गये दहेज के सामान के दम पर नहीं, बल्कि खुद मेहनत कर के कमाई कर और इस लायक बन कि ये सब चीजें तू अपने दम पर जुटा सके। हम तो...।'

'पिताजी, उपेदश मत दीजिए।' राजू बीच में ही टोकते हुए बोला, 'कान खोलकर एक बार फिर सुन लो पिताजी! मुझे दिल्ली में रिश्तों की कोई कमी नहीं है। यहाँ से ये सब कुछ मुझे आसानी से मिल जायेगा। आखिर हम क्यों और कब तक अपने समाज और सम्मान का रोना रोते रहेंगे? समाज बहुत आगे बढ़ चुका है, पिताजी! उसके साथ चलने में ही हमारी भलाई है, वरना इतना पीछे छूट जाओगे कि किसी को नजर भी नहीं आओगे और एक दिन फिर सदा के लिए ओझल हो जाओगे।'

'बस बेटा! बहुत देख लिया तेरा समाज। अगर तुम दूसरे समाज से कुछ लेना ही चाहते हो तो, उनकी अच्छाइयाँ लो, किन्तु नहीं, तुमने इस समाज से कुरीतियाँ तो ग्रहण कर लीं और अपने समाज की अच्छाइयाँ छोड़ दीं। बेटा! आदमी को जमीन पर रहना चाहिए, जिसने आसमान की तरफ देखा, वही ठोकर खाकर गिरा।' पिता ने फिर समझाने की असफल कोशिश की।

'मुझे कुछ नहीं सुनना पिताजी, आप नहीं कह सकते, तो मैं उन्हें चिट्ठी लिख देता हूँ। टी.वी. और फ्रिज के साथ स्कूटर का भी प्रबन्ध कर सकते हैं, तो ठीक है, वरना यह शादी नहीं हो पायेगी।' राजू आवेश में बोला।

'यह क्या कह रहा है तू? विवाह से पहले ही इज्जत गँवायेगा अपनी और हमारी? जब ऐसे बेटे को जन्म दिया है, तो फल भी तो मुझे ही भुगतना होगा। मैं ही बात करूँगा उनसे। भिखारी बनकर फिर उनके द्वार पर चला जाऊँगा, लेकिन कोशिश करूँगा कि ये रिश्ता न टूटे।' पूरी तरह टूट चुके थे गुमान सिंह अब तक।

अगले ही दिन सुबह-सुबह ही पानी का घूँट भी मुँह में डाले बिना गुमान सिंह हताश होकर बुझे मन से दिल्ली से अपने गाँव वापिस लौट आये थे। रह-रहकर बीरा का चेहरा उनकी आँखों के आगे आ जाता था। कितनी भली लड़की है बीरा और एक ये हमारा राजू है, शहर की पॉलिश चढ़ी झूठी चमक-दमक का पर्दा आँखों पर डाले असली हीरे की पहिचान नहीं कर पा रहा है।

राजू के पिता को वापिस आया देख राजू की माँ चिन्तित स्वर में बोली - 'क्या हुआ? राजू मिला नहीं क्या? एक रात में ही लौट आये आप तो?'

'मेरी तो समझ में नहीं आता, मैं एक रात भी कैसे रहा वहाँ? राजू की माँ, राजू हाथ से निकल गया हमारे।' एक दीर्घ निःश्वास लेकर बोले गुमान सिंह।

'ऐसी क्या बात हो गयी? क्या कह दिया हमारे राजू ने ऐसा? भला लड़का है वह तो।' माँ के लिए बेटे की बुराई सुनना सम्भव नहीं होता, खासतौर पर तब, जब वह इकलौता बेटा हो।

'इस बुढ़ापे में भिखारी बना दिया उसने मुझे। अब कहता है कि ससुराल से अगर स्कूटर नहीं मिला, तो विवाह नहीं करेगा। वहीं दिल्ली में किसी से शादी कर लेगा। मुझे तो इस लड़के के लक्षण कतई सही नहीं लगते।' राजू के पिता मायूस होकर बोले। बीच में ही राजू की माँ बोल पड़ी, 'आपको जरूर कोई गलतफहमी हुई है। आखिर राजू अपना इकलौता बेटा...'

'इकलौता है तो क्या सिर पर चढ़कर नाचेगा? गलत बात पर उसका पक्ष मत लिया करो। पुत्र प्रेम में अंधी हो गयी हो तुम। दूसरो की बेटी का भविष्य नहीं दिखाई देता तुम्हें?' पति से जोर की झिड़की सुनकर सहम गयी थी राजू की माँ।

चालीस

अगले दिन यह सोचकर कि जितनी जल्दी हो सके बीरा के मामा से बात कर ली जाये, राजू के पिता सुबह सुबह ही कृपाल सिंह के घर पहुँच गये और सारी बातें बीरा के मामा को स्पष्ट रूप से बता दीं।

'ये सब बातें तो आपको पहले बतानी चाहिए थी। तब तो आप कहते थे कि राजू संस्कारी लड़का है। आपसे बाहर नहीं जायेगा।' काफी आवेश में आ चुके थे कृपाल सिंह।

'मुझे क्या पता था कि वह नालायक इतना गिर सकता है? मैंने उसे समझाने की भरसक कोशिश की है, किन्तु उसके लक्षण देखकर लगता है कि लड़का हाथ से निकल चुका है। कल रात ही तो मैं दिल्ली से वापिस लौटा हूँ। इस रिश्ते को स्वीकारने के बदले में भिखारी बना दिया उसने मुझे।' लाचारी में बोले गुमान सिंह।

गुमान सिंह के चेहरे के भाव पढ़कर बीरा के मामा समझ गये कि कृपाल सिंह बेटे की हरकतों के आगे लाचार हो चुके हैं। उन पर गुस्सा निकालने से कोई फायदा नहीं होगा। लेकिन कहाँ से कर पायेंगे वे स्कूटर देने की व्यवस्था?

सारी जमीन भी बेच डालूँगा, तो भी भरपाई नहीं होगी। गाँव की साठ नाली जमीन की कीमत ही क्या होती है? किन्तु दहेज की खातिर यदि राजू ने रिश्ता तोड़ दिया, तो कितनी जग हँसाई होगी उनकी?

ये कोई शहर तो है नहीं कि लोगों को पता नहीं चलेगा। छोटे-छोटे तो गाँव हैं। आस-पास पूरे इलाके में खबर फैलते देर नहीं लगेगी और फिर बीरा? उसका तो भविष्य ही अंधकारमय हो जायेगा। बिना माँ-बाप की बच्ची को क्या इसलिए उसके चाचा-चाची के पास से ले आये थे कि उम्र होने पर उसका विवाह भी नहीं कर पायेंगे।'

कुछ देर तक कमरे में सन्नाटा पसरा रहा, इस सन्नाटे को तोड़ा गुमान सिंह की आवाज ने—'अच्छा चलता हूँ अब मैं।'

'चाय नाश्ता तो कर जाइये। अरे बीरा की मामी...?' कृपाल सिंह ने आवाज लगाई।

तब तक बीरा की मामी स्वयं ही चाय-नाश्ता लेकर पहुँच चुकी थी। उसने चाय रख दी और स्वयं भी वहीं बैठ गयी।

कोई आपस में बात नहीं कर रहा था। दोनों के चेहरों के भावों को समझने की कोशिश करने लगी बीरा की मामी, लेकिन कुछ समझ नहीं पाई।

'क्यों आया था बीरा का ससुर? फिर कोई माँग रख दी है क्या उसके बेटे ने?'

पत्नी के पूछने पर फट पड़े बीरा के मामा, 'अब कहता है स्कूटर भी लूँगा दहेज में। राम जाने कितने में आता है ये स्कूटर। अपना घर द्वार भी बेच दूँगा, तो भी नहीं कर पाऊँगा यह सब। बड़ी गलत जगह फँस गये हम। अब रिश्ता तोड़ते हैं, तो लोग बीरा पर उंगलियाँ उठायेंगे। उसका तो भविष्य ही चौपट हो जायेगा और ले देकर किसी तरह विवाह कर देते हैं, तो क्या दहेज लोभी उस राजू के साथ बीरा उस घर में प्रसन्न रह पायेगी? बीरा की मामी! अब तो इधर कुँआ और उधर खाई वाली स्थिति हो गयी है हमारी।'

'अब क्या करोगे आप?' इसके आगे बोल नहीं पूफटा मामी के मुँह से।

'क्या करूँगा?' इतना तो उधार कहीं से मिलने से रहा। अपने खेत ही बेचने की कोशिश करता हूँ। हमें क्या करना है खेत रख कर? बीरा का विवाह हो जाये, हम फिर देख लेंगे।' एकदम मायूस हो चुके थे कृपाल सिंह।

'खेत बेच देंगे तो हम खायेंगे क्या और बैंक का कर्जा उसे कैसे वापिस लौटायेंगे?' चिन्ता की स्पष्ट लकीरें थी मामी के चेहरे पर। 'पता नहीं क्या होगा। ईश्वर सब भला करेगा।'

कृपाल सिंह ने अपने आप को भगवान के भरोसे छोड़ दिया था।

कृपाल सिंह अपने खेत बेचने की कोशिश कर रहा है। यह बात दबी जुबान से गाँव के लोग कहने लगे। किन्तु बीरा के सामने सब चुप हो जाते। यह अफवाह जब दीपक के कानों तक भी पहुँची, तो उसने बीरा से मिलने की ठान ली।

अगले दिन दोपहर के वक्त जब घर में कोई नहीं था, दीपक बीरा के पास गया और बोला, 'तुझे पता है तेरे घर में क्या हो रहा है? तेरे मामा तेरी शादी के लिए अपने खेतों को बेच रहे हैं। पहले से ही कर्जदार हैं वे, खेत बिक जायेंगे तो क्या खायेंगे और कहाँ से बैंक का कर्जा चुकायेंगें? मुझे तो पहले ही राजू के रंग ढंग अच्छे नहीं लगे थे। शहर का जुनून सवार था उस पर। उसका यही जुनून किसी परिवार को विनाश के कगार पर खड़ा कर देगा, यह मैंने कभी नहीं सोचा था।' बिना किसी भूमिका के दीपक आवेश में बोल गया।

बीरा बुत बनी खड़ी की खड़ी रह गयी। तो ये चल रहा था इतने दिन से घर में। मामा-मामी की परेशानी का कारण बीरा है, जिसकी वजह से मामाजी अपनी रोजी-रोटी तक खोने को तैयार हैं। आत्मग्लानि से उसका चेहरा स्याह पड़ गया। यह सब नहीं होने देगी वह। उसने निश्चय कर लिया था उसी पल...।

इकतालीस

'मामाजी, मैं आपसे कुछ बात करना चाहती हूँ।' बीरा के चेहरे की दृढ़ता देख मामा-मामी चौंक गये।

'क्या कहना है तुझे! जरा हम भी तो सुनें।' मामी लाड़ से बोली।

'अब तक मैं चुप रही। मैंने सोचा विवाह सम्बन्धी बात में बीच में बोलूँगी तो निर्लज्जता समझी जायेगी। लेकिन अब सारी सीमायें टूट चुकी हैं।'

'लेकिन बीरा! तुझे इससे क्या?' मामा ने बीच में कहा, तो बीरा दृढ़ता से बोली—'आप पहले मेरी बात पूरी सुन लीजिए।' बीरा के स्वर की दृढ़ता और चेहरे का तेज देख कर दोनों चुप्पी साध गये। बीरा बोलती चली गयी। 'मुझे अब यह रिश्ता मंजूर नहीं। रुपये पैसे से खरीदा गया माँस का पिण्ड नहीं चाहिए मुझे। ये नासूर मेरी जिन्दगी को अन्दर से खोखला कर देगा। जिस इन्सान के अन्दर इतनी मानवता नहीं रही है कि वह अपने परिवार की मान मर्यादाओं का कुछ खयाल रख सके, वह भला मेरी भावनाओं का क्या सम्मान करेगा? वह अन्य लोगों की क्या इज्जत करेगा? वे क्या मना करेंगे इस रिश्ते के लिए? उनसे पहले मैं ही मना करती हूँ। आप लोग भी कान खोलकर सुन लीजिये, मुझे नहीं करना राजू से विवाह! आप कल ही रैबार भेजकर इस रिश्ते के लिए इंकार कर दीजिए और यदि आप नहीं कर सकते, तो मैं इंकार कर देती हूँ, दहेजलोभी इन भूखे भेड़ियों को पत्र लिखकर।' बीरा अपनी बात पूरी कर चुकी थी।

मामा-मामी बीरा के दृढ़ निश्चय से हैरान थे। 'बेटी! तेरी जिन्दगी बर्बाद हो जायेगी। लोग क्या कहेंगे? समाज क्या कहेगा?'

'कुछ नहीं कहेगा समाज। जो आदमी जितना डरकर चलता है, उसे लोग उतना ही डराते हैं। और रही बात मेरे भविष्य की तो आप क्या समझते हैं, वहाँ विवाह करके मेरा भविष्य अच्छा रहेगा? नहीं मामाजी आप भूल कर रहे हैं। आपने मेरे विवाह के नाम पर बैंक से जो कर्ज लिया है, उससे मुझे आगे पढ़ा दीजिए, तब मैं अपने पैरों पर खड़ा होकर दिखाऊँगी आपको।' बीरा के चेहरे पर विचारों की दृढ़ता थी।

उसकी दृढ़ता के आगे मामा-मामी की एक न चली। अगले ही दिन कृपाल सिंह राजू के पिता से विवाह के लिए मना कर आये। साथ ही बागदान में ससुराल पक्ष द्वारा बीरा को दिये गये सारे उपहार भी लौटा आये।

'गुमान सिंह जी, हमारे बस से बाहर है आपकी माँगे पूरी करना। फिर हमारी बेटी भी आपके बेटे से विवाह करने के लिए अब कतई तैयार नहीं है।' मामाजी ने एक ही झटके में कह डाला था।

सुनते ही गुमान सिंह के चेहरे पर मानो कालिख पुत गयी हो। गाँव क्या पूरे इलाके के इतिहास में शायद पहली बार किसी लड़की ने अपने रिश्ते के लिए इंकार किया था। वरना यह एकाधिकार तो लड़के का ही माना जाता था।

दो एक दिन में ही यह बात आग की तरह पूरे इलाके में फैल गयी। 'बीरा का रिश्ता टूट गया।' जितने मुँह उतनी ही बातें। जिनको राजू के लालची स्वभाव के बारे में पता था, वे तो बीरा के साहस की प्रशंसा किये जा रहे थे, बाकी लोग अपने मन से ही कुछ सोच रहे थे।

बात श्यामा काकी तक पहुँची, तो उसने खाना खाते हुए दीपक से पूछते हुए कहा–'बीरा का रिश्ता टूट गया। सुना है बीरा ने खुद ही इंकार करते हुए रिश्ता तोड़ा है? आज ही सारा सामान भी लौटा आया है कृपाल सिंह।'

दीपक के मुँह का कौर मुँह में ही रह गया। दृढ़ निश्चयी बीरा जो कर जाये, वही कम है। कहीं उसका बीरा से यह सब कहना ही तो इसका कारण नहीं बना? कारण जो भी हो, राजू बीरा के लायक था ही नहीं।

अगले दिन दीपक से रहा नहीं गया और सुबह सुबह ही वह बीरा से मिलने पहुँच गया।

'बीरा! जो मैं सुन रहा हूँ, वह सच है क्या? तूने इस रिश्ते से इन्कार किया है क्या?।' मन के किसी कोने में प्रसन्नता भी थी दीपक के बीरा से प्रश्न पूछते हुए। आखिर बीरा पराई होने से बच जो गयी थी।

'हाँ दीपक!' बीरा के स्वर में निश्चय भरी दृढ़ता थी। मेरी खुशी के लिए मामा-मामी भिखारी बनकर दर-दर की ठोकरें खाने को विवश हो जायें, यह मैं सहन नहीं कर सकी। चलो इस अध्याय को अब यहीं पर समाप्त कर दें, तो उचित रहेगा।

'दीपक! तू हमेशा मेरी प्रेरणा रहा है। इस प्रकरण के बाद मैं अब अपने पैरों पर खड़ा होना चाहती हूँ। आगे मैं कौन सा ऐसा कोर्स करूँ जिससे मुझे अपने पैरों पर खड़े होने का अवसर उपलब्ध हो जाये। स्वावलम्बी बनकर मैं इस समाज के लिए भी कुछ कर गुजरना चाहती हूँ। मेरा यह निश्चय तभी सफल हो पायेगा, जब तुम समय-समय पर मेरा मार्गदर्शन करते रहोगे। बोलो दीपक!'

बीरा इस वक्त दीपक से अधिक बातें नहीं करना चाहती थी। वरना ये कहते भी लोगों को देर नहीं लगती कि दीपक की वजह से ही बीरा ने जानबूझकर यह रिश्ता तोड़ा है।

'ठीक है बीरा! मेरा कॉलेज भी खुलने वाला है। मैं शहर जाकर इस बारे में विस्तार से पता करता हूँ कि तुझे आगे क्या करना चाहिए। उसके फार्म भी मैं

भेज दूँगा। प्राइवेट बी.ए. करने का कोई खास फायदा है नहीं। इससे अच्छा तो कोई व्यावसायिक कोर्स कर लेना। तब आगे के बहुत से रास्ते खुल जायेंगे। मेरी शुभकामनायें हमेशा तेरे साथ रहेंगी, बीरा। इस समय तूने जिस दृढ़ता का परिचय दिया है, उससे तू मेरी नजरों में और भी ऊँची उठ गयी है।' दीपक भावुक होने लगा था।

'चल बहुत हो गयी मेरी तारीफ! अब स्वावलम्बन की दिशा में कुछ कर पाऊँ, उसमें मेरी सहायता कर दे बस।' बीरा उत्साहित होते हुई बोली।

बेयालीस

कुछ दिन बाद ही दीपक शहर चला आया। अब अपने भविष्य के बारे में विचार करने के साथ-साथ बीरा के भविष्य के बारे में सोचना भी उसकी जिम्मेदारी थी।

इन्हीं दिनों नर्सिंग कोर्स के लिए प्रवेश हो रहे थे। इस कोर्स को बीरा गाँव के पास ही छोटे शहर जाकर भी कर सकती थी। खर्चा भी अधिक नहीं था। उसे बीरा के लिए यही व्यावसायिक कोर्स सर्वाधिक उपयुक्त लगा। दीपक के मार्गदर्शन और उसकी प्रेरणा से बीरा गाँव छोड़कर नर्सिंग का कोर्स करने हेतु शहर आ गयी थी।

एक वर्ष का कोर्स पूरा करते ही बीरा की नियुक्ति नीलकंठ के समीप स्थित प्राथमिक स्वास्थ्य केन्द्र में हो गयी, जो उसके मूल गाँव से पन्द्रह बीस मील की दूरी पर ही था। बीरा के मामा ने जो धन बीरा की शादी के लिए कर्ज लिया था, उसे बीरा की पढ़ाई में लगा दिया था। नौकरी लगते ही बीरा ने बैंक से लिए गये कर्ज को समय से पूर्व ही चुकता भी कर दिया है।

पहाड़ के दुर्गम गाँवों में आज भी शहर से कोई नौकरी करने आना नहीं चाहता, इसलिए बीरा को नियुक्ति मिलने में कोई कठिनाई नहीं हुई और तब से लेकर आज तक बीरा ने अशक्त, लाचार, बीमारजनों की सेवा में अपने आप को अर्पित कर दिया है। मानवता की सेवा का व्रंत लिए इसी प्रकार के स्वास्थ्य केन्द्र अब उसके जीने का उददेश्य बन चुके हैं।

तैंतालीस

सुबह चिड़ियों के चहचहाने से बीरा की आँखें खुलीं, तो उसने देखा कि पेड़ों से धूप छन-छनकर अन्दर तक आ रही थी। कितनी देर तक सोती रही वह आज। कमरे की लाइट भी जल रही थी। कल रात बीती जिन्दगी की यादों में इतना खो गयी थी बीरा कि रात के लिए बना खाना भी भूल गयी।

वह जल्दी से तैयार हुई और नाश्ता कर तुरन्त अस्पताल की ओर चल दी। वहाँ जाकर पता चला कि नये कम्पाउंडर ने पदभार ग्रहण कर लिया है। विगत कई वर्षों से यह पद खाली था। कोई आना ही नहीं चाहता था गाँव में। चलो कम्पाउडर के आने से उसे थोड़ी सी राहत मिले जायेगी। सुना है ये अपनी मर्जी से यहाँ पर नियुक्ति कराके आये हैं।

शिष्टाचारवश बीरा सर्वप्रथम उनसे मिलने उनके कमरे में गयी, उनकी उम्र अधिक नहीं थी लेकिन सारा चेहरा और हाथ सफेद दागों से भरा हुआ था।

कुछ दिनों में ही बीरा को नये कम्पाउंडर की दर्द भरी जिन्दगी के बारे पता लग गया। हँसता खेलता परिवार था, सुन्दर पत्नी और एक बच्चा। अचानक इस परिवार की खुशियों को मानों ग्रहण लग गया। पति के शरीर पर सफेद दागों की बढ़ती संख्या को देखकर उनकी पत्नी अपने बच्चे सहित मायके चली गयी और फिर लौटकर नहीं आयी। बिल्कुल अकेले कम्पाउण्डर शान्ति और सुकून की तलाश में शहर छोड़कर गाँव में अपनी नियुक्ति कराकर आये हैं।

बाद में पता चला कि वे पहले भी पहाड़ों पर सेवा कर जा चुके हैं। बीरा ने उनसे गाँव का नाम पूछा तो चौंक गयी! ये तो विमला चाची का गाँव है। अपना नाम आर. प्रसाद लिखते हैं वे। तो क्या 'आर' का मतलब है राकेश...।

अपनी जिज्ञासा को शान्त करने के उददेश्य से बीरा ने कम्पाउण्डर के स्थानान्तरण आदेश देखे, तो उसका शक एकदम सही निकला। तो ये ही राकेश है। इसका पूरा नाम राकेश प्रसाद है।

विमला की जिन्दगी बीरा की आँखो के आगे घूम गयी। उनके चेहरे का वह दर्द, बदनामी के डर से पिता की मृत्यु, कुँवारी माँ बनने के डर से पिता समान उम्र के व्यक्ति से विवाह, क्या-क्या नहीं झेलना पड़ा विमला को! और वह सब भी राकेश

के विश्वासघात की वजह से। अगर राकेश उस समय विमला से विवाह कर लेता, तो हो सकता है यह स्थिति ही नहीं आती। ईश्वर ने राकेश को उसके विश्वासघात का दंड दे दिया था। सब कुछ होते हुए भी राकेश के पास अब कुछ नहीं है। न पत्नी और न बच्चा। अपने कर्मो का नरक भुगत रहा है राकेश, बीरा ने सोचा।

क्या विमला से इस बात का जिक्र करे बीरा? नहीं, ये ठीक नहीं होगा। विमला ने अब उसी दुनिया में रहना सीख लिया है। अब तो एक पुत्र भी है उसका। राम सिंह काका कितने प्रसन्न और स्वस्थ नजर आते हैं। अब दोबारा से राकेश का जिक्र करके विमला की जिन्दगी के उन पृष्ठों को जिन्हें वह बेदर्दी से फाड़ चुकी है, जोड़ना ठीक नहीं होगा।

राकेश से भी विमला के बारे में बात करना ठीक नहीं। यदि कभी राकेश को किसी और से यह पता लग जाये कि बीरा भी उसी गाँव की है, जहाँ विमला की ससुराल है, तब की तब ही देखी जायेगी। अभी तो राकेश को अपने कर्मों की आग में जलने दो।

समय गुजरता जा रहा था। बीरा को नौकरी करते हुए दो वर्ष से अधिक बीत चुके थे। बीरा जब भी घर आती, उसकी सूनी माँग देखकर मामा-मामी सोचने लगते कि बीरा अपनी जिन्दगी क्या ऐसे ही बिताने वाली है? उसकी सारी सहेलियाँ हँसी खुशी अपने-अपने परिवार में पति-बच्चों के साथ रह रही थीं।

किन्तु बीरा तो अपने काम में इतना मशगूल थी कि उसे यह सब सोचने की फुरसत ही नहीं थी। नौकरी के साथ-साथ आस-पास के गाँवों के सामाजिक संगठनों से भी उसने अपने आप को जोड़ दिया था। गरीब, दुखियारे, अनपढ़ अशिक्षित लोगों की सेवा को ही अपना जीवन लक्ष्य बना लिया था उसने।

कभी मामा-मामी बीरा से मिलने उसके अस्पताल आते, तो गाँव वालों के मुख से बीरा की प्रशंसा के मीठे बोल सुन उनका माथा गर्व से उफँचा हो जाता। मामी कई बार कहती 'बीरा! क्या सारी उम्र ऐसे ही बिता देगी? किसी ऐसे व्यक्ति से ही विवाह कर ले, जो तेरी तरह दीन दुखियों की सेवा करने वाला हो, फिर दोनों मिलकर खूब सेवा कर लेना।'

'अरे मामी! मेरा विवाह तो हो चुका है गाँव के लोगों के दुःख दर्द से, और दूसरा विवाह करना तो गैरकानूनी होता है न?' बीरा हँस कर टाल जाती।

इस बार दीवाली की छुट्टियों में गाँव आयी, तो पता चला दीपक घर आया है, एम.एस.सी कर लिया है उसने और किसी बड़ी कम्पनी की पैसे वाली नौकरी ठुकरा कर गाँव के लोगों में शिक्षा का प्रचार-प्रसार करने किसी गैर सरकारी संगठन से जुड़कर गाँव लौट आया है।

बीरा ने सोचा, 'दीपक ने जो कहा, कर दिखाया, वह भी तो शहरी जिन्दगी की चकाचौंध में पड़कर अच्छी सी नौकरी करके पैसे कमा सकता था, किन्तु उसने कठिनता भरा गाँव की सेवा का मार्ग चुना।

इतना होनहार विद्यार्थी होने पर भी अपनी जड़ों को नहीं भूला वह और गाँव वालों की उन्नति का पथ प्रदर्शक बनने गाँव वापिस चला आया।

कुछ महीनों बाद संगठन के काम से दीपक बीरा की नियुक्ति वाले गाँव में आया। बीरा बहुत दिनों बाद दीपक से मिल रही थी। गम्भीर प्रवृत्ति का लग रहा था वह! अपने कार्य निपटाने के पश्चात शाम को बीरा के कमरे पर चला आया था वह।

'बीरा! बुरा न मानो तो एक बात कहूँ', दीपक बोला।

'तुझे मुझसे बात करने के लिए आज्ञा की जरूरत कब से पड़ने लगी? पढ़ लिखकर ज्यादा ही औपचारिक हो गया है तू, पहले ये तो बता तुम्हारा संगठन काम क्या करता है? बीरा को दीपक द्वारा किये जाने वाले काम में अधिक रुचि थी।

'कुछ खास नहीं बीरा! गाँव के लोगों को खेती करने के उत्तम तरीके समझा रहे हैं, खेती के लिए अच्छे किस्म के बीजों, खाद इत्यादि की व्यवस्था करते हैं, साथ ही यहाँ के उत्पादनों के लिए बाजार उपलब्ध कराने में उनकी मदद कर रहे हैं। अब सोच रहे हैं कि महिला साक्षरता पर भी कुछ काम किया जाये और इसी क्रम में महिला स्वयं सहायता समूह की सदस्याओं से सम्पर्क करने के उद्देश्य से ही तुम्हारे गाँव में आ पहुँचा हूँ मैं।' दीपक ने अपने संगठन के कार्यों पर संक्षेप में बीरा को समझाया।

'अरे! यह महिला साक्षरता वाला कार्य तो बहुत अच्छा है। बहुत भला होगा इससे महिलाओं का और इसके साथ-साथ पूरे गाँव का और पूरे समाज का। अच्छा तू तो बता, क्या पूछने वाला था।' बीरा ने पूछा?

'बीरा! दरअसल बात ये है कि यहाँ आने से पहले मैं तेरे मामा-मामीजी से मिलकर आ रहा हूँ। वे लोग तेरा विवाह न होने के कारण काफी परेशान रहने लगे हैं। हमारे आपस के लगाव के बारे में भी उन्हें पता है। वे हमारे विवाह के लिए एकदम सहमत हैं। माँ भी तुझ जैसी लड़की को बहू के रूप में देखकर धन्य होगी। यदि तेरी सहमति हो, तो हम विवाह कर एक बार फिर एक नयी जिन्दगी शुरू कर सकते हैं।' दीपक ने अपना मन्तव्य स्पष्ट करते हुए कहा।

दीपक की मुख मुद्रा गम्भीर हो गयी। थोड़ी देर कमरे में सन्नाटा रहा फिर बीरा बोली 'दीपक! यह सच है कि तेरे और मेरे बीच में स्नेह बन्धन है, इस बात की जानकारी मेरे मामा-मामी को थी, किन्तु तब समाज के डर से उन्होंने इस रिश्ते के लिए मना कर दिया था। उसके बाद मेरी जिन्दगी में क्या हुआ? यह तुझसे बेहतर कौन जानता है? तब से मुझे विवाह शब्द से ही घृणा हो गयी है।'

कुछ क्षण मौन रहने के बाद बीरा ने दीपक से पूछा, - 'क्या आवश्यक है कि प्रेम की परिणति विवाह के रूप में ही हो?'

'नहीं बीरा! यह आवश्यक नहीं कि हर प्रेम की परिणति विवाह के रूप में हो। बिना विवाह के भी हम अच्छे मित्र बने रह सकते हैं। एक दूसरे के कार्यो में

सहयोग कर सकते हैं। सच्चा स्नेह कभी एक दूसरे को कमजोर नहीं बनाता, बल्कि उसे शक्ति देता है, दृढ़ता देता है।' दीपक ने कहा।

'तो ठीक है दीपक! हम जैसे पूर्व में थे, वैसे ही मित्र बने रहेंगे। आज से हमारा संकल्प है कि साथ-साथ चलकर हम इस पिछड़े पहाड़ी क्षेत्र को एक नयी दिशा देने का हर सम्भव प्रयत्न करेंगे। जिन पुनीत कार्यों का तुम अपनी संस्था के साथ संचालन कर रहे हो, उसमें मैं भी कदम से कदम मिलाकर तुम्हारी हर सम्भव मदद ही नहीं करूँगी, बल्कि एक स्वावलम्बी महिला होने के नाते तुमसे भी दो कदम आगे बढ़कर इस भगीरथ अभियान में हमेशा आहुति देती रहूँगी। यही होगी हमारे इतने वर्षों के सच्चे स्नेह की परिणति।' बीरा के स्वर में दृढ़ निश्चय था।

चवालीस

दीपक के चेहरे पर मुस्कराहट लौट आयी। वह सोच रहा था, 'कैसे हैं ये बन्धन, जिनमें एक अनाम रिश्ता समाहित है जो जुड़कर टूटता है और टूटकर फिर जुड़ जाने को आतुर है।' दीपक को अनायास ही यह कथन स्मरण हो आया कि आत्मीय मित्र अन्ततः कहीं एक जगह पर जाकर नहीं मिलते, अपितु वे तो निरन्तर एक दूसरे के साथ होते हैं।

दूर आकाश में लालिमा छाने लगी थी, पक्षी चह चहाकर अपने-अपने घोसलों की ओर लौटने लगे थे। पहाड़ी गाँव में खेलते-कूदते बच्चे पंचायती चौक में जमा होकर धमाचौकड़ी मचाने लगे थे, जबकि गाँव की बहू बेटियाँ और महिलायें घास, लकड़ी, खेत खलिहानों के दिन भर के कार्यों से निवृत्त होकर वापिस घर लौटने लगी थीं। धारे पर पन्देरों की भीड़ जमा होने लगी थी और इसी के साथ दिन भर से सूने पड़े घर, चौक और तिबारियों में अचानक हलचल बढ़ गयी थी।

पल भर में ही सूर्य अस्त होने वाला था फिर से नवजीवन की उल्लास भरी नवतरंगे लिए एक नयी सुबह लाने के लिए...।

पहाड़ से ऊँचा

एक

सेना में 32 साल की नौकरी के बाद ऑनरेरी कैप्टेन शंकर दत्त बड़े उत्साह से गाँव आकर बस गये थे। उनसे पहले रिटायर हुए सूबेदार गोपाल दत्त, मोहन सिंह बिष्ट के साथ ही न जाने कितने और साथी देहरादून, रफड़की और कोटद्वार में बस चुके थे। संगी साथी जब शहर में बसने की बात करते, तो शंकर दत्त का मन व्यथित हो जाता। फौज की व्यस्त नौकरी में यदा कदा पहाड़ से हो रहे पलायन की बात सुनकर उनका मन खराब होने लगता था। इसी के चलते उन्होंने रिटायरमेंट के बाद गाँव में ही बसने की ठानी थो। रिटायरमेंट से दो महीने पहले जब उन्हें लैंसडौन भेजा गया, तो उन्हें बचपन से यौवन तक बिताए गये वर्षो की एक-एक बात याद आने लगी थी।

गाँव की पगडंडियों पर धमाचौकड़ी मचाते बच्चे, स्कूल से आने के बाद जंगलों में घास लकड़ी बीनने और हिरनी की तरह कुलांचे मारने के साथ ही खेलों को लेकर बच्चों का उत्साह। रह-रह कर पुरानी यादों में खोए रह कर पता ही नहीं चला कब दो महीने गुजर गये। नौकरी के आखिरी दिन उन्होंने रेजीमेंटल मंदिर में जाकर भगवान बदरी विशाल को नमन कर आभार जताया कि उनके आशीर्वाद से वह बत्तीस साल की नौकरी निर्विघ्न पूरी करके अपने गाँव लौट रहे हैं। आखिर तीन-तीन लड़ाइयों में शंकर दत्त को कई बार जीवनदान भी तो मिला था। वह कृतज्ञ भाव से बार-बार भगवान बद्री विशाल का धन्यवाद करके अपने गाँव की ओर निकल पड़े।

घर आने के बाद तीन चार महीने कब गुजर गये, शंकर दत्त को पता ही नहीं चला। भादों का महीना था, बारिश अपने पूरे यौवन पर थी। लेकिन आसमान लाल, पीले, काले बादलों से घिरा ऐसा जान पड़ता था जैसे होली खेलने वाला कोई मदमस्त नवयुवक रंग बिरंगी फागुनी रंगों से लिपटा हुआ हो। सूरज की किरणों की आँख मिचौनी से बीच-बीच में वर्षा ऋतु का आभास कम हो रहा था। शंकर दत्त चिलम लेकर अपने छज्जे (तिबारी) में बैठे हैं और तभी उन्हें दूर से गोपाल दत्त आता दिखाई देता है।

'नमस्कार दाज्यू। बाल-बच्चे सब ठीक हैं?'

'चिरंजीव भुला गोपाल, सब ईश्वर की कृपा है। तुम सुनाओ क्या हालचाल है?'

गोपाल दत्त ने सिर्फ 'दिन निकल रहे हैं'...कहा।

गोपाल दत्त ने शंकर दा के हाथों से चिलम लेते हुए एक कश भरी। 'अरे! हुक्के के कोयले तो कबके ठंडे पड़ चुके हैं?' किस सोच में डूबे हैं आप?

'हाँ भुला! सोचता हूँ कितनी जल्दी बदल रहे हैं हमारे घर, गाँव और लोग। जरा याद करो उन दिनों को जब हम चार मील दूर प्राइमरी स्कूल खांकरा पैदल नंगे पाँव जाया करते थे। जूता मिडिल में जाकर नसीब हुआ था। मोटा खाना, मोटा पहनना, गुरु जी का भय और फिर घर, गाँव में एकता, भाईचारा, सहयोग और प्रेम क्या कुछ नहीं था। उस दिन की तो तुम्हें याद होगी, जब मकरैंणी के कौथिग से लौटते-लौटते रात हो गयी थी। प्रधान जी की गाय का पैर जंगल में ही टूट गया था। कितना जोश था हम सब में। ले चले थे उसे कन्धे पर उठाकर सुखिया के घर। देर से लौटने पर चाची ने तुम्हारी तो पिटाई भी की थी।

'खूब याद है दाज्यू, पर सुबह सच्ची बात जानकर माँ ने शाबासी भी तो दी थी मुझे।'

'अब कहाँ रही ऐसी एकता? अब ढोर-डंगर पालने भी कम कर दिये हैं लोगों ने'। 'हाँ दाज्यू अब न तो पहले जैसा जंगल रहा और न ही लोगों में अपनी किसी बाड़ी से प्रेम'।

इस बीच गोपाल दत्त ने हुक्के में तमाखू डालकर कोयले फिर सुलगा दिये और दो कश लगाकर शंकर दा की ओर चिलम बढ़ाकर खरासते हुए बोला 'मैं भी बाजार तक गया था। नमक, तेल, तम्बाकू लेने। सोचा आपकी कुशल लेता चलूँ, साथ ही मोहन का भी समाचार मिल जायेगा।'

'कब आने वाला है मोहन, कोई चिट्ठी पत्तरी आयी?'

शंकर दत्त ने अपनी बिटिया शान्ति को चाय लाने के लिए आवाज दी। 'हाँ, कल ही डाकिया आया था, मोहन ने लिखा है कि वो डिग्री लेकर ही आयेगा। अभी दो बरस और हैं।'

'दाज्यू तुमने भी एक धरम का काम किया है, वरना आज के समय में कौन किसे पूछता है? लोग अपनी सन्तान का पालन-पोषण ढंग से नहीं कर पा रहे हैं और एक तुम हो कि मोहन की डॉक्टरी की पढ़ाई का जिम्मा पूरा कर रहे हो।'

'अरे। सगा बेटा न हुआ तो क्या हुआ। अपने सगे भाई का बेटा तो है।' शंकर दत्त ने प्रसन्न होकर जवाब दिया।

दोनों मोहन के डॉक्टर बनकर गाँव आने की भावी कल्पना से खुश दिखते हैं। गोपाल दत्त बोला 'मोहन के लिए नौकरी की कोई कमी थोड़े ना है, लेकिन यदि वह गाँव में ही एक क्लीनिक खोले, तो गाँव का ही नहीं पूरे इलाके का भला हो जायेगा।'

शंकर दत्त भी तो यही चाहते हैं पर समय को देखते हुए उनके मन में कुछ आशंकाएँ भी हैं। वह कुछ व्यक्त न कर इतना ही कहते हैं कि पहले मोहन कुशल से

घर आ जाये। फिर आकाश की ओर देखने लगे जैसे ईश्वर को धन्यवाद दे रहे हों।

इस बीच शान्ति दो गिलास चाय लेकर आयी। चाय देकर गोपाल चाचा को सेवा लगाकर भीतर चली गयी। गोपाल चाय की चुस्कियाँ लेते हुए कहता है 'शान्ति भी अब विवाह योग्य हो गयी है। मिडिल तो पास कर लिया होगा।' शंकर दत्त ने हामी भरते हुए कहा कि 'हाँ, इस साल इण्टर पास भी कर लिया। सोचता हूँ कहीं अच्छा लड़का मिल जाये तो उसके हाथ पीले कर दूँ। तुम्हारी नजर में कोई योग्य लड़का होगा तो बताना।'

शान्ति अपने नाम के अनुरूप गुण सम्पन्न लड़की थी। शील, शान्त, सुन्दर, सुघड़ और विनम्र स्वभाव उसकी पहचान थी। अन्तर्मुखी स्वभाव की होने के कारण मन की बात अपनी माँ को भी बहुत सोच-विचार कर ही बताती थी। भाई व बाबू जी को अपनी किसी भावना से सहजता से परिचित कराना उसके स्वभाव में नहीं था।

भाई प्रकाश उससे चार साल बड़ा था। माँ की तबियत बहुत अच्छी नहीं रहती थी। घर की खेती, पशु, जंगल आदि कार्यों का बोझ शान्ति के कन्धों पर ही था। प्रकाश यद्यपि बी॰ए॰ पास कर चुका था, पर अभी बेरोजगार ही था। एम॰ए॰ प्राइवेट कर रहा था, किन्तु उसका मन घर गाँव में कम लगता था।

शान्ती की कार्यकुशलता और व्यवहार से वह खुश रहता था लेकिन उसे भी अपनी बहन के विवाह की चिन्ता के साथ ही अपनी नौकरी और माँ के स्वास्थ्य की चिन्ता भी हमेशा लगी रहती थी। उसे अपने बाबू जी की बातें कभी-कभी खोखली लगती थी। उसे उन सिद्धान्तों में विश्वास नहीं था, जो दूरगामी लाभ देने वाले हों, वह तात्कालिक लाभ में अधिक विश्वास रखता था। नौकरी की तलाश में पिछले लगभग साढ़े तीन बरस में वह कई जगह आवेदन कर चुका था, लेकिन बात किन्तु परन्तु पर आकर रफक जाती थी।

प्रकाश के बचपन का साथी रमेश आजकल घर आया हुआ था। वह दिल्ली में किसी प्राइवेट फर्म में दो रोटी पेटपाल नौकरी करता था। दोनों बचपन के लंगोटिया थे। साथ पढ़े, साथ बढ़े थे। रमेश का विवाह होकर बच्चे भी हो गये थे, किन्तु प्रकाश दोनों मामलों में उससे पिछड़ गया था, जबकि प्रकाश पढ़ने में रमेश से हमेशा आगे ही रहा।

दोनों की मित्रता आज भी बचपन की तरह ही प्रेम की निष्ठा पर टिकी हुई थी। प्रकाश गाँव, घर की वर्ष भर की बातों से उसे अवगत कराता, तो रमेश अपनी नौकरी के अनुभवों को सुनाता। इस तरह दोनों साथ उठते-बैठते। जब प्रकाश को लाख कोशिश के बाद भी कहीं नौकरी नहीं मिली, तो एक दिन उसने रमेश से अपने दिल की बात कह दी कि उसके लिए भी दो रोटी का जुगाड़ वही देखे दिल्ली में। रमेश ने साफ हाँ भी नहीं कहा और ना भी नहीं की थी।

वह समझता था कि प्रकाश उससे अधिक पढ़ा-लिखा है। उसने सोचा मैं इण्टर

पास और प्रकाश बी॰ए॰ है, देर-सवेर कहीं कोई सरकारी नौकरी मिल ही जायेगी फिर वह एम॰ए॰ भी कर रहा है। कुछ नहीं तो मास्टरी तो मिल ही जायेगी। किन्तु वह इस बात से भी अनभिज्ञ नहीं था कि आज पढ़े-लिखे लोगों की क्या स्थिति है। डिग्री लिए बेकारों की भीड़ बढ़ती ही जा रही है।

उस रोज प्रकाश ने इस बात पर अधिक जोर नहीं दिया कि रमेश उसे दिल्ली में रोजी रोटी दिला सकता है या नहीं, पर आज तो वह ठान कर आया था कि वह रमेश से साफ पूछ लेगा, नहीं तो कोई और रास्ता तलाशने की सोचेगा।

दो-चार, इधर-उधर की बातें हुई, फिर प्रकाश काम की बात पर आ गया। 'तुमने मेरे बारे में कुछ सोचा?' रमेश ने एक लम्बी साँस भरते हुए कहा 'हाँ बन्धु सोचा तो है, कुछ क्या बहुत कुछ, परन्तु मेरी समझ में नहीं आ रहा है कि तुमने क्या समझकर दिल्ली में नौकरी की सोची है?

भइ दिल्ली में जिन्दगी जीना उतना आसान नहीं है, जितना बाहर से दिखायी देता है। रात-दिन भागमभाग, कम दाम अधिक काम। धुआँ, धूल, प्रदूषण और सबसे बड़ी समस्या रहने की। कहीं नौकरी तो कहीं कमरा फिर रोज बस की इन्तजारी, मुफ्त के धक्के और देर रात कमरे में पहुँचना। जितनी सड़ी गरमी है दिल्ली में, उतनी ही कोहरे वाली भीषण ठंड। कुछ हो जाये, कोई पूछने वाला नहीं। अमीरों और नेताओं का शहर है। गरीब आदमी तो अमीर बनने का स्वांग रचते-रचते नीलाम हो जाता वहाँ।'

प्रकाश ने उसे बीच में ही टोकते हुए कहा 'यह सब कुछ थोड़ा बहुत मैं भी जानता हूँ, भोगा नहीं तो क्या हुआ; देखा-सुना तो है रेडियो, टी॰वी॰ पर। वह सब तो मैं झेल लूँगा, पर नौकरी कहीं मिलेगी? तुम्हारी पहचान से मैंने यह पूछा है और तुम लगे भाषण देने'।

'यार नौकरी तो मिल ही जायेगी।'

'मिल जायेगी, इसका मतलब क्या समझूं मैं।'

'समझो मिल गयी लेकिन...'

'तुम्हारी लेकिन, परन्तु कहने की आदत नहीं गयी मित्र बचपन से।'

'देखो प्रकाश। इस लेकिन में बहुत बड़े अर्थ व कारण होते हैं। अब तुम समझोगे यह भाषण दे रहा है। परन्तु सच्चाई यही है कि बी॰ए॰, एम॰ए॰ पास लड़के भी दिन भर दिल्ली में कार्यालयों के चक्कर लगाते हैं। हमारे पहाड़ के लड़कों के पास नाममात्र की डिग्री होती है। न कोई तकनीकी डिग्री है और न ही कोई अनुभव, ऐसे में कौन पूछता है वहाँ?'

रमेश की बातें सुनकर प्रकाश गम्भीर हो गया और कहने लगा 'मैं भी 'आई.टी.आई.' से रेडियो, टी.वी. मैकेनिक ट्रेड से ट्रेनिंग करना चाहता था किन्तु वहाँ अध्यापक न होने के कारण मैंने वहाँ जाना उचित नहीं समझा। अब सोचता

हूँ कि वैसे ही कर लेना चाहिए था। कम से कम डिग्री तो होती'।

'पर क्या करते ऐसी डिग्री से जिसमें जानकारी ही न हो?'

'तुम्हें दिल्ली जाने का प्रोग्राम बनाने से पहले ताऊ जी से पूछना होगा।'

'बाबू जी तो हमेशा की तरह मना ही करेंगे, वही घिसी-पिटी बातें-क्या करोगे दिल्ली जाकर? न साफ हवा, न साफ पानी, न लोगों में दया भाव और न ही सहिष्णुता और भी न जाने क्या-क्या...।'

'तब क्या तुम अपने बाबू जी की इच्छा के विरुद्ध दिल्ली चलोगे?'

'हाँ! विचार तो कुछ ऐसा ही है।'

'खूब ठोक पीटकर और सोच-विचार कर के ही निर्णय लेना प्रकाश! बाद में कोई पछतावा नहीं होना चाहिए, क्योंकि वहाँ जाने वाले पहाड़ के लोग एक लम्बे संघर्ष के बाद ही वहाँ के निवासी बन सके हैं और पहाड़ को सदा के लिए छोड़ चुके हैं वे लोग। अब कभी शादी, त्यौहार, सुख-दुःख में या फिर टूरिस्ट बनकर ही आते हैं यहाँ।

'रमेश। तुम भी बाबू जी की तरह बातें करते हो?'

'क्या?'

'यही पहाड़ छोड़ने की बातें।'

'ठीक तो कहते हैं ताऊजी। तुम नहीं समझोगे प्रकाश! अभी इस दर्द को।'

इस तरह काफी जद्दोजहद के बाद, शंकरदा के लाख मना करने पर भी उनका इकलौता बेटा प्रकाश दिल्ली जाने की ठान चुका था। रमेश उसे कुछ दिन अपने साथ रखने हेतु सहमत हो गया है। ज्यादा दिन तक अपने साथ इसलिए नहीं रख सकता था, क्योंकि मकान मालिक को यह स्वीकार्य नहीं होगा।

प्रकाश अपने बाबू जी से दिल्ली जाने की अनुमति लेने से पहले मन ही मन सोचता रहा है कि बाबू जी दिल्ली जाने की इजाजत तो देंगे नहीं, कैसे समझाया जाये उन्हें? मेरे जाने के बाद घर के काम कौन करेगा?

भले ही शांति सब कुछ संभाल लेती है। फिर भी माँ न जाने क्या कहने लगे? परेशानी मेरे जाने से घर में भी होगी और मुझे दिल्ली में भी, लेकिन किया क्या जाये जिससे साँप भी मर जाये और लाठी भी न टूटे। उसे थोड़ी देर के लिए कुछ समझ नहीं आया। बेरोजगारी की मार ने उसे व्यावहारिक धरातल पर ला पटका था।

चाय के खोमचों में दिन भर इस तरह खाली बैठे रहना उसे ही क्या, किसी भी नौजवान को इस उम्र में अच्छा नहीं लग सकता। पहाड़ में लाख हाथ-पाँव मारते हुए भी रोजगार नहीं मिल सकता। खेती इतनी है नहीं कि उसके भरोसे पूरे जीवन भर यहाँ टिका जा सके।

कमरतोड़ मेहनत और खाने को मात्र चार महीने का राशन। उस पर भी जंगली जानवरों और पक्षियों द्वारा फसल को क्षति पहुँचाना और फिर समय से बारिश न

हुई तो समझो चार महीने का राशन भी नहीं निकलेगा खेतों से।

कभी उसे अपने बाबू जी की बात उचित ही जान पड़ती कि पहाड़ से व्यक्ति काले बाल लेकर जाता है और फिर सफेद बाल लेकर लौटता है। परिवारजन पहाड़ में तो खुद परदेश में। उधर नौकरी की अनिश्चितता की चिन्ता तो इधर घर की चिन्ता। उफ्फ! पूरी जिन्दगी क्या यूँ ही निकल जायेगी? इसी उधेड़बुन में जाने कब प्रकाश की आँख लग गयी।

प्रकाश दिल्ली जाने की अपनी इच्छा को दृढ़ता के साथ बाबू जी के सामने रखना चाहता है। रात का खाना खाने के बाद परिवार के चारों लोग एक साथ बैठे हैं। पूस के महीने की ठिठुरन पैदा करने वाली ठंड में वे सब बीच में अंगीठी जलाये आग के सहारे आसपास बैठे थे। प्रकाश ने उचित वातावरण देखकर बात छेड़ी 'बाबू जी! मैं दिल्ली जाना चाहता हूँ।'

'क्यों?'

'नौकरी के लिए।'

'वहाँ किसने रखी है तुम्हारे लिए नौकरी?'

'इतने लोग जो जाते हैं वैसे ही, कहीं न कहीं मुझे भी मिल ही जायेगी।'

'पर बेटा वहाँ रहने, खाने...'

बीच में ही प्रकाश की माँ बोल पड़ी, 'परू बेटा, क्या करेगा दिल्ली जाकर? एक ही तो लड़का है हमारा, यहाँ खाने, पीने की कमी थोड़े ना है। क्या रखा है बेटा दिल्ली में? अभी तो पढ़ाई ही कर रहा है, कहीं न कहीं दो रोटी खाने लायक नौकरी तो मिल ही जायेगी इसी पहाड़ में।'

प्रकाश ने माँ की बातों की ओर विशेष ध्यान नहीं दिया, उसे विश्वास था कि माँ तो मान ही जायेगी। कहने लगा 'बाबू जी एक बार आप मुझे जाने दीजिए, फिर रमेश भी वहीं है, उसी के साथ जाऊँगा कुछ दिन वहीं रहूँगा।'

'तो यह रमेश की पढ़ाई हुई पट्टी है।'

'नहीं बाबू जी! मैंने ही उससे कहा था। वह तो मना कर रहा था, परन्तु जब मैंने जिद की तो कहने लगा कि अपने बाबू जी से पूछ लेना और सोच-विचार कर निर्णय लेना।'

'ठीक ही तो कहा रमेश ने' माँ बोली।

'पर माँ तुम नहीं जानती, यहाँ तो ऐसे ही उम्र चली जायेगी।'

शंकर दत्त को महसूस हुआ कि प्रकाश जाने की ठान ही चुका है। फिर भी उन्होंने एक बार पुनः समझाते हुए कहा 'बेटा! तुम पढ़े-लिखे हो, समझदार हो, अपना भला-बुरा जानते हो। मैं भी भारत घूमा हूँ, शहरी जिन्दगी भी देखी है। वहाँ तनाव, बीमारियों और ठगी के सिवा विकास के नाम पर अधिक कुछ नहीं मिलेगा।'

शंकर दत्त समझाते जा रहे थे, 'बेटा वहाँ जैसा दिखता है, वैसा है नहीं। यदि

तुम यहीं रोजगार करना चाहो, तो मुझे अच्छा लगेगा। छोटा-मोटा रोजगार यहीं घर गाँव-कस्बे में चल सकता है। मैंने देखा है लोग दिल्ली से लौटकर घर गाँव में ही रोजगार करने लगे हैं।'

शान्ति अपनी प्रवृत्ति के अनुरूप अब तक चुप बैठी सब कुछ सुन रही थी। धीमी आवाज में बोली 'बड़े भैया! तुम चले जाओगे तब घर में माँ-बाबू जी को कौन देखेगा? ईजा की दवा लेने हर पन्द्रह दिन बाद बाजार जाना पड़ता है। यह सब कौन करेगा?'

प्रकाश ने कोई उत्तर न देते हुए इतना ही कहा—'क्या तुम सब लोग यही चाहते हो कि मैं घर से बाहर न जाऊँ, यहीं पड़ा रहूँ?' उसने कुछ नाराजगी भरे स्वर में कहा—'यदि यही आप लोगों की इच्छा है तो ठीक है।' इतना कहकर चुपके से उठकर वहाँ से अपने कमरे में चला गया।

दो-तीन दिन तक प्रकाश की परिवार के सदस्यों से बोल-चाल कम हो गयी। अगले इतवार को रमेश को दिल्ली जाना है। अभी चार दिन शेष हैं। वह इसी उधेड़-बुन में पड़ा रहता कि गाँव से पिण्ड कैसे छूटे? माँ को बेटे का इस तरह चुपचाप रहना बिल्कुल अच्छा नहीं लग रहा था।

अगले दिन माँ ने प्रकाश से कहा, 'बेटा! तू दिल्ली जाना चाहता है, अच्छी बात है। तेरे बाबू जी भी तुझे रोक तो नहीं रहे हैं, वे तो समझा रहे थे। बेटा शान्ति का भी विवाह तय होना है। इसी चिन्ता में घुले जा रहे हैं।'

मोहन को शहर में डाक्टरी पढ़ाई का खर्च भेजना, तुम्हारी पढ़ाई और अभी तक शान्ति भी पढ़ ही रही है। परिवार का खर्च और सुख-दुःख और एक पेंशन कितना चला पायेगी बेटा गृहस्थी? इसलिए तुझे समझा रहे थे।'

प्रकाश ने माँ को विश्वास दिलाते हुए कहा, 'माँ! मुझे भी इन सभी चिन्ताओं का भली भाँति आभास है, किन्तु मेरे हाथ बंधे हुए हैं। मैं चाहकर भी कुछ नहीं कर पा रहा हूँ। मेरे सारे संगी साथी यहाँ तक कि उम्र में मुझसे कई बरस छोटे भी, नौकरी कर गुजर-बसर कर रहे हैं और मैं यूँ ही निठल्ला कब तक पड़ा रहूँगा यहाँ। यही सोचकर दिल्ली जाने की ठानी है।'

इसी बीच बाबू जी व शान्ति भी आ गयी और सबने तय कर लिया कि आने वाले इतवार को प्रकाश भी रमेश के साथ दिल्ली जायेगा।

समय किसी की प्रतीक्षा नहीं करता, वक्त किसी के थामे नहीं थमता। घर में अब तीन ही सदस्य थे। बाबू जी, माँ व शान्ति। शान्ति खूब मन लगाकर कार्य करती और सदा सन्तुष्ट रहती। घर गाँव में सभी उसके विनम्र व्यवहार का उदाहरण देते न थकते थे। किसी ने आज तक उसे जोर से हँसते नहीं सुना। पलकें झुकाकर चलती। पढ़ने में बहुत अच्छी नहीं थी, तो बुरी भी नहीं थी।

माँ को शान्ति के विवाह की चिन्ता सताने लगी थी दिन-प्रतिदिन। स्वास्थ्य

पहले से खराब ही रहता था। अक्सर माँ सोचती थी कि यदि शान्ति की शादी हो गयी तो फिर कौन देगा उन्हें पानी? इकलौता लड़का है। वह भी दिल्ली में रहता है। विवाह अभी लड़की का ही नहीं हुआ है, लड़के का तो बाद में ही होगा।

बाबू जी शान्ति के लिए अच्छे लड़के की तलाश में पण्डित जी से मिलकर दिनरात एक किए हुए थे। किन्तु सफलता नहीं मिल पायी थी। कहीं घर अच्छा होता तो लड़के पर आकर मन अटक जाता। कहीं कुछ तो कहीं कुछ और फिर एक दिन गोपाल दत्त एक रिश्ता लाया दूर के एक गाँव का।

औसत पढ़ा-लिखा लड़का था, माँ उसकी नहीं थी। खाता-पीता घर। कोई परेशानी नहीं। जन्मकुण्डली का मिलान किया गया। ग्रह-नक्षत्र देखे गये। प्रत्येक दृष्टि से रिश्ता उचित जान पड़ता था। शंकर दत्त को बात लगभग जंच गयी थी। उन्होंने प्रकाश की माँ से चर्चा करने के बाद गोपाल दत्त को निर्णय बताने का आश्वासन दिया।

गोपाल दत्त जाते-जाते बोल गया था 'दाज्यू, जल्दी सोच लेना। ऐसा घर-वर फिर नहीं मिलेगा।' कहता 'भाग्य, भविष्य व भगवान किसने देखा? दाज्यू वह विधि का विधान है, सब अपनी किस्मत का लेखा है।'

शंकर दत्त ने प्रकाश की माँ से इस रिश्ते के बारे में बहुत देर तक चर्चा की। माँ चाहती थी कि लड़का रोजगार वाला होना चाहिए। शंकर दत्त प्रत्युत्तर में दलील देते हुए कहते कि घर का अकेला लड़का है। गाड़ी चलाता है, क्या कमी है उसके लिए? जो है सब उसी का तो है। माँ का तर्क था कि उनका लड़का भी तो अकेला है, फिर भी नौकरी की तलाश में गया है घर छोड़कर।

लम्बे तर्क-वितर्क के बाद माँ राजी हो गयी इस रिश्ते के लिए। शंकर दत्त ने प्रकाश की माँ से कहकर शान्ति की भी राय लेने के लिए कहा। उन्हें पता था कि उनकी लड़की 'गउफ' है, कहेगी कुछ नहीं, चाहे जिस खूंटे से भी बाँध दो। माँ के पूछने पर शान्ति ने सिर्फ इतना कहा कि 'आप माँ-बाप हैं, जो करेंगे अच्छा ही करेंगे' और वहाँ से उठकर चली गयी।

चार पाँच दिन बाद शंकर दत्त गोपाल के घर गये और इस रिश्ते के लिए अपनी सहमति जता-दी। आने वाले बुधवार को लड़के के घर आगे की बातचीत हेतु जाने का निर्णय लिया।

लगभग साठ किमी॰ दूर तक जीप से तथा दो मील पैदल चलने के बाद शंकर दत्त गोपाल के साथ लड़के के घर पहुँचे। सेवानिवृत्त सूबेदार सोमेश चन्द्र ने उनका गर्म जोशी से स्वागत किया। लड़का भी खातिरदारी में लगा था। घर में माँ थी नहीं, कोई और भाई बहिन भी नहीं थे, इसलिए सारे कार्य दोनों बाप-बेटा मिलकर ही करते थे।

दोनों सेवानिवृत्त फौजी देर रात तक बैठकर अपने-अपने फौजी जीवन की चर्चा

करते रहे। गोपाल दत्त बीच-बीच में हाँ-हाँ करता जाता। आज की भोजन व्यवस्था के लिए पड़ोस की चाची से कहा गया था। भोजन के बाद मुख्य विषय तक आते-आते रात के दस बज गये थे। दोनों फौजी थे लिहाजा दो-दो पैग भी चढ़ा ली थी और फिर दोनों गपशप में मशगूल हो गये थे।

गोपाल दत्त फौज की शराब के दो पैग भी नहीं झेल पाया, तो उसे आराम करने को कहा गया। शंकर दत्त और सोमेश चन्द्र भावी समधि बनने जा रहे थे, इसलिए दोनों में खुलकर बातें हुई। आखिर में तय हुआ कि पन्द्रह दिन बाद लड़का-लड़की एक दूसरे से परिचित होकर अपनी-अपनी सहमति व्यक्त कर दें। लड़का अपने मामा के साथ थापला जायेगा।

सारी बातचीत होने के बाद सुबह शंकर दत्त और गोपाल ने सोमेश चंद्र से विदा ली और अपने गाँव लौट आये।

रास्ते में गोपाल दत्त कह रहा था, 'दाज्यू कल तो थ्री एक्स रम ऐसी चढ़ी कि सुबह ही आँख खुली घर में मत बताना, नहीं तो कहेंगे कि वहाँ सोने गये थे या शादी की बात करने। क्या बात हुई? पक्की हो गयी?'

शंकर दत्त बोले. 'अभी लड़का-लड़की एक दूसरे को देख लें, फिर दिन, माह, वार तय किया जायेगा। सूबेदार मुझे अच्छा आदमी लगा। साफ बोलता है। घरवाली है नहीं बेचारे की, इसलिए घरबार सम्भालने वाली बहू चाहिए।'

घर पहुँचकर शंकर दत्त ने अपनी पत्नी को सारी बातें विस्तार से बतायी। शान्ति रसोई में काम करते हुए सब सुन रही थी। धड़कन बढ़ जाती थी इस घर से विदाई के नाम पर। नया घर, परिवेश, परिवार, पति और भी न जाने क्या-क्या। रेडियो पर उत्तरायण कार्यक्रम में बज रहे लोकगीत के मीठे बोलों के बीच वह सोच में डूब गयी थी...।

'घुघुती घुरौंण लागी मेरा मैत की,
बौड़ी-बौड़ी ऐगे ऋतु-ऋतु चैत की...।'

शान्ति सोचती कि जाने कैसी प्रवृत्ति के व्यक्ति से पल्ला पड़ेगा? उसका स्वभाव कैसा होगा? वहाँ घर में कोई दूसरी महिला भी तो नहीं है, पर पड़ोस में तो होगी? लेकिन पड़ोस तो पड़ोस है, घर का सदस्य घर का होता है। फिर घड़ी भर बाद सोचती कि अभी कौन सा निश्चित हुआ है। देखने-सुनने के लिए आने वाले हैं पता नहीं पसन्द करें या न करें? जब वहीं मुझे पंसद न आये तब। खैर यह तो माँ-बाबू जी का फैसला है, जो उसे शिरोधार्य है। मेरे लिए बुरा थोड़े ही सोचेंगें।

माँ ने आवाज दी 'शान्ति! खाना बन गया इजा'?

'हाँ माँ जी आइये।'

इस बीच शान्ति के रिश्ते की बात उसकी सहेलियों के कानों तक पहुँच चुकी थी और मौका मिलने पर वे उससे चुहलबाजी करने से नहीं चूकती थीं। शान्ति बस मुस्करा भर देती। किसी प्रकार का विरोध नहीं करती।

जब कुछ चंचल सहेलियाँ अधिक छेड़ती, तब उनकी ओर बड़ी-बड़ी आँखें घुमाकर बनावटी क्रोध मात्र प्रकट करती। सखी-सहेलियां थीं कि घास काटने, लकड़ी लाने, पानी लेने या ढोर-डंगर चराने कहीं भी शान्ति को चिढ़ाने में नहीं चूकती थीं और कहतीं, 'तुझे ऐसा पति मिलेगा जो खूब बातूनी होगा। जिसकी बकबक सुनकर तेरा सिरदर्द हो जायेगा। ये बड़ी-बड़ी काली-काली आँखें उसी को दिखाना।' कुछ नयी नवेली भाभियाँ भी सखियों के साथ हाँ में हाँ मिलाते हुए शान्ति को छेड़ती रहती थीं।

किन्तु सभी सहेलियां शान्ति के सरल स्वभाव से परिचित नहीं थी। उनमें खूब घुटती थी। सखियाँ कहती थी शान्ति ससुराल जाकर हमें भूल मत जाना। कभी चिट्ठी पत्तरी में हमें भी याद कर लेना। शान्ति कहती, 'तुम क्या हमेशा यहीं बैठी रहोगी, जाना तो तुम्हें भी होगा।'

इसी हँसी खुशी के माहौल में पन्द्रह दिन जाने कब बीत गये। शान्ति को पता ही नहीं चला। कल शान्ति को देखने के लिए हरिकृष्ण अपने मामा के साथ आने वाला है। गाँव की सखियाँ आज शान्ति के बिना ही घास लेने चली गयी। वे आज गाँव आने वाले रास्ते की तरफ गयी हैं ताकि शान्ति के होने वाले पति को देख सकें।

दो अजनबी जंगल के रास्ते से चले आ रहे हैं। रास्ते में घसेरियों से थापला गाँव का रास्ता पूछते हैं।

एक सहेली ने जिज्ञासावश पूछ ही लिया 'आपको किसके घर जाना है?'

'श्री शंकर दत्त जी के घर।'

'अच्छा...हाँ...हाँ यही है। सीधे चले जाइये, पंचायत घर से बाँये मुड़कर मालटा के पेड़ों के पास ही बड़ा लेन्टर वाला मकान है उनका।'

और सहेलियाँ कानाफूसी में व्यस्त हो गयी, 'अरे पीछे वाला ही होगा हरिकृष्ण, हाँ...।'

सायंकाल हरिकृष्ण और उसके मामा शंकर दत्त के घर पहुँचे। शंकर दत्त के घर में उनकी खूब आवभगत हुई। हरिकृष्ण को शान्ति पसन्द आयी, परन्तु शान्ति ने तो सामने नजर उठाकर भी नहीं देखा। बस हरिकृष्ण की बातों का उत्तर गर्दन झुकाए हुए सिर हिलाकर हाँ, ना में देती रही।

देर रात उसकी माँ ने पूछा 'ईजा, तुझे लड़का पसन्द है'? शान्ति बोली 'मैंने तो देखा नहीं।' माँ ने कहा 'सुबह तक देख भी लेना।' प्रातः जीने की बाड़ में शान्ति ने कनखियों से हरिकृष्ण के दर्शन किये तथा मन ही मन अपना भाग्य मान बैठी कि जो ईश्वर देव को मंजूर होगा और वहाँ से हट गयी। सुबह चाय नाश्ते के बाद हरिकृष्ण अपने मामा के साथ प्रसन्न मन से विदा लेकर अपने घर की ओर चल पड़ा।

ब्याह की तिथि तय हो गयी। शंकर दत्त मन ही मन बुदबुदाते हैं, 'सारी तैयारियाँ करनी हैं। प्रकाश को दिल्ली गये अभी छः महीने ही तो हुए हैं। पता नहीं उसे छुट्टी मिलती है कि नहीं। प्रकाश को शान्ति के ब्याह की सूचना जब पत्र द्वारा प्राप्त हुई,

तो अधिकारी से बहुत निवेदन के बाद उसे दस दिन की छुट्टी मिल पाई। वह अपने बाबू जी का हाथ आर्थिक रूप से तो नहीं बँटा पाया लेकिन दौड़ धूप तो सारी उसे ही करनी है।

तीन गाँवों में न्योता देना, शादी का सामान और रसद जुटाना। घर की साफ-सफाई, आने वालों की आवभगत। वह तड़के सुबह उठ जाता और देर रात ग्यारह-बारह बजे सोता। पिछले चार-पाँच दिनों से उसकी यही दिनचर्या थी। माँ कहती बेटा थोड़ा सुस्ता ले, आराम कर, कहीं बीमार पड़ गया तब, पर प्रकाश माँ को हाँ-हाँ कहता रहता। ब्याह की तिथि ज्यों-ज्यों निकट आती जा रही थी, उसकी दौड़-भाग बढ़ती जा रही थी। मेहमानों का आना शुरू हो गया।

शंकर दत्त अपने चौक में कुछ बुजुर्गों के साथ चौपाल में बैठे हुक्का गुड़गुड़ा रहे हैं। तभी उनके एक साथी ने कहा 'भुला शंकर शान्ति की शादी के बाद घर गृहस्थी कैसे चलेगी तेरी? प्रकाश की माँ बीमार अधिक रहती है। अब तक शान्ति ने सम्भाला था, प्रकाश तो फिर दिल्ली चला जायेगा।'

शंकर दत्त ने हुक्का उनकी ओर बढ़ाते हुए कहा 'दाज्यू लड़की को ससुराल जाना ही होता है, यह दुनिया की रस्म है। मैं भी इसी चिन्ता में झुलसा जा रहा हूँ कि शान्ति के जाने के बाद क्या होगा? आज तक उसके ब्याह की चिन्ता थी, अब दूसरी चिन्ता लग गयी है। सोचता हूँ जल्दी ही प्रकाश का ब्याह भी कर दूँ। मोहन डाक्टरी की पढ़ाई करके आ जाये बस। वैसे भी अब समय ही कितना बचा है...सात-आठ महीने में उसकी डाक्टरी भी पूरी हो जायेगी।'

दूसरे साथी ने हुक्का गुड़गुड़ाते हुए कहा, 'सात-आठ महीने बाद तुरन्त व्यवस्था हो जायेगी क्या? अभी से जुट जाओ। प्रकाश के लिए कहीं लड़की देखने लगो। सोच लो भाई, नहीं तो ढोर डंगर बेचने पड़ेंगें। खेती बाड़ी भी दूसरों को सौंपनी पड़ेगी।'

उन्हीं के बीच बैठे गोपाल दत्त बोल पड़े, 'पहले सामने वाला कार्य तो निभ जाये, तब और काम भी होते रहेंगे। दाज्यू मोहन के आते ही आपके सारे कष्ट छू मंतर हो जाएँगे।' इतने में सबके लिए चाय आ गयी। शान्ति थाली में चाय के गिलास सबके आगे घुमाती हुई निकल गयी।

तय तारीख को बारात के स्वागत के लिए सुबह से ही गाँव के लोग जुट गये थे। बारात की अगवानी गाँववालों ने परम्परागत रीत भाव से की। सभ्य बारातियों के बीच कुछ झांजी भी थे। गाँववालों ने सभी का बड़े आदर-सत्कार के साथ स्वागत किया।

हरिकृष्ण के पिता उत्साह भाव से लोगों से मिलते तथा कन्या पक्ष के सत्कार से प्रसन्न और सन्तुष्ट लगते थे। रात को शुभलग्नानुसार हरिकृष्ण एवं शान्ति का पाणिग्रहण संस्कार सम्पन्न हो गया।

प्रातः विदाई की बेला भी आ गयी। सबकी पलकें भीगी थीं। शान्ति खूब रोई। साथ ही माँ-बाबू जी तथा भैजी, सखी-सहेलियों, पड़ोसियों को भी खूब रफला गयी।

शान्ति के ससुराल जाने के बाद बाबू जी को लगता था कि जैसे चारों ओर सूना सूना सा हो गया है। जैसे सांय-सांय की आवाजें आ रही हों। कितनी गुणवान तथा आज्ञाकारी थी उनकी लाड़ली। माँ तो मानों एकदम असहाय ही हो गयी थी।

प्रकाश सोच में पड़ गया था कि उसके बूढ़े माँ-बाप की देख-रेख अब कौन करेगा? मोहन दा शहर में और स्वयं वह दिल्ली में। दो दिन बाद वापस भी जाना है। घर की समस्याएँ एक-एक कर उसके मानस पटल पर आ रही थीं। छुट्टियाँ खत्म हो जाने के कारण शान्ति के 'दुवारबाट' से पूर्व ही प्रकाश दिल्ली लौट गया।

दिल्ली लौट कर भी बेचैन था वह। हर पल घर की चिन्ता सताती। आज तक तो उसकी बहन ने भाई के समान दायित्व निभाया था, अब आगे क्या होगा? यही सोचते-सोचते उसका काम में भी मन नहीं लग रहा था।

शान्ति सुहागन के जोड़े में एक सप्ताह बाद मायके आयी। माँ से लिपटकर रोई। आते ही माँ ने पूछा, 'इजा ससुराल में सब ठीक तो है न? शान्ति ने हामी भरते हुए सिर हिलाया। बाबू जी की आँखों में आँसू डबडबा आये। आवाज कंपकंपाने लगी थी। उन्होंने बेटी को गले लगाकर अपने मन को शान्त किया। इस तरह दो तीन दिन रहने के बाद शान्ति फिर ससुराल लौट गयी अपने माँ-बाप की चिन्ता मन में लिए।

भगवान ने भी लड़की को क्या भाव दिये हैं। एक घर से दूसरे घर में जाकर सामंजस्य बिठाना, सबको प्रसन्न रखना, लोगों की अपेक्षाओं पर खरा उतरना। वह सबके लिए नयी और सब उसके लिए नये हैं। अनजाना परिवेश, परिवार, लोग, व्यवहार, दिनचर्या, परन्तु सब समझना पड़ेगा और सामंजस्य बनाना होगा। यही दुनिया का दस्तूर है। माँ बाबूजी की समय समय दी गयी इन्हीं नसीहतों को मन में रखकर शान्ति ने अपनी जिम्मेदारी संभाल ली थी।

शान्ति के आने के बाद सूबेदार सोमेश चन्द्र के घर की रौनक बढ़ गयी थी। शान्ति ने अपने कार्य व्यवहार से सभी का मन मोह लिया था। कार्य कुशल और व्यवहार कुशल तो वह पहले से ही थी। यहाँ उस में कुशल प्रबन्धन का गुण भी विकसित होता जा रहा था।

पति हरिकृष्ण दिन भर टैक्सी चलाता और शाम को दिन भर की कमाई शान्ति को सौंप देता। ससुर जी घर की चाबी पहले ही बहू को सौंप कर चिन्तामुक्त हो गये थे। उन्हें कभी-कभी अपनी पत्नी की याद आती, तो सोचते कि आज हरिकृष्ण की माँ जीवित होती तो कितना खुश होती शान्ति जैसी बहू को देखकर।

हरिकृष्ण एवं शान्ति की गृहस्थी वक्त के पहिये के साथ धीरे-धीरे बढ़ने लगी। शान्ति ने अपने मायके के कार्यानुभवों से ससुराल को संवार दिया था। कभी-कभी, पति-पत्नी में खट्टी-मीठी झड़प भी होती पर अधिक देर तक तनातनी नहीं रहती। कड़वी-कसैली बातें शान्ति आसानी से पचा जाती। चेहरे पर एक शिकन भी नहीं दिखती थी उसकी। दिन प्रसन्नतापूर्वक व्यतीत होने लगे पर उसे जब अपने माता-पिता की याद आती तो घंटों तक चिन्तित हो जाती।

उधर डाक्टरी की पढ़ाई कर रहा मोहन भी अपनी मंजिल पाने के करीब था। मोहन की बचपन से एक ही प्रबल इच्छा थी कि वह डाक्टर बनकर दूरस्थ ग्रामीण इलाकों में सेवा करे। गाँव के जन-जीवन के दुःख-दर्द को उसने निकटता से देखा, भोगा और जाना था। सचमुच कितनी कठिन जिन्दगी है पहाड़ के गाँवों की, कितने जीवट वाले होते हैं वहाँ के रहने वाले। अभावों में पलना मानों उसकी नियति हो। उसे बचपन से ही लगता था कि गाँव में स्वास्थ्य सुविधाएँ एवं अन्य प्राथमिक सुविधाएँ न होने के कारण ही लोग शहरों में पलायन करते जा रहे हैं। उसकी यह धारणा उत्तरोत्तर बलवती होती चली जा रही थी।

उसे उन दिनों की याद ताजा हो जाती थी जबसे उसने होश सम्भाला था। लोगों से अक्सर सुना करता था कि यदि कहीं दूर कोई अस्पताल है, तो डाक्टर नहीं हैं और डाक्टर है तो दवाएँ नहीं।

इसी वेदना को हृदय में लिए उसकी दृढ़ इच्छाशक्ति ने उसे डाक्टरी की शिक्षा को इस मंजिल तक पहुँचाया था। मोहन अपने अभावमय अतीत को आज भी नहीं भूला था। आज उसके सामने आगे बढ़ने के एक से बढ़कर एक अच्छे विकल्प थे, फिर भी वह अपने चाचा शंकर दत्त से प्राप्त संस्कारों की छाया को सीने से लगाये हुए था।

डाक्टरी का कोर्स करते हुए अनेक सहपाठियों के साथ आधुनिक वातावरण, शहरी आकर्षण, विदेश जाने जैसी अनेक चर्चाओं के बाद भी मोहन इस विचार पर अटल था कि उसके अपने कार्यक्षेत्र का लक्ष्य ग्रामीण जीवन ही रहेगा।

आखिर वह सुखद घड़ी आ ही गयी। आज मेडिकल कालेज का दीक्षान्त समारोह होना है। अन्तिम वर्ष के छात्रों को आज उपाधि प्रदान की जायेंगी। कालेज में उत्सव का सा वातावरण है। सभी को प्रतीक्षा है कार्यक्रम के प्रारम्भ होने की। सभागार खचाखच भरा हुआ है।

नये प्रशिक्षुओं के साथ प्रोफेसर, प्रवक्ता, कुछ अभिभावक और वरिष्ठ छात्र-प्रशिक्षार्थी सभी मुख्य अतिथि वक्ता प्रसिद्ध वैज्ञानिक प्रो. शकील अहमद अंसारी को सुनने के लिए आतुर थे। चिकित्सा विज्ञान में प्रो. अंसारी एक विश्वविख्यात नाम था जिन्होंने यूरोलोजी के क्षेत्र में एक नयी खोज करके क्रान्ति ला दी थी।

छोटे से ठिगने कद के प्रो. अंसारी जब मंच की ओर छोटे-छोटे कदमों से बढ़े, तो सभागार में बैठे लोगों ने खड़े होकर और मेजें थपथपा कर उनका अभिनन्दन किया। चौड़ा माथा, बड़ा सिर, घुंघराले बाल, आँखों पर पावर का चश्मा, सांवला रंग, मुख मण्डल पर सदाबहार मुस्कान लिए घनी दाढ़ी-मूछों वाला यह शख्स भले ही सामान्य लिबास में ढ़के था, लेकिन अपनी उपलब्धियों से सबके आकर्षण का केन्द्र था।

कार्यक्रम का प्रारम्भ होता है, कालेज के प्राचार्य महोदय के सम्बोधन से...'उपाधि धारण करने वाले प्रशिक्षार्थियों की जिन्दगी में आज के दिन का विशेष महत्व है।

आज से आप पूर्ण डाक्टर बनकर जनसेवा के वास्तविक क्षेत्र में पदार्पण करेंगे। मानवता की सेवा ही अब आपका परम धर्म है। आप लोग अपने-अपने कार्यक्षेत्र में जाकर दीन-दुःखियों, पिछड़ों, मुफलिसों, कुचलों की सेवा कर अपनी पढ़ाई को सार्थक करेंगे। समाज में डाक्टर को भगवान का रूप माना जाता है। मरीज डाक्टर के मधुर व्यवहार से ही आधा स्वस्थ हो जाता है। मैं भी आपसे यही आशा करता हूँ कि सिद्धान्त की परिधि से बाहर निकलकर आप लोग जब व्यवहार के ठोस धरातल पर कदम रखेंगे, तो अपने आदर्शों का त्याग नहीं करेंगे तथा जनाकांक्षाओं पर खरा उतरेंगे।

लोग आशाभरी नजरों से डाक्टर की ओर देखते हैं। मुझे आशा ही नहीं पूर्ण विश्वास है कि आप लोगों को कभी निराश नहीं करेंगे तथा सर्वदा इस बात को याद रखेंगे कि समाज सेवा ही आपका एकमात्र प्रथम और अन्तिम परम धर्म है। देश, काल, धर्म, सम्प्रदाय, जाति, वर्ग, ऊँच-नीच, अमीर-गरीब, शान्तिकाल-युद्ध काल, मित्र-शत्रु और मजहब की सभी सीमाओं से ऊपर-उठकर मानवता की सेवा ही आपका उद्देश्य होगा...। धन्यवाद!'

संचालक माइक सम्भालते हुए...'उपस्थित सुधीजनों! अब मैं अपने कालेज के एक ऐसे होनहार डाक्टर को आमन्त्रित करने जा रहा हूँ, जिसने प्रशिक्षण की अवधि में दो दर्जन से अधिक शोध पत्र एकल या ख्यातिलब्ध वैज्ञानिकों के साथ अन्तर्राष्ट्रीय एवं राष्ट्रीय चिकित्सा जगत को प्रदान किए हैं। कालेज की सभी प्रशिक्षणेत्तर गतिविधियों में जिसने हमेशा बढ़चढ़कर भाग लिया है तथा इन सबसे बढ़कर जिसे इस सत्र में स्वर्ण पदक के श्रेष्ठ सम्मान से विभूषित किया जा रहा है।'

संचालक धाराप्रवाह बोले जा रहा था, 'उनको प्रदान किये जाने वाले स्वर्ण पदक का महत्व तब और बढ़ जाता है, जबकि उनके द्वारा प्राप्त किये गये कुल अंक एक कीर्तिमान हैं जो अब तक इस संस्था से उत्तीर्ण होने वाले किसी भी प्रशिक्षार्थी को प्राप्त नहीं हो पाये हैं। अपनी कर्तव्यनिष्ठा, लगन और परिश्रम के कारण विगत, पाँच वर्षों से सबका मन मोहने में सफल रहे हैं। आपके सामने आ रहे हैं...डॉ॰ मोहन।'

सारा सभागार जोरदार करतल ध्वनि से मोहन का स्वागत करने लगा। मोहन मुस्कराता हुआ अपने चिर-परिचित अंदाज में अपने साथियों के मध्य से उठकर मंच पर पहुँचा। तालियाँ थीं कि थमने का नाम ही नहीं लेती थीं। मोहन मुख्य अतिथि से उपाधि और स्वर्ण पदक प्राप्त करता है तथा अपने नामानुरूप सबको अपनी विनम्रता से मोह लेता है। सादगी की प्रतिमूर्ति सरल हृदय मोहन ने सभा को सम्बोधित करते हुए कहा,

'प्रातः स्मरणीय श्रद्धेय गुरुजन एवं जागरूक प्रिय साथियों! आज मेरे बचपन का सपना साकार हुआ है। अब वह दिन आ गया है जब मैं दूर-दराज के पहाड़ी ग्राम्यांचलों में जाकर असहाय और गरीब लोगों की सेवा का सुअवसर प्राप्त कर

सकूँगा। जहाँ अभी भी प्राथमिक सुविधाएँ नहीं हैं। शिक्षा, स्वास्थ्य, सड़क और स्वच्छ पेयजल के मामले में लोग शताब्दियों पीछे हैं। किन्तु वहाँ के लोग भोले हैं, सरल हैं, सरस हैं, सहज तथा निष्कपट भी हैं।'

डाक्टर मोहन कहे जा रहा था, 'वास्तव में भौतिकवादी चकाचौंध से दूर ऐसे नैसर्गिक स्वस्थ वातावरण में कार्य करने का परम आत्मिक आनन्द है। मुझे समझ नहीं आता कि क्यों लोग नगरों की ओर भागे जा रहे हैं। धुआँ, धूल, धक्के, प्रदूषण, कोलाहल, कृत्रिम सम्बन्ध, कृत्रिम भोजन, कृत्रिम व्यवहार और भी न जाने क्या-क्या कृत्रिम ही तो है।'

बीच बीच में तालियों की गड़गड़ाहट के बीच मोहन का सम्बोधन जारी था, 'ऐसा नहीं कि शहरों में बुराइयाँ ही बुराइयाँ हैं, पर मैं समझता हूँ कि ग्रामीण पहाड़ी क्षेत्रों में डाक्टरों की शून्यता को भरने का कार्य हम नौजवान नहीं करेंगे तो भला कौन करेगा? आज के इस पावन अवसर पर इस पुनीत मंच से मेरा आप सभी सज्जनों एवं देवियों से निवेदन होगा कि आप भी अपना कर्तव्य-क्षेत्र उन स्थानों को चुनें जो प्राथमिक स्वास्थ्य सेवाओं की सुविधा की दृष्टि से वंचित हैं, जहाँ डाक्टर के अभाव में लोग असमय ही काल कवलित हो जाते हैं। ऐसे स्थानों पर कार्य करके ही हमारा जीवन वास्तविक रूप से सफल होगा। जय हिन्द, जय उत्तराखण्ड!'

डाक्टर मोहन के तर्कपूर्ण सम्बोधन से प्रभावित पूरा हॉल बहुत देर तक तालियों की गड़गड़ाहट और मेजों की थपथपाहट से गुंजायमान रहा।

दीक्षान्त समारोह के मुख्य अतिथि प्रो॰ शकील अहमद अंसारी ने भी अपने भाषण का केन्द्र मोहन के विचारों से जोड़कर छात्रों को प्रोत्साहित करते हुए कहा, 'आज देश से प्रतिभा का पलायन हो रहा है। सरकार डाक्टरों और इंजीनियरों की प्रशिक्षण प्रक्रिया में अपनी पूरी ताकत झोंक देती है, परन्तु जब वही ज्ञान अपने देश को सजाने सवांरने के काम नहीं आता, तब बहुत दुःख होता है। उच्चस्तरीय प्रतिभाओं की मातृभूमि के प्रति मोहभंग की स्थिति गम्भीर चिन्ता एवं चिन्तन का विषय है। मुझे भी युवा अवस्था में ब्रिटेन, अमेरिका, जर्मनी, रूस आदि कई धनी देशों से आकर्षक प्रस्ताव आये, किन्तु मैंने भारत में ही रहकर कार्य करने का फैसला ले लिया। आज मुझे अत्यधिक प्रसन्नता हुई डाक्टर मोहन के विचारों को सुनकर, जिन्होंने दूरस्थ ग्रामीण पर्वतीय क्षेत्रों को प्राथमिकता दी है।'

डॉ॰ अंसारी धाराप्रवाह बोले जा रहे थे, 'आप गाँवों में रहकर भी नोबल प्राइज प्राप्त कर सकते हैं। इंशाअल्ला आज अपना मुल्क भी दिन-दूनी रात चौगुनी उन्नति कर रहा है। जल्दी ही हम विश्वगुरु की उस पदवी को पुनः प्राप्त करेंगे। गाँधी जी ने कहा था कि भारत की आत्मा गाँवों में बसती है। हमारी ज्यादातर अवाम आज भी उन सुविधाओं से महरूम है जो उसे बीस वर्ष पहले मिल जानी चाहिए थीं।'

मुख्य अतिथि का सम्बोधन जारी था, 'हमारी कृषि व्यवस्था पशु पर आधारित,

अर्थ व्यवस्था का आधार ही गाँव है। गाँवों से बढ़ता पलायन शहरों को विकृत बना देता है। गाँव उजड़ रहे हैं और शहर सिकुड़ रहे हैं। बुद्ध, नानक, गांधी, हमीद के इस मुल्क को आज पुनः विवेकानन्द जैसे नवयुवकों की भारी जमात की आवश्यकता है। भारत माँ के चरणों में हँसते-हँसते शीश नवाने वाले उस अशफाक उल्ला, भगत सिंह, राजगुरफ के समान जज्बे की आवश्कता है जो मुल्क के लिए कुर्बान हो गये।'

प्रो॰ अंसारी बोले जा रहे थे, 'हमारी गंगा-जमुनी मजहबी संस्कृति में सुधार व समर्पण के लिए कोई बाहरी शख्स नहीं आयेगा। आप ही को आगे आना होगा। आज प्रासंगिक हो गया है कि मोहन के जैसे विचारों का प्रचार-प्रसार पूरे देश में हो। पैसा ही सब कुछ नहीं है। आइये, हिन्द की सेवा में बेतकल्लुफ होकर जुट जाइए। खुदा ने चाहा तो हम शीघ्र ही पूरी दुनिया के सरताज होंगे। हम हैं कि योग से भोग की ओर भागे जा रहे हैं। मैं हजरते इकबाल की इस शायरी के साथ अपनी बात को समाप्त करता हूँ कि-

चूँ मौज साजे साजूद वजूदम जे सैल बेपखास्त,
गुयां भवर की दरी बर साहिले जोयम।

अर्थात 'तरंग की भाँति मेरे जीवन की तरी भी प्रवाह की ओर से बेपरवाह है, यह न सोचो कि इस समुद्र में मैं किनारा ढूँढ़ रहा हूँ।, जय हिन्द, जय भारत'।

इस तरह मेडिकल कालेज का दीक्षान्त समारोह सम्पन्न हुआ। जलपान के समय प्रो॰ अंसारी और डा॰ मोहन के मध्य कुछ शिष्टाचार की बातें हुई। प्रोफेसर ने मोहन को प्रत्येक वह सहायता देने का वचन दिया, जिससे राष्ट्रोत्थान होता हो।

जिस तरह सिपाही जंग जीतकर आनन्दपूर्वक विश्राम करता है, किसान अपने अनाज को खेतों से बटोरकर भण्डार में रखकर सुख का अनुभव करता है, ठीक उसी तरह मोहन भी आज डिग्री प्राप्त करने के बाद छात्रावास के अपने कमरे में चारपाई पर लेटा खुली खिड़की से नीले आसमान में पंछियों के उड़ते झुंड को देखकर आनन्द का अनुभव कर रहा है।

भविष्य की चादर बुनते-बुनते न जाने कब आँख लग गयी। सपने में अपने पिताजी के दर्शन करता है जो उसे आशीर्वाद दे रहे हैं। 'बेटा मोहन। बेसहारों का सहारा बनना, गरीबों की सेवा करना और अपने अतीत को कभी न भूलना।'

सहसा सपना टूटता है। सोचता है एक-डेढ महीने में घर जाना ही है, पत्र क्या लिखूँ, नहीं चाचा जी को पत्र अवश्य लिखना चाहिए। पलक बिछाए बैठे होंगे पत्र की प्रतीक्षा में, मेरा इन्तजार भी हो रहा होगा। दो ही तो प्राणी हैं अब घर में, शान्ति ससुराल चली गयी। प्रकाश भी दिल्ली, नौकरी ढूँढ़ने गया होगा।

कितनी आशाएँ हैं उन्हें मोहन पर लेकिन मोहन शान्ति की शादी में नहीं जा पाया। उन दिनों फाइनल इम्तहान जो थे उसके। जो भी हो, अब उसके घर पहुँचने पर चाचा जी को कितनी प्रसन्नता होगी। उसे डाक्टर के लिबास में देखकर, गर्व के

साथ लोगों को कहेंगे, 'देखो हमारा मोहन डाक्टर बन गया है।' गाँव के लोग बधाई देने आयेंगे। चाची जी की बूढ़ी आँखों में चमक आ जायेगी। यही सब सोचकर मोहन पत्र लिखने बैठ गया।

'पूजनीय चाचा, चाची जी के चरणविन्दों में मोहन का सष्टांग प्रणाम। आशा है कि आप कुशलपूर्वक होंगे। आपके आशीर्वाद एवं इष्टदेव की कृपा से मैं पूरे कालेज में सर्वाधिक अंकों में उत्तीर्ण हुआ हूँ। मैं डेढ़ एक महीने में घर आ जाऊँगा। अपने स्वास्थ्य का ध्यान रखियेगा। चि॰ प्रकाश भुला के पत्र आते होंगे। सौभाग्यवती बहन शान्ति की कुशल अच्छी होगी।

अन्य बातें आपके दर्शनोपरान्त। घर पड़ोस, गाँव में सभी को पुनः यथायोग्य नमस्काराशीष।'

आपका

—मोहन

मोहन अभी अपने सपने का दृश्य याद कर ही रहा था कि आज इतने वर्षों बाद सपनों में आकर पिता जी ने बचपन की याद ताजा कर दी। वे भी कैसे दिन थे। एक लम्बी गहरी साँस लेता है। तभी कमरे में उसे किसी के आने का आभास होता है। मोहन ध्यान न देते हुए अनदेखा कर देता है, पर कोई उससे चुहलबाजी करना चाहता है और किसी की नर्म अंगुलिया पीछे से आकर उसकी आँखें ढक लेती हैं।

क्षणभर बाद मोहन कह उठा, 'गीता। डाक्टर बनकर भी तुम्हारा बचपना नहीं गया। गीता खिलखिलाकर हँस पड़ी और मोहन द्वारा लिखे गये पत्र को उठाकर पढ़ने लगी।

'क्यों जनाब। पत्र कहाँ भेजे जा रहे हैं? हमारे रहते हुए ओहोऽऽऽऽ जाने की तैयारी भी हो चुकी है।'

'हाँ गीतू! चाचा जी मेरी प्रतीक्षा कर रहे होंगे। उन्होंने प्राणों की बाजी लगाकर मुझे यहाँ तक पहुँचाया, अन्यथा मैं आज न जाने कहाँ होता?'

'तुम अपने चाचा जी को बहुत चाहते हो?'

'क्यों नहीं।'

'और गाँव में रहने के बारे में क्या ख्याल हैं? आप मंच लम्बी-लम्बी हाँक रहे थे। जानते हो मेरी सहेलियाँ क्या कह रही थीं?'

'मुझे इससे क्या तेना कि मेरे विचारों पर तुम्हारी सहेलियों की क्या प्रतिक्रिया थी?'

'तो सच में तुम गाँव में रहोगे?'

'निश्चित गीतू! गाँव में रहना कोई टेढ़ी खीर नहीं। मैं उन शेख चिल्लियों में नहीं हूँ जो हवा में बातें करते हैं।

'गाँव में रहने का तुम्हारा फैसला आखिरी है?'

'हाँ विचार तो यही है, कल किसने देखा?'

'गाँव में ही क्लीनिक खोलने का कोई और कारण तो नहीं है?' गीता ने शरारत भरी नजरों से कहा।

एक गहरी सांस भरते हुए मोहन बोला, 'नहीं गीतू! तुम नहीं समझ सकती। मेरी जिन्दगी का एक खास मकसद है जो मेरे अभावपूर्ण बचपन से जुड़ा है।'

'तुम पहेलियाँ बहुत बुझाते हो, जरा मैं भी तो जानूँ कि आखिर क्या कारण है जो तुम अपने गाँव और पहाड़ के प्रति इतना समर्पित भाव रखते हो?'

मोहन को अभी भी ठीक से याद है, फिर भी बोला, 'क्या करोगी मेरी दास्तान सुनकर? बारह वर्ष पुरानी बात है, जब मोहन स्कूल से लौट रहा था। आठवीं कक्षा का छात्र था। उसके बाबू जी का स्वास्थ्य दिन प्रतिदिन गिरता ही जा रहा था। मोहन को कुछ नहीं सूझता था। अपने पैरों पर खड़ा होता, तो पिताजी का इलाज करवाता।

वह अपने बाबू जी के इलाज के लिए ओखली में सिर डालने को भी तैयार था, किन्तु खून-पसीना एक करके भी बाबू जी को किसी बड़े डॉक्टर को दिखाना उसके वश में नहीं था। लोग कोरी सहानुभूति दिखाकर किनारा काट लेते थे। उसे एकमात्र आशा अपने चाचा शंकर ही से थी। उसने चाचाजी को पत्र लिख तो दिया था, किन्तु उनकी छुट्टियाँ स्वीकृत होकर आने का निश्चित नहीं था। मोहन हमेशा उसी उधेड़बुन में पड़ा रहता था कि कैसे उसके बाबू जी का उचित इलाज हो।

शंकर चाचा बीस दिन की छुट्टी आये थे। घर आते ही उन्होंने अपने भाई को डाक्टर को दिखाया। डाक्टर ने बाबू जी को टी॰बी॰ बताई थी। कहा था कि एक सप्ताह की दवा लेनी होगी तभी कुछ कहा जा सकता है। सात दिन बाद दिखाने को कहा था।

किन्तु नियति कुछ और ही खेल, खेल रही थी। एक सप्ताह से पूर्व ही मोहन के बाबू जी का स्वास्थ्य तेजी से गिरने-बिगड़ने लगा था। मोहन को दिन में तारे दीखने लगे। दौड़ दौड़ कर वह घर से पाँच मील दूर डाक्टर के आवास पर गया था।

सूर्यास्त हो चुका था, चारों ओर घुप्प अंधेरा छा गया था। बदहवास होकर डाक्टर के दरवाजे पर मोहन ने दस्तक दी थी। थोड़ी देर में नौकर ने किवाड़ खोलकर डाक्टर के घर में उपलब्ध न होने की झूठी बात बोलकर तुरन्त किवाड़ बन्द करने का प्रयास किया था। मोहन कितना गिड़गिड़ाया था नौकर के आगे, तब कहीं जाकर डाक्टर बाहर आया था।

उसने डाक्टर के पाँव पकड़ते हुए एक बार चलकर बाबू जी को देख लेने का आग्रह आशाभरी नजरों से किया था, किन्तु डाक्टर ने देर रात जंगल के रास्ते गाँव जाने व फिर वापिस लौटने में होने वाली कठिनाइयाँ गिनाते हुए आने में असमर्थता व्यक्त कर दी थी। अधिक गिड़गिड़ाने पर उसे दुत्कार कर भगा दिया गया था। मायूस होकर भारी मन से मोहन जब गाँव लौटा तो वही हुआ, जिसका उसे अंदेशा था।

हम दुःख की अवस्था में जब सच्चाई का सामना करते हैं तो दुनिया बड़ी बेदर्द,

निदर्यी और स्वार्थी जान पड़ती है। किस्मत में जो लिखा है वह होकर रहता है। कलम का लिखा और कपाल की रेखाएँ भला कौन मिटा सकता है? वक्त अपनी मंथर गति से बढ़ता ही जाता है।

समय घाव तो अवश्य भर देता है, पर निशान छोड़ जाता है, जो मिटाए नहीं मिटते। कोई उड़ता हवा का झोंका आकर उन्हें फिर कुरेद जाता है। यादें ताजी हो आती हैं। किन्तु हाथ पर हाथ रखकर तो नहीं बैठा जा सकता। फूँक-फूँक कर चलने पर भी होनी होकर रहती है। सुख के दिन छू मन्तर, उड़न छू हो जाते हैं, जबकि दुःख की घड़ियाँ सदियों के समान लगती हैं।

छोटी उम्र में बड़ा बोझ जब सिर पर आ जाता है, तब व्यक्ति समय से पहले परिपक्व हो जाता है। मोहन के साथ भी कुछ ऐसा ही हुआ था।

अपने बाबू जी के दाहसंस्कार के समय मोहन ने मन ही मन निश्चय किया था कि वह भविष्य में डाक्टर ही बनेगा, ताकि किसी और मोहन के बाबू जी फिर कभी डाक्टर के अभाव में इस तरह तड़प-तड़पकर दम न तोड़ दें।'

मोहन ने गीता को संक्षेप में बताया कि कैसे चाचाजी के प्रयत्नों से उसके डाक्टर बनने का सपना आज पूर्ण हुआ है।

मोहन की मर्म भरी कहानी सुनकर गीता ने सकुचाते हुए कहा 'क्या मैं भी तुम्हारे साथ गाँव चल सकती हूँ? मैं भी तुम्हारे चाचा जी से आशीर्वाद लेना चाहती हूँ। मैं दर्शन करना चाहती हूँ ऐसे देवस्वरूप इन्सान के जिनमें इतनी मजबूत इच्छा शक्ति है कि तुम्हें इस पड़ाव तक पहुँचाया।' मोहन ने गीता से सहमति व्यक्त करते हुए कहा कि वह तो इसके लिए तैयार है, किन्तु उसे पहले अपने माता-पिताजी की अनुमति लेनी होगी।

'गीता। एक बात मैं कई दिनों से तुम्हें कहना चाहता हूँ, परन्तु कह नहीं पाया?'

'क्या?'

'सोचता हूँ तुम कहीं कोई और अर्थ न निकाल लो।'

'सोचते ही रहोगे या कुछ कहोगे भी अब?'

'गीता! मैं तुम्हें सदैव अपने पास रखना चाहता हूँ। क्या तुम मुझसे सहमत हो?'

गीता ने स्त्री स्वभाव के अनुरूप पलकें झुकाते हुए कहा , 'इस सहमति के लिए तुम्हें मेरे माँ पिताजी से बात करनी होगी।'

मोहन ने हामी भरते हुए कहा 'बात तो करनी ही पड़ेगी अब।'

गीता को विश्वास था कि उसकी माँ उसे अवश्य ही मोहन के साथ गाँव जाने की सहमति के लिए पिताजी से पैरवी करेगी।

गीता अपने माता-पिता की इकलौती सन्तान थी। खूब लाड़-प्यार में पली-बढ़ी थी। अभाव किसे कहते हैं यह उसने कभी नहीं जाना था। किन्तु उसमें विनम्रता एवं समझ का अदभुत संगम था। उसके पिता जी किसी प्राइवेट कम्पनी के निदेशक पद से सेवानिवृत्त हुए थे।

शहरों का जीवन किस कदर भाग-दौड़ भरा होता है, फिर भी लोग शहरों में ही रहना पसन्द करते हैं। परन्तु गीता के पिताजी इस शहरी जीवन से दुःखी प्रतीत होते थे। एक ही लड़की थी। पढ़ा-लिखाकर डाक्टरी कोर्स करा चुके थे। सोचते थे कि गीता के लिए लड़का वे अपनी इच्छा से नहीं, उसी की सहमति इच्छा से तय करेंगे, माँ-बाप को बेटी पर तो बेटी को माँ-बाप पर विश्वास था।

गीता के डाक्टरी कोर्स में जाने के बाद माँ-बाप अकेले रहते थे। बंगले में नौकर चाकर तो थे, फिर भी एक कमी सी रहती थी। गीता यदा-कदा छुट्टियों में घर आती तो साथ में अलग-अलग दोस्तों को साथ लाती, किन्तु वह मोहन को तो हमेशा साथ लाती ही थी, चाहे जिद करनी पड़ती।

एक ही लड़की होने के कारण माँ-बाप की हार्दिक इच्छा थी कि उनका भावी दामाद घर जँवाई बने, परन्तु गीता इन बातों में विश्वास नहीं करती थी। छुट्टियों के मौके पर मोहन और गीता के पिताजी में अक्सर विभिन्न विषयों पर सारगर्भित बहस होती रहती थी।

मोहन सिद्धान्तवादी था, नियम का पक्का, आदर्श एवं यथार्थ के मिश्रित व्यक्तित्व का धनी था। उसकी सादगी, सिद्धान्तप्रियता एवं अपनी जड़ों को न छोड़ने अर्थात् अपने देश अपने गाँव की सौंधी माटी के प्रति उसके विशेष लगाव से गीता के माता-पिता उससे खासे प्रभावित थे।

मोहन को अपने माँ की ममता के आँचल की छाँव की धुँधली याद भी नहीं थी। बाबू जी का साया बचपन में ही उठ गया था। घर में चाची के व्यवहार के समान ही उसे गीता की माँ का व्यवहार भी मृदुल लगता था। गीता का घर अपेक्षाकृत निकट होने और यातायात की सुविधा होने के कारण गीता अक्सर महीने दो महीने में जब अपने घर जाती, तो उसके आग्रह पर मोहन भी गीता के आग्रह का सम्मान कर, उसके घर चला जाता।

आज मोहन एवं गीता के पिता नरेन्द्र नाथ जी शतरंज की मोहरों की चालों मशगूल हैं। मोहन सफेद मोहरे के साथ खेल रहा है। घंटों व्यतीत हो गये, किन्तु बाजी खत्म होने का नाम नहीं लेती थी। अंत में गीता की माँ श्रीमती आनन्दी देवी की मीठी घुड़की पर बाजी ड्रा कर दी गयी।

भोजन के उपरान्त दोनों खिलाड़ियों में महिला जागृति एवं शिक्षा पर बहस छिड़ गयी। नरेन्द्र नाथ जी कहते थे कि हमारे देश में महिलाओं ने काफी उन्नति कर ली है। मोहन इसके विरुद्ध ताल ठोंकता था। नरेन्द्र नाथ ने अपनी बात को सही साबित करने के लिए इन्दिरा गांधी से लेकर कल्पना चावला, बछेन्द्री पाल और सानिया मिर्जा तक का जिक्र किया। मोहन बोला, 'आप कहते हैं आज हमारी महिलाओं को समान अधिकार प्राप्त हैं, पंचायत से लेकर अन्तरिक्ष तक।'

'मैं पूछता हूँ कि आपकी उन्नतिमयी दृष्टि उन दूर दराज गाँवों पर भी पड़ती

है कभी, जहाँ महिलाएँ आजादी के इतने सालों के बाद भी प्राथमिक सुविधाओं के लाभ से वंचित हैं। उनमें एनीमिया, टी॰बी॰ जैसी बीमारियां आम हैं, जो चौबीस में से अट्ठारह घंटे कार्य करती हैं।'

मोहन कहता जा रहा था 'भेदभाव जारी है। स्त्री धरती पर आने से पहले ही नष्ट करने का क्रम अनवरत जारी है। भ्रूण से लेकर कब्र तक उस पर खतरे ही खतरे बने हुए हैं। चंद मुट्ठी भर महिलाओं के आगे बढ़ने या फिर कुर्सी सम्भालने या फिर खेल का मैदान मारने, अन्तरिक्ष में पहुँच जाने या एवरेस्ट चढ़ने से महिलाओं की उन्नति को सर्वांगीण उन्नति नहीं कहा जा सकता है। मैं कम से कम आपकी इस बात से सहमत नहीं हूँ।'

'लेकिन मोहन स्थिति इतनी निराशापूर्ण भी नहीं है।' नरेन्द्र नाथ ने कहा, 'तुम्हारे तर्क भी अपने स्थान पर ठीक हैं। क्या तुम यह कह सकते हो कि पिछले पचास सालों में हमारे देश में महिलाओं का तनिक भी विकास नहीं हुआ है? उन्हें उनका हक नहीं मिला है? मैं इसे तुम्हारी ज्यादती समझता हूँ बरखुरदार। गाँवों में स्थिति ऐसी हो सकती है, पर विकास और परिवर्तन तो अवश्य हुआ है।'

मोहन नरेन्द्र नाथ जी की बात बीच में काटकर कृत्रिम मुस्कान लाता हुआ दार्शनिक अन्दाज में बोला, 'मैं व्यक्तिगत अपनी या आपकी बात नहीं करता, लेकिन कितना बड़ा विरोधाभास है। हम शहरियों की आँखों में बाजारवाद की चकाचौंध का रंगीन चश्मा चढ़ा है, जिससे हमें वहीं दिखता है जो हमारे मन के भाव हैं।'

मोहन कहे जा रहा था, 'हम सच्चाइयों से मुँह नहीं छिपा सकते। गाँधी जी के इस देश में कभी अस्सी फीसदी जनता गाँवों में रहती थी। कृषि-पशु प्रधान इस देश में नारी को देवी मानकर पूजा जाता था। आज की भोगवादी संस्कृति के अन्धानुकरण ने नारी को बाजार की एक वस्तु बना दिया है। आप कहते हैं कि गाँवों में ऐसी स्थिति हो सकती है। मैं आपसे पूछता हूँ महाशय! आपने निराला की वह पक्तियाँ नहीं पढ़ी या सुनी क्या?

''वह तोड़ती पत्थर, देखा मैंने उसे इलाहाबाद के पथ पर।''

'इलाहाबाद कौन सा गाँव है। फिर आपके कार्यालय या फील्ड में कितनी महिला मजदूर थीं। आपकी कम्पनी तो महानगर में स्थित थी। मैं कहता हूँ गाँव एवं शहरों के मध्य सुविधाओं के वितरण में असन्तुलन भी नारी हितों पर कुठाराघात कर रहे हैं। गाँव छोड़कर शहरों में बसे लोगों से अतिरिक्त जनसंख्या का बोझ नगर झेल नहीं पाते। परिणामस्वरूप गन्दी बस्तियों, झुग्गी झोपड़ियों का बेतहाशा निर्माण हो रहा है और अपराध बढ़ रहे है। वहाँ भी नारी केन्द्रित अपराध चरम पर हैं। तब भी आप कहते हैं कि गाँवों में स्थिति खराब हैं। मैं शहरों में मध्य वर्ग तथा उच्च वर्ग की महिलाओं को भी स्वतन्त्रता की सही सीमा में नहीं देखता।'

नरेन्द्रनाथ तपाक से बोल पड़े 'क्यों इसमें भी तुम्हें कुछ गड़बड़ नजर आता है क्या?'

गीता की सहेली, स्वयं गीता और उसकी माँ नरेन्द्रनाथ व मोहन की बहस पर कान लगाये थीं, आखिर बात महिलाओं से सम्बन्धित जो थी। तीनों महिलाएँ अभी तक मोहन के पक्ष में स्वयं को पाती थीं। किन्तु मोहन की शहरी मध्य वर्ग तथा उच्च वर्ग की महिलाओं की व्यक्तिगत स्वतन्त्रता पर की गयी टिप्पणी से वे सब और चौकन्ने होकर सुनने को तत्पर थी।

आनन्दी देवी बोली, ' तुम यह कैसे कह सकते हो कि शहरों की नारी को भी व्यक्तिगत स्वतन्त्रता उतनी नहीं है जितनी होनी चाहिए?'

मोहन थोड़ा सा मुस्कराता हुआ बोला, 'देखिए माता जी! यह तो आप सभी मानेंगी कि हमारा समाज पुरुष प्रधान है तथा पितृसत्तात्मक पारिवारिक व्यवस्था ही चल रही है, इसलिए जब-जब पुरुष के अहं को महिलाओं से किसी भी प्रकार से कहीं भी चुनौती मिली है, उसने महिलाओं के दमन के नये-नये मार्गों का अन्वेषण किया है। सीता, अग्नि परीक्षा में खरी उतरी थी, लेकिन बताइये फिर क्या हुआ? द्रोपदी को दाँव पर क्यों लगाया गया? आज आप भी पैरवी कर रही हैं।

क्या घरों की दीवारों से निकल कर आने वाली महिलाएँ सार्वजनिक क्षेत्र के पदों, चाहे वह समाज सेवा हो या राजकीय सेवा या फिर राजनीतिक जनप्रतिनिधित्व, अपने पद का निर्वहन के लिए अपने मन से निर्णय ले पाती हैं क्या? यदि हाँ, तो कितने प्रतिशत? रसोईघर से पंचायत मुखिया तक का उनका सफर किसके रहमोकरम पर फलता-फूलता है? उनके द्वारा लिए गये अधिकांश फैसले वहीं होते हैं, जो उनके पति महाशय चाहते हैं। उसे माननी पड़ती है पुरुष की बात, अन्यथा दसों लांछन, बेसिर पैर की बातें, क्योंकि चरित्रोत्थान का ठेका तो जैसे महिलाओं ने ही लिया है।

इसलिए मैं कहता हूँ वास्तविक व पूर्ण स्वतन्त्रता तब ही होगी जब व्यवस्था में आमूलचूल परिवर्तन हो, आंशिक नहीं। सतही बदलाव से कुछ नहीं होगा, समस्या की जड़ में जाना होगा। प्रश्न मानसिकता का है।

मध्य वर्ग, निम्न मध्य वर्ग हो या चाहे उच्च मध्यवर्गीय महिला, सार्वजनिक जीवन के साथ-साथ पारिवारिक दायित्वों के निर्वाह की जिम्मेदारी उन्हीं पर अधिक थोपी जाती है। हम यह भी जानते हैं कि मध्य वर्ग ही समाज में अधिकांशतया जनमत का निर्माण करता है तथा इसी में सामाजिक सरोकारों से लेकर अन्य विषयों के लिए कुलबुलाहट और बेचैनी ज्यादा रहती है।

आज का आदमी अमीर बनने को प्रयत्नशील रहता है व गरीब बनना नहीं चाहता। दिखावे के चक्कर में खोखला होता जाता है। यही बातें कमोवेश इस वर्ग की महिलाओं पर भी लागू होती हैं। किचन, कपड़े, पड़ोस, गप्प, टी.वी. के सिवाय इतने बड़े मानवीय संसाधन का अन्य कार्य भी कोई है? क्योंकि मैं समझता हूँ कि साक्षरता एवं शिक्षा की सतही चमक प्रभावकारी नहीं हो सकती, उसे अन्तःकरण से शक्तिशाली व आत्मविश्वास से लबालब बनाना होगा। उस आखिरी सीमा तक जहाँ

से कि वह अपने निर्णयों के कदम स्वयं निर्भीक होकर ले सकें।'

गीता ने अपनी सहेली का हाथ हल्के से दबाते हुए मोहन से कहा कि उच्च वर्गीय महिलाओं के बारे में क्या राय है जनाब आपकी।

'उच्च वर्ग के लोग स्वयं को इस समाज का हिस्सा पहले तो मानते ही नहीं बल्कि वे तो शायद अपने को आसमान से उतरा हुआ समझते हैं।

आदर्शवादी बातें करना कोई उनसे सीखें। इनका मानना रहता है कि समाज के नियम, कानून, मर्यादा, नैतिकता, सीमा, बन्धन यह सब उनके लिए कोई मायने नहीं रखते। इसलिए आप सभी ने भी इस वर्ग की महिलाओं को इन सबकी धज्जियाँ उड़ाते देखा सुना होगा।

उच्च वर्ग की अधिकांश महिलाएँ धन, ऐश्वर्य एवं विलास मे रंगी हुई रंगीनियों में जीती हैं। कतिपय स्वनामधन्य महिलाएँ समाजसेवा के नाम पर आत्मप्रशंसा और नाम की भूख को शान्त करती हैं, जो कि सामाजिक सन्दर्भ की समस्याओं पर मात्र चिन्ता व्यक्त करती हैं, कार्य नहीं करतीं। लच्छेदार भाषण व कागजी खानापूर्ति कर घोड़े दौड़ाना ही इनकी समाज सेवा है और सही मायने में देखें, तो पता चलता है कि इस वर्ग की महिलाओं ने स्वतन्त्रता को उच्छृंखलता और अराजकता के रूप में अतिवादिता की सीमा तक पहुँचा दिया है।

अन्य वर्ग की महिलाएँ इनका अन्धानुकरण करना चाहती हैं। फलतः पारिवारिक कलह तथा सामाजिक विघटन समाज में तेजी से पैदा हो रहा है। इसलिए मैं इस वर्ग की महिलाओं की जागृति को स्वार्थी और आत्मकेन्द्रित मानता हूँ।

अब रही निम्न वर्ग की बात, तो बेचारे दीन, हीन, दलित, पिछड़े, कुचले, अभावग्रस्त, लानतभरी जिन्दगी, आहत मन, छोटे सपने देखते अपनी छोटी सी दुनिया में जीने वाले इस वर्ग में उच्च वर्ग के प्रति द्वेष और घृणा तो हो सकती है लेकिन ईर्ष्या नहीं होती। महिलाएँ यहाँ भी उपेक्षित हैं। नगरों महानगरों में उच्च वर्ग की महिलाओं को छींक भी आ जाये तो चर्चा का विषय बन जाता है। जनाब! गाँव, देहात, कस्बों की महिलाओं की दर्द भरी जिन्दगी को भी कभी देखिए, कोई इनकी सुध लेने वाला नहीं है और न ही कोई इनकी सुनता है।

सुविधा और सम्पन्नता में सिद्धान्तों का पालन करना एक अलग बात है। दुविधा और विपन्नता में सिद्धान्तों का अनुयायी होना असली सिद्धान्तवादिता की परीक्षा है। यूँ ही नहीं कहा है कि भूखा व्यक्ति क्या पाप नहीं करता।

इस वर्ग की महिलाओं का जीवन देखिए कितना विडम्बनापूर्ण है। बच्चे मिट्टी में लिपटे रहते हैं। रोटी, कपड़ा और मकान की फिक्र मे इनकीं उम्र निकल जाती है। अतीत भयावह, वर्तमान कष्टमय तथा भविष्य असुरक्षित तथा धुँधला। कौन सुनेगा उनकी?

किसी का सपना दो कमरों के घरौंदे का है तो किसी को अपने बच्चों को

मैट्रिक पास कराना है, किसी को त्यौहार में हार आने का इन्तजार है तो किसी को बिटिया की शादी के लिए जेवर बनाने हैं। किन्तु वे फिर भी सुखी और प्रसन्नचित्त हैं। सबसे वहीं लड़ पड़ते हैं और फिर वहीं सुलह भी हो जाती है।

शेयर बाजार के सूचकांक, चांदनी चौक की चमक, अंतरिक्ष की हलचलों, खेल के मैदानों पर टूट रहे रिकार्डो, वातानुकूलित कमरों में बन रही नीतियों और बॉलीबुड के बुलबुलों से उन्हें कुछ लेना-देना नहीं, उन्हें तो मात्र कल की रोटी के जुगाड़ से मतलब है।' मोहन का धाराप्रवाह मन्तव्य सुनकर दाँतो तले अंगुली दबाने को मजबूर हो गये थे वे तीनों ही।

नरेन्द्रनाथ जो मोहन को एकाग्रचित्त होकर सुन रहे थे, अब उससे कुछ सहमत जान पड़ते थे। तर्क देते हुए कहने लगे, 'आप तो कहते थे कि महिलाएँ चौबीस में से अट्ठारह घंटे कार्य करती हैं। यह बात समझ में नहीं आयी, भई! क्या मानवाधिकार भी कुछ है कि नहीं या यूँ ही कह गये मुझे चुप करने के लिए?'

मोहन जिस पहलू को चाह कर भी व्यक्त नहीं करना चाहता था, नरेन्द्रनाथ जी ने उसी दुःखती नब्ज पर हाथ रख दिया था। एक-एक अक्षर मोहन के अन्दर से निकलते प्रतीत होते थे 'आपको भले ही यकीन न आये, पर हकीकत से कैसे मुँह फेर सकते हैं। कहीं और नहीं, मेरे घर, गाँव, इलाके, प्रान्त, पहाड़ के दूरस्थ क्षेत्र में आज भी आको दिखेगा कि महिलाएँ अट्ठारह या उससे अधिक घंटे कार्य करती हैं।

कल्पना कर सकते हैं आप बारहों महीने इस दिनचर्या की सुबह पूर्व चार बजे उठना, पाँच बजे तक नित्यकर्म, ढोर-डंगरों की सेवा, छः-सात बजे तक बच्चों तथा घर के अन्य सदस्य के लिए नाश्ता बनाना, बारह एक बजे जंगल या खेत से लौटना, फिर पूरे परिवार का भोजन बनाना, चूल्हा, चौका इसके बाद शाम तक पुनः खेतों की देखभाल, घास लाना, पालतू मवेशियों को जंगल से लाना, दो तीन मील दूर धारे से पानी लाना, ओखली कूटना, जांदर चलाना और रात्रि-भोजन के बाद ही ग्यारह-बारह बजे तक हो पाता है पर्वतीय महिला का सोना। शराबी पति के साथ पत्नीधर्म निभाना अत्यधिक कष्टकारी है। मारपीट तो आम बात है।

क्या इसे कहेंगे आप नारी का विकास? पहाड़ की नारी के हाथ से दरांती अथवा कुदाल कभी नहीं छूटती। क्या कुछ नहीं करती है वह? सबकी सुध लेती है, किन्तु उसकी स्वयं की सुध लेने वाला कोई नहीं होता।

पति परदेश में, बच्चों की परवरिश का जिम्मा, बुजुर्गों की सेवा करना और भी न जाने क्या-क्या होता है उसके जिम्मे? कितना सुनियेगा?'

नरेन्द्रनाथ जी पत्नी आनन्दी देवी, बेटी गीता और उसकी सहेली सहित मोहन की ओजपूर्ण बातों और यथार्थपरक विचारों को सुनकर एकदम विचारमग्न हो गये थे।

'वास्तव में अभी भी कितना पिछड़ा है हमारा महिला-समाज? सरकारी व गैर सरकारी संस्थाएँ नारी उत्थान, शिक्षा व जागरूकता का जो दम्भ भरती हैं, उसकी

हकीकत यदि यह है तो कैसे सम्भव हो पायेगा नारी समाज का उद्धार?' गीता बोली, 'जनाब आपका व्याख्यान यदि पूरा हो चुका हो और आज्ञा हो तो मैं भी कुछ कहूँ?' गीता के मजाकिया लहजे पर मोहन ने सिर हिलाकर अनुमति दे दी।

'पिताजी! यदि मैं मोहन को इस बार यहाँ नहीं लाती, तो आपको यह उपदेश सुनने को नहीं मिलते।'

गीता की सहेली कह उठी, 'यह मोहन की गीता है।'

सब लोग ठहाके लगाते हुए हँस पड़े जबकि गीता कुछ लजा गयी।

आनन्दी देवी बोली, 'बेटा मोहन! तुम गाँव कब जा रहे हो?'

'बस एक महीने के अन्दर' बोला था मोहन।

गीता ने अपने माँ-पिता जी से मोहन के साथ कुछ दिन गाँव जाने की इच्छा व्यक्त की उन्हें अपनी बेटी और मोहन पर पूरा विश्वास था इसलिए बिना अधिक विचार किये अनुमति मिल गयी।

नरेन्द्रनाथ मोहन की समझ और वाकचातुर्य पर मन ही मन मोहित थे, पर व्यक्त कुछ नहीं करते थे। सोचते थे गीता की मित्रमण्डली कितनी चिन्तनशील है वरना क्या है इनके लिए समाज के सुख-दुःख, डाक्टर बनकर आनन्दपूर्वक जीवन व्यतीत करते।

दो

बहिन शान्ति के विवाह के लिए घर जाने से पहले ही प्रकाश ने रमेश से तय शर्त के आधार पर अलग कमरा किराये पर ले लिया था। प्रकाश को मन में अपना भविष्य जितना अंधकारमय नजर आ रहा था, उससे अधिक अंधकार उस कमरे में था। सीलन भरी बदबू रह-रह कर आती थी। धूप किसी महीने वहाँ शायद ही पहुँच पाती हो। पानी एक घंटा आता था, उस पर बरतनों की कतार।

शान्ति के ब्याह के बाद प्रकाश उसी कमरे लौट आया था। घर से आने के बाद वह खोया-खोया सा रहता। शान्ति का ब्याह हो गया, वह राजी खुशी होगी। घर से पत्र आया था, माँ का स्वास्थ्य अच्छा नहीं रहता।

दोनों वृद्ध-वृद्धा की अब एक ही परम इच्छा थी कि मोहन का विवाह कहीं अच्छी जगह हो ही जायेगा, किन्तु कहीं प्रकाश का ब्याह शीघ्र हो जाता। कभी शंकरदत्त सोचते कि कितनी खर्चीली है डाक्टरी की पढ़ाई, कमर तोड़ देती है कमबख्त। फिर विचारों ने पलटा खाया तो धैर्य से सोचते, 'मोहन कुछ बन-बना भी जायेगा। वह होशियार है, समझदार है, मेरे पीछे परिवार सम्भाल लेगा।'

प्रकाश और रमेश हैं तो दिल्ली में ही, पर महीने दो महीने में एकाध बार ही मुलाकात हो पाती है, वह भी पाँच-दस मिनट के लिए। आज की मुलाकात में भी ज्यादा बातें नहीं हो पाई थीं। जाते वक्त रमेश ने प्रकाश से कहा था सेहत का भी ख्याल रखना प्रकाश। अभी गाँव से लौटकर आया हूँ, बहिन की शादी में दौड़-भाग के कारण कुछ सेहत गिरी है। फिर भी जाते-जाते रमेश ने कहा डाक्टर को दिखा लेना, आजकल कोई भरोसा नहीं है रोंगों का, जाने कब किसे क्या हो जाये?

प्रकाश दो साल के अन्दर तीन नौकरी बदल चुका था। कहीं काम अधिक, वेतन कम तो कहीं प्रदूषण की समस्या, कहीं दूरी अधिक, पैसा आने-जाने में ही समाप्त हो जाता। जहाँ वर्तमान ही सुखमय नहीं था तो भविष्य की सुरक्षा दूर की कौड़ी ही थी।

उसे दिल्ली की इस भीड़भाड़ वाली जिन्दगी में याद आते पहाड़ के वे झरने, खुली साफ हवा, जहाँ देवदार, बांज, बुरास और चीड़ के पेड़ों को देखकर ही मन प्रफुल्लित हो जाता। वहाँ उनकी कीमत समझ में नहीं आती। बांज की जड़ों से निकलता अमृत सा ठंडा पानी, कितनी भूख लगती थी वहाँ, नींद भी ठीक ही आती थी और एक यहाँ

है कि रात-दिन भागो, न भूख लगती है और न चैन की नींद आती है।

पिछले कई दिनों से उसके स्वभाव में चिड़चिड़ापन आ गया था। एक सप्ताह से बुखार महसूस होता था। अधिक परवाह न करते हुए भी जबरन ऑफिस जाता ही था, पर कार्य क्षमता घटती जा रही थी। जिस दिन कार्यालय न जाये, वेतन कट जाता था। छुट्टियाँ कब की समाप्त हो चुकी थी। वह सोचता कि यह भी कैसी नौकरी है? जिसमें न सुरक्षा है न निश्चितता। न आने का अप्वाइंटमेंट है, न जाने का इस्तीफा। सब मानो स्वतः हो जाता है।

उससे मिलने वाले कहते, 'आजकल कमजोर हो गये हो?' उस वक्त तो प्रकाश यूँ ही टाल देता, परन्तु बाद में अकेले में सोचता, क्या मैं वास्तव में कमजोर होता जा रहा हूँ? कहीं कोई रोग न घेर ले? ओ होक्क्क..। यह तो कंगाली में आटा गीला होगा। नहीं, नहीं ऐसा नहीं हो सकता। कुछ दिनों में ठीक हो जायेगा और पन्द्रह रोज यूं ही चले गये।

एक दिन उसके एक परिचित ने सूचना दी कि तुम्हारा वह जो पहाड़ी मित्र है, क्या नाम है, रमेश। उसका बांया हाथ मशीन से कार्य करते वक्त कट गया। मालिक ने उसे कुछ पैसे देकर नौकरी से निकाल दिया है। प्रकाश को यह सुनकर गहरा धक्का लगा। पहला यह कि मित्र का हाथ कट गया, दूसरा उसकी नौकरी भी नहीं रही। सोचा था कि रमेश की जान-पहचान उससे अधिक है कहीं उसके साथ जाकर डॉक्टर को दिखाऊँगा स्वयं को। पर होनी कुछ और थी। एक दिन हल्के बुखार और कमजोरी में ही जब प्रकाश रमेश के कमरे में गया तो पड़ोसियों से ज्ञात हुआ कि वह दिल्ली छोड़कर पहाड़ वापिस लौट चुका है।

दुनिया बड़ी मायावी और स्वार्थी है, आम चूसकर गुंठली फेंक देती है रमेश को भी कम्पनी वालों ने चलता कर दिया। कितना बेदर्द है जमाना। मानवीय मूल्यों की कोई कीमत इस दुनियाँ में कहीं भी नहीं है। किससे करें फरियाद? दीवारों से सिर टकराकर कुछ हासिल नहीं होगा। गुहार लगाना समय बर्बाद करने के समान ही है। आज प्रकाश भी खुद को कितना बेबस महसूस कर रहा था।

आखिरकार प्रकाश सरकारी अस्पताल जाकर डॉक्टर से मिला। पर्ची कटाने के कई घंटे बाद उसका नम्बर आया था। हल्का फुल्का चेकअप करके और कुछ गोलिया देकर डॉक्टर ने तीन दिन बाद फिर आने को कहा। जाँच के बाद ज्ञात हुआ कि उसके फेफड़ों में संक्रमण हो गया है। प्रकाश हैरत में था। समझ में न आता था कि क्या करे? डाक्टर से पूछने लगा कि उसे क्या करना चाहिए? डाक्टर ने डॉट्स में नाम लिखने की सलाह दी तथा हिदायत दी कि जितनी जल्दी हो सके जलवायु परिवर्तन कर ले। डाक्टर ने कहा है, चीड़ की हवा उसके लिए लाभदायक रहेगी। चिन्ता की बात नहीं, यह रोग अब उपचार योग्य और साध्य है।

इस तरह मन मसोसकर प्रकाश भी रमेश की राह पर चल पड़ा वापिस अपने गाँव लौटने के लिए...

तीन

उधर शान्ति अपने ससुराल में सुखपूर्वक रह रही थी। पिछले कुछ दिनों से वह एक बात को लेकर परेशान रहने लगी थी। ब्याह के छः महीने के अन्दर ही इस बात का आभास हो गया था कि उसका पति शराब पीता है। फिर भी उसे विश्वास था कि वह शराब छोड़ देगा लेकिन कभी-कभी हरिकृष्ण शराब पीकर देर से घर आने लगा था।

शान्ति को अपने बाबू जी की बात याद आ जाती कि शराब बुरी नहीं होती, किन्तु शराबियों द्वारा उसका अधिक सेवन करने से वह स्वयं तथा शराब दोनों बदनाम हुए हैं। इसकी लत बुरी है जिसे लत लग जाये, फिर उसका सम्भलना कठिन ही होता है। दवा के रूप में लोगे तो हानि नहीं करेगी। किन्तु कभी कभी पीने वालों को जोखिम भी उठाना पड़ जाता है।

यह कभी कभी उनके लिए कब आ जाये, पता नहीं। शान्ति को लगता कि हरिकृष्ण भी कभी-कभी की श्रेणी में हैं। गाड़ी खड़ी करने के बाद उसका पति लगभग रात में ही आता था, तब तक उसके ससुर अपने शयन कक्ष में चले जाते थे शान्ति अपने पति की बाट जोहती। मन में जाने कैसे-कैसे ख्याल आते।

शान्ति हरिकृष्ण को शराब की बुराइयों के बारे में हर तरह से समझाने का प्रयास करती। हरिकृष्ण उस समय तो हाँ-हाँ करता पर बाद में अपना वादा भूल जाता। मदिरापान के बाद हरिकृष्ण भले ही उत्पात, और बुरा व्यवहार नहीं करता था किन्तु शान्ती को यह मंजूर नहीं था कि उसका पति शराब पिए।

वह कहती, 'तुम गाड़ी चलाते हो। शराब पीकर चलाओगे तो सोचो, क्या होगा तुम्हारा? क्या होगा मेरा और उन सवारियों का, जो तुम्हारी गाड़ी में बैठी रहती हैं?'

हरिकृष्ण सफाई देते हुए कहता, 'मैं गाड़ी चलाते वक्त नहीं पीता हूँ शाम को थक जाता हूँ इसलिए यार दोस्तों के साथ थोड़ी सी ले लेता हूँ।'

शान्ति तर्क करती, 'अगर थोड़ी सी लेने के बाद जो कभी बुकिंग मिल गयी तब?'

हरिकृष्ण शान्ति को खिसियाते हुए कहता, 'अरे तुम बेकार में डरती हो। बाबू जी भी तो लेते हैं।'

'पर बाबू जी गाड़ी थोड़े ना चलाते हैं? फिर वह रिटायर्ड फौजी हैं दवा के तौर पर लेते हैं। मेरे बाबू जी भी कभी महीने में एकाध बार ही पीते हैं। मैं कुछ नहीं जानती।

शराब तुम्हें छोड़नी ही होगी।'

हरिकृष्ण अधिक तर्क न करके चुपचाप उठकर सोने के लिए चल पड़ता।

फिर एक दिन हरिकृष्ण बुरी तरह लड़खड़ाता हुआ घर पहुँचा। शान्ति से अब रहा नहीं गया। उस समय तो वह कुछ नहीं बोली किन्तु दूसरे दिन सुबह ही ससुर जी से उसने हरिकृष्ण की शिकायत कर दी। ससुर ने भी हरिकृष्ण को खूब डाँटा। आज शान्ती ने हरिकृष्ण को खूब खरी खोटी सुनाई। हरिकृष्ण भोली-भाली पत्नी शान्ति का रौद्र रूप देखकर सिहर गया था। अकल काम नहीं करती थी उसकी वस। बुत बना खड़ा सब सुन रहा था। सुबह-सुबह जैसे साँप सूंघ गया हो उसे। यहाँ तक कि दोनों पति-पत्नी में कुछ खट-पट भी हो गयी। दोनों में दो तीन दिन आपस में बोलचाल भी नहीं रही। संकेतों में ही सारे कार्य होते रहे।

सावन की सुनहरी सोमवारी सुबह, सारी सुहागिनें गाँव के शिवालय में जल चढ़ाने जा रही थी। शान्ति भी अपने पति-परिवार की दीघार्यु तथा आरोग्य की कामना लिए देवालय गयी। मन में उधेड़बुन थी कि पति शराब कैसे छोड़े। मार्ग में ही उसकी एक जेठानी मिल गयी और पूछने लगी 'क्यों शान्ति! कल सुबह क्या हल्ला मचा था घर में? सब ठीक तो हैं न?'

'कुछ नहीं, बस यूँ ही ससुर जी उनको कुछ समझा रहे थे'। बस इतना सा उत्तर देकर वह सीधी चली गयी। आँखों में आँसू भर आये थे उसके। भगवान के दरबार में कोई कुछ माँगता, कोई कुछ। पूरा देवालय श्रद्धालुओं की भीड़ से भरा था। द्वार पर कुछ कुष्ठ रोगी भी बैठे थे। पूरा वातावरण भोलेमय बना हुआ था। कोई घंटा बजाता, कोई कीर्तन करती मण्डली तन्मय होकर जैसे कैलाश पहुँच जाती हो, कोई प्रसाद वितरण करता, कोई जयकारा लगाता। शान्ति भी पल्लू सम्भाले शिवलिंग का जलाभिषेक करके मन ही मन पति के शराब की लत छूटने का वर माँगती जल्दी-जल्दी कुछ पूफल पाती लिए तथा भिखारियों को यथाशक्ति दान दक्षिणा देकर शीघ्र घर लौट आयी थी। हरिकृष्ण रोज की तरह गाड़ी चलाने घर से निकल चुका था।

हरिकृष्ण सोचता, अजीब है शान्ति भी, कल तो झगड़ती थी आज शिवालय गयी है। कहीं यह दिखावा तो नहीं? नहीं-नहीं शान्ति ढोंग नहीं कर सकती। मुझे वास्तव में शराब नहीं पीनी चाहिए। बेचारी कितना खपती रहती है घर में। हरिकृष्ण ने निर्णय लिया कि वह आने वाले कार्तिक मास से शराब छोड़ देगा। एक-दो महीने ही तो हैं बीच में।

मंदिर से लौटने के बाद शान्ति घर में बैठी थी कि डाकिया शान्ति के मायके से आयी चिट्ठी उसे देकर चला गया। शान्ति ने एक ही साँस में जैसे पूरा पत्र पढ़ लिया तथा एक लम्बी आह भरी। लिखा था कि मोहन भैया जल्दी ही घर आने वाले हैं। प्रकाश भैया दिल्ली से बीमार होकर घर लौट आये हैं। रमेश का हाथ कट

गया था, इसलिए वह भी घर आ गये हैं। परन्तु उन सबसे अधिक दुःखी शान्ति को जिस समाचार ने किया वह था, वह था गोपाल चाचा का असामयिक निधन। जानवरों के लिए हरे पत्ते काटने जंगल गये थे बेचारे। वहीं पेड़ से गिरकर मृत्यु हो गयी। पानी भी नहीं माँगा बेचारों ने।

शान्ति का मन बेचैन हो गया था। वह मायके जाना चाहती थी। कितना कुछ बदल गया इन दो वर्षों में। पर उसको चिन्ता थी कि ससुराल का कारोबार एक दिन के लिए भी वह किसके सहारे छोड़े? सभी तो हैं। काश! चार दिन कोई देखभाल कर देता। माँ-बाप, भाई से मिल आती।

पति से मन्त्रणा हुई। हरिकृष्ण बोला, 'तुम्हारा इस स्थिति में वहाँ जाना ठीक नहीं है। भगवान ने चाहा, जब हमारे घर दो महीने बाद नया मेहमान आ जायेगा तब तीनों साथ जायेंगे।' शान्ति कुछ लजा गयी, पर बोली कुछ नहीं। उसे हरिकृष्ण की इस चुहलबाजी में कुछ शरारत नजर आयी।

और समय के साथ-साथ हरिकृष्ण के घर आने का समय बढ़ता जा रहा था। आज कुछ ज्यादा ही देर हो गयी थी। अभी तक आये क्यों नहीं? ससुर जी कहते आ जायेगा अभी, गाड़ी, सवारी का मामला है, थोड़ा बहुत देर हो ही जाती है। शान्ति सोचती, आने दो घर, आज जमकर वो खबर लूंगी कि सारा नशा हिरन हो जायेगा। बाबू जी की या मेरी कोई भी चिन्ता नहीं, परन्तु आने वाले मेहमान की चिन्ता तो होती, पर उनकी बला से, कोई जिये या मरे। मेरी सुध नहीं है उन्हें।

ज्यों-ज्यों समय बीत रहा था शान्ति का क्रोध चिन्ता में बदलता जाता था, कहीं कोई अनहोनी न घट जाये। मन ही मन वह अपने मायके के इष्टदेव से अपने सुहाग के जीवनरक्षा की प्रार्थना कर रही थी। आखिरकार उसकी आशंका सही साबित हुई। देर रात घर में खबर आयी कि हरिकृष्ण की गाड़ी दुर्घटनाग्रस्त हो गयी है। वह घायलावस्था में अस्पताल में है। दो सवारियाँ भी घायल हुई हैं। गाड़ी बहुत बुरी तरह टूट गयी है।

प्रातः काल से पूर्व ही दोनों ससुर और बहू दौड़े निकट के अस्पताल में। कोई कहता ड्राइवर ने शराब पी हुई थी। दूसरा कहता 'अरे होनी को कौन टाल सकता है? जो घटना होता है वह होकर ही रहता है।'

पहला 'तुम इसे घटना कहते हो? वह दुर्घटना है साहब।'

घायलों के तीमारदार बिस्तर घेरे बैठे थे, कुछ और लोग भी वहाँ खड़े थे शायद कर्मचारी थे अस्पताल के या रात को यहीं रह गये सहायता करने वाले लोग थे। एक बिस्तर पर हरिकृष्ण भी मरहम पट्टी करा के लेटा था। सौभाग्य से उसे अधिक चोट नहीं आयी थी। शान्ति लोगों की बातों को बाहर बरामदे से सुनती आ रही थी। पति को सलामत देख उसने पहले राहत की सांस ली, फिर मन ही मन उन्हें खूब कोसा। कहती थी न कि शराब मत पियो।

गाड़ी कबाड़ी को बेचने के सिवा किसी काम की नहीं रह गयी थी। घर लौटते ही गुस्से में शान्ति ने पूछा, 'सच बताना, तुम्हें मेरी सौगन्ध, क्या तुमने कल उस समय शराब पी रखी थी?'

हरिकृष्ण पहले सकुचाया, फिर दाँये-बाँये झाँकने लगा।

'चुप क्यों हो, जबाब क्यों नहीं देते?' गुस्से से लाल पीली होती शान्ति कह उठी।

'शान्ति तुम व्यर्थ में बात का बतंगड़ बनाकर झगड़ा करना चाहती हो।'

'झगड़ा! अगर तुम्हें कुछ हो जाता, या कोई मर-मरा जाता तो फिर क्या होता? गनीमत है सब बच गये। नहीं, आज मैं न मानूंगी, तुम्हें सच बताना ही होगा।'

'अच्छा ठीक है सुनो, कल सायं जब मैं घर लौट रहा था, तो साथी ड्राइवरों ने यह कहते हुए कि अब तो मात्र दस किलोमीटर ही चलना है, उसके बाद तो गाड़ी खड़ी करनी है, जबरदस्ती दो पैग मेरे लिए भी बना दिये। मैं ठीक चल रहा था लेकिन अचानक जाने क्या हुआ? यह हादसा हो गया।'

'पहले शराब पीते हो फिर कहते हो कि अचानक पता नहीं रोती क्या हुआ?' कहती थी ऐसे नशेड़ियों की संगत से बाज आओ, लेकिन तुम कहाँ सुनते हो? दुर्घटना कोई दस किलोमीटर या सौ किलोमीटर देखकर नहीं होती, तो वो कभी भी हो सकती है।

आज अभी मेरी कसम खाओ कि तुम शराब को छुओगे भी नहीं। जब तक तुम कसम नहीं उठा लेते, मैं अन्न का एक दाना भी नहीं चखूंगी।'

हरिकृष्ण को डाक्टर ने पूरे एक महीने आराम की सलाह दी थी। शान्ति के गुस्से को भाँपकर कुछ सोचता हुआ बोला, 'ठीक है, मैं तुम्हारी कसम खाता हूँ तुम्हारी'। तब जाकर कहीं शान्ति का गुस्सा कुछ शाँत हुआ।

हरिकृष्ण के पास अब कोई कार्य नहीं था। बाबू जी की पेन्शन से ही परिवार का गुजारा चलता था। शान्ति के माथे पर चिन्ता की लकीरें बढ़ती ही जाती थीं, फिर भी वह पूर्व की भाँति ही घर की दिनचर्या में व्यस्त रहती थी।

विपत्ति कभी सूचना देकर नहीं आती है। दुःख के बादल जब किसी के घोंसले में मंडराते हैं, तो चारों ओर से उमड़ घुमड़ कर आ घेरते हैं। शान्ति की गृहस्थी में भी शायद सुख-दुःख आँख मिचौली का खेल खेलने लगे थे। एक दिन शान्ति जंगल से घास का गट्ठर लिए घर वापस लौट रही थी कि ऊबड़-खाबड़ रास्ते में उसका पैर फिसल गया। शान्ति तो बच गयी पर उसका सपना बिखर गया। गम्भीर चोट के कारण आने वाला उसका नन्हा मेहमान असमय ही चल बसा।

इस दुर्घटना के बाद मानो हरिकृष्ण की जीवन दृष्टि ही बदल गयी। इधर पिछले कई दिनों से वह पत्नी के प्रति अधिक निष्ठावान हो गया था।

उसे अधिक कार्य न करने देता था। बात-बात पर उसकी सुध लेता, उसके कार्यों में हाथ बटाँता, उसे कोई कष्ट न आने देता था। स्वयं परेशानी में रहता पर

शान्ति को सुख देने की चाह उसके मन में घर कर गयी थी। दुःख से उबरने के साथ ही शान्ति को भी महसूस होने लगा था कि उसके पतिदेव अब उसका कितना ध्यान रखते हैं। उसे विवाह के प्रारंभिक दिन याद आ रहे थे। जब हरिकृष्ण घंटों उसके पास बैठा रहता था।

धीरे-धीरे शान्ति व हरिकृष्ण, दोनों का स्वास्थ्य अच्छा हो गया। गृहस्थी लगभग पटरी पर आ गयी थी। अब नयी समस्या हरिकृष्ण के रोजगार की मुँह बांये खड़ी थी। हरिकृष्ण फिर से गाड़ी का धन्धा शुरु करना चाहता था परन्तु बाबूजी और शान्ति के प्रबल विरोध को देखते हुए उसने अपने कदम पीछे खींच लिए और जुट गया नये व्यवसाय की तलाश में।

चार

एक टैक्सी मैदानी रास्तों को पार कर पहाड़ के सर्पीले रास्तों पर रेंग रही थी। इसमें डॉ॰ मोहन और गीता सफर कर रहे थे। गीता ने एक बार बचपन में पहाड़ों की यात्रा की थी। उसी पर्वतीय सफर की धुँधली यादें थी उसके स्मृतिकोश में। मोहन शीघ्र घर पहुँचने को लेकर उत्साहित था और गीता रोमाँचित सी थी। मोहन गाँव के बारे में सोच रहा था, तो गीता मोहन के बारे में सोच रही थी।

काफी देर बाद सन्नाटा टूटा और दोनों एक साथ बोल पड़ें। परस्पर आवाजें टकरा गयीं तो दोनों हंस पड़े। ड्राइवर की उपस्थिति का अहसास होने पर दोनों ने स्थिति को संभाला।

'बताओ गीतू! तुम क्या कहना चाह रही थी?'

'पहले तुम बताओ, क्या कहना चाहते थे?'

'नहीं पहले तुम'

गीता बोली 'ये लखनऊ के नवाबों की नकल क्यों की जा रही है? बताते क्यों नहीं?'

'मैं...मैं दूर-दूर तक फैली गगनचुम्बी शिखर श्रृंखलाओं, चांदी से चमकते हिम पर्वतों, असंख्य सीढ़ीनुमा हरे-भरे खेतों, सुदूर फैली घाटियों, इन सर्पीली राहों से दिखती बांज, बुरांस, देवदार और चीड़ के घने जंगलों की हरितिमा एवं खुले नीले आसमान के बारे में सोच रहा था कि देखो पहाड़ काट-काट कर कभी हमारे बुजुगों ने ये सीढ़ीनुमा खेत बनाये होंगे। सचमुच कितना कठिन है पहाड़ों का जीवन। प्राकृतिक सौन्दर्य जितना है, उतनी ही प्राथमिक सुविधाओं का अभाव भी तो है। चोटी पर स्थित गाँव से महिलाओं का गोबर-खाद लेकर नीचे तलहटी तक आना तथा नीचे से गाँव तक घास या रसद आदि ले जाना कितना कठिन काम है?'

'अच्छा अब तुम बताओ, क्या कहने जा रही थी?' गीता से पूछ रहा था मोहन।

'मैं कह रही थी कि इन विषम परिस्थितियों में में जब किसी मरीज को दिखाना हो, तो उसे डाक्टर के पास कैसे ले जाया जाता होगा? कोई दैवीय आपदा, प्राकृतिक दुर्घटना मानवीय भूल आदि से घटित हो जाये तब तो जान के लाले पड़ जाते होंगे?'

दोनों ने सामान्य भाव से अपने-अपने मन की बात एक दूसरे को बता दी थी। टैक्सी ऊबड़-खाबड़ पथरीली राहों से धीरे-धीरे आगे बढ़ रही थी।

मोहन ने बात को आगे बढ़ाते हुए कहा, 'वर्षों से यही रोना है पहाड़ों का। बार-बार कहता हूँ कि पलायन के कई कारणों में एक प्रधान कारण यह भी है कि स्वास्थ्य सेवाएँ तो यहाँ हैं नहीं, अन्य क्षेत्रों में भी कुछ ऐसी ही स्थिति है। बच्चे हैं, तो स्कूल नहीं। स्कूल हैं तो भवन नहीं। भवन हैं तो अध्यापक नहीं। बिजली के पोल हैं, तो बिजली नहीं। पानी के नल हैं तो पानी नहीं। अस्पताल हैं तो डाक्टर नहीं। लोग बेचारे इतने भोले और सरल हैं कि उन्हें अपने मूल अधिकारों का ज्ञान तक ही नहीं है।'

'लेकिन अब तो सुना है कि पहाड़ों में भी बहुत विकास हो गया है?' मोहन को बीच में ही रोकते हुए कह उठी गीता।

'हाँ गीता! कहीं कागजों में, तो कहीं कहीं हकीकत में। नीति निर्माता वहीं अधिक ध्यान देते हैं जहाँ अलगाववाद, जातिवाद, भाषावाद, क्षेत्रवाद, आतंकवाद के विभिन्न वादों का मवाद भरा हुआ हो। यहाँ की शान्त और भोली जनता के भाग्यविधाताओं ने इन्हें उन सुविधाओं से भी वंचित कर दिया है, जो आज की तिथि में तो बहुत सामान्य हैं। कागजी घोड़े दौड़ाते रहते हैं महज खानापूर्ति के लिए।

जनसेवक जब स्वयं को जनाधिकारी समझने लगे, तब यही हाल होता है। जनता से संग्रहीत कर पर ऐश्वर्य एवं वैभव का भोग करने वाले अधिकारी उनको प्रश्रय देने वाले जनप्रतिनिधियों की उदासीनता का सदैव गलत फायदा उठाते हैं। जिसका खामियाजा जनता को भुगतना पड़ता है।'

दोनों के बीच इसी विषय पर चर्चा हो रही थी कि आगे सड़क पर लोगों की भीड़ देखकर मोहन बाहर दृष्टि डालता है। मोहन के चेहरे की रंगत को पढ़ते हुए गीता पूछ बैठी, 'आ गया तुम्हारा गाँव?'

'नहीं, नहीं अभी नहीं। अभी तीन घंटे का सफर और है।'

टैक्सी भीड़ के सामने आकर रुकती है। मालूम हुआ कि कोई महिला डोली में बेहोश पड़ी है। उसे पाँच मील दूर सरकारी अस्पताल से लाया जा रहा है। अभी पाँच मील और आगे पैदल चढ़ाई वाले मार्ग पर है उसका गाँव। प्रसव वेदना पर उसे अस्पताल ले जाया गया। महिला तो बच गयी, लेकिन बच्चे को नहीं बचाया जा सका। उसे ग्लूकोज चढ़ाने और सुई लगाने की तत्काल आवश्यकता थी। परन्तु कौन चढ़ाये ग्लूकोज की शीशी और कौन लगाये सुई? अस्पताल से प्राप्त दवाइयों की पोटली लिए उसका पति भीड़ के बीच असहाय मुद्रा में खड़ा था। मोहन गाड़ी से उतरकर अपना कर्तव्य पूरा करना चाहता था और गीता भी नेक कार्य में हाथ बँटाने को तत्पर थी।

तभी एक पढ़ा-लिखा सा दिखने वाला इकहरे लेकिन कमजोर शरीर का नवयुवक बोल पड़ा, 'आप लोग डाक्टर थोड़े ना हैं, जो लगे मरीज को ग्लूकोज चढ़ाने और इंजेक्शन देने!' युवक के मुँह से शराब का भभका निकल रहा था। उन्होंने प्यार से

उसे और सबको समझाया कि वे लोग डॉक्टर ही हैं और अपना फर्ज निभाते हुए पुनः टैक्सी में बैठकर अपने गन्तव्य की ओर प्रस्थान कर गये। बहुत देर तक दोनों चुपचाप बैठे रहे। गीता बोली, 'उस युवक ने शराब पी हुई थी। कितनी दुर्गन्ध आ रही थी उसके मुँह से?'

'गीता! शराब तो पहाड़ की एक बहुत बड़ी समस्या बन गयी है। अंग्रेज चले गये लेकिन फैशन यहीं छोड़ गये। यहाँ नामकरण से श्मशान तक सभी शराब की चपेट में आ गये हैं। कोई नहीं बच पाये हैं। 'सूर्य अस्त, पहाड़ मस्त' की कहावत तुमने सुनी ही होगी। ये लोग क्रोध के नहीं, दया के पात्र हैं। बहुत बड़े जन जागरण एवं जनचेतना की आवश्यकता है यहाँ, गीता।'

रास्ते में गीता में देखा-ज़ीर्ण शीर्ण एवं रुग्ण काया लिए सिर पर घास का गट्ठर और लकड़ी का बोझ लिए महिलाएँ सड़क के किनारे-किनारे अपने घरों को लौट रही हैं। क्या जीवन है? क्या दिनचर्या है? वह सोचने लगी मोहन ठीक ही तो कह रहा था।

आबादी वाले क्षेत्र आते ही पालतू कुत्ते भौंकने लगे थे। कुछ ने गाड़ी का पीछा करना चाहा। बच्चे आधे तन से निर्वस्त्र, मिट्टी और धूल से सने दिखाई दे रहे थे। गीता सोचती कि क्या लोग आज भी इतने पिछड़े हैं? वस्तुतः वह शहरों-महानगरों में पली-बढ़ी थी। उसने गाँवों के बारे में मात्र पुस्तकों में पढ़ा था, लोगों से सुना था, मगर आज सब कुछ प्रत्यक्ष देख रही थी।

'कहां खो गयी गीतू? गाँव आने वाला है'

गीता ने सिर्फ 'हूँ' भर कहा।

उधर मोहन के गाँव पहुँचने की सूचना पर सारे गाँव में मानों उत्सव का वातावरण था। शंकर दत्त के घर में लोग, बड़े, बूढ़े, बच्चे और महिलाएँ सभी उसकी प्रतीक्षा में थे। गाँव के पालतू-फालतू कुत्ते भी कोई शादी बारात समझकर इधर-उधर घूम रहे थे कि शायद कुछ जूठन मिल जाये।

घर आने पर प्रकाश के स्वास्थ्य में उत्तरोत्तर सुधार आ गया था। तय हुआ कि प्रकाश ही सड़क पर मोहन को लेने जायेगा। चाहे तो साथ में रमेश भी चला जाये। दोनों अपने गाँव के स्टेशन पर मोहन दा को लेने पहुँच गये। दूर से धूल उड़ाती, धीरे-धीरे मन्थर गति से आती गाड़ी दिखाई दी। प्रकाश बोला 'इसमें आ रहे होंगे दाज्यू!' रमेश ने भी हामी भरी।

दोनों द्रुत गति से गाड़ी के रुकते ही दरवाजे की ओर लपके। किन्तु चार आँखें जिसे ढूँढ़ रहीं थीं वह न दिखा। मायूस होकर चारों ओर देखा लेकिन मोहन का कहीं पता नहीं था। एक-एक कर सभी उतर गये और गाड़ी खाली हो गयी। रमेश कहता, 'दिन तो आज का ही लिखा था चिट्ठी में, परन्तु न जाने का क्या कारण हो सकता है, कुछ समझ में नहीं आता।'

दोनों किंकर्तव्यविमूढ़ होकर स्टेशन के किनारे बने एक चाय के खोखे में बैठ गये। कुछ लोग ताश खेल रहे थे तो कुछ तमाशबीन थे। अधिकांश बीड़ी सुलगाये गप्पें मार रहे थे। कुछ हुक्का गुड़गुड़ा रहे थे।

एक छोटी सी दुकान और उसके बाहर खड़ा एक खोमचा जहाँ सुई से सब्बल तक, चाय से कम्बल तक, दवा से दारू तक, सभी सामान उपलब्ध था। इतने में धूल उड़ाकर और एक टैक्सी हार्न बजाती हुई सामने आकर रुकी।

ताश खेलने वाले शीघ्रता से पत्ते छुपाकर उठ खड़े हुए। कानाफूसी होने लगी। लगता है शायद कोई अधिकारी आ गया। इतने में टैक्सी का दरवाजा खुला और मोहन टैक्सी से उतरा। रमेश जरा देर से पहचान पाया, किन्तु प्रकाश ने सरपट जाकर मोहन दा के चरण छू लिए।

मोहन प्रकाश को गले लगाते हुए बोला, 'अरे प्रकाश! इतना कमजोर कैसे हो गया? और यह कौन? रमेश तो नहीं है?' हाथ बढ़ाया मोहन ने किन्तु रमेश का हाथ कटा देखकर दंग रह गया।

तभी गीता यह सब देख कार से उतर आयी। मोहन ने गीता का सबसे परिचय करवाया, 'ये डॉ॰ गीता नाथ हैं, मेरी सहपाठी। मेरे साथ गाँव घूमने-देखने आयी हैं।

दोनों ने गीता को भी प्रणाम किया।

प्रकाश और रमेश ने एक स्वर में कहा, 'अच्छा किया आपने' और उनका सामान उठाकर चलने लगे। प्रकाश कहता, 'दाज्यू। बाबू जी तो आपकी प्रतीक्षा में पलकें बिछाए बैठे हैं। सारे गाँव वाले आये हैं, घर में, तुम्हारे स्वागत के लिए।'

इस तरह आगे-आगे प्रकाश, फिर रमेश, गीता और सबसे अन्त में मोहन पहाड़ी पगडण्डी से चलते हुए आगे बढ़े चले जा रहे थे। रास्ते में एक स्थान पर सुस्ताते हुए रमेश ने नवागन्तुक गीता की ओर मुखातिब होकर कहा, 'सड़क से काफी पैदल चलना पड़ता है, इसलिए थक गयी होंगी आप?'

गीता ने अस्वीकृति में सिर हिलाते हुए कहा, 'नहीं, नहीं'

मन ही मन तीनों भाइयों की परस्पर वार्ता, प्रेम, सरलता, सादगी और भोलेपन पर उस के मन में श्रद्धा उमड़ आयी। मोहन उनसे स्थानीय पहाड़ी बोली में ऐसे बोल रहा था जैसे ठेठ उसी भाषा का ज्ञाता हो। गीता की समझ में उनकी बोली न आती थी, मगर उनके वार्ताक्रम, भाव-भंगिमा, हर्ष, उल्लास से अनुमान लगाती थी उनकी बातचीत का अर्थ।

शिष्टाचारवश गीता ने यूँ ही पूछ लिया 'अभी कितनी दूर है?' प्रकाश उत्साहपूर्वक बोला, 'बस सामने दिखाई दे रहा है।'

मोहन ने दोनों भाइयों की ओर मुड़कर कहा, 'गाँव में क्या आज कोई शादी, ब्याह, पुजाई आदि तो नहीं है? कौथिग जैसी इतनी भीड़ क्यों है?'

'दाज्यू आपके आने की खुशी में सजावट की गयी है।' प्रकाश बोला।

'देखा गीता! मैं न कहता था तुमसे कि चाचा मेरे आने की बेसब्री से प्रतीक्षा कर रहे होंगे। शहरों में ऐसा स्नेह और प्रगाढ़ता कहाँ?, दौड़ भाग से फुर्सत ही नहीं मिल पाती, पड़ोसी तक ही पहचान नहीं। कोरी सभ्यता, दिखावटी संस्कृति। प्रशासनिक उपेक्षा के कारण प्राथमिक सुविधाओं का भले ही यहाँ अभाव हो किन्तु इस आत्मिक शान्ति का कोई जवाब नहीं। प्रदूषण का नाम नहीं है, चोर उचक्कों का काम नहीं, जंगली जानवर अवश्य आते होंगे कभी।'

सूर्यास्त हो चुका था। पक्षियों के झुंड अपने घोसलों में लौट चुके थे। गाँव के बीचों बीच बांस के पेड़ों की झुरमुटों में पक्षियों की भिन्न भिन्न प्रकार की चहचहाने की आवाजें मन मोह लेती थीं। गोधूलि बेला में जानवर भी जंगलों से घरों को लौट रहे थे। बछड़े पूंछ उठाकर अपनी माँ के पास आने को लालयित थे।

मोहन गाँव में पहुँच चुका था। मोहन ने शंकर चाचा के चरणों में साष्टांग प्रणाम किया, तो चाचा ने मोहन को कस कर गले लगा लिया। बूढ़ी आँखों से प्रेम की रसधारा बह निकली। आवाज कंपकंपा गयी और गला रुंध गया।

वाणी असमर्थ हो गयी हृदय के भावों को व्यक्त करने में तो आँसुओं ने उन भावों को प्रकट किया। मोहन ने लपककर चाची को भी दण्डवत नमस्कार किया। चाची मोहन का सिर मलाशती, बलाएँ लेती तथा इष्टदेव का धन्यवाद करती कह रही थी कि उसने उन्हें ऐसा सुपुत्र दिया है, जिसने खानदान का नाम रोशन कर दिया है।

इतने में गीता को समझते देर न लगी कि यही श्री शंकर दत्त जी और उनकी पत्नी हैं। उसने भी झट से सिर पर पल्लू रखकर दोनों बुजुर्गों को पैलागन किया। मोहन ने चाचा-चाची से गीता का परिचय कराया। गाँव के अन्य लोगों से मोहन यथायोग्य मिलता, कुशल पूछता रहा। बातों-बातों में रात हो गयी।

शंकर चाचा गीता से कह रहे थे, 'बहुत अच्छा किया बेटा, मोहन के साथ तुम भी आ गयी। जाकर विश्राम कर लो। तुम थक गयी होगी। मेरा मोहन तो देवता है।'

मोहन जहाँ भी जाता, गाँव के बच्चों का झुण्ड पीछे-पीछे चलता। रमेश ने उनको हल्की मीठी झड़प में डाँटा। गुड़ की भेली फोड़ी गयी और उसी का मिष्ठान वितरण हुआ। मोहन ने घर परिवार पड़ोस की कुशल ली। शान्ति के बारे में जानने की उत्सुकता थी। चाचा जी ने बताया कि शीघ्र ही वह भी आने वाली है। गोपाल चाचा के निधन के बारे में सुनकर मोहन द्रवित हो गया था।

मोहन ने चाचा जी से गाँव में ही क्लीनिक खोलने की इच्छा व्यक्त की तो चाचा जी फूले नहीं समाये थे। गाँव में घर के ही एक कमरे में क्लीनिक खोलकर मोहन कुछ ही दिनों में ग्रामीणों के मध्य रम गया। गीता उसका हाथ बँटाती। दोनों कन्धे से कन्धे मिलाकर गरीब मरीजों की सेवा साधना में रत थे।

शंकर दत्त की बूढ़ी अनुभवी आँखों ने मोहन और गीता के परस्पर दृढ़ विश्वास,

व्यवहार को ध्यान में रखते हुए इस बीच गीता के माता-पिता जी से विवाह की बात चलाई। गीता के माता-पिता सहर्ष सहमत थे।

शंकर दत्त ने औपचारिकता निभाते हुए मोहन व गीता से भी उनकी राय जाननी चाही। मोहन बोला, 'चाचा जी यह आपका जिम्मा है, आप जैसा उचित समझें करें,' गीता शरमाते हुए दूसरे कमरे में चली गयी थी।

शहर से नरेन्द्रनाथ जी एवं आनन्दी देवी व कुछ प्रमुख लोगों को प्रकाश ने गाँव में ही बुला लिया। गाँव के ही एक मंदिर में बहुत सादगी भरे वातावरण में बुजुर्गो ने नवदम्पत्ति को शुभाशीष दिया। एक-दो दिन के लिए शान्ति और हरिकृष्ण भी आये। इस तरह दोनों का गृहस्थ आश्रम में विधिवत पदार्पण हो गया।

डॉक्टरी की पढ़ाई करते-करते मोहन ने अपनी लगन और निष्ठा से न केवल अच्छे अंक प्राप्त किए वरन ढ़ेरों पुरस्कार भी प्राप्त किये। उसके नवीनतम शोध पत्रों पर बढ़े-बड़े धुरन्धर चर्चा करते थे। टी॰बी॰ की बीमारी के निदान हेतु उसके द्वारा खोजे गये अचूक टीके पर उसे ऑल इंडिया मेडिकल काउन्सिल की ओर से 'राष्ट्रीय युवा वैज्ञानिक का पुरस्कार' भी प्राप्त हो चुका था।

मानव संसाधन विकास मन्त्रालय द्वारा मोहन को 'युवा प्रतिभा सम्मान' से नवाजा गया था। मोहन स्वभाव से जितना सरल था, उतना ही दृढ़ सिद्धान्त प्रिय व इच्छा शक्ति सम्पन्न ही था। उसके लिए एक से बढ़कर एक लुभावने प्रस्ताव आये लेकिन मोहन उन सब को ठुकराकर अपने संकल्प पर अडिग तथा अग्रसर था। उसका ध्येय था, गाँव और गरीबों के मध्य रहकर असहायों, बेसहारों की सेवा करना। उसका दृढ़ विश्वास था कि मानवता की सेवा ही सच्ची सेवा है।

गाँव में ही क्लीनिक खोलकर गरीबों की सेवा में पूरी तरह रम गया था मोहन। गीता भी उसके रंग में ऐसे रंग गयी थी कि लगता ही नहीं था कि उसकी परवरिश शहरी है। मोहन के हाथ में कुछ ऐसा जादू था कि उसके पास मरीजों, बीमारों की भीड़ उमड़ने लगी थी। लोग दूर-दूर से आते। कुछ ही दिनों में इस नवडाक्टर दम्पत्ति की कीर्ति पताका चारों दिशाओं में फहरा चुकी थी।

जो भी मरीज आते, सन्तुष्ट होकर जाते तथा जाते जाते आशीष देकर जाते। एक दिन एक कृशकाय प्रौढ़ महिला गोद में बालक को लिए मोहन की क्लीनिक में आयी। बालक का शरीर बुखार से तप रहा था। होंठ नीले पड़े हुए थे। बच्चा शरीर से बहुत सुस्त जान पड़ता था। उसका पेट पूफला हुआ था। महिला के चेहरे से उसकी दीनता झलक रही थी। उसकी उम्र अधिक नहीं जान पड़ती थी पर गरीबी के बोझ ने असमय ही उसे बुढ़ापे की ओर धकेल दिया था। उसकी आँखों में आँसू थे। वह लाचार-मजबूर लगती थी। उसके पास वास्तव में डाक्टर को देने के लिए फीस भी नहीं थी। मोहन व्यस्त था, अभी-अभी तो वह मरीजों को देखकर आया था।

संध्या का समय था, आसमान में काले बादल छाए थे, हवा तेज झोंकों के साथ

बही जा रही थी। गीता भी पास में ही बैठी थी। मोहन आज कुछ थका हुआ सा महसूस कर रहा था। एक गरीब महिला याचक की मुद्रा में मोहन की क्लीनिक में खड़ी थी कि डाक्टर साहब आएँगे तथा उसके बच्चे को एक नजर देखेंगे।

मोहन का ध्यान ज्यों ही उस महिला की ओर गया, उसे अपने प्राचार्य की वे सारी बातें याद आ गयी जो उन्होंने कही था कि 'मरीज आधा तो डाक्टर के व्यवहार से ही अच्छा हो जाता है।' महिला कुछ कहना चाहती थी, मोहन उसके निकट गया तथा उससे पहले ही बोल उठा,

'क्या नाम है तुम्हारा?'

'सावित्री'

'और इस बच्चे का क्या नाम है?'

'गणेश'

'कितने साल का है?'

'छः साल का।'

'क्या परेशानी है इसे?'

'साहब। यह खाना नहीं खाता, हर वक्त सोया ही रहता है, खेलता ही नहीं, बुखार रहता है।'

इतना कहते ही वह महिला सिसक-सिसक कर रो पड़ी।

मोहन ने उसे ढाढस बन्धाते हुए अपने अस्पताल में बिठाकर कहा 'रोती क्यों हो?' सब ठीक हो जायेगा।

'साहब। मेरे पास फीस देने को पैसे नहीं है, आपकी फीस कहाँ से दूँगी?'

गीता बीच में बोल पड़ी, 'कोई बात नहीं, अभी नहीं है तो जब होंगे, तब दे देना।'

मोहन भावुक हो गया, उसे अपना अभावमय बचपन याद आ गया। मोहन ने उसका निःशुल्क परीक्षण ही नहीं किया, वरन निःशुल्क दवा भी दी। जब उसे ज्ञात हुआ कि उसके पास खाने तक के लिए कुछ नहीं है, तो इस पर मोहन ने उसे कुछ पैसे और भी दे दिये।

मोहन के इस सद्व्यवहार से सावित्री अभिभूत ही नहीं हुई, वरन् वह उसे साक्षात भगवान समझने लगी। पूरे इलाके में मोहन की उदार छवि के सभी कायल हो चुके थे। मोहन एक हाथ से कमाता, तो दूसरी ओर मुक्तहस्त से दान भी करता।

जनकल्याण के क्षेत्र में धन लगाने की उसकी योजना थी। वह चाहता था कि अपने स्वर्गीय बाबू जी के नाम पर एक अच्छे से अस्पताल का निर्माण कराए, जिसमें वे समस्त प्राथमिक सुविधाएँ हो जिनके अभाव में गाँव-इलाके के लोगों को छोटे-छोटे कार्यों जैसे एक्स-रे, पैथोलोजी टेस्ट, प्लास्टर, अल्ट्रासाउड आदि के लिए दूर शहरों में आना जाना पड़ता है। प्रधानमन्त्री ग्राम सड़क योजना के अन्तर्गत गाँव में जल्दी ही सड़क आने की सम्भावना दिख रही थी। इसी उधेड़बुन में खोया मोहन

सोच रहा था कि सड़क बनने से लोगों का कितना धन और समय बच जायेगा।

समय बीतता गया। गीता उसका भरपूर सहयोग करती रही।

वह कभी मोहन से कहती, 'क्या हमेशा यहीं व्यस्त रहोगे या कभी मम्मी-पापा से मिलने भी चलोगे?' इस पर मोहन कहता, 'जरूर चलेंगे लेकिन जब यहाँ से फुर्सत हो तब न? क्यों न हम उन्हें कुछ दिनों के लिए यही बुला लें?

'विचार अच्छा है' कहकर गीता चुप हो गयी।

जब से अस्पताल निर्माण का कार्य प्रारम्भ हुआ था, मोहन की व्यस्तता और अधिक बढ़ गयी थी। काश! निर्माण कार्य में देख-रेख करने वाला कोई अपना होता तो कितना अच्छा होता। मोहन ने अपने चाचा जी के सम्मुख प्रस्ताव रखा, तो चाचा जी ने प्रकाश, हरिकृष्ण और रमेश का नाम सुझाया और कहा, बेटा, इन्हें रोजगार भी मिल जायेगा तथा अन्दर का पैसा अन्दर ही रह जायेगा।

मोहन और गीता की सहमति एवं चाचा जी की अन्तिम संस्तुति के बाद प्रकाश, हरिकृष्ण तथा रमेश तीनों निर्माण कार्यों के साथ-साथ मोहन और गीता के साथ यथायोग्य विभिन्न कार्यों में सहयोग करने लगे थे।

गीता ने हरिकृष्ण को जब अपने विवाह के अवसर पर पहली बार देखा था। तभी उसे शंका हो गयी थी किन्तु आज उसका सन्देह विश्वास में बदल गया था। किन्तु गीता ने उस समय कुछ प्रकट नहीं किया। हरिकृष्ण भी गीता को देखकर सकपका गया था और आँखे झुकाए खड़ा रहा।

मौका पाकर गीता ने मोहन को बताया कि जब वे लोग पहली बार गाँव आ रहे थे और रास्ते में एक महिला डोली में बेहोश पड़ी थी। आप सुई लगाने आगे गये थे और मैं पीछे खड़ी थी। उस वक्त जिस युवक के मुँह से शराब की तीव्र गन्ध आ रही थी, उसका चेहरा कुछ याद है आपका वह कोई और नहीं बल्कि हरिकृष्ण ही था।'

हाँ गीतू! मुझे याद है। किन्तु तब हमें यह रिश्ता ज्ञात नहीं था। शान्ति की शादी के समय मैं घर नहीं आ पाया था। हाँ, इतना तो मालूम था कि शान्ति की ससुराल वहीं कहीं है, परन्तु निश्चित अता-पता नहीं था। हरिकृष्ण को जानने का तो प्रश्न ही नहीं उठता था ऐसे में, किन्तु अब परिस्थितियों ने करवट बदल ली है। मैंने उनसे बात कर ली है। आखिर वह हमारे दामाद, बहनोई हैं। हमारी बहिन शान्ति बहुत सौम्य स्वभाव की है। हरिकृष्ण की भी अब वह आदतें नहीं रही। शान्ति के साथ हुए हादसे ने मानों उनकी जीवनदृष्टि बदल दी हो। क्या तुम्हें नहीं लगता कि वह स्वयं संकुचाए हुए से रहते हैं? चाचा जी के एक बार बुलाने में आ गये। उनके स्वभाव में काफी बदलाव आ गया है। मैंने उनको विश्वास में ले लिया है। मन को जीतना और हृदय परिवर्तन इतना आसान नहीं होता गीतू। इसलिए तुम्हें इस बारे में चिन्तित नहीं होना चाहिए। हम शीघ्र ही अस्पताल के लिए एक एम्बुलेंसनुमा गाड़ी लेंगे, जिसे हरिकृष्ण ही चलायेंगे।

रमेश तकनीकी ज्ञान रखता था, किन्तु बेचारा एक हाथ खो बैठा था। वह पर्ची बनाने का कार्य करेगा। ठोकर खाया इन्सान है, ईमानदार और लगनशील है, अपना-पराया जानता है। प्रकाश पढ़ा लिखा है, इण्टर तक जीवविज्ञान पढ़ा है उसके लिए दवाओं की दुकान खोल देंगे। फिर चाचा जी भी ए॰एम॰सी॰; आर्मी मेडिकल कोरद्ध से सेवानिवृत हुए हैं। बूढ़े हैं लेकिन कुछ देर भी बैंठगे तो प्रकाश धीरे-धीरे सीख जायेगा और एक दिन पक्का कम्पाउन्डर बन जायेगा।' मोहन भावी कार्ययोजना बताता चला गया।

गीता ने बिना किसी आपत्ति के मोहन की बातों से सहमति जतायी। शंकर दत्त अब और अधिक प्रसन्न थे कि मोहन ने गाँव में ही क्लीनिक खोलकर लोगों को सुविधाएँ भी प्रदान की है साथ ही रोजगार भी दिया है। इधर उन्होंने प्रकाश के विवाह के प्रयास तेज कर दिये थे। मोहन व गीता दोनों समर्पित मिशनरी भाव से कार्य करते तो दूसरी ओर उनका पूरा स्टाफ उनके एक इशारे पर बिजली की गति से कार्य करता।

इधर कुछ झोलाछाप नीम-हकीम मोहन के क्षेत्र में आने से खार-खाए बैठे थे। कुछ दुष्प्रचार करते थे तो कुछ ईर्ष्या, जितने मुख उतनी बातें, न निन्दा करने वालों की कमी थी न द्वेष रखने वालों की। जनता का अधिकाशं तबका मोहन और गीता के साथ जो था। ऐसे में उनके बारे में कुछ भी अशोभनीय टिप्पणी करना आसमान की ओर थूकने के समान था। डाक्टर युगल की कार्यशैली, मधुर व्यवहार ने झोलाछापों, अनर्गल निन्दकों के मुँह बन्द कर दिये थे फिर भी वे अन्दर ही अन्दर कुढ़ते रहते थे।

नरेन्द्रनाथ एवं आनन्दी देवी कभी-कभार अपनी लड़की दामाद व समधी से मिलने गाँव आते तथा प्रत्येक बार दोनों प्रसन्न मन लिए लौटते। उन्हें मोहन की मेधा पर गीता से अधिक विश्वास था। नरेन्द्रनाथ कहते न थकते थे, 'मोहन चरित्रवान लड़का है। ऐसे आदर्श लड़के आज के समय में कहाँ मिलते हैं? भौतिक चकाचौंध से दूर अहं का नाम भी नहीं है उसमें।'

इस तरह प्रसन्नतापूर्वक दिन व्यतीत होने लगे। गीता और मोहन मरीजों की दिन रात सेवा करते साथ ही सप्ताह में एक दिन क्षेत्र के अलग-अलग गाँवो में जाकर रोगियों को घर पर ही देखते तथा गाँव वालों को खान-पान, साफ-सफाई, सुरक्षा, टीके आदि के बारे में जानकारी देते।

गीता तो महिलाओं के साथ ऐसे बातें करती जैसे वर्षों से उनकी परिचित घनिष्ठ सहेली रही हो। मोहन यह सब देखकर सुकून महसूस करता। शंकर चाचा दिन प्रतिदिन जवान होते जा रहे थे। मोहन के इलाज से या रामजाने कैसे चाची का वर्षों पुराना रोग भी जाता रहा। उनके सामने बस एक इच्छा और थी कि प्रकाश का विवाह कर दें।

चाचा और चाची को मोहन पर गर्व था। गीता को बहू के रूप में पाकर वे प्रसन्नता का अनुभव करते थे तथा अपने भाग्य को सराहते थे। लोग बात-बात में गीता-मोहन का उदाहरण देते थे। घमण्ड उन्हें छू भी नहीं पाया था। कोई उन्हें गरीबों का मसीहा कहता, तो कोई साक्षात प्रभु अवतार कहता। उनके क्लीनिक में सुबह से शाम तक मरीजों की भीड़ लगी रहती। मरीज आधा तो डाक्टरद्वय के व्यवहार से ही अच्छे हो जाते थे।

छोटी-मोटी बीमारियों का इलाज वहीं पर होने लगा था। बड़े रोगों के निवारणार्थ ही रोगी को आगे जाने की सलाह दी जाती थी। कुछ ही समय में इलाके भर के लोगों में जागृति आ गयी। हरिकृष्ण, रमेश और प्रकाश चौबीस घंटे आपातकालीन सेवा हेतु तत्पर रहते थे।

आषाढ़ का महीना चढ़ाव पर था। नदी, नाले, पोखर, तालाब, छीर, गधेरे सभी मानों वेग से ऐसे बह रहे थे जैसे बारहों महीनों इनमें ऐसा ही पानी रहता हो। वर्षा रफक-रफक कर जारी थी। रात घिरने पर अंधेरा अपनी कालिमा से सब ढक देना चाहता था। बीच-बीच में मेघों की गर्जन में बिजली की चमक वातावरण को और मादक बना देती थी।

मोहन और गीता दोनों विश्राम कर रहे थे। तभी दरवाजे पर दस्तक हुई। दस्तक बढ़ती ही जा रही थी। मोहन को अभी-अभी नींद आयी थी। दस्तक की गति बढ़ती ही जा रही थी। मोहन के उठने से पहले गीता ने दस्तक का कारण जानना चाहा, तो मोहन जाग उठा। उठना चाहता था किन्तु गीता ने रोकते हुए कहा, 'दिन भर तो मरीजों को देखते रहते हो अब रात को भी चैन से न सोओगे क्या? इस अंधेरी रात को तुम नहीं जाओगे।'

गीता स्वयं उठकर दरवाजे की ओर बढ़ी। दरवाजा खोलने पर देखा कि उसका देवर प्रकाश एक सामान्य वेशभूषा धारी पहाड़ी नवयुवक से कुछ दूरी पर बतिया रहा था। बारिस थमने का नाम नहीं लेती थी। दोनों दूर बरामदे में खड़े कुछ बोल रहे थे, जो सुनाई नहीं पड़ता था, किन्तु हाथों की परस्पर भाव-भंगिमा तथा संकेतों से अनुमान लगता था कि युवक प्रकाश से कुछ निवेदन कर रहा था।

गीता मोहन को वहीं कमरे में रुकने को कहकर बरामदे के एक गलियारे से दूसरे गलियारे में वहाँ तक पहुंची जहाँ दोनों बतिया रहे थे। निकट पहुँचने पर प्रकाश कुछ बताता, इससे पहले ही गीता ने देखा कि उस युवक के हाथ-पांव में खरोंच के निशान थे। कुछ समझ में नहीं आता था कि युवक आखिर चाहता क्या है? इससे पहले कि गीता कुछ समझ पाती, नवयुवक गीता के पाँव पकड़ते हुए कह उठा, 'डॉ॰ साहब मेरी माँ, को बचा लीजिए मैं उम्र भर आपका ऋणी रहूँगा।'

मोहन को भला कैसे चैन आता अन्दर? वह गीता के पीछे-पीछे वहीं आ गया। रात के साढ़े दस बजे मेघों की तीव्र गर्जना मौसम में भय का संचार कर रही थी।

गीता इस अंधेरी रात में मोहन को कहीं बाहर नहीं भेजना चाहती थी, इसलिए उसने उस नवयुवक को कल आने को कह दिया। मोहन यह सुनकर अन्दर ही अन्दर सुलग गया। उसे गीता का यह व्यवहार उचित नहीं लगा था।

अचानक तीव्रता से बिजली चमकी, तो मोहन अपने को रोक नहीं पाया। उसे सहसा अपने बचपन की याद ताजा हो आयी। तब वह आठवीं का छात्र था। वह भी उसी तरह डाक्टर के पास गया था सहायता के लिए, किन्तु क्या हुआ?

मोहन सोचने लगा, यदि मैं इसके साथ नहीं गया तो यह अन्याय ही नहीं होगा बल्कि मेरे जीवन का उद्देश्य मात्र एक ढकोसला बन कर रह जायेगा। नहीं, मुझे जाना ही होगा। अवश्य जाना होगा। प्रयास हमारे हाथ है, परिणाम ऊपर वाले के हाथ। मोहन ने गीता, प्रकाश व उस युवक को अन्दर चलने को कहते हुए कहा, 'धीरज रखो। क्या हुआ तुम्हारी माँ को? अरे तुम्हें भी चोट लगी है। प्रकाश पहले मरहम पट्टी की व्यवस्था करो। अब बताओ क्या परेशानी है?'

'साहब! मेरी माँ सख्त बीमार है। हम लोग अनपढ़ हैं, इलाज के बारे में अधिक नहीं जानते। किसी ने देवता, भूत-प्रेत, ऊपरी हवा का चक्कर बताया तो बकरी, मुर्गा, शराब सब चढ़ाया, परन्तु कोई फायदा नहीं हुआ। पिछले दो दिन से उसने पानी भी नहीं पिया। अब वह दोपहर से बेहोश है। खाँसी अधिक हो गयी है। बलगम में खून भी आता है आपके बारे में बहुत सुना था इसलिए बड़ी आस लिए भागा चला आया हूँ। मेरा गाँव निकट ही है, पाटन गाँव।

साहब एक बार मेरी माँ को देख लीजिए। बड़ी कृपा होगी साहब...।'

मोहन ने उसे ढ़ाढस बँधाते हुए कहा, 'तुम रुको मैं कपड़े बदलकर कुछ दवाएँ लेकर आता हूँ।'

गीता यह सब घटनाक्रम देख सुन रही थी। वह नहीं चाहती थी कि मोहन इस काली अंधेरी रात में अकेले मरीज को देखने दूसरे गाँव जाये। कहीं कुछ हो गया तब? एक अनजान आशंका से उसका मन बेचैन हो रहा था।

मोहन और गीता में इस बिन्दु पर परस्पर वैचारिक, व्यावहारिक व सैद्धान्तिक टकराव भी हुआ, किन्तु मोहन अपनी धुन का पक्का था। उसकी दृढ़ इच्छा शक्ति से गीता भली भाँति परिचित थी। मोहन को अपनी वह मौन प्रतिज्ञा बार-बार सुनाई पड़ती थी, जो उसने अपने बाबू जी के दाह संस्कार के समय मन ही मन ली थी कि भविष्य में किसी और मोहन के बाबू की मौत डाक्टर के अभाव में नहीं होने पायेगी...।

'यदि आज मैं न गया तो मेरी प्रतिज्ञा भंग हो जायेगी। जीना-मरना यद्यपि ईश्वर के हाथ है, फिर भी हमें अपना कर्तव्य तो निभाना चाहिए। उस डाक्टर की याद ताजा हो आयी थी उसके मन में, जिसने उसे बचपन में मना ही नहीं किया था वरन् धक्का देकर बेहोश भी कर दिया था। वह तेजी से उठा, कपड़े पहनकर तुरन्त तैयार होकर गीता से बस इतना बोला—

'गीता। हमारा कर्तव्य है मानवता की सेवा करना, दूसरे के दर्द को अपना दर्द समझना, हमारा जीवन ही सेवा के लिए है। गीता। तुमने अभी घोर गरीबी को निकटता से नहीं देखा है। तुम कल्पना भी नहीं कर सकती हो कि इस पहाड़ में लोग कैसा अभावमय जीवन जीते हैं? फिर डाक्टरों का जीवन होता ही दूसरों के लिए है। हमारी वह सौगन्ध किस काम की। मैंने डाक्टरी इसलिए नहीं की कि आज फिर से एक और मोहन का बापू या फिर किसी एक और मोहन की माँ इलाज के अभाव में दम तोड़ दे!'

इतना कहकर मोहन रेनकोट पहनते हुए गीता की पीठ में हल्की सी थपकी देकर चल पड़ा। बरसात कुछ हल्की अवश्य हुई थी किन्तु थमी नहीं थी। बीच-बीच में बिजली की कड़क, कुत्तों के भौंकने की आवाज रात के भयानक सन्नाटे को तोड़ देती। प्रकाश भी अपने बड़े भाई डॉ॰ मोहन के साथ चल पड़ा था।

गीता सोच में पड़ गयी और बुदबुदाने लगी, 'अपने पेशे के प्रति कितने समर्पित हैं उसके पति? उसे आज महसूस हुआ था कि वह जो कुछ मोहन से सुनती थी गाँवों व गरीब-मरीजों के बारे में वह सबकुछ सचमुच मोहन की रग-रग में समाया हुआ था।'

मोहन के मन की टीस और पीड़ा को वास्तविक रूप में आज समझ पायी थी वह। आज गीता को महसूस हो चुका था कि क्यों मोहन ने अपने सुनहरे भविष्य के सपनों को तिलांजलि देते हुए पहाड़ के इस अति पिछड़े अभावग्रस्त गाँव में एक डाक्टर के रूप में मानवता की सेवा करने का प्रण लिया था?

सच्चे मन से आज गीता ने मोहन के दर्द में अपने दर्द को समाहित कर लिया था। अब असहायों और गरीबों की सेवा के रूप में मानवता की सेवा करना गीता का अपना दर्द भी बन चुका।

वही गीता, जिसने गरीबी को दूर-दूर तक महसूस नहीं की थी, आज मोहन से प्रेरणा पाकर पहाड़ के इन अभावग्रस्त गाँवो का दर्द सचमुच अपना दर्द महसूस अनुभव करने लगी थी।

गीता और मोहन के इस जुनून की देखा देखी यहाँ के नवयुवकों को भी पहाड़ की यह पीड़ा, 'अपनी पीड़ा और अपना दर्द' महसूस होने लगी और पहाड़ के गाँव खाली होकर उजड़ने से बच गये...।

सुबह हुई तो गीता ने देखा, उसका पति मोहन एक असहाय युवक के माँ को प्राण देकर लौट रहा है...आँखें उसकी नींद से बोझिल अवश्य थीं, लेकिन चेहरे पर जो सन्तोष का अनूठा भाव झलक रहा था, वह गीता को दुनिया के सबसे बड़ी उपलब्धि लगा।

मेजर निराला

एक

पन्द्रह वर्ष!

जी हाँ, पूरे पन्द्रह वर्ष जेल की सलाखों के पीछे काट दिये थे मेजर निराला ने। कम नहीं होते जीवन के पन्द्रह बसन्त। एक-एक दिन मानों एक-एक युग के बराबर।

अपराध क्या था उसका? सेना का एक जांबाज मेजर था वह। भरा पूरा परिवार। पत्नी और एक बेटा। सब कुछ ठीक-ठाक ही तो चल रहा था। देवी स्वरफप पत्नी सावित्री, छोटा सा घर और सुन्दर सा बेटा। पहाड़ का एक शान्त सुन्दर गाँव। फौज में एक बड़ा ऑफिसर था वह, अपने ऊपर के ऑफिसरों का प्यारा मेजर।

बचपन के दिन बहुत गरीबी में बिताये थे मेजर निराला ने। पिता की मृत्यु तब हो गयी थी, जब वह केवल एक वर्ष का था। किसी तरह माँ ने ही उसे पढ़ाया लिखाया था। फौज में भर्ती हुआ। अथक मेहनत और परिश्रम से कमीशन पास किया और मेजर के ओहदे तक जा पहुँचा।

कितना प्यार था उसे अपने गाँव से और गाँव के लोगों से। हँसी खुशी जीवन बीत रहा था। कोई कमी नहीं थी। मान-सम्मान सुख-सुविधा। किन्तु ईश्वर को शायद यह सब कुछ मंजूर नहीं था, इसीलिए तो उसकी खुशियों को ग्रहण लग गया। बर्बाद हो गया सब कुछ। पत्नी नहीं रही। बेटे का पता नहीं और खुद वह पन्द्रह वर्षो से जेल की कोठरी में पड़ा-पड़ा उस एक पल को कोस रहा है, जिसने उसके जीवन और घर संसार को आग लगा दी।

बस थोड़ा सा गुस्सा। सिर्फ एक क्षण का। और इतनी बड़ी सजा। कितना प्यार करता था वह सावित्री को और सावित्री भी कितना चाहती थी उसको। उसकी एक-एक आज्ञा का पालन करना सावित्री अपना धर्म समझती थी।

गाँव की माटी से प्यार का और गाँव वालों की मदद का भूत सवार था मेजर के सिर पर। तभी तो उसने गाँव छोड़ कर शहर में जा बसने की सावित्री की माँग बार-बार ठुकरा दी थी।

काश! समय रहते उसने सावित्री की बात मान ली होतीं तो आज यह दिन नहीं देखना पड़ता। कोटद्वार से नीचे कभी नहीं दिखला पाया था वह सावित्री को। उसी का नतीजा है कि उसे सब कुछ खोना पड़ा अपना।

खोना क्या पड़ा? हत्यारा बन गया वह देश, दुनियाँ, समाज और गाँव वालों के सामने। 'हत्यारा!' वह भी उस पत्नी का हत्यारा, जिसे वह जी जान से चाहता था।

जी हाँ, पत्नी की हत्या का जुर्म साबित हुआ है उस पर कोर्ट में। और सजा के रूप में गुजारने पड़े हैं उसे पूरे पन्द्रह वर्ष जेल में।

सोचते-सोचते मेजर निराला की आँखे भर आयीं। कल उसकी रिहाई है। लेकिन करेगा क्या वह रिहा होकर? पत्नी को उसने स्वयं कत्ल कर डाला। बेटे का उसी दिन से कुछ पता नहीं।

आखिर कहाँ जायेगा वह रिहा होकर? किसके लिए जियेगा वह? क्या मुँह लेकर जायेगा वह गाँव वालों के सामने? क्या समाज स्वीकार करेगा उसे?

विचारों का अन्तर्द्वन्द्व उसके दिलो-दिमाग को झकझोर रहा है। कितना बदल गया उसका जीवन। एक सम्मानित, देशभक्त और जांबाज मेजर था वह फौज का, और आज एक अपराधी।

भारत-पाक युद्ध में उसने अपनी वीरता के झंडे गाड़ दिये थे। अपने सीनियर ऑफिसरों की आँख का तारा था वह। यही वजह है कि युद्ध के लम्बा चलने की आशंका के मद्देनजर उसे जबरन छुट्टी पर भेज दिया गया, ताकि युद्ध के अन्तिम समय में उसका उपयोग किया जा सके। उसे अच्छी तरह याद है कि बेमन से उसे छुट्टी जाना पड़ा था। एक-एक पल उसके स्मृति पटल पर चलचित्र की भाँति उभरता चला गया।

दो

रात्रि का सन्नाटा!

अन्धेरा इतना कि हाथ को हाथ नजर न आये। दूर-दूर तक फैली ऊँची-नीची टीलेनुमा पहाड़ियाँ रात्रि के अन्धेरे में ऐसी लग रही थी मानों मुँह फैलाये कई दानव एक दूसरे के अलग-बगल खड़े हों।

मेजर निराला सूबेदार काशी सिंह और सूबेदार जीत सिंह सहित कुछ जवानों के साथ पत्थरों की ओट में छुपे हुए अपनी बन्दूकों का निशाना सामने की ओर साधे हुए थे। न जाने कब किस तरफ से दुश्मन नजर आ जाये।

धीरे-धीरे घुटनों और कोहनियों के बल घिसटते हुए वे लोग आगे की ओर बढ़ रहे थे। घनघोर अन्धेरे में दूसरी तरफ से कभी-कभी धाँय की आवाज के साथ आग का गोला उनकी ओर बढ़ता, तो प्रतीत होता कि दुश्मन उधर ही है।

युद्ध का आज बाईसवा दिन है। दुश्मन भारत की सीमा पर काफी आगे बढ़ चुका है। बाईस दिन पूर्व सीमा पार से अचानक हुए हमले में दोनों ओर से कई जवान हताहत हुए हैं।

मेजर निराला के लिए यह जंग एक अलग अनुभव है। उनकी कम्पनी जम्मू कश्मीर में पिछले दो वर्ष से तैनात थी।

यूं तो कश्मीर पर दुश्मन की नजर हमेशा ही रही है। दुश्मन के साथ साथ ही सीमा पर तैनात फौज को देश के अन्दर के दुश्मनों से ही ज्यादा जूझना पड़ता है। देश के अन्दर के दुश्मन, यानी कि आंतकवादी।

दुश्मन को जब कश्मीर पर कब्जा करने की अपनी मंसा पूरी न होने का अंदेशा हुआ, तो देश के अन्दर ही कई नवयुवकों को लालच और धमकियां देकर आतंकवादी बना दिया गया।

आंतकवादी कहीं न कहीं, कुछ न कुछ खून-खराबा करते ही रहते हैं। इन सबसे हमारी फौज लम्बे समय से जम्मू कश्मीर में जूझ रही है। किन्तु बाईस दिन पूर्व सीमा पार से एक सुनियोजित योजना के तहत भारत पर हमला कर दिया गया।

भारत के जवान भी सीमा पर तैनात थे, किन्तु बड़े अधिकारियों तक को यह कल्पना नहीं थी कि दुश्मन अचानक भारत पर हमला बोल देगा।

एक ओर शान्ति की वार्ताएँ और दूसरी ओर हमला! यही कारण था कि भारत के जवान अचानक हुए इस हमले का जवाब नहीं दे पाये। इस कारण दुश्मन हमला करते हुए काफी आगे तक घुस आया।

शान्ति वार्ताओं के दौर में सीमा पर सीमित और आवश्कतानुसार फौज ही तैनात थी। दूसरी ओर से हुए भंयकर आक्रमण के कारण वहाँ पर तुरन्त कई अन्य कम्पनियां भेजनी पड़ी। इसी कारण देश के लिए कई जवान शहीद भी हुए।

मेजर निराला की कम्पनी भी दस दिन पूर्व यहाँ पर पहुँची थी, तब से ही मेजर लगातार युद्ध के मोर्चे पर डटा है। इस दौरान चौकी नम्बर 14 तक घुस आये दुश्मन को पीछे खदेड़ने में मेजर ने बहुत बड़ी कामयाबी पाई है।

देशभक्ति का जज्बा कूट-कूट कर भरा है मेजर निराला के दिल में। देश की माटी और अपने स्वाभिमान से बहुत प्यार है उसे और इसके लिए वह कुछ भी कर गुजरने को तैयार है। अपने लहू की एक-एक बूँद वह देश के लिए बहाने को तैयार है, किन्तु एक इंच जमीन भी वह दुश्मन के कब्जे में नहीं देना चाहता।

मेजर अपने साथियों सहित लगातार आगे बढ़ रहा है। थोड़ी-थोड़ी देर बाद नीरवता का सीना चीरती गोलियों की आवाजें सुनाई देती, मानों पहाड़ियों का दिल दहल गया हो। कई बार तो गोलियाँ कनपट्टी से होकर गुजरती। मेजर अपने जवानों की कुशलता का जायजा लेते, फिर उनका साहस बढ़ाते हुए लगातार आगे बढ़ाते—'शाबास जवानों! बढ़ते रहो, मंजिल करीब है।'

सुनते ही जवानों में और उत्साह भर जाता।अपेक्षाकृत और अधिक तेजी से वे आगे बढ़ते। अब उन्हें दुश्मन के कब्जे से अपनी अगली चौकी छुड़ानी है।

तभी पहाड़ियों की दूसरी तरफ से आग का एक भयंकर गोला ठीक उनके सामने आकर फटा। विस्फोट इतना जबरदस्त था कि जमीन तक हिल गयीं तोप से छूटा कोई गोला था यह।

'सूबेदार काशी सिंह!'—मेजर निराला ने फुसफुसाते हुए कहा।

'यस सर!'—फुसफुसाते हुए ही किन्तु कड़क स्वर में सूबेदार काशी सिंह की आवाज आयीं।

'तुम दस जवानों को लेकर दायीं ओर कवर करो'—मेजर ने आदेश दिया—'और सूबेदार जीत सिंह!'

'यस सर!'—सूबेदार जीत सिंह ने भी कड़क लहजे में उत्तर दिया।

'तुम बाईं ओर कवर करो' मेजर ने उसे भी आदेश दिया।

'किन्तु सर, दुश्मन फ्रन्ट पर है।' सूबेदार जीत सिंह ने शंका जाहिर की।

'नहीं सूबेदार, दुश्मन फ्रन्ट का भ्रम पैदा करके चाल चल रहा है।'—मेजर ने समझाया—'तुम्हें यहाँ उलझाकर दांये या बायें से अटैक करेगा।'

'ओ.के. सर!'—सूबेदार जीत सिंह ने आज्ञा का पालन किया।

'याद रहे'—मेजर ने पुनः लगभग आदेशात्मक लहजे में कहा—'हमें हर कीमत पर उजाला होने से पूर्व चौकी नम्बर 12 से दुश्मन को खदेड़ना है।'

'यस सर!' एक साथ सूबेदार काशी सिंह और सूबेदार जीत सिंह का स्वर उभरा।

दुश्मन को उनकी उपस्थिति का अहसास न हो, इसलिए मेजर ने कम्पनी को गोली चलाने से मना किया है। दुश्मन के ठीक नजदीक पहुँचते ही वे गोलियां बरसायेंगे, ऐसी मेजर की योजना है।

तीन

रात्रि के चार बजने तक वे अपने लक्ष्य के सामने पहुँच गये हैं। अब तक दुश्मन को उनकी उपस्थिति का अहसास नहीं हो सका है। मेजर और उसके जवानों ने पत्थरों की ओट में अपनी पोजीशन ले ली है। अब सामने दिख रहे दुश्मनों पर वे ताबड़तोड़ गोलियाँ चलायेंगे। उन्हें इन्तजार है तो सिर्फ मेजर निराला के आदेश का।

मेजर निराला ने दुश्मन के कैम्प का जायजा लिया। एक तोप है और लगभग बीस-एक राइफल धारी। दायें-बाँयें नजर दौड़ाकर मेजर पूरी तरह आश्वस्त हो जाना चाहता था कि जिस चौकी पर दुश्मन कब्जा जमाये हैं, उस पर केवल उतने ही सैनिक हैं, जितने दिख रहे हैं।

पूरी तरह आश्वस्त होने के बाद मेजर जवानों को अटैक का आदेश देता, इससे पूर्व ही मेजर की बैल्ट में टंके वाकी टॉकी की लालबत्ती जल उठी। इसका मतलब था कि कुछ सन्देश प्रसारित हो रहा है। मेजर ने वाकी टॉकी का स्विच आन किया।

'हैलो! आर्मी हेड क्वार्टर हियर।' वाकी टॉकी से आवाज आयी—'कर्नल डी. राजा सिंह स्पीकिंग ओवर।'

'गुड मार्निंग सर!'—मेजर ने फुसफुसाते हुए कहा—'मेजर निराला स्पीकिंग। हियर इज आल ओ.के. सर, ओवर।'

'मेजर निराला!'—कर्नल डी राजा सिंह का आदेशात्मक लहजा वाकी टाकी से निकला—'आपके मोर्चे पर मेजर सुखविन्दर को भेजा जा रहा है। आप तुरन्त वापस आयें, आपको 15 दिन के लिए छुट्टी भेजा जा रहा है, ओवर।'

मेजर को करारा झटका लगा। उसे लगा मानो हाथ में आये दुश्मन के गिरेबान पर पकड़ ढीली पड़ गयी हो। उसने प्रतिकार किया—'आयी एम सॉरी सर। प्लीज कैन्सिल माई लीव सर। मेरे लिए देश की रक्षा और यह जंग अवकाश से कई गुना महत्वपूर्ण है, ओवर।'

'समझने की कोशिश करो ऑफिसर'—थोड़ा नर्म किन्तु समझाने वाले लहजे में कर्नल ने उधर से कहा—'यह जंग बहुत लम्बी चलने वाली है। इसलिए मैं चाहता हूँ कि तुम 15 दिन की छुट्टी काट लो। जंग जब चरम पर होगी, तब तुम्हारी सबसे अधिक जरूरत हमें होगी, ओवर।'

'सर मैं छुट्टी नहीं जाना चाहता, मैं चरम तक जंग लड़ना चाहता हूँ। ओवर'—मेजर ने कहा।

'मेजर तब तक तुम थक जाओगे, यूं भी तुम्हें फ्रन्ट पर लगातार बारह दिन हो गये, सो इट्स कम्पल्सरी टू...यू...। ओवर'—कर्नल ने पुनः आदेश दिया।

'बट सर...' मेजर अपनी बात आगे कहता इससे पूर्व ही कर्नल डी राजा सिंह ने कड़क स्वर में कहा—'नो बट एण्ड नो मोर! फॉलो दी आर्डर! ओवर एण्ड आल!'

इसके साथ ही उधर से संवाद काट दिया गया।

मेजर को मानों साँप सूंघ गया हो। हाथ में रखे वाकी टॉकी को उसने ऐसे घूरा, मानो उसको ही जमीन पर पटक देगा।

मेजर की मुट्ठियाँ भिंच गयीं सामने धुँधलके में चल रही दुश्मनों की गतिविधियों ने उसकी ऑखों में आक्रोश के शोले भर दिये। मन किया अभी एम.एम.जी. से ताबड़तोड़ गोलियां बरसाकर सबके सीने छलनी कर दे। किन्तु फौज में सीनियर अफसर का आदेश सब से बड़ा होता है। आदेश का मतलब आदेश होता है और उसे हर कीमत पर मानना पड़ता है।

यही कुछ मेजर निराला के साथ हुआ है अभी-अभी। कर्नल ने उसके हाथ बाँध दिये हैं। अपनी माटी से बढ़कर मेजर के लिए कुछ नहीं, वह छुट्टी नहीं जाना चाहता, किन्तु फिर भी जबरन आर्डर कर दिया गया। आज दुश्मन के सीने पर गोलियां दागने का अवसर अन्तिम समय में उसके हाथ से निकल गया। काश! उसने वाकी टाकी का सन्देश रिसीव न किया होता, तो अब तक वह दुश्मनों को ढ़ेर करके चौकी पर कब्जा कर भी चुका होता।

सोचते सोचते मेजर का खून खौल गया। उसने एक कड़ा निर्णय ले लिया। जवान सब उसके आदेश की प्रतीक्षा कर रहे हैं। यदि वह अभी मेजर सुखविन्दर के पहुँचने से पूर्व अटैक का आर्डर कर दे और चौकी पर कब्जा कर ले, तो कौन पूछता है। अभी दस मेनट पहले ही तो उसे वापिस लौटने का आदेश मिला है। दस मिनट और सही। उसकी तमन्ना भी पूरी हो जायेगी।

मेजर ने पूरा निर्णय लेकर एक नजर अपने जवानों पर डाली, जो पूरी तरह सतर्क होकर अपने-अपने हथियारों के ट्रिगर पर उगलियाँ रखे मेजर के आर्डर की प्रतीक्षा कर रहे थे। मेजर को सिर्फ एक शब्द बोलना है,—'फायर' और फिर हो जायेगी तड़ातड़ गोलियों की बौछार। मेजर ने 'फायर' बोलने के लिए मुँह खोला ही था कि-

'यू आर रिलीव्ड ऑफिसर!'—ठीक उसके बगल से आवाज आयीं आवाज मेजर सुखविन्दर सिंह की थी। वह पहुँच चुका था। मेजर को फिर एक करारा झटका लगा। लो इस कमबख्त को भी अभी पहुँचना था। मेजर ने गर्दन घुमाकर मेजर सुखविन्दर पर निगाह डाली और फिर प्रत्यक्ष में उस का स्वागत किया। मेजर सुखविन्दर भी मुस्कराया।

'यू आर वेरी लक्की मेजर!' थकी हुई आवाज में मेजर निराला ने कहा—'यू गेट ए चान्स'।

'थैंक यू मेजर।'—मेजर सुखविन्दर बोला।

'बैस्ट आफ लक।'—मेजर निराला ने उसे शुभकामना दी।

'थैंक्यू मेजर!' पुनः मेजर सुखविन्दर ने आभार प्रकट किया और उसे विदाई दी—'ओ.के. मेजर!'

चार

आर्मी बेस कैम्प में मेजर निराला अपना सामान पैक करके दो अन्य ऑफिसर के साथ 'थ्री टन' में सवार होने से पूर्व वहाँ रुके अन्य साथियों से हाथ मिलाता है।

'अच्छा दोस्तों, छुट्टियां मुबारक!'—एक ऑफिसर ने कहा—'पन्द्रह दिन बाद मुलाकात होगी'

'थैंक्यू ऑफिसर!'—मेजर ने जैसे रस्म निभाई

'भाभी जी को हमारी तरफ से...' एक दूसरे ऑफिसर ने चुटकी ली।

'क्या...?' मेजर ने भी तुरन्त पूछा।

सभी ठहाका मार कर हँस दिये। कैप्टैन डी॰ एस॰ रावत को चुप देखकर एक ऑफिसर बोला—'तुम्हारा चेहरा क्यों लटका हुआ है रावत?'

'तुम लोग शादीशुदा हो, इसलिए खुश हो रहे हो!' कैप्टन रावत ने अपना दुखड़ा सुनाया—'अपनी तो छुट्टियां कटती ही नहीं।'

'चं...चं...चं...चं...' एक ऑफिसर बोला।

'इस बेचारे का भी कुछ इन्तजाम करना पड़ेगा।'

'अब की बार खाली मत लौटना'—एक अन्य ऑफिसर बोला—'लड्डू लेकर आना सगाई के।'

'अपनी तो यार छुट्टियों का पता ही नहीं चलता घूमने फिरने में'—मेजर के साथ ही छुट्टी जा रहा एक ऑफिसर बोला—'मेजर, तुम इस बार भाभी जी को लेकर हमारे यहाँ नैनीताल आना जरूर घूमने।'

'नहीं यार, घूमने का समय किसे है'—मेजर निराला ने पीड़ा के साथ कहा—'अपनी छुटिट्यां तो गाँव के खेत खलिहान में ही गुजर जाती हैं।'

'क्या नीरस बातें करते हो मेजर!'—वही ऑफिसर बोला—'क्या रखा है गाँव और खेत खलिहानों में चार दिन की तो आजादी मिलती है घूमने फिरने की।'

'नहीं दोस्त!'—मेजर निराला ने घायल स्वर में कहा—'इन्सान को अपनी जमीन नहीं भूलनी चाहिए। जिस गाँव में हम जन्में हैं, उसके प्रति प्यार तो होना ही चाहिए। यदि प्रत्येक व्यक्ति यही सोचने लगे, तो कौन जुड़ेगा गाँव से। बंजर और बीहड़ हो जायेगें सारे गाँव।'

माहौल जैसे बोझिल हो गया हो। कैम्प में रुके एक ऑफिसर ने पहल की–'बन्द करो यार भाषणबाजी, तुम्हारा सामान लद चुका है। अब सीट पर बिराजो।'

'ओ.के. हम लोग चलते हैं।' मेजर निराला सहित दो अन्य ऑफिसरों ने फिर बेस कैम्प में रुके साथियों से हाथ मिलाया और सीटों पर बैठ गये। थ्री टन धूल उड़ता हुआ आगे निकल गया।

बेस कैम्प में रुके ऑफिसर दूर जाते थ्री टन को निहारते रह गये। चुप्पी को तोड़ते हुए एक ऑफिसर बोला–'यार, बड़ा अजीब इन्सान है यह निराला। जब देखा गाँव, खेत, खलिहान और गाँव वालों की ही बातें करता रहता है।'

'हाँ! सारी छुट्टियां गाँव में ही बिता देता है' दूसरा ऑफिसर जो पौड़ी गढ़वाल का ही था, बोला–'किसी का पुस्ता लगा, किसी का हल लगा, किसी का इलाज करा। बस मानो सारे गाँव का ठेका ले रखा हो।'

'कमाल है यार, यह भी कोई बात हुई' पहला ऑफिसर आश्चर्य करते हुए बोला,

'तुम मेजर का बैक ग्राउण्ड जान जाओगे, तो फिर आश्चर्य नहीं करोगे,' गढ़वाली ऑफिसर ने कहा–'बहुत गरीबी में उसने अपना बचपन गुजारा है। उसकी विधवा माँ ने इसी जमीन और गाँव से जुड़कर उसे इतना कुछ बनाया है।'

'ठीक कहता था यार'–पहला ऑफिसर बोला–'इन्सान को अपनी जमीन नहीं छोड़नी चाहिए।'

पाँच

हरिद्वार!

उत्तराखण्ड की धर्मनगरी। यूं तो पूरा उत्तराखण्ड ही धार्मिक दृष्टि से देवभूमि कहलाता है, किन्तु देवभूमि उत्तराखण्ड में भी हरिद्वार का विशेष महत्व है।

जब हजारों लाखों लोग उत्तराखण्ड की यात्रा करने के लिए आते हैं, तो इसी हरिद्वार से यात्रा प्रारम्भ होती है। कहना चाहिए कि यह देवभूमि में प्रवेश का द्वार है हरिद्वार!

मेजर निराला अपने दो साथियों सहित ट्रेन से हरिद्वार स्टेशन पर उतरे। यहाँ से तीनों को अलग-अलग स्थानों के लिए जाना है। मेजर को भी यहीं से पौड़ी जाने के लिए की बस पकड़नी है।

साथियों से विदा लेकर वह अपनी बस में सवार हो गया। बस में खचाखच सवारियां भरी पड़ी थीं। पहाड़ी मार्गो पर सीमित बस सेवाएँ होने के कारण सवारियों की भारी भीड़-भाड़ होती है। खासकर गर्मियों के दिनों में, जब यात्रा सीजन शुरू होता है, तब तो बसें ढूँढ़कर भी नहीं मिलती हैं। बामुश्किल चार बसें पौड़ी के लिए यहाँ से जाती हैं और उनमें भी पैसेंजर भेड़-बकरियों की तरह भरे हुए रहते हैं।

अधिक सवारियां और संकरी सड़कें होने के कारण दुर्घटनाएँ भी बहुत होती हैं। प्रतिवर्ष इन दुघर्टनाओं में हजारों लोग अपनी जान गवाँ बैठते हैं।

बस दुर्घटनाएँ रोकने के लिए सरकार द्वारा अनेक कदम उठाये जाते हैं। अनेक योजनायें भी बनाई जाती हैं। किन्तु फिर भी हर दूसरे दिन सुनने में आता है कि फलाँ जगह बस गिर गयीं

सरकार द्वारा मृतक आश्रितों और घायलों को राहत राशि दे दी जाती है। खानापूर्ति के लिए बस दुर्घटनाओं के कारणों की मजिस्ट्रीयल जांच किये जाने की घोषणा भी कर दी जाती है।

दो-चार दिन तक खूब हंगामा भी मचता है। आने-जाने वाली बसों तथा टैक्सियों की चैकिंग भी होती है। ओवर लोडिंग पर चालान होता है। ड्राइवर के लाइसैंस और गाड़ी के परिमिट एवं फिटनेस की बारीकी से जांच होती है।

फिर धीरे-धीरे कुछ दिनों बाद सब ढीला-ढाला पड़ जाता है। तब फिर सुनने में आता है कि एक और दुर्घटना हो गयी है। बस ऐसा ही चल रहा है पिछले कई वर्षो

से। भारी भीड़ होने के बावजूद भी मेजर निराला को सीट मिल ही गयीं दरअसल मेजर के बस स्टॉप पर पहुँचने के आधे घण्टे बाद बस आयी थी। इस आधे घण्टे में उसने दोस्तों के साथ चाय पी और खूब गप्पें भी लगाई थीं। बस के आते ही भीड़ के साथ ही मेजर भी बस की ओर लपका था और सीट पर कब्जा जमा लिया था। उसका बक्सा और बिस्तर बन्द साथियों ने तुरन्त ही छत पर चढ़ा दिया था।

जैसे ही बस चलने को हुई, मेजर की नजर बस की गैलरी में खड़ी एक वृद्धा पर पड़ी। पोटली बगल में दबाये और अपनी छड़ी को दूसरे हाथ में थामे वृद्धा सवारियों के बीच पँफसी खड़ी थी। मेजर से न रहा गया और पूछ ही लिया—'माँजी, आप कहाँ तक जाओगी?'

'बेटा तीनधारा तक जाना है!' वृद्धा ने जबाव दिया।

'अच्छा, तीनधारा तक आप मेरी सीट पर बैठ जाओ'—मेजर ने खड़े होते हुए कहा। वृद्धा किसी तरह भीड़ के बीच से निकल कर आयी और सीट पर बैठकर चैन की सांस लेकर बोली—'धन्यवाद बेटा! जुग-जुग जियो।'

बदले में मेजर सिर्फ मुस्कराया। बस हिचकोले खाते हुए बढ़ गयीं ऋषिकेश तक बस फर्राटे लेते हुए दौड़ी। मैदानी रास्ता जो है। ऋषिकेश के बाद ऊँची-नीची घुमावदार सड़क पर बस की गति में भी कुछ कमी आयीं सर्पीली सड़कों पर बस कभी दायीं ओर मुड़ती, तो कभी बायीं ओर। मुड़ते समय बस काफी तिरछी भी होती है, तब लगता है अब पलटी, तब पलटी।

किन्तु यहाँ सबके कलेजे मोटे हैं। डरता कोई नहीं है। आदत पड़ गयी है रोज-रोज के सफर में। कुछ जगहों को छोड़ दें, तो बाकी सारे पहाड़ की सड़कें ऐसी ही हैं। तभी तो हादसे होते रहते हैं। कुछ तो ड्राइवरों की लापरवाही से भी बस दुघर्टनायें होती हैं।

ऋषिकेश से आगे बढ़ने के बाद से ही मेजर को एक आत्मिक शान्ति का अहसास हुआ। मानों अपने घर में पहुँच चुका हो। सड़क के नीचे की ओर हरे-भरे पेड़ों के मध्य बहती पवित्र गंगा नदी कल-कल करके अवरोधों को पार करती हुई अविरल बह रही है। सड़क के दूसरी ओर बड़ी-बड़ी पहाड़ियां हरे भरे वृक्षों से लदी हुईं। बस आगे दौड़ रही है और नदी तथा पेड़ पौधे उतनी ही तेजी से पीछे की ओर दौड़ते प्रतीत हो रहे हैं।

छह

तीनधारा में बस रुकी। छोटी सी जगह है। कभी यहाँ पर पहाड़ी से निकलते शीतल जल के तीन धारे हुआ करते थे। उन्हीं धारों के अगल-बगल ककड़ी, खीरा, मकई और जलजीरा की अस्थाई दुकानें लगाकर स्थानीय गाँव भरपूर के कुछ लोग अपना व्यवसाय करते थे। समय बदला, वनों के अत्यधिक दोहन, पर्यावरण असन्तुलन और खनन आदि अन्य कारणों से जल के स्रोत नीचे बैठ गये हैं। अब यहाँ पर तीन धारे तो नहीं हैं, अलबत्ता कई जगह पहाड़ी से पानी की बारीक धार और कई जगह से पानी टपकता हुआ प्रतीत होता है। खीरा, मकई और जलजीरे का व्यवसाय छोड़ कर अब लोगों ने यहाँ पर बड़े-बड़े होटल बना लिए हैं। यहाँ पर अब यात्री खाना खाते हैं।

बस के रुकते ही सवारियां बाहर उतर गयीं मेजर ने भी वृद्धा की पोटली थामी और सहारा देकर बाहर उतार दिया। वृद्धा आशीर्वाद देकर सड़क किनारे 'डैंकण' के वृक्ष की घनी छाँव में बैठ गयीं

सवारियों ने खाना खाया और बस चल पड़ी। मेजर को अब अपनी सीट मिल गयी थी। सारे रास्ते चढ़ती-उतरती रही थी सवारियां। अब कोई भी सवारी खड़ी नहीं थी। काली घुमावदार सड़क पर दौड़ती बस की खिड़कियों से ताजा सुगन्धित हवा के झोंके जैसे जीवन में नयी ताजगी भर रहे थे। मेजर को अत्यन्त आनन्द की अनुभूति हो रही थी।

बस की सीट पर आराम से पसरकर मेजर ने सिर पीछे की ओर टिका दिया।

एक साल भी कितनी जल्दी गुजर गया-मेजर सोचने लगा, ऐसा लग रहा है मानों कल ही छुट्टी काटकर गया होऊँगा। पिछली छुट्टियों में ढेर सारे कार्य छूट गये थे। अबकी पन्द्रह दिन की इन छुट्टियों में सबसे पहले वे ही कार्य पूरे करुँगा।

गबरू काका के आंगन का पुस्ता, मूसी दीदी की झोपड़ी की मरम्मत, कोतवाल दादा के पेड़ की कटाई, सब के सब छूट गये थे पिछले बरस।

हाँ, अपनी गौशाला भी तो टपकने लगी थी, उसकी छवांई भी तो करनी पड़ेगी इस बार।

भगतू भाई के पिताजी को भी शहर ले जाना है, आँखे चैकअप कराने के लिए। देख नहीं पाते बेचारे।

और हाँ, सावित्री के मायके वालों के यहाँ भी तो इसी दौरान पुजाई है। वहाँ भी जाना पड़ेगा। सावित्री स्वयं भी तीन साल से नहीं गयी है वहाँ।

हाँ, सबसे महत्वपूर्ण बात तो भूल ही गया था। अपने बबलू को रोज एक घण्टे पढ़ाना है। अब तो काफी बड़ा हो गया होगा। बड़ा उद्दण्ड है, और जिद्दी भी। खैर आ जायेगी उसे भी उम्र के साथ धीरे-धीरे अक्ल। उसको सब सुविधायें मिल रही हैं न, इसलिए बिगड़ गया। अब उसे क्या मालूम कि गरीबी क्या चीज होती है। वह क्या जाने कि हमने किन-किन अभावों में जीवन गुजारा है, कितने संघर्ष किये हैं।

वह तो सिर्फ यह जानता है कि उसके पिता मिलिट्री के बहुत बड़े अफसर हैं।

सोचते-सोचते मेजर को न जाने कब नींद आ गयीं नींद भी इतनी गहरी कि कब पौड़ी आ गया, पता नहीं चला।

एक-एक कर सारी सवारियां उतर गयी, किन्तु मेजर की आँख नहीं खुली। अन्त में कण्डक्टर ने उसे झकझोरा—'मेजर साहब! उठो, पौड़ी आ गया। लगता है कुछ ज्यादा ही चढ़ा ली।'

मेजर हड़बड़ाते हुए उठा, बैल्ट टोपी ठीक की—'नहीं भाई, ऐसी बात नहीं है, कुछ सोच रहा था, तो थोड़ी सी आँख लग गयीं'

'साहब! घर की याद में डूबे होंगे और इतने में घर भी आ गया'—कण्डक्टर ने चुटकी ली।

मेजर मुस्कराया, फिर बोला—'जरा छत से बक्सा उतार देंगे क्या?'

कण्डक्टर भी कम न था—'उतार क्या देंगे साब, यह लड़का घर तक भी छोड़ देगा'—फिर शरारत से बोला—'साब सिर्फ दो घूँट टॉनिक तो मिल जायेगी न इसको'। उसका इशारा शराब की तरफ था।

'सामान तो मैं अपने आप ले जाऊँगा।'—मेजर बोला—'हाँ टॉनिक चाहिए तो कभी गाँव में आ जाना। बस एक मील के लगभग है यहाँ से पैदल। टॉनिक वहीं मिल जायेगी, कोई शक?

'कोई शक नहीं।'—कण्डक्टर बोला, फिर ड्राइवर की ओर मुस्कराते हुए बोला—'ठीक है धीरू भाई! कल चलेंगे मेजर साहब के गाँव, आज तो बारात लेने जाना है।

सात

मेजर का गाँव। भ्तिांई! हरी भरी वादियों के बीच सुन्दर सा गाँव। चारों तरफ सीढ़ीनुमा खेत। खेतों में हरी-भरी फसल। गाँव में कुल मिलाकर अस्सी के लगभग कच्चे-पक्के मकान। कुछ घर पठालियों ;पत्थर की सिलेटोंद्ध से ढके हुए, किसी में लकड़ी की सुन्दर नक्काशी, तो कोई घर सीमेंन्ट की छत वाले। वैसे सीमेन्ट की छत का रिवाज यहाँ पर नया-नया आया है। इसलिए केवल चार छः घरों को छोड़ कर सभी घर पठालियों से ढके हुए। गाँव के अन्दर संकरे किन्तु सीमेन्ट के पक्के रास्ते।

पहाड़ में आजादी के बाद काफी विकास हुआ है। खासकर बिजली, पानी, सड़क, शिक्षा और गाँव के रास्तों के विकास पर सरकार ने ज्यादा ध्यान दिया है।

मेजर ने गाँव के अन्दर प्रवेश किया। तीसरा मकान मेजर का अपना मकान है। छोटा सा मकान किन्तु खूबसूरत। पहले यह एक साधारण सा मकान था, किन्तु अब मेजर ने तीन साल पूर्व इसे एकदम नया बना दिया है। नया तो बनाया है, किन्तु उसका पुरान माडल जस का तस बरकरार रखा है। आखिर पुरखों की यादें कैसे मिटा देता मेजर।

घर के चौक नें पहुँचकर मेजर ने कन्धे से बिस्तर और बक्सा उतारा। तीन चार बच्चे दौड़ते हुए नजदीक आये।

'चाचा जी आ गये।'

'ताऊ जी आ गये।'

'चाचा जी प्रणाम।'

'ताऊ जी नमस्ते।'

बच्चों ने मेजर को घेर लिया। बच्चों के गालों पर हल्की थपकी देते हुए मेजर ने सबको दुलार किया—'नमस्ते, नमस्ते! चिरंजीव! खुश रहो!'

जेब में हाथ डालकर मेजर ने कुछ टॉफियां निकालीं और बच्चों में बाँट दी। बबलू को न पाकर मेजर ने पूछा—'अरे तो ये तो बताओ, तुम्हारा दोस्त बबलू कहाँ है?'

'ताऊ जी, वह तो सूरज के घर गया है'—एक बच्चे ने कहा।

'चाचा जी, मैं उसे अभी बुलाकर लाता हूँ।'—दूसरे बच्चे ने कहा और कहने के साथ ही दौड़ लगा दी।

मेजर ने घर के दरवाजे पर नजर दौड़ाईं बाहर से साँकल लगी है। इसका मतलब सावित्री घर में नहीं है। घास या लकड़ी लेने जंगल गयी होगी। तभी तो दोनों दरवाजों पर साँकल लगी हुई है।

हाँ पहाड़ में अभी घरों पर ताले लगाने की परम्परा नहीं है। गाँवों में अभी तक लोग खेत खलिहान या जंगल जाते वक्त घर के दरवाजे पर केवल साँकल लगाते हैं। अलबत्ता शहरों में तो अब लोगों ने सुरक्षा के अतिरिक्त उपाय भी करने शुरू कर दिये हैं। किन्तु गाँव आज भी शान्त और शालीन हैं और गॉव वाले निर्भीक।

मेजर की नजर बगल के मकान पर गयीं बूढ़ी रूकमा दादी छज्जे पर बैठी है, शान्त और स्थिर। अकेली है इतने बड़े घर में। जर्जर काया और झुर्रियों से अटा पड़ा चेहरा। दादी के तीनों लड़के बाहर बस गये हैं। एक ने देहरादून में मकान लगा लिया, एक ने दिल्ली में। तीसरे का कई बरस से कुछ अता-पता नहीं। रह गयी सिर्फ बूढ़ी रूकमा दादी घर की रखवाली के लिए। शरीर के साथ-साथ अब आँखों ने भी जवाब दे दिया है। बड़ी मुश्किल से चल फिर षाती है छड़ी के सहारे। न जाने खाना कैसे बनाती होगी? क्या पता बनाती भी हो या नहीं?

मेजर नजदीक पहुँचा और पाँव छूते हुए बोला—'पाय लागू दादी जी!'

'चिरंजीव बेटे!'—एक फीकी सी मुस्कान तैर गयी रूकमा के पीले पड़ चुके होंठों पर—'कौन हैं?'

'मैं हूँ दादी निराला, तुम्हारा निराला!'—मेजर ने कहा।

'कौन? नीरू पल्टनेर!'—खुशी से पूछा रूकमा दादी ने।

'हाँ दादी!'—मेजर ने अकड़कर कहा—'कोई शक!' भावावेश में रूकमा ने मेजर को गले लगा लिया। भीगी आँखों से बोली—'कब आया मेरे पल्टनेर? ठीक है तू? लड़ाई लगी थी, हमें तेरी बहुत चिन्ता लगी हुई थी।'

'मैं ठीक हूँ दादी, अभी-अभी आया हूँ। आप तो ठीक हैं न?'

उदासी भरे लहजे में रूकमा बोली—'अब ठीक क्या होना है बेटा, उठने-बैठने की सामर्थ्य रही नहीं। आँखें रही नहीं निगोड़ी। सोचती हूँ इससे अच्छा तो मर जाना ही ठीक है।'

'नहीं दादी नहीं!'—मेजर ने जैसे ढाढस बन्धाया—'अभी तो आपको बहुत जीना है। अब की छुट्टियों में तुम्हारी ऑखों का आप्रेशन करा दूँगा शहर में टकाटक। कोई शक?

'जुग-जुग जियो मेरे लाल, जुग-जुग जियो!'—बूढ़ी रूकमा ने आशीर्वाद दिया। उसकी बूढ़ी ऑखों से अश्रुधारा निकल कर बहने लगी।

तभी बबलू दूर से दौड़ता हुआ पास आया—'मेरे पापा आये, मेरे पापा आये।'

मेजर छज्जे से नीचे उतर आया, 'पापा जी नमस्ते!'—बबलू लगभग लिपटते हुए बोला।

'चिरजींव बेटे' मेजर ने उसके गाल पर चुम्बन करते हुए पूछा-

'कैसे हो तुम?'

जबाब देने के बजाय बाल-सुलभ मन से बबलू ने प्रश्न पूछा—'आप हमारे लिए गाड़ी लाये हैं?'

'हाँ बेटे लाये हैं!'—मेजर ने जबाव दिया, फिर धीरे से पूछा—'पहले यह बताओ तुम्हारी मम्मी कहाँ हैं?'

'मम्मी घास लेने गयी थी, अब गौशाला में आ गयी होंगी!'—बबलू ने शीघ्रता से जबाव दिया। उसे अपनी गाड़ी पाने की जल्दी थी।

मेजर गौशाला के लिए लपका, बबलू ने लगभग चीखते हुए ही पूछा-

'पापा जी, हमारी गाड़ी!'

'बैग में रखी है, ले लो जी।'—मेजर ने लापरवाही से कहा और गौशाला की तरफ दौड़ लगा दी।

आठ

सावित्री घास का गट्ठर सिर पर रखे गौशाला पहुँची। सांझ ढलने वाली थी। उसे अभी गाय भी दुहनी है। फिर जानवरों को घास देकर 'अड्या मोर' लगाना है। उफ्फ, कितनी थकान भरी जिन्दगी है। रोज-रोज की घास, लकड़ी और पानी की किल्लत। घास और लकड़ी सिर पर ढोते-ढोते तो बाल भी निकल गये। बड़ा कठिन जीवन है पहाड़ में महिलाओं का। पुरुष बेचारे ठीक हैं। बाहर नौकरी करते हैं। वर्ष भर में एक बार आ गये छुट्टी। खूब मौज मस्ती मारी और फिर चले गये।

महिलाओं को कितना काम करना पड़ता है घर का। सुबह मुँह अन्धेरे उठो, सबसे पहले अड्या खोलो, जानवरों को घास-चारा खिलाओ। फिर पानी लेने जाओ धारे पर, उसके बाद चूल्हा जलाओ, बच्चों का चाय नाश्ता तैयार करो। तब जाकर कहीं थोड़ी सी फुर्सत मिलती है एक कुल्ला चाय पीने की।

सावित्री भी थक गयी है यह सब करते करते। इतने बड़े फौजी अफसर की पत्नी है। किन्तु वही घास, लकड़ी और पानी लाना पड़ता है आम महिलाओं की तरह। फिर फर्क क्या रह गया उसमें और गाँव की अन्य महिलाओं में।

पिछले दो-तीन बरस से वह कह रही है मेजर से कि पौड़ी में किराये का मकान ले लो, किन्तु मेजर कुछ न कुछ बहाना मार कर टाल देते हैं हर बार। आने दो इस बार उन्हें दो महीने की छुट्टी। जंग खत्म होने के बाद जब मेजर आयेगें, तो अब की बार अपनी बात मनवा कर रहूँगी।

आखिर अब बबलू भी छठवीं में चला गया। उसे अच्छे स्कूल में भर्ती करवाना पड़ेगा।

हरी घास देखकर भैंस रम्हाईं भैंस की रम्हाई ने सावित्री की विचार तन्द्रा तोड़ दी। उसे यकायक मेजर की याद आ गयीं पता नहीं कैसे होंगे। लड़ाई चल रही हैं। बहुत समय से चिट्ठी भी नहीं आयीं।

घास के गट्ठर के बोझ से उसकी गर्दन बैठ गयीं वह घास का गट्ठर सिर से नीचे उतारती, उससे पहले ही कोई बन्दूक जैसी चीज उसकी छाती से लग गयीं एक ककर्श स्वर उभरा–'हैण्ड्सअप'।

सिर से पाँव तक काँप गयी सावित्री। घबराहट में सिर का गट्ठर जमीन पर

गिर गया। खुद भी वह गिरते-गिरते बची। आँखे बन्द हो गईं उसकी। फिर हिम्मत कर आँखे खोली, तो आँखे फटी की फटी रह गयीं सामने एक लम्बा लट्ठा उसकी छाती से सटाये मेजर निराला खड़े हैं। रोम-रोम पुलकित हो गया सावित्री का।

आँखे छलछला आयी किन्तु मन पर काबू करके दूसरे ही क्षण बनावटी गुस्सा पैदा करके उसने लट्ठे को सीने से जबरन हटाते हुए कहा—'छोड़ो जी, शर्म नहीं आती आपको।'

'शर्म काहे की?' मेजर ने भी शरारत से नजरें मिलाते हुए पूछा।

'एक साल बाद आ रहे हो और ऐसे मिल रहे हो जैसे जंग के मैदान में किसी दुश्मन से मिलते हैं।'—सावित्री ने शिकायती लहजे में कहा।

'हम फौजियों के लिए जिन्दगी का एक-एक पल जंग के माफिक होता है सावित्री।' मेजर ने कुछ रोमांटिक होकर कहा—'फिर मुलाकात भी जंग के अन्दाज में क्यों न की जाये? कोई शक!'

'शक तो गाँव वाले कर रहे होंगे कि इनको गौशाला ही मिली बातें करने के लिए।'—सावित्री ने नजरें चुराते हुए कहा—'अब हटो भी रास्ते से। लोग क्या सोच रहे होंगे'।

'यहीं सोच रहे होंगे कि मेजर निराला की पत्नी पाँव छूने के बजाय उसे भाषण पिला रही है।'—मेजर ने बात के ऊपर बात दे मारी।

'अब हटो भी!'—सावित्री ने शिकायती अन्दाज में कहा—'आप ने वक्त ही कब दिया पाँव छूने के लिए?'

'तो अभी भी क्या बिगड़ा है?'—मेजर ने कदम आगे बढ़ाते हुए पैरों की ओर इशारा किया—'ये रहे मेरे पैर।'

एक क्षण सावित्री लजाई, फिर दोनों हाथों से मेजर के दोनों पाँव छूकर हाथों को अपने सिर से लगाया। जबाव में मेजर निराला ने फौजी अंदाज में सैल्यूट ठोंका, तो सावित्री की हँसी फूट गयीं वह खिलखिला कर हँस पड़ी।

नौ

सावित्री की हँसी रुक नहीं पा रही थी। बहुत दिनों बाद उसे हँसने का मौका मिला था। खिलखिलाहट के बीच वह कभी कभार एक नजर बगल में गहरी नींद सो रहे बबलू पर भी डाल देती। कहीं जाग न जाये। पिताजी के आने के बाद आज बबलू काफी इतरा रहा था। खाना खाने के बाद सब लोग बैड में गये। बबलू ने पिताजी के साथ सोने की जिद पकड़ ली। दोनों के बीच में लेट गया वह। फिर हुआ बातों का दौर शुरू। सावित्री ने पिछले वर्ष से अब तक गाँव के अन्दर की सारी घटनाएँ सुना दी। मेजर ने अपने जंग के किस्से सुनाये, कैसे उसने दुश्मनों के दाँत खट्टे किये और कैसे उसे जबरन छुट्टी पर भेज दिया गया।

बबलू गहरी नींद सो गया तो सावित्री ने उसे किनारे सरका दिया और खुद बीच में आ गयीं यानी कि मेजर के बगल में। कमरे में लालटेन का धीमा प्रकाश फैला हुआ था। पूरे एक वर्ष बाद मुलाकात हुई है सावित्री की निराला से। बहुत प्यार करते हैं मेजर उसे। किन्तु जब जतलाने की बारी आती है तो मजाक में उड़ा देते हैं मेजर। आखिर वर्ष भर में एक बार ही तो छुट्टी आते हैं। वह भी अधिकांश छुट्टियाँ लोगों का काम करते हुए गुजर जाती हैं। कई बार तो सावित्री को लगता है कि मेजर उसकी और अपने बेटे की अनदेखी करते हैं, किन्तु मन नहीं मानता। ऐसा नहीं हो सकता। उन्हें बबलू से भी बहुत प्यार है, किन्तु बबलू बहुत बिगड़ गया है।

माहौल को भांप कर सावित्री ने पहल की—'सुनो जी!'

'कहो जी!'—मेजर ने भी उसी तर्ज में कहा।

'बबलू अब बड़ा हो गया है!'—सावित्री बोली—'उसकी कुछ चिन्ता है आपको।'

'हाँ यह, तो मैं भी देख रहा हूँ!'—मेजर बोले—'क्या बहू ला दूँ आपको?'

'छिः! तुम हर बात मजाक में उड़ा देते हो!'—सावित्री तुनक कर बोली—'मेरा यह मतलब नहीं था।'

'फिर क्या मतलब था आपका!-मेजर ने पुनः चुटकी ली—'मतलब मैं दूसरी चारपाई पर लेट जाऊँ?'

'ऊँ हूँ आप बड़े बुद्धू हैं।'—वह बोली।

'हाँ वह तो हूँ ही, तभी तो इतने प्रमोशन और मैडल पाये हैं मैंने।'—मेजर बोले।

किन्तु फिर दूसरे ही क्षण अपनी बात सुधारी—'सॉरी! मेरा मतलब है कि अगर मैं बुद्धू हूँ तो, इतने प्रमोशन और मैडल कैसे पाता?'

'वह तो आप ही जाने।'

'फिर तुम क्या जानती हो?'

'मैं तो यह जानती हूँ कि तुम्हें मेरी और बबलू की कोई चिन्ता नहीं है।'

'वह कैसे?' मेजर ने कुरेदा।

'देखो न बबलू छठवीं में चला गया है। बड़े स्कूल में जाकर बिगड़ने लगा है'।-सावित्री ने सपाट बात कही—'अब रोज-रोज उसकी शिकायतें सुन कर मेरे कान पक गये हैं।'

'तो उसे सुधारो न!'—मेजर ने फौजी लहजे में कहा—'बाई आर्डर। ओ.के.?'

'कैसे सुधारूँ?'—सावित्री ने सवाल किया—'इतनी सुख सुविधाओं के बाद भी पढ़ाई में सबसे पीछे है। जेब खर्च की माँग भी रोज-रोज बढ़ रही है।'

'तो जेब खर्च कम कर दो और एक टीचर रख दो ट्यूशन पर' मेजर ने हल सुझाया। फिर आखिर में फौज का रटारटाया जुमला छोड़ा—'कोई शक?'

'आपको तो कोई शक नजर नहीं आता'—सावित्री स्त्री-चरित्र के अनुरूप बोली—'जब लड़का बर्बाद हो जायेगा, तब हटेगा आपकी आँखों से शक का पर्दा'

'क्यों बर्बाद हो जायेगा?' मेजर बोले—'मेजर का लड़का है, देखना मेजर से ऊपर तो बनेगा ही'।

'और अगर चोर उचक्का बन गया तो?' सावित्री ने सवाल दागा।

'वह दिन देखने से पूर्व ही मैं उसे गोली मार दूँगा!'—मेजर ने खिन्नता से कहा। सावित्री को मानों चार सौ चालीस वोल्ट का करन्ट लग गया हो, सुनते ही उसने झट से मेजर के मुँह पर हाथ रख दिया—'छोड़ो जी, ऐसी अपशकुनी बातें नहीं करते।

'मैं सच कहता हूँ सावित्री'—मेजर गम्भीर हो गया।—'मुझे दो चीजें बहुत प्यारी हैं, एक भारत माता की इज्जत और दूसरा अपना आत्मसम्मान'।

'और कुछ भी चीज प्यारी नहीं आपको?'—मेजर को गम्भीर होता देख सावित्री ने छेड़ा।

'मतलब?'—मेजर कुछ न समझा।

'मतलब यह कि...' सावित्री ने वाक्य अधूरा छोड़ दिया और प्रश्न किया—'मेरा कोई भी अस्तित्व...?'

सावित्री वाक्य पूरा कर पाती इससे पहले ही मेजर बोल उठा—'सावित्री! तुम कोई चीज या वस्तु थोड़े ही हो। तुम तो आधा अंग हो, आधा शरीर हो मेरा। तुम्हारे बिना तो मैं स्वयं अधूरा हूँ, अपूर्ण 'आँखे छल छला आयीं सावित्री की। कितना प्यार करते हैं निराला मुझे। कितना सम्मान देते हैं। एक वह है जो बार-बार उन्हें उलाहने देती रहती है।'

उसके अधरों को छूकर अश्रुधारा बह निकली। जैसे सावन के महीने में किसी बरसाती गधेरे में अचानक बढ़ आयी पानी की धारा। मेजर निराला ने उसके ऑसू पोंछे और उसे सीने से लगा दिया।

हवा का तेज झोंका आया। अचानक लालटेन की लौ थरथराने लगी और फिर धीरे-धीरे बुझ गयीं।

दस

प्रातः की वेला!

मेलू, ग्वीराल और पइयां के पूफलों की खुशबू समेटे शीतल पवन तन-मन को आनन्दित कर रही है। पूरब दिशा में दूर ऊँची-नीची पहाड़ियों के मध्य लाल सुर्ख रंग की आभा बिखरी हुई है, जो सूर्य भगवान के शीघ्र ही प्रकट होने की ओर संकेत कर रही है। गाँव के नीचे दूर-दूर तक फैले छोटे-छोटे सीढ़ीनुमा खेतों में पूरी हलचल है।

बैलों की टुन-टुन बजती घण्टियां और हल वाहकों की 'ले-ले', 'छो-छो', 'बौडि जा' शब्द वातावरण में गूँज रहे हैं।

एक नहीं अपितु कई जोड़े हल-बैल खेतों में अपने काम में जुटे हुए हैं। मेजर ने आज कुछ देर कर दी है। कल रात बहुत देर से सोया था, इसलिए देर से ही आँख खुली। अब जाकर हल कन्धे पर लादकर वह 'सारी' में पहुँचा, तो लोग आधे से अधिक खेत में हल लगा चुके थे। सचमुच कितने परिश्रमी होते है गाँव के लोग!

मुँह अन्धेरे ही हल, बैल लेकर पहुँच जाते हैं खेतों में। फिर भी कितने प्रसन्नचित और स्वस्थ। य हाँ! न कोई व्यायाम और न खान-पान का परहेज। फिर भी बीमारियों से दूर। मेहनत ही तो इनका व्यायाम है। पहाड़ की माटी की सुगन्ध लिए ताजी हवा और बांज की जड़ों का मीठा ठण्डा पानी इनके लिए खुराक है।

वह सामने गबरू काका हल लगा रहा है। पूरे सत्तर बरस का हो चुका है। इस उम्र में भी इतने तगड़े बैलों के साथ पूरे जोश से हल चला रहा है। आधे से ज्यादा खेत जोत चुका है। 'जै हिन्द गबरू काका!'—मेजर ने दूर से ही हाँक लगाई

'जै हिन्द पल्टनेर!'—गबरू काका ने भी उसी ऊँचे स्वर में जबाव दिया।—'कब आना हुआ? सब खैरियत तो हैं न'।

'कल आया काका, सब खैरियत है'—मेजर ने नजदीक पहुँचते हुए जबाव दिया।'

'बेटा, अभी युद्ध खत्म तो नहीं हुआ न?', हम हर रोज रेडियो पर जंग का बुलेटिन सुनते थे। हमें तुम्हारी बड़ी चिन्ता रहती थी।'—गबरू काका एक ही साँस में सब कुछ एक साथ कह गया।

'और काका मुझे भी बड़ी चिन्ता रहती थी। तुम्हारे चौक के टूटे हुए पुस्ते की।'—मेजर ने भी ताल ठोकी।

दोनों ने एक साथ ठहाका मारा। एकदम मस्त आदमी है गबरू काका भी और खुशदिल भी। सारी उम्र गाँव में ही काट दी मेहनत मजदूरी और हल चलाते हुए। सिर्फ अपना ही नहीं कई परिवारों का हल चलाता था काका, किन्तु बढ़ती उम्र ने धीरे-धीरे शरीर की सामर्थ्य को खोखला करना शुरू कर दिया। काका ने अब औरों का हल चलाना तो छोड़ दिया, किन्तु अपना हल आज भी, इस उम्र में भी लगाना जारी रखा है।

पिछले वर्ष मेजर ने काका के चौक का पुस्ता रखने का वायदा किया था। किन्तु काम इतने ज्यादा बढ़ गये थे कि उसका नम्बर ही नहीं आया। पिछले दो बरस से टूटा पड़ा है उनके चौक का पुस्ता। काका की अब न तो इतनी सामर्थ्य है कि वर्षो पुराने पुस्ते के बड़े-बड़े पत्थरों को चौक की ऊँचाई तक उठाकर चुन सके। और न ही काका के पास इतना पैसा कि मजदूरों से पुस्ता लगवा सके। यही सब देखकर मेजर ने वायदा किया था कि पुस्ता लगा देगा।

'काका अब की बार तो सबसे पहला नम्बर है तुम्हारे पुस्ते का'—मेजर ने अपना वायदा दोहराया—'ओ.के.?'

'ठीक है बेटा'—काका ने आश्वस्त होते हुए कहा।

'अभी मैं चलता हूँ काका, शाम को गैंती, बेलचा और कुदाल तैयार रखना। आज से ही काम शुरू।'—मेजर ने जाते-जाते जवाब की प्रतीक्षा किये बिना कहा।

गबरू काका ने हल रोककर एक लम्बी साँस ली। फिर आगे निकल चुके मेजर की ओर ऐसे देखा मानों वह कोई आदमी न होकर अजूबा हो। फिर मन ही मन बड़बड़ाया—'अजीब आदमी है? पूरे गाँव के लिए जीता है, सबकी मदद करता है।'

ग्यारह

'सब की मदद करता है, किन्तु हमारी नहीं करेगा।'—झब्बन हवलदार ने अपने बेटे सूरज को समझाया।

'लेकिन पिताजी, यही तो मैं आपसे जानना चाह रहा हूँ।'—सूरज ने जिज्ञासावश फिर अगला सवाल किया। 'नीरू भैया जब सारे गाँव की मदद करता है, तो आखिर हमसे उसकी क्या दुश्मनी है?'

अब झब्बन कैसे अपने जवान बेटे को समझाये कि कई बरस पहले खुद उसने ही जो कृत्य करना चाहा था, उसके प्रतिफल में वह आज तक मेजर के सामने सिर उठाकर बात नहीं कर सकता। यह अलग बात है कि मेजर उसे भी अन्य गाँव वालों की तरह सम्मान से 'काका-काका' कहकर पुकारता है।

इन्सान जीवन में कई गलतियाँ करता है। काम, क्रोध, मोह और लालच के वशीभूत होकर कई बार अन्य लोगों के साथ भी गलत व्यवहार कर देता है। कई गलतियाँ तो व्यक्ति स्वयं सुधार देता है, कई गलतियों का पश्चाताप कर लेता है और कई गलतियों को भूल भी जाता है, किन्तु कई गलतियाँ ऐसी होती हैं जिन्हें इन्सान न तो सुधार सकता है, न उनका पश्चाताप कर सकता है और न ही उन्हें भुला सकता है। ऐसी घटनाएँ इन्सान के मनोमस्तिष्क में घर कर जाती हैं और उम्र भर स्वयं उसको लज्जित करती रहती हैं। समय गुजर जाता है, लेकिन गलती का अहसास व्यक्ति को अन्दर-अन्दर ही कचोटता रहता है।

झब्बन भी फौज का रिटायर हवलदार है। आज से पच्चीस वर्ष पूर्व जब वह फौज में हुआ करता था, तब उसके गाँव सहित अगल बगल के एक दर्जन गाँवों में कोई फौजी नहीं हुआ करता था। तूती बोलती थी उसकी सारे इलाके में। जब वह रिटायर होकर आया, तो झब्बन हवलदार के नाम से प्रसिद्ध हो गया। पूरी पट्टी में एक मात्र हवलदार था वह। आज भी लोग उसके परिवार को 'हवलदारू का' के नाम से पुकारते हैं।

किन्तु उस जमाने की हवलदारी के बाद भी अपने एक मात्र बेटे को वह फौज में भर्ती नहीं करवा पाया। दो तीन बार सूरज को उसने लैन्सडौन में लाइन पर खड़ा भी किया, किन्तु किसी बार दौड़ में, किसी बार छाती में और किसी बार कलर

विजन टेस्ट में वह बाहर हो गया। अब उसके जमाने के ऑफिसर तो रहे नहीं जो कि सिफारिश लगवाकर अपना काम करवा पाता।

सूरज अब पूरे बाईस वर्ष का हो गया है। सामने खेतों में मेजर निराला को हल चलाता देखकर सूरज ने अपने पिता से पूछ लिया था, 'पिता जी, अभी लड़ाई की शुरूआत हुई है, किन्तु नीरू भैया को छुट्टी कैसे मिल गयी?'

'बेटा फौज में काबिल ऑफिसरों को जंग के अन्तिम समय में मैदान में उतारा जाता है।'—झब्बन ने सूरज को समझाया—'इसलिए उसे पहले ही छुट्टी भेज दिया गया होगा।' और फिर सूरज ने अचानक ऐसा सवाल कर दिया, जिसका जवाब झब्बन से देते न बना।—'पिताजी नीरू भैया गाँव में सब की मदद करते हैं। आप उनसे कह कर मुझे भर्ती क्यों नहीं करा देते?'

हल लगाते-लगाते झब्बन को जैसे ब्रेक लग गया। हल का फन भी जमीन में गड़े किसी पत्थर पर अटक गया। बैल हिनहिनाते हुए रुक गये। 'जू' और 'लाट' के मध्य बँधे 'नाड़े' की चरमराहट तेज हुईं

झब्बन ने हल को पीछे खिसकाकर बाहर निकाला, जोर से बैलों को हाँक लगाई—'ले-ले, चल।'

और बैल आगे बढ़ गये। सूरज के प्रश्न का झब्बन ने सिर्फ इतना जबाव भर दिया कि मेजर सब की मदद तो करता है किन्तु हमारी नहीं करेगा।

लेकिन सूरज था कि कारण जानने पर तुल गया था। टालने के लिए झब्बन ने सूरज के हाथ में हल की मूठ पकड़वा दी और खुद खेत की मेढ़ के किनारे 'खड़ीक' के विशाल वृक्ष की घनी छाँव में बैठ गया। झब्बन सोचने लगा कि कैसे वह अपने बेटे को वह घटना बताये। बता भी दे तो सुनकर उसके बेटे के दिल में अपने पिता के प्रति क्या विचार बनेगें? नहीं! वह सूरज को कभी नहीं बता सकता। सूरज को ही क्या, किसी को भी नहीं बता सकता। तभी तो आज तक वह घटना उसके दिल में हर वक्त काँटे की तरह चुभती रही है।

उन दिनों हवलदार का प्रमोशन पाकर झब्बन दो महीने की छुट्टी पर घर आया था। गाँव में अच्छा खासा रुतबा था उसका। वह जब भी घर आता, शाम को गाँव के सारे बड़े बुजुर्ग उसके घर में इकट्ठे हो जाते। इस बार वह 'ग्रामोफोन' लेकर गाँव आया था। रेडियो तब नहीं हुआ करते थे। ग्रामोफोन भी गाँव वालों के लिए गाना गाने वाली एक अनोखी मशीन थी। हाथ से चाबी घुमाओ, तवे के ऊपर रिकार्ड फिट करो, और हत्थी की सुई लगी मुण्डी रिकार्ड के ऊपर सरकाओ और गाना शुरू। लोग उत्सुकता से गाना सुनते और साथ-साथ तालियां भी बजाते।

सूरज तब दो साल का था। उसकी माँ पहाड़ी से घास काटते समय फिसल गयी थी। काफी दूर जाकर गिरी। साथ की घसियारिनों ने शोर मचाया। गाँव के लोग

वहाँ पहुँचे। 'डंडी' का प्रबन्ध किया और किसी तरह उसमें लादकर पौड़ी अस्पताल पहुँचाया। पैदल अस्पताल पहुँचते-पहुँचते पूरे दो घण्टे लग गये। तब तक सिर से बहुत खून बह चुका था। एक दिन भर्ती रही। पूरी तरह बेहोश, फिर डाक्टरों ने जबाव दे दिया। वह झब्बन और सूरज को अकेला छोड़ कर ईश्वर को प्यारी हो गयीं

तब से झब्बन ने शादी नहीं की। किसी तरह छः महीने तक सूरज की देखरेख का बन्दोबस्त करके फिर वह रिटायर आ गया।

बारह

नीरू तब आठ-दस वर्ष का रहा होगा। उसके पिता भी बचपन में ही गुजर गये थे। उसकी माँ तारा देवी ने किसी तरह से मेहनत मजदूरी करके और खेत गिरवी रखकर उसको स्कूल में पढ़ाया।

उस जमाने में स्त्रियों के अधिकार बहुत सीमित थे। ऊपर से विधवा स्त्री का जीवन तो किसी नर्क से कम नहीं हुआ करता था। किसी काम से घर से बाहर जाते हुए विधवा का मुँह दिखना अपशकुन माना जाता था। शादी, ब्याह, नामकरण आदि मांगलिक कार्यो में तो विधवाओं का शामिल होना भी वर्जित था।

तारा देवी के परिवार पर भी पति की मृत्यु के बाद दुःखों का पहाड़ टूट गया। हालांकि नीरू के पिता कोई नौकरी-चाकरी वाले तो नहीं थे, फिर भी खेत खलिहान में मेहनत करके वर्ष भर की राशन निकल ही जाती थी। पति का साया ही बहुत बड़ा होता है। किन्तु पति की मृत्यु के बाद स्त्री टूट जाती है।

तारा देवी अपनी देह तोड़कर खेतों में मेहनत तो करती, किन्तु हल लगवाने के लिए उसे जिस किसी की खुशामद करनी पड़ती। तब जाकर उसके खेत लाल हो पाते।

सब कुछ सहने के बावजूद भी उसने नीरू को कोई कमी नहीं होने दी। उसे यह अहसास कभी नहीं होने दिया कि उसके पिता नहीं हैं। और लोगों के बच्चों की तरह, उसको स्कूल में भर्ती करके उसकी कापी किताबों का खर्चा उठा रही है।

पिछले पाँच महीने से वह नीरू की स्कूल फीस नहीं दे पाई आज नीरू बस्ता लटकाये दिन में ही स्कूल से घर चला आया। तारा देवी का दिल धड़क उठा। बेताबी से पूछा—'क्या हुआ नीरू? घर क्यों चला आया?'

नीरू रोने लगा।

'क्या हुआ?'—माँ ने उसके सिर पर हाथ फेरते हुए पूछा—'किसी ने मारा है क्या?'

जबाव में नीरू ने मुण्डी 'ना' में हिला दी।

'तो फिर क्या बात है? मास्टर जी ने कुछ कहा है?' उसने फिर पूछा। अब नीरू ने मुण्डी 'हाँ' में हिलाई

'क्या कहा मास्टर जी ने?'—माँ ने बेसब्री से पूछा।

'कहा कि पहले पिछले पाँच महीने की फीस भरो, फिर स्कूल आना।'—नीरू ने सिसकियाँ लेते हुए कहा।

'तो कह देता कि एक दो दिन में भर देगें।'—तारा देवी बोली।

'कहा था, माँ, लेकिन मास्टर जी ने कहा कि चार महीने से यही बहाना बना रहे हो।'—नीरू की रुलाई और तेज हो गयी, 'सबके सामने मुझे डाँटा और स्कूल से भगा दिया।'

तारा देवी का कलेजा फट पड़ा, आँखों से आँसू निकल आये। बच्चे को छाती से लगाया और आसमान की ओर निहारकर बोली—'हे ईश्वर! ये तू कैसी परीक्षा ले रहा है हमारी? कैसे दिन दिखा रहा है हमें? अब मैं किससे पैसे माँगू? सबसे माँग कर तो देख लिया। कंगाल हो गये हैं इस गाँव में जैसे सब। कोई भी पाँच रुपये देने को तैयार नहीं। ऐसे ही थोड़े रहेंगे जिन्दगी भर हम'।

और तारा देवी न जाने क्या-क्या बड़बड़ाती रही। तभी उसे जैसे कुछ याद आ गया हो। नीरू को तुरन्त छाती से अलग किया—'तू ठहर, मैं झब्बन हवलदार देवर जी से कहकर देखती हूँ। वे शायद कुछ मदद कर दें', और वह पल्लू सिर पर ओढकर झब्बन के घर की ओर चल दी।

तेरह

चारपाई पर लेटा झब्बन विचारों में लीन है। पत्नी के गुजर जाने के बाद उसका जीवन कितना एकाकी हो गया है। सचमुच स्त्री घर की शोभा होती है। स्त्री के बिना पूरा घर कितना सूना-सूना लगता है। माँ के बिना बच्चे की परवरिश करना कितना कठिन काम है। इस बात को झब्बन पिछले दो बरस में अच्छी तरह समझ और झेल चुका है।

सूरज अब हाथ पाँव वाला हो गया है। अब अपना छोटा-मोटा काम तो स्वयं ही कर लेता है। पर फिर भी है तो बच्चा ही।

सोचते-सोचते झब्बन की आँख लग गयीं

'देवर जी।'—एक महिला स्वर उसके कानों में उभरा। झब्बन ने चौंककर आँखें खोली। मानों सपना देख रहा हो। तारा भाभी उसकी देहरी पर खड़ी थी। आज यह क्या हो गया, जो भाभी देहरी तक आ गयीं वरना आज तक तो उसने इधर नजर उठाकर भी नहीं देखा।

'आओ भाभी जी!'—झब्बन उठ बैठा—'आज आपने कैसे अपनी कृपा दृष्टि इधर फेर दी?'

'अपने ही काम से आयी हूँ देवर जी।'—झिझकते हुए तारा देवी ने जबाव दिया।

'काम भी हो जायेगा।'—झब्बन ने एक कामुक दृष्टि तारा पर डाली—'पहले अन्दर तो आओ।'

'मुसीबत में हूँ देवर जी।'—तारा देहरी से अन्दर आते हुए बोली—'आज मास्टर जी ने नीरू को स्कूल से निकाल दिया।'

'ऐसी की तैसी मास्टर की।'—झब्बन ने तैश में कहा—'आप हुकम तो करें। थोबड़ा बैण्ड कर दूंगा साले का।'

'नहीं नहीं, ऐसा कुछ नहीं करना देवर जी'—तारा सहमकर बोली—'मुझे तो पाँच रुपये चाहिए नीरू की फीस के लिए।'

'बस!'—झब्बन ने ऐसे कहा मानो पाँच रुपये वह हथेली मल कर मैल से निकाल देगा।

'हाँ देवर जी, बस इतनी कृपा कर दीजिये।'—लाचार तारा देवी ने कहा—'मेरा नीरू पढ़ लिख जायेगा, तो मैं आपका ऋण चुका दूँगी।'

'भाभी जी! तुम चाहो तो नीरू को शहर में भी पढ़ा-लिखा सकती हो, उसे बहुत बड़ा आदमी बना सकती हो लेकिन...'

वाक्य अधूरा छोड़ दिया था झब्बन ने।

'लेकिन क्या देवर जी?'—पूछा तारा ने।

धूर्तता उभर आयी झब्बन की आँखों में।

'तुम्हारा पति नहीं है और मेरी पत्नी यानी कि...' कहते कहते उसने तारा का हाथ पकड़ लिया।

'तड़ाक'—एक भरपूर तमाचा पड़ा झब्बन के गाल पर। तिलमिला उठा था वह। उसे सपने भी उम्मीद नहीं थी कि उस पर कोई हाथ उठाने की हिम्मत भी कर सकता है।

'कमीने! औरत की लाचारी का मोल आँकता है।'—बिफर उठी तारा देवी।—'मैं तो तुझे देवता समझ कर मदद माँगने आयी थी। पर तू तो राक्षस निकला, थू! लानत है तेरी हवलदारी पर।' और सचमुच में उसके चेहरे पर थूक दिया था तारा देवी ने।

झब्बन की आँखे लाल हो गयीं। गुस्से में थर-थर कांपने लगा वह। आज तक किसी ने उससे जुबान नहीं लड़ाई और यह औरत इतना कुछ कह गयीं

'साली! हरामजादी! भिखारिन!'—बरस पड़ा था झब्बन भी—'बड़ी सती सावित्री बनती फिरती है।'

अपने को छुड़ाने के फेर में सावित्री ने उसका गिरेबान पकड़ लिया। गुत्थम गुत्था हो गये दोनों।

तभी मासूम नीरू भी न जाने कैसे आ पहुँचा कमरे में। माँ को झब्बन से उलझता देख उसने छुड़ाने की हर सम्भव कोशिश की और नाकाम रहने पर झब्बन की कलाई में अपने दांत गड़ा दिये।

दर्द से बिलबिला उटा झब्बन। तारा पर पकड़ ढीली पड़ गयी उसकी।

'तड़ाक।'—एक जोर का थप्पड़ रसीद किया नीरू पर—'साले। भिखारी की औलाद! देख लूँगा तुझे भी।

इससे पहले कि झब्बन और कुछ करता, तारा देवी तेजी से नीरू का हाथ पकड़कर कमरे से लगभग घसीटते हुए बाहर ले गयीं किन्तु विद्रोह जाग उठा था उसके कोमल मन में। गर्दन पीछे घुमाकर धमकी भरे अंदाज में जाते-जाते बोलता चला गया।—'तेरा यह थप्पड़ हमेशा याद रखूँगा चाचा। एक दिन तुझसे बड़ा पल्टनेर बनकर दिखाऊँगा।'

'अरे जा जा!' झब्बन कमरे से बाहर निकलकर बोला—'भिखारी की औलाद भिखारी से ज्यादा कुछ नहीं बन सकती।' नीरू कुछ बोलता, इससे पहले ही तारा देवी ने कहा—'चल बेटा! इसके मुँह मत लग।', और वह तेजी से झब्बन के चौक को पार करती हुई चली गयी।

चौदह

'झब्बन काका! ओ झब्बन काका!' आवाज सुनकर जैसे सपने से जाग गया हो झब्बन। चौंक कर देखा। सामने दो तीन खेतों के अन्तर पर पेड़ की छाँव में बैठा मेजर उसे आवाज दे रहा था। पसीने की बूँदे उभर आयी थी झब्बन के माथे पर। अंगोछे से साफ किया उन्हें और फिर सामान्य होते हुए बोला। 'हा मेजर! क्या बात है?'

'काका! मैं कब से आपको आवाज दे रहा हूँ? कहाँ खो गये थे आप विचारों में?' मेजर निराला ने कहा।

'बस कुछ नहीं बेटा ऐसे ही।'—झब्बन को एक झटका सा लगा। फिर उसने हल चला रहे सूरज को कनखियों से देखा। सूरज अपने पिताजी के चेहरे पर आ-जा रहे भावों को देखकर असमंजस में था।

झब्बन हड़बड़ा उठा, शायद उस की चोरी पकड़ी गयीं नहीं, नहीं! सूरज को क्या मालूम कि मैं क्या सोच रहा था। सूरज को ही क्या? किसी को भी क्या मालूम। इनमें से कोई 'बक्या' तो है नहीं।

'काका आओ, 'कलेवा' खा लो, दो मिनट के लिए बैलों को आराम करने दो। सूरज को भी ले आओ।'—मेजर ने फिर उधर से कहा।

'नहीं नहीं बेटा, हम सुबह खाकर आये हैं।'—टालते हुए झब्बन ने कहा—'तुम खाओ आराम से।'

'अरे कमाल करते हो काका तुम भी?'—मेजर ने जैसे नाराज होते हुए कहा—'बहू का बनाया हुआ खा लोगे तो कौन सी 'छौं' हो जायेगी तुम पर। रोज तो खुद ही बनाकर खाते हो।'

'नहीं बेटा, ऐसी बात नहीं।'—मन मारकर जाना ही पड़ा झब्बन को। हल-बैल खड़े करके सूरज को भी अपने साथ ले गया।

गहथ की भरी 'ढबड़ी' रोटी बनाई थी सावित्री ने। साथ में मूली का 'थिंच्वाण ी'। ठिक्की भर कर छांछ भी लाई थी। खुद अपने हाथों से परोसा उसने। हाथ धोकर तीनों खाना खाने लगे।

'कितनी छुट्टियाँ है बेटा?'—खामोशी को तोड़ते हुए झब्बन ने ही पूछा।

'सिर्फ पन्द्रह दिन काका।'—जबाव दिया मेजर ने—'वह भी जबरदस्ती।'

'हाँ मालूम है, फौज में अच्छे काबिल अफसरों को जंग में आखिर क्षणों में उतारा जाता है।'—अबकी बार बोला सूरज।

'अरे कमाल है?'—मेजर ने उसे आश्चर्य से निहारा—'तुझे कैसे मालूम?'

'पिताजी ने आज ही बताया।'—सूरज बोला।

'हाँ! तू भी आखिर फौजी का बेटा है'—तारीफ की मेजर ने—'लेकिन ये बता कि तूने हाईस्कूल कभी का कर दिया, फिर फौज में भर्ती क्यों नहीं हो जाता?'

'लाइन में तीन बार लग चुका भइया, लेकिन हर बार कुछ न कुछ कमी रह जाती है।'—मायूस होकर सूरज बोला।

'अरे, तो बोला क्यों नहीं? तुझे मैं टकाटक फिट कर दूंगा इन छुट्टियों में।'—फिर झब्बन काका की ओर देखकर पूछा—'काका! इसकी इच्छा थी, तो मुझे बता दिया होता, मैं इसे अपने साथ ले जाता।'

'बेटा मैं इस लायक नहीं हूँ कि तुमसे नजरें भी मिला सकूं। मदद माँगना तो दूर।'—नजरें चुरा कर झब्बन बोला।

सब कुछ समझ गया था मेजर। सावित्री और सूरज अपने-अपने ढंग से दोनों के बीच चल रही बात का अर्थ ढूँढ़ रहे थे।

'अरे छोड़ो भी काका! गड़े मुर्दे उखाड़ते हो आप भी।'—शान्त होकर मेजर बोला—'आपकी कृपा से तो मुझे कुछ बनने की प्रेरणा मिली।'

आँसू छलक आये झब्बन के। पश्चाताप के आँसू। पहली बार किसी ने झब्बन की आँखों में आँसू देखे। बहुत कड़क मिजाज और कठोर हृदय समझा जाता था झब्बन को। खुद सूरज भी पहली बार अपने पिता की यह मुख मुद्रा देखकर हैरान था।

मेजर खुद दुःखी हो गया, विषय बदल कर बोला—'अच्छा काका, युद्ध समाप्त होने के बाद सबसे पहले सूरज को भर्ती करने की जिम्मेदारी मेरी। कोई शक?'

गद्‌गद् हो गया झब्बन। कितना महान है यह नीरू, जिसने मेरा इतना बड़ा अपराध क्षमा कर दिया। ठीक ही कहते हैं कि बड़े आदमी का दिल भी बड़ा होता है। वर्षो से झब्बन के दिल में बना हुआ बोझ आज हल्का हो गया। आत्महीनता का जो भाव अब तब उसे कचोटे जा रहा था, वह आज समाप्त हो गया क्षण भर में।

'बेटा, तुम बहुत महान हो, तुमने आज मेरा दिल हल्का कर दिया',-भावावेश मे बोल पड़ा झब्बन—'वर्षो से मेरे दिल में दबी पश्चाताप की चिंगारी को आज तुमने शान्त कर दिया।'

मेजर मुस्करा दिया। साथ में सावित्री और सूरज भी बिना कुछ समझे मुस्करा दिये।

पन्द्रह

छुट्टी के दूसरे दिन आज मेजर ने काफी काम निबटाये। सुबह ही उठकर सबसे पहले धारे से पूरे चार बन्ठे पानी लाया। फिर खेतों में हल जोता। पूरी एक 'वात' लगाई आज मेजर ने। शाम के समय गबरू काका के आँगन के पुस्ते को खाली करके नींव खोद दी। अब केवल एक दिन में ही पुस्ता चिन देगा।

इतना सब करते-करते कुछ थकान भी हो गयीं पूरे एक वर्ष बाद ऐसा काम जो करना पड़ा। भूख भी खूब खुलकर लग गयीं रसोई से 'जख्या' के तड़के की खुशबू आयी तो मेजर की भूख और जाग गयीं बबलू पढ़ रहा है, अब मेजर को इन्तजारी है कि सावित्री खाने के लिए कब आवाज दे।

आखिरकार आवाज लग ही गयीं बिना एक पल गवायें मेजर बबलू का हाथ थामकर रसोई में आ धमका। उड़द की दाल और 'लय्या' की सब्जी, उसमें तड़का जख्या का। खूब पेट भर खाया मेजर ने।

'थोड़ी सी और सब्जी लीजिये न।'—सावित्री ने कटोरी खाली देख आग्रह किया।

'बस भाईं'—पेट पर हाथ फेरते हुए मेजर बोला—'तुम इतना खाना खिला देती हो कि फिर आलस्य छा जाता है। कुछ काम करने की इच्छा ही नहीं होती।'

'तुम पर तो हर समय काम का भूत सवार रहता है।'—प्यार से डाँटने वाले अंदाज में सावित्री बोली—'घर में आये हो तो कुछ आराम से भी छुट्टियाँ काटनी चाहिए।'

'अरे नहीं सावि! हम फौजियों को कुछ न कुछ करने की आदत पड़ी रहती है'—समझाया मेजर ने।—'अगर कुछ नहीं करेंगे तो जंग लग जायेगी हमें।'

'वह तो ठीक है, किन्तु इतनी व्यस्तता भी ठीक नहीं कि आदमी अपने पारिवारिक उत्तरदायित्व भी भूल जाये।'—सावित्री ने मौका देखकर अपनी बात की भूमिका रखी—'समाज सेवा उतनी ही करनी चाहिए कि जितनी पच जाये।

'तुम्हारा मतलब है कि मैं अपने पारिवारिक दायित्व पूरे नहीं करता हूँ।'—तनिक शंकित होकर मेजर बोले—'यानी मैं तुम लोगों की तरफ से बेखबर हूँ?'

'ये मतलब तो नहीं है। पर फिर भी यह सच है कि लोगों के कामों में आप इतना व्यस्त हो गये हैं कि मेरे और बबलू के भविष्य की आप को चिन्ता नहीं रहीं।'—शिकायत की सावित्री ने।

'यह कैसे कह सकती हो तुम?'–हाथ धोते हुए मेजर ने पूछा।

'अब देखो न, बबलू बड़ा हो गया है, किसी अच्छे स्कूल में रख देते तो बड़ा आदमी बन सकता था। लोगों ने पहाड़ छोड़कर बाहर मकान बना लिए हैं, जमीन-जायजाद खरीद ली है और आप मेजर होकर भी पौड़ी तक में एक टुकड़ा जमीन नहीं खरीद पाये हैं। जब रिटायर आ जाओगे, तब कैसे काम चलेगा। अगर अब तक कहीं बाहर अपना भी मकान बन गया होता तो आज...।'

टेपरिकार्डर की तरह बोलती चली गयी सावित्री। किन्तु बीच में ही बात काट दी मेजर ने।

'तुम बहुत भोली हो सावि! परदेश में रखा ही क्या है, जो कि अपनी पुस्तैनी जमीन, जायजाद और घर आंगन छोड़कर बस जायें? शोरगुल, गन्दगी, आये दिन दुर्घटनाएँ, लड़ाई, झगड़ा, मारपीट और आतंकवाद। इन सबसे तो परेदशी स्वयं ही तंग आ चुके हैं। वर्षो पूर्व पलायन कर चुके लोग सहमें हुए हैं और लौटकर पहाड़ में अपनी जड़ें और जमीन जायजाद की ढूँढ़ कर रहे हैं। यही नहीं, फैक्ट्रियों, उद्योगों और गाड़ियों के धुएँ ने इतना प्रदूषण फैला दिया है कि वहाँ इन्सान को ताजी हवा तक नसीब नहीं।' मेजर ने भी तर्क के साथ लम्बा चौड़ा भाषण दे डाला।

'तो जो लोग गाँव छोड़कर शहरों में बस रहे हैं वे मूर्ख हैं क्या?' सावित्री ने अन्तिम हथियार छोड़ा।

'निःसन्देह वे मूर्ख हैं। तुम मेरी एक बात गॉठ बांध लो कि आने वाले दस बरस में आदमी शहर छोड़कर गाँवों की ओर दौड़े चले आयेंगे। आखिर कब तक लोग इस कड़वी सच्चाई को झुठलाएँगें? एक न एक दिन तो उन्हें अपने घर, अपने गाँव लौटना ही पड़ेगा।'–मेजर ने फिर लम्बा भाषण दिया। भाषण का ऐसा असर सावित्री पर पड़ा कि वह निरुत्तर हो गयी कुछ भी बोलते न बना उससे।

सचमुच बहुत भोली है सावित्री। कई वर्षो से परदेश जाने की तमन्ना दिल में लिए हुए है। लेकिन हर बार मेजर की चिकनी-चुपड़ी बातों में आ जाती है। आयेगी भी क्यों नहीं? पति को परमेश्वर जो समझती है। उनकी हर बात को ईश्वर का वचन मानती है।

आज भी हार गयी सावित्री। आखिर बोलते तो मेजर ठीक ही हैं। अब गाँव में सड़क आ गयीं पाइपों का पानी आ गया। स्कूल बन गये। जब सब कुछ ही गाँव में है तो शहर में रखा क्या है? मेजर की बात उसे स्वीकार करनी ही पड़ी। जब कुछ बोलते न बन पड़ा, तो वह बोली–

'बस-बस, बन्द भी कीजिये अब यह भाषणबाजी। तुमसे तो भला कौन जीत सकता है।'

सोलह

पुस्ते की नींव कल ही खुद गयी थी। आज नींव भरने की शुरूआत भी सुबह-सुबह हो गयीं नींव में मेजर ने सबसे पहले बड़े-बड़े पत्थर भरने शुरू किये। पत्थर भी इतने बड़े कि एक आदमी से उठाए न उठे। न जाने पुराने लोगों ने कैसे इतने बड़े-बड़े पत्थर खदानों से निकाल कर घर तक पहुँचाये होंगे।

उस जमाने में घी-दूध खूब था। कोदा झंगोरा खाकर लोग हृष्ट-पुष्ट थे। तब संसाधन कम जरूर थे, जीवन थोड़ा असुविधाजनक था। किन्तु धीरे-धीरे आधुनिकता आने लगी। लोगों की अभिरुचि के साथ खान-पान और पहनावे में भी बदलाव आया। यही नहीं पर्यावरण में भी बहुत बदलाव आ गया। अब मनुष्य में अनेक प्रकार की बीमारियाँ पनपने लगी हैं। बल्कि मनुष्य बीमारियों का ही घर हो गया है।

तब बीमारियाँ कुछ नहीं थी। हैजा और चेचक जैसी दो महामारियां जरूर थीं। उनका इलाज भी आयुर्वेदिक विधि से किया जाता था। स्वस्थ और प्रसन्नचित था व्यक्ति, जरूरतें कम थी। जरूरत के हिसाब से मेहनत होती थी और सीमित संसाधनों में ही परिवार का जीवन यापन होता था। आज मनुष्य मशीनी युग में स्वयं भी मशीन की तरह हो गया है। मेहनत करने की प्रवृत्ति खत्म हो रही है। यही कारण है कि खेती-पाती और गाँव-खलिहान से लोगों का धीरे-धीरे मोह भंग होने लगा है। पलायन कर रहे हैं लोग। गाँव लगातार खाली होते जा रहे हैं, और जमीन धीरे-धीरे बंजर।

अब लोग अपने छोटे-मोटे मेहनत मजदूरी के काम के लिए मजदूरों पर आश्रित हो गये हैं। पड़ोसी राष्ट्र नेपाल के लोगों ने इस कमी को पूरा किया है। गाँव-गाँव और शहर-शहर में अब नेपाली पहुँच चुके हैं। यहाँ तक कि गाँव में बंजर पड़ी भूमि को भी अब नेपालियों ने मेहनत करके हरा भरा बना दिया है। वर्ष भर हमारी जमीन पर फसल या सब्जी उगाकर अच्छा मुनाफा कमा रहे हैं ये लोग।

दूसरी ओर हमारे नवयुवक पढ़ लिख कर दिल्ली, मुम्बई, चण्डीगढ़ आदि महानगरों में पलायन करके दर-दर की ठोकरें खा रहे हैं। जिन लोगों को ठीक ठाक नौकरी मिल गयी है, उन्होंने तो घर तक बना लिए हैं वहां। अब वे पूरी तरह प्रवासी हो गये हैं। पहाड़ से उनका रिश्ता अब गर्मियों की छुट्टियों, पाठ-पूजा और शादी ब्याह तक सीमित होकर रह गया है।

कई प्रवासी तो वर्षों तक पहाड़ आते ही नहीं हैं। यही नहीं, उनकी नयी पीढ़ी यानी कि उनके बच्चे तक अपना मूल गाँव नहीं जानते और हाँ, गढ़वाली बोली तो उन्हें आती ही नहीं है। न ही माँ बाप ने उन्हें अपनी बोली सिखाने का कोई प्रयास किया। बच्चे सीखेंगे भी कैसे? माँ-बाप स्वयं भी तो गढ़वाली नहीं बोलते। फिर बच्चों की बातें करना तो बेईमानी है।

फिलहाल अपने गाँव में ऐसी स्थिति नहीं है। नवयुवकों ने पढ़ा लिखा भी है। कुछ ने पौड़ी बाजार में अपना छोटा-मोटा व्यवसाय शुरू किया है। कुछ ने नेपालियों की देखादेखी सब्जी उत्पादन शुरू किया है और पौड़ी में सड़क किनारे ठेली लगाकर अच्छी कमाई कर रहे हैं। हाँ कुछ युवा पलायन भी कर गये हैं, किन्तु उनकी संख्या सीमित है।

गाँव में अब कई विकास योजनाएँ भी चल रही हैं। समय समय पर सरकार द्व ारा ब्लाक और प्रधान के माध्यम से कई काम करवाये जाते हैं, जिससे कुछ लोगों को महीने भर में आठ-दस दिन रोजगार भी मिल जाता है।

सुन्दर सिंह के भाई का लड़का जग्गू ऐसे ही लोगों में है, जिसने कम उम्र में ही दिहाड़ी मजदूरी शुरू कर दी है। पढ़ने लिखने की उम्र है, किन्तु कलम-किताब की जगह हाथ में गैंती, बेलचा और फावड़ा आ गया है। उम्र होगी कम से कम चौदह बरस। ठीक बबलू के बराबर।

जग्गू आज मेजर के साथ गबरू काका के पुस्ते पर दिहाड़ी पर कार्य कर रहा है। बहुत भोला और बालसुलभ मन। मजदूरी करते-करते उसे अब पूरा ज्ञान हो गया कि चिनाई करने वाले को कब 'गारा-माटा' चाहिए, कब पत्थर चाहिए और कैसा पत्थर चाहिए।

चिनाई करते समय मेजर को जग्गू से पूरी मदद मिल रही थी। 'चाचा जी!' जग्गू बोला—'ये बड़ा पत्थर यहाँ पर टीक बैठ जायेगा। 'ले आऊँ?'

'नहीं जग्गू! यह तुम्हारे बस का नहीं हैं।'—मेजर ने पत्थर का जायजा लेते हुए कहा।

'नहीं! चाचा जी, मैं तो इससे बड़े-बड़े पत्थर भी उठा देता हूँ' जग्गू मासूमियत से बोला।

जग्गू ने पत्थर उठाया, मेजर ने मदद की और सतह देख कर चिनाई में बिठा दिया।

'जग्गू! यार तू तो बड़ा बहादुर है।' मेजर ने तारीफ की। फिर पूछा—'अच्छा ये बता तूने पढ़ाई किस कक्षा तक की है?'

'आठ तक, उसके बाद छोड़ दी।'

'आगे क्यों नहीं पढ़ा?'

'पिता जी ने मना किया',

'क्यों?'

'फीस के लिए पैसे नहीं थे।' जग्गू बोला—'पिताजी ने कहा क्या करेगा पढ़ के। इससे बढ़िया तो बकरियाँ चुगा, कुछ 'लोण तेल' तो निकलेगा घर का।'

'फिर?'

'फिर क्या? पिताजी ने मेरे लिए बकरियाँ खरीद दीं। अब मैं बकरियाँ चुगाता हूँ और जब गाँव में काम खुलता है, तो दिहाड़ी करता हूँ।'—जग्गू ने पूरी बात बताई

गबरू काका चाय की केतली और गिलास लिए पहुँच गये थे, दोनों को बातें करते देख पूछा—'बड़ी घुट रही है दोनों में?'

'जग्गू से पूछ रहा था काका कि इसने आगे क्यों नहीं पढ़ा?'—मेजर ने जबाव दिया।

'अरे बेटा, पढ़ता तो तब, जब कोई पढ़ाता। बिना पैसे के आज के युग में कुछ नहीं होता बेटा।'—गबरू काका ने दुःखी होकर कहा—'अब इस जग्गू का ही उदाहरण ले लो। कक्षा एक से आठ तक अव्वल रहा है पूरी स्कूल में। किन्तु सुन्दर सिंह मिडिल की फीस और कापी किताब खरीदने में असमर्थ था, सो पढ़ाई छुड़ा दी।'

सुनकर बड़ा बुरा लगा मेजर को। एक होनहार बच्चा सिर्फ इसलिए आगे नहीं बढ़ पाया, क्योंकि उसके पिता के पास पैसे नहीं थे। बरबस मेजर को अपने बचपन के दिन याद आ गये। मेजर अपने बचपन की यादों में कहीं खो गया था...

सत्तरह

मेजर की माँ के पास भी फीस के लिए पैसे नहीं होते थे। उस जमाने में फीस ज्यादा भी नहीं थी। मिडिल क्लास की फीस ज्यादा से ज्यादा दो रुपये। किन्तु तब दो रुपये भी बहुत ज्यादा होते थे। दिन भर काम करने की दिहाड़ी होती थी पचास पैसे। दो रुपये का मतलब चार दिन की दिहाड़ी।

आज एक मजदूर भी सौ से डेढ सौ रुपये तक दिहाड़ी लेता है। किन्तु महगाई उसी अनुपात में...नहीं, नहीं। उसी अनुपात में नहीं बल्कि कई गुना बढ़ गयी है। आटा पन्द्रह रुपये किलो और दाल पचास रुपये किलो हो गया है। गरीब आदमी की स्थिति तो आज भी वही है, जो आज से पचास साल पहले गुलामी के दौर में थी।

किन्तु उसकी माँ ने उसे अपनी गरीबी का अहसास कभी नहीं होने दिया। खेती में कड़ी मेहनत करके सोयाबीन, उड़द, गहथ, कोदा, झंगोरा बेचकर एक-एक पैसा जमा किया। भैंस पालकर दूध बेचा। गाँव से रोज दो किमी पौड़ी बाजार जाना और होटल में दूध देकर वापस आना। उफ! कितना संघर्ष किया है माँ ने। खुद भूखे पेट और फटी हुई मैली कुचैली धोती में दिन काट कर मिडिल पास कराया था उसको। मिडिल पास करने के बाद वह फौज में भर्ती हो गया था।

रंगरूटी करने के बाद पहली ही छुट्टी में माँ ने उसकी 'मंगणी' भी कर दी। यूं तो उसकी शादी की फिलहाल इच्छा नहीं थी, किन्तु माँ की अवस्था और जिद के आगे उसकी एक न चली।

सोचा माँ ने जिन्दगी भर संघर्ष ही किए हैं, अब संघर्ष करने की अवस्था भी नहीं रही। भगवान की कृपा से उसे भी फौज में नौकरी मिल ही गयी शादी आज नहीं तो कल, करनी ही पड़ेगी। इसलिए चलो माँ को कुछ आराम तो मिलेगा। उनकी सेवा तो हो पायेगी। इसलिए हामी भर दी। अब सुख के दिन आ गये थे। माँ को सारे कष्टों और संघर्षों का मीठा फल मिलेगा।

लेकिन इन्सान जो सोचता है वह होता नहीं है और जो सोच से भी परे होता है, कभी-कभी वह भी हो जाता है। मेजर के साथ भी वही हुआ।

मंगणी के ठीक छः महीने बाद मेजर की शादी भी हो गयी और शादी के बाद वह वापस डयूटी पर भी आ गया।

किन्तु ड्यूटी पर आने से पूर्व उसने सावित्री को अपने बीते दिनों की सारी कहानी बता दी थी और उससे शपथ भी ले ली थी कि वह माँ की पूरी सेवा करेगी। सावित्री भी खुशी-खुशी राजी थी।

किन्तु उसका सोचा उसी के पास रह गया। माँ ने उसे सेवा का मौका ही नहीं दिया। कितना अभागा और बदनसीब है वह। जिस माँ ने फाकों पर जीवन काटते हुए उसे इस लायक बनाया, वह उस माँ के लिए कुछ भी न कर सका।

एक-एक कर माँ से जुड़ी यादें और माँ के अन्तिम दिन उसके मस्तिष्क में आते चले गये।

अट्ठारह

बहुत खुश था वह। ड्यूटी पर आये हुए उसे पूरे पन्द्रह दिन हो गये थे। यार दोस्तों ने खूब हंगामा किया था पार्टी लेने के लिए और उसने भी जमकर दावत दी थी साथियों को।

राजस्थान में तैनात था वह उन दिनों बॉर्डर पर। दिन भर तो यार दोस्तों के साथ बातचीत करते या फिर फौज की नियमित ड्यूटी में कट जाता था, किन्तु रात को उसे घर की बहुत याद आती।

सावित्री को वह एक पल भी नहीं भूल पाया था। उसका हँसमुख और सौम्य चेहरा बार-बार उसकी आँखों में घूम जाता था।

शाम को खाना-पीना खाने के बाद जब सभी साथी जवान अपने अपने बिस्तरों में चले जाते, तो वह तकिये के नीचे रखी सावित्री की फोटो चुपचाप निकालता और उसको एकटक निहारने लगता।

उस सहित पूरे दस जवान रहते हैं इस बैरक में। उनमें से सिर्फ दो तीन ही शादी शुदा थे। सब से छुपकर सावित्री की फोटो को निहारना उसका रोज का कार्य था। इतने में भी मन न भरता तो कलम कागज उठाकर चिट्ठी लिखने बैठ जाता।

इन पन्द्रह दिनों में उसने पूरी चार चिट्ठियाँ भेज दी थीं सावित्री को। हर चिट्ठी में प्यार प्रेम की बातों के अतिरिक्त 'मन लगाकर माँ की सेवा करना', 'माँ ने बहुत संघर्ष किया है, उसे किसी तरह का कष्ट न हो' आदि बातें जरूर लिखी होती थी।

हाँ उसी चिट्ठी के अन्दर माँ के लिए अलग से चिट्ठी जरूर लिखी होती और यह भी लिखा होता कि इसको पढ़कर माँ को सुना देना।

माँ की याद उसे बराबर आती। अगली बार की छुट्टियों में वह माँ को बद्रीकेदार और गंगोत्री जमनोत्री की यात्रा करायेगा। सिल्क की नयी सफेद साड़ी माँ के लिए बनाएगा। आँखों की शिकायत होने लगी है उन्हें। पौड़ी जिला अस्पताल में उनकी आखों को टैस्ट करायेगा।

चारपाई पर लेटे-लेटे उसे अनेक ख्याल आ रहे थे। साथी जवान कुछ सो चुके थे, कुछ सोने की तैयारी कर रहे थे। सावित्री को चिट्ठी लिखने की इच्छा फिर बलवती हो गयीं।

वह सोचने लगा, गाँव के लोग क्या सोचेंगे? पन्द्रह दिन में पाँच चिट्ठियां? गाँव के लोग तो सोंचे, जो भी सोचेंगे। किन्तु पोस्टमैन चन्डी प्रसाद चाचा जी की तो आफत ही आ जायेगी, हर तीसरे दिन घर में चिट्ठी देने की। बेचारे बुजुर्ग भी बहुत हो गये हैं। यह आखिरी साल है नौकरी का।

सिर झटककर उसने चिट्ठी लिखने का विचार त्यागा, किन्तु दिल नहीं माना और दिल के हाथों मजबूर उसने कागज पैन उठा ली।

'मेरी प्रिय सावित्री...' उसने लिखना शुरू किया ही था कि बैरेक के दरवाजे पर दस्तक हुई वह बैठा हुआ था इसलिए तुरन्त जाकर कुण्डी खोल दी।

सूबेदार मंगत राम को सामने देख दोनों पाँवों को एड़ियों से उठाकर उसने तुरन्त कहा–'जै राम जी की सर।'

'जै राम जी की।'–सूबेदार मंगत राम ने जवाब दिया–'निराला तुम्हें टू आई सी साहब ने बुलाया है। इसी समय।'

पैरों के नीचे की जमीन खिसक गयी निराला की। रात्रि के दस बजे और टू आई सी साहब की पुकार? कहीं कोई गलती तो नहीं हो गयी उससे! एक बार थर्रा उठा वह। 'क्यों सर?'–उसने झिझकते हुए सूबेदार मंगतराम से पूछ ही लिया।

'मुझे नहीं मालूम, लेकिन तुरन्त अभी हाजिरी मारो।'–कहकर सूबेदार मंगत राम ठक-ठक-ठक बूट बजाते हुए चल दिया।

सांसे रुक गयी उस की। आम तौर से टू आई सी साहब किसी जवान को व्यक्तिगत तौर पर बुलाते नहीं। बुलाते हैं तो तभी, जब किसी से कोई गलती हो गयी हो या किसी की शिकायत हो।

उसने झटपट ड्रैस पहनी, टोपी और बैल्ट कसी। बूटों पर ब्रुश मारकर चमकाया। बैरेक से बाहर निकल कर बरामदे में लगे आदमकद आइने में अपनी वेशभूषा का जायजा लिया। फिर आश्वस्त होकर टू आई सी साहब के कार्यालय में पहुँचा।

दरवाजे पर पहुँचते ही दायाँ पाँव उठाकर उसने जोरदार सैल्यूट ठोंका–'ठक।'

'अन्दर आ जाओ निराला।'–टू आई सी साहब बोले।

वह झिझकते हुए, किन्तु सैनिक की कड़क चाल में उनके सामने पहुँचा और फिर दुबारा सैल्यूट मारा 'ठक'।

'निराला!' टू आई सी साहब ने बहुत ही नरम स्वर में कहा–'तुम्हें अभी घर के लिए रवाना होना है। तुम्हारी माँ की तबियत खराब है। तार आया है।' धक रह गया दिल निराला का। उन्होंने तार निराला की ओर बढ़ा दिया। तार लेकर निराला ने उस पर नजर मारी–'मदर सीरियस कम सून।' और नीचे लिखा था–'सावित्री'

निराला की आँखों के आगे अंधेरा छा गया। उसे लगा वह अभी चक्कर खाकर गिर जायेगा। किसी तरह अपने को सम्भाला।

'तुम अभी नाईट ट्रेन से जाने की तैयारी करो, ओ.के.!' टू आई सी ने निर्देश दिया।

'यस सर!'–उसने जबाव दिया और फिर सल्यूट मारकर बाहर निकल गया।

उन्नीस

ट्रेन द्वारा राजस्थान से कोटद्वार तक का लम्बा सफर तय करके मेजर निराला ने पौड़ी की बस ले ली। रास्ते भर अनेक विचार उसके मन में आते-जाते रहे।

यह अचानक क्या हो गया माँ को। अभी पन्द्रह दिन पहले तो उसने मुझे भीगी पलकों के साथ विदा किया था। सावित्री के साथ पौड़ी तक आयी थी वह मुझे छोड़ने। ठीक ठाक ही तो थी। दुःख बीमारी भी तो कुछ नहीं थी उसको। फिर अचानक यह क्या हो गया।

कहीं माँ हमको छोड़कर...नहीं...नहीं...। ऐसा कुविचार मन में लाना भी पाप है। भगवान इतना 'बिरूट' कभी नहीं हो सकता है। बहुत 'खैरी' खाई है माँ ने। अब तो उसके दिन लौटे हैं।

कोटद्वार से पौड़ी का पाँच घण्टे का यह सफर उसे पाँच बरस के समान लगा। उसका मन कर रहा था कि पंख लगा कर उड़ जाऊँ माँ के पास। पूरा एक दिन एक रात का सफर तय किया था उसने। आज यह दूसरा दिन है, किन्तु एक पल के लिए भी उसकी आँखें नहीं झपकीं। उसने पलकें मूंद कर सोने की कोशिश भी की, किन्तु नींद मानों कोसों दूर चली गयी हों आँखों से।

पौड़ी स्टेशन पर उतरकर सबसे पहले वह धारा रोड़ पर रामसिंह चाचा की चूड़ियों की दुकान पर गया। अपने ही गाँव के हैं रामसिंह चाचा। रोज सुबह शाम घर आते-जाते हैं। चाचा को नमस्कार करना भी भूल गया था वह।

'मेरी माँ कैसी है चाचा?'—उसने धड़कते दिल से पूछा।

चाचा ने उदास स्वर नें कहा—'तू आ गया बेटा, अच्छा किया। भाभी उधर हास्पिटल में भर्ती है।'

'क्या हो गया है उन्हें?' उसने फिर प्रश्न किया।

'छज्जे से गिर गयी थी' रामसिंह ने उत्तर दिया।

बिना एक पल गवाँये वह बैग वहीं छोड़कर हास्पिटल की ओर चल पड़ा। लेडीज वार्ड में घुसते ही सावित्री नजर आ गयीं साथ में गबरू काका, मूसी काकी भी बगल में बैंच पर बैठे थे।

माँ की हालत देखकर उसे रोना आ गया। सावित्री ने बताया-परसों सुबह 'जी'

ऊपर के कमरे से नीचे आ रही थी। छज्जे से पाँव फिसल गया। सीड़ियों से लुढ़कते हुए चौक में गिर गयीं सिर के अन्दर चोट आयी है। दो तीन बार उल्टियाँ भी हुई हैं। गाँव के लोग ही 'डन्डी' में उठाकर लाये हैं हास्पिटल तक। तब से ही होश नहीं आया। डाक्टर कहते हैं 'कौमा' में चली गयी हैं। बाहर ले जाने को कह रहे हैं तुम्हारी ही इन्तजारी कर रहे थे हम लोग।

'माँ जी! माँ जी!' मेजर ने माँ के सिर पर हाथ फेर कर पुकारा। किन्तु माँ जैसे गहरी नीद में हो। आँखें पूरी तरह खुली, लेकिन स्थिर। शरीर में कुछ भी हलचल नहीं। किन्तु साँसे तेज-तेज चल रही थी। लगता था जैसे अभी पुकार उठेंगी—'नीरू! आ गया तू मेरे पल्टनेर'। किन्तु माँ नहीं बोली।

उसने फिर एक बार माँ का एक हाथ अपने गाल पर रखा और अपना एक हाथ माँ के गाल पर फेरते हुए अपेक्षाकृत कुछ जोर से कहां—'माँ जी! माँ जी! देखो मैं आ गया, तुम्हारा नीरू पल्टनेर!'

गजब हो गया! सबने देखा और सबके सब चौंक पड़े। तीन दिन से बेहोश पड़ी माँ की छत पर टिकी स्थिर आँखों में हरकत हुईं उसने पलकें झपकाई और एक भरपूर निगाह निराला पर मारी।

सावित्री सहित वहाँ खड़े सभी लोगों की खुशी का ठिकाना न रहा। नीरू के आते ही चमत्कार हो गया। किन्तु दूसरे ही पल सब सन्न से रह गये।

माँ ने पलके मूंदी और उसकी गर्दन एक ओर लुढ़क गयीं मानो नीरू के आने तक ही सांसे रुकी थी उसकी।

कलेजा फट गया नीरू का। माँ जी...! एक लम्बी चीत्कार मारते हुए वह निर्जीव पड़ी माँ के सीने पर सिर रख कर बिलखने लगा। सावित्री के सब्र का बाँध भी टूट गया और वह भी जोर-जोर से रोने लगी। रोने-बिलखने की आवाज सुनकर इधर उधर से लोग वहां पर इकट्ठे हो गये। माहौल गमगीन हो गया था वहाँ का...

बीस

'कहाँ खो गये बेटा?'—बहुत देर से चाय का गिलास हाथ में थामे गबरू काका ने उसे लगभग झिंझोड़ कर ही पूछा। चौंक गया मेजर।

अतीत के झरोखों से वास्तविकता के धरातल पर आकर गिरा हो जैसे—'धम्म।' आँखे सजल हो गयी थीं उसकी।

गबरू काका एवं जग्गू उसे विस्मय से निहार रहे थे। वे भी समझ गये कि मेजर कुछ अतीत के भंवर में फँस गये शायद। इसीलिए तो उसकी आँखों में पानी तैर गया है।

गबरू काका ने उसकी स्थिति भाँपकर आगे कुछ पूछना उचित न समझा। चुपचाप चाय का गिलास पकड़ा दिया उसके हाथ में।

मेजर ने भी चाय ली और 'सुडुक'—'सुडुक' पीने लगा। माँ की मृत्यु के अन्तिम दृश्य अभी भी आँखों में तैर रहे थे उसके।

कितना अभागा है कि अन्तिम समय में वह माँ का आशीर्वाद भी नहीं ले पाया। सेवा करना तो दूर, वह उनसे आखिरी समय में बतिया भी नहीं पाया था।

माँ ने तो उसे पढ़ा-लिखा कर अपने सपने पूरे कर लिए थे, लेकिन वह क्या कर पाया है माँ के लिए।

थोड़ा भी तो मौका नहीं दिया माँ ने उसे। वरना वह दिल्ली, देहरादून या चण्डीगढ़ ले जाकर माँ का इलाज करवाता। अपनी एक-एक पाई और एक-एक खून की बूँद देकर भी माँ की जान बचा लेता।

माँ के प्रति अपना फर्ज वह कैसे पूरा करे, माँ के सपनों को कैसे पूरा करे? वह हमेशा यही सोचता रहता, किन्तु उसे कुछ भी रास्ता न सूझता। आज उसे एक नया रास्ता सुझाई दिया।

माँ ने बड़े कष्ट खाये हैं उसकी पढ़ाई लिखाई की खातिर। बहुत बड़ा कर्जा है यह उस पर माँ का। इस कर्जे से कैसे उऋण होगा वह। इसका रास्ता निकल गया है।

वह गरीब बच्चों को पढ़ायेगा। इससे माँ की आत्मा को शान्ति मिलेगी। जरूर मिलेगी।

'मैं करूगा माँ! तुम्हारे सपनों को पूरा, मैं जरूर करूँगा।'—मेजर बड़बड़ा उठा। उसको बड़बड़ाते देख गबरू काका पूछ बैठे—'क्या कह रहे हो बेटा?'

'काका! मैं पढ़ाऊगाँ जग्गू को। कल से जग्गू स्कूल जायेगा।' मेजर ने गम्भीरता से कहा।

'ईश्वर तेरी मदद करेगा बेटा!' गबरू काका बोले।—'जो दूसरों की मदद करता है। उसकी मदद ईश्वर करता है।'

जग्गू की आँखों में एक चमक उभरी, जिसे मेजर और गबरू काका ने भी साफ साफ देखा। किन्तु दूसरे ही क्षण उसे उदासी ने घेर लिया।

बालसुलभ मन से वह पूछ बैठा—'लेकिन चाचा जी मेरे पास तो कापी किताबें हैं ही नहीं।'

'मैं लेकर दूंगा तुम्हें।'—मेजर ने दृढ़ता से कहा—'सब कुछ लेकर दूँगा। कापी-किताब, ड्रैस, बस्ता, सब कुछ'।

'सच चाचा जी!'—जग्गू की खुशी का ठिकाना न रहा—'मैं अभी पिताजी को बताकर आता हूँ।'

कुदाल और परात वहीं पटक कर जग्गू ने घर की ओर दौड़ लगा दी। गबरू काका और मेजर ने एक दूसरे की तरफ देखा और फिर खिलखिलाकर हंस दिये दोनों।

इक्कीस

जग्गू आज बहुत खुश था। पूरा एक महीना हो गया था स्कूल खुले हुए और जग्गू आज पहुँचा था पहले दिन स्कूल में।

हेडमास्टर जी ने कक्षा में आते ही सबसे पहले उसका स्वागत किया था। मास्टर जी ने सब बच्चों से उसका परिचय कराते हुए कहा कि यह बच्चा इस स्कूल का सबसे होनहार छात्र है। हमें उम्मीद है कि आगे चल कर यह इस स्कूल का फिर टॉपर बनेगा।

सब बच्चों ने तालियाँ बजाई थी उसके लिए, किन्तु बबलू जलभुन गया था। यूं तो सभी बच्चे उसे पहचानते थे। आठवीं तक तो उन्हीं के साथ पढ़ा था वह। सिर्फ दो-चार ही छात्र थे जो नये आये थे।

जग्गू ने अपने दोस्तों से एक-एक करके सब विषयों में हुई पढ़ाई के बारे में पूछा। प्रत्येक विषय की कापियाँ देखकर काम का अन्दाजा लगाया। उसने अंदाज किया कि पूरे महीने हुई पढ़ाई और होमवर्क को वह एक सप्ताह में पूरा कर लेगा। हाँ, इसके लिए उसे तीन गुना ज्यादा मेहनत करनी पड़ेगी। मेहनत वह कर लेगा, क्योंकि मेहनत से वह डरता नहीं है।

उसने निश्चय किया कि आज से ही वह यह कार्य शुरू कर देगा। तभी तो इन्टरवल के समय वह विज्ञान की किताब लेकर एक पेड़ के नीचे बैठ गया।

कुछ बच्चे खेल रहे थे और कुछ आपस में गप्पें लड़ा रहे थे, किन्तु उन सबसे बेखबर जग्गू अपने काम में तल्लीन था।

न जाने कहाँ से बबलू आ गया वहाँ। एकदम पास आकर खड़ा हो गया उसके। बोला कुछ नहीं किन्तु एक झटके से जग्गू के हाथ से किताब छीन ली और धूर्ततापूर्वक हँसने लगा।

'किताब दे दो बबलू।'—आग्रहपूर्वक कहा जग्गू ने।

'नहीं दूंगा!'

'दे दे यार, नहीं तो...' फिर आग्रह किया उसने।

'नहीं तो क्या कर लेगा? '—वाक्य पूरा किया बबलू ने।

'चाचा जी से शिकायत करूँगा।'—जग्गू बोला।

‘अच्छा! शिकायत करेगा मेरी?’—बबलू और पास आ गया। दोनों हाथ कमर पर रख दिये उसने।

‘हाँ!’—जग्गू ने दृढ़ता से फिर दोहराया।

किताब एक ओर फेंककर दोनों हाथों से जग्गू का गला पकड़ लिया बबलू ने।

‘साला मेरे, पिताजी की भीख से ही पढ़ने आया है और मुझे ही तड़ी देता है?’ गुस्से में बबलू की आँखे लाल हो गयीं

तभी शोर सुनकर कुछ छात्र आ गये। बीच बचाव किया और बबलू को अलग कर दिया, किन्तु बबलू था कि अलग ही नहीं हो रहा था। मार देगा जैसे दो-चार घूंसे।

जग्गू हतप्रभ सा खड़ा रहा। दोस्त बबलू को धकियाते हुए दूसरी तरफ ले गये, किन्तु पलट कर बबलू चेतावनी देना भी नहीं भूला—‘बेटे, शिकायत करके देखना। फिर देख, क्या हालत करता हूँ तेरी। भिखमंगा कहीं का! कुल्ली कबाड़ी! चला आया है पढ़ने।’

उसके आखिरी शब्द पिघले हुए शीशे की तरह जग्गू के कानों में घुसते चले गये। ‘भिखमंगा कहीं का! कुल्ली कबाड़ी! चला आया है पढ़ने...।’

सचमुच ठीक ही तो कहा है उसने। उसके पिताजी ने ही तो वर्दी, जूता, कापी-किताब और बस्ता सब कुछ खरीद कर दिया है उसे।

जग्गू का मन किया कि अभी घर जाकर सारा कुछ पटक दे मेजर चाचा के आगे। नहीं चाहिए तुम्हारी मेहरबानी। ठीक हूँ मैं कुल्ली कबाड़ी ही।

किन्तु आगे भविष्य की चिन्ता कर फिर सिहर उठा जग्गू। बहुत गुस्सैल हैं चाचा। न जाने क्या हाल कर देंगे बबलू के। बुरी बात तो बर्दास्त करते ही नहीं है वे। जितने शान्त और खुशमिजाज, उतने ही खतरनाक भी।

छोड़ो, क्या फायदा शिकायत करने में? बबलू की तो आदत ही है हर किसी से उलझने की। खास कर पढ़ने वाले अच्छे बच्चों को तो वह जरूर तंग करता है।

जग्गू ने देखा बबलू दूर जा चुका है। उसने सिर झटका और अपना कालर ठीक किया। दूर पड़ी किताब को उठाया और फिर से पेड़ के नीचे पढ़ने बैठ गया।

बाईस

घास काटना उत्तराखण्ड की महिला के जीवन की दिनचर्या का एक महत्त्वपूर्ण हिस्सा है।

महिलाएँ दल बनाकर प्रतिदिन प्रातःकाल घास काटने जाया करती हैं। एक दल नहीं, कई दलों में। गाँव की बुजुर्ग महिलायें अपना चार छः का अलग दल बनाती हैं, नयी बहुएँ अपना अलग दल बना लेती है।

घर-घर में मवेशी हैं। कृषि यहाँ का मुख्य व्यवसाय है किन्तु, कृषि के साथ पशुपालन भी अनिवार्य व्यवसाय है। बिना पशुपालन के कृषि कार्य एकदम असम्भव ही होता है।

खेती के लिए खाद की आवश्यकता होती है। यह आवश्यकता जानवरों के गोबर से पूरी होती है। उर्वरकों का प्रयोग अभी तक पहाड़ में नहीं होता।

कृषि और पशुपालन एक दूसरे के पूरक हैं। पशुओं से एक ओर दूध, खेत जुताई और खाद की आवश्यकता पूरी होती है, तो दूसरी ओर खेती में उगा घास, चारा, खरपतवार एवं फसल के बाद बचा हुआ भूसा पशुओं के काम में आता है।

गाँव में सभी प्रकार के परिवार हैं। सम्पन्न, मध्यम और गरीब। किन्तु दुधारू गाय और भैंस प्रत्येक परिवार में होती है। सांय को दूध का एक बड़ा गिलास परिवार के प्रत्येक सदस्य को मिल ही जाता है।

कुछ विपन्न परिवार पौड़ी के बाजार में भी दूध बेचते हैं। यह उनकी आजीविका का एक प्रमुख साधन भी है।

यूं तो गाँव के इर्द गिर्द अपनी कैसरीन जमीन और जंगल हैं, जहां पर रोज पशु चरने जाते हैं। फिर भी दुधारू पशुओं को घर पर ही रखा जाता है। इनके लिए रोज घास की आवश्यकता होती है।

घास काट कर लाना सिर्फ एक आवश्यकता नहीं है वरन महिलाओं और बहू बेटियों के रोज के मिलने-जुलने का यह एक बहाना भी है।

घरों से निकल कर महिलाएँ एक स्थान पर इकट्ठा होती है। वहां पर कुछ क्षणों के लिए बैठती है। 'पलेन्थरा' पर अपनी दंरातियों पर धार लगाती हैं, और फिर लगती है चौपाल। अपने सुख-दुख की बातें, हंसी मजाक, छेड़-छाड़ सब चलता है। इन बैठ्कों का यह भी लाभ है कि महिलाएँ एक-दूसरे के चौके-चूल्हे, खान-पान,

रिश्ते-नातों, पारिवारिक सम्बन्धों और सुख-दुःख से भली भाँति परिचित हो जाती हैं।

इन्ही बैठकों में महिलाएँ घर से लाई हुई चीजों का आपस में वितरण करती हैं। जैसे भूजे हुए भट्ट, सोयाबीन, चूड़े, बुखणें, भांग के बीज आदि।

कभी-कभी महिलाएँ घर से ही बड़े-बड़े लिम्बू और नमक लाकर खटाई भी बनाती हैं और चाव से खाती हैं।

कभी आडू, खुबानी आदि की फाकें काटकर नमक के साथ खाया जाता है, तो कभी हरी प्याज और मूली का सलाद बनाकर आनन्द लिया जाता है।

कभी-कभी यह बैठकें लम्बी भी हो जाती हैं। एक-एक घण्टे या उससे भी अधिक देर तक चलती रहती हैं।

आजकल सावित्री इन बैठकों का केन्द्र बिन्दु है। चर्चा है कि इस बार वह अपने पति मेजर निराला के साथ देश जा रही है।

काफी देर हो गयी थी आज गप्पें मारते-मारते। सावित्री ने ही उठने की शुरूआत की—'चलो दगड्यों, बहुत देर हो गयीं धूप भी तेज हो गयीं'

'आजकल तो सावित्री को बहुत ही जल्दी रहती है।' छेड़ा विमला देवी ने...।

'हाँ भई! जंगल में देखना दरांती भी कितनी तेज चलती है।' मीना भुली ने भी बात में तड़का दिया। 'एक घड़ी में घास का गठ्ठर तैयार।'

'तुम लोग बेकार में समय बर्बाद कर रही हो' चिढ़कर सावित्री बोली—'चलती हो तो चलो, नहीं तो मैं चली।'

सब उठ गयीं किन्तु चलते-चलते भी बातों का सिलसिला जारी रहा।

'अच्छा बहू! अब की बार तो तेरी तमन्ना पूरी हो गयीं कब से लगी थी देश जाने के लिए।' सीता सासु जी बोली।

'सावित्री दीदी! तुम देश जाओगी तो हमें तुम्हारी बहुत याद आयेगी।' मीना बोली।

'देश जाकर तुम हमें भूल तो नहीं जाओगी?' विमला ने पूछा।

'नहीं'—सावित्री ने दृढता से कहा—'मैं देश नहीं जाऊँगी।

'क्यों?'—सबने चौक कर उसे देखा।

'मैंने अपना इरादा बदल दिया।'—सरलता से कहा सावित्री ने।

'रात ही रात क्या पट्टी पढ़ा दी तुम्हें देवर जी ने?'—छेड़ने वाले अंदाज में विमला दीदी बोली।

'मैंने निश्चय किया है कि गाँव में रखकर ही खेती करूंगी'—बोली सावित्री।

'अरे बहू! पहाड़ की औरत का जीवन तो पहाड़ जैसा ही है'—सीता सासु बोली—'जब मौका मिला है तो क्यों चूक रही हो?

'नहीं सासु जी'—समझाया सावित्री ने—'जैसा अपना पहाड़ है, वैसा और कहाँ? शान्त, सुन्दर। किसी का लेना नहीं, किसी का देना नहीं। अपनी खेती करो, कमाओ और खाओ।'

सबकी सब हक्की बक्की।

'बना दिया न इस बार भी जेठ जी ने,-मीना ने सच्चाई बोली।

'कोई शक'—विमला ने अकड़कर मेजर की नकल उतारते हुए कहा।

'छि; भै! मैं कल से नहीं आऊँगी तुम्हारे साथ घास काटने।' उकता कर सावित्री बोली।

'जब गाँव में ही रहेगी, तो आयेगी क्यों नहीं?'—सीता सासू ने छेड़ा। 'क्या घास काटने के लिए नौकर रखकर जायेगा निराला?'

'अच्छा! तुम लोग ऐसे नहीं मानोगी।'—नकली गुस्से में सावित्री ने जमीन पर से कंकड़ उठा लिए और उनको मारने शुरू किये।

तीनों दौड़ कर अलग-अलग दिशाओं में चली गयीं...।

तेईस

'दीदी एक बन्ठी पानी मुझे भरने दो न।'—पानी के पोस्ट स्टैण्ड पर खड़ी मीना ने कहा—'मैं चूल्हे में दाल रख कर आयी हूँ।'

'कोई बात नहीं, दाल का कुछ नहीं बिगड़ता'—सुनीता बोली—'मैंने तो चूल्हें में दूध चढ़ा रखा है।

'जल्दी तो सबको है। वैसे भी आज पानी कम आ रहा है'—विमला ने भी अपनी गागर कुछ आगे सरकाते हुए कहा।

नल पर पानी कम आ रहा है और बर्तन हैं कि बढ़ते ही जाते हैं।

यूँ तो गाँव के नीचे पानी का प्राकृतिक स्रोत है, लेकिन कौन तीन चार सौ गज की चढ़ाई चढ़कर पानी लाये?

जब से गाँव में सरकारी पाईप लाइन आयी है, तब से बहू बेटियाँ धारे नहीं जाती। लेकिन पाइपों के इस पानी का ठिकाना भी नहीं, पूरे चार किलोमीटर दूर 'धनीगाड' गधेरे से आया है यह पानी।

एक जमाना था जब गाँव वाले केवल अपने प्राकृतिक धारे पर ही निर्भर रहते थे। चौबीसों घण्टे खूब भीड़ रहती थी धारे पर।

किन्तु आज गाँव में पानी पहुँच गया तो अब लोगों को धारा दूर लगने लगा।

ये अलग बात है कि धारे के पानी और नल के पानी में बहुत अन्तर है। मिठास में भी और स्वाद में भी।

धारे का पानी ठेठ बांज की जड़ों से निकलता है, ऐसा पूर्वज कहा करते थे। गाँव के ऊपर बांज का घना जंगल है। लेकिन अब घना कहाँ है। पिछले कई वर्षों से धीरे-धीरे यह कम होता जा रहा है। उसी अनुपात में धारे का पानी भी सूखा है।

गजब की एक विशेषता है इस धारे के पानी में। गर्मियों के दिन में यह शीतल हो जाता है। ऐसा जैसे आजकल के फ्रिजों में रखा हुआ पानी। और ठण्डियों में यह गर्म हो जाता है। सुबह-सुबह भाप निकलती सी प्रतीत होती है इस पानी से।

तभी तो गाँव के युवा हमेशा ही नहाने के लिए धारे में जाते हैं। नल का पानी इससे बिल्कुल उल्टा होता है। गर्मियों में गर्म, मानों उबाल रखा हो और ठण्डियों में ठण्डा, बर्फ जैसा जमा हुआ सा। इसलिए तो गर्मियों में पीने के लिए एक-एक

गागर लोग जरूर धारे से लाते हैं। इसी बहाने वहाँ पर कई युवा 'पन्देर' इकट्ठा होकर गप्प शप भी लड़ाते हैं।

नल में आज पानी कम आ रहा है, शायद टैंक पूरा नहीं भरा होगा। लेकिन फिर भी महिलाएँ लगी हैं अपनी बारी का इन्तजार करने...।

'भई सावित्री को तो अब मुक्ति मिल जायेगी पहाड़ों की इस रोज-रोज की घास, लकड़ी और पानी की झिकझिक से।' एक महिला बोली।

'हाँ भई परदेश में तो खाओ-पियो, अपनी साफ सफाई रखो बस।'—दूसरी महिला बोली।

'लेकिन दीदी मैं नहीं जा रही हूँ परदेश।'—सावित्री ने कहा—'परदेश से कई गुना बढ़िया तो अपना पहाड़ है। बिजली आ गयी, पानी आ गया, अस्पताल खुल गये। अब बाकी क्या चाहिए? सरकार भी पूरे जोर-शोर से विकास कर रही है पहाड़ों का। कुछ समय बाद यहाँ कोई भी समस्या नहीं रह जायेगी। जो आनन्द यहाँ की हरी-भरी वादियों में है, वह परदेश में कहाँ? रोज आये दिन लड़ाई झगड़ा, खून खराबा, मार पीट। परदेश में तो कोई किसी से मतलब भी नहीं रखता। बगल में मारकाट मची हो, फिर भी लोग आँख मूंद कर निकल जाते हैं।

अभी हमारे पहाड़ में कितनी भलमनसाहत है, एकता है, लोग एक दूसरे के दुख-सुख में काम आते हैं।'

लम्बा भाषण झाड़ दिया था सावित्री ने। तभी एक महिला ने टोका—'अरी, तेरी बारी आ गयी, रामायण ही सुनाती रहेगी या फिर पानी भी भरेगी?'

हड़बड़ाकर सावित्री ने अपनी गागर उठाईं नल के नीचे लगाकर छाली और फिर भरने के लिए लगा दी। किन्तु यह क्या? तभी पानी बन्द! सावित्री ने दायें-बायें देखा। महिलायें मुस्करा रही थी।

'लो! क्या नहीं है पहाड़ में।'—एक महिला ने व्यंग्य किया—'बिजली है, पानी है...।'

'हाँ! सरकार तेजी से विकास कर रही है'। दूसरी ने ताल ठोंकी।

सभी खिलखिलाकर हँस दी। अकेले पड़ गयी थी सावित्री। धैर्य से बोली—'इसमें सरकार को क्या कोसना? सरकार ने तो पूरा ही पैसा दिया था स्कीम बनाने के लिए। अब हमारे तुम्हारे बीच कुछ लोग ही अपने स्वार्थ के लिए आम जनता का हक मार रहे हैं, तो सरकार भी क्या करें?' तर्क में दम था सावित्री के, जिसे सुनकर सभी पन्देर चुप्पी साध गये थे।

चौबीस

छुट्टी के छः दिन कब गुजर गये, मेजर को कुछ पता ही नहीं चला। दो दिन गबरू काका के पुस्ते में लग गये। एक-दो दिन अपनी गौशाला की छवांई में लग गये और एक दिन पूरा जिला अस्पताल में गुजर गया, रूकमा दादी और भगतू भाई के पिताजी की आँखों के ऑप्रेशन में। हाँ इन सब कामों के दौरान उसने रोज सुबह हल जरूर लगाया। ज्यादा न सही, एक दो खेत तो रोज ही जोते। सिर्फ अपना ही नहीं, बुद्धी काका के खेत भी इस बार उसी ने जोते।

सावित्री के मायके में कल से पुजाई है। बुला रखा है उन्होंने। तीन बरस पहले वह ससुराल गया था। तब सावित्री के भतीजे का चूड़ाकर्म संस्कार था। तब से आज तक वह ससुराल नहीं जा पाया, न ही सावित्री तब से मायके गयी है।

इस बार जरूर जाना है। सुबह छः बजे की गाड़ी पकड़नी है इसलिए सारी तैयारी आज ही करनी पड़ेगी।

मेजर ने चुन-चुन कर अपने, सावित्री के और बबलू के कपड़े अटैची में रखने शुरू किए। चाय का गिलास लेकर सावित्री आ पहुँची।

'क्यों इतना बोझ बढ़ा रहे हो?'—सावित्री ने उसे अटैची पैक करते देख कहा—'मेरी तो दो धोतियाँ ही काफी हैं। सिर्फ दो ही दिन तो रहना है हमें वहाँ, पुजाई खत्म होते ही चले आयेंगे।'

'भई दो-दिन रहना है चाहे चार दिन, आखिर ससुराल जा रहा हूँ। वह भी पूरे तीन बरस बाद। इसलिए सज-धज कर तो जाना ही पड़ेगा'—मेजर ने तर्क दिया।

'खूब सज-धज लो, सारी हेकड़ी निकल जायेगी जब पूरे पाँच मील पैदल चलना पड़ेगा।'—सावित्री ने जैसे चेतावनी दी।

सचमुच में पूरा पाँच मील पैदल का रास्ता तय करना पड़ता है पैठाणी से। पौड़ी से पैठाणी तक बस में और वहाँ से खड़ी चढ़ाई, ठेठ पैदल।

'राठ' कहते हैं इस क्षेत्र को और यहाँ के निवासियों को राठी। अत्यन्त पिछड़ा क्षेत्र है यह। आवश्यक आवश्यकताओं की पूर्ति में अभी भी कमी है। स्वास्थ्य और शिक्षा की सबसे बड़ी समस्या है। पानी तो यहाँ पर खूब है। प्राकृतिक सम्पदा से लबालब खुशहाल इलाका है यह।

मूलभत सुविधाओं की कमी के बावजूद भी यहाँ के निवासी सन्तुष्ट हैं। किसी चीज की कमी नहीं है। घी-दूध की तो जैसे यहाँ नदियां बहती हैं। हर घर में एक से अधिक भैंसे और बकरियों की 'ताँद' जरूर हैं। मिर्च-मसाले, आलू, प्याज, टमाटर, मूली आदि सहित सभी फसलें खूब होती हैं यहाँ पर।

पौड़ी, कोटद्वार और रामनगर से व्यापारी स्वयं गाँवों में आ जाते हैं। नगदी फसल और सब्जियां उठाने। इसलिए तो पैसे की कमी भी नहीं है यहाँ के लोगों के पास। खर्चे और आवश्यकताए भी बहुत सीमित है। इसलिए बचत काफी हो जाती है।

आधुनिक जीवन की चमक-दमक और सुख सुविधाओं से दूर यहाँ के निवासी कर्मठ और मेहनतकश हैं। भौतिक सुख-साधनों की जैसे उन्हें आवश्यकता ही नहीं है। आज जहाँ हर गाँव और हर क्षेत्र पाश्चात्य संस्कृति का अनुकरण कर रहा है, वहीं यहाँ पर आज भी सही मायनों में उत्तराखण्ड की संस्कृति जीवन्त है। आज घर-घर में टी.वी. संस्कृति ने पैर पसार दिये हैं। लोगों की सोच-विचार, खान पान, रीति रिवाज, रहन-सहन और पहनावे में बहुत अन्तर आ गया है। वहीं यह क्षेत्र आज भी पुरानी परम्पराओं और रीति रिवाजों को संजोए हुए हैं। थड़िया, चौंफला, झुमैलो आज भी यहाँ के सभी गाँवों के चौकों में गाये जाते हैं। अतिथि सत्कार यहाँ की सबसे बड़ी विशेषता है।

बताया जाता है कि 'राठ' शब्द 'राष्ट्र' का अपभ्रंश है। देशभक्त और राष्ट्र प्रेमी हैं यहाँ के लोग। प्राइवेट या सरकारी नौकरी के बजाय अधिकतर लोग सेना में रहकर देश की सेवा कर रहे हैं। पेशावर काण्ड के नायक वीर चन्द्र सिंह गढ़वाली इसी क्षेत्र के निवासी थे, जिन्होंने सारे भारत में उत्तराखण्ड का माथा गर्व से ऊँचा किया है।

ससुराल जाने के लिए एक उत्साह भी था मेजर निराला के अन्दर। एक तो कई बरस बाद जाना और दूसरे पुजाई में शामिल होना, उसको रोमांचित कर रहा था। सारे गाँव के लोग एक साथ मिल जायेंगे पुजाई में। सामान पैक करते-करते काफी समय हो गया तो सावित्री ने टोक ही दिया—'अच्छा अब बन्द भी करो, सुबह जल्दी उठना है, सो जाओ अब।'

मेजर अटैची बन्द करके बिस्तर के अन्दर घुस गया। रेडियो का बटन चलाया मेजर ने तो रोमांटिक फिल्म संगीत चल रहा था।

सावित्री ने स्वर लहरियों के बीच मध्यम स्वर में पूछा—'सुनो जी!'

'कहो जी!'

'मै ठहरी निपट गवांर और अनपढ़। तुम फौज के इतने बड़े अफसर। तुम्हे शरम नहीं आती मेरे साथ चलने में।' धीरे से पूछा सावित्री ने।

'अरे सावि! तुम बहुत भोली हो।'—मेजर ने भी प्यार से कहा—'किसी भी इन्सान की शारीरिक सुन्दरता, सेहत और पढ़ाई-लिखाई उसकी सुन्दरता का मापदण्ड नहीं होती। इन्सान की असली सुन्दरता उसके गुण और विचार होते हैं।

'तो क्या आपको मेरे विचार अच्छे लगते हैं?'—कुरेदा सावित्री ने।

'बहुत अच्छे!' मेजर ने कहा—'तभी तो मैं तुम्हें प्यार करता हूँ। उतना ही प्यार, जितना कोई अपनी जिन्दगी से करता है।'

शरमा गयी थी सावित्री। हल्के से मुस्कराई भी। विजय एवं गर्व की मुस्कान।

'तुम्हें याद है? जब हमारी पहली मुलाकात हुई थी?'—मेजर ने पुरानी बात छेड़ी—'वैशाखी के मेले में कैसे शरमा रही थी तुम मुझे देखकर। बस, तुम्हारी इसी सादगी पर मैं उसी दिन मर मिटा था'।

'छि! तुम बहुत वो हो।'—गुजरे दिनों को यादकर सावित्री के बदन में एक सरसरी सी दौड़ गयीं—'उस दिन आपने बहुत बेइज्जती की मेरी।'

सचमुच में सावित्री के साथ पहली मुलाकात मेजर को आज भी रोमांचित कर देती है। जब उसे पता चला कि माँने उसकी 'मंगणी' कर दी, तो अनेक शंकायें उसके दिमाग में रोज उठती। न जाने कैसी होगी उसकी होने वाली पत्नी? जिसके साथ उसे सारी जिन्दगी निभानी है। क्या पता उसका स्वभाव कैसा हो? अच्छा भी हो या नहीं। सावित्री को देखने की उसकी लालसा तीव्र हो उठती। अपने मन मस्तिष्क में उसने सावित्री की एक छवि बना ली थी। एक 'अन्वार' उसके दिल में बस गयी थी सावित्री की और जब पहली बार सावित्री को मेले में देखा तो वह बिल्कुल वैसी ही निकली, जैसे उसके दिल में थी।

उस दिन की मुलाकात आज भी मेजर के दिल में एकदम ताजी है। जो समय-समय पर उसे रोमांचित करती रहती है...।

पच्चीस

लैन्सडौन में छः महीने रंगरूटी करने के बाद पहली बार छुट्टी आया था वह। आते ही माँ ने बताया कि तेरी 'मंगणी' हो गयी है। लड़की कुछ दिन बाद वैशाखी के 'कौथिग' में पौड़ी आने वाली है।

मेले और कौथिग पहाड़ की पुरानी परम्परा हैं। आज भी पहाड़ में स्थान-स्थान पर वर्ष भर में अनेक 'थौल-मेलों' का आयोजन किया जाता है। किन्तु तब से अब तक 'कौथिग' के नाम से प्रचलित इन मेलों के स्वरूप में बहुत बड़ा अन्तर आ गया है। यूं कहिये कि अब कौथिग और कौथिगेर दोनों का ही अर्थ भी बदल गया है।

तब मंनोरजन के साधन बहुत कम हुआ करते थे। बहुत कम क्या, होते ही नहीं थे। रोजमर्रा की वस्तुओं के लिए बाजार भी बहुत दूर होते थे। इसलिए वर्ष भर की आवश्यकता की वस्तुयें लोग एक बार ही खरीद कर रख लिया करते थे। किन्तु महिलाओं की साज-श्रृंगार की वस्तुएँ और बच्चों के खेल खिलौने तो सिर्फ इन 'खौल मेलों' में ही मिला करते थे।

बच्चे, बूढ़े और जवान सब वर्ष भर मेले का इन्तज़ार करते और मेला नजदीक आने के कई दिन पूर्व से ही मेले की तैयारी करने लगते।

दूर दराज से कई-कई मील पैदल चल कर कौथिगेर मेले में पहुँचते। ससुराल रहने वाली बेटी-बहुओं को सबसे ज्यादा इन्तजार होता इन कौथिगों का।

विवाहित बेटियाँ अपने मायके वालों से मिलती और अपनी 'खैरी-बिपदा' और मायके की कुशल क्षेम पूछती। माँ अपनी बेटी के लिए घर से कुछ न कुछ पकवान बनाकर जरूर ले जाती, जैसे उड़द या गहथ की भरी रोटी, 'रोट अर्सा' या फिर दूध में बना हलुआ।

दूसरी तरफ नवयुवक अपनी होने वाले पत्नी की झलक इन कौथिगों में ही देख पाते। बात करने की हिम्मत हो पाई तो बात करते और 'समौण' के रूप में उन्हें कुछ खरीद कर देते। यह समौण अंगूठी, रूमाल या माला कुछ भी होता।

बच्चे अपने दोस्तों के साथ खूब मस्ती लेते। हाथी, बिल्ली, कुत्ता आदि रबर या मिट्टी के बने खिलौने, बाजे और बाँसुरी आदि खरीदते। झूला झूलते और गरमा गरम जलेबी खाते।

जलेबी मेलों में बिकने वाला एक प्रमुख मिष्ठान्न होता। कौथिग गये और जलेबी न खाई तो समझो कुछ नहीं खाया।

बुजुर्ग मेले में अपने दूर दराज के नातेदार रिश्तेदार और सम्बन्धियों से मिलते। गाय, भैंस, बैल के खरीदने-बेचने की 'शैदा' लगाते एक दूसरे के गाँव आने जाने का दिन बार तय करते।

यूँ तो पूरे बरस में कई कौथिग आयोजित होते हैं किन्तु वैशाखी का कौथिग सबसे खास होता। लोग फसल की कटाई से निपट जाते हैं और खेती-पाती का कार्य भी कुछ हल्का हो जाता है। साथ ही मौसम भी खुशगवार रहता है इन दिनों।

सावित्री भी अपनी सहेलियों के साथ आयी थी इस कौथिग में और नीरू भी पहुँचा था अपने दोस्तों के साथ। माँ तो सावित्री के माँ पिताजी से मिली और दूर किनारे बैठकर बातें करने लगी। सावित्री की माँ ने उंगली से दूर खड़ी सावित्री की ओर इशारा करके झलक दिखलाईं

भीड़भाड़ में नीरू और उसके दोस्त सावित्री और उसकी सहेलियों का पीछा करते हुए एक स्टाल के करीब पहुँचे, जहाँ वे चूड़ी बिन्दी आदि का मोल भाव कर रही थी।

उनको दूर से आता देख सहेलियां ने सुगबुगाहट की।

'ए सावि! वो देख तेरा पल्टनेर' इधर ही आ रहा है शायद।'—एक सहेली बोली।

'चरखी के पास खड़ा है, तेरे लिए टिकट ले रहा होगा।'—दूसरी सहेली ने छेड़ा।

'तुम लोग बहुत बदतमीज हो, उधर क्यों देख रही हो।'—सावित्री ने टोका—'चुपचाप अपना सामान खरीदो और मुझे चूड़ी पहनने दो।'

दूसरी ओर निराला के दोस्त भी उसे छेड़ रहे थे।

'यार, इस नीरू को अकेले छोड़ दो। जरा भाभी जी से मुलाकात करेगा।'—एक दोस्त बोला।

'जा भाई नीरू।'—चूड़ी की दुकान पर भाभी तेरा इन्तजार कर रही है।' दूसरे ने कहा।

'तुम भी चलो यार। मुझे शर्म लगती है।'—बोला नीरू।

'अरे मर्द होकर शर्माता है?' एक दोस्त ने व्यंग्य किया—'जा तू भी चूड़ी पहनले भाभी के साथ ही।'

सब खिलखिला हँसे और धीरे-धीरे स्टाल के नजदीक पहुँच गये।

सावित्री चूड़ी पहनने में व्यस्त थी। सहेलियों ने लड़कों को देखा, तो खिसक लीं एक ओर। नीरू की नजर सावित्री पर टिकी, तो टिकी ही रह गयीं उसको व्यस्त देख कर लड़के भी हो लिए लड़कियों के पीछे।

चूड़ी पहन कर सावित्री ने दाँयें-बांये देखा तो धक्क रह गयीं सहेलियां सब गायब। पीछे पलट कर देखा तो नीरू खड़ा दिखाई दिया। घबराहट में दिल मानो गले तक उछल कर आ गया।

हड़बड़ाकर उठी और एक ओर जाने लगी, किन्तु सामने निराला रास्ता रोक कर खड़ा हो गया।

'ए भुली, चूड़ी के पैसे कौन देगा?'—चूड़ी वाले ने उसको जाते देखा, तो टोकते हुए कहा। नीरू ने झट से जेब में हाथ डालकर पाँच रुपये का नोट चूड़ी वाले को पकड़ा दिया।—'ये लो।'

सावित्री आगे बढ़ गयी और निराला उसके पीछे। चूड़ी वाला पीछे से आवाज देता रह गया—'ओ भाई साहब, बाकी के पैसे तो ले जाओ।'

लेकिन किसे चिन्ता थी बाकी के पैसों की। सावित्री सहेलियों की तलाश में इधर-उधर नजर दौड़ा रही थी कि निराला फिर सामने पड़ गया।

'मैंने अपने दोस्तों को टाल दिया'—हिम्मत करके पूछा निराला ने—'तुमने भी अपनी सहेलियों को...?'

'नहीं'—बड़ी मुश्किल से बोली सावित्री नजरें झुकाये हुए—'वे तो अपने आप न जाने कब मुझे छोड़कर चली गई'

'अच्छा हुआ।'—नीरू ने पहले से हाथ में रखा हुआ जलेबी का पैकेट आगे करते हुए पूछा—'जलेबी खायेगी?'

'नहीं, मुझे जाने दो!'

'नहीं जाने दूँगा!'

'क्यों?'

'पहले जलेबी खाओ!'

'लोग देख रहे हैं, शर्म नहीं आती आपको?'—लजाते हुए सावित्री ने कहा।

'शर्म किस बात की। मंगणी हुई है तुम्हारे साथ, कोई ऐसे ही थोड़े खिला रहा हूँ।'—नीरू ने बात काटी और साथ ही जलेबी की एक छल्ली निकाल कर जबरदस्ती उसके मुँह में ठूँस दी।

लजा गयी थी सावित्री। उसे नीरू से ऐसे अप्रत्याशित व्यवहार की उम्मीद नहीं थी। अब जब जलेबी मुँह में आ ही गयी, तो खा लेने में हर्ज भी क्या है। वह जलेबी में दाँत गाढ़ती उससे पहले उसका मुँह खुला ही रह गया।

एक ओर से अचानक सहेलियाँ वहाँ पर पहुँच गयी थी। गरम गरम जलेबी का छल्ला मुँह से छूटकर जनीन पर गिर गया।

'अच्छा तो ये रही। कहाँ कहाँ ढूँढ रहे थे हम।'—एक सहेली बोली।

'और ये है कि अकेले-अकेले जलेबी का मजा ले रही है'—दूसरी सहेली ने कहा।

तभी दूसरी तरफ से दोस्त भी चले आये।

'अरे भाई, हमें भी तो जलेबी खिलाओ। हमने क्या बिगाड़ा तुम्हारा?' एक दोस्त बोला।

सारे लड़के-लड़कियाँ खिलखिलाकर हँस दिये। दूसरी ओर नीरू और सावित्री निरूत्तर। दोनो शर्म से पानी-पानी हो रहे थे।

छब्बीस

सावित्री न जाने कब की सो गयी थी और मेजर यादों में खोया हुआ सावित्री की ओर निहार रहा था। सचमुच बहुत सुशील और धैर्यवान है सावित्री। जैसा उसने चाहा था बिल्कुल वैसा ही। पन्द्रह साल हो गये हैं तब से आज तक, लेकिन एक दिन भी सावित्री ने शिकायत का मौका नहीं दिया।

काश! आज माँ जिन्दा होती तो क्या कमी थी। सब कुछ होने के बाद भी उसे माँ के न रहने का मलाल बार-बार कचोटता रहता था। माँ को याद कर उसकी आँखे भर आयीं।

उसके भविष्य की चिन्ता में माँ ने अपना वर्तमान कभी नहीं जिया। कब बेटा स्कूल जाने लायक होगा? वह स्कूल पहुँचा तो कब मिडिल पास होगा? फिर मिडिल पास किया तो कब नौकरी लगेगी? नौकरी लगी तो कब बहू लाऊँगी। वह आगे बढ़ता रहा और माँ उससे भी आगे दौड़ती रही। लेकिन बहू आने के बाद माँ आगे नहीं दौड़ पाईं सारे सपने वहीं पर छोड़ गयीं

हम इन्सान अपना वर्तमान कभी नहीं जीते। छोटे रहते हैं तो बड़ों को देखकर उनके जैसा बनने की कल्पना करते हैं। बड़े होते हैं तो आगे बढ़ने की कल्पना करते हैं। हम हमेशा आगे ही देखते हैं। जो सामने है, उसे कभी नहीं जीते और जब जीवन के अन्तिम पड़ाव में होते हैं, तो फिर मुड़कर पीछे देखते हैं। अपने बचपन और जवानी को याद करते हैं। यानी आगे और पीछे देखने में ही हमारा वर्तमान समाप्त हो जाता है।

विचारों की भटकन में कहाँ से कहाँ पहुँच गया मेजर। नींद न जाने कहाँ गुम हो गयी। सोचों के इन्द्रजाल से छूटने के मकसद से रेडियो का स्विच ऑन किया उसने।

'यह आल इण्डिया रेडियो है। अब आप युद्ध के बुलेटिन सुनिए।' रेडियो खुलते ही उद्‌घोषणा हुईं

'आज युद्ध के चौबीसवें दिन घमासान लड़ाई में भारत के कई जवान हताहत हो गये। दुश्मन ने भारत के कई टैंक ध्वस्त कर दिये, दोनों ओर से लगातार बम बारी जारी है।'

खिन्न हो गया मेजर। कल ही वापस चला जायेगा वह। छुट्टियाँ कैंसिल कर देगा। इस समय उसे मोर्चे पर होना चाहिए।

फिर दिल ने आवाज दी-सावित्री के गाँव जाना जरूरी है। बेचारी तीन बरस बाद जा रही है। सारी तैयारी कर दी है। अचानक कैंसिल करने पर वह क्या सोचेगी। उसने बगल में लेटी हुई सावित्री पर एक निगाह डाली।

बेखबर! गहरी नींद में सोई हुई उसे मेजर के दिल में चल रहे अंतर्द्वन्द्व का क्या पता?

हाँ ससुराल तो जाना ही पड़ेगा। लेकिन पुजाई समाप्त होने के तुरन्त बाद वापस आना पड़ेगा और दूसरे दिन ही तैयारी करनी पड़ेगी जाने की।

वैसे भी अब केवल चार पाँच दिन ही शेष रह गयी हैं छुट्टियाँ उसकी। इन पूरे दिनों में ऐसा कभी नहीं हुआ कि वह युद्ध की गतिविधियों से बेखबर रहा हो। हर दिन वह रेडियो पर युद्ध के समाचार जरूर सुनता। युद्ध एक समानान्तर गति से तब से लगातार चलता आ रहा है।

इस दौरान दोनों ओर के अनेक जवान एवं अधिकारी देश पर शहीद हो चुके हैं।

देश पर शहीद हुए जवानों का सरकार ने पूरा सम्मान किया। जवानों का पार्थिक शरीर बाकायदा युद्ध क्षेत्र से विमान द्वारा गढ़वाल राइफल्स रेजीमेंटल सेन्टर लैन्सडौन पहुँचाया गया और फिर वहाँ से सेना के जिम्मेदार अधिकारी के साथ कुछ जवानों को भेजकर सेना की ही गाड़ी में जवान के पैतृक गाँव ले जाया गया। जहाँ अन्तिम दर्शनों के बाद पूरे सैनिक सम्मान के साथ शहीद की अंत्येष्टि की व्यवस्था की गयीं शहीद के जीवन-परिचय सहित उसकी बहादुरी के किस्सों से हर दिन का अखबार भरा होता।

सरकार की इस कार्यवाही से आम जनता में शहीद, सेना और जवान के प्रति बड़ा सम्मान जाग गया है, वरना पहले सेना और जवान के प्रति ऐसी भावना नहीं थी।

शहीद की अंत्येष्टि में न सिर्फ सैनिक ही, बल्कि जिले के आला अधिकारी, दूर दराज गाँव के लोग, जनप्रतिनिधि और सरकार के प्रतिनिधि के रूप में बड़े नेता भी पुष्पांजली अर्पित करते।

यहीं नहीं सरकार ने शहीद के परिवार को हर सम्भव आर्थिक सहायता देने का वचन भी दिया है। शहीद के परिवार को पैट्रोल पम्प, गैस ऐजेन्सी सहित अनेक प्रकार के उपक्रम देने की पहल सरकार ने की है।

युवाओं में तो देशभक्ति के प्रति इतना जज्बा बढ़ा कि फौज में भर्ती होने के लिए हर युवा लालायित हो रहा है।

मेजर ने आँखे मूंद लीं, अब वह सो जाना चाहता था। किन्तु नींद आँखों से दूर थी। उसने एक नजर सावित्री के बगल में सो रहे बबलू पर डाली, अच्छी हैंडसम

बॉडी है। एकदम सेना में भर्ती होने लायक। हाँ, अवश्य उसे कमीशन दिलाकर सेना का ऑफिसर ही बनाऊँगा। किन्तु इसके लिए उसे अभी से मेहनत करनी पड़ेगी, साथ ही अभी से उसे सही राह पर डालना भी पड़ेगा।

किन्तु सावित्री तो कह रही थी कि बबलू बिगड़ गया है। फिर ऐसे कैसे काम चलेगा, आखिर उसने भी कई सपने सजाये हैं अपने बेटे की खातिर।

सोचते-सोचते मेजर को न जाने कब नींद आ गयी।

सत्ताईस

गजब का उत्साह था लोगों में। बड़े-बूढ़े और जवान, स्त्री और पुरुष सब नये-नये कपड़े पहने हुए थे।

गाँव के पंचायती चौक में 'मण्डाण' लगा था। ढोल और दमाऊँ की ध्वनि गमक वातावरण में हर्ष पैदा कर रही थी।

ढोली मधुर कंठ से गायन शैली में देवताओं का आ"वान कर रहा था, साथ में दमाऊँ वाला उसके स्वर में स्वर मिला रहा था।

देवताओं के 'पश्वा' जमीन में शुद्ध आसन में चौकी के ऊपर बैठे हुए थे।

पण्डित जी उनके ठीक आगे दीप धूप के साथ घण्टी बजाकर मन्त्र पढ़े जा रहे थे। लोग पुष्प लिए हुए हाथ जोड़ कर खड़े थे, जबकि महिलाएँ हाथों में 'थालीतांमी' थामे देवता के अवतरित होने की प्रतीक्षा कर रही थीं।

मेजर और सावित्री भी कल सायं पहुँच चुके थे और नहा धोकर सुबह सबेरे ही पंचायती चौक में पहुँच चुके थे।

ढोल की थाप के साथ ही गाँव के नवयुवक रंणसिंग, भंकोरे, घण्टी आदि बजाकर देवताओं का आ"वान कर रहे थे।

कितनी पुरानी संस्कृति है हमारी। सोच रहा था मेजर। कितनी श्रद्धा और आस्था है लोगों में देवी देवताओं के प्रति। इसीलिए तो प्रत्येक वर्ष गाँव के लोग सामूहिक रूप से देव पूजन करते हैं। इसका फल भी उन्हें मिलता है। गाँव में सुख है, समृद्धि है, सब प्रकार से अमन चैन और हरियाली है। लोग खुश हैं।

नागराजा, नरसिंह, भैरों, हीत और भगवती माता गाँव के देवी-देवता हैं। सबका यहाँ पर आ"वान किया जाता है। देवी-देवता अपने 'पश्वाओं' पर अवतरित होते हैं और नाच कूद कर अपने भक्तों को आशीर्वाद देते हैं।

मनुष्य के अन्दर आस्था और श्रद्धा के भाव होना बहुत जरूरी है। श्रद्धा हमें आत्म-बल और प्रेरणा प्रदान करती है। श्रद्धा ही हमें उत्कृष्ट कार्य करने के लिए प्रेरित करती है।

आस्था हमें संस्कारित करती है। आस्था के कारण हम अच्छा करने की प्रेरणा पाते हैं और बुरा कार्य करने से डरते हैं। आस्था ही हमारी संस्कृति का मूल है, जो पीढ़ी दर पीढ़ी आगे बढ़ती रहती है।

हमारे पहाड़ में हर मनुष्य के अन्दर श्रद्धा और आस्था कूट-कूट कर भरी पड़ी है। इसीलिए इसे देवभूमि भी कहा जाता है। यहाँ के लोग अभी तक हर बुराई और अपराध से दूर हैं। सचमुच देव तुल्य हैं यहाँ के लोग भी।

करोड़ों हिन्दुओं की आस्था के प्रतीक श्री बद्रीनाथ, श्री केदारनाथ, माँ गंगोत्री और माँ यमनोत्री इसी भूमि में हैं। महान है यह भूमि। तभी तो आज विश्व भर के लोग शान्ति की खोज में यहाँ पर आते है। हमारे ऋषि मुनियों की तपस्थली भी रही है यह तपोभूमि।

हजारों वर्षो पूर्व से हिमालय की कन्दराओं में तपस्या और साधना करके विश्व और मानव-कल्याण के लिए ऋषियों ने अपना जीवन अर्पित किया है। इतिहास की पुस्तकें इन सब किस्सों से भरी पड़ी हैं।

पूरा वातावरण 'धुपांणे' की सुगंध बिखेरता खुशबूदार हो रहा था। 'पश्वा' पुरुषों के शरीर में धीरे-धीरे कम्पन होने लगा है। इसी के साथ ढोल दमाऊँ की ताल में भी तीव्रता आ गयी है और ढोली की लय भी ऊँची हो गयीं

लोगों ने मस्तक झुकाकर देवताओं को श्रद्धा से नमन किया। इसके पश्चात एक-एककर सभी देवता अवतरित होकर एक विशेष ताल में नाचने लगे। प्रत्येक 'पश्वा' के पास एक-एक चावल भरी थाली दी गयीं मुट्ठी से चावल दूर-दूर तक खड़े श्रद्धालुओं पर बिखेर कर देवताओं ने अपने भक्तों को आशीर्वाद दिया।

मेजर ने भी श्रद्धापूर्वक देवताओं का स्मरण करते हुए सिर झुकाया। उसने सुना है कि देवताओं के अन्दर बड़ी शक्ति हुआ करती है। किन्तु कलयुग में धीरे-धीरे देवताओं की शक्ति भी क्षीण होने लगी है। उनके गाँव के हीत का 'पश्वा' हाथ में चावल लेकर देखते ही देखते हरियाली जमा दिया करते थे।

बहरहाल सच्चाई जो भी हो, लेकिन यह परम्परा सदियों से चली आ रही है। लोग प्रत्येक वर्ष अपने परिवार, गाँव और गाँववासियों की सुःख समृद्धि के लिए देव पूजा का आयोजन करते हैं। इस पूजा में दूर दराज के गाँवों से भी लोग शामिल होते हैं। साथ ही गाँव के प्रवासी भी जरूर इस अवसर पर गाँव आते हैं।

देवताओं के नाचने का क्रम कम से कम एक घंटे तक जारी रहा। इसके बाद देवता शान्त हो गये तो गाँव के नवयुवक और वृद्ध गोल घेरा बनाकर नाचने लगे। मेजर को भी लोगों ने खींच कर नृत्य में शामिल किया।

एक घण्टे तक नृत्य के पश्चात मंडाण का समापन हो गया। समापन के पश्चात लोगों ने मेजर को चारों ओर से घेर लिया।

'कैसे हो मेजर?'

'कब आये?'

'कितने दिन रहोगे?'

'बहुत साल-बाद आये?'

आदि-आदि कई सवाल लोगों ने किये। मेजर ने भी लोगों से खूब खुल कर मुलाकात की।

सावित्री ने भी अपने मायके में सबसे कुशल क्षेम पूछी। कई वर्षो बाद मायके में आने के बाद सावित्री नयी बहुओं को नहीं पहचान पा रही थी। साथ ही तेजी से बढ़ते बच्चों को भी वह पहचानने की कोशिश कर रही थी।

इस पुजाई के बहाने मेजर तीन साल बाद ससुराल आये। ससुराल में हालांकि एक ही रात उन्होंने गुजारी, किन्तु 'जेठू' जी और उनकी पत्नी ने उनकी खूब आवभगत की।

सास और ससुर तो अब रहे नहीं। बहुत प्यार करते थे वे उसे, ठीक अपने बेटे की तरह। उनकी स्मृतियाँ आज भी मेजर के जेहन में बसी हुई हैं।

सावित्री के भाई-भाभी ने बहुत जिद की उन्हें रोकने की। किन्तु मेजर ने क्षमा माँग ली और सुबह लौटने की पूरी तैयारी कर ली।

अट्ठाईस

'भई बहुत ज्यादा पैदल है, न जाने कैसे चढ़ते उतरते होंगे लोग रोज-रोज' मेजर ने एक गहरी साँस लेते हुए बैग कन्धे से उतार लिया।

'आदत पड़ गयी है अब तो।' सावित्री ने कहा, 'फिर चलेंगे नहीं तो करेंगे क्या?'

'हाँ भई! बहुत कठिन जीवन है पहाड़ का' कहते हुए मेजर निढाल होकर चीड़ के एक वृक्ष की छाँव में बैठ गया। सावित्री भी बगल में ही बैठ गयीं सिर पर रखे 'कल्योऊ' की कन्डी उसने जमीन पर रख दी।

कन्डी खोल कर उसने दो 'रोट' और 'दो अरसे' निकाले। एक रोट एवं अरसा मेजर की ओर बढ़ाया और एक खुद में तथा बबलू में आधा-आधा बाँट लिया। 'अरसा' मेजर को बहुत प्यारा है। 'रोट-अरसा' पहाड़ के कल्योऊ की परम्परा में उत्तम कल्योऊ समझा जाता है। कारण कि यह काफी दिन तक चल जाता है।

बेटियाँ जब मायके आती हैं, तो ससुराल जाते वक्त उन्हें मायके वालों द्वारा कल्योऊ के रूप में रोट और अरसे की 'कन्डी' और 'दोण' दिया जाता है। दोण आटा दाल चावल का होता है। ससुराल वालों द्वारा सबसे पहले बहू द्वारा लाया गया कल्योऊ गाँव में बाँटा जाता है, जिससे पता चल जाता है कि फलाँ की बहू अपने मायके से आ गयी है।

कल्योऊ खाते-खाते सावित्री ने कहा 'वहाँ गाँव में सब लोग तुम्हारी बहुत तारीफ कर रहे थे।'

'तो तुम्हें जलन हो गयी, क्यों?' तुरन्त पलट कर मेजर ने जबाब दिया।

'मुझे भला क्यों जलन होने लगी?' मैं तो यह कह रही थी कि जब गये ही थे तो एकाध दिन और रह जाते।'

'हाँ यह तो था, किन्तु लौटना भी जरूरी था।' मेजर ने समझाते हुए कहा। 'छुट्टियाँ भी अब कम ही रह गयी और फिर गाँव में काम भी तो बहुत पड़ा है अभी।'

'तुम्हें क्यों चौबीसों घण्टे काम की रट लगी रहती है? क्यों बदन तुड़वाते हो अपना, क्या मिलता है तुम्हें इससे?'—सावित्री ने पूछ लिया।

'आत्मिक शान्ति!' मेजर ने दृढ़ता से कहा—'सच पूछो तो मुझे बहुत मानसिक और आत्मिक शान्ति मिलती है गाँव वालों की मदद करके।'

'लेकिन लोग इसका अहसान थोड़े ही मानते हैं'—सावित्री ने भी शिकायत की।

'न मानें, मुझे अहसान की क्या जरूरत पड़ी है।' मेजर ने कहा।

तर्क-वितर्क के साथ बातों का सिलसिला चलता रहा। न जाने कब पैठाणी पहुँच गये थे वे लोग। पैठाणी पुल पार करते ही सीधे मिल गयी थी उन्हें पौड़ी की बस, और फिर पौड़ी से घर भी पहुँच गये।

बबलू काफी थक गया था, किन्तु आते ही दोस्तों के साथ खेलने भाग गया। सावित्री ने दरवाजे का ताला खोला। सामान अन्दर रखा। तभी पोस्टमैन आ गया। सावित्री का दिल धड़क उठा।

'मेजर साहब! आपका टेलीग्राम आ रखा है कल से।'—आते ही पोस्टमैन बोला।

मेजर ने पोस्टमैन के रजिस्टर पर दस्तखत कर टेलीग्राम ले लिया। खोलकर पढ़ता इससे पहले ही सावित्री पूछ बैठी—'किसका है?'

'आर्मी हेडक्वार्टर से है।' मेजर ने तार खोलते हुए कहा।

'क्या लिखा है?' फिर प्रश्न दागा सावित्री ने।

'मुझे बुलाया है। छुट्टियाँ कैंसिल।' मेजर ने मुस्कराते हुए जबाव दिया।

सन्न रह गयी सावित्री।

मानो कई बम एक साथ गिर गये हों। कुछ बोल नहीं पाई, किन्तु उसके चेहरे पर चिन्ता की रेखाएँ उभर आईं, जिन्हें साफ-साफ पढ लिया था मेजर ने।

'अरे तुम्हें क्या हो गया?' मेजर ने उसे आश्चर्य से देखते हुए कहा—'मुझे मालूम था कि जरूर छुट्टियाँ कैंसिल होंगी। मेरी भी इच्छा यही तो थी।'

कुछ नहीं बोली सावित्री। बस मायूस होकर टुकुर-टुकर देखती रही मेजर की ओर।

मुस्करा दिया मेजर। कितना कोमल हृदय होता है नारी का। थोड़ी सी बात में ही गमगीन हो जाती है। कितना सरल और निःश्छल बनाया है ईश्वर ने नारी को। छुट्टियाँ कैसिंल होने की खबर से ही वह दुःखी हो गयीं अनेक आशंकाओं से घिर गयी थी वह। अनेक विचार उसके दिलों दिमाग को झकझोरने लगे।

युद्ध अभी खत्म नहीं हुआ है और इधर पन्द्रह दिन की छुट्टियाँ खत्म होने से पूर्व ही बुलावा आ गया। इस का मतलब...। मतलब यह कि ज्यादा तेज हो गयी है लड़ाईं

जंग से उसे बहुत डर लगता है। आखिर जंग है भी तो गलत चीज। दोनों ओर से इन्सान ही तो लड़ते हैं। जीतने वाला भी इन्सान और हारने वाला भी इन्सान ही होता है। जो घायल भी होता है, वह भी तो इन्सान ही होता है। हताहत होती है तो सिर्फ मानवता। आखिर क्या है यह सब।

विचारों के अन्तर्द्वन्द्व में ही सावित्री ने खाना बना दिया। मेजर ने इस दौरान अपना बक्सा और बैग भी पैक कर दिया।

सावित्री ने खाना भी उन्हें लगभग गुमसुम रह कर ही खिलाया। खाना खिलाते-खिलाते वह बारबार कनखियों से मेजर को देखती रही और मेजर लगातार मुस्कुराता रहा।

बबलू इन सब बातों से बेखबर खाने पर जुटा रहा। खाना खाने के बाद वह तुरन्त ही बिस्तर पर दो चार हो गया और लेटते ही गहरी नींद में खर्राटे लेने लगा।

मेजर को न जाने क्यों आज सावित्री पर बहुत प्यार आ रहा था। उसका गुमसुम चेहरा और झुकी निगाहें आज मेजर को कुछ ज्यादा ही अच्छी लग रही थीं।

सोने से पूर्व बामुश्किल बात कर पाई थी वह मेजर से।

पूछा—'अगली छुट्टी कब आओगे?'

'जब तुम बुलाओगी।' मेजर ने कहा।

'ठीक है। जंग समाप्त होने के फौरन बाद आ जाना।'—सावित्री बोली।

'जरूर आऊँगा! तुम बबलू का ध्यान रखना।'—मेजर ने कहा।

'अब सो भी जाओ! कल जल्दी उठना है।' सावित्री ने उसे लिहाफ ओढाया और फिर खुद भी बगल में लेट गयीं।

उन्नतीस

दो दिन की यात्रा के पश्चात मेजर पहुँच गया बेस कैम्प में। दोस्तों ने उसे जम्मू में ही रिसीव कर लिया था। हर दिन गाड़ी आती है बेस कैम्प से जम्मू। कोई न कोई जवान आता-जाता रहता है।

मेजर खुश था और उत्साहित भी। जो काम पिछली बार छूट गया था, वह इस बार पूरा होगा। देश पर मर मिटने का जज्बा था उसके अन्दर कूट-कूट कर भरा था और युद्ध में वह अपने इस जज्बे को खुलकर प्रदर्शित भी करना चाहता था।

किन्तु यह क्या? बेस कैम्प में पहुँचते ही पता चला कि कल ही युद्ध विराम हो गया। दुश्मन ने अपनी सेना वापस बुला ली थी और हाथ खड़े कर दिये थे।

भारत ने अपनी पूरी सीमा पर कब्जा कर लिया। चाहता तो दुश्मन को और पीछे खदेड़ कर कई सौ किलोमीटर उसकी सीमा में घुस जाता, परन्तु यह हमारी उदारता है कि हम दूसरे की धन दौलत और जमीन-जायदाद पर नजर नहीं रखते। किन्तु हमारे ऊपर जो बुरी नजर रखता है, उसे हम छोड़ते भी नहीं।

भारतीय जवानों ने बहुत जौहर दिखाया। देश की सीमाओं की रक्षा करते हुए कई जवान शहीद हुए इस युद्ध में और कई हताहत भी हो गये, जबकि इससे कई गुना ज्यादा क्षति दुश्मन की सेना को भी उठानी पड़ी है। आखिरकार जंग फतह कर ली गयीं

'मेजर तुम्हारे पहुँचने से पूर्व ही जंग समाप्त हो गया।' एक ऑफिसर ने कहा, मेजर के पहुँचते ही।

'ओह! मुझे कष्ट हुआ।'—मेजर ने अपनी पीड़ा व्यक्त की।

'क्या मतलब?' आश्चर्य से पूछा ऑफिसर ने।

'यानी कि तुम्हें जंग समाप्त होने से कष्ट हुआ है?'

'नहीं..नहीं!' मेजर ने बात सुधारी—'मेरा मतलब है कि मुझे चांस नहीं मिल पाया।'

'छोड़ो यार, अब ये रोना, अच्छा ये बताओ कि छुट्टियाँ कैसे रही?'—एक दूसरे ऑफिसर ने पूछा।

'कहाँ रही यार! बस दिन-रात युद्ध के सपने ही आते रहे।' मेजर बोला—'काश!

मैं भी होता पूरे युद्ध में, रियली यू आर वेरी लकी।'

'डॉन्ट माइंड मेजर!' बात का विषय बदल कर पहला ऑफिसर बोला–'ये बताओ कि घर से क्या लाये हो खाने पीने के लिए?'

'खाने के लिए रोट अर्सा और पीने के लिए गंगाजल।' मेजर ने कहा।

'क्या बात है यार!'–सब ऑफिसर एक साथ बोले–'तो फिर शुभ काम में देरी क्यों?'

'एक और चीज लाया हूँ। देखने के लिए है'–मेजर ने फिर कहा।

'क्या?' सभी ऑफिसर उत्साहित होकर बोले।

'ऐसी चीज लाया हूँ कि न तो अब तक देखी होगी, और न मौका मिलेगा इतना सब देखने का?'–मेजर ने पहेली बुझाते हुए कहा।

'क्या है यार, बताओ तो सही?'–एक ऑफिसर ने व्यग्र होकर कहा।

'उत्तरांखण्ड के प्रसिद्ध तीर्थ स्थलों, पर्यटन स्थलों और धार्मिक स्थलों सहित पाँचों धामों की स्लाइड लाया हूँ।'–मेजर ने बताया।

'वाह, क्या बात है।' खुश होकर एक ऑफिसर बोला–'फिर तो हो जाये आज ही शाम को स्लाइड शो।'

मेजर ने घर से लाया हुआ रोट अर्सा साथियों में बाँटा, सबने प्यार से छककर खाया और ऊपर से गंगाजल पी लिया।

अगाध श्रद्धा है भारतीयों में गंगा के प्रति। 'माँ' कहा जाता है गंगा को। माँ इसलिए कि वह पवित्र है शुरू से अन्त तक माँ की तरह। गंगा में डुबकी लगाने पर लोग स्वयं भी पवित्र हो जाते हैं। न जाने कितनी सदियों से निरन्तर बहती आ रही है गंगा, किन्तु अब धीरे-धीरे शहरों के किनारे लोगों ने कूड़ा-कचरा, सीवर, नाले और कम्पनी फैक्ट्रियों का प्रदूषित जल गंगा में डालना शुरू कर दिया है। सरकार अब सर्तक हो गयी है। गंगा को प्रदूषण मुक्त करने हेतु अब अभियान के साथ कई-कई योजनाएँ शुरू हो चुकी हैं।

नहा धोकर मेजर ने सफर की थकान समाप्त की। इसके बाद एक-एककर अन्य साथी अधिकारियों की बैरकों में जाकर मुलाकात की। युद्ध से थके हुए थे सभी ऑफिसर, किन्तु सबके चेहरे पर विजय की स्पष्ट छाप साफ दिखलाई दे रही थी।

अब शाम का समय मेजर ने जवानों से मिलने के लिए तय किया है। एक-एक जवान के पास जाकर उसे बधाई देगा।

उसे याद है जब वह सिपाही था, तो बड़े ऑफिसरों से मिलने पर कितनी खुशी होती थी। ऑफिसर यदि एक शब्द भी जवान की तारीफ में बोलता था, तो उत्साह हजारों गुना बढ़ जाता था। सीना फूल जाता था गर्व से।

सचमुच महान है भारत का जवान, अनेक कष्टों को सहते हुए भारत वर्ष की सीमाओं पर देश की रक्षा हेतु तैनात है। इसमें कई सीमाएँ तो बहुत दुर्गम हैं। बर्फ

से ढकी हुईं कई सीमाएँ अत्यन्त ऊँचाई पर हैं। जहाँ साँस लेना भी कठिन होता है।

किन्तु फिर भी हमारा जवान हमेशा सर्तक रहता है। सिर्फ सतर्क ही नहीं, प्रसन्नचित्त भी रहता है। सेना को जवान ने कभी 'नौकरी' के रूप में नहीं देखा, अपितु इसे देश की रक्षा का अपना संकल्प और जीवन का उद्‌देश्य समझा है।

अब यह अलग बात है कि जवानों की पारिवारिक परिस्थितियां क्या हैं? हर जवान के घर की स्थिति अलग-अलग है।

पहाड़ का जनजीवन तो बहुत ही कठिन है। यहाँ जवान सीमाओं पर तैनात हैं, तो उधर उनके माता-पिता, पत्नी और बच्चे खेतों,खलिहानों में संघर्ष कर रहे हैं।

मेजर को अपने दिन ठीक तरह से याद हैं। तभी तो वह जवानों का बहुत सम्मान करता है। जवान भी उसे बहुत इज्जत देते हैं। जवानों का सबसे प्यारा ऑफिसर है वह। किसी भी जवान की कुछ भी समस्या हो तो वह सीधा मेजर तक हाजिरी मारता है और मेजर भी उसकी हर सम्भव मदद करता है, वरना फौज में तो एक चेन होती है। जवान किसी भी अधिकारी से सीधा नहीं मिल सकता।

पहले नायक, फिर हवलदार, नायब सूबेदार, सूबेदार, सूबेदार मेजर, लेफ्टीनैंट... आदि-आदि। समस्या नीचे के लेवल तक ही रहती है। गम्भीर विषय हों तो तभी बड़े ऑफिसर से मिलने की अनुमति होती है।

मेजर अपने बैरक में लौट आया। एक जवान चाय और टोस्ट रख गया था। मेजर ने धीरे-धीरे चाय पी और फिर सावित्री को चिट्‌ठी लिखनी शुरू कर दी। आखिर उसे भी चिन्ता लगी होगी। उस बेचारी को क्या पता कि जंग कब की खत्म हो चुकी है। वह तो चिट्‌ठी की इन्तजारी में होगी बस...। इसलिए उसे चिट्‌ठी लिखकर अपने पहुँचने की खबर देना आज का सबसे पहला काम है मेजर के पास।

तीस

टन...! टन...! टन...!

जेल के घड़ियाल ने सुबह के चार बजने का संकेत दिया। घड़ियाल की टन-टन की आवाज ने मेजर की विचार तन्द्रा तोड़ दी। वास्तविकता के धरातल पर आ पहुँचा था वह। आ पहुँचा नहीं, जैसे किसी ने पटक दिया हो उसे।

सुबह के चार बज चुके हैं, उसे एक क्षण भी नींद नहीं आयीं पिछली बातें एक-एक करके जेहन में घूमती रहीं उसके। ये सब बातें अब एक गुजरे जमाने की बातें सी हो गयी हैं मेजर निराला के लिए।

कितने अपमान सहने पड़े उसे पिछले पन्द्रह बरस में। जेल की यह तंग कोठरी अब उसे अपना घर ही लगने लगी है। सीमा पर तैनात रहने वाले मेजर निराला और आज के कैदी निराला में कितना अन्तर है।

पूरी तरह अलग। सामाजिक रूप से तो उसकी प्रतिष्ठा धूल धूसरित हो ही गयी है। मानसिक रूप से भी बहुत टूट चुका है वह और उसका आत्मविश्वास भी पूरी तरह टूटकर खत्म हो चुका है। आत्महीनता और अपराधबोध का समागम है आज उसके मन में।

आर्थिक रूप से अब कुछ भी नहीं है उसके पास। सम्पत्ति के नाम पर क्या है उसके पास, जेल कार्यालय में जमा एक पोटली के अलावा? उसी पोटली में हैं उसके एक जोड़ी कपड़े, घड़ी और अँगूठी, जो उसने घटना के समय पहने हुए थे। करेंसी के नाम पर पर्स में पड़े हुए कुछ रुपये, जो पैंट की जेब में था और घर की चाबियों का एक गुच्छा।

कल सुबह रिहाई होनी है उसकी। प्रातः आठ बजे। पन्द्रह वर्षो में जीवन के अनेक कटु अनुभवों से गुजरना पड़ा है उसे। अपराधियों और कैदियों के बीच कैसे एक एक करके दिन गुजारे हैं उसने।

अनेक अपराधों में बन्द कैदी। हत्या से लेकर डकैती, चोरी, बलात्कार, चेन झटकने और छोटे-मोटे झगड़ों में जेल के अन्दर पहुँचे लोग। सजा भी सबकी अलग-अलग। छः मास से लेकर पन्द्रह बरस या फिर आजीवन कारावास तक।

जेल का भी एक अलग समाज है। विभिन्न अपराधों और सजा की अवधि

के अनुसार कैदी को छोटा और बड़ा समझा जाता है, अन्य कैदियों के बीच। हत्या का अपराध और पन्द्रह बरस की कैद के हिसाब से उसे भी 'बड़ा' समझा जाता था। किन्तु अन्य कैदियों को कहाँ मालूम कि वह एक ऐसे अपराध में आरोपी है, जो उसने जानबूझ कर नहीं किया था। बस एक छोटी सी वजह और क्षण भर का गुस्सा, जिसने सब कुछ बर्बाद कर दिया था उसका। एक पल में ही सब कुछ छीन लिया था जिन्दगी से उसकी।

पत्नी की हत्या और बेटे की गुमशुदगी का दर्द इन पन्द्रह वर्षों में बार-बार अन्दर ही अन्दर खाये जाता रहा उसे। सबसे बड़ा मलाल तो उसे यह है कि इन पन्द्रह वर्षों में गाँव का कोई भी व्यक्ति उसे मिलने जेल में नहीं आया। क्या अपराध था उसका? गरीबों की मदद, वृद्धों की सेवा, यही सब तो किया था उसने! किन्तु बदले में मिला क्या? हासिल क्या हुआ?

सावित्री ठीक कहती थी, एक दिन यह समाज-सेवा ले डूबेगी आपको और दो बूँद पानी पूछने वाला भी नहीं मिलेगा आपको कोई उसने झिड़क दिया था सावित्री को, किन्तु आज कितनी सच्चाई झलकती है उसकी बात में। काश! आज सावित्री जिन्दा होती, तो वह क्षमा माँगता उससे। फूट-फूट कर रोता उसके आँचल में मुँह छिपा कर।

रोया तो वह इन पन्द्रह वर्षों में कई बार था, किन्तु देखा किसी ने नहीं था उसे रोते हुए। जेल की इस अन्धेरी कोठरी के एक कोने में एक बार नहीं कई बार रोया था वह मुँह ढक कर। किन्तु प्रकट में उसने साथी कैदियों पर कभी अपनी लाचारगी और बेचारगी जाहिर नहीं होने दी थी। सावित्री और बबलू की बहुत याद आती थी उसे। सावित्री तो अब रही नहीं। बबलू न जाने कहाँ हो? इन पन्द्रह वर्षों में एक बार भी उसकी खबर नहीं मिली। न वह खुद मिलने ही आया है उसे। पता नहीं जिन्दा भी होगा या नहीं? जिन्दा होगा भी तो न जाने किस स्थिति में, कहीं अपराधी तो नहीं बन गया हो?'

कितना प्यार करता था वह बबलू को। कितना चाहता था उसे। कितने सपने संजोये थे उसे लेकर। बहुत बड़ा आर्मी ऑफिसर बनाना चाहता था उसे। उसकी हर माँग पूरी की थी मेजर ने। किसी बात की कमी नहीं होने दी थी उसे। तभी तो...तभी तो बिगड़ गया था वह। बहुत शिकायतें आने लगी थी उसकी।

उस दिन जब स्कूल में उसने सूरज के साथ मारपीट की थी, तो उसकी शिकायत मेजर को मिल गयी थी। सूरज से तो नहीं, किन्तु साथ के दूसरे बच्चों ने बता ही दिया था।

शाम को उसने बबलू को पूछा था और दो थप्पड़ भी रसीद किये थे। सावित्री को बहुत बुरा लगा था। गुस्से में कहा था उसने—'बच्चे की जान ले लोगे क्या? तुम पर तो न जाने समाज-सेवा का ऐसा भूत चिपका है कि घर परिवार को कुछ

समझते ही नहीं। देखना जिन लोगों के लिए तुम इतना मर मिट रहे हो, ये लोग तुम्हे एक दिन दो घूँट पानी के लिए भी नहीं पूछेंगे।'

झिड़क दिया था उसने सावित्री को तब बुरी तरह। किन्तु आज लगता है कि उसने जो कुछ कहा था वह सच था। हाँ, वह सच ही बोलती थी हमेशा। किन्तु उसका कहा मेजर ने कभी गम्भीरता से नहीं लिया।

और बबलू! कितना निर्दयी है वह। कम से कम एक दिन तो आता मिलने। इतना भी अपराध क्या था उसके पिता का? काश! बबलू उसे एक बार मिल जाता। वह उसे गले लगाकर माफी माँग लेता और अपने पापों का प्रायश्चित कर लेता।

लेकिन बबलू भी शायद उसे अपराधी ही समझता है। समझेगा भी क्यों नहीं? आखिर सारा घटनाक्रम बबलू को लेकर ही तो घटा था।

सोचते-सोचते न जाने कब नींद की झपकी आ गयी मेजर निराला को...।

इकतीस

'मेजर निराला! यह रहा आपका सामान।'—जेल अधीक्षक ने एक पोटली में बँधा मेजर निराला का सामान मेज पर रखते हुए कहा—'मेजर! जीवन में कुछ चीजें ऐसी होती हैं, जिन पर हमारा वश नहीं होता। जो कुछ हो चुका है, अब उसे भूलकर नया जीवन शुरू कीजिये।'

मेजर ने चुपचाप सामान ले लिया। सिपाही ने गेट का छोटा दरवाजा खोला और मेजर को बाहर निकालकर पुनः गेट बन्द कर दिया।

बाहर आकर मेजर ने इधर-उधर नजर दौड़ाईं दूर तक उसकी नजर फैलती चली गयीं कहीं कोई अन्त नहीं। चारों तरफ बस्तियाँ, पेड़-पौधे, और दूर तक हरी-भरी पहाड़ियाँ। उसे लगा मानो उसे किसी दूसरी दुनियाँ में भेज दिया गया हो।

कितनी छोटी सी दुनियाँ थी जेल की। ऊपर थोड़ा सा आसमान और चारों तरफ दीवारें। बस, सीमित लोग और सीमित धरती। पन्द्रह बरस तक वहाँ रहते-रहते अब आदत सी बन गयी थी। सच पूछो तो अब वही अपना घर और संसार लगने लगा था।

यूँ तो सुबह के आठ बज रहे थे, किन्तु बाजार में हलचल शुरू हो गयी थी। दुकानदार अपनी दुकानों की झाड़-पोंछ कर रहे थे। चाय वाले भट्टियाँ सुलगा रहे थे और कारीगर पकौड़ी बनाने के लिए आलू छील रहे थे। थोड़ी बहुत आवत-जावत भी शुरू हो गयी थी। इधर-उधर जाने वाले लोग, अखबार बाँटने वाले, पानी भरने वाले और दूध बेचने वाले सड़कों पर दिख रहे थे।

मेजर को लगा जैसे सब उसे ही देख रहे हैं। किन्तु उसे पहचाना किसी ने नहीं। पहचान भी कैसे पायेगा? पन्द्रह बरस पहले की उसकी हट्टी-कट्टी काया अब कृशकाय जो हो चुकी थी। दाढ़ी और बाल इतने बढ़ गये थे कि उसे अब पहचानना सम्भव ही नहीं था।

पैंट की जेब में रखा पर्स निकालकर उसने पहली परत खोली। सबसे पहले उसे सावित्री की फोटो दिखाई दी। कितनी मासूम, कितनी सुशील। लगता था मानों अभी बोल उठेगी, 'जाओ, मैंने तुम्हारा अपराध क्षमा कर दिया। जाकर अपना नया जीवन शुरू करो।'

नया जीवन? मेजर ने सोचा, अब जीवन कहाँ रह गया, जो नया शुरू किया

जाय। अब तो जीवन की साँझ ढलने लगी है। उसे तो अब यह भी याद नहीं कि वह अब कितने बरस का हो गया है। बाहर निकल कर अब तक उसे यह भी नहीं मालूम कि आज दिन कौन सा है, महीना कौन सा है। हाँ, इतना याद है कि जब उसने घटना की थी, तब वह चालीस बरस के आस-पास था। तो इसका मतलब अब उसकी उमर लगभग पचपन बरस हो गयी है।

जेल के अन्दर दिन, महीने और बरस का कोई अर्थ नहीं रह जाता। इन सबकी गणना करके आदमी करेगा भी क्या? रोज एक ही कार्य, एक ही दिनचर्या होती है।

सावित्री का फोटो निहारते हुए उसकी आँखे नम हो आयीं फिर अचानक उसे ध्यान आया कि वह जेल के बाहर आम सड़क पर खड़ा हुआ है। विचारों से बाहर निकलकर उसने पर्स की एक और परत खोली। पैसे गिनकर देखे। कुल दो सौ पैंसठ रुपये के नोट थे। एक, दो, तीन, पाँच, दस, बीस और पच्चीस पैसे के कुल सिक्के मिलाकर छः रुपये की खरीज थी। यानी कुल मिलाकर दो सौ इकहत्तर रुपये बटुवे में थे। ये वही रुपये थे, जो उस दिन भी उसकी जेब में थे।

आगे बढ़कर उसे चाय पीने की इच्छा हुई वह होटल में बैठ गया। इस होटल में पहले भी वह कई बार चाय पी चुका था, किन्तु कितना बदल गया सब कुछ। पहले यह एक टिन के झोंपड़े में था। लकड़ी के लम्बे बेंच हुआ करते थे बैठने के लिए। एक अधेड़ उम्र का व्यक्ति चाय और छोले बनाता था यहाँ पर। यहाँ के छोले इतने स्वादिष्ट हुआ करते थे कि लोगों ने इस दुकान का नाम ही 'छोले वालों की दुकान' रख दिया था।

अब यहाँ पर सुन्दर मेज कुर्सियाँ है। पक्के मकान में ठेठ बड़े शहर जैसा होटल है। चमचमाते कांउटर में कई प्रकार की मिठाइयाँ सनी हुई हैं और काउन्टर पर बैठा है एक गबरू जवान। न जाने छोले वाला कहाँ होगा? यह होटल उसी का होगा या और किसी का। छोड़ो जिसका भी हो, मुझे क्या लेना-देना? चाय पीने से मतलब है, बस।

'लाला जी! एक चाय बनाना कम मीठे की।' उसने काउन्टर पर खड़े युवक से कहा।

युवक ने उसे ऊपर से नीचे तक निहारा और फिर लापरवाही से नौकर से कहा—'एक चाय पिला दे बे इसको।'

'इसको' सुनकर मेजर को झटका लगा। कैसी शब्दावली का प्रयोग कर रहा है मेरे लिए। इससे पूर्व तो आज तक किसी ने इस ढंग से नहीं कहा था। यहाँ तक कि जेल में भी कैदी उसे 'मेजर साब' ही कहते थे। फिर यह लड़का तू-तड़ाक पर क्यों उतर रहा है। ऐसे, जैसे कि मैं कोई भिखारी होऊँ।

भिखारी...? भिखारी शब्द मन में आते ही एक जोरदार सी झनझनाहट हुई उसके मस्तिष्क में। सचमुच में वह इस समय भिखारी के ही तो समान लग रहा है।

मेले कुचैले कपड़े, बढ़ी हुई दाढ़ी और बिखरे हुए लम्बे उलझे बाल, ऊपर से हाथ में एक पोटली भी। तो और भला क्या समझेगा कोई उसे? भिखारी ही तो समझेगा। खैर चलो, उस युवक का कोई दोष नहीं है इसमें।

चाय टेबिल पर आ चुकी थी। उसने तसल्ली से चाय पी और फिर कांउटर पर आकर पूछा—'कितने पैसे हुए?'

'तीन रुपये।', लापरवाही से दुकानदार ने कहा।

'तीन रुपये?' उसने आश्चर्य से दुकानदार की तरफ ऐसे देखा, मानों वह कोई ठग हो।

तो यह चाय इतनी मँहगी हो गयी है क्या? तब तो एक रुपये में चाय के साथ साथ पकौड़ी भी मिलती थी। पचास पैसे की हुआ करती थी चाय। यानी इन पन्द्रह वर्षो में चाय छः गुना बढ़ गयी है। तब चाय कलई लगे पीतल के बड़े गिलासों में मिलती थी और अब इस छोटी सी प्याली में, वह भी इतनी मँहगी।

उसने बटुवे में पड़े सिक्के निकाल कर उन्हें जोड़ कर तीन रुपये बनाये और काउन्टर पर रख दिये।

कांउन्टर पर खड़े युवक ने उसे ऐसे घूरा, मानो वह किसी दूसरे ग्रह से आया हुआ अनजान प्राणी हो।

'ये क्या है बे? किस दुनियाँ से आया है तू?' उसने झल्लाकर पूछा,

'पैसे हैं चाय के।'—मेजर ने सादगी से कहा।

'अबे दो, तीन, पाँच दस और बीस पैसे के ये सिक्के पाँच साल पहले बन्द हो गये हैं।' झिड़का दुकानदार ने। 'अब तो लोग इन्हें भिखारियों को भी नहीं देते, फिर तुझे किसने पकड़ा दिये?'

सुनकर झटका लगा मेजर को। तो क्या सचमुच सिक्के बन्द हो गये? हो गये होंगे, उसे क्या मालूम?

मेजर ने पाँच रुपये का मैला कुचैला नोट दुकानदार को देकर सिक्के समेट लिए। दुकानदार ने दो रुपये का सिक्का उसे लौटा दिया।

होटल से बाहर निकल आया मेजर। अब कहाँ जाये। चलो बैठ कर विचार किया जाये। बस अड्डे के पास बने एक विश्राम शैड के नीचे बैठ गया वह और विचार करने लगा...।

बत्तीस

लगभग एक किलोमीटर पैदल चलने के बाद रास्ते में यह 'धार' पड़ती है, जहाँ से गाँव दिखाई पड़ता है। ग्वेर बछेर, घसेर और दुधेरों के अतिरिक्त पौड़ी आने-जाने वाले इस धार पर बैठकर कुछ देर विश्राम किया करते थे।

पन्द्रह वर्ष बाद वह इस धार पर आया था। इस धार में अब यात्री शेड बन गया है। मेजर ने गाँव पर नजर दौड़ाईं हतप्रभ रह गया! काफी बड़ा हो गया था गाँव। कुछ एक मकानों को छोड़ कर सारे मकान पक्के, सीमेन्ट की छत वाले हो गये थे।

खूबसूरत और बड़े-बड़े मकानों के बीच उसको अपना मकान ढूँढने में कठिनाई हो रही थी। न जाने कहाँ पर है। नजरों में ही नहीं पड़ रहा था। बारीकी से एक किनारे से नजर दौड़ाकर उसने देखना शुरू किया तो अपना मकान दिख ही गया।

चलो अब गाँव में ही रहूँगा। यूं भी अब जीवन में रखा ही क्या है? हमेशा उसने गाँव वालों की मदद और सेवा की है। अब तो वह यही सब करेगा। इसके अलावा उसके पास करने को है क्या? इससे उसे आत्मिक शान्ति भी मिलेगी और अपने किये का पश्चाताप करने का अवसर भी।

उसने गाँव की सीमा में प्रवेश किया। आने जाने वाले लोग उस पर एक दृष्टिपात करते और निकल जाते। उसने भी किसी को पहचाना नहीं। कल के बच्चे आज युवा हो गये हैं। नयी बहुएँ और बच्चों की नयी पौध। वह किसी को पहचान ही नहीं पाया। हाँ उसके साथ के लोग कुछ होंगे और कुछ चल बसे होंगे। अब तक तो कोई पहचान वाला मिला नहीं।

अपने घर के चौक पर कदम रखते ही दिल फट गया उसका, उसके घर की सुन्दर चौड़ी 'पठालियों' से सजे चौक में दूब उग आयी थी। चारों तरफ 'कन्डाली' भांग और 'भंगजीरा' की झाड़ खड़ी थी। मकान की दीवारें जर्जर होकर अनेक जगहों से फटी हुई थीं। दरारें इतनी लम्बी और चौड़ी हो गयी थीं कि उनमें 'बेडू' और पीपल के पेड़ तक उग आये थे।

पन्द्रह वर्ष पहले का यह सुन्दर मकान आज उसे एक भुतहा खण्डहर जैसा लग रहा था। इसका मतलब कि बबलू भी आज तक यहाँ नहीं आया है। कहाँ गया होगा मालूम नहीं। गाँव में किसी न किसी को तो जरूर खबर होगी।

माना कि उसने गाँव छोड़ दिया होगा, किन्तु गाँव वालों को वह कहीं न कहीं तो दिखा ही होगा।

मेजर किसी तरह मकड़जालों से जूझता हुआ, उन्हें साफ करता हुआ 'डिन्डाली' तक आ पहुँचा है। उजाड़ सी हो गयी है डिंडाली। कभी हँसी और ठहाकों से गूंजती डिंडाली आज सूनी सी पड़ी है। महफिल सी जमी रहती थी हर समय इस डिंडाली में।

जब वह कभी छुट्टी पर घर आता था तो गाँव के मर्द सब उसे मिलने पहुँच जाते थे। फिर 'मन्दरी' बिछा दी जाती थी डिंडाली में और एक-एक कर लोग पंक्तिबद्ध घेरा बनाकर बैठ जाते थे। फौज से लाई हुई 'दराम' की बोतल से एक-एक 'पोली' दराम सब को देता था वह। 'बगछट' हो जाते थे लोग और फिर हँसी मजाक चलती थी देर रात्रि तक।

उसने चारों चरफ नजर दौड़ाईं डिंडाली पर जगह-जगह से छेद हो गये थे, लकड़ी सड़ गयी थी सारी। लगता था कि अब यदि उसने कदम जोर से रखा तो भरभरा कर नीचे गिर जायेगा सारा कुछ।

उसने पोटली से चाबियों का गुच्छा निकाला। यूँ तो दरवाजों पर ताले लगाने की नौबत कभी नहीं आयी थी, किन्तु ताला लगा तो आज पन्द्रह वर्ष बाद खुल रहा है। जंग लग गयी है ताले को भी। 'घर पर ताला लगना' यूँ भी पहाड़ में गाली समझा जाता है और उसके लिए तो यह सचमुच गाली ही सिद्ध हुआ है।

बड़ी मुश्किल से खुला ताला और चरमराकर खुला दरवाजा। अन्दर मकड़ियों के जालों से पूरा कमरा घिरा हुआ था। उनके अतिरिक्त सब कुछ वैसा ही था, जैसा उस दिन वह छोड़ गया था। ठीक वैसा ही पन्द्रह बरस पहले जैसा।

उस दिन इसी कमरे में बैठा था वह सावित्री के साथ। एक दिन पहले ही छुट्टी आया था, पूरे एक वर्ष बाद। छुट्टी क्या आया था, छुट्टी आना पड़ा था उसे। सावित्री ने बुलाया था उसे जबरन छुट्टी। ठीक-ठाक ही चल रहा था सब कुछ। हर बरस वह छुट्टी आ रहा था और अपने घर की देखभाल और गाँव वालों की मदद कर छुट्टी पूरी करके चला जा जाता था।

बबलू देखते-देखते दसवीं में पहुँच गया था। अब सावित्री ने भी शहर में बसने या उसके साथ ही रहने की जिद पकड़ ली थी। बबलू की हरकतों और रोज-रोज की शिकायतों से परेशान हो चुकी थी वह। पन्द्रह बरसों का एक-एक क्षण जैसे जीवन्त हो उठा उसकी स्मृतियों में।

तैंतीस

जवानों को युद्धाभ्यास करा रहा था मेजर। रोज का कार्य है यह। सुबह उठते ही रोल-कॉल से शुरू होती है जवानों की दिनचर्या एक-एक जवान को अपनी-अपनी ड्यूटी पूरी करनी पड़ती है। चुस्त दुरुस्त रखना पड़ता है अपने आप को।

सारे दिन व्यस्तता के बावजूद भी जवानों के चेहरे पर थकान की एक शिकन तक नहीं दिखाई देती है।

देश और देशरक्षा के लिए हर कुर्बानी देने के लिए तैयार रहता है हर जवान। तभी तो कश्मीर में अचानक हुए दुश्मन के हमले से भी हमारी सेना पराजित नहीं हुई हौसले बुलंद रहते हैं हर समय जवानों के।

अभ्यास के दौरान थक जाते हैं जवान। मेजर समझता है हर जवान के दिल की बात। वह इसलिए कि खुद भी इसी सीढ़ी को चढ़कर आगे बढ़ा है। दो साल सिपाही के रूप में सेवा करके, फिर कमीशन पास करके बना था वह सेकेंड लेफ्टीनेंट।

पसीने-पसीने हो गये थे जवान। सूरज सिर के ऊपर था। उसने जवानों को दस मिनट का आराम करने का हुक्म दिया। तभी एक जूनियर ऑफिसर मेजर के पास आकर बोला–

'मेजर! आपकी एक चीज है मेरे पास।'

'क्या?' उत्सुकता से पूछा मेजर ने।

'दे दूँ तो क्या इनाम देंगे?' पूछा ऑफिसर ने।

'तुम्हारी नौकरी अप!' फौज का रटा रटाया जुमला छोड़ा मेजर ने–'बताओ चीज क्या है?'

'ऐसे थोड़े ही दूँगा, पहले इनाम रखिए।' और अधिक रहस्य पैदा किया ऑफिसर ने।

'दे भी दो यार! चीज पंसद आयी तो तुम्हारी मन मर्जी का इनाम मिलेगा!' मेजर ने खुशामदी लहजे में कहा!

ऑफिसर ने झट से मेजर के हाथ में एक लिफाफा रख दिया–'भाभी जी की चिट्ठी।'

सचमुच खुश हो गया था मेजर निराला। उसने तुरन्त चिट्ठी को चूमा और

लिफाफा खोला। दूसरे ही क्षण झिझक कर इधर-उधर नजर दौड़ाई कहीं जवानों ने तो नहीं देख लिया।

जवान सब व्यस्त थे। कुछ गप्पें लगाने में तो कुछ हँसी मजाक करने में।

चिट्ठी खोलकर मेजर ने पढ़ना शुरू किया।

'आदरणीय,

बबलू के पापा के चरणों में सादर सेवा। पूरा एक बरस बीत गया है आपको गये हुए। एक महीने से हम आपकी इन्तजारी कर रहे हैं। न तो आप खुद आये और न आपकी चिट्ठी। हमें बहुत चिन्ता हो रखी है।

बबलू बहुत बिगड़ गया है। रोज-रोज उसकी शिकायतें सुन कर कान पक गये हैं। अब तो आवारागर्दी भी करने लगा है। चोरी चुपके शराब भी पीने लगा है। एक दिन मैंने खुद उसके मुँह से गन्ध सूंघी।

मैं उसके भविष्य के प्रति बहुत चिन्तित हूँ। समझाती हूँ तो समझता ही नहीं है।

आप से कहती न थी कि लड़का बर्बाद हो जायेगा। लेकिन मेरी कौन सुनता है? अभी भी समय है, जल्दी घर आ जाओ। इन्तजार में...

तुम्हारी

–सावित्री

एक साँस में पूरी चिट्ठी पढ़ दी थी मेजर ने। छोटी सी ही लिखी थी चिट्ठी सावित्री ने। शायद बहुत दुःखी होकर।

चिट्ठी मुट्ठी के अन्दर भींच ली मेजर ने। आँखे सुर्ख हो गईं थी। सामने धन्यवाद पाने की अपेक्षा में खड़ा ऑफिसर हतप्रभ। मेजर के चेहरे पर आते-जाते रंगों को देखकर वह कुछ समझ न पाया। वह तो सोच रहा था कि पत्र पढ़कर मेजर खुश होगा और 'थैंक्यू डियर' कहकर पीठ थपथपायेगा। लेकिन यह क्या? मेजर तो जैसे 'काठ' का हो गया था।

झकझोरा उसने मेजर को...'क्या हुआ मेजर? कोई बुरी खबर है क्या?'

'नहीं यार! ज्यादा बुरी भी नहीं।'–बुझे मन से जबाव दिया मेजर ने।

मेजर ने निश्चय किया कि वह आज ही छुट्टी स्वीकृत करायेगा। उसका मन हुआ काश! उसके पंख होते, तो अभी जा पहुँचता गाँव। किन्तु ऐसा हकीकत में हो नहीं सकता। वास्तविकता का आभास होते ही वह पहुँच गया कर्नल डी. राजा सिंह के कार्यालय में।

'मे आयी कम इन सर?' दरवाजे पर आकर पूछा।

'कम इन ऑफिसर, कहो?'

'सर मैं छुट्टी जाना चाहता हूँ।'

'यह अचानक अभी अभी...'

'जरूरी है सर...।' मेजर ने बात बीच में ही काट दी कर्नल की।

'ठीक है कागज तैयार करो और कल निकल जाओ।' कर्नल ने कहा।

'आज ही सर! रात वाली गाड़ी से'—मेजर ने आग्रह किया।

'ठीक है चले जाओ।' कर्नल बोले।

मेजर ने एक जोरदार सैल्यूट ठोंका और तेजी से कमरे से बाहर निकल गया। कर्नल डी. राजा सिंह उसे आश्चर्य से देखते रह गये। मुँह के अन्दर ही बड़बड़ाये। 'कमाल है?'

चौंतीस

घर पहुँचे हुए उसे अभी केवल पन्द्रह मिनट हुए थे। कमरे में बैठा भर था वह। घर में ही थी सावित्री। ठंडा पानी लेकर आयी थी उसके लिए।

पानी पीकर मेजर ने पूछा—'बबलू कहाँ है?'

'खेलने गया है गाँव में ही।'—सावित्री ने जबाव दिया।

'तुम्हारी तबियत ठीक है?' पूछा मेजर ने।

'हाँ, ठीक ही है आपकी बला से।'—सावित्री ने थोड़ा सा व्यंग्यात्मक लहजे में कहा।

'क्यों?'

'ठीक तो कह रही हूँ तुम्हें कहाँ मेरी चिन्ता? साल भर से देखते देखते आँखे थक गयीं।'—प्यार भरा रोष जाहिर किया सावित्री ने।

मेजर मुस्कराया। सचमुच में पूरे एक बरस बाद आ पाया है वह। कितना कष्ट झेलना पड़ता है एक सैनिक की पत्नी को। कितना धैर्य रखना पड़ता है। स्वाभाविक ही है कि इस पूरे एक बरस की आपबीती को सुनाने से पूर्व कुछ रोष भी व्यक्त करना पड़ता है, जिसे मेजर ने खुले दिल से सहन किया भी।

'अच्छा पहले ये बताओ खाना क्या बनाऊँ आपके लिए?'—विषय बदल कर सावित्री ने पूछा।

'कुछ भी! जो खिलाना चाहो।' मेजर ने भी उसी अपनत्व के साथ कहा।

'बताओ तो सही?' सावित्री ने आग्रह किया।

'तुम्हारे हाथों का तो सब कुछ ही अच्छा लगता है मुझे।' मेजर ने मक्खन लगाया।

'बहुत चापलूसी करते हो आप।'—सावित्री ने प्यार भरे लहजे में कहा और नीचे रसोई में उतर आयीं मेजर मुस्करा उठा।

तभी बाहर कोलाहल की आवाजें आयीं लगता है जैसे बहुत सारे लोग किसी बात को लेकर झगड़ रहे हों आवाजें धीरे-धीरे तेज होती चली गयीं मेजर कमरे से बाहर निकल कर डंडाली में खड़ा हुआ। दूसरे ही क्षण सामने का दृश्य देखकर अवाक रह गया।

गाँव के लोग लुहूलुहान बबलू को पीटते हुए उसके चौक तक ले आये। काफी

आक्रोश में थे लोग। न दुआ न सलामी। किसी ने न तो उसकी खैरियत पूछी और न आने के बारे में जानना चाहा। हतप्रभ रह गया मेजर।

'ये लो थामो अपने लाड़ले को।'

एक स्वर भीड़ के बीच से उभरा।

'इसकी रोज-रोज की हरकतों से तो तंग आ गये हैं हम।'

'कभी लड़ाई, कभी झगड़ा। हद हो गयी अब तो।'

'हाँ! हाँ! अब तो गाँव की लड़कियों से भी छेड़छाड़ करने लगा।'

'आज श्याम सिंह की लड़की को भद्दे ताने दे रहा था धारे पर।'

जितने लोग उतनी बातें उनके मुँह से निकल रही थीं। सुनकर सातवें आसमान पर चढ़ गया मेजर का गुस्सा।

तेजी से अन्दर गया और दीवार पर टंगी बन्दूक उठा ली। कारतूस लोड किया और तेजी से बाहर निकल आया।

'छोड़ दो इसे।' मेजर दहाड़ा।

'क्यों छोड़ दो?' भीड़ में से कोई बोला।

'हम बन्दूक से डरने वाले नहीं।'

'हाँ, हाँ यह धमकी किसी और को देना।' कोई अन्य बोला।

'हाँ, बहुत प्यार है तो इसका मुँह काला करो यहाँ से, हमें नहीं चाहिए गाँव में ऐसा शैतान।' एक अन्य स्वर उभरा।

भीड़ का शोर बढ़ता जा रहा था। मेजर डंडेली से चौक में उतर आया।

अब तक हतप्रभ खड़ी सावित्री मेजर के पास आ पहुँची। हाथ जोड़कर बोली—'भगवान के लिए गुस्सा थूक दो।'

'हटो सावित्री! मेरे रास्ते से।' मेजर ने उसकी बाँह पकड़ कर एक किनारे किया—'आज मुझे फैसला कर लेने दो।'

सावित्री अच्छी तरह जानती थी मेजर का गुस्सा। उसकी अंगारों जैसी दहकती आँखों को देखकर दहल गया सावित्री का दिल। न जाने आज क्या अनिष्ट होगा इसी आशंका से फिर पास धमक गयी उसके। पाँव पकड़ते हुए फिर बोली—'भगवान के लिए मान जाओ, तुम्हें मेरी कसम है।'

लेकिन मेजर कहाँ मानने वाला था। तार-तार हो चुका था आज उसका सारा सम्मान गाँव वालों के सामने। इतने बरसों की बनी बनाई इज्जत गुड़गोबर हो गयी थी एक ही झटके में। इस लड़के ने तो मुझे कहीं के लायक नहीं छोड़ा। ऐसी औलाद से तो...।

बन्दूक की नाल पकड़ ली थी सावित्री ने। माँ की ममता चीज ही ऐसी होती है। औलाद चाहे कितनी भी बुरी क्यों न हो माँ कभी भी उसका मोह नहीं त्याग सकती और फिर ऊपर से मेजर के गुस्से से भली भाँति परिचित थी वह।

लेकिन मेजर कहाँ मानने वाला था। देवी की तरह सावित्री को पूजने वाले मेजर

पर आज उसकी कसम का भी कोई असर नहीं हुआ।

'मैंने कहा न, हट जाओ।' गुस्से में उसने सावित्री को लगभग धकेलते हुए एक तरफ किया और फिर उसकी कसम तोड़ दी।

'धाँय', बबलू पर गोली चलायी उसने। लेकिन सावित्री कैसे अपनी आँखों के सामने वह अनर्थ होते देख सकती थी। सामने आ गयी ऐन वक्त पर बबलू के और गोली लगते ही सावित्री उसी जगह पर ढेर हो गयीं

होश फाख्ता हो गये मेजर के। गुस्सा सेकेंड भर में काफूर। बन्दूक हाथों से छूट गयी और मेजर लिपट गया सावित्री की देह से। लेकिन सावित्री तो चल बसी थी एक पत्नि औ एक माँ का धर्म निभाते हुए।

पैंतीस

पिछले पन्द्रह बरस से बन्द पड़े घर के उजाड़ कमरे में पुरानी यादों ने मेजर की आँखों में आँसू ला दिये।

काश! उस दिन थोड़ा संयम से काम लिया होता उसने। किन्तु न जाने, उस समय क्या भूत सवार हो गया था उस पर। होश तब आया जब सब कुछ हाथ से निकल गया था।

लोग एक-एक कर न जाने कब खिसक गये थे। बबलू का उसी दिन से कोई पता नहीं है।

फिर वह स्वयं पटवारी चौकी गया और अपना अपराध स्वीकार किया। राजस्व पुलिस ने उसे जेल भेज दिया। सुनवाई हुई और मेजर पर मुकदमा चला। उसने अपने बचाव के लिए कोई वकील भी नहीं किया। क्या करेगा वह ऐसा कलंकित जीवन जीकर? उसने तो जज साहब से अपने लिए फाँसी की सजा तक माँगी थी।

लेकिन मेजर को फाँसी नहीं हुई, पन्द्रह बरस की कैद हुईं फौज में अलग से कोर्ट मार्शल हुआ और फंड तथा पेंशन आदि के बिना खाली हाथ घर भेज दिया गया।

सोचते-सोचते गला रुंध गया उसका। अब एक क्षण भी इस कमरे में रहना मुश्किल हो गया उसके लिए। बाहर निकल आया वह। आकर चौक की मुण्डेर पर बैठ गया। झाँड़-झंकाड़ के बीच छुप सा गया वह। कभी बड़ी 'चराचरी' होती थी इस चौक में। अब कोई पंछी तक नहीं दिख रहा था उसे।

तभी पड़ोस वाली रूकमा दादी के चौक से उसे कुछ स्वर सुनाई दिये। कुछ लोग आपस में बातचीत कर रहे थे। शायद उन्हें मेजर के चौक में मौजूद होने का अहसास नहीं था। मेजर ने भी जिज्ञासावश उनकी बातों पर ध्यान दिया। किन्तु जो कुछ उसने सुना, उसे सुनकर तो उसे विश्वास ही नहीं हुआ। उसी के बारे में बातें कर रहे थे लोग।

'ऐसा खतरनाक आदमी तो गाँव में रहना भी नहीं चाहिए'—एक आदमी कह रहा था।

'हाँ जब अपनी ही औरत का कत्ल कर दिया तो औरों को क्या समझेगा।'—दूसरे ने कहा।

' अपनी ही औरत मार दी, लड़का भगा दिया। अब पन्द्रह बरस बाद आ रही

है इसे घर की याद?'—एक और स्वर

'वह तो बहुत भला आदमी था, सबकी मदद करता था।' कहा किसी ने।

'अरे खाक भला था. हाथी के दाँत खाने के और दिखाने के और।'—किसी और ने कहा।

'भइया हमें तो डर लगता है इसकी मदद से।'—एक ने कहा।

'हाँ ठीक कहते हो क्या करना है ऐसी मदद का, जो नाक मुँह के रास्ते निकल जाये।' दूसरे ने कहा।

चर्चा जोर पर थी, परन्तु आगे सुना नहीं गया उससे। ऐसा लगा मानो सिर फट जायेगा उसका। आखिर उठ गया वहाँ से। इस गाँव में तो अब एक पल भी नहीं रहना चाहता। गबरू चाचा, पिन्नी भाई, सुन्दरू भाई आदि तो अब रहे नहीं होंगे।

मेजर सोचने लगा, कितने स्वार्थी लोग हैं इस गाँव के। आज देख-सुन लिया उसने अपने ही कानों से। जिन लोगों की उसने हमेशा मदद की, जिनके लिए अपना परिवार, अपना भविष्य सब कुछ बर्बाद कर दिया, वे ही कैसी सोच रखते हैं उसके प्रति, सारे के सारे उसका बहिष्कार करना चाहते हैं। ठीक कहती थी सावित्री, 'यह समाज सेवा एक दिन ले डूबेगी तुम्हें। एक घूँट पानी देने वाला भी नहीं मिलगा तुम्हें।' सचमुच ही ऐसा हुआ। बहुत देर कर दी उसने सावित्री को समझने में। लेकिन अब यह सब सोचकर भला क्या फायदा।

मैं नहीं रहूँगा इस गाँव में एक पल भी। इन स्वार्थी लोगों के बीच नहीं रहना है मुझे। लेकिन जाऊँगा कहाँ? जहाँ मुझे शान्ति मिलेगी। हाँ, जहाँ कोई नहीं पहचानेगा मुझे।

'हरिद्वार...? हाँ...हाँ...हरिद्वार चला जाऊँगा मैं। ऐसे लोगों के बीच नहीं रहूँगा अब एक पल भी।

और न जाने फिर क्या हुआ मेजर को, वह पागलों की भाँति जोर-जोर से हँसने लगा। हँसते-हँसते फिर उसकी हँसी न जाने कब रुलाई में बदल गयीं अब वह फफक-फफक कर रो रहा था।

पागलों की भाँति, विक्षिप्त सा ही वह उठा, पोटली बगल में दबाई और लम्बे-लम्बे डग भरता हुआ गाँव की गलियों से बाहर निकल गया। एक अनजान मंजिल की ओर...।

छत्तीस

लूले, लंगड़े, अन्धे, बहरे और कुष्ठ रोगी। सबकी एक कतार लगी है यहाँ। कुछ-कुछ तो ठीक-ठाक हैं, हट्टे कट्टे, किन्तु फिर भी भीख माँग कर गुजारा कर रहे हैं।

हर की पैड़ी से लगे पुल पर बैठे रहते हैं सबके सब लाइन लगाकर। मैले कुचैले कपड़े, जर्जर बाल और गन्दा शरीर। आने-जाने वाले उनकी तरफ निहारते तक नहीं। सामने रखे कटोरे में कुछ सिक्के पड़े रहते हैं। कोई भला मानुष तरस खाकर एक दो रुपये का सिक्का डाल देता है कटोरे में। कभी कभी कोई धर्मात्मा लंगर लगवा देता है, तो कभी कोई भण्डारा करवा देता है। खाना मिल ही जाता है दो वक्त का। बस ऐसे ही दिनचर्या चल रही है इन लोगों की।

शान्ति की खोज में आया था मेजर हरिद्वार। लेकिन यहाँ का हाल देखकर तो उसका दिल और दिमाग कुछ ज्यादा ही अशान्त हो गया। क्या करे वह? जितने पैसे उसके पास थे, अब तक वे किराये और खाने में खत्म हो चुके थे और अब शाम के खाने के लिए कुछ भी नहीं बचा था उसके पास।

तो क्या वह भी इन भिखारियों की कतार में शामिल हो जाय? नहीं...नहीं...वह मर जायेगा किन्तु भीख नहीं माँगेगा।

तो फिर क्या करे। दिहाड़ी मजदूरी उसके बस की अब रही नहीं। करना भी चाहेगा तो उसकी जर्जर काया देखकर उसे कोई काम देगा नहीं।

दुनियाँ में कैसे-कैसे लोग हैं। कुछ अति सम्पन्न, कुछ सम्पन्न और कुछ बिल्कुल ही गरीब। अपनी-अपनी किस्मत लेकर आता है हर इन्सान यहाँ। किस्मत के साथ कुछ करनी का भी फल होता है इन्सान के साथ। जैसे मेजर के साथ हुआ और आसमान से एकदम जमीन पर आ गिरा वह। सब कुछ बिखर गया। बद से बदतर हो गयी है आज उसकी स्थिति।

लोग कहते हैं कि स्वर्ग और नरक होते हैं इस जन्म के बाद। किन्तु स्वर्ग और नरक तो यहीं भोगने पड़ते हैं।

सारा कुछ इसी जीवन में भोगना पड़ता है इन्सान को।

कुछ लोगों को खाने की कोई कमी नहीं है। खूब दिया है भगवान ने, किन्तु उन्हें खाना पचता नहीं है। कुछ के पास खाने को है ही नहीं, भूखों मर जाते है पटरी पर।

सारी सुख सुविधाओं से सम्पन्न विशालकाय भवनों के वातानुकूलित कमरों में भी नींद नहीं आती लोगों को, तो दूसरी ओर सड़क किनारे इन सब से बेखबर होकर हजारों लोग नींद पूरी करते हैं अपनी।

सोचते-सोचते मेजर मुख्य सड़क पर कब आ गया था, उसे खुद नहीं मालूम। उसे जाना कहाँ है, यह भी नहीं मालूम लेकिन चले जा रहा है, अपनी धुन में। आने-जाने वाली टैम्पों, टैक्सियाँ, ट्रक और बसें 'सर्र' से निकल जाती हैं अगल बगल से। कुछ हार्न पर हार्न बजाती, किन्तु मेजर को तो जैसे कुछ मतलब ही नहीं इस दुनिया से।

और तभी सामने से आ रही बस से टकरा गया वह। बस ड्राइवर की कोई गलती नहीं थी, उसे बचाते-बचाते तो उसने बस भी फुटपाथ पर लगी रेलिंग से टकरा दी।

लुहूलुहान हो गया मेजर। बस रुक गयी और भी कई आने जाने वाले वाहन वहीं खड़े हो गये। लोगों की भीड़ इकट्ठा हो गयी थी।

लोग बसों और टैक्सियों से उतर कर नजर डालते और चर्चा करते।

'भिखारी है शायद।'

'हाँ, और भिखारी ही लगता है।'

'नहीं पागल है मेरे ख्याल से।'

'पागल भी हो सकता है।'

'अरे कोई मदद तो करो।'

'हास्पिटल पहुँचाओ।'

'ज्यादा चोट लगी है क्या?'

'आत्महत्या करना चाहता था शायद।'

कई प्रकार की बातें आ रही थीं लोगों के मुख से। लेकिन सिर्फ बातें ही बातें। लोग देखते और अपने मुँह की कहकर निकल जाते।

भीड़ से ही एक नवयुवक आगे आया, फौजी वर्दी पहने। सबको फटकार कर बोला—'अरे हद हो गयीं आप लोगों के अन्दर मानवता है भी या नहीं। वह भिखारी है या पागल, लेकिन है तो इन्सान। पहले तो उसे इलाज मिलना चाहिए'।

एकाएक जैसे ब्रेक लग गये हों सारी चर्चाओं को। सब लोग सन्न। युवक भीड़ से निकल कर तुरन्त पास पहुँच चुका था घायल के। सबने देखा आर्मी का कैप्टन था वह। आर्मी वाले सीमाओं पर तो देश की रक्षा करते ही हैं, लेकिन देश के अन्दर भी प्यार, प्रेम और समाज सेवा का पूरा जज्बा होता है उनके अन्दर।

कैप्टेन ने औंधे मुँह घायल पड़े व्यक्ति को पलट कर सीधा किया और उसके मुँह से चीख निकल गयीं

'पिताजी...!'

वहाँ खड़ी भीड़ दंग रह गयीं यह क्या माजरा है? कहाँ यह सेना का कप्तान और कहाँ, पागल या भिखारी सा लगने वाला यह घायल व्यक्ति। लेकिन लोग जो देख

और सुन रहे थे सच वहीं था। कैप्टेन लिपट पड़ा था घायल की छाती से—'पिताजी!' आप...आप...इस हाल में...'।

बोल नहीं फूट रहे थे उसके। आँखों से अश्रुधारा बह निकली कैप्टेन की।

घायल मेजर ने भी धीरे-धीरे आँखे खोली। विश्वास ही नहीं हुआ उसे अपनी आँखों पर। सामने बबलू खड़ा था, और वह भी सेना की वर्दी में।

'क...कौन? ब...ब...लू?' बड़ी मुश्किल से बोल पाये मेजर निराला।

'हाँ पिताजी! आपका बबलू! आपका बेटा कैप्टेन बबलू'—बबलू फफक-फफक कर रो पड़ा—'मैं आ गया हूँ पिताजी। मैं...।'

सबने देखा एक बाप और बेटे का आश्चर्यजनक मिलन। दोनों ने एक-दूसरे को भींच लिया था बांहों में। रो रहे थे दोनों ही। भीड़ में कइयों की आँखे भी बरबस नम हो आयीं।

'अरे कैप्टेन, रोने का समय नहीं है। पहले हॉस्पिटल ले कर जाओ इन्हें।'—एक व्यक्ति बोला।

'लो मेरी कार में बिठाओ इन्हें, मैं छोड़ दूँगा हास्पिटल तक'—दूसरे व्यक्ति ने कहा। कई हाथ बढ़ गये मदद के लिए। हाथों हाथ कार में लाद दिया गया मेजर को और साथ में बैठ गया बबलू भी। उसकी अटैची और बैग बस से निकाल कर खुद ही कार की डिक्की में रख दी लोगों ने।

सैंतीस

'पिताजी! उस घटना के बाद मैं डर के मारे सीधा गाँव से भाग गया था।' बबलू ने पिताजी का सिर सहलाते हुए कहा।

'लेकिन बेटा! तू इतने दिन कहाँ रहा? एक भी दिन मिलने नहीं आया तू जेल में।' पिताजी ने शिकायत की।

'पिताजी! उस घटना के बाद मैं अपने को अपराधी महसूस करने लगा था।

'सब कुछ मेरी वजह से ही तो हुआ। आपकी बदनामी हुई, माँ की मौत हुई और आपको हुई जेल। इस सबका जिम्मेदार मैं ही तो था।' बबलू ने आप बीती सुनानी शुरू की।

'मैं गाँव से भाग कर ऋषिकेश पहुँचा। गंगा तट पर एक रात बिताई कहीं कोई ठिकाना नहीं मिला और न ही कहीं खाना-पीना मिला।

उसी दिन मैंने संकल्प लिया कि मैं प्रायश्चित करूँगा। जब तक आपके और माँ के सपनों को साकार न कर दूँ, तब तक आपको अपनी शक्ल नहीं दिखाऊँगा।

मैंने ऋषिकेश में एक कपड़ों की दुकान में नौकरी कर ली। दुकानदार बहुत भला आदमी था। उसने मुझे अपने घर में आसरा भी दे दिया। फिर मैं दिन भर कपड़ों की दुकान में काम करता और रात को पढ़ाई करता। अथक मेहनत करने के बाद मैंने पहले हाईस्कूल, फिर इन्टर और उसके बाद बी.ए. तथा एम.ए. प्राइवेट परीक्षा पास कर लीं।

आप मुझे सेना का एक बड़ा अधिकारी बनाना चाहते थे, इसलिए मैंने उसी दिशा में अपनी सारी मेहनत झोंक दी। दिन-रात एक करके मैंने प्रतियोगिता परीक्षाओं की तैयारी की। ठीक नौ वर्ष मैं ऋषिकेश में रहा और उसके बाद मैंने कमीशन पास करके दो वर्ष देहरादून में ट्रैनिंग ली।

ऑफिसर बन कर मेरी पहली पोस्टिंग कश्मीर में हो गयीं मुझे बराबर आपकी याद आती रही। मैं जेल अधिकारियों से लगातार सम्पर्क करता रहता था। आपकी रिहाई से पूर्व मैंने छुट्टी मंजूर करवा ली, किन्तु मुझे एक दिन विलम्ब हो गया और फिर मेरी भेंट आपसे इस रूप में हुई

बबलू की कथा सुनकर आँसू निकल आये पिता के।—'तूने बहुत कष्ट सहे हैं मेरे बच्चे। इस सबके लिए मैं तेरा अपराधी हूँ।'

'नहीं नहीं, पिताजी!' ऐसा मत बोलिए।'—बबलू ने पिता के मुँह पर हाथ रख दिया।—'अपराधी तो मैं हूँ आपका, जिसकी वजह से आपको इतनी यातनाएँ झेलनी पड़ीं।

हरमिलाप हॉस्पिटल का प्राइवेट वार्ड था यह, जिसमें पिता और पुत्र एक-दूसरे का वर्षों का दुःख और पीड़ा बाँट रहे थे, लेकिन खलल पड़ गया दोनों के बीच। दो पुलिस वाले कमरे में दाखिल हुए।

हड़बड़ा गया था मेजर निराला। दो खुशियों के क्षण मिले थे, अब न जाने फिर क्या गड़बड़ हो गयीं

'मेजर निराला आप ही हैं!' पुलिस वाले ने बबलू की ओर देखकर पूछा।

'नहीं, मेरे पिताजी हैं। आप'...बबलू ने पिता की ओर इशारा किया।

पुलिस वाले ने अविश्वास के साथ मेजर को निहारा। फिर कहा—'आपको एस.पी. साहब ने बुलाया है, गाड़ी भेजी है।

'क्यों?' प्रश्न किया मेजर ने।

'मालूम नहीं।' पुलिस वाले ने अनभिज्ञता जाहिर की—'लेकिन अभी चलना होगा।'

किसी अनहोनी की आशंका से काँप गया मेजर का दिल, लेकिन बबलू ने धैर्य का परिचय दिया और पिता से कहा—'चलो, पिताजी चलते हैं।'

बबलू ने सहारा देकर पिता को उठाया और पुलिस की जिप्सी तक ले जाकर सीट पर बिठा दिया।

जिप्सी चल पड़ी। न जाने कहाँ ले जा रहे होंगे? जाने कौन सी नयी आफत आ गयी अब? सोच-सोच कर मेजर परेशान था।

गाड़ी एक बंगले के गेट पर रुकी। गेट पर नेम प्लेट देखकर चौंक गया मेजर। कुछ समझ में न आया उसकी। हाँ, उसका ही तो नाम लिखा था—'निराला'।

गेट खुलते ही सबसे पहले एस.पी. नजर आया और उन्हें देखकर न सिर्फ मेजर बल्कि कैप्टन बबलू भी उछल पड़ा। सामने जग्गू खड़ा था। पुलिस अधीक्षक 'जगमोहन सिंह रावत'।

जग्गू ने पैर छुए मेजर के और मेजर ने भी छाती से लगा लिया उसे।

'चाचा जी, आपकी रिहाई के दिन मैं जेल पहुँचा। पता चला आप गाँव चले गये। फिर गाँव पहुँचा तो वहाँ किसी ने बताया कि आप बिना किसी से मिले कहीं निकल गये हैं। मैंने आपकी तलाश में पौड़ी और ऋषिकेश की पूरी पुलिस फोर्स झोंक दी। अभी-अभी मालूम पड़ा कि आप घायल होकर हरमिलाप हास्पिटल हरिद्वार में भर्ती हैं।'

आँसू आ गये मेजर के। वह तो सोच रहा था कि दुनियां स्वार्थी होती है। जिसकी मदद करो, वह दूसरे दिन पहचानता तक नहीं है किन्तु सारी धारणाएँ बदल गयी हैं अभी-अभी।

मेजर की बांहों से छूटकर जग्गू बबलू से गले मिला।

'बधाई हो कैप्टेन!'

'थैंक्यू एस.पी. साहब!' बबलू बोला।

'लेकिन यार! एक दो घूँसे तो मार जरा, उस दिन का बकाया है।' जग्गू ने बबलू को छेड़ा।

और सचमुच एक घूँसा जड़ दिया बबलू ने उस पर—'एस.पी. बन गया तो मैं क्या डर जाऊँगा तेरे से।'

तीनों खिलखिला कर हँस दिये। माहौल शान्त होने के बाद जग्गू ने चाबी का छल्ला मेजर निराला को पकड़ा कर कहा—'चाचा जी, ये आपके नये घर की चाबी। आज का खाना मेरे घर पर। बच्चे अपने 'देवतातुल्य दादा जी' को मिलने के लिए न जाने कब से बेचैन हैं।'

मेजर निराला को अभी तक भी अपनी आँखों पर विश्वास नहीं हो पा रहा था। काश! सावित्री इस दिन को देख पाती...सावित्री की याद आते ही आज एक बार फिर अतीत की यादों में खो गया था मेजर...।

❑❑